DAVID KESSLER

15 Stunden

W0312977

GOLDMANN
Lesen erleben

Buch

15 Stunden hat Clayton Burrow noch zu leben, dann wird sein Todesurteil vollstreckt. Auch wenn Burrow stets seine Unschuld beteuerte, wurde über ihn ein eindeutiges Urteil gesprochen: In den Augen der Jury bestand kein Zweifel daran, dass er seine ehemalige Klassenkameradin Dorothy Olsen, die er schon zu Schulzeiten sadistisch drangsalierte, brutal vergewaltigt und ermordet hat. So hat Burrows Anwalt Alex Sedaka auch kaum Hoffnung auf Erfolg, als er beim Gouverneur von Kalifornien um Gnade für seinen Mandanten ersucht. Umso größer seine Verwunderung, als dem Gesuch stattgegeben wird – unter einer Bedingung: Burrow soll seine Schuld eingestehen und verraten, wo er die Leiche der jungen Frau vergraben hat. – Doch Burrow schlägt das Angebot aus und beharrt selbst mit dem sicheren Tod vor Augen weiter auf seiner Unschuld. Er geht sogar so weit zu behaupten, dass sein vermeintliches Opfer gar nicht tot ist, sondern unerkannt einen perfiden Rachefeldzug gegen ihn ausführt. Angesichts dieser dramatischen Wendung weiß Alex Sedaka bald nicht mehr, was er glauben soll: Spielt Burrow ein letztes perverses Spiel mit ihm, oder soll in wenigen Stunden tatsächlich ein Unschuldiger hingerichtet werden?

Autor

Mit fünfzehn Jahren brach David Kessler die Schule ab und schrieb ein Drehbuch für einen Fernsehfilm, der zwar nie produziert wurde, Kessler aber die Augen dafür öffnete, dass seine Berufung im Schreiben liegt. Im Laufe seiner schriftstellerischen Karriere hat er in England und Amerika bereits mehrere Thriller veröffentlicht und in einem Buch sogar den Täter in einem tatsächlichen Mordfall benannt, bevor dieser 9 Jahre später aufgrund eines DNA-Tests der Tat überführt werden konnte.

Mit seiner Thrillerserie um den in San Francisco lebenden Anwalt Alex Sedaka erscheint David Kessler erstmals auf Deutsch.

David Kessler

15 Stunden

Thriller

Aus dem Englischen
von Verena Kilchling

GOLDMANN

Die Originalausgabe erschien 2009
unter dem Titel »Mercy« bei Avon,
a division of HarperCollinsPublishers.

MIX
Papier aus verantwortungsvollen Quellen
FSC
www.fsc.org
FSC® C014496

Verlagsgruppe Random House FSC-0100
Das FSC®-zertifizierte Papier *München Super* für dieses Buch
liefert Arctic Paper, Mochenwangen.

1. Auflage
Deutsche Erstveröffentlichung Januar 2012
Copyright © der Originalausgabe 2009 by David Kessler
Copyright © der deutschsprachigen Ausgabe 2012
by Wilhelm Goldmann Verlag, München,
in der Verlagsgruppe Random House GmbH
Umschlaggestaltung: UNO Werbeagentur, München
Redaktion: Alexander Groß
An · Herstellung: Str.
Satz: IBV Satz- u. Datentechnik GmbH, Berlin
Druck und Bindung: GGP Media GmbH, Pößneck
Printed in Germany
ISBN: 978-3-442-47400-4

www.goldmann-verlag.de

Für Mai, Shir und Romi

Anmerkung des Autors

Die Tageszeiten am Anfang jedes Kapitels (normalerweise in Pazifischer Sommerzeit angegeben) beziehen sich auf den *Beginn* der Ereignisse im jeweiligen Kapitel. Die einzelnen Kapitel können sich also mit nachfolgenden Kapiteln überschneiden. Dies sollte der Leser zum besseren Verständnis der Abläufe berücksichtigen.

09.30 Uhr Pazifische Sommerzeit
(14. August 2007)

Es fällt schwer stillzusitzen, wenn man einen Mandanten hat, dessen Todesurteil in fünfzehn Stunden vollstreckt werden soll.

Alex Sedaka verspürte das altvertraute Verlangen, aufzuspringen und wie ein Löwe im Käfig hin und her zu laufen. Aber er wusste, dass das nicht ging. Es wäre würdelos gewesen – und dem Büro des Gouverneurs wohl kaum angemessen. Also saß er stattdessen angespannt in dem braunen, lederbezogenen Mahagonisessel, während das Leben seines Mandanten am seidenen Faden hing.

»Ich weiß, dass er einen fairen Prozess hatte, Sir. Deshalb kann ich auch kein Gericht dazu bewegen, seinen Fall wieder aufzunehmen. Aber Gerechtigkeit ist kein Spiel, sondern die Suche nach der Wahrheit – zumindest sollte es so sein.«

Alex spürte misstrauische Blicke auf sich ruhen, und seine Schultern krümmten sich unter der Last der Aufgabe, die ihm bevorstand. Seit er die fünfzig überschritten hatte, war er bezüglich seines Aussehens ein wenig unsicher geworden, obwohl er sich mit Tennis und Klettern schlank und fit hielt und immer braungebrannt war.

Aber es waren nicht die Jahre, die ihn hatten altern lassen, es war seine Arbeit. Drei Jahrzehnte beruflicher Zynismus, in denen er den letzten Abschaum verteidigt hatte, hatten den jugendlichen Charme aus dem Gesicht vertrieben, in das sich Melody einst verliebt hatte – oder ihm Charakter verliehen, wie sie zu sagen pflegte. Noch an diesem Morgen hatte er mit einer Mischung aus Freude und Schmerz auf sein Hochzeitsfoto gestarrt und war schockiert gewesen, wie sehr er sich verändert hatte.

Aber jetzt war er nicht wegen seines Aussehens unsicher, sondern weil er nicht wusste, was er sagen sollte. Schon oft hatte die *Freiheit* eines Menschen in seiner Hand gelegen, aber dies war das erste Mal, dass man ihm das *Leben* eines Menschen anvertraut hatte.

Prompt attackierte ihn die Stimme des Gouverneurs erneut mit leisem Zynismus: »Seit wann gehört es zu meinen Pflichten, die Gerichte zu kritisieren?«

Im Hinterkopf hatte Alex eine Frage, die ihm keine Ruhe ließ: *Bitte ich um Gerechtigkeit oder um Gnade? Lege ich die Betonung auf die fortbestehenden Zweifel, oder stelle ich die Ethik einer »Auge um Auge«-Justiz generell in Frage?* Er musste sich sofort entscheiden.

»Nein, Sir, natürlich ist es nicht Ihre Aufgabe, die Gerichte zu kritisieren. Aber manchmal schlüpft ein ungewöhnlicher Fall eben durchs System. Und *Sie* haben die Macht, daran etwas zu ändern.« Er suchte das Gesicht des Gouverneurs nach einer Reaktion auf diese kriecherische Schmeichelei ab, aber es blieb neutral. Alex nahm es als grünes Licht und fuhr fort: »Die Gerichte sind in ein starres Regelkorsett geschnürt, aber manchmal stößt das Vorschriftenbuch eben an seine Grenzen. Jeder Fall ist anders, und dieser Fall ist ein klassisches Beispiel. Der Prozess fand in einer Atmosphäre der Wut und der Rachegefühle statt. All die Vergleiche mit *Carrie*…«

»Carrie?«

»Das Buch von Stephen King… über das Mädchen mit den übernatürlichen Kräften, das in der Highschool von seinen Mitschülern tyrannisiert wird.«

»Ach ja«, sagte der Gouverneur und unterdrückte ein Lächeln. »Ich hab den Film gesehen.«

Alex krümmte sich innerlich. »Wie dem auch sei … Die Presse zog jedenfalls Vergleiche und gab einfach keine Ruhe.«

Der Gouverneur kratzte sich am Kopf und machte einen irritierten Eindruck. Er hatte Alex' schriftliches Gnadengesuch vor einigen Tagen abgelehnt, sich aber zu diesem persönlichen Treffen in letzter Minute in seinem Büro in San Francisco bereit erklärt, das sie wegen seiner Nähe zu San Quentin anderen möglichen Treffpunkten wie L.A., San Diego, Fresno oder Riverside vorgezogen hatten.

»Denken Sie nicht, ich wollte mich über Sie lustig machen – das ist ganz sicher nicht meine Absicht –, aber jetzt widersprechen Sie sich. Sie sagten doch, Burrow hätte einen fairen Prozess gehabt.«

»Ja, Sir. Im Gerichtssaal. Aber was ist mit dem Medienzirkus, der dem Prozess vorausging? Das hat die Atmosphäre vollkommen vergiftet. Als der Prozess eröffnet wurde, hatten sich die Leute bereits ihre Meinung gebildet. Das Volk lechzte geradezu nach Blut. Aber Rache ist nicht dasselbe wie Gerechtigkeit.«

Er hatte den Begriff »Volk« mit Absicht benutzt, um der Vorliebe des Gouverneurs für populistische Phrasen entgegenzukommen.

Aber der Gouverneur war ihm bereits einen Schritt voraus: »Sprechen wir hier über Gerechtigkeit für den Mörder oder Gerechtigkeit für das Opfer?«

Während der letzten Tage hatte Alex in seinem Büro verschiedene Argumentationsentwürfe getestet, und Juanita und Nat hatten den Ball in Form von Gegenargumenten zurückgegeben, mit denen er unweigerlich konfrontiert werden würde. Je mehr er geübt hatte, desto banaler war ihm alles vorgekommen. Die Debatte war versteinert, er hatte ihr nichts Neues hinzuzufügen. Alles, was er zu bieten hatte, war eine langweilige Wiederholung.

Doch es gab auch einige Aspekte, die für ihn sprachen. Am wichtigsten war vielleicht die Tatsache, dass der amtierende Gouverneur – Charles Dusenbury – selbst ein Gegner der Todesstrafe war. Nicht viele Politiker hätten ihren Kopf riskiert, indem sie sich offiziell zu einer derart unpopulären politischen Ansicht bekannt hätten. »Chuck« Dusenbury war einer der wenigen. Die Meinung der Bevölkerung zur Todesstrafe war zwar durchaus geteilt, aber im Gegensatz zu den Gegnern neigten die Befürworter dazu, ihre Wahlentscheidung nur nach diesem Thema auszurichten.

Das kümmerte Dusenbury wenig. Er stand kurz vor der Pensionierung und saß nur noch seine letzte Amtsperiode ab. Öffentlich vertrat er den Standpunkt, dass er nicht vorhabe, seine politische Laufbahn zu verlängern, weder auf bundesstaatlicher noch auf Bundesebene, sondern sich in eine Blockhütte am See zurückzuziehen gedenke, wo er seine besten Jahre mit Golfspielen und Angeln verbringen wolle. Es konnte jedoch durchaus sein, dass er dabei die stark verbreitete Praxis im Auge hatte, am Heimatort plötzlich in politischen Aktionismus zu verfallen. Manche Leute – Dusenbury nannte sie die »Medienzyniker« – argwöhnten, er habe immer noch Ambitionen und sei auf größere Fische aus, als man sie in einem See angeln könne. Bei Dusenbury konnte man nie wissen.

Alex holte tief Luft und probierte eine andere Taktik: »Da gibt es noch etwas, was ich Sie dringend bitte zu bedenken. Es bestehen immer noch berechtigte Zweifel an seiner Schuld.«

»Sie beziehen sich auf die Tatsache, dass die Leiche nie gefunden wurde?«

»So ist es.«

»Warum haben Sie dann nicht vor Gericht mit dem Fehlen des Corpus Delicti argumentiert?« Der Gouverneur nahm ihn auf den Arm – sein Lächeln verriet es.

»Corpus Delicti bedeutet ›Gegenstand des Verbrechens‹, Sir, nicht ›Leichnam des Opfers‹. Das wissen Sie genau.«

»Natürlich«, erwiderte der Gouverneur scharf. »Darum frage ich mich auch, warum Sie mir mit diesem Schwachsinn kommen.«

Die plötzliche Wut des Gouverneurs ließ Alex zusammenzucken, aber er bekam seine fünf Sinne und seine Nerven schnell wieder unter Kontrolle. »Weil es trotz der rein formellen Existenz eines Corpus Delicti möglich ist, dass das angebliche Opfer noch lebt. Bringen Sie es wirklich fertig, einen Mann in die Todeskammer zu schicken, solange solche Zweifel über dem Fall schweben?«

»Schauen wir uns die Sache doch mal genauer an: Man hat Brustgewebe des Opfers in einer Plastiktüte gefunden, die ganz hinten in Clayton Burrows Gefrierschrank gestopft war. Zusätzlich hat man den blut- und spermabefleckten Slip des Opfers unter den Dielen in Clayton Burrows Schlafzimmer gefunden. Am selben Ort befand sich außerdem ein blutbeschmiertes Messer mit einem perfekten Satz von Clayton Burrows Fingerabdrücken. Mittels DNA-Analyse wurde festgestellt, dass das Blut Dorothy Olsen und das Sperma Clayton Burrow gehörte. Ich weiß nicht, wie *Sie* das nennen, aber ich nenne es ein Corpus Delicti!«

»Finden Sie nicht, dass das Ganze ein bisschen zu bequem war? Ist es nicht seltsam, dass die Polizei all diese Gegenstände auf einen anonymen Hinweis hin in seiner Wohnung gefunden hat?«

»Glauben Sie, man hat sie ihm untergeschoben? Woher hätte derjenige die Beweise haben sollen?«

»Ich weiß es nicht. Von der Leiche?«

»Die nie gefunden wurde!«

»Warum hätte Burrow die Beweisstücke aufbewahren sollen?«

»Weil er ein Sexualmörder ist und eine Trophäe behalten wollte – deswegen! Wie unzählige Sexualmörder vor und nach ihm!«

»Aber wäre er dumm genug, sie unter den Dielenbrettern seines eigenen Zimmers aufzubewahren?«

»Natürlich! Dieser ungehobelte Klotz hat ein Gehirn von der Größe einer Erdnuss!«

Alex rutschte unbehaglich auf seinem Sessel herum. Er verschwendete seine Zeit. Ein weiterer Richtungswechsel war angesagt: »Und was ist mit ihrem Treuhandfonds? Sechsundachtzigtausend Dollar, die sie ganz zufällig ein paar Tage vor ihrem Verschwinden abgehoben hat?«

»Diesen Einwand hat die Verteidigung schon während des Prozesses vorgebracht. Es war *ihr* Geld. Sie war gerade achtzehn geworden und wollte endlich frei darüber verfügen.«

»Und was ist mit dem Schmuck, den sie sich davon gekauft hat?«

»Was soll damit sein?«

»Warum hätte sie plötzlich so etwas Verrücktes tun sollen?«

»Woher soll ich das wissen? Vielleicht wollte sie beim Schulabschlussball Eindruck schinden?«

»Wie kommt es dann, dass der Schmuck danach nie gefunden wurde?«

»Vielleicht hat ihn Burrow gestohlen! Nachdem er sie getötet hat!«

»Warum wurde dann kein einziges Schmuckstück bei ihm gefunden? Oder in seiner Wohnung?«

»Vielleicht hat er ihn verkauft. Er hatte siebzehn Monate Zeit zwischen ihrem Verschwinden und seiner Verhaftung.«

»Wo ist dann das Geld? Er hat nicht gerade einen verschwenderischen Lebensstil gepflegt.«

»Was weiß ich denn? Vielleicht hat er den Schmuck verloren. Der entscheidende Punkt ist doch, dass belastendes Beweismaterial bei ihm gefunden wurde und er keine Erklärung dafür hatte. Klarer kann ein Fall nicht sein.«

Alex Sedaka ließ die Luft aus seiner Lunge strömen. Das hier führte nirgendwohin.

Er hatte all diese Details erst vor kurzem erfahren, weil er mit dem ursprünglichen Gerichtsverfahren überhaupt nichts zu tun gehabt hatte. Burrow war zunächst von einem überarbeiteten Pflichtverteidiger vertreten worden. Nachdem ihn das Gericht schuldig gesprochen hatte, hatte sich eine Anwaltskanzlei mit eher liberalen Ansichten seines Falls angenommen und das Berufungsverfahren hauptsächlich auf den Vorwurf der inkompetenten Vertretung durch die Verteidigung aufgebaut. Als auch diese Bemühungen gescheitert waren – und der Hinrichtungstermin immer näher rückte –, hatte die Anwaltskanzlei Burrow klar und deutlich zu verstehen gegeben, dass er sich besser einen neuen Verteidiger suchen sollte. Man hatte keinerlei Interesse daran, mit dem fehlgeschlagenen Versuch, einen verurteilten Mörder vor der Hinrichtung zu retten, in Verbindung gebracht zu werden, daher der Rückzug vom Schlachtfeld in letzter Minute.

Ergebnis all dessen war gewesen, dass Alex den Fall vor sechs Wochen übernommen hatte, mit dem Ziel, Clayton Burrow vor dem Tod durch die Giftspritze zu retten.

»Er ist jetzt zu sprechen«, unterbrach eine nüchterne Stimme seine Gedanken.

Alex war so vertieft gewesen in die mentale Generalprobe seiner Verteidigungslinie, dass er gar nicht gehört hatte, wie sie den Raum betreten hatte. Er sah auf und erblickte dieselbe magere, spröde alte Jungfer, die ihn vor einigen Minuten gebeten hatte, hier zu warten. Er hoffte inständig, dass er nicht laut vor sich hin gesprochen hatte, als er allein im Zimmer gewesen war.

Sie führte ihn einen Gang entlang und drehte sich mit einem missbilligenden Blick durch ihre Hornbrille zu ihm um, als er vor einem Gemälde hinter Plexiglas stehen blieb, um sich das schwarze, von grauen Strähnen durchzogene Haar glattzustreichen. Alex spürte, dass diese Frau keinerlei Geduld für Albernheiten aufbrachte.

Sie waren inzwischen vor dem Besprechungszimmer angekommen, und die Frau öffnete die Tür und hielt sie auf, damit er hineingehen konnte. Er sah sie erwartungsvoll an, aber sie machte ihm durch ihre Körpersprache deutlich, dass sie nicht die Absicht hatte, den Raum zu betreten. Als er in das luxuriöse, mahagonigetäfelte Zimmer ging, stand der Gouverneur – eine massige, lächelnde Gestalt in kariertem Hemd und XL-Jeans, teils Fett, teils Muskeln – vom Konferenztisch auf, um ihn zu begrüßen.

In diesem Moment bot sich Alex ein unerwarteter Anblick. Auf einem Stuhl am hinteren Ende des Konferenztisches saß eine schlanke, kleine, zerbrechlich wirkende Frau mittleren Alters mit grauen Haaren.

»Alex Sedaka«, dröhnte Chuck Dusenburys Stimme. Es war eindeutig der Tonfall eines Politikers – der näselnde »Ich bin ein Mann des Volkes«-Tonfall, den Alex eher mit dem Mittleren Westen oder den Rocky Mountains assoziiert hätte. Dusenbury vervollständigte sein Auftreten mit einem festen Händedruck. Alex war froh, dass keine bärenhafte Umarmung folgte.

Statt beim Handschlag dem Blick des Gouverneurs zu begegnen, sah Alex an seiner kräftigen Gestalt vorbei auf die zerbrechliche Frau, die ihm irgendwie bekannt vorkam. Sie sah aus wie etwa sechzig, aber Alex ahnte, dass sie jünger war. Es war, als hätte eine Tragödie oder Krankheit sie um Jahre altern lassen.

Ihre Anwesenheit stellte Alex vor ein Rätsel. Das lag nicht

nur daran, dass dieses Gespräch zwischen ihm und dem Gouverneur eigentlich unter vier Augen hatte stattfinden sollen. Was ihn vor allem überraschte, war die Tatsache, dass er nur allzu gut wusste, wer sie war.

Diese Frau mit den traurigen Augen war die Mutter eben jenes jungen Mädchens, für dessen Ermordung sein Mandant verurteilt worden war.

09.38 Uhr Pazifische Sommerzeit

Der kleine Mann im blauen Ford Lincoln saß angespannt da. Er wusste, dass Warten von Natur aus eine angespannte Tätigkeit ist. Untätigkeit bringt eine stärkere Art von Stress hervor, als es die energischste Form zielgerichteten Handelns je könnte. Aber es gab nichts, was er dagegen tun konnte. Warten war Teil des Jobs.

Das Auto war geparkt, und der Motor war aus. Aber der Schlüssel steckte im Zündschloss, als könnte die Untätigkeit jeden Moment in Dynamik übergehen.

Nervös berührte er das Headset seines Bluetooth-Handys, das an seinem rechten Ohr befestigt war. An ihm war nichts Auffälliges. Niemand schenkte einem siebenundzwanzigjährigen, blauäugigen und braunhaarigen jungen Mann im dunkelblauen Anzug Beachtung, der einen Styroporbecher mit Kaffee aus dem wenige Meter entfernten Midway Café in der Hand hielt. Genau genommen trug er gar keinen Anzug: Das Jackett hatte er ausgezogen, die Krawatte gelockert und den obersten Knopf des weißen Hemds geöffnet.

Der Aufmachung und dem Verhalten nach wäre er beinahe als FBI-Mann außer Dienst durchgegangen, aber seine geringe Körpergröße und sein zierlicher Körperbau lenkten davon ab und verliehen ihm eine Aura der Harmlosigkeit. Wäre er wirklich ein Spion aus Washington gewesen, dann höchstens ein Schreibtischtäter und sicher kein Agent im Außendienst. Es war völlig ausgeschlossen, dass sich jemand von ihm bedroht oder eingeschüchtert fühlen konnte, auch wenn sein raspelkurz geschnittenes Haar – fälschlicherweise – auf einen militärischen Hintergrund hindeutete.

Das warme Glühen der Sonne, die bereits ein gutes Stück über dem Horizont balancierte, wurde von einem dünnen Wolkenschleier gefiltert. Für den Mann im Auto sah das Ganze aus wie eine riesige Wunde im Himmel, aus der das Blut durch den Verband tropfte – keine frische Wunde, sondern eine ältere, die nicht heilen wollte.

Er zog den Kaffeebecher aus dem Glashalter und nahm einen Schluck. Dann stellte er den Becher wieder ab und sah sich um. Die Golden Gate Avenue wirkte ganz normal, weder besonders leer noch außergewöhnlich stark befahren. Nichts verriet, dass weniger als zwanzig Meter von ihm entfernt wichtige Ereignisse ihren Lauf nahmen.

Er starrte auf das gemaserte, glänzend lackierte Holz des Armaturenbretts und bewunderte seine Eleganz. Ein trivialer Gedanke – aber er half, die Langeweile zu vertreiben … zumindest für ein, zwei Minuten.

Der Tag war warm – nicht heiß, nur warm –, daher seine Entscheidung, das Jackett auszuziehen. Er neigte dazu, in jeder Art von unbequemer Kleidung zu schwitzen.

Schließlich erwachte sein Headset knisternd zum Leben.

»Ich nehme an, Sie kennen Mrs. Olsen bereits.«

»Wir sind uns einmal kurz begegnet«, drang Alex' peinlich berührte Stimme an sein Ohr. »Aber wir wurden einander nie richtig vorgestellt.«

09.40 Uhr Pazifische Sommerzeit

Alex ging verlegen zu dem Stuhl hinüber, auf dem Mrs. Olsen saß. Er streckte ihr die Hand hin, da er nicht erwartete, dass sie aufstehen würde. Sie ergriff sie kraftlos, und er achtete darauf, dass sein eigener Händedruck entsprechend behutsam geriet.

Aber als er den Mund öffnete, war ein höfliches »Guten Tag« alles, was er herausbrachte.

Was sagte man in einer derartigen Situation? Drückte man nachträglich sein Beileid für ihren schmerzlichen Verlust aus? Entschuldigte man sich dafür, dass man den Mann vertrat, der als Mörder ihrer Tochter verurteilt war? Oder behielt man seine Meinung für sich und schwieg?

Einige Sekunden stand er unschlüssig herum, weil er nicht wusste, was er als Nächstes tun sollte. Das normale Prozedere bestand darin, dass der Anwalt des zum Tode Verurteilten den Gouverneur entweder alleine oder, was üblicher war, in Anwesenheit eines seiner Mitarbeiter traf. Der Anblick von Mrs. Olsen in diesem Zimmer hatte seine komplette Strategie umgeworfen.

»Setzen Sie sich doch«, bat der Gouverneur freundlich und wies auf einen Stuhl.

Alex stakste unbeholfen auf den leeren Stuhl zu. Er setzte sich und sah dem Gouverneur direkt in die Augen – er hätte alles getan, um Mrs. Olsens unversöhnlichem Blick zu entgehen.

Dusenbury ergriff das Wort: »Ich habe den Burrow-Fall

aufmerksam verfolgt und bin sehr beeindruckt von Ihrer Arbeit.«

»Die meiste Arbeit war bereits getan. Ich habe den Fall erst vor sechs Wochen übernommen.«

Alex fiel ein, dass Dusenbury gelernter Anwalt war und ein schlauer Fuchs dazu, nach allem, was man so hörte.

»Nun ja, wenn man den Presseberichten Glauben schenkt, sind Sie in diesen sechs Wochen recht fleißig gewesen«, sagte Dusenbury.

»Gouverneur …«

»Chuck, bitte«, unterbrach ihn der Gouverneur. »*Jeder* nennt mich Chuck.«

»Sir …« Er konnte sich nicht dazu überwinden, diesen Mann mit Chuck anzusprechen. »Ich weiß, das klingt unhöflich, aber ich hatte eigentlich erwartet, dass dieses Treffen stattfindet, damit wir über eine mögliche Begnadigung meines Mandanten verhandeln können. Normalerweise läuft das etwas anders ab.«

Alex warf Mrs. Olsen einen kurzen Blick zu, um sich zu vergewissern, dass sie sich von seiner Bemerkung nicht gekränkt fühlte. Ihre Augen blieben neutral, aber er entdeckte die Andeutung eines nervösen Lächelns, fast so, als wollte sie ihm auf eine Art die Hand reichen, die er nicht verstand.

»Ich weiß, mein Lieber, ich weiß«, erwiderte der Gouverneur. »Aber das hier ist auch ein ungewöhnlicher Fall, oder etwa nicht?«

Das konnte Alex nicht bestreiten.

»Lassen Sie es mich ganz einfach ausdrücken«, sagte der Gouverneur. »Mrs. Olsen ist hier, weil sie mich gebeten hat, Ihrem Mandanten die Begnadigung anzubieten.«

09.43 Uhr Pazifische Sommerzeit

Ich habe in meinem Leben Dinge getan, auf die ich nicht stolz bin. Ich habe Dinge getan, die ich nicht hätte tun dürfen. Ich war das Ergebnis meiner Erziehung. Man hat mir nicht immer beigebracht, was richtig und was falsch ist. Stattdessen hat man mir beigebracht, Menschen für Dinge zu hassen, auf die sie keinen Einfluss haben, oder für Dinge, die ich für schlecht hielt, weil ich so erzogen wurde.

Aber wie viel Unrecht ich auch begangen habe, Mord gehört nicht dazu. Ich mag in meiner Jugend ein Tyrann gewesen sein, aber ich war nie ein Mörder. Dorothy Olsen hat unter vielen Menschen gelitten, auch unter mir. Aber ich habe sie nicht getötet.

Clayton Burrow hörte auf zu schreiben und legte den Stift beiseite. Seine Hand schmerzte. Er öffnete und schloss sie mehrere Male, um den Krampf zu lösen. Aber dieser Schmerz war nichts im Vergleich zu dem Schmerz in seinem Inneren: Schmerz … Angst … Schuld? Er wusste es nicht genau. Er hatte einfach das ständige Bedürfnis zu weinen, was er natürlich nicht tun würde – zumindest nicht jetzt. Weinen war unmännlich, und angesichts der Tatsache, dass vierundzwanzig Stunden am Tag ein Gefängniswärter vor seiner Zelle postiert war, würde er den Schweinehunden bestimmt nicht den Gefallen tun zusammenzubrechen. Aber nachts, wenn die Lichter gedämpft wurden (im Todestrakt wurden sie nie ganz ausgeschaltet), vergrub er das Gesicht in seinem Kissen und gab der Schwäche nach, die er bei Tageslicht erfolgreich verbarg.

Er blickte auf den Brief hinab und überflog seine Worte. Als er sie aufgeschrieben hatte, hatte es sich angefühlt, als würde er das Richtige zur richtigen Zeit sagen. Aber als er sie nun noch einmal durchlas, dachte er nur, wie pathetisch das alles klang. Dies würde sein letzter Brief werden, der Brief, der vor seiner Hinrichtung verlesen werden sollte. Oder doch nicht? Vielleicht würde es sein letztes Gnadengesuch an den Gouverneur werden. Oder sein Brief an Mrs. Olsen, falls ihm die Begnadigung gewährt würde. Er war sich nicht sicher.

Sollte es ein Brief der Versöhnung oder ein Brief der Auflehnung werden … eine Entschuldigung oder ein Dementi? Was *wollte* er eigentlich schreiben? Noch nicht einmal das wusste er. Er wusste nur, dass er Bitterkeit und Wut verspürte … und Angst … und …

Einsamkeit.

Das war das Schlimmste. Während seiner gesamten siebenundzwanzig – fast achtundzwanzig – Jahre auf dieser Erde hatte er sich immer mit Freunden umgeben. Oder vielleicht war »Kumpels« das bessere Wort. Er umgab sich gerne mit Menschen, die ihn anfeuerten und ihm sagten, was für ein toller Typ er war. Er war zwar nie ein *richtig* guter Sportler gewesen, aber doch ein *ziemlich* guter, gut gebaut, mit Muskeln, die eher definiert als aufgepumpt waren. Außerdem war er mit einem hübschen, glatten Gesicht der Marke »Goldjunge« gesegnet, das über sein eher gehässiges Naturell hinwegtäuschte. Und er besaß genügend kindlichen Witz und sportlichen Elan, um bei Mädchen und Jungen gleichermaßen beliebt zu sein. Wenn sich die Meute an der Highschool auf ein Opfer einschoss, stand er immer auf der richtigen Seite, nämlich der überlegenen, gehörte immer zur angesagten Clique, statt sich vor den jeweiligen Außenseiter oder Sonderling zu stellen, der tyrannisiert wurde – ob verbal oder physisch.

Allein war er nur selten gewesen, und das war ihm sehr wichtig – wichtiger, als ihm je bewusst gewesen war. Im Grunde hatte er Angst vor dem Alleinsein, was ihm nie klar gewesen war, bis er sich schließlich in einer Situation wiedergefunden hatte, in der er dem Alleinsein nicht mehr ausweichen konnte. Während seiner fröhlichen, von Spaß und Müßiggang geprägten Highschooljahre war das kein Thema für ihn gewesen. Weil er nie allein gewesen war, hatte er keine Ahnung gehabt, wie hart ihn das Alleinsein treffen würde.

Rückblickend schien es ihm, als hätte er einen eingebauten Abwehrmechanismus gegen Einsamkeit besessen. Wann immer er allein gewesen war, hatte er sich so schnell wie möglich wieder menschliche Gesellschaft gesucht. Er war immer der Erste gewesen, der auf einen Freund oder eine Gruppe zugegangen war und sich in die Unterhaltung eingemischt hatte. Er war immer derjenige gewesen, der neue Klassenkameraden angesprochen und sie in Freund oder Feind eingeteilt hatte. Waren sie Freund, wurden sie als Resonanzboden missbraucht, waren sie Feind, wurden sie tyrannisiert oder zumindest gehänselt.

Selbst zu Hause ging er dem Alleinsein aus dem Weg. Er war zwar ein Einzelkind, hatte aber immer Freunde zu Besuch, die bei ihm übernachteten. Noch öfter übernachtete er jedoch bei ihnen. Das war ihm lieber, weil er sich insgeheim für seine Mutter schämte. Wer sein Vater war, wusste er nicht – genauso wenig wie seine Mutter.

Nun war er zum ersten Mal in seinem Leben gezwungen, Einsamkeit zu ertragen und sich seinen Ängsten zu stellen, und das als junger Mann, der so etwas wie Angst bis dahin nicht gekannt hatte.

Jetzt attackierte ihn seine Furcht vor der Einsamkeit – diese

Furcht, die immer da gewesen war, obwohl er sie so lange vor sich selbst verheimlicht hatte – wie ein innerer Dämon, der ihm keine Ruhe ließ.

Seine Mutter besuchte ihn nicht. Sie hatte ihn aus ihrem Leben gestrichen. Und auch seine alten Schulfreunde, die er immer mit seinen Späßen unterhalten hatte, schienen kein Interesse daran zu haben, ihrem gefallenen Idol für einen Augenblick Gesellschaft zu leisten.

Aber es war nicht die Einsamkeit an sich, die er so fürchtete. Die Einsamkeit war nichts als ein Türöffner zu seinem persönlichen Zimmer 101 – jener geheimen inneren Schreckenskammer eines Menschen, in der seine schlimmsten Ängste Realität werden. Die Einsamkeit zwang ihn dazu, sich mit *Selbstbeobachtung* zu beschäftigen. Und Selbstbeobachtung war das, was er am meisten fürchtete. Durch menschliche Gesellschaft entging man der Notwendigkeit, in sich hineinzuschauen und die elende Verkommenheit der eigenen Seele zu erkennen. Ohne diesen Schutzschild war Selbstbeobachtung alles, was Burrow blieb. In der ohrenbetäubenden Stille seiner Einsamkeit und im Schatten des Todes, der über ihm schwebte, war er gezwungen, einen Blick auf sich selbst zu werfen und sich wahrzunehmen, wie er wirklich war.

Und was er sah, gefiel ihm nicht.

Er sah einen Mann, der jede sich ihm bietende Chance verschenkt hatte. Er sah einen Mann, der unnötig grausam zu den Schwachen gewesen war. Er sah einen Mann, der sich seine Beliebtheit auf Kosten der Schwächsten und Verletzlichsten erkauft hatte.

Aber vor allem sah er einen Mann, der keine Chance mehr haben würde, seine Schuld wiedergutzumachen.

Er wusste, dass auch Dorothy Olsen innere Dämonen gehabt haben musste, wahrscheinlich noch viel schlimmere als er. Trotzdem war er auf ihr herumgetrampelt. Und wozu?

Für einen billigen, kindischen Kick, der ihm nun nichts mehr bedeutete.

Er wünschte, er hätte sein Leben noch einmal von vorne beginnen können. Er wünschte, er hätte noch einmal vor denselben Situationen stehen können, um dann weisere – und weniger grausame – Entscheidungen zu treffen. Aber Gott gewährte keine zweite Chance … falls es ihn überhaupt gab.

Er sah noch einmal auf den Brief hinab und merkte, wie wenig er aussagte – wie wenig von dem, was er eigentlich sagen *wollte*.

Von Wut überwältigt packte er den Brief und zerriss ihn in Fetzen.

Durch die Gitterstäbe beobachtete ihn der Zellenwärter mit unerbittlich neutralem Gesichtsausdruck.

09.45 Uhr Pazifische Sommerzeit

Alex saß da und schwieg verblüfft. Er hatte vieles erwartet, aber das nicht. Begnadigung? Bevor er überhaupt seine gut geübten Argumente vorgebracht hatte? Und die Mutter des Opfers hatte ausdrücklich darum *gebeten*?

Dann landete er wieder auf dem Boden der Tatsachen.

Sie hat mich gebeten, Ihrem Mandanten die Begnadigung anzubieten.

Die Worte waren sorgfältig gewählt.

»Wenn Sie sagen, sie hätte Sie ›gebeten‹«, fragte Alex vorsichtig, »heißt das dann, dass Sie noch keine Entscheidung getroffen haben?«

»Sie kennen meine Ansichten zur Todesstrafe.«

»Ja, Sir. Und ich habe Ihren Mut zu dieser Position immer bewundert.«

Er bereute den Satz, sobald er ihm über die Lippen kam. Er klang kriecherisch, und der Gouverneur war ein zu gewiefter Politiker, um ihn nicht sofort zu durchschauen.

»Und Sie wissen sicher auch, dass ich meine Entscheidungen relativ unabhängig treffe, besonders jetzt, wo ich mich aus der Politik zurückziehe.«

Alex nickte. Wie viele andere wusste auch er nicht recht, ob er ihm das glauben sollte, aber es war wohl kaum der richtige Augenblick, um seine Skepsis zum Ausdruck zu bringen.

»Nichtsdestoweniger wäre es unangebracht, wenn ich mich gegen den Willen der Legislative und der Gerichte stellen würde.«

Alex geriet in Panik bei dem Gedanken, dass ihm die Gelegenheit schon wieder entschlüpfte. »Aber Sie sagten doch …«

»*Es sei denn* … es gäbe einen zwingenden Grund. Wissen Sie, mein Lieber, auch wenn ich in der komfortablen Lage bin, mich über die öffentliche Meinung hinwegsetzen zu können, so glaube ich doch, dass es meine Pflicht ist, diese Meinung zumindest zu respektieren. Denken Sie an die Worte Thomas Jeffersons: ›… so erfordern Anstand und Achtung für die Meinungen des menschlichen Geschlechtes, dass es die Ursachen anzeige, wodurch es getrieben wird‹. Die Menschen, die mich gewählt haben, mögen nicht mit meiner Entscheidung übereinstimmen, aber ich bin ihnen zumindest eine Erklärung schuldig. Die Geschichte wird ein hartes Urteil über mich fällen, wenn ich meiner Pflicht nicht genüge, meine Gründe öffentlich darzulegen – und diese Gründe müssen gut sein.«

Alex holte tief Luft und gewann langsam die Fassung zurück. Er wurde nicht schlau aus dem Gouverneur und war sich ganz und gar nicht sicher, ob dieser wirklich nur seinen Platz in der Geschichte im Sinn hatte. Aber jetzt war keine Zeit, sich in Spekulationen bezüglich seiner Motive zu ergehen. Dusenbury warf ihm einen Rettungsanker zu – oder winkte ihm zumindest damit. Allein darauf kam es an.

»Sie brauchen also Gründe«, tastete sich Alex zögernd vor. »Gründe, die Sie bis jetzt noch nicht haben.«

»So ist es.«

»Und ich soll sie Ihnen beschaffen.«

»Nein, Ihr *Mandant* soll sie mir beschaffen.«

Alex verstand langsam, worauf er hinauswollte. »Haben Sie deshalb gesagt, dass Mrs. Olsen meinem Mandanten die Begnadigung *anbietet* und nicht *gewährt*?«

Dusenbury lächelte. »Das haben Sie ja schnell kapiert. Genau darum handelt es sich, mein Lieber: um ein Angebot.«

»Es gibt also vermutlich auch eine Gegenleistung?«, fragte Alex.

09.48 Uhr Pazifische Sommerzeit (17.48 Uhr Britische Sommerzeit)

In der Klinik war alles ruhig, als der späte Nachmittag in den frühen Abend überging. Aber das geräumige Fernsehzimmer mit seinen sterilen hellblauen Wänden und den sauberen grauen Ledermöbeln war schallisoliert und weit genug von den Krankenzimmern entfernt, so dass sie den Fernseher Tag und Nacht laufen lassen konnten. Die Krankenschwestern der Nachtschicht legten dort gerne kurze Kaffeepausen ein, ließen sich in einen Sessel fallen und sahen sich das Spätprogramm an. Sie zogen die Nachrichtensender mit durchgehendem Nachtprogramm – ob britisch oder amerikanisch – den spätabendlichen Quizsendungen vor, die wenig mehr waren als Hochglanz-Abzocke.

Susan White, eine Krankenschwester mittleren Alters, die noch zur »alten Schule« gehörte, ließ sich mit einem Becher Kaffee vor dem Fernseher nieder und begann, auf der Suche nach den aktuellen Nachrichten durch die Kanäle zu zappen. Dabei erwischte sie das Ende eines Berichts über eine Klinik in Amerika, die von einer Gruppe von Abtreibungsgegnern – oder »Pro-Lifern«, wie sie sich nannten – belagert wurde. Ihr wurde bewusst, wie viel Glück sie hatte, hier in Großbritannien zu sein.

Sie trank ihren Kaffee gern stark und mit viel Milch, aber die Kaffeemaschine bekam ihn nie so richtig hin. Sie trank ihn außerdem mit viel Zucker, was die Maschine normalerweise sehr gut hinbekam. Obwohl ihr drei Kaffeepausen pro Schicht zugestanden hätten, kam sie nur selten dazu, weil sich die anderen Schwestern oft mit ihren Problemen, sowohl privater als auch beruflicher Natur, an sie wandten. Also sorgte sie dafür, dass sie ihre Koffeinladung intus hatte, bevor die Schicht anfing.

Mit Rücksicht auf die Tatsache, dass die meisten stationären Patienten um diese Zeit ein Nickerchen hielten, senkte sie die Lautstärke. Auf dem Bildschirm sprach eine gepflegte Frau in den Dreißigern mit asiatischem Aussehen in die Kamera. Sie trug ein schickes blaues Kostüm aus knielangem Rock und einer etwas zu engen Jacke, das ihre schlanke, athletische Figur unterstrich, ohne sie überzubetonen.

Aber dann erschien ein Gesicht auf dem Bildschirm, das Susans Aufmerksamkeit erregte. Es war das Foto einer jungen Frau, das fast wie ein Polizeifoto aussah. Susan ließ den Bildschirm nicht aus den Augen und spürte, wie sich ein unbehagliches Gefühl in ihr ausbreitete.

Sie griff nach der Fernbedienung und stellte den Ton lauter. Man hörte den Off-Kommentar einer amerikanischen Reporterin. Es war eine dieser austauschbaren Moderatorinnenstimmen, die alle gleich klingen, ausgebildete, selbstbewusste Stimmen, denen immer ein kaum merklicher Hauch von Sarkasmus oder Herablassung anzuhören ist. Vielleicht war es auch nur die Härte, die man brauchte, um es in einer einstigen Männerdomäne ganz nach oben zu schaffen.

»Dorothy Olsens Leben war kein glückliches. In der Schule wurde sie tyrannisiert, ihre Eltern trennten sich, als sie ein Teenager war, und echte Freunde hatte sie nicht. Vor etwas mehr als neun Jahren, am 23. März 1998 – dem Tag ihres Schulabschlussballs –, verschwand Dorothy Olsen und wurde nie wieder gesehen.«

Nun wurde das Foto eines Mannes eingeblendet, den die Krankenschwester nicht kannte. Dieses Foto war eindeutig ein Polizeifoto.

»Clayton Burrow ist der Mann, der wegen Mordes an Dorothy Olsen verurteilt wurde. Als sie verschwand, stufte man sie zunächst als vermisste Person ein. Man nahm an, die gnadenlose Behandlung seitens ihrer Klassenkameraden, die Vergleiche mit Stephen Kings berühmtem Roman *Carrie* heraufbeschwor, habe dazu geführt, dass sie das Weite gesucht hatte. Es gab Spekulationen über einen möglichen Selbstmord, obwohl nie eine Leiche gefunden wurde.«

Susan White hob mit einem wachsenden Gefühl des Unbehagens den Styroporbecher an die Lippen. Das Foto von Burrow verschwand, und die Reporterin kam wieder ins Bild.

Einer der jungen Klinikpfleger bezeichnete diese Nachrichtensendung immer als »Foxy News«, sobald die Reporterin ins Bild kam, aber der Witz nutzte sich allmählich ab.

Im Hintergrund war der trostlose, nüchterne Eingang des Staatsgefängnisses San Quentin zu sehen.

»All dies«, fuhr die Reporterin fort, »änderte sich schlagartig vor knapp acht Jahren, nämlich am 19. Oktober 1999, als die Polizei auf einen anonymen Anruf hin Teile von Dorothy Olsens Leiche in Clayton Burrows Gefrierschrank entdeckte. Sie fand außerdem weiteres belastendes Beweismaterial in einem Versteck unter den Bodendielen, für das Burrow keine Erklärung hatte, darunter ein blutbeschmiertes Messer mit Burrows Fingerabdrücken sowie einen blutbefleckten Slip mit Spermaspuren. DNA-Tests ordneten das Sperma zweifelsfrei Clayton Burrow zu und das Blut Dorothy Olsen. Außerdem gab es Anhaltspunkte dafür, dass Dorothy Olsen kurz vor ihrem Verschwinden mit Geld aus ihrem Treuhandfonds teuren Schmuck gekauft hatte. Nichts davon wurde je gefunden.«

Susan White spürte etwas Nasses und Heißes auf ihrem Handgelenk und ihren Fingern. Sie merkte, dass ihre Hand zitterte und dass sie Kaffee verschüttet hatte. Also stellte sie den Becher ab und wischte sich über die Schwesternuniform, ohne den Blick vom Bildschirm zu wenden.

»Burrow beteuerte zwar seine Unschuld, konnte jedoch keine einleuchtende Erklärung für das gegen ihn sprechende Beweismaterial liefern, weshalb er am 20. Februar 2001 des Mordes in besonders schwerem Fall für schuldig erklärt wurde. Etwas mehr als eine Woche später wurde er deswegen zum Tode verurteilt. Diese Hinrichtung soll nun in gut vierzehn Stunden vollstreckt werden. Martine Yin, *Eyewitness News,* San Quentin.«

Susan White umklammerte die Armlehnen ihres Sessels, während ihr Herz immer schneller zu klopfen begann.

09.50 Uhr Pazifische Sommerzeit

»Sie sagen es, Alex, eine Gegenleistung.« Dusenbury drehte sich zu Mrs. Olsen um. »Esther, vielleicht möchten Sie das erklären.«

Esther Olsen richtete sich langsam in ihrem Stuhl auf. Es fiel ihr schwer, aber sie zwang sich dazu. Alex sah, wie schmerzhaft jede Bewegung für sie war und wie viel Anstrengung es sie kostete. Er rückte seinen Stuhl ein wenig zur Seite und drehte sich in ihre Richtung, damit sie ihn besser im Blick hatte.

»Ich kenne Sie nicht, Mr. Sedaka«, begann sie mit zitternder Stimme, »aber Sie sind ein guter Mensch. Zumindest wurde mir gesagt, Sie seien ein guter Mensch.«

Alex nickte. Es gab nicht viel, was er hätte sagen können. Ihr zuzustimmen wäre arrogant gewesen, ihr zu widersprechen unhöflich. Der Satz war ganz offensichtlich ohnehin nur die Einleitung zu dem, was sie eigentlich sagen wollte.

»Ich weiß, dass Sie den Fall erst kürzlich übernommen haben, und ich weiß auch, dass es Ihre Pflicht ist, Ihrem Mandanten zu helfen.«

Wieder nickte er und versuchte, beruhigend auf sie zu wirken. Was auch immer sie gleich sagen würde, es würde schmerzhaft für sie sein, das wusste er. Die Entscheidung, den Gouverneur um die Begnadigung des Mannes zu bitten, der ihre Tochter umgebracht hatte, musste sie unmenschliche Überwindung gekostet haben.

»Mr. Sedaka, auf Hebräisch bedeutet Ihr Name sowohl

›Wohltätigkeit‹ als auch ›Gerechtigkeit‹, und ich hoffe, dass Sie diesen Idealen gerecht werden.«

Alex war jüdisch, genau wie Esther Olsen, und obwohl er die Religion seiner Kindheit schon lange nicht mehr praktizierte, wusste er noch einiges von dem, was er in den ersten vierzehn Jahren seines Lebens gelernt hatte. Er kannte die Bedeutung seines Namens oder vielmehr des hebräischen Wortes *tsedaqah*, von dem sich der Familienname Sedaka ableitete.

»Ich sterbe, Mr. Sedaka. Ich habe Bauchspeicheldrüsenkrebs, und die Ärzte haben mir gesagt, dass ich im besten Fall noch einige Monate zu leben habe. Meine Tochter und ich waren zerstritten, aus Gründen, die zu kompliziert sind, um sie hier näher auszuführen. Was ich am meisten bereue, ist, dass ich nie Gelegenheit hatte, mich mit ihr zu versöhnen.«

»Ist dieses Zerwürfnis kurz vor ihrem Tod aufgetreten?« Alex wusste nicht, warum er die Frage gestellt hatte, aber er wusste, dass ihn mehr als reine Neugier dazu bewogen hatte.

»Nein, das war mehrere Jahre vor ihrem Tod. Ich hatte immer geglaubt – nein, *gehofft* –, dass die Zeit die Wunden heilen würde. Aber es sollte nicht sein. Wir haben uns nie miteinander versöhnt.« Sie holte tief Luft und hatte Mühe weiterzusprechen. »Sein eigenes Kind zu überleben ist etwas Schreckliches, Mr. Sedaka. Aber wenn es eines gibt, was noch schlimmer ist, dann das Wissen, dass man sich von einem geliebten Menschen im Schlechten getrennt hat. Diesen Schmerz nehme ich mit ins Grab.«

Ihre Augen füllten sich mit Tränen, und Alex spürte einen Kloß im Hals.

»Zur Versöhnung mit meiner Tochter ist es zu spät, und ich weiß auch nicht, ob wir im nächsten Leben miteinander Frieden schließen können, weil ich nicht weiß, ob es ein nächstes Leben gibt. Aber eines möchte ich noch in diesem Leben tun, nämlich ihr ein anständiges Begräbnis zuteilwerden lassen … oder … oder zumindest erfahren, wo sie begraben ist.«

Endlich ergab alles einen Sinn.

Alex warf dem Gouverneur einen schnellen Blick zu, bevor er wieder Mrs. Olsen ansah. »Nur damit ich alles richtig verstehe: Sie möchten, dass ich meinen Mandanten dazu bewege, den Ort preiszugeben, an dem er die Leiche besei… an dem er sie *begraben* hat. Und im Gegenzug bitten Sie um die Begnadigung Burrows und die Umwandlung seiner Todesstrafe in … was?« Er drehte sich zum Gouverneur um. »Lebenslänglich ohne Bewährung?«

Dusenbury nickte. Der Gouverneur würde Burrow also keine vollständige Amnestie gewähren. Alex wandte sich wieder Esther Olsen zu.

»Das ist alles, worum ich Sie bitte, Mr. Sedaka. Es ist der letzte Wunsch einer sterbenden Mutter.«

Alex wurde von seinen Gefühlen überwältigt und senkte den Blick. Er fragte sich, wie sein Mandant so etwas hatte tun können. Wie hatte er so grausam sein können, einer Mutter einen solchen Schmerz zuzufügen?

Aber er hatte nicht das Recht, über seinen Mandanten zu urteilen. Er hatte noch nicht einmal das Recht, von Burrows Schuld auszugehen, solange dieser auf seiner Unschuld beharrte. Aber es war natürlich seine Pflicht, seinem Mandanten dieses Angebot zu unterbreiten. Vielleicht würde Burrow nun endlich reinen Tisch machen. Alex hatte nie wirklich etwas anderes geglaubt, als dass Burrow schuldig war. Als Anwalt hatte er natürlich die berufliche Verpflichtung, sich nach den Vorgaben seines Mandanten zu richten und für dessen Unschuld zu plädieren, solange dieser behauptete, unschuldig zu sein. Aber es gab kein Gericht auf Erden, das der menschlichen Natur vorschreiben konnte, wie sie zu sein und was sie zu glauben hatte.

Alex hatte Burrow schon für schuldig gehalten, bevor er den Fall übernommen hatte. Diese Annahme gründete allerdings allein auf der Berichterstattung während des ursprünglichen Prozesses und des langen und mühseligen Berufungsverfahrens. Als man ihn gebeten hatte, den Fall zu übernehmen, war er also bereits voreingenommen gewesen. Aber das Flehen seines ehrgeizigen Rechtsreferendars und die persönliche Anfrage von Burrow selbst, deren Gründe Alex nie wirklich verstanden hatte, hatten ihn dazu bewogen, den Fall trotzdem anzunehmen.

Obwohl Alex das Verhandlungsprotokoll im Schnelldurchlauf gelesen hatte, in einer Atmosphäre, die angesichts des drohend näher rückenden Hinrichtungstermins immer intensiver und drückender geworden war, hatte nichts, was er dort gelesen hatte, seine Ansicht in irgendeiner Form geändert. Auch wenn der Fall zu komplex war, um ihn als eindeutigen Fall zu bezeichnen, war die Beweislage erdrückend genug. Für Alex bestand nicht der geringste Zweifel: Clayton Burrow hatte Dorothy Olsen ermordet.

Die Frage war nur, ob Clayton jetzt, wo sich ihm die einmalige Gelegenheit bot, sein armseliges Leben im Tausch gegen eine solche Kleinigkeit zu retten, reinen Tisch machen würde. Eigentlich hatte er nichts zu verlieren, wenn er die Wahrheit sagte, denn es bestand ohnehin nicht die geringste Chance, dass er durch Wiederaufnahme seines Falls freigesprochen und aus dem Gefängnis entlassen wurde. Und ein Geständnis rettete ihm vielleicht die Seele, falls es denn einen Gott gab.

Alex hütete sich, mit so etwas Vermessenem wie zu großen Erwartungen an die Sache heranzugehen. Vorsichtiger Optimismus war wohl eher angebracht.

Aber zuerst musste er sich sicher sein, dass er die Bedingungen der Abmachung richtig verstanden hatte. Er wandte sich an den Gouverneur. »Nur damit wir Missverständnisse vermeiden: Der Deal besteht darin, dass Burrow preisgibt, wo die Leiche vergraben ist, im Gegenzug begnadigt wird und eine lebenslange Haftstrafe ohne Bewährung absitzt?«

»Ganz genau«, antwortete Dusenbury und nickte mit seinem aristokratischen Haupt.

Alex überlegte kurz, ob er darauf bestehen sollte, die Bedingungen schriftlich festzuhalten. Aber Esther Olsens Gesichtsausdruck ließ darauf schließen, dass das eine unnötige Grausamkeit gewesen wäre. Außerdem war es überflüssig, wie ihm der feste Händedruck des Gouverneurs verriet.

10.03 Uhr Pazifische Sommerzeit

»Lebenslänglich ohne Bewährung«, hatte Alex gesagt. Der Mann im Auto konnte es nicht glauben.

Es gab keinen Zweifel. Das Angebot war auf dem Tisch.

Im Kopf des Mannes drehte sich alles. Als der Gouverneur Alex gebeten hatte, früher zu dem Treffen zu kommen, hatte er sich gefragt, was da vor sich ging. Er hatte geahnt, dass es etwas Ungewöhnliches war. Aber *das* hatte er nicht erwartet.

Wieder und wieder ging er in Gedanken das Gespräch durch.

Nathaniel Anderson war kein FBI-Mann und auch kein Cop, Journalist oder Auftragskiller. Er hatte vor kurzem seinen Abschluss in Jura gemacht und arbeitete nun als Rechtsreferendar, während er sich auf die Zulassungsprüfung vorbereitete. Im Laufe seines letzten Studienjahres hatte er bereits eine beachtliche Anzahl an Pflichtverteidigungsmandaten übernommen und bedürftigen Straftätern dabei geholfen, im sprichwörtlichen Fleischwolf des Strafrechtssystems ihre Haftstrafen herunterzuhandeln.

Es hatte ihn viel Zeit gekostet, sich ihren Respekt zu verdienen. Sie betrachteten ihn als arrogantes weißes Jüngelchen, als typischen Anwalt eben. Aber er hatte geschuftet wie ein Tier und sie durch Beharrlichkeit und harte Arbeit für sich gewonnen. Und weil er für den Strafverteidiger gearbeitet hatte, war es ihm gelungen, sich eine eindrucksvolle Liste mit Kontakten in der Verbrecherwelt aufzubauen, eine Liste, die ihm bereits sehr nützlich gewesen war.

Der Gouverneur bietet Burrow also die Begnadigung an, wenn er verrät, wo die Leiche ist. Er fragte sich, wie die Öffentlichkeit wohl darauf reagieren würde – aber natürlich würden der Gouverneur und Alex den Deal erst öffentlich machen, wenn er unter Dach und Fach war.

Nathaniel sah sich auf der Golden Gate Avenue um. Ein paar Autos hinter ihm war eine Limousine geparkt. Er blickte nach oben. Die Sonne kletterte mit Fortschreiten des Tages immer höher. Etwas weniger als vierzehn Stunden noch, bis Burrow die tödliche Injektion erwartete – es sei denn, Alex konnte ihn retten.

Er sah sich wieder nach der Limousine um und fragte sich, ob Mrs. Olsen wohl in diesem Fahrzeug gekommen war. Die räumliche Nähe war ihm unangenehm, aber das ging schon in Ordnung: Alex und er würden ohnehin gleich verschwinden.

Den Blick auf den Rückspiegel gerichtet wartete er die nächsten Minuten ab. Schließlich traten mehrere Personen aus dem Gebäude: Mrs. Olsen, der Fahrer der Limousine und Alex Sedaka. Alex blieb stehen und sah zu, wie der Fahrer Mrs. Olsen zum Auto begleitete, ihr die Tür öffnete, sie hinter ihr schloss und zum Fahrersitz herumging. Er behielt die Limousine auch dann noch im Blick, als sie an ihm vorbei nach Osten in Richtung Larkin Street fuhr.

Als sich Alex zu ihm umdrehte und aufs Auto zuging, versuchte Nathaniel, seinen Gesichtsausdruck im Rückspiegel zu erkennen. Eilig nahm er das Headset vom Ohr und verstaute es im Handschuhfach. Noch während Alex die Beifahrertür öffnete und einstieg, griff er nach dem Zündschlüssel.

»Ich gehe davon aus, dass du alles mitgehört hast, Nat?«, fragte Alex und zeigte auf Nats Handy.

»Jedes Wort. Wohin soll‘s gehen? In die Kanzlei?«

»Nein, ich denke, wir machen zuerst einen kleinen Abstecher nach San Quentin.«

10.05 Uhr Pazifische Sommerzeit

Ein Schrein.

Anders konnte man es wohl kaum bezeichnen: Es war ein Schrein, dessen Mittelpunkt der Sims des falschen Kamins bildete, von wo aus er sich über das ganze Zimmer erstreckte.

Das Foto war in der Mitte des Kaminsimses aufgestellt – ein Mädchen im Teenageralter, das in die Kamera lächelte oder es zumindest versuchte. Bei Dorothy konnte man nie sagen, ob das Lächeln echt war, weil sie von klein auf gelernt hatte, ihre Gefühle hinter einer Maske zu verbergen. War es ein Lächeln voll echter Fröhlichkeit? Oder das mit Fettschminke aufgemalte Lächeln eines Clowns, der auf die Bühne muss, auch wenn er innerlich trauert?

Das Foto wurde von zwei Kerzen flankiert, und Dorothys Tennisurkunden und Gedichte zierten die umliegenden Wände, während ihre Pokale großzügig über mehrere Couchtische und Vitrinenschränke verteilt waren.

Abgesehen von den Erinnerungsgegenständen bestand die einzige Einrichtung des Zimmers aus einem Sessel und einem kleinen Fernseher.

Der junge Mann stand vor dem Foto, starrte in Dorothys Augen und versuchte, ihr Rätsel zu entschlüsseln. Waren diese Augen glücklich? War Dorothy überhaupt je glücklich gewesen? Hatte sie je die Chance dazu gehabt?

Sie war immer liebevoll und freundlich zu ihm gewesen, egal, wie schlecht sie selbst behandelt worden war. Er spürte, wie ihm Tränen in die Augen stiegen. Warum war *sie* nicht so geliebt worden, wie sie ihn geliebt hatte?

Er bekam keine Luft mehr und schaltete den Fernseher ein, um sich abzulenken. Es gab bestimmt einen Nachrichtensender, der rund um die Uhr über die bevorstehende Hinrichtung von Clayton Burrow berichtete. Er sah auf die Uhr. In weniger als vierzehn Stunden würde alles vorbei sein.

10.08 Uhr Pazifische Sommerzeit

»Glaubst du, er beißt an?«, fragte Nat, den Blick auf die Straße gerichtet. Er war gerade links in die Larkin Street eingebogen und kurz davor, an der Turk Street erneut links abzubiegen.

»Ich wüsste nicht, warum er nicht anbeißen sollte. Er will schließlich leben… denke ich.«

»Hinter Gittern? Für den Rest seiner Tage?«

»Er ist ein Narzisst«, erklärte Alex. »Er steht gerne im Mittelpunkt und will hören, was für ein toller Typ er ist. Er will der große Fonz sein.«

»Fonz?«

»Fonzie… aus *Happy Days.*«

»*Happy Days*?«, wiederholte Nat verständnislos und verriet damit seine Jugend, während sie rechts in die Van Ness Street einbogen.

Nat tat nur so. In Wirklichkeit schaute er sich gerne die Wiederholungen im Fernsehen an und wusste genau, wer »der große Fonz« war. Aber er verstand trotzdem nicht, was das mit seiner Frage zu tun hatte, ob Burrow sich auf den Deal einlassen würde.

»Fonzie war der Schulabbrecher, der sich für nichts anderes interessierte als dafür, möglichst cool zu sein. Coolsein war sein Markenzeichen. Aber trotzdem mochte ihn jeder, die Jungs genauso wie die Mädels.«

»Und warum interessiert uns das?«

»Weil es das ist, was Clayton Burrow immer sein wollte:

cool. Er wollte bei den anderen gut ankommen, die Nummer eins sein. Mister Superbeliebt. Teil der angesagten Clique. Wie ich bereits sagte – ein klassischer Narzisst.«

»Die Sorte kenne ich. Aber ich verstehe immer noch nicht, was das mit der Frage zu tun hat, ob Burrow das Angebot annimmt oder nicht.«

Alex lächelte. Nat mochte auf der Uni die besten Noten gehabt haben, aber über das echte Leben musste er noch viel lernen.

»Weißt du, Nat, Aufmerksamkeit ist das, was sich ein Narzisst am meisten wünscht. Und das Nächstbeste ist, am Leben zu bleiben. Er will leben – selbst wenn es hinter Gittern ist. Schließlich wird er noch eine ganze Weile im Mittelpunkt stehen, bei der ganzen Aufmerksamkeit, die er von der Presse bekommt … und der Öffentlichkeit … bis er irgendwann nicht mehr interessant ist.«

Nat dachte einen Augenblick darüber nach. »Er hat es nie zugegeben … dass er die kleine Olsen umgebracht hat, meine ich.«

»Ich weiß. Aber bis jetzt hatte er auch keinen Grund dazu. Er hatte sogar allen Grund, es *nicht* zuzugeben.«

Sie bogen nun nach links in die Lombard Street ab, während sich angespanntes Schweigen zwischen ihnen breitmachte. Eigenartigerweise ertappte sich Alex dabei, wie er über Nat nachdachte und nicht über Burrow. Er hatte eigentlich überhaupt nicht vorgehabt, einen Rechtsreferendar einzustellen, seine Kanzlei war zu winzig, um einen solchen zu rechtfertigen. Aber Nat hatte sich mit Engagement und beneidenswerter Hartnäckigkeit seinen Weg in Alex‘ berufliches Leben gebahnt. Seinen Feldzug hatte er noch von der Uni aus mit einem beeindruckenden Lebenslauf und einer Reihe von Briefen begonnen, in denen er Alex‘ Arbeit in den Himmel gelobt hatte. Damals hatte Nat gerade ein studienbegleitendes Praktikum im Büro des Strafverteidigers gemacht.

Der alles entscheidende Schachzug war jedoch ein spontaner Besuch in Alex' Kanzlei gewesen. Als Alex ihm höflich die Vermittlung an eine andere Kanzlei angeboten hatte, hatte Nat geantwortet, dass er nicht für die »Huren und Heiden« des Gewerbes arbeiten wolle, sondern für jemanden, der noch an Gerechtigkeit glaube. Alex war sich nicht sicher, ob Nat vollkommen *meschugge* war oder nur eine junge Inkarnation seiner selbst, als er noch intakte Ideale gehabt hatte. Den Ausschlag hatte Nat gegeben, als er Alex' Abwehrversuche mit dem Satz pariert hatte, er wolle der Petrus für Alex' Jesus sein. Für so einen Hammersatz hätten die meisten Anwälte ihre Rolex – wenn nicht gar ihr Rolodex – gegeben. Er traf Alex aus heiterem Himmel.

Was die Fallbelastung anging, war Nat der Kanzlei höchst willkommen gewesen. Nachdem Alex erfolgreich die Freundin eines Drogenbarons vertreten und Berufung gegen ihre Verurteilung wegen Beihilfe eingelegt hatte, waren immer mehr Aufträge in seine Kanzlei geflattert. Sein ohnehin schon beträchtliches Arbeitspensum hatte schließlich darin gegipfelt, dass die Akte *Der Staat Kalifornien gegen Burrow* auf seinem Schreibtisch gelandet war, sein bisher größter Fall. Es gab so viel Material, das durchgeackert werden musste, so viel Boden, der gutgemacht werden musste, dass Alex bis heute nicht sicher war, ob er wirklich alle Fakten des Falls kannte.

Aber der Hinrichtungstermin war festgelegt worden, und das Gericht hatte sich geweigert, ihm mehr Zeit zu geben.

»Willst du eine Kopie von der Aufnahme?«, unterbrach Nats Stimme Alex' Überlegungen. Sie waren inzwischen auf dem Doyle Drive in Richtung Norden unterwegs und fuhren auf die Golden Gate Bridge zu.

»Oh, äh… ja. Am besten, du lädst sie auf den Mailserver hoch und deponierst eine Kopie bei der Bank. Juanita soll eine Abschrift machen. Die vergleichen wir dann mit dem offiziellen Transkript, sobald wir es bekommen.«

Während des gesamten Gesprächs mit dem Gouverneur hatten sie eine offene Handyverbindung aufrechterhalten und Alex' nagelneues iPhone auf stumm gestellt, so dass Nat zuhören und das Gespräch aufnehmen konnte.

Ursprünglich hatte der Plan darin bestanden, dass sie gemeinsam hineingingen, aber Nat war der Meinung, dass Alex allein effektiver wäre. Zwei gegen einen hätte den Eindruck erweckt, sie wollten den Gouverneur unter Druck setzen, was seine Position unter Umständen verhärtet hätte. Einer gegen einen wirkte hingegen wie ein echtes Gnadengesuch. Auf diese Weise war Alex so etwas wie ein Vertreter Burrows, der an seiner Stelle einen aufrichtigen, von Herzen kommenden Appell an den Gouverneur richtete.

Alex mochte Nats Denkweise. Er schaffte es immer, eine frische Perspektive in Situationen einzubringen.

10.17 Uhr Pazifische Sommerzeit (18.17 Uhr Britische Sommerzeit)

»Alles in Ordnung mit dir, Sue?«

Susan White hatte mit offenen Augen geträumt. Die erste Stunde der Nachtschicht hatte kaum angefangen, und schon waren ihre Gedanken meilenweit weg. Ihr wurde plötzlich bewusst, dass sie von einer jungen Krankenschwester angestarrt wurde.

»Oh ja, mir geht es gut. Ich musste nur gerade an etwas denken.«

Die junge Schwester war dunkelhaarig und hübsch und hatte ein Lächeln, das Susan an eine junge britische Schauspielerin erinnerte, der nach einigen Rollen in britischen Filmen der Durchbruch in Hollywood gelungen war. Sie konnte sich nicht an den Namen der Schauspielerin erinnern. Es war schon schwer genug, sich den Namen der Schwester zu merken.

Danielle. Ja, das war es. Danielle Michaels.

»Bist du sicher?«

Susan White spürte, dass Danielle aufrichtig besorgt war. »Ja, mir geht's gut. Keine Sorge. Mir geht's wirklich gut.«

Danielle lächelte ihr noch einmal zu und ging dann davon, nicht ohne einen kurzen, besorgten Blick über die Schulter zu werfen. Aber Susan konnte im Moment an nichts anderes denken als an den Fernsehbericht über den Mann, der hingerichtet werden sollte.

Gab es eine Verbindung zwischen den beiden Fällen? Sie wusste es nicht. Aber sie musste es herausfinden.

Zuerst ging sie ins Archiv, in dem die Krankenakten aufbewahrt wurden. Der Raum selbst war unverschlossen, aber nicht die Schränke. Es war außerhalb der normalen Arbeitszeiten, deshalb war der Archivar nicht mehr im Haus. Aber sie brauchte ja gar nicht die ganze Akte, sondern nur die Kartei. Die Bildschirmkopien wurden fortlaufend nummeriert und nach Datum abgelegt. Jede Akte hatte eine entsprechende Karte in der Kartei, die alphabetisch sortiert war. Auf der Karteikarte würde das Datum stehen.

Sie fand die Karte in weniger als einer Minute und spürte, wie ihr ein eisiger Schauer über den Rücken lief. Die Akte war am 25. Mai 1998 angelegt worden. Vor neun Jahren, genau wie die Fernsehreporterin gesagt hatte.

Es führte kein Weg daran vorbei: Die Daten stimmten überein.

10.36 Uhr Pazifische Sommerzeit

Als sie in San Quentin ankamen, ging Alex allein hinein, während Nat im Auto wartete. Er war zwar schon in vielen Gefängnissen gewesen, aber noch nie im Todestrakt – nicht einmal im relativ ruhigen Isolationstrakt Nord.

»Zu deprimierend« war alles, was er als Erklärung vorbrachte.

»Wovon redest du?«, fragte Alex. »Dort ist es auch nicht anders als in anderen Bereichen des Gefängnisses.«

»Doch, ist es wohl. Jedenfalls für mich. Der Todestrakt hat… Ich kann es nicht erklären. Es ist so, als könnte man den Tod schon riechen.«

Dafür hatte Alex nun wirklich kein Verständnis. »Wie willst du denn als Anwalt an eigenen Fällen arbeiten, wenn du ständig Angst haben musst, dass du deine Emotionen nicht aus deiner Arbeit raushalten kannst?«

Nat schüttelte nur den Kopf und drehte sich weg, als hätte er Mühe, die angesprochenen Emotionen zurückzuhalten. »Ich kann einfach nicht«, sagte er mit zitternder Stimme. »Noch nicht.«

Alex stand vor einem Rätsel, aber ihm war klar, dass er Nats Verhalten akzeptieren musste. Welchen seelischen Ballast er auch immer mit sich herumschleppte, er schien ihn weder abschütteln zu können noch gewillt zu sein, ihn mit Außenstehenden zu teilen.

Zumindest bei diesem Fall würde Nat also nur den Fahrer spielen, und es war fraglich, wie er auf diese Weise in seinem erwählten Beruf dazulernen wollte. Der Fairness halber musste Alex ihm zugestehen, dass er einen großen Beitrag zur Hintergrundrecherche geleistet hatte. An Fleiß und Enthusiasmus mangelte es ihm jedenfalls nicht. Wenn Nat zu Burrow Distanz wahren musste, um sich diesen Enthusiasmus zu bewahren, dann war es eben so.

Es dauerte einige Minuten, bis Alex die Sicherheitsschleuse passiert hatte, aber es kam ihm schon schneller vor als beim letzten Mal. Die Gefängniswärter kannten ihn mittlerweile, und er kannte das Prozedere, weshalb man ihm nicht mehr lange erklären musste, was er mit hineinbringen durfte und was nicht. Mit Herannahen des Hinrichtungstermins sahen die Wärter zudem die Dringlichkeit dieser Treffen ein und hatten selbst für den niederträchtigsten Mörder einen Funken Sympathie übrig. Jahre im Todestrakt machen einen Menschen demütig und umgänglich, und selbst die überzeugtesten Verfechter der Todesstrafe unter den Gefängniswärtern mussten zugeben, dass ein Verurteilter, wenn er seinem Schöpfer gegenübertrat, ein vollkommen anderer Mensch war als zum Zeitpunkt seiner Verurteilung.

Welche Argumente man auch immer für die Todesstrafe als dem ultimativen *individuellen* Abschreckungsmittel vorbrachte – sie war vor allem eine Strafe, die sich selbst unnötig machte. Es war das Leben im *Schatten* des Todes, was den Charakter eines Menschen veränderte, nicht der Tod selbst. Und auch als kollektive Abschreckung war die Todesstrafe vollkommen nutzlos, fand Alex. Aber es gab andere, die ihm in diesem Punkt nur allzu gerne widersprochen hätten.

Als Alex schließlich in Clayton Burrows Zelle stand, schien der Verurteilte verzweifelt bemüht, die Neuigkeiten an seinem Gesichtsausdruck abzulesen.

»Was hat er gesagt?«, fragte Burrow mit angstvollem Beben in der Stimme.

»Die Sache ist ein wenig kompliziert«, antwortete Alex zögernd.

»Was meinen Sie damit?« Burrow atmete schwer, als wagte er kaum noch zu hoffen.

»Er bietet Ihnen die Begnadigung an – allerdings unter Vorbehalt.«

»Was heißt das?«

»Das heißt, dass er bereit ist, Ihr Urteil in lebenslänglich umzuwandeln, wenn Sie ein Geständnis ablegen.«

»Das ist alles?«, fragte Burrow und ließ die Luft aus seiner Lunge entweichen.

»Nein, er verlangt noch etwas. Sie müssen verraten, wo Sie die Leiche vergraben haben.«

Das Lächeln verschwand aus dem Gesicht des Verurteilten. »Scheiße!«, brüllte Burrow und schlug mit der rechten Faust in die linke Handfläche. »Gottverdammte Scheiße!«

Alex sah seinen Mandanten erstaunt an. »Warum? Was ist los?«

»Das kann ich nicht! Ich kann's nicht, verdammt noch mal!«

10.39 Uhr Pazifische Sommerzeit

Es war wirklich nett von Chuck, dass er ihr eine Limousine zur Verfügung gestellt hatte, dachte Esther Olsen.

Hinter ihnen verschwand allmählich die Brücke aus dem Blickfeld, aber Esther war über den Punkt hinaus, an dem sie Augen für die Aussicht gehabt hätte. Auf der Herfahrt hatte sie sich dadurch noch von ihren Sorgen ablenken lassen. Sie fuhr selbst nicht mehr Auto, und die Krankheit hatte sie fast vollständig ans Haus gefesselt, daher war jede Reise eine Flucht, nicht nur physisch, sondern auch mental. Aber der Reiz des Neuen war schnell verflogen.

Dasselbe galt für die Limousine. Der Luxus ihrer Lederpolster und ihrer edlen Holzverkleidung hatte ihre Stimmung um einen mikroskopisch kleinen Grad angehoben, aber solche trivialen Freuden waren winzig gemessen an all dem Leid, das in den letzten Jahren über sie gekommen war. Zuerst hatte ihr die zügellose Bösartigkeit eines Mörders die Tochter genommen, und dann hatte sich auch noch diese verheerende Krankheit in grausamer Willkür auf sie gestürzt, um sie dahinzuraffen und ihr ihr eigenes Todesurteil zu bescheren.

Sie hatte ihr Päckchen zu tragen gehabt im Leben, aber auch wenn nicht immer alles glattgegangen war, hatte sie doch alle Chancen gehabt und konnte sich daher damit abfinden, dass der Sensenmann ausgerechnet sie herausgepickt hatte. Es war der Verlust ihrer Tochter, der ihr unverzeihlich erschien, denn er war auf menschliches Handeln zurückzuführen. Und sie gab nicht nur Burrow dafür die Schuld, sondern auch ihrem Mann.

Weil sie die Wut nicht länger ertrug, war sie auf Dusenbury zugegangen und hatte ihn überredet, Burrow die Begnadigung anzubieten. Angesichts des Schicksals, das sie erwartete, brauchte sie einen sauberen Abschluss dringender als Rache. Deshalb spürte sie nun, als sie die Augen schloss, wie sie in glücklichere Zeiten zurückglitt.

Sie hatte keine Ahnung, warum von all den Erinnerungen, die ihr durch den Kopf schossen, ausgerechnet die an ihren One-Night-Stand zuerst in ihre Gedanken drängte.

Sie hatten damals beide noch studiert: Er hatte das Ende seines Probejahres an der juristischen Fakultät gefeiert, sie den Abschluss ihrer Diplomprüfungen in Literatur. Es war eine jener Verbindungspartys gewesen, bei denen grundsätzlich zu viel getrunken wird und jeder irgendjemanden, aber niemand alle kennt. Bis heute wusste sie nicht, wie sie schließlich zusammen in der Kiste gelandet waren. Sicher, der Alkohol war reichlich geflossen, und er hatte gut ausgesehen, und ja, sie hatten beide in der Ecke gesessen und versucht, sich dem rüpelhaften Saufgelage zu entziehen, das für beide längst jeden Reiz verloren hatte. Sie war nicht so intellektuell wie er, eher der Typ romantischer Freigeist, aber auch sie war von der ruhigen Sorte. Das zumindest hatten sie gemeinsam gehabt.

Außerdem war sie verlobt mit einem anständigen, wenn auch etwas langweiligen – um nicht zu sagen kalten – Mann, dessen Familie »gut situiert« war, einem Mann mit »Zukunft«, wie es ihre ehrgeizige Mutter ausdrückte. War es der Versuch, einer Verlobung zu entfliehen, die sie nie wirklich gewollt hatte? Oder ein letztes Aufbäumen, bevor sie ihre Freiheit für immer einbüßte?

Was auch immer der Grund für jene Nacht der Leidenschaft war, sie erinnerte sie an einen Satz am Ende von Thomas Hardys *Der Bürgermeister von Casterbridge,* in dem es hieß, dass »Glück nur eine zufällige Episode in dem allgemeinen Drama menschlicher Pein« war. Über diesen Satz hatte Dorothy nach der Lektüre des Buches viele Stunden mit ihr diskutiert, in glücklicheren Zeiten, in denen Mutter und Tochter noch miteinander reden konnten. Esther war der Meinung gewesen, dass Dorothy zu jung sei für ein solches Buch, doch Dorothy hatte es mit ihrem unstillbaren Appetit auf Literatur, den sie von ihrer Mutter geerbt hatte, gierig verschlungen.

Aber jetzt ging Esther der Satz nicht mehr aus dem Kopf. Hatte es danach überhaupt je wieder echte Glücksmomente in ihrem Leben gegeben? Ihre Ehe mit Edgar zählte sicher nicht dazu. Sie fragte sich, ob es ihre Schuld gewesen war … ob die Ehe von ihrer einen, flüchtigen Affäre besudelt gewesen war, noch bevor sie überhaupt angefangen hatte.

Und doch spürte sie keine Schuldgefühle, nicht einmal, als ihre Gedanken weiter durch die Jahre flogen und bei dem Bild landeten, das sich für immer in ihr Gedächtnis eingebrannt hatte – das Bild ihres am Boden liegenden Mannes mit einem Einschussloch im Kopf.

10.43 Uhr Pazifische Sommerzeit

»Es geht um Ihr Leben!« Alex' Stimme überschlug sich fast. »Als ich zu dem Treffen mit dem Gouverneur ging, war ich eigentlich schon davon überzeugt, dass Sie ein toter Mann sind. Und jetzt wirft er uns verdammt noch mal einen Rettungsanker zu – und das, obwohl niemand mehr damit gerechnet hätte! Wollen Sie ihm den wirklich um die Ohren hauen?«

»Sie verstehen nicht!«, antwortete Burrow und schluchzte in seine Hände. »Ich *kann* Ihnen nicht sagen, wo sie ist, weil ich es nicht *weiß*!«

»Was meinen Sie damit, Sie wissen es nicht?«, fragte Alex und vergewisserte sich, dass der Wärter vor der Zelle außer Hörweite war. »Sie wollen also wirklich weiter den Unschuldigen spielen, sogar jetzt, wo Sie die Chance haben, den Hals aus der Schlinge zu ziehen?«

»Ich spiele nicht! Hören Sie, ich schwöre, dass ich sie nie angerührt… ich meine, ich habe sie nicht…«

Er brach ab, als er den ungläubigen Ausdruck im Gesicht des Anwalts bemerkte. Einige Sekunden sagte keiner der beiden ein Wort. Dann versuchte es Alex noch einmal: »Was glauben *Sie* denn, was passiert ist? Glauben Sie, jemand anders hat sie umgebracht? Glauben Sie, sie ist einfach vom Erdboden verschwunden?«

»Sie hat mich geleimt!»

»*Was?*«

»Sie hat es mir angehängt!«

»Wovon reden Sie?«

»Warum, glauben Sie, wurde ihre Leiche nie gefunden?«

Alex wusste, dass jetzt keine Zeit war, um den heißen Brei herumzureden – nicht, wenn er seinem erbärmlichen Mandanten den Hals retten wollte. »Vielleicht, weil *Sie* sie vergraben haben?«

»Weil es überhaupt keine Leiche gab! Sie ist nicht tot, das versichere ich Ihnen. Sie sitzt irgendwo in einem Zimmer und sieht fern und lacht sich ins Fäustchen über diese ganze abgedroschene Show!«

»Ach, das glauben Sie?«, fragte Alex höhnisch.

»Ganz recht, genau das glaube ich!«

»Und dafür haben Sie doch sicher auch so etwas wie... Beweise?«

Burrow sah den Anwalt an, als hätte er ihn am liebsten geschlagen. »Glauben Sie wirklich, dass ich in diesem verdammten Scheißloch sitzen würde, wenn ich Beweise hätte?«

Alex atmete schwer und bemühte sich um Fassung. »Gut, tut mir leid, das war eine dumme Frage. Aber sagen Sie mir eins: Warum sollte sie Ihnen einen Mord anhängen?«

»Was?«

»Ihr Motiv, verdammt noch mal! Was ist ihr Motiv?«

Burrow war deutlich anzusehen, wie schwer ihn die Skepsis seines Anwalts traf. »Sie glauben, ich würde Sie verscheißern, nicht wahr?«

Alex seufzte. »Ich glaube, Sie klammern sich an jeden Strohhalm.«

Aber er wusste, dass das unlogisch war. Warum hätte sich Burrow an den Strohhalm einer derart bescheuerten Theorie klammern sollen, wenn ihm der Gouverneur gerade ein Rettungsseil zugeworfen hatte?

»Ich glaube, sie hat es getan, weil ich...«

Seine Stimme versagte, aber Alex sah in seinen Augen,

dass er noch mehr sagen wollte. Er versuchte es mit einem ermunternden Tonfall. »Weil Sie … was?«

Aber Burrow hatte seine Meinung geändert. »Vergessen Sie's, okay? Vergessen wir es einfach. Sie haben Ihr Bestes für mich getan. Ich kann nicht behaupten, Sie hätten sich nicht bemüht. Jetzt lassen Sie mich in Ruhe, ich muss mich auf das Unausweichliche vorbereiten.«

Als Alex Burrow ansah, ging ihm ein beunruhigender Gedanke durch den Kopf: Das war nicht die Antwort eines Schuldigen.

10.52 Uhr Pazifische Sommerzeit

Martine Yin frischte in ihrem Wohnwagen vor San Quentin ihr Make-up auf und bereitete sich auf die nächste Live-Übertragung vor. Es war ein heißer Tag, und sie beschloss, ihr blaues Jackett gegen eine Herrenweste einzutauschen – die, die sie als Amateurspielerin beim Snooker trug.

Ihre Gedanken waren ganz auf den vorliegenden Fall konzentriert. Sie hatte gesehen, wie Burrows Anwalt San Quentin betrat, und gehofft, ein Interview mit ihm zu bekommen, wenn er wieder herauskam, aber dann war sie im Pressegedränge stecken geblieben und hatte es nicht geschafft, zu seinem Auto vorzudringen, bevor es sich in Bewegung gesetzt hatte und in der Ferne verschwunden war. Sie wusste, dass der Anwalt am Morgen einen Termin beim Gouverneur gehabt hatte, aber das war eine reine Formalität gewesen. Außerdem hätte es eine öffentliche Bekanntgabe seitens des Büros des Gouverneurs geben müssen, wenn bei dem Treffen etwas Neues herausgekommen wäre.

Trotzdem hätte sie gerne mit Sedaka gesprochen, und sei es nur, um ausführliche Informationen über die Reaktion seines Mandanten auf die zwangsläufig schlechten Nachrichten zu bekommen. Aber er war ihr durch die Lappen gegangen. Davon einmal abgesehen glaubte sie ohnehin, dass er nicht darüber reden wollte, ja wahrscheinlich nicht einmal darüber reden *durfte*. Trotzdem hätte sie gerne ein Exklusivinterview mit ihm gehabt.

Das Problem war die Kontaktaufnahme. Sie hatte lediglich

die Nummer von Sedakas Kanzlei, und die Sekretärin hatte sich höflich aber unbeirrbar geweigert, Sedakas Handynummer herauszurücken.

Martine blieb also nichts anderes übrig, als vor dem Gefängnis auszuharren und auf weitere Entwicklungen zu warten. Den Bericht an diesem Morgen hatte sie gut über die Bühne gebracht. Natürlich würde sich die Lage verschärfen, wenn die Hinrichtungszeit näher rückte. Je näher an Mitternacht, desto wichtiger die Story. Es bestand nicht die geringste Chance einer Begnadigung durch den Gouverneur – ungeachtet seiner unpopulären persönlichen Ansichten zur Todesstrafe. Nur Dorothy Olsen selbst hätte die Hinrichtung noch verhindern können, wenn sie plötzlich hereingeschlendert wäre und »Überraschung!« gerufen hätte.

Martine lächelte bei der Vorstellung und fühlte sich an die vielen urbanen Legenden und Verschwörungstheorien erinnert, die sich bis heute um das Lindbergh-Baby rankten. Immer wieder behauptete jemand, er sei der tote Racker – einmal sogar eine schwarze Frau! Schon damals in den Dreißigern hatte es Zweifel an der Verurteilung Hauptmanns gegeben, der wegen Mordes an dem Kind hingerichtet worden war. Es war vielfach behauptet worden, sein Prozess sei unfair gewesen – nicht zuletzt wegen der rachsüchtigen Atmosphäre, in der er stattgefunden hatte. Aber die Beweislage gegen ihn war dennoch erdrückend gewesen, genau wie die gegen Clayton Burrow.

Das Handy riss sie aus ihren Gedanken.

»Martine Yin.«

»Hallo Marti, hier ist Paul.« Paul war ein übereifriger junger Angestellter beim Sender. »Wir haben gerade einen Tipp in Sachen Burrow bekommen. Du wirst es nicht glauben.«

Als Reaktion auf das, was er als Nächstes sagte, fiel ihr die Kinnlade herunter.

11.04 Uhr Pazifische Sommerzeit

»Und er hat nicht gesagt, warum?«

»Nein. Er hat nur behauptet, sie hätte ihm den Mord untergeschoben, und dann war nichts mehr aus ihm herauszubekommen.«

Als Alex wieder ins Auto gestiegen war, hatte er sich anfangs nicht einmal die Mühe gemacht, Nat von Burrows Reaktion zu erzählen, und Nat hatte auch keine Fragen gestellt. Sein Gesichtsausdruck war wohl deutlich genug gewesen, dachte Alex. Erst als sie losgefahren waren und sich wieder in den Verkehr auf dem Sir Francis Drake Boulevard eingefädelt hatten, fragte Nat, wie es gelaufen war.

»Und was machen wir jetzt?«

»Ich habe nicht die geringste Ahnung.«

»Warum hätte sie ihm die Sache unterschieben sollen?«

»Genau das müssen wir herausfinden.«

»Und wie wollen wir das anstellen, wenn unser Mandant sich weigert, mit uns zusammenzuarbeiten?«

»Wir haben uns die letzten Wochen allein darauf konzentriert, die Rechtmäßigkeit des Verfahrens anzufechten. Vielleicht ist es an der Zeit, dass wir uns die Fakten noch mal genauer ansehen.«

»Du glaubst ihm?«

»Nicht wirklich. Die wahrscheinlichste Erklärung ist, dass er sich nicht mehr erinnern kann, wo er die Leiche versteckt hat. Der Mord ist immerhin neun Jahre her. Wahrscheinlich hat er sie einfach irgendwo in den Bergen verscharrt, und weil er keinen zwingenden Grund hatte, sich die genaue Lage zu merken, ist das Ganze jetzt nur noch eine verblasste Erinnerung.«

»Das hätte er dir doch sagen können. Er hätte den Mord gestehen und zugeben können, dass er nach all den Jahren nicht mehr weiß, wo die Leiche ist.«

»Das hätte er auch schon vor langer Zeit zugeben können. Aber vielleicht hat er Angst, dass ich die Motivation verliere, wenn er reinen Tisch macht.«

Nat schüttelte den Kopf. »Dann hat er offensichtlich keine Ahnung von Anwälten.«

»Der hat doch von nichts eine Ahnung!«

»Was hilft es uns, wenn wir uns jetzt noch die Fakten genauer ansehen? Wir brauchen einen *Formfehler,* eine Gesetzeslücke.«

»Wir brauchen beides. Eine neue Tatsache, um den Gouverneur davon zu überzeugen, dass er tatsächlich unschuldig sein könnte, und den Nachweis eines Rechtsfehlers, um ihm den nötigen Spielraum zu verschaffen, darauf zu reagieren.«

»Und was genau suchen wir?«

»Ich habe gesagt, ich *glaube,* dass er sie umgebracht hat. Sicher bin ich mir nicht. Was, wenn ich mich geirrt habe? Was, wenn wir uns alle geirrt haben?«

Während Nat noch überlegte, was er auf diese schwierige Frage antworten sollte, rief Alex mit seinem iPhone im Büro an.

Juanita nahm ab. »Hi Alex«, sagte sie, als sie seine Nummer auf dem Display erkannte. »Wie lief es?«

»Nicht gut, Juanita.« Er hatte sie auf dem Weg nach San Quentin bereits angerufen und ihr von Dusenburys Angebot erzählt.

»Er hat abgelehnt?«, fragte sie ungläubig.

»Er sagt, er weiß es nicht.«

»Aber wie …?«

»Hör zu, ich hab jetzt keine Zeit. Ich erzähl dir alles, wenn ich wieder im Büro bin. In der Zwischenzeit möchte ich, dass du ein paar Dinge für mich erledigst.«

»Dafür werde ich schließlich bezahlt.«

»Ich möchte, dass du dich ins Internet einloggst und alles über die Fehde zwischen Clayton Burrow und Dorothy Olsen herausfindest, was du kannst.«

»Das haben wir schon geprüft, Boss.«

»Ich weiß, aber bisher wissen wir nur, dass sie die Zielscheibe für seine dummen Witze war. Wir müssen herausfinden, ob noch mehr dahintersteckt.«

»Was gibt es da herauszufinden? Er war der tyrannische Sportfreak und sie die kluge Außenseiterin mit Brille. Was soll sonst dahinterstecken?«

»Ich weiß ja, dass es ein bisschen weit hergeholt ist, aber ich hatte den Eindruck, dass Burrow mir etwas verheimlicht.«

»Wie meinst du das?«

»Na ja, irgendwie ergibt das alles keinen rechten Sinn. Wenn er schuldig ist, warum um alles in der Welt hat er den Deal dann abgelehnt?«

»Du glaubst jetzt also, dass er *unschuldig* ist?«, fragte Juanita ungläubig.

»Bis zum heutigen Tag habe ich das nie auch nur in Erwägung gezogen. Aber ganz egal, ob er wirklich unschuldig ist oder doch schuldig, ich glaube, er verheimlicht mir etwas.«

»Und du denkst, es hat mit dieser Highschool-Fehde zu tun?«

»Die Beziehung zwischen Opfer und Angeklagtem ist doch zumindest ein guter Ausgangspunkt.«

»Suchen wir dabei etwas Bestimmtes?«

»Wir könnten zum Beispiel mit dem Motiv anfangen.«

»Ich dachte, der Streit *wäre* das Motiv?«

»Nein, ich meine den Grund für den Streit. Trafen da einfach nur Gegensätze aufeinander, nämlich der dominante Sunnyboy und die zarte Streberin? Oder haben wir hier einen Fall von ›Es zürnt die Hölle nicht wie ein verschmähtes Weib‹? Vielleicht wissen die ehemaligen Mitschüler was.«

»Könnte allerdings schwierig werden, ihre Telefonnummern ausfindig zu machen. Ich muss in der Kanzlei bleiben, oder?«

»Versuch's im Internet. Vielleicht wird in irgendeinem Forum darüber diskutiert. Wir müssen außerdem wissen, wer ihre Freunde waren. Und ob sie Feinde hatte – außer Burrow natürlich.«

»Dürfte nicht leicht werden. Du weißt ja, wie das im Web ist: Du startest eine Anfrage, und die Suchmaschine spuckt eine Million irrelevante Einträge aus.«

»Gib dein Bestes, Juanita. Ich bin in fünfzehn Minuten da.«

Nat lächelte. Realistischer waren fünfundzwanzig Minuten. Er würde aufs Gaspedal treten müssen.

Alex wählte noch eine Nummer, diesmal die der Auskunft. Er fragte nach Esther Olsens Nummer und fügte hinzu, dass ihr Wohnort Sunnyvale sei. Zum Glück war die Nummer gelistet. Nachdem er aufgelegt hatte, tippte er die Nummer ein.

»Ja?« Die Stimme klang schwach … nervös.

»Mrs. Olsen? Hier ist Alex Sedaka.«

Ihre Stimmung schien sich aufzuhellen. »Oh, hallo Mr. Sedaka.«

Alex wusste vor Verlegenheit gar nicht, wie er fortfahren sollte. »Hören Sie, ich fürchte, ich habe schlechte Nachrichten.«

»Er … er wollte es Ihnen nicht sagen?« Sie klang traurig, aber nicht wütend oder verbittert, wie er befürchtet hatte.

»Er sagte, er wüsste es nicht. Er beharrt darauf, dass er unschuldig ist.«

»Darf ich Ihnen eine Frage stellen?« Esther Olsens Stimme klang nun heiser.

»Natürlich.«

»Glauben *Sie*, dass er schuldig ist?«

Das war eine Frage, die Alex nicht beantworten konnte. Nicht, dass seine privaten Gedanken streng vertraulich gewesen wären, aber die Ansichten eines Anwalts über Schuld oder Unschuld seines Mandanten stützen sich teilweise auf das, was ihm dieser Mandant anvertraut, deshalb konnte die Beantwortung ungewollte Konsequenzen nach sich ziehen.

»Ich weiß es nicht, Mrs. Olsen.« Eine diplomatische Antwort, wenn sie auch nicht ganz der Wahrheit entsprach. Alex gab die Frage zurück: »Darf ich Sie auch etwas fragen?«

»Ja?«

»Wissen Sie irgendetwas über die Beziehung zwischen den beiden? Ich meine, ich weiß natürlich, dass sie sich gehasst haben, aber wissen Sie, warum?«

Sie zögerte einen Moment. »Ich weiß es nicht. Sie hat sich mir nie wirklich anvertraut. Wie ich Ihnen bereits gesagt habe, waren wir zerstritten, bevor sie …«

»Gab es irgendjemanden, dem sie sich anvertraut hat? Eine Freundin? Verwandte?«

»Nicht wirklich. Ich meine, sie hat sich gut mit Jonathan verstanden, aber …«

»Das ist ihr Bruder, oder?«

»Ja. Aber er war jünger – fünf Jahre jünger. Sie hat wahrscheinlich nicht mit ihm darüber geredet, weil er es noch gar nicht verstanden hätte – und sie hätte ihn auch nicht mit ihren Problemen belasten wollen.«

»Sie sagen also, dass sie ihre Probleme in sich hineingefressen hat?«

»So ist es.«

Alex‘ Gedanken rasten ihm voraus. Ein Mädchen mit

Problemen, das niemanden hatte, mit dem es reden konnte? Das perfekte Rezept für einen Selbstmord. Aber es gab keine Leiche. Und wie war das belastende Beweismaterial in die Wohnung gekommen, in der Burrow damals mit seiner Mutter lebte?

»Darf ich Sie noch etwas fragen, Mrs. Olsen? Es geht um die Tatsache, dass Dorothy ihren Treuhandfonds aufgelöst und sich teuren Schmuck davon gekauft hat. Haben Sie irgendeine Ahnung, warum sie das getan hat?«

»Nein.« Esther Olsen klang müde, so als hätte sie diese Fragen schon viele Male über sich ergehen lassen müssen – was vermutlich tatsächlich so war.

»Hatte sie eine Vorliebe für Schmuck?«

»Nein, eigentlich nicht.«

»Und Sie haben keine Ahnung, wo sich der Schmuck befindet?«

»Ich … ich dachte, dass ihn Burrow vielleicht gestohlen hat … als er sie umgebracht hat.«

»Aber das denken Sie jetzt nicht mehr?«, soufflierte er, nachdem er ihr Zögern wahrgenommen hatte.

»Ich weiß es nicht.«

»Glauben Sie, dass sie geplant hatte davonzulaufen?«

»Das … das wäre möglich.«

»Hat sie vielleicht geplant, mit Clayton Burrow davonzulaufen?«

»Ganz sicher nicht! Sie hasste ihn! Und er hasste sie!«

»Sind Sie sicher, dass das nicht nur gespielt war?«

»Ja, Mr. Sedaka, *das war ganz sicher nicht gespielt*!«

Alex hatte gemutmaßt, dass Burrow Dorothy vielleicht versprochen hatte, er würde mit ihr durchbrennen, damit sie ihren Treuhandfonds auflöste und Schmuck dafür kaufte, den er sich dann unter den Nagel riss, nachdem er sie umgebracht hatte. Aber Esther Olsens Reaktion hatte diese Theorie zunichtegemacht. Sie mochte mit ihrer Tochter zerstritten gewesen sein, aber das Wahrnehmungsvermögen einer Mutter war nicht zu unterschätzen. Wenn Esther Olsen sagte, Dorothy habe nicht vorgehabt, mit Clayton Burrow durchzubrennen, dann war es auch so.

»Fällt Ihnen nicht irgendjemand ein, mit dem sie gesprochen haben könnte? Eine Freundin, der sie sich vielleicht anvertraut hat?«

Er musste eine Weile auf die Antwort warten.

»Eine Sache gab es schon«, durchbrach Esther Olsens Stimme die Stille.

»Ja?«

»Sie hatte einen Computer, an dem sie immer gearbeitet hat – einen alten Laptop. Sie hat Stunden davor verbracht, hat entweder im Internet gesurft oder einfach nur geschrieben.«

»Was hat sie geschrieben?«

»Ich weiß es nicht, aber sie hat den Computer wie einen alten Freund behandelt.«

»Meinen Sie, sie hat sich vielleicht ihrem Computer anvertraut?«

»Ich weiß es nicht. Ich durfte nie sehen, was sie schrieb.«

»Haben Sie den Computer noch?«

»Ja. Aber glauben Sie wirklich, dass er uns weiterhilft?«

»Ich denke einfach, dass wir zumindest einen kleinen Schritt weiter wären, wenn ich entschlüsseln könnte, was zwischen Clayton … zwischen meinem Mandanten und Ihrer Tochter abgelaufen ist.«

Er verschwieg, dass er inzwischen auch die eher unwahrscheinliche Möglichkeit in Betracht zog, dass sein Mandant tatsächlich die Wahrheit sagte.

»Der Computer ist noch hier, aber ich habe ihn seit dem Tag ihres Verschwindens nicht mehr eingeschaltet. Ich weiß nicht mal, ob er noch funktioniert.«

»Hören Sie, Mrs. Olsen, ich weiß, es klingt dreist, aber wäre es möglich, dass ich mir den Laptop ausborge und mir anschaue, was sie darin gespeichert hat? Vielleicht finde ich ja doch etwas, das uns weiterhilft.«

»Wir haben nicht viel Zeit.«

»Ich weiß. Ich schicke Ihnen sofort einen Kurier vorbei … wenn Sie einverstanden sind?«

Die Antwort war ein kurzes Schweigen, dann ein Seufzen. »Einverstanden, Mr. Sedaka. Schicken Sie so bald wie möglich einen Kurier. Bringen … bringen Sie mir einfach nur meine Tochter zurück.«

11.09 Uhr Pazifische Sommerzeit

»Fahr mal ein bisschen langsamer! Ich treffe die verdammten Tasten nicht!«

»Du hast gesagt, ich soll Gas geben.«

Der Übertragungswagen bahnte sich seinen Weg durch den Vormittagsverkehr und folgte der Route, die Nat und Alex genommen hatten.

Martine saß vorne beim Fahrer. Der Kameramann und der Tontechniker belegten die mittlere Sitzreihe, während der Licht- und der Tonassistent hinten saßen und jedes Mal, wenn der Wagen zur Seite ausscherte, das Equipment festhielten.

Martine versuchte gerade, bei voller Fahrt einen Anruf zu tätigen, wobei ihr das ständige Ausscheren keine Hilfe war.

»Büro des Gouverneurs«, drang eine freundliche Frauenstimme aus dem Kopfhörer ihres Bluetooth-Handys, nachdem es ihr endlich gelungen war, die richtige Nummer einzutippen.

»Hallo, mein Name ist Martine Yin von *Eyewitness News.* Ich würde dem Gouverneur gerne ein paar Fragen bezüglich der Hinrichtung von Clayton Burrow stellen.«

»Es tut mir leid, aber der Gouverneur äußert sich nicht zu diesem Thema.« Die sonnige Stimme klang nun schon etwas kürzer angebunden.

»Na gut, vielleicht können *Sie* mir ja sagen, ob an dem Gerücht etwas dran ist, dass der Gouverneur Clayton Burrow die Begnadigung anbietet, wenn er im Gegenzug preisgibt, wo die Leiche von Dorothy Olsen vergraben ist?«

»Einen Moment, bitte.«

Sie landete in der Warteschleife und hörte mit ironischer Belustigung, dass die Musik, die ihr vorgespielt wurde, »California, Here I Come« war.

Nach mehr als einer Minute erklang wieder die kurz angebundene Stimme: »Es tut mir leid, aber der Gouverneur kann solche Gerüchte nicht kommentieren.«

»Sie dementieren es also nicht?«, insistierte Martine.

»Der *Gouverneur* bestätigt es weder, noch dementiert er es. Wie ich bereits sagte, kommentieren wir keine Gerüchte. Wenn es etwas zu verkünden gibt, werden wir das rechtzeitig und auf dem üblichen Wege tun, Miss …«

»Vielen Dank«, sagte Martine. Sie drückte auf den roten Knopf und lächelte.

»Nichts zu machen, was?«, fragte der Fahrer.

»Er will nichts dazu sagen.«

»Wenn es stimmt, muss er aber früher oder später etwas dazu sagen. Vielleicht wartet er noch auf Burrows Antwort.«

»Die müsste er inzwischen haben. Wir haben Sedaka ins Gefängnis fahren sehen.« Ihre Stimme klang nun gereizt. »Ich wünschte nur, wir wären dem Gauner gefolgt, als er aus dem Gebäude kam!«

»Das konntest du ja nicht wissen«, erwiderte der Fahrer. »Alle Anzeichen deuteten darauf hin, dass der Knast Mittelpunkt des Geschehens ist.«

»Tja, sieht aus, als wäre das immer noch so.«

»Was meinst du?«

»Na ja, Sedaka hat keine Presseerklärung abgegeben.«

»Vielleicht muss er erst dem Gouverneur Bericht erstatten. Ich meine, was auch immer sein Mandant gesagt hat, sie müssen seine Aussagen doch erst mal überprüfen. Falls er ihnen verraten hat, wo die Leiche ist, muss sie erst ausgegraben und untersucht werden.«

Martines Augen leuchteten auf. »Wäre es nicht toll, wenn wir dabei vor Ort wären?«

11.17 Uhr Pazifische Sommerzeit
(19.17 Uhr Britische Sommerzeit)

Susan White zermarterte sich den Kopf über den Bericht auf *Eyewitness News*. Es konnte kein Zufall sein, dafür gab es zu viele Übereinstimmungen. Das Gesicht war ihr gleich bekannt vorgekommen, aber es war der Name, der dafür sorgte, dass sie die Sache nicht mehr ignorieren konnte.

Dorothy Olsen.

Dorothy war ein sensibles Mädchen gewesen, aber kein allzu redseliges. Sie hatte nie verraten, warum sie wegen eines Eingriffs nach England gekommen war, den man in Amerika genauso gut vornehmen lassen konnte. Sie war auch keine Gesundheitstouristin gewesen, die auf eine kostenlose medizinische Behandlung innerhalb des staatlichen Gesundheitssystems von Großbritannien spekuliert hatte. Das hier war eine Privatklinik, und Dorothy hatte viel Geld für den Eingriff bezahlt.

Susan hatte sie einmal danach gefragt, aber sie hatte bloß geschwiegen. Dabei war sie nicht etwa schüchtern oder verschlossen gewesen. Sie hatte einfach deutlich gemacht, dass die Gründe zu schmerzhaft waren, um darüber zu sprechen. Es war natürlich möglich, dass sie es den Ärzten erzählt hatte, aber Susan bezweifelte, dass sie ihnen mehr verraten hatte als unbedingt nötig.

Vermutlich hatte es mit Widerständen innerhalb Dorothys Familie zu tun. Vielleicht hatte die ganze Angelegenheit sehr komplexe Hintergründe, überlegte Susan White.

Aber das war es nicht, was ihr die größten Sorgen machte.

Es war das Timing. Der Nachrichtenbeitrag hatte kein genaues Datum genannt, aber die Reporterin hatte gesagt, vor neun Jahren. Das kam ungefähr hin. Konnte es sich also um dieselbe Person handeln? Außerdem war erwähnt worden, dass Dorothy in der Nacht ihres »Highschool-Abschlussballs« verschwunden sei. Laut Krankenakte war Dorothy zum ersten Mal im Mai an die Klinik herangetreten. War das der Monat, in dem Highschool-Abschlussbälle stattfanden? Susan White wusste es nicht.

Vielleicht ist es jemand mit dem gleichen Namen… oder vielleicht hat jemand mit Absicht ihren Namen angenommen.

Das Problem war nur, dass zu viele Dinge übereinstimmten: der Name, das Gesicht, das Datum. Zu viele Gemeinsamkeiten, um sie als Zufall abzutun.

Susans Gedanken glitten ins Reich der Spekulationen. Vielleicht gab es ja noch eine andere Erklärung. Welche zum Beispiel? Zwillinge? Eine eineiige Zwillingsschwester, die den Namen ihrer Schwester benutzte? Nicht sehr plausibel. Bei *Eyewitness News* war keine Rede von einer Zwillingsschwester gewesen – dabei wäre sie sicher erwähnt worden, wenn es sie gegeben hätte, und sei es nur, um eine ergreifende Geschichte daraus zu machen.

Es führte kein Weg daran vorbei: Susan wusste, dass sie handeln musste. Die Zeit lief davon. Sie fand einen Satz Generalschlüssel und schloss damit eines der Büros auf. Sie wollte ungestört telefonieren. Sie rief Stuart Lloyd an, den Verwaltungschef der Klinik, der bereits in den Feierabend verschwunden war.

»Hallo?«

Sie erkannte die Stimme von Elizabeth, Stuarts Frau. »Hallo Mrs. Lloyd. Hier Susan White aus der Klinik. Ist Stuart… ist Mr. Lloyd da?«

»Er isst gerade zu Abend.«

»Oh, das tut mir leid.« Susan überlegte, wie sie es am besten anstellte. »Hören Sie, ich weiß, dass … ich meine … wäre es möglich, dass ich ihn kurz spreche?«

Es herrschte angespannte Stille.

»Kann er Sie zurückrufen?« Die Stimme der Frau klang scharf, und die Verärgerung war deutlich herauszuhören, obwohl sie sie zu verbergen versuchte.

Susan White wusste, dass der Rückruf in fünf Minuten oder zwei Stunden erfolgen konnte – oder nie. Das Risiko konnte sie nicht eingehen. »Es ist dringend.«

»Moment, bitte«, sagte Elizabeth Lloyd, jetzt noch steifer.

In der nun folgenden Stille lauschte die Krankenschwester angestrengt auf Stimmen im Hintergrund. Sie musste nicht lange die Ohren spitzen, denn zumindest ein Teil des kurzen Wortwechsels wurde mit erhobener Stimme ausgetragen. Als wieder Ruhe einkehrte, machte sich die Krankenschwester auf den Sturm gefasst, der nun möglicherweise folgte.

»Ja, Schwester White?«

Es war ihr Boss.

»Stuart, hör zu. Es tut mir leid, dass ich dich zu Hause stören muss, aber ich habe gerade einen Bericht auf einem amerikanischen Nachrichtensender gesehen. Es ging um Mord.«

»Was hat das mit uns zu tun?«

»Der Name des Mordopfers war Dorothy Olsen.«

»Großer Gott!«, murmelte Lloyd.

»Wir müssen etwas tun. Wir können das nicht einfach ignorieren.«

Stuart schwieg einige Sekunden, bevor er sagte: »Wir müssen vorsichtig sein. Wir reden hier nicht nur von Fahrlässigkeit oder Verletzung der Sorgfaltspflicht, vergiss das nicht. Da ist außerdem die Sache mit dem manipulierten Datum.«

11.28 Uhr Pazifische Sommerzeit

»Für diesen Sonderbeitrag stehen wir direkt vor dem Gebäude, in dem sich das hiesige Büro des Gouverneurs befindet, um Sie exklusiv über die neuesten Entwicklungen im Fall Clayton Burrow zu unterrichten.«

Martine Yin lieferte ihren üblichen geschliffenen Auftritt ab. Jede Strähne ihres glänzenden tiefschwarzen Haars lag an ihrem Platz, das Make-up war gleichmäßig, die Konturen weich, die Wimpern mit genau der richtigen Menge Mascara betont, und die Männerweste verlieh ihr einen Look, der gleichzeitig professionell und sexy war, ein Gesamtbild, das perfekt darauf ausgerichtet war, die Geschichte – und die Geschichtenerzählerin – gut zu verkaufen.

»Wie unser Sender soeben erfuhr, hat Gouverneur Dusenbury Clayton Burrow die Begnadigung angeboten, unter der Bedingung, dass er verrät, wo er die Leiche der achtzehnjährigen Dorothy Olsen vergraben hat, nachdem er sie vor rund neun Jahren umbrachte. Der Gouverneur unterbreitete das Angebot heute Morgen in einem privaten Gespräch mit Alex Sedaka, dem Anwalt von Clayton Burrow. Allerdings sind wir mittlerweile in der Lage, Ihnen mitzuteilen, dass dieses Gespräch in nicht ganz so privatem Rahmen stattfand wie geplant, da bei ihm auch Dorothy Olsens Mutter Esther anwesend war. Der überraschendste Aspekt dieser neuen Entwicklung ist jedoch, dass es Esther Olsen war, die Gouverneur Dusenbury zu diesem erstaunlichen Angebot überredet hat. Noch ist nicht klar, was Mrs. Olsen dazu bewogen hat, eine derart großzügige Bitte zugunsten des Mannes zu formulieren, der ihre Tochter ermordete. Es scheint jedoch Hinweise dafür zu geben, dass Mrs. Olsen an einer ernsten, möglicherweise tödlichen Krankheit leidet und daher den Wunsch verspürt, ihrer Tochter eine anständige Beerdigung zukommen zu lassen, solange noch Gelegenheit dazu ist.«

Martine machte eine Pause und hielt die Nation fest im Blick. »Ebenfalls unklar ist, wie Burrow auf das Angebot reagiert hat. Sein Anwalt hat ihn heute Morgen direkt im Anschluss an das Treffen mit dem Gouverneur in San Quentin besucht, um ihm das Angebot zu unterbreiten, aber Mr. Sedaka zeigte sich wortkarg, als er das Gefängnis wieder verließ. Seither waren weder Mr. Sedaka noch das Büro des Gouverneurs bereit, Fragen zu beantworten.

Martine Yin, *Eyewitness News*, Büro des Gouverneurs, San Francisco.«

11.33 Uhr Pazifische Sommerzeit

»Wie hat sie das rausgekriegt, verdammt noch mal?!«

Alex war kaum durch die Tür der Kanzlei, als ihm Juanita von Martines Bericht erzählte. Seine explosive Reaktion brachte sie nicht einmal dazu, mit der Wimper zu zucken, geschweige denn, cinc Micne zu verziehen.

Juanita war eine dunkelhaarige, durchtrainierte Latino-Schönheit, die mit ihrem durchdringenden Blick eine gute Verhörspezialistin abgegeben hätte. Sie kannte Alex Sedaka erst seit ein paar Monaten, hatte aber schnell gelernt, dass seine seltenen Wutausbrüche nicht gegen sie gerichtet waren – auch wenn es für Außenstehende so aussehen mochte.

»Keine Ahnung«, antwortete sie gelassen. »Ich habe *Eyewitness* angerufen, aber sie wollten nichts sagen … Die Begründung war irgendwas von wegen ›wir müssen unsere Quellen schützen‹. Das übliche Pressefreiheitsgeschwafel.«

Alex holte tief Luft. Er hatte nicht vorgehabt herumzubrüllen. Als er seiner Stimme wieder eine akzeptable Lautstärke zutraute, ergriff er das Wort: »Die wissen es wahrscheinlich selbst nicht.«

Nat sah ihn verständnislos an.

»Anonymer Hinweis«, erklärte Alex.

»Du siehst aus, als könntest du eine Tasse Kaffee vertragen, Boss.«

Juanita war bereits energischen Schrittes unterwegs zur Küche, als Alex, der ihr mit seinen Blicken folgte, erwiderte: »Danke, Juanita.«

Nat wirkte betreten. »Und was jetzt?«

»Lagebesprechung. Wir müssen uns eine Strategie überlegen.«

Alex folgte Juanita in die Küche und forderte auch Nat auf mitzukommen. Juanita füllte frische Kaffeebohnen in die Prima Donna von DeLonghi und drückte auf den Knopf.

»Also, was ist passiert?«, fragte sie über das Brummen der Maschine hinweg.

Alex klärte Juanita rasch über die Ereignisse im Gefängnis auf, während das Mahlen im Hintergrund aufhörte und von einer Symphonie aus Rülpsen und Schäumen abgelöst wurde.

»Und was machen wir jetzt?«

»Na ja, solange Burrow auf seiner Unschuld beharrt, gibt es nicht viel, was wir bezüglich Dusenburys Angebot unternehmen können.«

Juanita runzelte die Stirn. »Vorhin hast du noch von mir verlangt, meine kostbare Zeit im Internet zu vergeuden, und jetzt geben wir einfach so auf?«

»Hast du was gefunden?«

»Noch nicht.« Sie klang frustriert.

»Der Punkt ist doch – und das habe ich gerade auch schon zu Nat gesagt –, dass wir bisher alle davon ausgegangen sind, dass er schuldig ist. Aber vielleicht haben wir irgendetwas übersehen.«

»Was denn, zum Beispiel?«, fragte Juanita.

»Na ja, vielleicht deckt er ja jemanden«, sagte Alex vorsichtig.

Juanita rümpfte die Nase. »Das ergibt keinen Sinn. Wenn er jemanden decken wollte, könnte er den Mord doch einfach zugeben und so tun, als würde er sich nicht mehr erinnern, wo er die Leiche vergraben hat.«

»Oder er sagt tatsächlich die Wahrheit. Vielleicht hat ihm wirklich jemand den Mord untergeschoben.«

Diesmal war es Nat, der die Möglichkeit geringschätzig abtat: »Ach, komm schon! Das kaufst du ihm doch nicht ab, oder?« Er verfiel in einen hinterwäldlerischen Proletentonfall und sagte wild gestikulierend: »›He Mann, die hat ihren eigenen Tod doch bloß vorgetäuscht, und jetzt bin ich der Idiot!‹ Das ist doch ein Haufen Schwachsinn; so was gibt es nur in Comics.«

»Vielleicht war es gar nicht Dorothy, die ihm den Mord untergeschoben hat. Vielleicht wurde sie von jemand ganz anderem umgebracht, der ihm das Ganze unterjubeln wollte.«

»Und wie hat derjenige Burrows Fingerabdrücke auf das Messer bekommen?« Nat ließ sich nicht beirren.

»Burrow hat nachts mit einem Messer unter dem Kissen geschlafen«, sagte Alex. »Warum sollten seine Fingerabdrücke also nicht drauf sein?«

»Und was macht ihr Blut an der Klinge?«

»Vielleicht hat sie ihr eigenes Blut genommen und es auf das Messer geschmiert – mit Handschuhen, damit sie selbst keine Fingerabdrücke hinterließ.«

»Wir verdächtigen also wieder Dorothy«, fasste Juanita zusammen und reichte ihnen ihre Kaffeebecher.

Alex erkannte, dass seine Theorie nicht aufrechtzuerhalten war. Während sie zurück in Juanitas Büro gingen, kam er daher wieder auf seine ursprüngliche These zurück: »Vielleicht war sie es ja wirklich. Vielleicht hat ihm Dorothy aus Rache eine Falle gestellt.«

»Und sie hat vermutlich auch den blutigen Slip bei ihm eingeschleust?«

Nat kicherte, als Juanita diesen Einwand vorbrachte, aber Alex war nicht bereit, so schnell aufzugeben.

»Möglich wäre es.«

»Und Burrows Sperma?«, fragte Juanita.

»Vielleicht haben sie miteinander geschlafen?«

Juanita musste sich zusammenreißen, um nicht genervt die Augen zu verdrehen. »Mal sehen«, sagte sie. »Dorothy Olsen schläft also mit Burrow, um an sein Sperma heranzukommen, beschmiert ihre Unterhose damit sowie mit ihrem Blut, schmuggelt sie unter die Dielen in seiner Wohnung, zieht das Messer unter seinem Kissen hervor, schmiert Blut darauf und versteckt auch das, ruft dann mit verfremdeter Stimme die Polizei an und gibt ihr einen Hinweis.«

»So weit die Theorie«, sagte Alex und merkte, wie absurd das alles klang.

»Fehlt nur noch das Motiv«, erwiderte Juanita und wiederholte damit, was Alex in San Quentin zu Burrow gesagt hatte.

»Außerdem wäre da noch diese unbedeutende kleine Sache mit dem Brustgewebe in Burrows Gefrierschrank«, mischte sich Nat ein.

»Streng genommen war es der Gefrierschrank seiner *Mutter*«, entgegnete Juanita.

»Was auch immer«, brummte Nat.

Alex schüttelte den Kopf. »Was für eine Art von DNA-Abgleich wurde damals gemacht?«, fragte er.

»Wie meinst du das?«, fragte Nat zurück.

»Es gibt verschiedene DNA-Tests. STR oder LCN?«

Nat und Juanita sahen sich verdutzt an.

»Ich hole die Akte«, erbot sich Juanita und ging zur Besenkammer, die gleichzeitig als Aktenarchiv diente.

Archiv war vielleicht nicht ganz das richtige Wort. Es gab mehrere Kisten voller Ordner und Ringbücher. Aber Juanitas Ablagesystem war so effizient und gut organisiert, dass sie genau wusste, wo sie suchen musste. Es ging um den Ordner mit dem forensischen Beweismaterial und den Laborberichten. Davon gab es mehrere, aber sie fand den richtigen fast auf Anhieb und brachte ihn zurück ins Büro.

Zusammen beugten sie sich über die Akte, während Juanita darin herumblätterte.

»Okay, hier ist es«, sagte sie und freute sich sichtlich über ihren Fund. »Das Brustgewebe wurde einem standardmäßigen Zellkern-DNA-Test unterzogen.«

»Sag mir doch noch mal, mit wem die DNA verglichen wurde«, bat Alex.

Juanitas Augen überflogen die Seite. »Sie wurde mit… ah ja, hier ist es: mit Mrs. Olsen *und* mit Jonathan verglichen.«

»Dorothys jüngerer Bruder«, sagte Alex.

Juanita las die zusammengefassten Ergebnisse am Ende des Berichts. »Ja. Hier steht, der Test habe ergeben, dass das Brustgewebe von einer Halbschwester von Jonathan Olsen stammt.«

»Moment mal!« Alex wurde plötzlich hellhörig. »Was heißt das genau?«

Juanita blätterte einige Seiten um und suchte weiter. »Dass sie nur einen Elternteil gemeinsam haben? Um ganz sicherzugehen, hat man beschlossen, einen weiteren Test durchzuführen, der nur auf mitochondrische DNA zurückgreift. Das ist DNA, die nicht aus dem Zellkern stammt, sondern aus dem Cytoplasma der Eizelle der Mutter. Und in diesem Test stimmten alle drei vollkommen überein.«

»Aber ich dachte, mitochondrische DNA wird nur an Mädchen weitergegeben«, warf Alex ein.

»Nein, sie wird auch an Jungen vererbt«, verbesserte ihn Juanita, »die sie dann allerdings nicht mehr weitergeben können. Das liegt daran, dass sie zwar in den Körperzellen und weiblichen Keimzellen enthalten ist, allerdings nicht in deren Zellkernen. Söhne tragen die mitochondrische DNA ihrer Mutter in ihren Körperzellen, aber nicht in ihrem Sperma. Also können sie sie auch nicht an die nächste Generation weitergeben.«

»Wenn Jonathan, Dorothy und Esther also alle die gleiche mitochondrische DNA besitzen«, fasste Alex zusammen, »dann heißt das, dass Dorothy und Jonathan Geschwister sind und Esther Olsen ihre Mutter ist.«

»Genau«, bestätigte Juanita. »Aber die Unterschiede zwischen Jonathan und Dorothy in dem Test, der auf Zellkern-DNA basiert, lassen darauf schließen, dass sie verschiedene Väter haben.«

11.39 Uhr Pazifische Sommerzeit (19.39 Uhr Britische Sommerzeit)

Stuart Lloyd war immer noch in Unentschlossenheit erstarrt. Nachdem er Susan White versichert hatte, dass er Nachforschungen anstellen und sie dann zurückrufen würde, hatte sie widerwillig zugestimmt und den Hörer aufgelegt. Aber er war sich noch immer nicht sicher, wie er weiter verfahren sollte.

Es konnte nur ein Zufall sein. Der Name war zwar ungewöhnlich, aber in einem Land mit dreihundert Millionen Einwohnern war es durchaus möglich, dass er mehr als einmal vorkam. Aber Susan hatte noch mehr gesagt. Sie hatte gesagt, dass das Foto, das im Fernsehen gezeigt worden war, ausgesehen hatte wie Dorothy, auch wenn sie zugegeben hatte, sich nicht ganz sicher zu sein. Schließlich war das Ganze neun Jahre her. Aber die Ähnlichkeit des Gesichts *plus* der Name? Plus die Tatsache, dass dieses Mädchen in Amerika vor *neun Jahren* verschwunden war?

Die Übereinstimmungen waren zu groß, um sie einfach beiseitezuwischen.

»Gibt es Probleme, Liebling?«, fragte seine Frau, als sie das Zimmer betrat.

»Nein, nein«, antwortete er. Aber er wusste, dass er nicht überzeugend klang.

Elizabeth trat heran und legte tröstend den Arm um ihn. »Was ist los?«, fragte sie sanft.

Er konnte es ihr nicht sagen – zumindest jetzt noch nicht. Vielleicht, wenn er sich sicher war. Aber jetzt noch nicht. »Nur ein bisschen Ärger in der Klinik.«

»Komplikationen?«

Sie meinte medizinische Komplikationen. Das Schlimmste, was einer Privatklinik passieren konnte, waren ärztliche Kunstfehler, die zu ernsten Schäden oder sogar zum Tod eines Patienten führten. Auch wenn dieser Fall von der Versicherung abgedeckt war, konnten erfolgreiche Klagen gegen die Klinik die Versicherungsbeiträge enorm in die Höhe schrauben, dem Ruf der Klinik schaden und die Zahl künftiger Patienten dezimieren.

»Keine medizinischen. Nur ein bisschen Personalgerangel.«

Es war ein beabsichtigtes Ablenkungsmanöver, aber er bereute es sofort. Seine Frau anlügen zu müssen, verstieß erstens gegen seine Prinzipien, und zweitens stellte sie sich jetzt bestimmt einen Zickenkrieg zwischen den Schwestern vor.

Er ging in die Küche zurück, um sein *coq au vin* in der Mikrowelle aufzuwärmen. Aber er aß schnell und genoss es nicht mehr so wie vor dem Anruf. Sobald er aufgegessen hatte, ging er ins Wohnzimmer hinüber, mit seiner hypermodernen Einrichtung aus weißem Leder, Glas und Chrom. Er ließ sich aufs Sofa fallen, schaltete mit der Fernbedienung den 50-Zoll-LCD-Fernseher ein und zappte sich durch mehrere Nachrichtenkanäle. Seine erste Wahl war CNN, aber dann fiel ihm ein, dass Susan White einen anderen Kanal genannt hatte.

Seine Frau sah nicht gerne fern und war normalerweise ganz zufrieden damit, ein Buch zu lesen, während er durch die digitalen Kanäle surfte. Aber natürlich blieb sein seltsames Verhalten nicht unkommentiert.

»Woher das plötzliche Interesse für amerikanische Nachrichten?«, fragte sie.

Stuart hielt den Blick fest auf den Bildschirm gerichtet. »Ich muss nur etwas überprüfen.«

Er saß da und sah sich einen Beitrag über Basketball an,

wohl wissend, dass diese Nachrichtensendung rund um die Uhr lief. Wenn es stimmte, was Schwester White sagte, würde die Nachricht früher oder später wieder auftauchen.

Er musste es mit eigenen Augen sehen.

11.55 Uhr Pazifische Sommerzeit

»Nein, Sir, ich schwöre, dass ich nichts an die Presse weitergegeben habe… Ich weiß es nicht… Ja, Sir, ich bin mir sicher, dass es niemand aus meiner Kanzlei war… Vor der Zelle stand ein Wärter, aber der kann eigentlich nichts geh… Na ja, ich schätze, es könnte sein, dass er es dem Wärter… Gut, ich gehe der Sache nach… Ja, Sir, mache ich.«

Als er von Martines Bericht erfahren hatte, war Alex sofort klar gewesen, dass der Gouverneur ihm die Hölle heißmachen würde. Aber er hatte nicht geahnt, wie wütend der Gouverneur tatsächlich werden konnte. Entscheidend war jedoch, dass er das Begnadigungsangebot nicht zurückgezogen hatte.

Alex fragte sich, wer die undichte Stelle war. Es konnte jeder sein. Der Gouverneur hatte recht. Ein unachtsames Wort von Burrow an den Zellenwärter, ein Gerücht, das im Gefängnis von Mund zu Mund ging … bis sich schließlich jemand zu einem Anruf beim Sender entschlossen hatte.

Alex versuchte, die Sache aus seinen Gedanken zu verbannen. Er musste sich jetzt konzentrieren. Nat war in seinem Büro, um die Jahrbücher der Highschool durchzugehen und im Internet nach weiteren Informationen über den Konflikt zwischen Dorothy und Clayton Burrow zu suchen. Alex war bei Juanita geblieben, um mit ihr über die DNA-Nachweise zu diskutieren. Dabei ging ihm schon die ganze Zeit etwas im Kopf herum, das ihm keine Ruhe ließ.

»Juanita, du hast da vorhin etwas gesagt…«

»Ja?«

»Über den Gefrierschrank, in dem das Brustgewebe gefunden wurde.«

»Was ist damit?«

»Du hast gesagt: ›Streng genommen war es der Gefrierschrank seiner Mutter.‹«

»Na ja, er wohnte damals noch bei seiner Mutter.«

»Waren seine Eltern geschieden?«

»Nein, sie waren nie verheiratet. Ich glaube sogar, dass sie nie zusammengelebt haben.«

»Es kann also nicht sein Vater gewesen sein, der Dorothy umgebracht hat?«

»Nein, es sei denn, er trat plötzlich lange genug wieder in ihr Leben, um ein Mädchen zu ermorden, mit dem sein Sohn in der Schule aneinandergerasselt war.« Sie lächelte, um den Seitenhieb abzufedern, aber er merkte genau, wie blödsinnig sie seine Idee fand. Vielleicht war *er* es, und nicht sein Klient, der sich an jeden Strohhalm klammerte.

»Was ist mit seiner Mutter?«

»Was meinst du? Die ›Wie kannst du es wagen, gemein zu meinem Sohn zu sein‹-Nummer?«

»Okay, okay, schon verstanden«, erwiderte Alex verlegen.

»Ich sage ja nicht, dass du den Ansatz komplett vergessen sollst. Es könnte durchaus etwas bringen, die Mutter zu überprüfen, aber wir sollten uns bei derart weit hergeholten Vermutungen keine allzu großen Hoffnungen machen, denke ich.«

Bevor Alex etwas erwidern konnte, summte die Gegensprechanlage.

»Ja?«, antwortete Juanita.

»UPS. Wir haben eine Sonderlieferung aus Sunnyvale.«

Juanita drehte sich zu Alex um. »Dorothys Laptop?«, fragte sie. Alex nickte. »Bringen Sie ihn hoch«, sagte sie in den Hörer und drückte auf den Türöffner.

Fünf Minuten später durchsuchte Juanita die Ordner und Dateien auf dem Laptop, während Alex in Nats Büro hinüberging.

»Hör zu, ich habe mit Juanita über Claytons Mutter gesprochen. Ich denke, wir sollten sie unter die Lupe nehmen. Clayton wohnte in ihrer Wohnung, daher hatte sie Zugang zu allen Dingen, zu denen er Zugang hatte.«

»Was denn zum Beispiel?«, wollte Nat wissen.

»Das Messer, das er unter seinem Kissen aufbewahrte, die Dielenbretter, der Gefrierschrank.«

»Ja, aber zu Dorothy hatte sie keinen Zugang. Sie hätte zu ihr fahren und sie töten und danach die Leiche verschwinden lassen müssen. Oder sie hat sie zuerst an einen anderen Ort gebracht und dort getötet.«

»Vielleicht hat sie das ja getan. Ich meine, wir wissen doch nicht, wann oder wo Dorothy umgebracht wurde. Oder wie.«

»Von der völlig unbedeutenden Frage des Motivs ganz zu schweigen.«

Alex hatte das Gefühl, dass er überall auf Widerstand stieß. »Der entscheidende Punkt ist doch, dass wir nicht genug wissen, um seine Mutter hundertprozentig auszuschließen! Im Moment ist das alles, was wir haben!«

Alex' offen zur Schau gestellte Frustration erschreckte Nat. »Ist ja gut. Also, wie wollen wir die Sache angehen?«

»Ich möchte, dass du hinfährst und mit ihr redest.«

»Wo wohnt sie?«

»In San Pablo. Im Wohnwagenpark Circle S.«

»Der Park, der geschlossen werden soll?«

»Genau der.«

»Bist du sicher, dass sie nicht schon woanders hingezogen ist?«

»Es gibt nur eine Möglichkeit, das herauszufinden.«

»Ich mache mich gleich auf den Weg.«

Nat schnappte sich seine Schlüssel und seine Jacke und war innerhalb von fünf Sekunden aus der Tür. Alex kehrte in den Empfangsbereich zurück, wo Juanita mit ungewohnter Aggressivität auf die Tastatur des Laptops einhämmerte, während sie mit einem Ausdruck der inneren Anspannung, den Alex noch nicht oft bei ihr gesehen hatte, auf den Bildschirm starrte.

»Hat dieser Computer beleidigt deine Familie?«, fragte er mit dem krächzendsten Marlon-Brando/Don-Corleone-Akzent, den er zustande brachte.

Mit einer Mischung aus Verwirrung und Ärger fuhr sie herum und entdeckte das kindische Grinsen auf seinem Gesicht. »Haha, wahnsinnig komisch.«

Alex beugte sich über den Laptop, um zu sehen, was los war.

»Dieser Computer ist irgendwie seltsam.«

»Seltsam?«, wiederholte er.

»Die Festplatte wurde gelöscht.«

Alex sah auf den Bildschirm. Juanita benutzte Norton Utilities, um den Festplatteninhalt auf Ursprungsdateien und gelöschte Dateien zu untersuchen.

»Wieso funktioniert es dann noch?«

»Ich habe nicht gesagt, dass die Festplatte neu formatiert wurde. Die gelöschten Dateien wurden einfach überschrieben. Normalerweise bleiben gelöschte Dateien auf der Festplatte, bis der Speicherplatz anderweitig gebraucht wird. Die jeweilige Datei wird nur im Verzeichnis gelöscht, und der Ordner bekommt die Information, dass der Speicherplatz verfügbar ist. Aber es gibt auch Programme, die die gelöschten Dateien komplett überschreiben – manchmal mit mehreren Durchgängen, um ganz sicherzugehen.«

»Und warum macht man so was?«

»Was stellst du denn für schwachsinnige Fragen?« Sie war

süß, wenn sie sauer war. »Natürlich, um jede Spur dieser Dateien zu beseitigen und zu verhindern, dass sie wiederhergestellt werden!«

»Was darauf schließen lässt, dass die Dateien etwas enthielten, das brisant genug war, um sie zu löschen.«

»Ach wirklich, Mr. Sherlock?«

Alex beugte sich vor und starrte mit wachsender Erregung auf den Bildschirm. »Umso wichtiger, dass wir ihren Inhalt wiederherstellen.«

»Das wäre schön, geht aber leider nicht.«

»Vielleicht doch.« Er hatte das Telefon bereits in der Hand. »Wir rufen David an.«

»David?«

»Meinen Sohn.«

»Den, der in Berkeley studiert?«

»Ich habe nur einen.«

»Woher willst du das wissen?«, fragte sie mit dreistem Grinsen. Alex hatte das Gefühl, dass hinter Juanitas Unverschämtheiten mehr steckte als reiner Spott. Melody war genauso gewesen. Es war ihre Art gewesen, mit ihm zu flirten, und er fragte sich, ob es bei Juanita genauso war. Sie hatte ihm zwar schon den einen oder anderen kleinen Wink gegeben, aber er hatte keine Ahnung, wie viel davon real war und wie viel seiner Fantasie entsprang.

Der Anwalt in ihm wusste, dass Büroromanzen im günstigsten Fall ein gefährliches Spiel waren – besonders mit Untergebenen. Falls er sich wirklich dazu entschloss, musste er vorsichtig vorgehen. Aber dafür war es noch zu früh: Der Schmerz über Melodys Tod war noch zu frisch… und außerdem war heute wohl kaum der richtige Tag für solche Gedanken.

Juanita drückte die Kurzwahltaste und reichte Alex das Telefon.

»Hi Dave … Ja, bin ich auch, aber ich brauche deine Hilfe … Wir haben hier einen Computer mit gelöschter Festplatte … Nein, nicht neu formatiert, die gelöschten Dateien wurden einfach überschrieben … Wie viele Durchgänge?« Alex sah Juanita fragend an. Sie schüttelte den Kopf. »Das wissen wir nicht. Was mich interessieren würde, ist … Wirklich? Rastertunnel … was?«

Juanita formte mit den Lippen das Wort »Rastertunnelmikroskop«, um ihm zu zeigen, dass sie verstanden hatte.

»Du meinst, es geht nur, wenn sie nur einen Löschdurchgang gemacht hat? Verstehe. Okay, du wirst schon wissen, was du tust. Ich schicke dir den Laptop per Kurier.« Mit diesen Worten legte er den Hörer auf.

»Er kann die Daten wiederherstellen«, sagte Juanita.

»Woher weißt du das?«

»Wenn ich die eine Seite eines Telefongesprächs höre, kann ich mir die andere normalerweise denken. Lies mal Gödel, Escher, Bach.« Sie stand auf und ging davon.

»Ich hab‘s versucht. Aber ich bin nicht über den Dialog zwischen Achilles und der Schildkröte hinausgekommen.«

»Außerdem sehe ich es an deinem Grinsen.«

12.20 Uhr Pazifische Sommerzeit

»Mrs. Burrow?«, rief Nat nervös durch die geschlossene Tür des Wohnwagens. Keine Antwort. »Jemand zu Hause?« Immer noch nichts.

Nat öffnete zaghaft die Tür und betrat vorsichtig den Wagen. Im Prinzip war es unbefugtes Betreten, was er hier tat, aber die Tür war unverschlossen, und die Zeit drängte. Er sah sich nervös um. Das Wohnzimmer war ein einziges Durcheinander. In Anbetracht der vollen Aschenbecher und halbleeren Teller mit drei Tage alten, verkrusteten Essensresten kam ihm sofort der Begriff »Wohnwagen-Abschaum« in den Sinn.

Er war gerade drauf und dran, sich genauer umzusehen, als ihm das Geräusch einer Klospülung einen gehörigen Schrecken einjagte – und ihm bewusst machte, dass er doch nicht so alleine war, wie er geglaubt hatte. Nervös blieb er stehen, richtete den Blick auf die Badezimmertür und fragte sich beunruhigt, ob ihm gleich ein Schlägertyp à la Stanley Kowalski im Muskelshirt gegenüberstehen würde.

Zu seiner Erleichterung war die Gestalt, die schließlich herauskam, weiblich, wenn auch das perfekte Gegenstück zu Stanley Kowalski. Sie wirkte griesgrämig, beinahe wütend, und war deutlich näher an den Fünfzigern als an ihrer Jugend. Die Tränensäcke unter ihren Augen hatten beachtliche Ausmaße, und auch wenn sie gerade nicht rauchte, sah sie aus, als müsste ihr eigentlich eine billige Zigarette aus dem Mundwinkel hängen.

»Wer sind *Sie* denn?«, fragte sie voller Verachtung.

»Mein Name ist Nathaniel Anderson.« Er hielt ihr seine Visitenkarte hin. Ihr Blick senkte sich reflexartig auf seine ausgestreckte Hand hinab, aber sie machte keine Anstalten, die Karte entgegenzunehmen, und ließ auch kein Interesse erkennen, sie sich anzusehen. Er steckte sie in seine Brusttasche. »Sind Sie Sally Burrow?«

»Wer will das wissen?«

Ihm war klar, dass sie nur eine Show abzog, aber eine kurze Erklärung war wohl trotzdem angebracht. »Ich arbeite für einen Anwalt namens Alex Sedaka.«

»Ich kann Anwälte nicht ausstehen«, knurrte sie.

»Ich auch nicht«, erwiderte er und versuchte, kumpelhaft zu klingen. »Aber von irgendwas muss der Mensch ja leben.«

Ihre Miene blieb so sauertöpfisch wie zuvor. Er überlegte, ob er noch einen zweiten Versuch unternehmen sollte, das Eis zu brechen, verwarf den Plan jedoch, weil an ihr jede Form von Humor verschwendet schien. »Sind Sie jetzt Sally Burrow oder nicht?«

»Letztes Mal, als ich nachgesehen habe, war ich's noch«, sagte sie.

»Ihr Sohn ist ein Mandant von Mr. Sedaka – meinem Arbeitgeber.«

»Wer?«

»Mr. Sedaka … Alex Sedaka.«

»Nein, ich meine, wer ist sein Mandant, sagten Sie?«

»Ihr Sohn.«

»Ich habe keinen Sohn.«

»Clayton. Ihr Sohn Clayton.«

»Der ist nicht mein Sohn!«, brüllte sie und ließ sich auf einen Stuhl fallen. »Nicht mehr.«

Nat musterte sie und versuchte, die Situation richtig einzuschätzen. Er hatte keine Ahnung, wie er weitermachen sollte, und beschloss, die Tatsache, dass sie saß, als stillschweigende

Erlaubnis zu betrachten, sich ebenfalls zu setzen. »Ich nehme an, Sie haben ihn verstoßen, nachdem er Dorothy Olsen ermor… nachdem er sie umgebracht hat.«

»Nennen Sie es ruhig Mord, wenn Sie wollen«, sagte sie und zündete sich endlich die Zigarette an, die schon die ganze Zeit in ihren Mund gehört hätte. »Ich bin dafür, die Dinge beim Namen zu nennen.«

Sally Burrow war offensichtlich cleverer, als Nat gedacht hatte. Die Tatsache, dass sie sein Widerstreben, das Wort »Mord« in den Mund zu nehmen, bemerkt hatte, war der Beweis. Er begriff, dass er vorsichtig sein musste und ihre Intelligenz, oder zumindest ihre Bauernschläue, nicht unterschätzen durfte. »Damals haben Sie ihn also verstoßen?«

»Nicht sofort.«

»Aber das war der Grund?«

»So ist es.«

»Wann haben Sie für sich beschlossen, dass er schuldig ist?«

»Das weiß ich nicht mehr so genau. Ich vermute mal, das ist… irgendwie so nach und nach passiert.«

»Und was dachten Sie, als er verhaftet wurde?«

»Ich wusste überhaupt nicht, was ich denken sollte.«

»Haben Sie ihm während des Prozesses beigestanden?«

»Ich bin gar nicht erst hingegangen.«

»Sie dachten also damals schon, dass er schuldig ist.«

»Was hätte ich denn sonst denken sollen? Ihr Schlüpfer lag unter den Dielenbrettern in seinem Schlafzimmer, und darauf war ihr Blut. Und seine Wichse!«

»Und Sie glauben nicht, dass ihm jemand die Sachen untergeschoben haben könnte?«

»Ach, verschonen Sie mich damit!«

»Okay, sagen wir also, er ist schuldig. Das erklärt aber immer noch nicht, warum Sie ihm nicht beigestanden haben.«

»Warum sollte ich?«

»Ich meine … er ist schließlich Ihr Sohn.«

»Ich habe Ihnen doch schon gesagt, dass ich keinen Sohn habe.«

»Hatten Sie denn vor dem Mord einen Sohn?«

Sally Burrows Augen verengten sich zu misstrauischen Schlitzen. »Was soll *das* denn heißen?«

»Ich habe mich nur gefragt, ob Sie die Anzeichen für die spätere Entwicklung Ihres Sohnes vielleicht schon gesehen haben, *bevor* er Dorothy Olsen umgebracht hat.«

»Wollen Sie mir unterstellen, dass ich *wusste,* was er tun würde? Dass ich so etwas wie eine … *Komplizin* war?«

»Nein, ich behaupte nicht, dass Sie wussten, dass er Dorothy umbringen würde. Ich habe mich nur gefragt, ob es irgendwelche frühen Anzeichen dafür gab, dass Clayton sich in die Art Mensch verwandeln würde, die er später wurde … Verstehen Sie, was ich meine?«

»Wir haben nicht viel miteinander geredet. Er hatte sein Leben, und ich hatte meins.«

Nat hatte Schwierigkeiten, diese Aussage zu verdauen. »Nicht miteinander geredet?«, wiederholte er.

»Genau«, bestätigte sie und zog an ihrer Zigarette.

Was er als Nächstes sagte, überraschte ihn selbst: »Ist Ihnen nie in den Sinn gekommen, dass er vielleicht nicht gewalttätig geworden wäre, wenn Sie ihm mehr Aufmerksamkeit und Liebe geschenkt hätten?«

Hinterher konnte er sich nicht erklären, was in ihn gefahren war. Aber auf eine seltsame, undefinierbare Art war er froh, dass er es gesagt hatte.

Sally Burrow sah aus, als hätte man sie geohrfeigt. Ihr Unterkiefer klappte herunter, und die Zigarette fiel auf den Boden. »*Was fällt Ihnen ein, hier in mein Haus zu kommen und so mit mir zu reden!*«

»Ich wollte damit nur sagen, dass …«

»Ich habe es ganz sicher nicht nötig, dass Sie mir Predigten halten! *Verpissen Sie sich!*«

Sie war inzwischen aufgestanden und kam auf ihn zugetorkelt. Ihm wurde bewusst, dass man sie beim besten Willen nicht als kleine Frau bezeichnen konnte. Im Aufspringen wand er sich zur Seite wie ein Korkenzieher, um dem drohenden Angriff zu entgehen, und sprintete dann die wenigen Schritte zur Tür.

Ihre Raucherlunge hielt sie nicht davon ab, ihn bis auf den Vorplatz zu verfolgen, aber es gelang ihm, die Distanz auf zwanzig Meter zu vergrößern.

Er war nur froh, dass sie keine Knarre hatte.

12.31 Uhr Pazifische Sommerzeit

Der junge Mann saß im Schneidersitz vor dem Schrein in seiner Wohnung in Daly City und hatte die Augen geschlossen. Er versuchte sich an Dorothy zu erinnern, an ihre Güte ihm gegenüber, wenn es ihm am schlechtesten gegangen war. Ihm fiel eine Gelegenheit ein, bei der sie besonders brutal behandelt worden war, während er das Ganze aus sicherer Distanz beobachtet hatte, aber zu verängstigt gewesen war, um etwas zu sagen. Danach hatte er sich heulend in ihre Arme geflüchtet, und es war *sie* gewesen, die *ihn* getröstet hatte. Als er die Augen wieder öffnete, standen sie voller Tränen.

Er sah auf die Uhr an der Wand. Jetzt würde es nicht mehr lange dauern, bis er die Sache abschließen konnte. In der Tasche hatte er ein Stück Papier, das ihm viel bedeutete. Es war ein Besucherticket, das ihn dazu berechtigte, San Quentin zu betreten und der Hinrichtung beizuwohnen.

Im Hintergrund lief der Fernseher, aber der Ton war ausgestellt. Er wollte mit seinen Gedanken allein sein, bis es Zeit war, ins Gefängnis aufzubrechen. Gleichzeitig wollte er mit der Außenwelt in Verbindung bleiben, wollte über die weiteren Entwicklungen informiert sein.

Ihm war zu Ohren gekommen, dass Clayton Burrow einen überaus gerissenen und sturen Anwalt hatte. Und ein schlauer und gerissener Anwalt gab erst auf, wenn das allerletzte Wort gesprochen war.

Er fragte sich, wie Burrow sich jetzt wohl fühlte, während er auf seine Hinrichtung wartete. Was ging ihm durch den

Kopf? Hatte er Angst? Panik? Oder hatte er sich in sein Schicksal ergeben? Vielleicht war es ihm ganz einfach egal. Genauso, wie ihm seine Mitmenschen und der Schmerz, den er ihnen zugefügt hatte, egal waren.

Hör auf damit, befahl er sich selbst.

Aber er konnte nicht damit aufhören. Der Fall war in den vergangenen Tagen so oft in den Medien aufgetaucht, dass es schwerfiel, an etwas anderes zu denken.

In den aktuellen Fernsehnachrichten erschien zum x-ten Mal Dorothys Gesicht. Einige Sekunden später wurde es von Martine Yins Gesicht verdrängt, die vor dem Büro des Gouverneurs in San Francisco stand. Jonathan hätte den Bericht ignoriert, wenn nicht die Worte »Erneute Eilmeldung im Fall Burrow« eingeblendet worden wären und ihn dazu gebracht hätten, nach der Fernbedienung zu greifen. Eilig drückte er auf den Lautstärkeknopf.

»Bisher verweigert das Büro des Gouverneurs jede Bestätigung, dass überhaupt ein Angebot auf dem Tisch ist. Was wir hingegen sehr wohl bestätigen können, ist die Tatsache, dass Burrows Anwalt Alex Sedaka seinem Mandanten direkt nach dem Treffen mit dem Gouverneur einen Besuch abstattete und das Gefängnis weniger als eine halbe Stunde später wieder verließ. Zur Stunde liegen uns keine Informationen darüber vor, ob Burrow das Angebot angenommen hat.«

Auf dem Gesicht des jungen Mannes zeichnete sich Verwirrung ab, während er versuchte, Martine Yins Worte zu erfassen.

Angebot? Was für ein Angebot?

»Auch hier vor dem Büro des Gouverneurs haben wir bislang vergeblich auf einen Kommentar darüber gewartet, welches Ergebnis die Verhandlungen gebracht haben. Eines steht jedoch fest: Selbst wenn Clayton Burrow verraten sollte, wo er die Leiche vergraben hat, müsste zunächst geprüft werden, ob es sich dabei tatsächlich um die Leiche von Dorothy Olsen handelt, bevor der Gouverneur ihm die Begnadigung gewähren könnte, aber …«

»*Nein!*«, drang es aus dem Mund des jungen Mannes. Halb klang es wie das wehleidige Geheul eines frustrierten Kindes, halb wie das wütende Brüllen eines verwundeten Löwen. Blind vor Zorn packte er den nächstbesten Gegenstand und schleuderte ihn durchs Zimmer. Das Telefon landete mit lautem Krachen an der Wand, woraufhin Plastikteile in alle Richtungen flogen.

Auf dem Bildschirm war nun die Treppe des Obersten Gerichtshofs in Washington zu sehen, auf der sich Scharen von Reportern drängten. Sie versuchten alle einen Mann zu interviewen, der aussah, als würde er am liebsten gar nichts sagen.

»Die neuesten Entwicklungen sind den heldenhaften Bemühungen von Burrows Anwalt Alex Sedaka zu verdanken, für seinen Mandanten einen Hinrichtungsaufschub und eine Wiederaufnahme des Verfahrens zu erwirken.«

Die Aufnahmen zeigten Alex, wie er wenige Tage zuvor niedergeschlagen den Obersten Gerichtshof verließ, nachdem er vergeblich versucht hatte, das Urteil des ursprünglichen Prozesses anzufechten.

»Erst vor wenigen Tagen machte Mr. Sedaka vor dem Obersten Gerichtshof in Washington D.C. geltend, sein Mandant habe aufgrund zweier differierender, undurchsichtiger Urteilssprüche keinen fairen Prozess erhalten.«

Der Anwalt wurde von seinem Assistenten flankiert, der ihm den Aktenkoffer trug und zurückhaltend, ja fast verschämt zu Boden sah. Alex Sedaka bewegte zwar die Lippen und schien auf die Fragen zu antworten, die man ihm von allen Seiten zuwarf, aber der Ton seiner Stimme war ausgeblendet. Stattdessen war Martine Yins Off-Kommentar zu hören.

»Nachdem seine Argumente abgewiesen wurden, blieb Sedaka keine andere Wahl, als sich der Gnade Gouverneur Dusenburys auszuliefern. Und Dusenburys Gnade scheint ihren Preis zu haben. Die entscheidende Frage bleibt: Kann und will Clayton Burrow – der immer auf seiner Unschuld beharrt hat – diesen Preis bezahlen?«

Der junge Mann lächelte, als ihm plötzlich eine Idee kam.

Er ging durchs Zimmer zum Telefon und hob es auf. Kein Freizeichen. Der Aufprall hatte das schnurlose Gerät beschädigt. Er würde wohl ein anderes Mobilteil finden müssen.

12.40 Uhr Pazifische Sommerzeit

David Sedaka musste seine Beziehungen spielen lassen, um die Schlange vor dem Rastertunnelmikroskop im Labor von Berkeley zu umgehen. Aber er war ein alter Hase in der Hochschulpolitik und wusste, welche Hebel er in Bewegung setzen musste. Es hatte ein wenig Nörgelei deswegen gegeben. Ein beleidigter Doktorand hatte darauf hingewiesen, dass Sedaka theoretischer Physiker und kein Experimentalphysiker sei. Theoretische Physiker und Experimentalphysiker betrachteten sich gegenseitig mit Geringschätzung: Denker gegen Stinker, wie es die Erstgenannten gerne ausdrückten.

David war Mitglied der *Joint Particle Theory Group* von Berkeley, wo er exotische Theorien über Antimaterie und Schwerkraft entwickelte. Vor kurzem hatte er eine Abhandlung mit dem Titel *Unilaterale Zersetzung von Antimaterie in einem sich beschleunigt ausdehnenden Universum* verfasst, in der er die revolutionäre Vorhersage gemacht hatte, dass Antimaterie weder Schwerkraft noch Antischwerkraft besitze, sondern der Schwerkraft der Materie ausgesetzt sei und sich daher von allein in Photonen zersetzen könne, ohne dafür auf Materie stoßen zu müssen.

Äußerlich war er der Inbegriff eines Strebers: Er war etwas kurz geraten, trug eine Brille – auch wenn er sich eine Laserbehandlung hätte leisten können –, und sein dunkles Haar war so lockig, dass das Gerücht umging, er würde nachts mit Heißwicklern und Alufolie nachhelfen.

Er hatte die Festplatte aus dem Computer ausgebaut und die einzelnen Scheiben vorsichtig isoliert, indem er sie von der Antriebsspindel gelöst hatte. Dann hatte er die erste Scheibe in die Kammer unter dem Kopf des Rastertunnelmikroskops gelegt.

Unter Computerexperten gab es eine alte und andauernde Diskussion darüber, ob es möglich war, mithilfe eines Rastertunnelmikroskops überschriebene Daten von einer Computerfestplatte zu retten. Eines der am weitesten verbreiteten, Panik erzeugenden Gerüchte lautete, dass die Daten gar nicht erst komplett gelöscht würden, weil beim Überschreiben die Magnetisierung »nicht genau an derselben Stelle auf der Festplatte ansetzte wie beim Originalbit«, beziehungsweise weil die »Magnetisierungsspuren variierten«.

Es gab sogar Gerüchte, die Nationale Sicherheitsbehörde NSA nutze diese Methode routinemäßig, um gelöschte Daten wiederherzustellen. Tatsache war, dass einige Computerunternehmen Unmengen von Geld mit leichtgläubigen und paranoiden Computernutzern verdient hatten, indem sie ihnen Produkte verkauft hatten, die versprachen, ihre gelöschten Daten gleich »mehrfach zu überschreiben« und ihnen so Sicherheit »auf militärischem Niveau« zu bieten.

Bei neueren Computern war es tatsächlich fast unmöglich, überschriebene Daten wiederherzustellen. Bei alten Computern hingegen, auf denen jedes Bit mehr Platz einnahm als auf modernen Computern, gelang es bisweilen, Daten wiederherzustellen, die nur einmal überschrieben worden waren. Aber das war es dann auch schon.

Die gute Nachricht für David Sedaka bestand darin, dass dieser Computer ungefähr zehn Jahre alt und die Festplatte nur fünf Gigabyte groß war, so dass die Bits sehr viel Platz einnahmen. Die zweite gute Nachricht war, dass die Daten, soweit David feststellen konnte, mit nur einem Durchgang überschrieben worden waren. Das hieß, dass er sie retten konnte – zumindest in der Theorie.

Die schlechte Nachricht war die schiere Menge an Daten. Wo sollte er anfangen? Die Wiederherstellung von Daten war fast ebenso sehr Kunst wie Wissenschaft. Man konnte damit beginnen, sich das Verzeichnis mit den Ordnern anzusehen, in denen sich die Dateien befanden, aber das Verzeichnis konnte ebenfalls geändert oder überschrieben worden sein. Außerdem konnte eine Datei, die angelegt und dann mehrfach geändert worden war, »fragmentiert« sein. Anders ausgedrückt: Es konnte sein, dass verschiedene Teile dieser Datei an verschiedenen Orten auf der Festplatte gespeichert waren.

Für die Praxis bedeutete das, dass zwar ein Teil der Wiederherstellung der Daten automatisiert werden konnte, der Großteil aber einer Schatzsuche gleichkam. Und diese Schatzsuche musste akribisch betrieben werden, unter Zuhilfenahme subjektiver Entscheidungen.

David wusste, dass es ein langer Tag werden würde.

Aber als er sich die ersten wiederhergestellten Dateien ansah, hatte er das Gefühl, bereits jetzt auf etwas Interessantes gestoßen zu sein, weshalb er beschloss, sofort seinem Vater davon zu erzählen. Das Problem war nur, dass er sein Handy außerhalb des Labors hatte zurücklassen müssen, damit es die empfindlichen elektronischen Geräte nicht störend beeinflusste. Eiligen Schrittes machte er sich auf den Weg, um es zu holen.

12.46 Uhr Pazifische Sommerzeit

Während Alex und Juanita auf Nats Rückkehr und Davids Rückmeldung warteten, saßen sie – jeder auf seiner Seite – auf Juanitas Schreibtisch und blätterten die alten Highschool-Jahrbücher durch. Juanita hatte bereits online die Heiratsregister überprüft, während Alex in seiner Verzweiflung noch einen Schritt weitergegangen war und sich eine Website über die Bedeutung von Namen angesehen hatte, in der vergeblichen Hoffnung herauszufinden, in was Dorothy ihren Namen geändert haben könnte. Natürlich war er auf nichts Plausibles gestoßen – es war von vornherein eine abwegige Idee gewesen –, aber ihm wäre jeder Anhaltspunkt willkommen gewesen.

Im Moment suchten sie nach einer Person, die ihnen etwas über die Vorgänge zum Zeitpunkt von Dorothys Verschwinden mitteilen konnte. Das Problem war nur, dass die meisten Telefonnummern alt und nicht mehr aktuell waren. Natürlich ließen sich die neuen Nummern nachschauen, aber manche waren überhaupt nicht gelistet. In anderen Fällen gelang es ihnen zwar, eine Festnetznummer herauszufinden, aber da es mitten am Tag war, waren die meisten Leute bei der Arbeit. Also konnten sie nur eine Nachricht hinterlassen und hoffen, dass die Leute rechtzeitig zurückriefen.

Alex vertiefte sich in eines der Jahrbücher und ertappte sich dabei, dass er übertrieben lange über den Klassenfotos brütete, als hoffte er, in den Gesichtern von Dorothy oder Clayton irgendeinen Hinweis zu finden. Dorothy wirkte bedrückt und starrte mit Augen in die Kamera, in die sich ihr trauriges Leben unwiderruflich eingebrannt zu haben schien. Irgendwie erinnerte sie ihn an seine Tochter Debbie. Die beiden wären sogar fast im gleichen Alter gewesen.

Nicht, dass Debbies Leben traurig gewesen wäre. Vielleicht schienen die Augen deshalb der wesentliche Unterschied zwischen den beiden zu sein. Aber Alex wollte lieber nicht an Debbies Augen denken, denn es waren auch Melodys Augen, und wenn er in diese Augen sah, war das so, als würde seine verstorbene Frau wiederauferstehen. Aus diesem Grund war es so viel einfacher, dass Debbie auf der anderen Seite der Staaten lebte. Die Erinnerung an seine Frau bohrte sich wie ein Messer in seine Eingeweide. Er durfte jetzt nicht an sie denken; heute war nicht der richtige Tag, um sich im eigenen Elend zu suhlen.

In diesem Moment fiel ihm etwas Eigenartiges auf.

»Juanita?«

»Ja, Boss?« Sie klang gereizt.

»Wann hörst du endlich auf, mich so zu nennen?«

»Wie soll ich dich denn sonst nennen? ›Herr und Meister‹?«

»Du brauchst mich gar nicht zu nennen.«

»Willst du mir nicht endlich verraten, was du vor einer Sekunde sagen wolltest, oder diskutieren wir den Rest unseres Lebens darüber, wie ich dich nennen soll?«

Er seufzte verärgert. Es wurde immer deutlicher, dass sie im Schlamassel steckten und den zunehmenden Druck zu spüren bekamen.

»Schau dir diese Fotos an.« Er schob ihr die zwei Jahrbücher hin. Beide waren auf der Doppelseite mit den fraglichen Klassenfotos geöffnet. Ein Jahrbuch stammte aus Dorothys drittem Highschooljahr, das andere aus ihrem vierten.

»Was soll ich mir anschauen?«

»Sieh dir zuerst den dritten Highschool-Jahrgang aus dem Jahrbuch von 1997 an.«

»Okay.«

»Was siehst du?«

»Eine Horde selbstzufriedener Teenager.«

»Siehst du Dorothy Olsen?«

»Ja.«

»Und Clayton Burrow?«

»Klar.«

»Gut, und jetzt schau dir die Fotos vom vierten Highschool-Jahrgang im Jahrbuch von 1998 an.«

»Okay«, sagte sie gelangweilt.

»Siehst du Dorothy?«

»Und die Band Toto sehe ich auch«, sagte sie und prustete durch die Nase.

Alex ignorierte sie. »Siehst du Clayton Burrow?«

»Natür...« Sie verstummte und nahm die Doppelseite genauer unter die Lupe. »Äh, nein, eigentlich nicht. Es sei denn, er hatte eine temporäre Gesichtstransplantation.«

»Und was sagt dir das?«

»Dass er an dem Tag, als die Jahrbuchfotos gemacht wurden, nicht da war?«

»Dann hätte er beim Nachholtermin eine zweite Chance gehabt.«

»Vielleicht konnte er da auch nicht.«

»Dann hätten sie ihn aufgelistet und ›kein Foto verfügbar‹ danebengeschrieben, oder etwa nicht?«

»Ich schätze schon.«

»Und was sagt uns das?«

Sie sah ihn verständnislos an. »Ich weiß es nicht.«

»Dass er nicht da war.«

»Aber dann hätten sie ihn, wie du bereits sagtest, aufgelistet und ›kein Foto verf...‹«

»Nicht *an der Schule* war!«

»Aber du hast doch gerade gesagt…«

»*Gar nicht mehr* da war. Nicht nur an bestimmten Tagen.«

Juanita drehte sich zu Alex um, während sich der Nebel allmählich lichtete. »Du meinst… er ist schon davor von der Schule abgegangen?«

»Möglich wäre es.«

Sie versuchte immer noch, die Sache zu begreifen. »Und was *heißt* das?«

»Das heißt… *ist* er gegangen… oder *wurde* er gegangen?«

Bevor Juanita antworten oder sich auch nur eine angemessen schlaue Entgegnung überlegen konnte, klingelte das Telefon. Sie wollte nach dem Hörer greifen, aber Alex war so aufgeputscht von seiner Entdeckung, dass seine Hand zuerst zum Hörer schoss.

»Alex Sedaka.«

»Mr. Sedaka?«, fragte eine unbekannte männliche Stimme.

»Ja.«

»Ich würde gerne mit Ihnen über den Dorothy-Olsen-Fall sprechen.«

»Okay.« Alex war enttäuscht. Er hatte gehofft, es sei das Gefängnis, um ihm mitzuteilen, dass Burrow seine Meinung geändert hatte.

»Ich muss Sie sehen.«

Es klingelte in der zweiten Leitung. Juanita lief nach nebenan, um dranzugehen.

»Können Sie mir sagen, worum es genau geht?«, fragte Alex.

»Das möchte ich Ihnen lieber persönlich sagen.«

Alex war misstrauisch bei solchen Angeboten. Normalerweise wäre er geneigt gewesen, es darauf ankommen zu lassen, und sei es nur aus Neugier. Aber momentan war ihm seine Zeit viel zu kostbar. »Können Sie mir wenigstens sagen, wer da spricht?«

Fünfzehn Kilometer entfernt, in Daly City, blickte der junge Mann auf das Foto auf dem Kaminsims.

»Mein Name ist Jonathan Olsen.«

12.49 Uhr Pazifische Sommerzeit

»Kanzlei Alex Sedaka«, sagte Juanita, als sie in Nats Büro ans Telefon ging.

»Oh, hallo. David hier.«

»Hi David. Was kann ich für dich tun?«

»Könnte ich vielleicht mit meinem Vater sprechen?«

»Er ist gerade auf der anderen Leitung. Soll ich ihm was ausrichten?«

»Ja, sag ihm, dass ich fündig geworden bin.«

»Kannst du mir sagen, was du gefunden hast? Ich gebe es dann weiter.«

»Ich würde es ihm lieber direkt sagen.«

»Vertrau mir, David, wahrscheinlich ist es sogar besser, wenn ich es ihm erkläre.«

Sie konnte sein Grinsen bei dem Gedanken, dass die computerversierte Sekretärin ihrem Chef auf die Sprünge helfen musste, förmlich sehen.

»Na gut. Also, im Prinzip ist es so, dass ich den zuletzt benutzten virtuellen Arbeitsspeicher wiederherstellen konnte.«

»Willst du ihn herschicken, damit wir ihn uns mal ansehen können?«

»Na ja, eigentlich habe ich ihn mir schon selbst angesehen.«

»Und?«

»Wenn ich das richtig verstanden habe, ist Dorothy Olsen direkt nach ihrem Highschool-Abschlussball im Mai 1998 verschwunden.«

»Stimmt.«

»Na ja, ich habe das Fragment einer EasySabre-Quittung gefunden, die auf vier Tage vor ihrem Verschwinden datiert ist.«

»EasySabre?«

»Ein Internetableger des Sabre-Buchungssystems von American Airlines. EasySabre war damals über CompuServe verfügbar.«

Das überraschte Juanita. »Aber ich dachte, alle Fluglinien wären überprüft worden, als sie verschwand. Und nach Burrows Verhaftung wurden sie sicher erneut kontrolliert.«

»Ja, aber EasySabre wurde nicht nur von American Airlines genutzt und auch nicht nur für Flüge in oder aus den Vereinigten Staaten. Das System haben so ziemlich alle Fluglinien benutzt – eingeschlossen diese.«

»Welche?«

»Quetzalcoatl Airways.«

»Warte mal, war das nicht diese mexikanische Fluglinie, die vor einigen Jahren pleitegegangen ist?«

»Genau die.«

»Aber die haben sie damals doch bestimmt auch überprüft. Ich meine, wurden denn nicht alle Flüge aus den Staaten kontrolliert?«

»Doch, aber Quetzalcoatl ist nicht von den Staaten aus geflogen. Und ich glaube, sie ging pleite, bevor Burrow verhaftet wurde. Als Dorothy verschwand, gab es ja anfangs noch gar keine Hinweise auf ein Verbrechen. Es ging nur um eine vermisste Person, und außerdem war Dorothy kein Kind mehr. Also wurde die Vermisstenanzeige aufgenommen, und das war es dann so ziemlich. Es war ihre Mutter, die damals die Fluglinien überprüft hat, und sie hatte natürlich keine polizeilichen Ermittlungsbefugnisse. Und als Burrow dann verhaftet wurde, gab es die Airline gar nicht mehr.«

»Aber du hast doch gesagt, dass EasySabre nicht nur für

Flüge in und aus den Vereinigten Staaten genutzt wurde. Also muss ihr Flug doch irgendwo aufgetaucht sein.«

»Schon, aber die Polizei hat wahrscheinlich tatsächlich nur die Flüge aus den Staaten kontrolliert. Schließlich hatte sie bei Burrows Verhaftung so viele handfeste Beweise vorliegen, dass sie die Sache für einen eindeutigen Fall hielt. Wahrscheinlich dachten die Cops, dass es die Mühe nicht lohnt, auch die Flüge von Abflughäfen außerhalb der Staaten zu überprüfen. Du kennst ja die alte Regel: Nur wer suchet, der findet.«

»Aber hat denn die Verteidigung nicht auf Offenlegung gedrängt?«

Juanita wartete schweigend. Sie kannten beide die Antwort.

»Ein überarbeiteter Pflichtverteidiger? Eine Billigverteidigung? Du kennst doch das Spiel, Juanita, es wiederholt sich Tag für Tag in jedem Gerichtssaal. Burrow hat nie wirklich eine Chance gehabt.«

Seltsamerweise fühlte sich Juanita von dieser Erkenntnis weder beunruhigt noch gestört. Ganz egal, was die Gründe für dieses gewaltige Versäumnis gewesen waren, was zählte war, dass Davids Neuigkeit ermutigend war. Zumindest eröffnete sie ihnen neue Wege. Juanita konnte ihre Aufregung kaum zügeln. »Also, wo ist sie hingeflogen?«

David zögerte. »Diese Information habe ich leider nicht. Ich weiß noch nicht mal, wo sie abgeflogen ist.«

»Das verstehe ich nicht. Wie kannst du wissen, dass sie ein Ticket gekauft hat, aber nicht, wohin die Reise ging?«

»Das hat mit der Art und Weise zu tun, wie Computer Informationen speichern. Die Information war auf der Auslagerungsdatei.«

»Was heißt das?«

»Du weißt doch, dass Computer Daten vorübergehend auslagern können, wenn der Arbeitsspeicher für die jeweilige Aktion nicht ausreicht. Ein Teil der Festplatte wird so als virtueller Speicher benutzt. Tja, und in diesem Fall wurde eben ein Teil der Quittung auf diesen virtuellen Festplattenbereich kopiert.«

»Warum nur ein Teil der Quittung?«

»Weil die Quittung als Ganzes wahrscheinlich ein Cluster oder eine Sektorengrenze überschritten hat. Daher wurde der Teil der Quittung, für den kein Platz mehr war, auf die Auslagerungsdatei geschrieben. Und der andere Teil hat wahrscheinlich von Anfang an nur als Arbeitsspeicher existiert. Ohne das Überschreiten des Clusters und ohne den Überrest in der Auslagerungsdatei hätte ich die Quittung überhaupt nicht retten können.«

»Du hast also das Datum und die Fluglinie, aber keine Ahnung, von wo nach wo der Flug ging?«

»Wahrscheinlich von Mexiko aus. Die Vereinigten Staaten können es nicht gewesen sein, weil man den Flug sonst entdeckt hätte, als man EasySabre nach ausgehenden Flügen durchsuchte.«

Juanita dachte einen Moment nach. »Sie könnte mit dem Auto nach Mexiko gefahren und erst dort ins Flugzeug gestiegen sein.«

»Problemlos. Aber ich schätze, das hilft uns auch nicht weiter, es sei denn, wir finden irgendwie heraus, wo sie von dort aus hingeflogen ist.«

»Und, kannst du das herausfinden?« Juanita hoffte inständig, dass David ihr eine positive Antwort gab.

»Ich erwarte eigentlich nicht, dass ich die andere Hälfte der Quittung finde. Mit der Auslagerungsdatei bin ich schon so gut wie durch. Das war das Erste, was ich mir vorgenommen habe, nach der Dateizuordnungstabelle und den Verzeichnissen.«

»Müsste sie die Quittung nicht heruntergeladen haben?«

»Vielleicht ja, vielleicht nein. Aber die Tatsache, dass sie die ganze Festplatte neu formatiert hat, lässt darauf schließen, dass sie auf Geheimhaltung bedacht war. Also lautet die Antwort vermutlich nein.«

»Gibt es denn nichts, was du tun kannst?«

Wieder lag ein kurzes Zögern in Davids Antwort. »Nichts auf dem Computer selbst.«

Juanita lächelte in sich hinein. »Warum höre ich da diesen Ton in deiner Stimme?«, fragte sie.

»Welchen Ton?«

»Das stimmliche Äquivalent zu deinen glänzenden Augen?«

»Na ja… sagen wir einfach, ich habe da so eine Idee, wie ich vielleicht an die andere Hälfte komme.«

»Und wie ›vielleicht‹ ist dieses ›Vielleicht‹?«

In dem kurzen Moment, den er brauchte, um Luft zu holen, setzte ihr Herz einen Schlag aus.

»Ich will ehrlich zu dir sein: Die Aussichten sind nicht gerade prickelnd.«

12.53 Uhr Pazifische Sommerzeit

»Wie lange sollen wir hier noch rumhängen?«, fragte der Fahrer.

Martine sah auf die Uhr. Er hatte recht: Sie waren jetzt schon eine halbe Ewigkeit hier, ohne dass irgendetwas passierte. Es passierte nicht nur nichts, es gab auch keine Anzeichen dafür, dass jemals etwas passieren *würde*. Schlimmer noch: Es tauchten allmählich andere Nachrichtenteams auf. Sie parkten in einiger Entfernung entlang der Straße und taten so, als seien sie nicht interessiert. Aber es war offensichtlich, dass sie doch interessiert waren.

Tatsächlich hatten sie strategisch günstiger geparkt als Martines Team. Wenn jemand das Büro des Gouverneurs verließ, musste er der Einbahnstraße Richtung Larkin Street folgen, was bedeutete, dass CNN ein Stück weiter oben weit bessere Chancen hatte, demjenigen auf den Fersen zu bleiben.

»Was meinst *du*, was wir tun sollen?«, fragte Martine. »Zurück nach San Quentin fahren?«

In San Quentin würden sie später, wenn die Hinrichtungszeit bevorstand, ein komplettes Übertragungsteam bekommen. Die Frage war nur, ob sie die Sache schon jetzt dort aussitzen oder lieber hierbleiben sollten, in der Hoffnung, dass vom Büro des Gouverneurs eine neue Entwicklung ausging.

Martine wusste, dass sie jederzeit ein zweites Team rufen konnte, das das Büro des Gouverneurs abdeckte, während sie zurück zum Gefängnis fuhr. Aber das hier war *ihre* Story, und sie wollte zur richtigen Zeit am richtigen Ort sein, wenn es losging. Ihr Bauchgefühl sagte ihr, dass sie hier vor dem Büro des Gouverneurs näher an dieser Story dran war, als wenn sie in Marin County auf dem Abstellgleis stand.

Was Martine keine Ruhe ließ, war die dunkle Ahnung, dass die wirkliche Story von Burrows Anwalt Alex Sedaka ausging.

Er war derjenige, der Burrow das vorbehaltliche Begnadigungsangebot des Gouverneurs unterbreiten musste. Wenn Burrow zögerte, war *er* derjenige, der ihn überzeugen musste. Wenn Burrow das Angebot annahm, war *er* derjenige, der seine Zustimmung an den Gouverneur weiterleiten musste, zusammen mit sämtlichen Informationen über den Aufenthaltsort der Leiche. Wenn dieser Tag vorbei war, würde es viele Leute geben, die auf die eine oder andere Weise Bescheid wussten. Aber Alex Sedaka würde der Erste sein, der es erfuhr.

Und Martine hatte vor, die Zweite zu sein.

»Planänderung: Wir statten Alex Sedaka einen kleinen Besuch ab.«

13.11 Uhr Pazifische Sommerzeit

Nat fuhr vom Wohnwagenpark in San Pablo zurück zur Kanzlei und fragte sich, wie er die Begegnung mit Sally Burrow am besten zusammenfassen sollte. Er beschloss, Alex nichts von seiner Suggestivfrage zu sagen, die zum frühzeitigen Abbruch des Gesprächs geführt hatte. Die Frage war nur, was er ihm stattdessen erzählen sollte.

Falls Sally Burrows Haltung gegenüber Clayton aufrichtig war, deutete alles darauf hin, dass sie keinen Finger gerührt und schon gar nicht getötet hatte, um ihrem Sohn zu helfen. Sie hatte überzeugend geklungen, als sie gesagt hatte, sie und ihr Sohn hätten jeder ihr eigenes Leben gelebt, weshalb ihr auch nicht aufgefallen sei, in was für ein Monster sich ihr Sohn verwandelt habe.

Diese Tatsache bestärkte Nat noch in seiner Überzeugung, dass das Fehlen von Liebe und Disziplin in Sally Burrows Erziehung Burrow auf die schiefe Bahn gebracht und ihn zu dem Tyrannen gemacht hatte, der er heute war.

Aber ein Tyrann war eine Sache – ein Mörder eine ganz andere.

Nat wusste, dass er sich jetzt darauf konzentrieren musste, wie er das Gespräch für Alex zusammenfasste. Sein Boss war im Moment in überaus angespannter Stimmung, und Nat hatte das Gefühl, dass er jeden Moment durchdrehen konnte. Nicht umsonst hatte er Juanita wegen etwas angebrüllt, für das sie überhaupt nichts konnte. Wie würde er dann erst auf ihn reagieren, wenn er mit leeren Händen von seinem Besuch bei Claytons Mutter im Wohnwagenpark zurückkehrte?

Andererseits war es von Anfang an unwahrscheinlich gewesen, dass dabei etwas herauskam, das wusste Alex genau. Nat konnte nur versuchen, ihm sachlich zu berichten, was Sally Burrow gesagt hatte.

Als er sich der Kanzlei näherte, nahm er plötzlich rege Betriebsamkeit wahr. Es sah aus, als würde das Gebäude von Presseleuten belagert. Eine der Personen trug eine Kamera auf der Schulter. Am ärgerlichsten aber war, dass der Bus dieser Leute auf seinem reservierten Parkplatz stand! Er fuhr vorbei und warf ihnen wütende Blicke zu. Dann sah er, wie jemand das Gebäude betrat – jemand, dessen Gesicht er kannte.

Er beschloss, noch ein wenig zu warten.

13.19 Uhr Pazifische Sommerzeit

»Also, warum wollten Sie mich persönlich sprechen?«, fragte Alex.

Er hatte Jonathan ins Besprechungszimmer geführt und Juanita gebeten, für sie beide Kaffee zu machen. Aber Jonathan Olsen schien es nicht eilig zu haben, mit der Sprache herauszurücken. Stattdessen war er offensichtlich vollauf damit beschäftigt, sich umzusehen, fast so, als würde er die Einrichtung bewundern.

»Ich habe im Fernsehen vom Angebot des Gouverneurs an Clayton Burrow erfahren.«

»Ja«, sagte Alex nüchtern. »Von dem Angebot weiß inzwischen wohl jeder in diesem Bundesstaat.«

»Mich hat nur überrascht, dass meine Mutter ihn dazu überredet hat.«

»Hat sie Ihnen vorher nichts davon gesagt?«

»Ich habe keinen Kontakt zu meiner Mutter.«

Alex erinnerte sich, dass Esther Olsen gesagt hatte, sie sei mit ihrer Tochter zerstritten gewesen. Dass sich dieser Streit auch auf ihren Sohn erstreckte, hatte er nicht gewusst.

»Geht das von …?«

»Es geht von mir aus, ja. Wir haben uns sozusagen mit Mom überworfen – Dorothy und ich.«

In Alex kam Mitleid für Esther Olsen hoch. Die ganze Welt schien über ihrem Kopf einzustürzen.

»Aus denselben Gründen?«

»Mehr oder weniger.«

Alex wusste, dass er bei diesem Thema mit Bedacht vorgehen musste. Andererseits war Jonathan ja zu ihm gekommen. »Möchten Sie gerne darüber reden?«

»Sagen wir einfach, dass Dorothy zu kurz gekommen ist.«

Der Ausdruck »zu kurz gekommen« ließ auf ein finanzielles Problem schließen. Aber das war unwahrscheinlich – ein rein finanzielles Problem hätte leicht behoben werden können.

»Bei Ihrer Mutter?«

Jonathan zuckte mit den Schultern. »Sagen wir mal, man kann sich versündigen, indem man etwas tut, aber auch, indem man etwas *unterlässt*.«

Alex nickte. Er wusste, dass er nicht weiterkam, wenn er Jonathan ins Kreuzverhör nahm. Aber er spürte, dass er von sich aus reden wollte. »Warum wollten Sie mit mir sprechen, Jonathan?«

»Ich habe mich gefragt, ob Burrow Dusenburys Angebot angenommen hat.«

»Sie wissen sicher, dass alles, was ein Mandant zu seinem Anwalt sagt, streng vertraulich ist.«

Jonathan rutschte unbehaglich auf seinem Stuhl hin und her. »Aber ich hätte gedacht, dass die Sache irgendwann veröffentlicht werden muss. Ich meine, zumindest, wenn er das Angebot angenommen hat.«

»Irgendwann vielleicht. Aber zum jetzigen Zeitpunkt kann ich weder bestätigen noch bestreiten, dass es überhaupt ein Angebot gegeben hat.«

Jonathan schien sich unwohl zu fühlen und selbst nicht genau zu wissen, warum er hier war. Immer wieder sah er sich nervös um, fast so, als erwartete er, dass etwas Bestimmtes passierte. »Darf ich Sie etwas fragen, Mr. Sedaka?«

»Natürlich.«

»Warum haben Sie diesen Fall angenommen?«

»Na ja, diese Frage stellt man sich doch bei jedem Fall,

nicht wahr? Warum habe ich diesen Fall angenommen?«

Alex spielte auf Zeit, während er überlegte, was er antworten sollte. »Ich nehme an, weil ich Anwalt bin. Weil Burrow mich darum gebeten hat. Weil einer meiner Mitarbeiter mich überzeugt hat, dass es eine gute Tat wäre.«

Jonathan sah aus, als würde er sich bei diesen Worten ein Lächeln verkneifen. Aber er schwieg.

»Sie halten mich für einen kompletten Zyniker, oder?«, fuhr Alex fort und versuchte, das Eis mit einem vertraulichen Tonfall und einem freundschaftlichen Lächeln zu brechen.

»Sie haben es selbst gesagt: Sie sind Anwalt.«

»Hören Sie, Jonathan, ich möchte nicht unhöflich sein, vor allem angesichts dessen, was Sie durchmachen mussten, aber war das die einzige Frage, die Sie mir stellen wollten?«

Er wollte Jonathan nicht drängen, endlich mit seinem Anliegen herauszurücken, aber er wollte die Mauer der Zurückhaltung zum Einsturz bringen, die ihn hemmte.

»Als ich Sie gefragt habe, warum Sie den Fall angenommen haben, meinte ich eigentlich, ob Sie glauben, dass Burrow unschuldig ist.«

»Ich darf Ihnen nicht verraten, was ich weiß oder was er mir gesagt hat, weil das vertrauliche Informationen sind. Aber ich denke, ich kann Ihnen ganz allgemein sagen, dass ein Anwalt nicht an die Unschuld seines Mandanten glauben muss, um einen Fall anzunehmen.«

»Das nicht, aber ich weiß, dass Anwälte auch nur Menschen sind – manche zumindest.« Er lächelte, als er die Einschränkung hinzufügte.

Alex erwiderte das Lächeln. »Und jetzt wollen Sie wissen, ob mich mein Idealismus dazu bewogen hat oder ob ich auch nur ein Sklave des allmächtigen Dollars bin.«

»Genau.«

»Nun ja, wenn man einen völlig mittellosen Mandanten

vertritt, sieht es mit Dollars eher schlecht aus. Wir nennen so etwas kostenlose Vertretung.«

»Ich weiß, was kostenlose Rechtsleistungen sind, Mr. Sedaka. Aber es gibt mehr als einen Weg, der nach Rom führt, oder nicht?«

»Ich weiß nicht, was Sie meinen.«

»Wirklich nicht?«, fragte Jonathan mit hochgezogenen Augenbrauen. »Was ist mit beruflicher Anerkennung und Prestige? Es gibt Buchverträge und Hollywood und …«

»Immer mit der Ruhe! Ich habe ganz sicher nicht vor, den Tod Ihrer Schwester zu einem Buch oder einem Hollywoodfilm zu verarbeiten, falls Sie das glauben … Oder sollte ich vielleicht besser Ihrer Halbschwester sagen?«

Er beobachtete Jonathans Reaktion genau. Auf seinem Gesicht waren keine Anzeichen für Panik oder Wut oder irgendeine andere Emotion zu erkennen. Er hatte den Kopf zurückgelegt, aber es wirkte eher, als versuchte er, sich an etwas zu erinnern oder auf etwas zu konzentrieren.

»Sie wissen also davon?«

»Wir haben die DNA-Ergebnisse vorliegen. Ich habe mich gefragt, ob es Ihre Beziehung zu Dorothy beeinflusst hat … auf die eine oder andere Weise.«

»Ich glaube nicht. Wir haben uns immer loyal zueinander verhalten; loyaler hätten Vollgeschwister auch nicht sein können. Ich denke also, dass es uns nicht beeinflusst hat.«

»Aber gewusst haben Sie es?«

»Es kam bei einem Familienstreit heraus. Danach wurde es nie wieder erwähnt – zumindest nicht von mir oder Dorothy.«

»Wollten Sie denn nicht mehr wissen?«

»Wir wussten alles, was wir wissen mussten.«

»Und wer von Ihnen beiden … war …?«

Jonathan schüttelte den Kopf. »Ich möchte nicht darüber reden.«

Einige Sekunden herrschte angespanntes Schweigen.

Alex wusste, dass er diesen Punkt betreffend keine weiteren Auskünfte zu erwarten hatte. Jedenfalls nicht von Jonathan.

»Wussten Sie, dass er sie in der Highschool tyrannisiert hat?«, fragte Jonathan.

Alex suchte in Jonathans Gesicht nach Anzeichen für Gefühle, fand jedoch keine. »Verbal oder körperlich?«

»Hauptsächlich verbal. Er hat sich zum Beispiel über ihren Namen lustig gemacht.«

»Dorothy?«

»Über unseren Namen. Er hat sie ›Al Jolson‹ genannt – als ob das irgendwie lustig wäre.«

»Ich wusste, dass es zwischen den beiden Feindseligkeiten gab«, räumte Alex ein. »Dass Mobbing irgendwie damit zu tun haben könnte, habe ich mir schon gedacht. Entweder Mobbing oder unerwiderte Liebe.«

»Unerwiderte Liebe?«, fragte Jonathan höhnisch und zog ein finsteres Gesicht. »Auf wessen Seite?«

»Egal auf welcher. Es war reine Spekulation.«

»Glauben Sie mir: Liebe war ganz sicher nicht im Spiel.«

»Ich glaube Ihnen. Aber sagen Sie mir eins: Dass er sie gemobbt hat, muss doch nicht unweigerlich dazu geführt haben, dass er sie auch umbringt, oder? Ich meine, sich über den Namen von jemandem lustig zu machen, ist doch noch kein schlimmes Mobbing. Mord erscheint mir ein wenig extrem für einen Highschool-Tyrannen.«

»Schon möglich.«

»Auf der anderen Seite hätten *ihr* diese Schikanen sehr wohl ein Motiv dafür gegeben, ihn leiden sehen zu wollen.«

Wieder machte Jonathan ein finsteres Gesicht. »Was wollen Sie damit andeuten? Dass sie ihren eigenen Tod vorgetäuscht und ihm die Sache untergeschoben hat?«

Alex zögerte. Er wählte seine nächsten Worte sehr sorgfältig: »Sie sind heute bereits die zweite Person, die diese Möglichkeit erwähnt.«

Jonathan stand auf und griff nach seiner Jacke. »Nun, bevor Sie sich in diese Idee verrennen, lassen Sie mich Ihnen sagen, dass auch er ein Motiv dafür hatte, sie zu hassen.«

»Und welches war das?«

Jonathan zog sich die Jacke an, während er antwortete: »Sie hat dafür gesorgt, dass er wegen der Schikanen von der Schule flog.«

»Kein sehr überzeugendes Motiv für einen eher sportlich interessierten Typen, der in der Schule wahrscheinlich sowieso nur seine Zeit abgesessen hat.«

»Oh, für einen Widerling wie Burrow war es Grund genug. Er wollte immer gewinnen, vergessen Sie das nicht. Dadurch, dass er von der Schule flog, stand er als Loser da. Dorothy war diejenige, die zuletzt lachte. Sie können sich sicher vorstellen, dass das für jemanden wie Clayton Burrow ein Schlag ins Gesicht war.«

Mit diesen Worten stürmte Jonathan wütend aus Sedakas Kanzlei.

Was Jonathan ihm gerade erzählt hatte, überraschte Alex nicht. Aber es hatte enorme Auswirkungen auf den Fall. Einer der Gründe, warum er begonnen hatte, an Burrows Schuld zu zweifeln, war das Fehlen eines konkreten Motivs gewesen. Was natürlich nicht hieß, dass man ein Motiv brauchte, um jemanden für schuldig zu halten. Aber ein schwaches oder fehlendes Motiv ist nun mal ein Pluspunkt für die Verteidigung. Und es war die Schwäche des Motivs gewesen, die Alex bis dato ein Gefühl der Hoffnung gegeben hatte.

Aber jetzt hatte Clayton Burrow ein Motiv.

»Ich muss zurück ins Gefängnis«, rief er Juanita durch die offene Bürotür zu, während er sich seine Jacke schnappte.

»Warum? Gibt‘s was Neues?«

»Kann schon sein. Ich brauche ein paar ehrliche Antworten von meinem Mandanten.«

»Na dann viel Glück.« Sie klang spöttisch, aber er war zu beschäftigt, um sich darüber Gedanken zu machen. Als er schon auf dem Weg zur Tür war, fiel ihr ein, was sie ihm hatte sagen wollen. »Ach, Boss, das hatte ich ganz vergessen: Wir haben einen Anruf von David bekommen.«

»Dafür habe ich jetzt keine Zeit. Ruf mich auf dem Handy an.«

Er schlüpfte hinaus und schloss die Tür hinter sich.

13.33 Uhr Pazifische Sommerzeit

Nat war einmal um den Block gefahren und hatte dann am Straßenrand geparkt, wo er wartend im Auto saß und den Eingang des Bürogebäudes im Auge behielt. Er sah, wie der junge Mann wieder ging, und wollte gerade aussteigen und das Gebäude betreten, als er hektische Betriebsamkeit wahrnahm. Der Kameramann wuchtete sich die Kamera auf die Schulter, und Martine strich sich eilig die Haare glatt und schritt zur Tat.

Eine Sekunde später erschien Alex auf der Bildfläche. Er war gerade vor das Gebäude getreten, wo das Filmteam schon darauf lauerte, über ihn herzufallen. Martine schoss auf ihn zu, schien ihm eine Frage zu stellen und schob ihm das Mikro vor den Mund. Als er ihr auswich, versuchte sie, ihm den Weg abzuschneiden, aber er lief einfach weiter, als sei sie gar nicht da, so dass sie dem Zusammenprall nur durch einen Sprung zur Seite entging. Er entschuldigte sich nicht, sondern lief zu seinem Auto, stieg ein und fuhr davon.

Martine war im Begriff, selbst ins Mikro zu sprechen – vermutlich, um Alex‘ Unhöflichkeit zu kommentieren –, als sie es sich plötzlich anders überlegte und ihrer Crew stattdessen einen Befehl zublaffte. Innerhalb von Sekunden saß das Team im Wagen und verfolgte Alex oder fuhr zumindest in dieselbe Richtung wie er.

Nat manövrierte sein Auto in den frei gewordenen Parkplatz. Dann stieg er aus und betrat das Gebäude. Dabei hatte er ein kribbelndes Gefühl im Nacken.

13.42 Uhr Pazifische Sommerzeit

Juanita war zu ihrer Internetsuche zurückgekehrt. Es war eine frustrierende Arbeit, weil sie nicht wirklich wusste, wonach sie suchte. Im Hinterkopf beschäftigte sie die Tatsache, dass Dorothy und Jonathan nur Halbgeschwister waren. Sie fragte sich, wie eng die Beziehung zwischen den beiden gewesen war.

Wusste Jonathan überhaupt, dass er nur ihr Halbbruder war? Hatte Alex ihn danach gefragt?

Alex! Sie hatte ihm immer noch nicht erzählt, warum David angerufen hatte! Sie wählte seine Nummer und schaltete die Freisprechfunktion ein.

»Hi Juanita.«

Sie setzte ihn rasch über Davids Neuigkeiten bezüglich des EasySabre-Buchungssystems ins Bild und erzählte ihm von seiner Befürchtung, keine weiteren Informationen auftreiben zu können, zumindest nicht innerhalb des engen Zeitrahmens, der ihnen zur Verfügung stand.

»Aber hat er gesagt, dass er es versucht?«, fragte Alex.

»Ja, er sagte, er würde sein Bestes geben. Aber ich habe mir überlegt, dass wir vielleicht Mrs. Olsen danach fragen sollten.«

»Sie hätte es uns doch sicher gesagt, wenn sie gewusst hätte, dass Dorothy damals eine Reise gebucht hat.«

»Aber fragen können wir doch. Wir haben nichts zu verlieren.«

»Klar, frag sie.«

»Warum hast du es eigentlich plötzlich so eilig gehabt, zu Burrow zu fahren? Hat Jonathan etwas Wichtiges gesagt?«

Er erzählte ihr, was Jonathan über Burrows Rausschmiss aus der Schule gesagt hatte.

»Jetzt hat er also plötzlich ein echtes Motiv.«

»Ja«, bestätigte Alex bitter. Er empfand es beinahe als persönlichen Verrat, dass Burrow ihm die Sache verheimlicht hatte. Damit hatte er es ihm unnötig schwer gemacht. Andererseits stärkte diese Information ja tatsächlich das mögliche Motiv, weshalb Burrow in seiner Einfalt vielleicht Angst gehabt hatte, dass Alex' Entschlossenheit und Engagement dadurch gebremst würden. Dabei besaß die Staatsanwaltschaft diese Information vermutlich ohnehin schon. Viel wichtiger war, dass dieselbe Information Alex mehr Handlungsspielraum verschaffte. Die Tatsache, dass Burrow Dorothy derart drangsaliert hatte, dass er von der Schule geflogen war, bedeutete im Umkehrschluss nämlich auch, dass Dorothy ein Motiv für das gehabt hatte, was Burrow ihr unterstellte.

»Ich frage mich, warum es beim Prozess nicht herauskam.«

»Ich denke schon, dass es beiläufig erwähnt wurde – zumindest die Tatsache, dass sie sich auf den Tod nicht ausstehen konnten. Aber die Anklage wollte die gegenständlichen Beweise in den Fokus rücken. Das Motiv war vermutlich nur das Sahnehäubchen. Der Staatsanwalt hatte keine Veranlassung, es hervorzuheben, und die Verteidigung hat sich nicht getraut, das fehlende Motiv anzuführen, aus Angst, es würde die Anklage dazu veranlassen, das Motiv als Gegenbeweis zu präsentieren, was es in den Augen der Jury noch aussagekräftiger gemacht hätte.«

»Moment mal, Boss. Das erinnert mich an etwas, was du vorhin gesagt hast.«

»Worüber?«

»Darüber, dass seine Mutter ein Motiv haben könnte.«

»Wenn ich mich recht erinnere, bist du mir in die Parade gefahren, als ich das Thema angesprochen habe, Juanita.«

»Ja, aber jetzt haben wir eine ganz andere Situation. Wenn Dorothy tatsächlich dafür gesorgt hat, dass Burrow der Schule verwiesen wurde, heißt das dann nicht, dass seine Mutter ein Motiv hatte? Jetzt geht es nicht mehr nur um Rache an dem Mädchen, das ihren Sohn nicht mochte. Jetzt geht es um Rache an dem Mädchen, wegen dem ihr Sohn von der Schule geflogen ist! Das setzt doch noch ordentlich eins drauf, findest du nicht?«

»Kann schon sein … das hängt natürlich davon ab, was für eine Art von Mutter sie war. Das müssen wir wohl Nat fragen, wenn er zurück ist.«

»Mich wundert sowieso, dass er nicht längst wieder da ist. Ach, warte mal, ich glaube, da kommt er.«

»Hör zu: Frag ihn, was er herausgefunden hat, und wir reden später. Ich muss ein bisschen Gas geben und würde gerne heil in San Quentin ankommen.«

»Okay. Bis später also.«

Gerade als Juanita auflegte, kam Nat durch die Tür. »Ist Alex da?«

»Nein, aber ich habe gerade mit ihm telefoniert. Er ist auf dem Weg zurück nach San Quentin.«

»Gibt‘s was Neues?«

»Nicht wirklich. Jonathan Olsen war hier, und direkt danach hat der Boss beschlossen, noch einmal mit Burrow zu sprechen.«

Nat zog sich die Jacke aus. »Gab es dafür einen bestimmten Grund?«

»Ich denke, er wollte vielleicht überprüfen, was Jonathan ihm erzählt hat.«

»Was denn zum Beispiel?«

»Anscheinend hat Dorothy dafür gesorgt, dass Clayton Burrow von der Highschool flog.«

»*Wirklich?*«

»Du klingst überrascht.«

»Mich überrascht nur, dass es vorher nie zur Sprache kam.«

»Wir hatten eben nie Zeit, derart detailliert die Fakten durchzugehen. Wenn man einen Mandanten im Todestrakt hat, geht es weniger um Fakten als darum, gesetzliche Schlupflöcher zu finden.«

»Nicht unbedingt. Die einzige Art, wie man die Richter zum Einlenken bewegt, sind neue Fakten.«

»Genau«, sagte Juanita und lächelte siegessicher. »Deshalb nützt es auch nichts, wenn man auf den *alten* Fakten herumreitet.«

»Warum stürzt sich Alex dann in das fruchtlose Unterfangen, noch einmal nach San Quentin zu fahren?«

»Vielleicht weil er nichts anderes hat.«

Nat ging in die Küche und füllte die Kaffeemaschine. »Kaffee?«

»Ja, bitte«, antwortete Juanita. Das Geräusch des Mahlwerks setzte ein, und der Geruch nach Kaffeebohnen erfüllte die Luft. Juanita hob die Stimme, um die Hintergrundgeräusche zu übertönen: »Also, was ist deine Ansicht zu Mrs. Burrow?«

»Sie ist die perfekte Verkörperung des Begriffs ›Wohnwagen-Abschaum‹.«

»Glaubst du, die Info über Burrows Rausschmiss macht sie verdächtig?«

»Warum sollte sie?«

»Weil sie ihr Motiv stärkt, findest du nicht?«

»Nur wenn man sie für bare Münze nimmt.«

»Und du tust das nicht?«

»Clayton Burrow war die Art von Teenager, die früher oder

später sowieso von der Highschool geflogen wäre, unabhängig davon, was Dorothy Olsen oder ihr Bruder getan haben.«

»Das heißt noch lange nicht, dass er ihr nicht die Schuld daran gab … oder seine Mutter.«

»Nein, aber ich durfte die Frau gerade kennenlernen, und sofern sie keine oscarreife schauspielerische Darbietung abgezogen hat, kann sie ihren Sohn auf den Tod nicht ausstehen, das versichere ich dir. Dass sie für ihn getötet haben soll, ist völlig ausgeschlossen. Sie ist die Selbstsüchtigkeit in Person. Wie nennt Alex das doch gleich? Narzisstisch. Sie hat es nicht mal mitgekriegt, als sich Clayton vor ihren Augen in einen Tyrannen verwandelt hat. Als sie der Realität endlich ins Auge sah, war es gerade lange genug, um das Monster zu hassen, das sie auf die Menschheit losgelassen hatte – fast wie ein moderner Frankenstein.«

»Hörst du endlich auf mit deinen literarischen Vergleichen?«

Ihr fiel ein, dass Nat einen Abschluss in Englischer Literatur hatte.

»Was ich damit meine, ist, dass Frankenstein oft missverstanden wird. Er wollte neues Leben schaffen, aber er schuf etwas, das er nicht lieben konnte. Das Monster war nicht von Anfang an ein Monster. Am Anfang war es ein Wesen mit Gefühlen, für das sein Schöpfer einfach keine Liebe aufbringen konnte. Dabei war Liebe alles, was sich das Wesen wünschte. Also wurde es zum Monster, weil ihm die Liebe verwehrt wurde, nach der es lechzte. Und ich glaube, genauso war es bei Burrow. Wie in dem Vers, den Alex vorhin am Telefon falsch zitiert hat.«

Juanita hob fragend die Augenbrauen.

»Es zürnt die Hölle nicht wie ein verschmähtes Weib«, erklärte Nat.

»Ach ja. Aber Shakespeare zitieren doch alle falsch.«

»Das Zitat ist von Congreve. William Congreve. Der vollständige Vers lautet: ›Es zürnt der Himmel nicht wie Liebe, die zu Hass ward, es rast die Hölle nicht wie ein verschmähtes Weib‹. Das gilt natürlich nicht nur für Frauen. Auch Männer brauchen Liebe. Für sie ist es manchmal noch härter, weil sie kulturell dazu erzogen werden, ihr Bedürfnis nach Liebe nicht zu zeigen.«

»Befinden wir uns immer noch im Seminar für Englische Literatur, oder sind wir inzwischen beim Grundkurs Soziologie angekommen?«

»Ich sage doch nur, dass man zum Monster gemacht wird, nicht geboren. Und es war Sally Burrow, die Clayton geschaffen hat, sowohl den Jungen Clayton als auch das spätere Monster. Und alles nur, weil sie ihn nicht lieben konnte.«

»Du hast Mitleid mit ihm, nicht wahr?«

»Ich weiß nicht. Es ist die alte Frage nach dem freien Willen. An welchem Punkt hören wir auf, den Missetäter zu bemitleiden, und fangen an, ihn für seine Taten verantwortlich zu machen?«

»Und? Wann fangen wir damit an?«, fragte Juanita, als Nat mit dem Kaffee hereinkam.

Nat öffnete den Mund, aber es kam nichts heraus. Das Thema war nicht so einfach abzuhandeln, wie es den Anschein hatte. Nach ein oder zwei Sekunden fand er seine Stimme wieder. »Um es mit den unsterblichen Worten dieses Typs aus der Serie *Kung Fu* zu sagen: ›Ich strebe nicht danach, alle Antworten zu kennen …‹«

Juanita hob die rechte Hand und deklamierte mit nachgeahmtem chinesischem Akzent: »›… sondern danach, die Fragen zu verstehen.‹«

Sie brachen in kindisches Gelächter aus.

»Du kennst dich vielleicht mit Büchern aus«, sagte Juanita, »aber beim Fernsehen reicht mir keiner das Wasser.«

»Dann müsstest du aber wissen, dass Kwai Chang Caine keinen chinesischen Akzent hatte!« Mit diesen Worten schnappte sich Nat seinen Kaffee und ging in sein kleines Büro hinüber.

Juanita trank einen Schluck von ihrem Kaffee und wählte dann Esther Olsens Nummer. Sie stellte sich vor und kam schnell auf den Punkt: »Eines der Dinge, die wir auf der Festplatte von Dorothys Computer gefunden haben, ist eine Buchung bei einem Online-Reisebüro. Allerdings fehlt ein Teil der Daten, so dass wir nicht wissen, wohin der Flug gehen sollte. Vielleicht können Sie uns weiterhelfen.«

Am anderen Ende der Leitung herrschte Stille.

»Mrs. Olsen?«

»Entschuldigen Sie. Ich weiß es nicht.«

Juanitas Gedanken rasten. Es musste doch eine Möglichkeit geben, an mehr Informationen zu kommen. »Um eine Online-Buchung durchzuführen, braucht man normalerweise eine Kredit- oder EC-Karte. Wissen Sie, ob Ihre Tochter so etwas hatte?«

»Sie hatte eine EC-Karte. Sie gehörte zu dem Bankkonto, das sie eröffnet hat, als sie den Treuhandfonds ihres Großvaters ausgezahlt bekam. Genau wie Jonathan.«

»Sie haben nicht zufällig noch alte Kontoauszüge von ihr?«

Wieder zögerte Mrs. Olsen. »Äh, nein … sie hat immer alles geschreddert.«

»Und Sie sind sicher, dass sie nichts behalten oder beim Schreddern vergessen hat?«

»Ganz sicher.«

»Okay, vielen Dank.«

Juanita legte den Hörer auf und hatte das ungute Gefühl, dass Esther Olsen etwas verheimlichte.

13.51 Uhr Pazifische Sommerzeit

David öffnete den zweiten Knopf seines kurzärmligen Hemds, um sich in der drückenden Hitze Kühlung zu verschaffen. Die Klimaanlage war wieder einmal ausgefallen, und die Sonne des frühen Nachmittags setzte ihm gewaltig zu. Er wünschte, er hätte an diesem Morgen ein weites T-Shirt angezogen. Heißes Wetter bekam ihm nicht – damit hatte ihn Debbie schon als Kind immer aufgezogen. Dabei brauchte er seine Konzentration im Moment mehr als je zuvor.

Er hatte bereits den Nachweis dafür erbracht, dass Dorothy ein Ticket bei einer mittlerweile nicht mehr existierenden mexikanischen Fluglinie namens Quetzalcoatl Airways gekauft hatte. Die Quittung stammte von dem elektronischen Buchungssystem EasySabre. Und wie er bereits zu Juanita gesagt hatte, war CompuServe Information Services das erste Unternehmen gewesen, das seinen Kunden die selbständige Online-Buchung mit EasySabre anbot.

Wenn Dorothy ein Benutzerkonto bei CompuServe besessen hatte, dann hatte das Unternehmen vielleicht noch einen Eintrag über die Buchung oder eine Kopie der Quittung vorliegen. David wusste, dass CompuServe im Februar 1998 im Zuge eines komplizierten Dreiecksdeals von AOL übernommen worden war. Weil die Marke CompuServe immer noch beliebt war, wurde sie unter AOL weiterbetrieben, daher bestand – wie David wusste – durchaus die Chance, dass Dorothys Benutzerkonto in passiver Form bis heute existierte.

Nach seinem Gespräch mit Juanita loggte er sich daher

auf der CompuServe-Website ein und verbrachte fast die ganze nächste Stunde mit dem Versuch, ihr Benutzerkonto zu knacken.

Dafür musste er es allerdings erst einmal finden. Ganz am Anfang hatte CompuServe zehnstellige Zahlen verwendet: sechs Ziffern, dann ein Komma, dann weitere vier Ziffern. Irgendwann schaffte das Unternehmen die Zahlen ab und erlaubte seinen Kunden, einen Namen zu benutzen, gefolgt von »@compuserve.com«. Das Problem bestand jedoch darin, dass viele Kunden den gleichen Namen hatten, weshalb bald auf eine Kombination aus Buchstaben und Zahlen zurückgegriffen werden musste. Ein John Smith konnte also zu johnsmith@compuserve.com werden, während der nächste sich vielleicht johnsmith275@compuserve.com nannte.

David probierte »dorothyOlsen« als Benutzerkennung, weil er es für wahrscheinlich hielt, dass sie ihren vollen Namen benutzt hatte. Aber es wurde ihm keine Gedächtnisstütze für das Passwort angeboten. Stattdessen erschien die Mitteilung »ungültige Benutzerkennung« auf dem Bildschirm. Als Nächstes versuchte er es mit »dolsen«, hatte jedoch wieder kein Glück. Es folgten weitere Versuche nach demselben Muster, darunter beide Namen rückwärts sowie verschiedene Namen-Zahlen-Kombinationen wie »dolsen1«, »dolsen01«, »D0lsen« etc. Jedes Mal empfing ihn dieselbe Botschaft: »ungültige Benutzerkennung«.

Nach einer Weile flog er wegen »zu vieler Versuche« von der Website und musste sich von einem anderen Computer aus einloggen. Aber die Antwort auf dem Bildschirm blieb hartnäckig dieselbe.

Er ergriff die Gelegenheit, das Gebäude zu verlassen und sich ein paar Sandwiches zu besorgen. Als er zurückkam, blieb ihm nichts anderes übrig, als weitere Umstellungen ihres Namens und Kombinationen mit willkürlichen Zahlen zu probieren, wobei er immer wieder abbrechen musste, wenn er sich erneut dem Hinweis »zu viele Versuche« gegenübersah.

Er wusste, dass er auf diese Weise nichts erreichte. Unwissenschaftlicher konnte man die Sache nicht anpacken. Das Problem war nur, dass es keine mathematische Lösung gab. Aber vielleicht eine psychologische. Er wusste, dass er in Dorothys Gedankenwelt eindringen musste, wenn er endlich Fortschritte machen wollte.

14.08 Uhr Pazifische Sommerzeit

Juanita atmete gierig die frische Luft ein, als sie das Gebäude verließ. Sie hatte ein schlechtes Gewissen, weil sie auswärts zu Mittag aß, obwohl noch so viel zu tun war. Aber erstens hielt Nat im Büro die Stellung, und zweitens waren sie ohnehin an einem toten Punkt angelangt. Es brachte gar nichts, herumzusitzen und darauf zu warten, dass das Telefon klingelte. Außerdem bekam sie langsam einen Lagerkoller und musste dringend mal raus aus ihrer beengten Situation.

Also ging sie zum Deli um die Ecke, schnappte sich ein Tablett und stellte sich in die Schlange. Dann blickte sie sich um und fragte sich, was sie hier überhaupt machte. Es war nicht der Hunger, der sie aus dem Büro getrieben hatte, und auch nicht die Langeweile. Es war die Anspannung. Aber auch Anspannung war nicht das richtige Wort. Frustration traf es besser – Frustration, weil man versuchte, seine Arbeit zu machen, und dabei ganz genau wusste, dass man sich auf einen extrem harten Kampf einließ. Wenn man dabei für die richtige Sache kämpfte, war es schön und gut. Aber manche Schlachten sind schon verloren, bevor sie überhaupt begonnen haben …

Sie nahm sich einen Caesar Salad und ein Mineralwasser aus dem Kühlregal und rückte zur Kasse auf.

Während sie das Tablett zu ihrem Lieblingstisch in der Ecke trug, redete sie sich ein, dass sie ja nicht lange weg sein würde.

*Lieblings*tisch, dachte sie ironisch. Normalerweise würde

sie hier gar nicht sitzen, sondern sich etwas zum Mitnehmen kaufen und es an ihrem Schreibtisch essen. Aber heute war die Anspannung zu viel für sie gewesen. Sie hatte einfach eine Pause gebraucht.

Sie stocherte in ihrem Salat herum, brachte jedoch kaum einen Bissen herunter.

Sie war so versunken in ihre eigene Welt, dass ihr gar nicht auffiel, dass sie durch die Glasfront des Feinkostladens beobachtet wurde.

14.13 Uhr Pazifische Sommerzeit

»Ich hatte heute in der Kanzlei Besuch von Dorothys Bruder.«

»Ist ja toll!«, höhnte Burrow. »Wie geht‘s dem Weichei?«

Alex‘ Gesichtsausdruck war so neutral wie der eines routinierten Pokerspielers, aber Burrow spürte seine Missbilligung.

»Tut mir leid. Ich sollte mich wohl lieber nicht über ihn lustig machen.«

Alex fragte sich, ob bei der sarkastischen Bemerkung der »alte« Burrow durch die Fassade geschimmert hatte. Oder forderten Anspannung und Angst allmählich ihren Tribut von dem Verurteilten?

»Warum haben Sie sich eigentlich ausgerechnet Dorothy ausgesucht? Gab es dafür einen speziellen Grund, oder war sie einfach ein leichtes Opfer?«

»Gibt es so etwas überhaupt, ein leichtes Opfer?« Burrow blickte niedergeschlagen auf seine Hände hinab.

»Ich habe Fotos von ihr gesehen. Sie war kein hässliches Entlein.«

»Was hat das denn damit zu tun?«

»Na ja, es sind normalerweise die hässlichen Kinder, die gemobbt werden.«

»Ja … normalerweise.«

»Warum haben Sie also auf ihr herumgehackt? Weil sie jüdisch war vielleicht?«

Jetzt hob Clayton den Blick und lächelte verärgert, beinahe empört. »Kommen Sie, Alex, was soll der Scheiß? Sie kennen mich jetzt lange genug.«

»Ich kenne Sie seit *sechs Wochen*! Und das sind sechs Wochen Burrow, wie er *heute* ist. Weiß Gott, wie Sie *früher* waren.«

»Was glauben Sie denn? Dass ich ein verdammter Prolet bin?«

»Wir haben keine Zeit, uns gegenseitig zu verscheißern, Clayton, deshalb sage ich es klipp und klar: *Ja, Sie sind ein verdammter Prolet!* Oder waren es zumindest!«

»Okay, Sie haben ja recht! Aber das heißt noch lange nicht, dass ich Antisemit bin … Ich hab's getan, weil sie 'ne Lesbe war.«

Alex sah ihn überrascht an.

Clayton zuckte schuldbewusst mit den Schultern. »Heute würde mich das wahrscheinlich anmachen.«

»Sie sind also auch nur ein ganz normaler, heißblütiger Mann«, erwiderte Alex mit beißender Ironie.

»Jetzt wissen Sie es.«

»Jetzt weiß ich es«, wiederholte der Anwalt. Er machte eine dramatische Pause. »Fast, aber noch nicht ganz.«

»Was soll das heißen?«

»Na ja, eigentlich weiß ich es schon. Ich weiß zum Beispiel, dass Dorothy dafür gesorgt hat, dass Sie von der Schule fliegen.«

Clayton sah ihn überrascht an. »Ich nehme an, das haben Sie von Jonathan?«

»So ist es. Aber von wem ich es weiß, ist uninteressant. Interessant hingegen ist, dass Sie es mir verschwiegen haben. Wie soll ich Sie verdammt noch mal verteidigen, wenn Sie mir Informationen vorenthalten?«

»Ist das denn so wichtig? Ich meine, Sie wissen doch, dass

Dorothy und ich uns bis aufs Blut gehasst haben. Sind die Details da wirklich von so großer Bedeutung?«

»Und ob sie das sind! Ich habe Ihre Verteidigung auf der Prämisse aufgebaut, dass Sie kein wirkliches Motiv haben.«

»Seit wann braucht man ein Motiv, um jemanden für schuldig zu halten? Und seit wann ist jemand schuldig, nur weil er ein Motiv hat?«

»Entscheidend ist doch, dass ich Ihren Standpunkt unter der Prämisse verfochten habe, dass die Anklage das Motiv übertrieben hat. Jetzt stellt sich heraus, dass das gar nicht stimmt.«

»Unter welcher Prämisse auch immer, es hat uns nichts gebracht«, stieß Burrow bitter hervor. »Was macht es also verdammt noch mal für einen Unterschied?«

»Vielleicht hätte ich eine andere Strategie verfolgt, wenn ich es gewusst hätte.«

»Oder vielleicht hätten Sie sich auch einfach nicht so angestrengt. Jetzt, wo ich ein starkes Motiv habe, ist es einfacher, mich abzuschreiben.«

Alex schüttelte müde den Kopf. »Ich habe Sie nicht aufgegeben, Clayton. Als Dusenbury sein Angebot auf den Tisch gelegt hat, bin ich so schnell wie möglich hergefahren, um Ihnen davon zu erzählen. Sie sind derjenige, der mich vor den Kopf gestoßen hat.«

»Sie wollten wissen, wo Dorothy Olsen ist. Ich kann Ihnen nichts sagen, was ich selbst nicht weiß.«

»Ich mag es nicht, wenn man mich anlügt, Clayton.«

»Ich lüge nicht.«

»Lügen, verheimlichen. Das ist doch dasselbe! Wer nicht mal zu seinem Anwalt ehrlich ist, kann sich sein Leben wirklich abschminken.«

»Sieht so aus, als wäre ich nicht die einzige Person, die Sie angelogen hat.«

»Was soll das jetzt schon wieder heißen?«

»Das soll heißen, dass nicht Dorothy dafür gesorgt hat, dass ich von der Schule fliege, sondern ihr Bruder.«

14.19 Uhr Pazifische Sommerzeit

Er achtete darauf, ihr nicht in die Augen zu sehen, als er den Feinkostladen betrat. Mit einem Tablett reihte er sich in die Schlange ein und bestellte ein Pastrami-Sandwich. Er würde sich beeilen müssen mit dem Essen. Sie blätterte zwar nebenher in einer Zeitung, hatte ihren Caesar Salad aber fast aufgegessen und würde das Lokal bald wieder verlassen. Dann hätte er seine Chance verpasst.

Die Zubereitung seines Sandwichs schien eine Ewigkeit zu dauern, und er bereute, dass er es mit Senf bestellt hatte, was den Prozess noch weiter verzögerte. Während er wartete, stellte er eine Flasche Mangosaft auf sein Tablett, nahm dann sein Sandwich entgegen und ging zur Kasse. Er bezahlte mit einem Zwanziger und ließ sich herausgeben, weil es so schneller ging, als wenn er in den Hosentaschen nach Münzen gekramt hätte. Sobald er das Wechselgeld hatte, warf er es auf das Tablett und rauschte in Richtung Ecktisch davon.

Er fragte sich, wann sie ihn wohl bemerken würde. Sie wirkte so gedankenversunken, dass er ihr vielleicht überhaupt nicht auffiel. Den Hintergrundlärm hatte sie erfolgreich ausgeblendet, warum hätte sie jetzt also aufblicken sollen? Selbst als er schon bei ihrem Tisch angekommen war, schien sie sich mehr für ihre Zeitung als für die Bewegungen um sie herum zu interessieren.

»Ist der Platz hier noch frei, Miss Cortez?«

Juanita sah auf. »Oh, hallo Jonathan!«

14.22 Uhr Pazifische Sommerzeit

David war frustriert, weil er nicht die geringsten Fortschritte machte. Normalerweise wurde er mit so etwas spielend fertig. Es war mindestens ebenso sehr Kunst wie Wissenschaft, ein Benutzerkennwort zu knacken. Man brauchte nicht nur Fleiß, sondern auch Geduld.

Aber Geduld war nur eine Tugend, wenn man sich den Luxus leisten konnte, sich Zeit zu nehmen. David wusste, dass alle, die an diesem Fall arbeiteten, nur ein äußerst kleines Zeitfenster zur Verfügung hatten. Es blieben weniger als zehn Stunden, bis Burrow sterben sollte.

Am schlimmsten war, dass es keine Garantie dafür gab, dass er wirklich etwas fand, was den Aufwand lohnte. Zumindest suchte er jetzt nach etwas Konkretem, das war besser, als komplett im Dunkeln zu fischen. Aber selbst wenn er die richtige Benutzerkennung fand, konnte ihm niemand garantieren, dass er auch das Passwort entschlüsselte. Bis es so weit war, blieb ihm nichts als mühevolle Kleinarbeit. Er musste es versuchen, mehr konnte er nicht tun.

Zum Glück waren der Enthusiasmus und die Hartnäckigkeit seines Vaters ansteckend. Deshalb hatte David auch das Mittagessen ausfallen lassen und durchgearbeitet. Es ging schließlich um einen Notfall. Nur dass man bei diesem Notfall nicht einfach 911 anrufen konnte, wenn man nicht mehr weiterwusste.

Das brachte ihn auf eine verrückte Idee. Er versprach sich nicht viel davon, tippte aber spaßeshalber »dorothyolsen911«

ein und drückte die Eingabetaste. Dieses Mal erschien nicht die Botschaft »ungültige Benutzerkennung«. Stattdessen wurde er mit den Worten »ungültiges Passwort« begrüßt.

Er wählte die Passwort-Erinnerungsfunktion und sah sich mit einer ganzen Reihe von Fragen konfrontiert: Geburtsdatum, Mädchenname der Mutter und Name der Highschool. Er hatte natürlich dafür gesorgt, dass er über alle diese Informationen verfügte. Sobald er die Antworten eingetippt hatte, fand er sich in Dorothy Olsens CompuServe-Benutzerkonto wieder.

14.28 Uhr Pazifische Sommerzeit

Nat hielt die Stellung im Büro. »Kanzlei Alex Sedaka.«

»Hallo, hier ist David Sedaka. Könnte ich bitte meinen Vater sprechen?«

»Der ist momentan nicht im Büro. Kann ich ihm etwas ausrichten?«

»Ist Juanita da?«

»Nein, aber ihr kann ich auch gerne was ausrichten.«

»Spreche ich mit Nat?«

»Ja.«

In der kurzen Zeit, die Nat für die Kanzlei arbeitete, hatte er noch nie persönlich mit David gesprochen. Er wusste, dass David ein paar Jahre jünger war als er – David war vierundzwanzig, er selbst siebenundzwanzig –, aber jetzt war keine Zeit für den Austausch höflicher Floskeln.

»Weißt du, wann er zurückkommt?«, fragte David. »Das, was ich hier habe, könnte wichtig sein.«

»Na ja, er müsste eigentlich innerhalb der nächsten Stunde wieder da sein, aber bis dahin erreichst du ihn auf dem Handy.«

»Vielleicht könntest du das übernehmen. Ich will zurück an den Computer und schauen, was ich sonst noch finden kann. Ich muss jedes Mal aus dem Labor, wenn ich telefonieren will. Sag ihm, dass es mir gelungen ist, mich in Dorothy Olsens alten E-Mail-Account einzuloggen, und dass ich die Quittung von EasySabre gefunden habe.«

»Heilige Scheiße!«

»Genau das habe ich auch gedacht«, sagte David. »Darauf steht, dass sie einen Einzelflug von Mexiko nach London Heathrow gebucht hat. Die Buchung erfolgte am 19. Mai 1998, und das Flugdatum war der 24. Mai desselben Jahres – ein Tag nach ihrem Verschwinden.«

14.34 Uhr Pazifische Sommerzeit

»Wie schaffen Sie das eigentlich alles, wenn Sie nur zu dritt sind?«

Im Deli wurde es allmählich leerer, aber Juanita und der junge Mann unterhielten sich immer noch angeregt.

»Wir sind eben eine kleine Kanzlei und haben nur ein winziges Büro. Manchmal sind drei schon zwei zu viel.«

»Schon, aber … bei so einem Fall? Erst jettet man nach DC, um vor dem Obersten Gerichtshof einen Antrag zu stellen, und in der nächsten Minute trifft man den Gouverneur hier in Frisco.«

»So arbeitet Alex nun mal am liebsten. Früher hatte er gar niemanden und hat eine Ein-Mann-Show abgezogen. Er hat alles selbst gemacht, recherchiert, Mandanten befragt, Unterlagen für die Verhandlung vorbereitet, prozessiert.«

»Warum?«

»Er ist Individualist. Er schmeißt den Laden gern allein.«

»Ist das nicht riskant? Ich meine, was ist, wenn etwas Neues auftaucht und er zurück nach Washington muss, um einen neuen Beschluss zu erwirken?«

»Dafür können wir auch vors Bezirksgericht. Außerdem haben wir eine Partnerkanzlei in DC.«

»Aber ich dachte, Mr. Sedaka wäre persönlich nach Washington gereist, um seinen Antrag zu stellen? Im Fernsehen war er danach vor dem Gerichtsgebäude zu sehen.«

»Ja, für diesen Antrag ist er persönlich angereist, weil es gerichtlich betrachtet die letzte Chance war. Aber wenn etwas

Neues auftaucht und das Bezirksgericht es nicht bearbeiten kann oder will, haben wir eine Kanzlei auf Abruf, die einen Antrag für uns einreichen oder ihn notfalls sogar mündlich vorbringen kann.«

Der junge Mann schüttelte den Kopf. »Das scheint mir irgendwie eine eigenartige Arbeitsweise zu sein – bei so einem großen Fall.«

»Sie müssen bedenken, dass wir bis vor kurzem keine derart großen Fälle hatten.«

»Und was ist mit der Freundin von diesem Drogenbaron?«

»Estella Sanchez? Das war, zumindest was die Arbeitslast anging, kein wirklich großer Fall. Ein wichtiger Fall vielleicht, aber kein großer Fall.«

»Das *People Magazine* nannte es einen ›Meilenstein‹.«

»Die Medien übertreiben eben gern. Ich denke, wir haben damit einen Präzedenzfall geschaffen, aber das könnte man über jeden Fall sagen, der vor dem Obersten Gerichtshof landet – zumindest über jeden erfolgreichen.«

»Trotzdem … Sie mussten doch bestimmt viel Arbeit reinstecken, um den Fall zu gewinnen.«

»Wir mussten eigentlich nur den erforderlichen Antrag einreichen und eine gut formulierte Revisionsbegründung vorlegen. Das ist wohl kaum dieselbe Liga wie Mord in besonders schwerem Fall. Wir hatten noch nie mit einem Verbrechen zu tun, auf das die Todesstrafe steht.«

Juanita wusste, dass die Zeit lief. Eigentlich war nur eine kurze Mittagspause geplant gewesen, aber sie spürte, dass sie immer besser an Jonathan herankam, auch wenn die Informationen bisher allein von ihr zu ihm flossen. Es schien fast, als würde er sie ausquetschen. Aber dieses Gespräch konnte auch sie weiterbringen, das war ihr durchaus bewusst. Sie musste nur am Ball bleiben und herausfinden, auf welche Information er so scharf war.

»Und warum haben Sie dann diesen Mordfall angenommen?«

»Wir haben ihn eigentlich nicht angenommen, sondern geerbt. Die führende Anwaltskanzlei, die vor uns mit dem Fall betraut war, hat ihn wohl als aussichtslos betrachtet und wollte ihn loswerden.«

»Sie hätten ihn ja nicht annehmen müssen.«

»Aber so ein Fall ist gut fürs Prestige, auch wenn man ihn verliert – zumindest, wenn man sich auf dem Weg zur Niederlage tapfer geschlagen hat.«

»Tapfer und vor allem öffentlich.«

Juanita lächelte. »Touché.«

»Und warum wollte die Spitzenkanzlei aus der Sache raus?«

»Vermutlich hat sie kalte Füße bekommen. Aber wir waren nicht die einzigen. Es gab jede Menge andere Kanzleien, die sich den Burrow-Fall unter den Nagel reißen wollten.«

»Warum haben Sie ihn dann gekriegt? Andere Kanzleien waren doch sicher in einer besseren Ausgangsposition? Ich meine, was die Größe angeht, nicht den Standort.«

»Das war teilweise Burrows eigene Entscheidung. Ich vermute, er hat von unserem Erfolg im Sanchez-Fall gehört und beschlossen, dass wir ein heißer Tipp sind.«

»Ihr Boss hat also gar nichts Besonderes getan, um den Fall an Land zu ziehen?«

»Alex nicht, nein. Aber ich glaube, Nat war ziemlich heiß auf den Fall.«

»Nat?«

»Nathaniel Anderson, unser Rechtsreferendar.«

»Und warum wollte *er* den Fall unbedingt?«

»Nat ist Idealist. Für ihn war es eine Frage des Prinzips.«

»Glaubt er, dass Burrow unschuldig ist?«

»Das würde ich so nicht sagen… Was soll‘s, ich will ehrlich zu Ihnen sein: Er glaubt, dass Burrow wahrscheinlich schuldig ist. Aber ihm ist eben auch klar, dass hier viel mehr auf dem Spiel steht als ein armseliger Halunke wie Burrow.«

»Wie kommt es dann, dass er nicht in der Kanzlei ist?«

»Wer sagt, dass er nicht in der Kanzlei ist?«

»Na ja, ich habe niemanden gesehen, als ich vorhin bei Ihnen war.«

Juanita verspürte ein Kribbeln, als ihr einfiel, wie genau Jonathan sich im Büro umgesehen hatte. *Spioniert er uns etwa aus?*

14.41 Uhr Pazifische Sommerzeit

Im Verkehr stecken zu bleiben, ist selbst unter normalen Umständen ein Ärgernis. Wenn man aber einen Mandanten im Todestrakt sitzen hat, dessen Hinrichtung in gut neun Stunden stattfinden soll, ist es ein Alptraum. Und einen solchen erlebte Alex gerade. Er war immer noch in Marin County, und die Brücke war noch nicht einmal in Sichtweite.

Zu allem Überfluss – und das setzte ihm am meisten zu – hatte er das Gefühl, dass er auch bei Burrow nicht vorankam. Der Stau, in dem er festsaß, war wie ein Sinnbild für den Fall, an dem er arbeitete. Sein Mandant war so stur wie eh und je und schien fest entschlossen zu sterben. Er tat zwar so, als würde es ihm nichts ausmachen, aber Alex spürte, dass er große Angst hatte. Die Frage war nur: Wenn er solche Angst hatte, warum biss er dann nicht an? Warum griff er nicht nach dem Rettungsanker, den ihm der Gouverneur zuwarf?

Deckte er vielleicht jemanden? Und wenn ja, wen? Die einzige Person, die dafür in Frage kam, war seine Mutter. Alex hatte ihn rundheraus danach gefragt, aber Burrow hatte es geleugnet. Und dabei aufrichtig gewirkt. Es war weder ein halbherziges Leugnen gewesen noch ein übertrieben gefühlsseliges mit lautem, heuchlerischem Nachhall. Aber ein Mann wie Burrow konnte natürlich im Laufe der Jahre gelernt haben, wie man log – überzeugend log.

Alex brauchte eine zweite Meinung. Er wollte gerade in der Kanzlei anrufen, als sein Handy klingelte. Es war seine Tochter.

»Hallo Debbie«, begrüßte er sie.

»Hallo Dad«, erwiderte sie zähneknirschend. Er war der einzige Mensch auf der Welt, der es lebend überstand, wenn er sie Debbie nannte. Für jeden anderen war sie Deborah. Das war nichts Persönliches, eher eine berufliche Notwendigkeit. Wenn man Spitzenanwältin für Wirtschaftsrecht bei einer führenden Wall-Street-Kanzlei war, war es unerlässlich, dass die Leute einen ernst nahmen.

»Rufst du von der Arbeit an?«

Er wusste, dass sie in rund viertausend Kilometern Entfernung in den Hörer lächelte. »Dad, ich sitze seit heute Morgen um Viertel nach sieben am Schreibtisch.«

»Entschuldige.« Ihm war klar, dass sie wahrscheinlich schon seit halb sieben am Schreibtisch saß. Sie war ehrgeizig und arbeitete hart. Der Apfel fiel nicht weit vom Stamm.

»Hör zu, ich …« Sie verstummte. Zwischen ihnen herrschte immer eine gewisse Verlegenheit. Das war schon lange vor dem Tod seiner Frau so gewesen, aber ihre Ermordung war ein Schlag, von dem sich ihre zerbrechliche Beziehung noch immer nicht erholt hatte. Melody war die Brücke zwischen ihnen gewesen.

»Ich wollte dir nur … viel Glück wünschen. Mit dem Burrow-Fall.«

Er fragte sich, ob sie wohl von dem Begnadigungsangebot wusste und ob er ihr von Burrows unerwarteter Zurückweisung des Angebots erzählen sollte. Er entschied sich dagegen. Als Anwältin hätte er sie natürlich konsultieren können – falls sie als Wirtschaftsanwältin überhaupt die nötige Fachkompetenz mitbrachte. Aber sie war seine Tochter, deshalb ging das nicht.

»Danke.« Er wusste nicht, was er sonst noch sagen sollte. Ihm fielen oft Dinge ein, über die er beim nächsten Gespräch mit ihr reden wollte, aber sobald einer von ihnen den Telefonhörer abnahm und das Gespräch dann tatsächlich stattfand, geriet er ins Stocken und vergaß, was er auf dem Herzen hatte.

»Ich weiß, du hast heute alle Hände voll zu tun. Aber wenn du… wenn du jemanden zum Reden brauchst, dann bin ich für dich da.«

Harte Schale, weicher Kern – das genaue Gegenteil ihrer Mutter.

»Mach's gut, Dad.«

»Du auch, Debbie.«

Er spürte eine trostlose Einsamkeit, als er den roten Knopf auf seinem Handy drückte. Aber es war nicht Debbie, die er vermisste. Es war ihre Mutter. Er fragte sich, ob Melody Angst gehabt hatte, als sie in den Lauf der Waffe geblickt hatte.

In jener Nacht vor neun Monaten hatte sie Nachtdienst in der Notaufnahme der Klinik gehabt, als zwei Bandenmitglieder eingeliefert wurden. Normalerweise werden die Mitglieder rivalisierender Banden nach Möglichkeit in verschiedenen Krankenhäusern untergebracht. Aber in diesem Fall hatte eine Schießerei zwei Opfer gefordert – auf jeder Seite eins –, die beide zwischen Leben und Tod schwebten. Die Zeit drängte. Das Schicksal wollte es also, dass Hector Ramirez und Esteban Delgado in die Notaufnahme des St. Mary's Hospital gebracht wurden, ohne dass auch nur einer der überarbeiteten Ärzte erfuhr, dass Delgado derjenige gewesen war, der Ramirez angeschossen hatte, bevor er selbst angeschossen worden war.

Melody Sedaka wusste nur, dass Esteban Delgado ernste Verletzungen hatte und es ihre berufliche Pflicht war, ihn zu retten. Aber während Melody ihrer Pflicht bei Delgado erfolgreich nachkam, wurde Hector Ramirez schon bei der Einlieferung für tot erklärt.

Man hatte sie gewarnt, dass die Bande sich jetzt, wo Delgado hinter Gittern und somit außer Reichweite war, an ihr rächen könnte – dafür, dass sie einem Mann das Leben gerettet hatte, der ihren Freund umgebracht hatte. Aber sie weigerte sich, sich davon bei der Arbeit stören zu lassen. Nicht einmal zu ihrem Auto ließ sie sich begleiten. Aus diesem Grund konnte sich ein Kumpel von Ramirez eine Woche nach Thanksgiving ohne größere Schwierigkeiten auf den Parkplatz schleichen und sie niederschießen, als sie ins Auto steigen wollte.

Kurz darauf wurde der sechzehnjährige Eduardo Rivera in einem Cherokee-Jeep angehalten, weil er ein defektes Rücklicht hatte. Als die Cops per Funk das Nummernschild überprüften, erfuhren sie, dass man den Jeep von einem Tatort hatte flüchten sehen. Eine Durchsuchung des Jeeps brachte eine Glock zum Vorschein, und Rivera wurde an Ort und Stelle verhaftet. Dann kam die Spurensicherung zum Zuge. Die ballistische Prüfung ergab, dass die Waffe zu den Kugeln und Patronen von Melodys Ermordung passte. Die Fingerabdrücke – die allerdings nur auf dem Lauf und nicht auf dem Schaft gefunden wurden – brachten die Waffe mit Rivera in Verbindung. Außerdem fand man Schmauchspuren an seiner linken Hand, aber nicht an der rechten. Die Fingerabdrucke auf dem Lauf stammten ebenfalls von seiner linken Hand.

Der Strafverteidiger, der Rivera vor Gericht vertrat, merkte an, sein Mandant sei Rechtshänder, weshalb das Fehlen von Abdrücken der rechten Hand auf dem Schaft sowie das Fehlen von Schmauchspuren an Riveras rechter Hand darauf hindeute, dass der Junge lediglich damit beauftragt worden sei, das Fluchtauto zu fahren und die Waffe zu entsorgen.

Das sagte zumindest sein Anwalt. Rivera selbst sagte gar nichts. Er berief sich auf sein Aussageverweigerungsrecht und blieb stumm. Da Rivera die Tat also weder leugnete noch gestand, gingen Polizei und Staatsanwaltschaft davon aus, dass es sich bei der Tat um Riveras Feuertaufe als Bandenmitglied gehandelt hatte: Bring die Schlampe um, die den Mörder unseres Bruders gerettet hat, dann gehörst du zu uns. Der Staatsanwalt wies darauf hin, dass ein negativer Befund, was Schmauchspuren an seiner rechten Hand anging, nicht eindeutig bewies, dass er mit dieser Hand keine Waffe abgefeuert hatte. Schließlich konnte er die Fingerabdrücke vom Schaft gewischt haben, während er die Kanone am Lauf hielt.

Es gab allerdings sogar innerhalb der Staatsanwaltschaft Personen, die daran ihre Zweifel hatten.

Alex wusste das alles, stand aber zu sehr unter Schock, um die Informationen zu verarbeiten. Er hatte keine Ahnung, ob Rivera schuldig war oder nicht, und es war ihm offen gestanden auch egal. Deshalb hatte der Staatsanwalt auch geglaubt, der Zeitpunkt sei ideal, um Alex dazu zu überreden, seine Kanzlei aufzugeben und sich dem Anwaltsteam der Staatsanwaltschaft anzuschließen. Bisher weigerte sich Alex standhaft, aber der Staatsanwalt hatte noch lange nicht aufgegeben.

Während Rivera also darum bemüht war, seine Männlichkeit unter Beweis zu stellen, verkaufte sich Delgado inzwischen ironischerweise als reuiger Katholik und Kämpfer gegen die Bandengewalt. Anfangs fragte sich Alex, ob das nur eine Masche war, um seine Haftstrafe zu verkürzen. Aber er würde ohnehin bald auf freiem Fuß sein; vielleicht hatte ihn seine Begegnung mit dem Tod also tatsächlich in einen besseren Menschen verwandelt. In dieser Sache war das letzte Wort noch nicht gesprochen.

Was Alex am meisten zu denken gab, war der Besuch einer jungen Hispanoamerikanerin, die sich als Eduardo Riveras Cousine vorstellte. Sie war nie Teil der Bandenkultur gewesen, kam nun aber zu ihm, um sich persönlich für das zu entschuldigen, was ihr Cousin getan hatte. Sie versuchte nicht, sein Verhalten zu erklären, und nahm Alex' anfängliche Unfreundlichkeit als Selbstverständlichkeit hin.

Als er sie als Entschuldigung zum Mittagessen einlud – in ein Deli um die Ecke –, stellte sich heraus, dass sie Jura an der Abendschule studierte, schnell tippen konnte und über gute Stenografiekenntnisse verfügte. Eine Woche später fing die junge Frau – Juanita Cortez – als seine Sekretärin an.

Als er jetzt daran zurückdachte, fiel ihm wieder ein, dass er vor Debbies Anruf eigentlich Juanita hatte anrufen wollen. Er griff nach dem Handy, das in der Freisprechhalterung klemmte.

»Kanzlei Alex Sedaka«, antwortete ihm Nats Stimme.

Alex war überrascht. »Oh, hallo Nat. Wo ist denn Juanita?«

»Beim Mittagessen.«

»Beim Mittagessen?« Jetzt war er wirklich überrascht.

»Ich habe sie geschickt. Ich glaube, die Sache geht ihr ganz schön an die Nieren.«

»Weißt du, wann sie zurück ist?«

»Sie müsste eigentlich jeden Moment wieder da sein. Soll sie dich anrufen?«

»Nein. Ich wollte eigentlich sowieso mit dir sprechen und fragen, wie es mit Burrows Mutter lief.«

»Na ja, viel konnte ich nicht herausfinden. Ich glaube, ich bin ihr ziemlich auf den Schlips getreten mit manchen Fragen.«

»Das ist ja auch nicht weiter verwunderlich. Wie hat sie reagiert? Lass mich raten: ›Wie können Sie es wagen, meinem armen Jungen so etwas zu unterstellen! Diese Schlampe hat es doch nicht anders gewollt‹?«

»Oh nein, ganz im Gegenteil. Sie hat ihn abgeschrieben – für sie existiert er gar nicht mehr. Es lief eher nach dem Motto: ›Was kann ich denn dafür, dass mein Sohn so geworden ist? Er ist eben der faule Apfel der Familie.‹«

»Ja, aber fällt dieser Apfel wirklich so weit vom Stamm?«

»Schwer zu sagen. Klar, sie ist ein herzloser alter Drache, aber ich würde nicht sagen, dass sie ein schlechter Mensch ist. Ihre Sünde war die Gleichgültigkeit. Sie meinte, sie hätte ihr Leben geführt und er seins.«

»Vielleicht wäre er aber ganz anders geworden, wenn sie ihm ein bisschen mehr Aufmerksamkeit gewidmet hätte.«

»Genau das habe ich auch gesagt.«

»Nicht zu ihr, hoffentlich?« Der Moment des Zögerns dauerte zu lange. »Sag, dass du das nicht getan hast!«

»Ich fürchte doch«, erwiderte Nat kleinlaut.

Alex konnte nicht anders, er musste lächeln. Nat nahm wirklich kein Blatt vor den Mund. »Und wie hat sie es aufgenommen?«

»Sie hat mich mit einer Pumpgun Kaliber 12 aus dem Wohnwagen gejagt – bildlich gesprochen.«

»Dem Himmel sei Dank, dass sie keine echte hatte.«

»Amen!«

»Okay, gibt es sonst noch was? Haben diese Reporter draußen noch mal Ärger gemacht?«

»Nein, die sind abgezogen, nachdem sie bei dir abgeblitzt sind.«

»Wenn Juanita zurück ist, sag ihr, sie soll mich anrufen.«

»Mach ich.«

Alex drückte auf den roten Knopf und fragte sich, woher Nat wusste, dass er die Reporter hatte abblitzen lassen.

14.46 Uhr Pazifische Sommerzeit

»Ich habe natürlich versucht, mich zu wehren, aber er hat mich grün und blau geprügelt.«

»Das macht es bestimmt umso schwerer für Sie, unsere Arbeit zu akzeptieren.«

»Nicht unbedingt. Ich meine, Sie machen doch auch nur Ihre Arbeit. Das Gesetz schreibt nun mal vor, dass ein Angeklagter Anspruch auf einen Anwalt hat. Und Sie erfüllen ihm diesen Rechtsanspruch.«

Inzwischen waren sie auf dem Weg zurück in die Kanzlei, nachdem Juanita im Deli das Gefühl gehabt hatte, bei Jonathan nichts mehr erreichen zu können. Es war ziemlich offensichtlich, dass er sie noch zurückbegleiten wollte. Was auch immer ihn interessierte, es musste sich im Büro befinden.

Vielleicht denkt er, wir lassen Akten offen herumliegen, überlegte Juanita. Falls ja, erwartete ihn eine Enttäuschung.

In der Zwischenzeit war Juanita fest entschlossen, den Spieß umzudrehen und Informationen aus Jonathan herauszukitzeln. »Wie alt waren Sie damals?«

»Na ja, Clayton und Dorothy waren siebzehn, und ich war fünf Jahre jünger als Dorothy, also war ich wohl ungefähr zwölf.«

»Sie müssen Clayton Burrow sehr gehasst haben.«

»Nicht halb so sehr, wie er mich gehasst haben muss.«

»Warum das? Ich meine, Clayton hat Sie verprügelt, hat ihm das denn nicht gereicht? Warum hätte er danach noch sauer auf Sie sein sollen?«

»Weil er deswegen von der Schule geflogen ist.«

»Wie kam es dazu?«

»Er hat mich vor den Augen von etwa einem Dutzend anderer Kinder verprügelt. Ich selbst war keine Petze, aber der Direktor hat es trotzdem erfahren und ihn der Schule verwiesen.«

»Sie glauben also, dass Burrow Ihre Schwester im Verdacht hatte, es dem Direktor erzählt zu haben, und dass er sie aus Rache umgebracht hat?«

»Das ist zumindest eine Möglichkeit.«

»Aber warum hätte er so lange damit warten sollen? Warum hat er es erst beim Abschlussball getan?«

»Wahrscheinlich hat er *Carrie* gesehen und war auf dramatische Wirkung aus.«

»Aber er hat sie doch gar nicht in der Öffentlichkeit gedemütigt wie bei *Carrie*. Ihre Schwester ist in der Nacht des Abschlussballs einfach auf Nimmerwiedersehen verschwunden.«

»Clayton Burrow war nicht der Hellste. Wenn er gekonnt hätte, hätte er wahrscheinlich etwas Dramatischeres gemacht. Aber dafür war er nicht intelligent genug. Er hat sie vermutlich einfach gefesselt, in ein Auto gezerrt, an einen stillen Ort gebracht und dort getötet.«

»Und was hat er mit der Leiche gemacht?«

»Ich nehme an, er hat sie vergraben.«

»So gut, dass sie nie gefunden wurde?«

»Vermutlich.«

»Fällt Ihnen ein Grund ein, warum er sich weigern sollte, dieses Versteck zu verraten?«

»Warum sollte er es verraten? Er behauptet doch immer noch, dass er unschuldig ist.«

»Und wenn sein Leben davon abhinge? Er könnte sich retten, wenn er …«

»Es stimmt also?«

War er also darauf aus gewesen?

»Gehen wir einfach mal davon aus, dass es stimmt. Ergibt es dann einen Sinn, dass er schweigt, obwohl er sein Leben retten könnte, wenn er reden würde?«

»Vermutlich nicht.«

Sie waren beim Bürogebäude angekommen, und Jonathan hielt Juanita die Tür auf. Sie bedankte sich mit einem höflichen Lächeln und ging hinein.

»Es gibt noch etwas, das uns Kopfzerbrechen bereitet.«

»Und was ist das?«, fragte er, während sie auf den Aufzugknopf drückte.

»Na ja, wir haben Hinweise darauf, dass Dorothy eine Woche vor ihrem Verschwinden ein Flugticket gekauft hat.«

Er erschrak merklich. Juanita hatte ihn genau beobachtet, und obwohl er es zu verbergen suchte, entging es ihr nicht.

»Wohin? Das Ticket, meine ich.«

Sie überlegte, ob sie verraten sollte, dass sie das Flugziel nicht kannten. Aber das hätte ihm einen Vorteil verschafft. Wenn er hingegen dachte, sie wüssten es bereits, war er vielleicht eher geneigt, seinerseits mit Informationen herauszurücken – worin auch immer diese bestanden. Aber sein Gegenschlag hatte gesessen, und zum Bluffen war es zu spät.

»Wir hatten gehofft, dass *Sie* uns das sagen könnten.«

Altbewährte Kreuzverhörtechnik, dachte sie. Auf diese Weise konnte er sich nicht sicher sein, ob ihnen der Zielort des Tickets bekannt war. Alex wäre beeindruckt gewesen, so wie sie anfangs von ihm beeindruckt gewesen war. Man kann noch so lange Jura an der Abendschule studieren, Kreuzverhörtechniken lernt man erst, wenn man einem Meister über die Schulter blickt. In diesem Fall bestand der wichtigste Nebeneffekt darin, dass sich Jonathan jetzt fragen würde, ob sie ihn nur auf die Probe stellte. Der Aufzug kam, und die Türen öffneten sich. Jonathan ließ Juanita höflich den Vortritt.

»Darüber weiß ich nichts«, sagte Jonathan, während er hinter ihr den Aufzug betrat. »Hat sie den Flug denn angetreten?«

Die Türen schlossen sich hinter ihnen.

»Fällt Ihnen ein Grund ein, warum sie ihn *nicht* hätte antreten sollen?«

Das vertraute Surren erklang, und der nach oben fahrende Aufzug verlieh ihnen ein Gefühl der Schwere.

»Abgesehen von dem offensichtlichsten Grund nicht«, antwortete Jonathan.

»*Falls* sie geflogen ist«, sagte Juanita, »würde das jedenfalls ihr Verschwinden erklären. Vielleicht ist sie einfach abgehauen und nie wieder zurückgekommen.«

Jonathan zuckte mit den Schultern. »Vielleicht ist sie aber auch zurückgekommen und wurde *danach* umgebracht«, sagte er.

Juanita fragte sich, ob diese Bemerkung nur eine Theorie war oder persönliches Wissen widerspiegelte. Aber sie wollte ihm nicht zeigen, wie sehr sie an der Antwort interessiert war. Damit hätte sie ihm die Zügel in die Hand gegeben. Der Aufzug rettete sie, indem er surrend zum Stehen kam. Die Türen gingen auf.

»Glauben Sie, dass es so war?«, fragte Juanita. Ohne auf eine Antwort zu warten, ging sie den Flur entlang, so dass sich Jonathan beeilen musste, um mit ihr Schritt zu halten. Als sie die Tür zur Kanzlei erreicht hatten, schien Jonathan immer noch über ihre Frage nachzudenken.

»Ich glaube gar nichts«, sagte er vorsichtig. »Ich tue nur das, was Sie auch tun: spekulieren.«

Er öffnete die Tür für sie. Nat saß am Empfangstisch und hielt die Stellung am Telefon. Er blickte auf.

»Nat, das ist Jonathan, Dorothy Olsens Bruder.«

Sie nickten höflich und sagten lautlos »Hallo«. Dann wandte sich Nat wieder dem Computerbildschirm zu, mit dem er bei ihrem Eintreten beschäftigt gewesen war. Jonathan für seinen Teil schien mit offenen Augen zu träumen.

»Also Jonathan, vielen Dank. Es war mir ein Vergnügen, mit Ihnen zu plaudern.«

Juanitas Worte schienen Jonathan aus seinem Tagtraum zu reißen. »Äh, ja, danke auch.«

Er drehte sich abrupt um und ging.

Juanita fragte sich, warum er es plötzlich so eilig hatte.

Montag, 18. Oktober 1999

Das offene Fenster hatte es ihm leicht gemacht, aber er wäre auch so irgendwie ins Haus gekommen. Er hatte nicht so lange gewartet, um jetzt untätig zu bleiben. Zuerst musste er das große Jagdmesser finden. Das war der leichte Teil. Jeder wusste, dass Burrow es entweder unter dem Kissen oder unter seinem Bett aufbewahrte. Damit hatte er in der Schule oft genug geprahlt.

Der Eindringling fand es unter dem Kissen und kniete sich auf den Boden, um den nächsten Schritt in Angriff zu nehmen. Das Blut war in einer Ampulle, aber er wollte sie nicht einfach über dem Messer ausleeren, weil das Blut sonst überall gelandet wäre.

Stattdessen goss er ein wenig Blut auf ein Papiertuch und wischte damit über das Messer, das er anschließend einige Minuten in der Hand behielt, bis es teilweise getrocknet war. Dann benutzte er das Messer, um eins der Dielenbretter unter dem Bett hochzustemmen. Es machte nichts, dass er auf diese Weise blutige Abdrücke an den Kanten des Bretts hinterließ. Am Tatmesser wäre ja auch noch nasses Blut gewesen. Weil sich die entsprechende Diele unter dem Bett befand, würde Clayton das Blut vermutlich gar nicht bemerken, nicht einmal, wenn er das Fehlen des Messers entdeckte und unterm Bett nachsah.

Er legte das Messer in den Hohlraum unter den Dielen. Das Blut konnte vor Ort weiter trocknen. Genau das würden die Ermittler auch erwarten. Sie würden davon ausgehen, dass Burrow das blutverschmierte Messer unter den Dielen versteckt hatte, als das Blut noch nass war, und dass es erst später getrocknet war.

Als Nächstes kam der Slip an die Reihe. Obwohl er ihn in einer luftdicht verschlossenen Plastiktüte im Kühlschrank aufbewahrt hatte, war er sich nicht sicher, ob das Sperma und das Blut darauf immer noch identifizierbar waren. Er wusste, dass die in Sperma enthaltene DNA nach drei Tagen nur noch schwer nachweisbar war, weil dann das Sperma abstarb. Aber inzwischen gab es modernere, leistungsfähigere Nachweismethoden für DNA, die Low-Copy-Number-Methode zum Beispiel. Damit ließ sich das Sperma bestimmt mit Burrow in Verbindung bringen. Und wenn nicht, war die Tatsache, dass man den Slip hier unter den Dielenbrettern in seinem Zimmer finden würde, mehr als ausreichend, um die Sache wasserdicht zu machen. Außerdem war das Blut mit Sicherheit identifizierbar, weil die darin enthaltene mitochondrische DNA mit der von Esther Olsen abgeglichen werden konnte.

Der Slip war jedoch lediglich ein Hinweis auf Vergewaltigung, nicht auf Mord. Das Messer ließ vielleicht auf Mord schließen, war aber selbst in Verbindung mit Dorothys Verschwinden nicht unbedingt aussagekräftig genug. Er brauchte daher ein letztes Beweisstück, das den entscheidenden Ausschlag gab und das Fehlen einer Leiche wettmachte.

Dieses ultimative Beweisstück war das Brustgewebe. Es war mit chirurgischer Präzision entnommen worden und würde nun mit ebensolcher Präzision dazu verwendet werden, Clayton Burrow den Mord an Dorothy Olsen anzuhängen.

Er öffnete den Gefrierschrank und nahm vorsichtig die vorne liegenden Lebensmittel heraus, bevor er die hinten liegenden vorzog, um Platz zu schaffen. Dann stellte er sich auf die Zehenspitzen und streckte sich, um das in Alufolie und eine Plastiktüte gewickelte Brustgewebe ganz hinten im

Gefrierschrank zu platzieren. Anschließend schob er die Lebensmittel zurück und legte die herausgenommenen Sachen davor.

Bevor er die Tür wieder zumachte, begutachtete er noch einmal sein Werk. Der Gefrierschrank sah genauso aus wie vorher. Er ging davon aus, dass weder Clayton noch seine Mutter einen Blick in den hinteren Bereich werfen würden. Die meisten Menschen hatten schließlich Lebensmittel in ihrem Gefrierschrank, von deren Existenz sie gar nichts mehr wussten, und das galt besonders für schlampige Menschen wie die Burrows.

Er schloss die Tür und wischte mit einem weiteren Papiertuch seine Fingerabdrücke weg.

Dann fuhr er ans andere Ende der Stadt und suchte sich eine Telefonzelle, um den Anruf zu tätigen, der Clayton Burrows Schicksal besiegeln würde.

14.54 Uhr Pazifische Sommerzeit (14. August 2007)

»Wie bist du denn an Jonathan Olsen geraten?«

Juanita hatte ihren Platz am Empfangstisch wieder eingenommen, und Nat setzte sich mit einer Tasse Kaffee zu ihr.

»Er stand plötzlich in der Tür, als du unterwegs warst.«

»Ja, aber war er nicht schon wieder weg, als ich kam?«

»Schon, aber er hat mich im Deli gesehen und sich einfach zu mir gesetzt.«

»Na, so ein Zufall aber auch.«

»Er hat sich wahrscheinlich ziellos draußen herumgetrieben und irgendwann beschlossen, etwas essen zu gehen. Und im Deli saß dann ich.«

»Oder er ist dir gefolgt.«

Juanita lächelte. »Wir werden wohl langsam paranoid, was? Und wenn du recht hättest, na und? Er hat seine Schwester verloren, und wir versuchen den Hals des Mannes zu retten, den er für schuldig hält. Er will einfach reden, er will verstehen.«

»Und du meinst, das ist alles?«

Sie sah auf und begegnete seinem Blick. »Du bist heute aber misstrauisch, Nat.«

»Ich finde es nur komisch, dass er vorbeikommt, mit Alex redet und dir dann draußen ganz zufällig über den Weg läuft.«

»Okay, vielleicht ist er mir ja tatsächlich gefolgt. Er will reden. Er *muss* reden.«

»Mit uns?«

»Egal mit wem.«

»Nur reden?«

Juanita dachte einen Moment darüber nach. »Nein, vielleicht wollte er mehr als nur reden.«

»Was denn noch?«

»Ich glaube, er hat versucht, mich auszuhorchen. Deshalb habe ich die Mittagspause auch so lange ausgedehnt.«

»Ich hätte das Gegenteil vermutet.«

»Ich bin natürlich nicht einfach nur faul dagesessen und habe aus dem Nähkästchen geplaudert. Ich habe ihn genauso ausgehorcht.«

»Was wollte er denn von dir wissen?«

»Na ja, zuerst hat er gefragt, wie viele Leute hier bei uns arbeiten – solche Sachen halt.«

»Das war alles? Nichts Konkreteres?«

»Dann hat er gefragt, warum wir den Fall übernommen haben und ob wir glauben, dass Burrow unschuldig ist.«

»Ist doch seltsam, dass er bis heute damit wartet, persönlich vorbeizukommen und bescheuerte Fragen zu stellen.«

»Ich glaube, das war nur ein Ablenkungsmanöver für das, was ihn wirklich interessiert hat.«

»Und was war das?«

»Er wollte Einzelheiten zu Dusenburys Angebot wissen.«

»Du hast ihm doch hoffentlich nichts gesagt?«

»Ich hatte keine andere Wahl.«

»Oh, Juanita!«

»Es ging nicht anders, das hab ich doch schon gesagt! Ich habe ihn schließlich genauso ausgehorcht.«

»Nach was denn, zum Beispiel?«

»Nach dem Flugticket, das Dorothy kurz vor ihrem Verschwinden gekauft hat.«

»Du weißt davon?«

»Ja, David Sedaka hat es mir erzählt.«

»Und wie hat Jonathan reagiert?«

»Nervös.«

»Hat er zugegeben, davon gewusst zu haben?«

»Nein. Er war die Unschuld in Person und sagte, er hätte keine Ahnung, wo das Ticket hinging. Stattdessen hat er die Frage an mich zurückgegeben.«

»Hast du ihm den Zielort verraten?«

»Wie denn? Ich kenne ihn doch gar nicht.«

»Aber ich dachte, David Sedaka hätte dir davon erzählt.«

»Schon, aber er weiß den Zielort auch nicht. Er konnte nur einen Teil der Information wiederherstellen.«

»Aber mir hat er gesagt, dass …«

»*Was?*«

Nat machte ein verlegenes Gesicht. »Er hat noch mal angerufen. Es ist ihm gelungen, sich in Dorothys altes CompuServe-Benutzerkonto zu hacken, und dort hat er die Quittung von EasySabre gefunden. Der Flug ging von Mexiko nach London.«

Juanitas Herz setzte einen Schlag aus. »*London?* Das erzählen wir besser Alex! Wir müssen unbedingt herausfinden, ob sie den Flug angetreten hat!«

15.06 Uhr Pazifische Sommerzeit

Während Nat Juanita von David Sedakas neuestem Erfolg erzählte, begann sich dessen Beharrlichkeit allmählich auszuzahlen: Wieder machte er eine interessante Entdeckung auf der Festplatte, und wieder musste er das Labor verlassen, um zu telefonieren. Auf dem Schreibtisch, den er benutzen durfte, stand ein Computer, den er nun hochfuhr, während er die Nummer seines Vaters wählte.

»Kanzlei Alex Sedaka«, meldete sich Juanita.

»Hi Juanita. Ich habe noch etwas gefunden, das von Interesse sein könnte.«

»Was denn?«

»Nachdem ich die Quittung gefunden hatte, habe ich die Festplatte nach dem Wort ›London‹ durchsucht und bin unter anderem auf eine gelöschte PDF-Datei gestoßen. Dabei handelt es sich um die Werbebroschüre einer Einrichtung namens Finchley Road Medical Centre.«

»Was ist das?«

»Eine Privatklinik in London, die sich auf wohlhabende Patienten spezialisiert hat – vor allem auf Frauen.«

»Was bietet die Klinik an?«

»Alles, von Schönheitschirurgie über Fettabsaugung bis zum Magenband zwecks Gewichtsabnahme. Such dir was aus, die machen alles.«

15.14 Uhr Pazifische Sommerzeit

»Uns bleiben weniger als neun Stunden, und die Devise lautet nach wie vor, unseren Mandanten vor dem Tod durch die Giftspritze zu bewahren, auch wenn er selbst nicht besonders erpicht darauf zu sein scheint, sich zu retten.«

Sie saßen am Besprechungstisch. Alex hatte es endlich zurück in die Kanzlei geschafft, und die Atmosphäre hatte noch einmal an Dringlichkeit gewonnen.

»Aber mit dem Flug nach London und der Privatklinik sind wir doch eigentlich aus dem Schneider, oder?«, fragte Juanita vorsichtig.

Alex schüttelte den Kopf. »Ich wünschte, wir könnten uns da sicher sein. Tatsache ist, dass wir im Moment noch nicht einmal wissen, ob sie den Flug überhaupt angetreten hat.«

»Das beweist doch die Klinik«, merkte Juanita an.

»Die Broschüre beweist nur, dass Dorothy sich über eine medizinische Einrichtung in London informiert hat. Welche Gründe ihr Interesse hatte und ob sie sich für sich selbst oder jemand anderen informiert hat, wissen wir nicht. Und auch wenn die Informationen für sie selbst waren, beweist das bestenfalls, dass ein gewisses Interesse oder vielleicht sogar eine Absicht bestand. Dass es darüber hinausging, ist damit noch lange nicht bewiesen.«

Nat nickte widerwillig. »Die Staatsanwaltschaft wird uns vermutlich zugestehen, dass sie die Absicht gehabt haben könnte, diese Klinik zu besuchen, dass diese Absicht aber von Burrow vereitelt wurde, weil er sie vorher umgebracht hat.«

Juanita hatte das Gefühl, dass die anderen beiden sich gegen sie verbündet hatten. »Wir sitzen hier also einfach rum und drehen Däumchen, bis weitere Beweise vom Himmel fallen?«

Alex sah sie mitfühlend an. »Natürlich drehen wir keine Däumchen, aber zu viele Hoffnungen dürfen wir uns eben auch nicht machen. Wir müssen einfach weitersuchen. In der Zwischenzeit gehe ich zum Bezirksgericht und lege die Ticketquittung und die heruntergeladene Broschüre vor, um damit eine einstweilige Verfügung zu erwirken.«

Nat nickte. »Du könntest auch versuchen, damit zu argumentieren, dass die Beweismittel auf dem Computer gezielt gelöscht wurden.«

»Genau genommen war die ganze Festplatte überschrieben, Nat. Aber ich verstehe, was du meinst.«

»Und was soll ich solange machen?«, fragte Nat.

»Wir gehen zusammen. Ich brauche dich vor Ort, denn wenn wir die einstweilige Verfügung tatsächlich durchkriegen, muss einer von uns sie vorlegen, während der andere wartet, bis die Staatsanwaltschaft auftaucht. Die werden versuchen, die Verfügung so schnell wie möglich zu kippen, deshalb müssen wir vor Ort sein, wenn eine Anhörung beider Seiten angesetzt wird.«

»Was soll ich vorbereiten?«, fragte Juanita.

»Ich brauche Kopien von der Flugticket-Quittung und eine Stellungnahme von David. Wenn er sie irgendwo in Berkeley beglaubigen lassen kann, wäre das hilfreich, aber zur Not geht es auch so. Und er soll uns die Broschüre per E-Mail schicken.«

Juanita wirkte nervös. »Glaubst du, wir kriegen sie – die einstweilige Verfügung, meine ich?«

Einstweilige Verfügungen in letzter Minute waren vor Hinrichtungen nichts Ungewöhnliches. Manchmal warteten die Anwälte sogar bis zum allerletzten Moment, damit das Gericht keine andere Wahl hatte. Streng genommen hatte das Gericht natürlich immer eine Wahl, aber die meisten Richter lehnten solche Anträge nur ungern ab, solange sie nicht wussten, was dabei herauskommen würde. Denn wenn sie gegen einen von der Verteidigung gestellten Antrag entschieden, ohne dass die Staatsanwaltschaft anwesend war, waren sie ganz allein schuld, wenn sich die Entscheidung hinterher als falsch herausstellte.

»Ich denke schon, dass wir sie kriegen. Aber die Staatsanwaltschaft wartet bestimmt nicht bis morgen, um ihre Gegenargumente vorzubringen. Die wollen Burrow heute Nacht drankriegen.«

»Dann sollten wir vielleicht bis zur letzten Minute damit warten«, schlug Nat vor. »So bekommen wir eventuell noch mehr Beweise zusammen.«

»Wir versuchen auf jeden Fall, noch mehr Beweise zu finden, aber ich möchte den Antrag trotzdem jetzt einreichen. Ich will gar nicht erst damit anfangen, irgendwelche Spielchen zu spielen. Wenn wir zu knapp kalkulieren, wird das Bezirksgericht annehmen, wir hätten nichts in der Hand, und das macht es wahrscheinlicher, dass sie uns abblitzen lassen. Wenn wir die einstweilige Verfügung dagegen jetzt durchkriegen und mit noch stärkeren Beweisen kommen, wenn die Staatsanwaltschaft auf res judicata pocht, haben wir einen doppelten Vorteil.«

Res judicata heißt »bereits rechtskräftig entschieden« – eine Standardantwort der Staatsanwaltschaft auf kurzfristige Anträge der Verteidigung, die auf angeblich neuen Beweisen basieren. Natürlich bezeichnet die Staatsanwaltschaft die Anträge der Verteidigung genauso als reine Hinhaltetaktik.

»Was glaubst du«, fragte Juanita, »was wir abgesehen von dem, was wir bereits haben, noch für Beweise finden?«

»Es ist zum Beispiel immer noch nicht geklärt, ob Dorothy den Flug angetreten hat oder nicht. Deshalb werden wir beim Bezirksgericht gleichzeitig einen Antrag auf Offenlegung stellen, damit wir die entsprechenden Informationen von Sabre, der Mutterfirma von EasySabre, bekommen. Die müssten die Passagierlisten noch irgendwo haben, die speichern alles – und wenn es nur auf einer Sicherungskopie ist.«

Nat blickte zweifelnd drein. »Wenn wir vor demselben Gericht die Offenlegung beantragen, lenken wir dann nicht die Aufmerksamkeit des Richters auf die Möglichkeit, dass sie den Flug vielleicht gar nicht angetreten hat? Sollten wir nicht lieber so tun, als ergäbe sich aus der Tatsache, dass sie das Ticket gekauft hat, automatisch, dass sie den Flug auch angetreten hat? Schließlich ist keine Staatsanwaltschaft da, um es anzuzweifeln.«

»Das ist eine riskante Strategie, Nat. Wir haben keine Zeit, bei verschiedenen Gerichten das beste Angebot einzuholen. Wenn wir den Antrag auf Offenlegung beim Bezirksgericht einreichen, sieht der Richter immerhin, dass wir die Sache ernst nehmen und nicht faul auf dem Hintern sitzen.«

Nat nickte, während Juanita wieder das Wort ergriff: »Denkst du, wir sollten versuchen, über eine englische Kanzlei Anträge an die britische Einreisebehörde und die Grenzkontrolle zu stellen, um herauszufinden, ob sie eingereist ist?«

Alex sah auf die Uhr. »Keine Zeit. London ist uns acht Stunden voraus. Außerdem würden sie dort die gebotene Eile bei einem Mordfall wohl kaum richtig einschätzen.«

»Ein Richter wäre sicher in der Lage, sie richtig einzuschätzen.«

»In England gibt es keine Todesstrafe. Wenn der Antrag zuerst bei einem kleinen Beamten landet, wird die Dringlichkeit der Lage mit Sicherheit unterschätzt. Und selbst wenn man sie erkennt, wird der schwarze Peter vermutlich vom einen zum anderen geschoben, weil keiner die Sache am Hals haben will. Jeder wird versuchen, sie so schnell wie möglich vom Schreibtisch zu kriegen, auch wenn sie dann nicht bei der richtigen Person landet. Außerdem ist es unwahrscheinlich, dass die britische Einwanderungsbehörde überhaupt in der Lage wäre, schnell genug auf unseren Antrag zu reagieren.«

»Okay, okay. Ich dachte, es wäre einen Versuch wert«, erwiderte Juanita schmollend.

»Ich sage dir, was wir tun: Wir beantragen einen Hinrichtungsaufschub und machen die einstweilige Verfügung zu unserem Notfallplan. Wenn uns der Aufschub gewährt wird, rufen wir eine britische Kanzlei an und bitten sie, der Einwanderungsbehörde Dampf zu machen. Aber bis dahin habe ich eine wichtigere Aufgabe für dich.«

Juanita spürte einen erneuten Adrenalinstoß. »Schieß los!«

»Ich möchte, dass du telefonisch Kontakt mit der Finchley-Road-Klinik aufnimmst und fragst, ob Dorothy Olsen dort in Behandlung war, und wenn ja, wegen was.«

»Fällt das nicht unter die ärztliche Schweigepflicht?«

»Nicht in England. Dort unterliegen nur Anwälte der Schweigepflicht, nicht aber Ärzte.«

»Ja, aber vertraulich sind solche Informationen trotzdem. Wir brauchen doch sicher eine gerichtliche Anordnung von einem dortigen Gericht, um die Klinik zur Herausgabe zu zwingen, oder nicht?«

»Schon, aber fragen können wir zumindest. Erklär ihnen die Situation und mach deutlich, dass das Leben eines vermutlich Unschuldigen auf dem Spiel steht. Wir brauchen zumindest die Bestätigung, dass sie da war, und müssen wissen, wann sie ankam und wann sie wieder ging. Wegen was sie behandelt wurde, ist eher zweitrangig. Du könntest ja am Anfang um alle Informationen bitten und dich dann auf die

Position zurückfallen lassen, dass notfalls auch eine schriftliche Bestätigung ihrer Ankunft in der Klinik genügt, um das Leben eines Menschen zu retten. Vielleicht haben sie dann Mitleid und betrachten es als fairen Kompromiss.«

Juanita sah auf die Uhr. »Könnte schwierig werden.«

»Warum?«

»Na ja, in England ist es jetzt zwanzig nach elf am späten Abend. Die Mitarbeiter, die in der Position wären, Entscheidungen zu treffen, sind bestimmt längst zu Hause.«

»Deshalb sollst *du* den Anruf auch übernehmen. Du kannst mit dem Pflegepersonal reden. Wenn die Schwestern etwas wissen, bitten wir sie, jemanden von der Verwaltung zu wecken.«

»Ich werde tun, was ich kann. Was die Schwestern angeht, hast du wahrscheinlich recht. Die Nachtschicht ist vielleicht nicht ganz so beschäftigt und lässt leichter mit sich reden als die Tagschicht.«

»Sonst noch irgendwas, das wir tun können?« Alex sah Nat und Juanita fragend an. Alle drei zuckten mit den Schultern. Es war wie beim Football, wenn die Spieler die Köpfe zusammenstecken und die Spielzüge festlegen – einschließlich des Adrenalins.

Juanita kam plötzlich ein Gedanke: »Etwas gäbe es noch. Die Tatsache, dass Jonathan und Dorothy nur Halbgeschwister sind.«

»Ich habe versucht, aus Jonathan etwas darüber herauszubekommen, aber er hat vollkommen dichtgemacht.«

»Vielleicht würde es sich aber lohnen, der Sache nachzugehen.«

»So wichtig wie die Klinik ist es nicht. Außerdem: Wie kommen wir kurzfristig an Informationen ran?«

»Du könntest Mrs. Olsen fragen.«

»Lieber nicht. Nur, wenn es gar nicht anders geht. Sie ist

schwer krank und ziemlich gebrechlich. So ein schwieriges Thema ist wahrscheinlich das Letzte, was sie jetzt gebrauchen kann.«

»Wir könnten auch einfach ›Edgar Olsen‹ googeln und schauen, was dabei herauskommt.«

»Okay. Aber zuerst solltest du so schnell wie möglich mit der Klinik reden.«

»Mach ich, Boss.«

»Also gut, dann werden wir dem Gericht mal so richtig Feuer unterm Hintern machen!«, sagte Alex und zwang sich zu einem zuversichtlichen Lächeln.

Minuten später waren Alex und Nat gegangen, und Juanita war wieder allein. Mit der einen Hand wählte sie die Nummer der Klinik und schaltete die Freisprechfunktion ein, und mit der anderen stellte sie ihre Multitasking-Fähigkeiten unter Beweis und googelte »Edgar Olsen«.

Warum eins nach dem anderen?, dachte sie. *Ich bin eine Frau, ich kann beides.*

Vielleicht war Edgar Olsen eine falsche Fährte, aber sie mussten es zumindest probieren. Da sie ansonsten vollkommen richtungslos dahintrieben, mussten sie sich an jede Rettungsboje klammern, die vorbeischwamm.

Auf dem Bildschirm erschienen gleich mehrere Suchergebnisse, die das Wort »Autounfall« enthielten. Die meisten Einträge stammten aus regionalen Zeitungen und waren dreißig Jahre alt. Juanita war erstaunt, dass Zeitungsausgaben, die lange vor den Zeiten des World Wide Web erschienen waren, digitalisiert und online verfügbar gemacht worden waren. Um sie lesen zu können, musste man sich jedoch fast ausnahmslos bei der jeweiligen Zeitung oder Organisation registrieren lassen.

Juanita besaß für solche Zwecke eine Pseudo-E-Mail-Adresse, um Spam in ihrem eigentlichen Postfach zu vermeiden, aber sie musste sich trotzdem erst in einem langwierigen Prozess anmelden und ihre Mitgliedschaft bestätigen, bevor sie sich einloggen konnte und fand, was sie suchte.

> 17. Februar 1977 – Pomona, Kalifornien. Ein dreijähriger Junge starb, als der von seinem Vater gesteuerte Wagen auf der Route 66 mit einem Kleintransporter zusammenstieß. Jimmy Olsen befand sich auf dem Rücksitz des in östliche Richtung fahrenden Wagens, als ein Mann, der in der Gegenrichtung unterwegs war, von der Fahrbahn abkam und die Mittellinie überquerte. Edgar Olsen, der Vater des kleinen Jungen, versuchte dem Kleintransporter auszuweichen, der jedoch seitlich in ihn hineinfuhr. Jimmy Olsen wurde kurz darauf ins Pomona Valley Hospital eingeliefert, wo nur noch sein Tod festgestellt werden konnte. Der Fahrer des Kleintransporters wurde wegen Alkohols am Steuer verhaftet.

Edgar Olsen hatte also zwei tote Kinder.

15.23 Uhr Pazifische Sommerzeit (23.23 Uhr Britische Sommerzeit)

Susan White war zwar im Schwesternzimmer, als der Anruf kam, aber es war eine andere Schwester, die ans Telefon ging.

»Ja, wenn die Zentrale geschlossen ist, werden die Anrufe zu uns durchgestellt … Der Verwaltungschef ist momentan leider nicht da. Es ist fast Mitternacht – na ja, zwanzig nach elf … ich glaube nicht, dass das angebracht wäre … Was meinen Sie damit, es ginge um Leben und …?«

Der Schwester fiel plötzlich auf, dass Susan White sie fixierte wie ein Puma, der zum Sprung ansetzt. Es schien fast, als könnte sie auch die andere Seite des Gesprächs hören.

»Warten Sie doch bitte kurz, hier ist jemand, der Ihnen vielleicht weiterhelfen kann.«

Die Schwester hielt die Hand über den Hörer. »Da ist eine Frau mit komischem Akzent dran. Sie sagt, sie müsste mit einem Vorgesetzten sprechen, es ginge um Leben und Tod. Sie klingt irgendwie …«

»Schon gut, ich spreche mit ihr.« Susan riss ihr den Hörer förmlich aus der Hand. »Hallo, mein Name ist Susan White. Mit wem spreche ich bitte?«

»Ich bin Juanita Cortez. Gehören Sie zur Klinikverwaltung?«

»Nein, ich bin Oberschwester. Das Verwaltungspersonal ist bereits nach Hause gegangen. Darf ich fragen, worum es geht?«

»Ich arbeite für den Anwalt Alex Sedaka. Sein Mandant

sitzt im Todestrakt, weil er des Mordes beschuldigt wird, und zwar an einer jungen Frau namens …«

»Dorothy Olsen!«

»Sie *wissen* davon?«

Susan bemühte sich, ihre Atmung unter Kontrolle zu halten. Das hatte sie nicht erwartet. Vor dem Anruf war sie vor Angst wie gelähmt gewesen, doch jetzt war sie beinahe erleichtert. »Ich habe einen Bericht im Fernsehen gesehen.«

»Dann wissen Sie sicher auch, dass die Zeit drängt.«

»Ja.«

»Können Sie mir Auskunft geben über Dorothy Olsen?«

Susan White war kurz davor, mit ihrem Wissen herauszuplatzen, hielt sich dann aber zurück. Hier ging es um Datenschutz. Sie konnte nicht einfach mit einer vollkommen Fremden am Telefon über Patientendaten plaudern, jedenfalls nicht ohne offizielle Genehmigung.

Wer war diese Frau eigentlich? War sie wirklich, wer sie zu sein vorgab? War sie überhaupt auskunftsberechtigt? Vielleicht gehörte sie einer dieser abtreibungsfeindlichen religiösen Organisationen des amerikanischen Bibelgürtels an. Durfte sie als Krankenschwester überhaupt Informationen herausgeben? Oder musste sie für jede Auskunft vorher eine Genehmigung des Datenschutzbeauftragten einholen? Oder eine gerichtliche Anordnung? Oder das Einverständnis der Patientin – falls sie denn noch lebte?

Susan White hatte nie eine Paragrafenreiterin sein wollen, aber die telefonische Herausgabe von Patientendaten war eine heikle Angelegenheit – besonders bei dieser Patientin … und besonders angesichts dessen, was sie und Stuart Lloyd getan hatten.

Sie holte tief Luft und sagte: »Hören Sie, ich darf am Telefon nicht so einfach Informationen herausgeben – dafür muss ich erst mit dem Verwaltungschef sprechen.«

»Aber Sie sagten doch …«

»Ich rufe ihn zu Hause an.« Sie beschloss, lieber nicht zu erwähnen, dass sie das bereits getan hatte, um mit ihm über eben diesen Fall zu sprechen. »Sagen Sie mir doch schon mal, welche Informationen Sie überhaupt brauchen.«

»So viele wie möglich. Wann sie in die Klinik kam. Wann sie entlassen wurde. Wegen was sie behandelt wurde.«

»Letzteres wird wohl am schwierigsten werden.«

»Es wäre schon hilfreich, wenn Sie uns sagen könnten, wann sie kam und wann sie wieder ging«, betonte Juanita. »Wir wissen bereits, an welchem Tag ihr Flug nach England ging. Die Patientenakte ist nicht ganz so wichtig wie die Angaben zu Zeitpunkt und Dauer ihres Aufenthalts. Wenn Sie ihre derzeitigen oder letzten Kontaktdaten hätten, wäre uns das ebenfalls eine große Hilfe. Aber am wichtigsten sind das Aufnahme- und das Entlassungsdatum.«

»Gut. Ich werde mit dem Verwaltungschef sprechen und sehen, ob ich diese Informationen beschaffen kann. Sie geben mir am besten Ihre Telefonnummer.«

Juanita tat wie geheißen.

»Also gut, ich spreche mit ihm und rufe Sie dann zurück.«

»Danke. Bitte beeilen Sie sich. Es handelt sich buchstäblich um einen Wettlauf gegen die Zeit.«

15.27 Uhr Pazifische Sommerzeit

»Okay. Wenn sie innerhalb der nächsten Viertelstunde nicht zurückruft, probierst du es noch mal.«

»Ist gut, Boss.«

Juanita hatte Alex, der auf dem Weg zum nordkalifornischen Bezirksgericht war, im Auto angerufen, um ihm mitzuteilen, was die Klinikschwester gesagt hatte und was sie über Edgar Olsens Sohn aus erster Ehe und den tragischen Unfall herausgefunden hatte. Alex fand die Entdeckung von Jimmy Olsens Tod zwar interessant, glaubte aber nicht, dass sie für den Fall von Belang war.

Das Bezirksgericht lag direkt neben dem Büro des Gouverneurs. Dieses Mal fuhren Alex und Nat getrennt hin, damit einer von ihnen im Anschluss die einstweilige Verfügung vorlegen konnte, während der andere in die Kanzlei zurückkehrte oder bei Gericht blieb, je nachdem, wie sich die Dinge weiter entwickelten.

Alex überlegte hin und her, ob er den Gouverneur anrufen sollte. Er kannte den von den meisten Staatsanwälten und nicht wenigen Richtern befürworteten Grundsatz, dass kurzfristig eingereichte Beweise dieser Art dem Gouverneur zur Gnadenbeurteilung vorgelegt werden sollten, statt wertvolle Gerichtszeit dafür zu vergeuden.

Aber der Gouverneur hatte ein Angebot gemacht, das allein davon abhing, ob Burrow verriet, wo sich die Leiche befand. Alex ahnte, dass er auf wenig Gegenliebe stoßen würde, wenn er jetzt mit einem neuen Gnadengesuch beim

Gouverneur auftauchte, dessen Begründung sich so radikal von der des ersten Gnadengesuchs unterschied. Denn jetzt stellte er eine Unschuldsvermutung aufgrund neuer Beweise auf, die dem Gouverneur eine geistige 180-Grad-Wendung abverlangt hätte. Bei ihrem Treffen an diesem Morgen hatte die stillschweigende Übereinkunft darin bestanden, dass Burrow schuldig war. Doch nun neigte Alex langsam zu der Ansicht, dass er tatsächlich unschuldig sein könnte. Es war noch keine starke Überzeugung, aber sie nahm immer mehr Gestalt an.

Die Reaktion der Klinik schien ihren Verdacht zu bestätigen, dass Dorothy tatsächlich nach England gereist war. Aber selbst wenn es so war, konnte sie immer noch danach umgebracht worden sein. Tatsache war, dass sie wie vom Erdboden verschluckt war und es aussagekräftige Indizien gab, die für ihre Ermordung sprachen.

Bisher konnten sie lediglich nachweisen, dass sie *vorgehabt* hatte, nach London zu reisen. Aber solange keine schriftliche Bestätigung der Klinik vorlag, ließ sich – zumindest vor Gericht – nicht beweisen, dass sie auch dort angekommen war. Die telefonische Aussage im Gespräch mit Juanita war jedenfalls kein rechtskräftiger Beweis. Und selbst wenn Alex dem Gouverneur versicherte, dass er die Beweise nachreichen würde, was nützte ihm das, wenn sich Dorothy danach in Luft aufgelöst zu haben schien?

Außerdem war Dusenbury bestimmt immer noch stocksauer, weil die Presse Wind von seinem Angebot bekommen hatte. Selbst wenn wirklich nur ein unbedachtes Wort von Burrow an einen Gefängniswärter schuld war, Alex trug trotzdem die volle Verantwortung. Er hatte beim Gouverneur also nicht gerade einen Stein im Brett. Dusenbury war bereit gewesen, Burrow im Austausch gegen die Leiche zu begnadigen, aber wenn die Aussage lautete »Burrow ist unschuldig

– und wir haben neue Beweise«, dann verwies er den Fall mit Sicherheit an die Gerichte.

Es war frustrierend, aber er würde wohl abwarten müssen, was beim Bezirksgericht herauskam.

Auf einmal erklang Dvořáks Symphonie *Aus der Neuen Welt* aus Alex' iPhone.

»Hi David. Was gibt's Neues?«

»Ich hab noch was auf der Festplatte gefunden.«

»Schieß los.«

»Es ist ein Gedicht.«

»Ein *Gedicht*?«

»Zumindest ein Teil davon.«

Alex verspürte einen Anflug von Ärger. »Ich suche nach Beweisen dafür, dass Dorothy Olsen nach England geflogen ist, und du kommst mir mit einem *Gedicht*?«

»Es ist nicht einfach nur ein Gedicht. Es scheint etwas sehr Persönliches zu sein, das vielleicht mit ihrem Verschwinden zu tun hat.«

»Wieso? Was steht denn drin?«

»Ich glaube, du schaust es dir besser selbst an. Ich schicke es per E-Mail.«

»Ist gut.«

Alex legte auf und hatte ein schlechtes Gewissen, weil er seinen Sohn angeblafft hatte.

15.29 Uhr Pazifische Sommerzeit (23.29 Uhr Britische Sommerzeit)

Susan White schreckte noch immer davor zurück, erneut beim Verwaltungschef anzurufen. Stuart Lloyd hatte ihr schon vor Stunden versprochen, dass er sie zurückrufen würde, aber bisher wartete sie vergebens. Sie hatte bereits versucht, an etwas anderes zu denken, aber der Anruf von Juanita Cortez hatte die Angelegenheit wieder an vorderste Stelle gerückt.

Der Telefonhörer in ihrer Hand fühlte sich kalt an, und auch ein Blick auf die Uhr an der Wand wirkte abschreckend.

Wie wird er wohl reagieren, wenn ich ihn um diese Zeit anrufe? Andererseits hat er versprochen zurückzurufen, es aber nicht getan. Wenn ich ihn jetzt störe, ist er selbst schuld.

Es gab keine Alternative. Ein Menschenleben stand auf dem Spiel, und Juanita hatte gesagt, es sei ein Wettlauf gegen die Zeit.

Sie holte tief Luft und wählte die Nummer.

»Ja?«, bellte eine Frauenstimme.

»Hallo Mrs. Lloyd, hier ist Schwester White. Könnte ich bitte Mr. Lloyd sprechen?«

»Haben Sie mal auf die Uhr gesehen?«

Sie wollte sich gerade entschuldigen, als sie im Hintergrund eine Männerstimme hörte.

»Ich mach das schon.«

Es fand ein kurzer, gedämpfter Wortwechsel statt, bevor Lloyd ans Telefon kam. »Hallo.«

»Hallo Stuart. Hier ist Susan.«

»Ich weiß. Hör mal, es tut mir leid, dass ich dich nicht zurückgerufen habe, aber im Grunde ist doch klar, dass wir denen nichts davon erzählen können.«

»Aber sie haben angerufen!«

»Was? Wer?«

»Die Anwälte ... von dem Mann, der im Todestrakt sitzt. Sie haben angerufen und nach Dorothy gefragt.«

»Die wissen es?«

»Sie wissen, dass sie in der Klinik war. Sie wissen, dass sie ein Flugticket nach England gekauft und sich über unsere Klinik informiert hat.«

»Woher wissen die das?«

»Sie müssen entsprechende Unterlagen gefunden haben.«

»Wozu brauchen sie uns dann noch?«

»Sie brauchen so etwas wie eine schriftliche Bestätigung oder einen Nachweis.«

»Den können wir ihnen aber nicht liefern.«

»Und wie begründen wir das?«

»Die Patientenakten sind alle im Computer gespeichert, wir können also sagen, dass sie unter das Datenschutzgesetz fallen.«

»Aber es steht ein Menschenleben auf dem Spiel, Stuart!«

»Das mag ja sein, aber wir müssen trotzdem aufpassen, was wir sagen. Von der Datenschutzproblematik mal ganz abgesehen: Wir könnten damit einen regelrechten Erdrutsch auslösen wegen der Sache mit den ...«

»Das *weiß* ich. Aber was sollen wir tun? Zulassen, dass ein unschuldiger Mann stirbt?«

»Ich habe auf einem amerikanischen Nachrichtensender in einen Bericht reingeschaut. So unschuldig ist der nicht.«

»Das haben wir aber nicht zu beurteilen. Wir sitzen auf Beweisen, die seine Anwälte benötigen! Wir haben nicht das Recht, Gott zu spielen!«

Ihr Atem ging so schnell, dass ihr erst jetzt, als sie die Luft anhielt, auffiel, dass auch Stuarts Atem sich beschleunigt hatte.

»Also gut, hör zu: Ich denke, wir sollten sie bitten, ihre Anfrage in schriftlicher Form einzureichen. Und dann versuchen wir, einen Anwalt aufzutreiben, der uns diesbezüglich beraten kann.«

»Um diese Zeit?«

»Notfalls wecken wir eben jemanden auf. Aber zuerst bringst du sie dazu, uns ein Fax zu schicken, auf dem genauestens steht, welche Informationen sie benötigen.«

»Ist gut. Ich rufe gleich dort an.«

Sobald das Gespräch beendet war, wählte sie die Nummer: 00 1 415 …

»Kanzlei Alex Sedaka.«

»Hallo, ist da Juanita?«

»Ja.« Die Stimme klang aufgeregt.

»Hier ist Susan White. Schwester White. Ich habe gerade mit unserem Verwaltungschef gesprochen, und er hat gesagt, ich soll Sie bitten, eine schriftliche Anfrage zu stellen, in der genauestens aufgeführt ist, was Sie von uns wollen.«

»Versuchen Sie etwa [illegible]?« Die Stimme brach verlegen ab.

»Was?«

»Tut mir leid, wenn ich Sie so direkt frage: Versuchen Sie, uns abzuwimmeln?«

Susan White wusste nicht, was sie dazu sagen sollte. Die Frau am anderen Ende der Leitung hatte genau verstanden, was hier vor sich ging, und es abzustreiten war sinnlos. Aber sie wollte wirklich helfen. »Ich … ich weiß, es mag so aussehen, als würden wir … Es ist nur so, dass wir hier gewisse Vorschriften haben, was vertrauliche Informationen angeht. Dazu ist eine gerichtliche Anordnung nötig, und die kostet Zeit.«

»Sagen Sie mir einfach, ob wir die Informationen noch rechtzeitig bekommen.«

Susan White zögerte einen Augenblick. »Ich tue mein Bestes.«

15.36 Uhr Pazifische Sommerzeit

»Euer Ehren, die Buchungsquittung der Fluglinie beweist, dass Dorothy Olsen am 19. Mai 1998 – weniger als eine Woche vor ihrem Verschwinden – ein Flugticket nach London gekauft hat.«

Alex redete, während Nat schweigend mit den Dokumenten dasaß, um sie Alex zu reichen, wenn er sie brauchte.

»Das Datum des Flugs war der 24. Mai, nur ein Tag nach ihrem Verschwinden. Ich darf Sie daran erinnern, dass sie erst am Abend verschwand. Es könnte also durchaus sein, dass sie sich über Nacht verborgen hielt oder bereits früher zum Flughafen fuhr.«

Der Bezirksrichter, ein Mann in den Sechzigern, dem niemand mehr etwas vormachen konnte, wirkte skeptisch. »Hat sie einen Koffer oder anderes Gepäck mitgenommen?«

»Soweit wir wissen nicht, Euer Ehren. Aber sie hatte Geld von ihrem Großvater geerbt und war weniger als zwei Monate zuvor achtzehn geworden. Sie hatte also genug Geld, um dort, wo sie hinwollte, neue Kleider zu kaufen.«

Der Richter seufzte müde. »Gibt es irgendwelche Beweise dafür, dass sie das Geld abgehoben hat? Wo befand sich dieser Treuhandfonds?«

»Auf einer Bank, Euer Ehren. Sie hob das gesamte Geld einige Tage vor ihrem Verschwinden ab und kaufte davon teuren Schmuck.«

»Teuren Schmuck?«, wiederholte der Richter überrascht.

»Ja, Euer Ehren.«

»War irgendetwas davon schon während des Prozesses bekannt?«

Alex zögerte. Er hätte diese Frage nur zu gerne mit Nein beantwortet, aber als Anwalt vor Gericht durfte er nicht lügen. »Man wusste von dem Treuhandfonds und dem Schmuck – eingeschlossen der Tatsache, dass er verschwand.«

»Dann geht es nicht als neuer Beweis durch.« Der Richter wirkte beinahe enttäuscht.

»Der Treuhandfonds und der Schmuck nicht. Aber die Buchung des Flugtickets ist neu, wir haben sie gerade erst entdeckt – durch pures Glück. Anders hätten wir nie davon erfahren. Eigentlich hätte die Polizei oder das FBI schon damals bei der Befragung der Fluglinien darauf stoßen müssen. Offensichtlich beschränkte sich die Suche auf Flüge aus den Vereinigten Staaten. Es sieht aber so aus, als wäre sie nach Mexiko gefahren und erst dort in den Flieger gestiegen.«

»Und was ist mit dieser Privatklinik?«

»Auch das war reine Glückssache. Wir haben erst heute Miss Olsens alten Laptop bekommen. Davor wussten wir nicht mal, dass er existiert.«

»Aber nichts davon beweist, dass sie tatsächlich im Flugzeug saß. Es beweist nur, dass sie es vorhatte, aber vielleicht hat sie jemand davon abgehalten. Vielleicht wollte sie mit jemandem durchbrennen.«

»Meine Rechtsanwaltsgehilfin hat bei der Klinik angerufen. In England ist es jetzt spät in der Nacht, aber sie hat mit einer der Schwestern gesprochen. Die Schwester hat bestätigt, dass Dorothy Olsen dort war, konnte uns aber aus rechtlichen Gründen nicht sagen, wann sie aufgenommen wurde und welcher Art ihre Behandlung war. Dafür bräuchten wir eine richterliche Anordnung von einem britischen Gericht. Und das würde Zeit kosten, Euer Ehren. Wahrscheinlich ein paar Tage. Deswegen bitten wir um einen Vollstreckungsaufschub.«

»Was ist mit der Flugbuchung? Wie schnell können Sie mir die Passagierliste beschaffen?«

»Wenn Sie jetzt gleich eine Anordnung ausstellen, Euer Ehren, können wir sie morgen früh dem Vorstandsvorsitzenden oder Geschäftsführer vorlegen. Aber dann würde es immer noch einige Zeit dauern, die Archive durchzugehen. Sie dürfen nicht vergessen, dass das Ticket vor neun Jahren ausgestellt wurde. Die dazugehörigen Daten wurden zwar mit an Sicherheit grenzender Wahrscheinlichkeit gespeichert, befinden sich aber vielleicht auf einer Sicherungskopie.«

»Wie lange?«

»Na ja, wenn wir dem Unternehmen achtundvierzig Stunden Zeit geben, um der Anordnung nachzukommen, und die Anhörung dann weitere vierundzwanzig Stunden später festgesetzt wird …«

Der Richter schüttelte den Kopf. »Ich bin nicht bereit, eine so weitreichende Entscheidung zu treffen. Zumindest nicht bei einer Anhörung, bei der allein die Verteidigung zugegen ist.«

»Nun ja, wir sehen leider keine Möglichkeit, noch heute an die Passagierliste zu kommen. Selbst wenn Sie die Anordnung jetzt sofort ausstellen und wir sie noch heute vorlegen, wird man argumentieren, es sei zu kurzfristig, um ihr nachzukommen.«

»Na schön«, sagte der Richter und vertiefte sich wieder in die Unterlagen. »Ich weiß, dass das Ihr erster Mordfall ist, und gehe deshalb davon aus, dass Sie hier keine zynischen Betrügereien versuchen wie so mancher erfahrenere Anwalt. Ich nehme Ihre Aussagen also für bare Münze und stelle Ihnen jetzt sofort eine einstweilige Verfügung aus, damit wir auf der sicheren Seite sind. Aber gleichzeitig setze ich eine Anhörung für Viertel nach vier an, bei der ich mir die Argumente beider Parteien anhöre. Sollten Sie aus irgendeinem Grund nicht an dieser Anhörung teilnehmen, kassiere ich die einstweilige Verfügung wieder ein.«

»Und die Passagierliste?«, fragte Alex angespannt.

»Ich stelle zwei Anordnungen aus. Eine für die hiesige Geschäftsstelle, die drei Stunden Zeit bekommt, die benötigte Information zu beschaffen, und die andere für den Vorstand oder Geschäftsführer der Firmenzentrale, die Sie per Fax oder Kurier nach New York oder Delaware schicken müssen, oder wo auch immer die Konzernzentrale ist. Die Zentrale bekommt Zeit bis morgen nach Geschäftsschluss, sagen wir bis fünf Uhr nachmittags.«

Nat sah den Richter an, als wollte er fragen: Warum brauchen wir beide?

»Gegen die Anordnung an die örtliche Geschäftsstelle wird mit ziemlicher Sicherheit Revision eingelegt. Die Begründung wird sein, dass die Frist zu kurz ist, und damit werden sie wahrscheinlich durchkommen. Es gibt zwar eine winzige Chance, dass sie der Anordnung tatsächlich nachkommen, aber verlassen würde ich mich nicht darauf.«

Minuten später standen Alex und Nat wieder vor dem Gerichtsgebäude auf der Golden Gate Avenue und waren äußerst zufrieden mit sich.

»Ich kann gar nicht glauben, wie einfach das war!«, sagte Nat.

»Zum Feiern ist es aber noch zu früh. In weniger als einer Stunde ist die nächste Anhörung.«

»Und wer von uns nimmt an ihr teil?«

»Ich fahre nach San Quentin und lege dem Gefängnisdirektor die einstweilige Verfügung vor. Ich möchte, dass du die richterliche Anordnung bei der örtlichen Geschäftsstelle vorbeibringst und dann die andere an unsere New Yorker

Partnerkanzlei faxst. Sag ihnen, sie sollen sie dem Vorstand oder dem Geschäftsführer vorlegen, wen auch immer sie am schnellsten erreichen.«

»Brauchst du mich für die Anhörung?«

»Halte dich auf alle Fälle bereit. Es könnte sogar sein, dass du sie ganz für mich übernehmen musst. Das hängt davon ab, wie schnell ich aus San Quentin zurück bin.«

»In Ordnung.«

Nachdem sie sich getrennt hatten, ging jeder zu seinem Auto. Alex fuhr los und rief Juanita an, die ihm von ihrem Gespräch mit der Krankenschwester erzählte, einschließlich ihrer bohrenden Frage nach den wahren Absichten der Klinik.

Alex dachte darüber nach. »Glaubst *du* denn, dass sie uns bloß abwimmeln wollen?«

Am anderen Ende der Leitung herrschte einige Sekunden lang Schweigen, bevor Juanita antwortete: »Das würde ich so nicht sagen. Ich habe mir das britische Datenschutzgesetz mal angesehen, und es ist tatsächlich ein juristisches Minenfeld.«

»Meine Frage ist, ob der *Wille* da ist, mit uns zu kooperieren?«

»Bei dem Verwaltungschef weiß ich es nicht, mit ihm habe ich nicht gesprochen. Aber ich glaube, die Krankenschwester wollte wirklich helfen. Sie klang aufrichtig, und ich denke, sie versucht es.«

»Gut, dann mach dich ans Aufsetzen der schriftlichen Anfrage. Am besten, wir halten es ganz simpel. Wir brauchen das Datum, an dem Dorothy eintraf, und das Datum, an dem sie wieder ging. Frag nach der Behandlung, aber schreib dazu, dass das weniger wichtig ist als die Daten. Am besten, du schreibst explizit, dass sie die Frage einfach ignorieren sollen, falls die Auskunft über die Behandlung ein Problem darstellt.

Hauptsache, sie schicken uns Aufnahme- und Entlassungsdatum. Wir wollen ihnen keine Ausrede dafür liefern, die Antwort hinauszuzögern.«

Als er aufgelegt hatte, fiel Alex Davids Versprechen ein, ihm das Gedicht zu schicken, das er auf Dorothys Computer gefunden hatte. Von seinem iPhone aus loggte er sich in seinen E-Mail-Account ein und fand dort bereits die betreffende Nachricht samt Anhang vor. Er klickte auf den Anhang, und die Datei öffnete sich:

> Vor dem Spiegel zerrtest du mir
> die Kleider vom Leib und pauktest mir ein,
> dass ich kein bisschen, kein bisschen
> das bin, was ich sein müsste,
> um in deinen Augen wertvoll zu sein.

Alex hatte ein unbehagliches Gefühl, als er die Zeilen las. An wen richteten sich diese Worte? An ihren Peiniger? An den Jungen, der sie in der Schule tyrannisiert hatte? War dies ihre letzte Botschaft an Clayton Burrow?

> *… zerrtest du mir die Kleider vom Leib*

Was hieß das? Und wer hatte das getan? Alex wusste, dass er es herausfinden musste. Und es gab eine Person, die es ihm sagen konnte.

15.42 Uhr Pazifische Sommerzeit (23.42 Uhr Britische Sommerzeit)

Als das Fax aus Amerika endlich eintraf, stand Susan bereits neben dem Faxgerät und wartete. Der Wortlaut war ziemlich genauso, wie sie es erwartet hatte. Sie wusste, dass sie sich noch mehr negative Schwingungen von Mrs. Lloyd einhandeln würde, wenn sie erneut anrief, aber ihr blieb nichts anderes übrig. Außerdem hatte Stuart angedeutet, dass sie ihn ruhig anrufen dürfe, sobald die schriftliche Anfrage da sei. Wenn sie ihn nicht anrief, würde er auch nichts unternehmen; er würde keinen juristischen Rat einholen und sie nicht autorisieren, die Informationen an Alex Sedakas Kanzlei zu schicken.

Dieses Mal ging Stuart zu Susans großer Erleichterung selbst ans Telefon.

»Hallo Stuart. Sie haben die Anfrage gefaxt.«

»Was steht drin?«

Sie las sie ihm vor.

»Okay, kannst du sie mir weiterfaxen?«

»Natürlich. Und was willst du jetzt unternehmen?«

»Ich werde erst einmal einen Anwalt zu Rate ziehen müssen.«

»Meinst du, das geht schnell genug?«

»Hör zu, Susan, ich tue, was ich kann!«

Sie hatte nicht erwartet, dass er sie derart anschnauzen würde. War das, weil er unter Druck stand, oder weil er vielleicht gar nicht die Absicht hatte, irgendetwas zu tun?

»In Ordnung, ich faxe dir die Anfrage zu.«

Sie legte auf und schickte ihm das Fax nach Hause. Während es durchlief, klingelte wieder das Telefon. Eine andere Schwester ging dran.

»Was … Entschuldigen Sie, aber davon weiß ich nichts …«

Sie sah hilflos zu Susan hinüber, die hören konnte, dass am anderen Ende der Leitung jemand herumbrüllte. Mit den Lippen formte sie die Worte *Ich mach das schon*, woraufhin ihr die Schwester das Telefon reichte.

»Hallo, mit wem spreche ich bitte?«

Ein Mann stellte sich vor, eine kalte, unpersönliche Stimme mit amerikanischem Akzent. Susan White lief ein Schauer über den Rücken.

»Was kann ich für Sie tun?«

»Wie mir zu Ohren gekommen ist«, sagte der Mann, »wurden Sie gebeten, Informationen über Dorothy Olsen an die Kanzlei Alex Sedaka zu schicken.«

»Ja. Und?«

»Ich rufe nur an, um Sie daran zu erinnern, dass die Herausgabe dieser Informationen nicht nur das Vertrauensverhältnis zwischen Arzt und Patientin, sondern auch das Datenschutzgesetz verletzen würde.«

»Aber es sitzt ein Mann im Todestrakt, der …«

»Das weiß ich.«

»Aber man kann ihn doch nicht einfach …«

»Es ist nicht an Ihnen, diese Entscheidung zu treffen. Sie sind zu *keinerlei* Auskünften berechtigt. Haben wir uns verstanden?«

»Sie … Sie lassen einen unschuldigen Mann also einfach sterben?«

»Das geht Sie nichts an.«

»Hören Sie … ich weiß, dass das Gesetz auf Ihrer Seite ist. Aber es steht ein Menschenleben auf dem Spiel.«

Am anderen Ende der Leitung herrschte Schweigen. Susan

fragte sich, was dem Mann in diesem Moment durch den Kopf gehen mochte, was für ein innerer Aufruhr wohl in ihm tobte.

»Na gut, das mit der Abtreibung können Sie sagen.«

15.48 Uhr Pazifische Sommerzeit

David ärgerte sich über die Reaktion seines Vaters auf die Gedichtstrophe. Vielleicht war sie für die Recherche ja tatsächlich irrelevant, aber sie mussten eben mit dem vorliebnehmen, was sie kriegen konnten. David hatte es als seine Pflicht erachtet, das Gedicht an seinen Vater weiterzugeben, nachdem er es nun mal gefunden hatte.

Aber er war niemand, der so etwas persönlich nahm. Die Reaktion seines Vaters zeigte lediglich, unter welch enormem Druck er stand. Ihm blieben nur noch gut acht Stunden, um das Leben eines Mannes zu retten, und bisher hatten sie erst sehr wenig gefunden. Sein Vater hatte recht: Gedichte halfen ihnen nicht weiter; was sie brauchten, waren nüchterne, solide Fakten – dass sie ein Ticket nach England gekauft hatte, zum Beispiel, oder dass sie die PDF-Broschüre einer Privatklinik in London heruntergeladen hatte.

Was ihnen noch fehlte, war ein Beweis dafür, dass sie auch in England angekommen war. Und ein solcher war von den Vereinigten Staaten aus nur schwer zu bekommen. Oder doch nicht?

Wenn Dorothy wirklich nach England geflogen war, hatte sie dort nach ihrer Ankunft Geld gebraucht. Denn sofern sie nicht in ein abgeschiedenes Nonnenkloster eingetreten war, musste sie ja in der realen Welt funktionieren. Sie hatte natürlich den Schmuck, aber den konnte sie bei alltäglichen Besorgungen wohl kaum als Zahlungsmittel benutzen. Die Tatsache, dass sie ihren Treuhandfonds aufgelöst und damit

Schmuck gekauft hatte, war ein einigermaßen zwingender Beweis dafür, dass sie vorgehabt hatte abzuhauen. Hatte sie den Schmuck wieder zu Geld gemacht und riskiert, in London einen Haufen Bargeld mit sich herumzuschleppen? Oder hatte sie ein neues Bankkonto eröffnet, auf dem ihr Geld sicher war und jederzeit verfügbar, wenn sie es brauchte?

Letzteres war die wahrscheinlichere Lösung. Wenn sie genügend Zeit gehabt hätten, hätten sie vermutlich eine richterliche Anordnung erwirken und Bankunterlagen einsehen können. Aber sie hatten keine Zeit. Erst viel zu spät an diesem Tag hatten sie entdeckt, dass Dorothy überhaupt geplant hatte, nach England zu reisen. Würden ihnen die Gerichte genug Zeit geben, um zu beweisen, dass sie ihren Plan in die Tat umgesetzt hatte? Oder würden sie auf stur schalten und argumentieren, dass die Verteidigung dies längst hätte tun können?

Clayton Burrow war zum Paria geworden, und die Gerichte hatten bisher nicht gerade den Wunsch erkennen lassen, im Zweifel für den Angeklagten zu entscheiden. Auch David hatte wenig Respekt für Burrow übrig, aber inzwischen gab es leise Anzeichen dafür, dass er vielleicht doch unschuldig war, zumindest, was den Mord betraf. Darüber konnte sich David nicht einfach hinwegsetzen, auch wenn es die Gerichte konnten.

Die Frage war nur, wie sich die Sache am schnellsten bewerkstelligen ließ. Wenn man davon ausging, dass Dorothy in London tatsächlich ein Bankkonto eröffnet hatte, wie ließ sich das dann möglichst rasch in Erfahrung bringen und beweisen? Als Erstes musste er herausfinden, welche Banken überhaupt in Frage kamen. Das Finchley Road Medical Centre bot hierfür einen nützlichen Ausgangspunkt. Wahrscheinlich hatte sich Dorothy in London nicht ausgekannt und daher ein Bankkonto in der Nähe ihrer Unterkunft eröffnet oder in der Nähe eines Ortes, der für sie von Bedeutung war.

Er benutzte Google als Ausgangspunkt und suchte ganz allgemein nach britischen Banken. Ausgestattet mit einer Liste von Namen suchte er dann nach »Finchley Road« in Verbindung mit verschiedenen Banknamen.

Er ahnte, dass dies nur Phase eins eines langen und mühseligen Prozesses war.

15.53 Uhr Pazifische Sommerzeit

Alex fuhr gerade über die Golden Gate Bridge, als der Anruf kam.

»Hallo Juanita.«

»Hallo Boss. Ich habe eine gute und eine schlechte Neuigkeit.«

»Zuerst die gute.«

»Ich weiß jetzt den Grund für Dorothys Klinikaufenthalt.«

»Und?«

»Sie hat eine Abtreibung vornehmen lassen.«

»Eine Abtreibung?«

»Das wurde mir zumindest gesagt.«

»Warum hätte sie für eine Abtreibung den weiten Weg nach London fliegen sollen?«

»Das weiß ich nicht.«

»Okay, und was ist die schlechte Neuigkeit?«

»Die Klinik weigert sich, noch mehr Informationen herauszugeben. Angeblich können sie uns nicht schriftlich bestätigen, wann sie in die Klinik kam und wann sie wieder ging.«

»Die liefern uns also genau das Gegenteil von dem, was wir von ihnen wollten.«

»Ich fürchte, so ist es.«

»Und sie weigern sich, uns das schriftlich zu geben?«

»Das hat die Schwester gesagt, ja.«

»Das ergibt keinen Sinn.«

»Mag sein, aber ich glaube nicht, dass sie gelogen hat.«

»Das wollte ich damit auch nicht sagen, Juanita. Aber es kommt mir trotzdem seltsam vor.«

»Mir ist da eine Idee gekommen, Boss. Vielleicht war Dorothy von Clayton schwanger und hat versucht, ihn zu erpressen.«

Alex fiel ein, dass er Juanita noch gar nichts von dem Gedicht gesagt hatte. »Du glaubst, er hat sie umgebracht, um sie zum Schweigen zu bringen?«

»Vielleicht hat jemand anders sie umgebracht, um ihn zu schützen.«

»Wer denn, zum Beispiel?«

»Zum Beispiel seine Mutter.«

»Als ich das angedeutet habe, hast du mich ausgelacht, Juanita.« Sein Tonfall war tadelnd.

»Tut mir leid, Boss. Aber jetzt bin ich mir nicht mehr so sicher.«

15.58 Uhr Pazifische Sommerzeit

Nat spürte die warme, feuchte Luft, sobald er ins Freie trat. Nach der klimatisierten Luft im Büro des Reiseunternehmens kam es ihm vor, als würde er eine Sauna betreten.

Er hatte gerade die richterliche Anordnung zugestellt und musste nun einen halben Block zurück zu seinem Wagen laufen. Im Auto wartete er fast eine Minute, bis die Klimaanlage ihren Betrieb aufnahm. Erst dann zog er sein Handy aus der Tasche und wählte Alex‘ Nummer.

»Hallo Nat«, sagte Alex.

»Ich habe die Anordnung in der hiesigen Filiale vorbeigebracht. Die Mitarbeiter wirkten ziemlich… schockiert.«

»Glaubst du, sie kommen der Anordnung nach?«

»Vermutlich nicht. Sie schienen zwar einen gehörigen Respekt zu haben, aber ich glaube, sie schaffen es nicht. Selbst wenn sie wollten, könnten sie die Passagierlisten nicht so schnell auftreiben.«

»Was ist mit der anderen Anordnung?«

»Ich habe noch Zeit, sie in der Kanzlei vorbeizubringen, bevor ich zur Anhörung fahre.«

»Sicher?«, fragte Alex.

»Absolut. Ich bin nur fünf Minuten von der Kanzlei weg.«

Alex wusste, dass fünf Minuten alles zwischen zwei und zwanzig Minuten heißen konnte. Aber er wollte kein Kontrollfreak sein – besonders nicht bei jemandem, der so engagiert und motiviert war wie Nat.

»Okay, bring sie schnell vorbei und überlass den Rest

Juanita. Wichtig ist, dass du beim Bezirksgericht bist, wenn die Staatsanwaltschaft eintrifft.«

»In Ordnung.«

Nat drückte den roten Knopf und verstaute sein Handy im Handschuhfach. Dabei fiel ein Foto heraus. Nat beugte sich hinunter und hob es auf. Seit er dieses Foto gefunden hatte, trug er es immer bei sich … als Mahnung. Das Foto zeigte einen jungen Mann und war einer dieser spontanen Schnappschüsse, wie sie entstehen, wenn jemand mitten im Saufgelage einer Verbindungsparty eine Kamera zückt. Der junge Mann hatte sein Glas erhoben und lächelte in die Linse. Das Foto, das direkt davor in der Bildserie kam, war in die andere Richtung aufgenommen worden und zeigte die junge Frau, die das Foto gemacht hatte. Offensichtlich hatte es der junge Mann aufgenommen. Auch sie lächelte fröhlich. Aber das Foto war nicht hier. Er bewahrte es zu Hause auf.

Ob die beiden jungen Leute sich liebten oder nur füreinander posierten, war nicht ersichtlich. Dazu bedurfte es einiger Zusatzinformationen.

16.09 Uhr Pazifische Sommerzeit

»Eine richterliche Verfügung?«, fragte der Gefängnisdirektor ungläubig.

»Es ist nur eine einstweilige Verfügung. Für halb fünf ist eine Anhörung angesetzt, an der mein Assistent teilnehmen wird.«

»Warum hat der Richter sie dann überhaupt ausgestellt? Die Hinrichtung ist erst auf eine Minute nach Mitternacht festgesetzt.« Der Gefängnisdirektor klang nicht verärgert, eher verwundert.

»Ich vermute, weil er eine einstweilige Verfügung leichter wieder einkassieren kann als einen unwiderruflichen Hinrichtungsaufschub, falls die Staatsanwaltschaft ihn doch noch davon überzeugt, den Dingen ihren Lauf zu lassen. Falls *wir* ihn hingegen davon überzeugen, die Hinrichtung zu stoppen, ist die richterliche Verfügung bereits in Kraft.«

»Nun ja, ich bin genauso vom System abhängig wie Ihr Mandant«, sagte der Gefängnisdirektor freundlich. »Alles Weitere bleibt wohl dem Gericht überlassen.«

»So ist es. Hören Sie, ich muss zu Burrow, um ihn über den Stand der Dinge zu informieren.«

»Natürlich.«

Einige Minuten später stand Alex seinem Mandanten gegenüber. Er erzählte ihm von der Gedichtstrophe, die David gefunden hatte.

»Ein Gedicht? Sie sind hier, um mich nach einem verdammten *Gedicht* zu fragen?« Burrow war fassungslos.

»Nein, ich bin hier, um Ihnen von der einstweiligen Verfügung zu erzählen.«

»Die vielleicht in zehn Minuten schon wieder Schnee von gestern ist.«

Alex starrte ihn an. Es war wie beim Showdown im Western, Cowboy gegen Cowboy, Waffe gegen Waffe. Nur dass Drohung und Gegendrohung hier nicht physisch stattfanden. Eigentlich gab es überhaupt keine Gegendrohung. Alex schuldete Burrow nichts, von seiner beruflichen Pflicht, ihn bestmöglich zu vertreten, einmal abgesehen. Bestmöglich vertreten konnte er seinen Mandanten allerdings nur, wenn dieser ehrlich zu ihm war.

»Haben Sie sie vergewaltigt, Clayton? Geht es darum in Dorothys Gedicht?«

»Sie wissen gar nichts, Alex! Sie wissen nicht, wie man sich als Teenager fühlt, wenn die eigenen Freunde um einen herumstehen und einen anfeuern, wenn man wieder einmal ein leichtes Opfer gefunden hat.«

»Ich weiß, was Mobbing ist, Clayton.«

»Sie wissen aber nicht, wie leicht es dazu kommt, wenn einem jeder sagt, was für ein toller Typ man ist!«

Clayton quälte sich sichtlich, aber er hielt seine Verzweiflung in Schach, indem er herumbrüllte. Er verbarg seine Reue hinter einer Mauer aus Wut. Sie war alles, was ihm noch blieb.

»Haben Sie es dafür getan? Für die Akklamation?«

»Für die was?«

»Für den Beifall Ihrer Mitschüler. Haben Sie sie tyrannisiert, weil die anderen Sie angestachelt haben und weil es Ihnen Anerkennung gebracht hat?«

»Ach, hauen Sie doch ab! Sie werden mich sowieso nicht retten, das wissen wir doch beide. Wozu also der Aufwand? Warum verpissen Sie sich nicht einfach und vergessen mich?«

»Sie wissen, dass das nicht geht.«

»Warum? Weil ich Ihr Mandant bin?«

»Auch.«

»Ich könnte Sie feuern. Dann bin ich nicht mehr Ihr Problem.«

»Klar, Sie können mich rausschmeißen. Aber das bedeutet nicht, dass ich Sie vergesse.«

»Sollten Sie aber. Für Sie ist dann nichts mehr zu holen.«

»Falls Sie von Geld sprechen, lassen Sie sich gesagt sein, dass ich auch jetzt keinen Cent verdiene. Ich vertrete Sie kostenlos.«

»Dann hören Sie verdammt noch mal damit auf!«

»So läuft das bei mir nicht.«

»Sie haben getan, was Sie konnten. Ich schreibe Ihnen eine gute Beurteilung, bevor ich festgeschnallt werde.«

»Was versuchen Sie zu verheimlichen, Clayton?«

»Zu verheimlichen?« Er bemühte sich nicht mehr, seine Tränen zu verstecken. »Ich werde in weniger als acht Stunden hingerichtet – egal, was auf der einstweiligen Verfügung steht. Glauben Sie wirklich, ich hätte noch etwas zu verheimlichen?«

»Nein, ich glaube, Sie haben *gar nichts mehr* zu verheimlichen! ... Aber Sie versuchen es trotzdem.«

»Wovon sprechen Sie?«

»Ich glaube, dass Sie versuchen, etwas vor sich selbst zu verheimlichen. Ich glaube, Sie versuchen zu vermeiden, den Dingen, die Sie getan haben, ins Auge zu sehen.«

»Sie glauben also auch, dass ich ein Mörder bin? Warum haben Sie sich dann so viel Mühe gemacht?«

»Haben Sie sie vergewaltigt, Clayton?«

»Ja, ich habe sie vergewaltigt! Ich habe diese gottverdammte Scheißlesbe vergewaltigt! Und es vom selben Tag an bereut!«

16.14 Uhr Pazifische Sommerzeit (00.14 Uhr Britische Sommerzeit)

Das Stimmenverfremdungsprogramm aus dem Internet funktionierte besser als erwartet. Das war auch gut so, denn er hätte gar keine Zeit gehabt, sich extra eins zu kaufen. Die Stimmenverzerrer, die man im Laden kaufen konnte, waren vermutlich ohnehin nicht so gut, weil sie technisch nie auf dem neuesten Stand waren. Das Programm, das er im Internet gefunden hatte, war kostenlos und kinderleicht zu bedienen. Und er hatte dafür nicht einmal von seinem Schreibtisch aufzustehen brauchen. Alles, was er hatte tun müssen, war, sich auf einer Seite für Software-Downloads einzuloggen, ein paar Kundenbewertungen zu lesen und sich das gewünschte Programm herunterzuladen. Die Vollversion musste er nicht kaufen, weil er keine Daten speichern, sondern nur seine Stimme für einen Anruf verändern wollte.

Die Banken in England waren um diese Zeit geschlossen, aber die führenden Großbanken besaßen alle eine Kunden-Hotline. Manche Hotlines machten um 20 oder 22 Uhr dicht, andere standen bis Mitternacht zur Verfügung und einige sogar rund um die Uhr.

David arbeitete sich durch die Hotlines, indem er sich auf verschiedenen Bank-Webseiten einloggte und per Skype die jeweilige Nummer anrief. Mithilfe der Stimmenverfremdungs-Software gab er sich als Dorothy aus und erklärte, er – beziehungsweise »sie« – hätte ihr Online-Banking-Konto schon lange nicht mehr benutzt und daher ihre Zugangsdaten vergessen. Wenn er zumindest einen Teil der Kontodaten gewusst hätte – die Kontonummer zum Beispiel oder die Kreditkartennummer –, hätte er die Prozedur im Internet durchführen können. Aber da er über keine dieser Informationen verfügte, musste er es per Telefon versuchen, obwohl die Sicherheitsvorkehrungen dort vermeintlich strenger waren. In Wirklichkeit stimmte das natürlich nicht. Und genau diese Tatsache wollte er sich zunutze machen, ein Paradebeispiel für angewandte Psychologie.

Anruf für Anruf teilte man ihm mit, es sei keine Spur dieses Namens oder Kontos zu finden. Sobald er sicher war, die jeweilige Bank oder Filiale von seiner Liste streichen zu können, gestand er seinem Gesprächspartner, dass das Konto schon fünfzehn Jahre alt sei. Er hatte sich nämlich im Vorfeld vergewissert, dass ein Konto, das fünfzehn Jahre lang nicht benutzt wurde, als inaktives Konto galt. So konnte er das Gespräch beenden, ohne allzu viel Misstrauen zu erregen.

Das Problem war nur, dass seine Theorie, die Bank, bei der Dorothy ein Konto eröffnet hatte, müsse in der Nähe der Klinik liegen, keineswegs stimmen musste. Seine Überlegung war gewesen, dass sie vermutlich ein Hotel oder eine Wohnung in der Nähe der Klinik bezogen und daher auch in der Nähe ein Konto eröffnet hatte. Was, wenn er sich geirrt hatte? Was, wenn sie sich eine Bleibe außerhalb der Stadt gesucht hatte, wo es billiger war? Sie könnte überall im Großraum London gewohnt haben.

Aber er hatte seine Liste mit Banken und Filialen im Umkreis der Finchley Road noch nicht durchtelefoniert und daher auch nicht vor, so schnell das Handtuch zu werfen. Die Liste war endlos. Die Finchley Road ist eine lange Straße, und im direkten Umfeld gibt es weitere große Straßen.

Endlich wendete sich das Blatt. Er erreichte eine Bankfiliale, erklärte die Sache mit »ihrem« alten Konto, von dem

»sie« glaubte, es »vor ungefähr sechs Jahren« das letzte Mal benutzt zu haben, und erfuhr von einer jungen Frau mit indischem Akzent, dass sie gemeinsam einige Sicherheitschecks durchlaufen müssten, bevor sie das Konto wieder aktivieren und ihr die Kontodaten durchgeben dürfe.

»Kein Problem«, antwortete David und vertraute auf die vielen Informationen, die er von Juanita für diesen Teil der Übung bekommen hatte.

»Zuallererst brauche ich Ihr Geburtsdatum.«

»1. April 1980«, sagte David. Die Software veränderte seine Stimme vollkommen und gab ihr eine weiche, feminine Note, die noch von der Nervosität unterstrichen wurde, die er bewusst hineinlegte.

»Als Nächstes brauche ich den Mädchennamen Ihrer Mutter.«

»Segal.«

»Und schließlich die Antwort auf die Sicherheitsfrage, die Sie sich selbst ausgedacht haben. Die Frage lautet: ›Name des Hundes‹.«

Ein mulmiges Gefühl breitete sich in Davids Magengegend aus, und er spürte, wie ihm heiß wurde. Seine Wangen glühten. Auf diese Frage war er nicht vorbereitet. Er konnte das Gespräch nicht einfach beenden und später wieder anrufen, denn dann würden sämtliche Alarmglocken schrillen. Selbst wenn er beim nächsten Anruf an einen anderen Kundenbetreuer geriet, was sehr wahrscheinlich war, konnte das Konto dann bereits gesperrt sein.

Er musste jetzt antworten, und die Antwort musste richtig sein. Aber wie? Er hatte keine Ahnung, wie Dorothys Hund geheißen hatte, ja er konnte sich nicht einmal vorstellen, dass sie überhaupt einen Hund besessen hatte. Ein Hund war manchmal ein großer Trost für jemanden, der sonst keine Freunde hatte, aber sein Vater hatte von Esther Olsen erfahren, dass Dorothy nur einen Freund gehabt hatte, nämlich ihren Computer. Von einem Hund war nie die Rede gewesen, zumindest hatte sein Vater nichts davon erwähnt.

Er musste auf Zeit spielen oder zumindest eine gute Ausrede erfinden, damit er kein Misstrauen erregte.

»Ehrlich gesagt hatte ich in den letzten zehn Jahren mehr als nur einen Hund. Ich kann mich nicht mehr erinnern, welcher gerade aktuell war, als ich das Konto eröffnet habe.«

»Das mag sein, aber ich brauche eine Antwort von Ihnen, bevor ich Ihnen die Kontodaten und das Passwort verraten kann.«

David ging in Gedanken fieberhaft verschiedene Hundenamen durch: Rex? Rambo? Toto?

Der Hund aus *Der Zauberer von Oz*! Dorothys Hund! Das musste es sein. »Ich glaube, der Hund, den ich damals hatte, hieß Toto«, sagte er.

»Das ist leider nicht der Name, den ich hier stehen habe.«

Mist! Er hatte es verbockt.

»Wenn Sie sich nicht erinnern können, müssen wir vielleicht auf eine schriftliche Identitätsprüfung zurückgreifen. Das dauert nur sieben Werktage.«

Die Tür war noch nicht zu! Er hatte noch eine Chance!

»Ich brauche es wirklich früher, wenn das irgendwie möglich ist.«

»Können Sie sich denn wirklich nicht mehr an den Namen erinnern?«, fragte die Callcenter-Mitarbeiterin mitfühlend, so als wollte sie »Dorothy« durch reine Willenskraft auf die Sprünge helfen.

Warum hat sie diese Frage als Sicherheitsfrage gewählt, wenn sie gar keinen Hund hatte?, dachte David. Das ergab keinen Sinn. Dann fiel ihm etwas ein.

Die junge Frau hatte nicht »Name Ihres Hundes« gesagt – sie hatte »Name *des* Hundes« gesagt.

»Ich fürchte, ich muss Sie zur Eile drängen«, sagte die junge Frau.

Welchen Namen würde Dorothy Olsen mit einem Hund assoziieren?

»Clayton«, platzte David heraus.

»Das ist der richtige Hund!«, rief die Frau triumphierend.

16.17 Uhr Pazifische Sommerzeit

Der Wärter warf einen Blick in die Zelle und schien zu befürchten, dass sich Claytons aufflackernde Wut in körperlicher Gewalt entladen könnte. Alex gab ihm mit einer Geste zu verstehen, dass er zurücktreten sollte. Der Wärter setzte sich und widmete sich wieder seiner Zeitung.

Clayton wich dem Blick seines Anwalts aus, und seine Stimme stockte, so als traute er sich nicht mehr zu, die Tränen zurückzuhalten.

»Wollen Sie mir davon erzählen?«

Von wollen konnte keine Rede sein, aber Burrow war endlich eingeknickt, und sie wussten beide, dass er davon erzählen *musste*.

»Es war am 1. April … ihrem Geburtstag … ihrem achtzehnten Geburtstag. Ich sagte ihr, es wäre ein Geburtstagsgeschenk … ein Geschenk zur Volljährigkeit. Das entsprach meinem damaligen Sinn für Humor.«

»Ich nehme an, sie fand es weniger lustig.« Alex verfluchte sich insgeheim dafür, dass ihm das herausgerutscht war. Es klang nach moralischem Urteil – was es auch war. Aber jetzt war die falsche Zeit dafür, denn genau davor lief Clayton ja davon.

»Sie hat keine Gefühlsregung gezeigt. Am Anfang hat sie natürlich gebettelt und gefleht … aber dann hat sie einfach aufgehört. Stille. Als würde sie überhaupt nichts fühlen … oder als wollte sie mir nicht zeigen, was sie fühlte.«

»Das war alles?«

»Ich glaube, sie hat auch geweint, aber… Sie wissen schon… es war… mehr so ein lautloses Weinen.«

»Und wie haben Sie sich gefühlt?«

»Damals… oder jetzt?«

»Hören Sie auf, meine Geduld zu strapazieren, Clayton.«

»Ich strapaziere doch gar nicht Ihre…«

»Und ob Sie das tun!«

»Damals habe ich gar nichts gefühlt. Doch, Genugtuung! Ich war wütend. Wegen ihr bin ich schließlich von der Schule geflogen. Wegen ihr haben sie mich rausgeschmissen. Ich wollte Rache.«

»Wie lief die Vergewaltigung ab?«

»Ich habe sie am Abend auf eine Baustelle gelockt und sie dort vergewaltigt.«

»Und was war der Köder?«

»Ich habe ihr gesagt, ich hätte Jonathan gekidnappt.«

»Und sie hat Ihnen geglaubt?«

»Ich hatte sein Handy gestohlen. Sie hat die Nummer angerufen, und ich bin drangegangen. Spätestens da hat sie mir geglaubt.«

»Sie haben sie also zu dieser Baustelle gelockt und sie dort vergewaltigt?«

»Genau.«

»Und dann?«

»Dann habe ich sie wieder gehen lassen.«

»Hatten Sie keine Angst, dass sie zur Polizei rennt?«

»Ich habe ihr gedroht, dass ich mir Jonathan wirklich vorknöpfe, wenn sie das tut.«

»Hätten Sie das tatsächlich getan?«

»Natürlich nicht!«

»So natürlich ist das nicht. Sie hatten bereits eine Frau vergewaltigt. Warum hätten Sie es dabei belassen sollen?«

»Ich bin kein Mörder.«

»Wer hat denn was von Mord gesagt?«

»Sie haben doch …«

»Nein, habe ich nicht.«

»Na ja, gedroht habe ich schon damit.« Er sah verlegen aus, verwirrt. »Ich habe gedroht, ich würde Jonathan umbringen, wenn sie es jemandem erzählt. Aber das hätte ich nie getan.«

»Glauben Sie, sie hat Ihnen das abgenommen?«

»Ich … ich weiß es nicht.«

Clayton saß in der Falle. Sagte er Ja, hieß das, dass er ein glaubwürdiger Mörder war. Sagte er Nein, blieb die Frage unbeantwortet, warum sie nicht zur Polizei gegangen war.

Alex kam ihm zu Hilfe: »Vielleicht hat sie Angst gehabt, dass Sie Jonathan zwar nicht gleich töten, aber ihn zumindest verprügeln würden. Das hatten Sie ja bereits einmal getan.«

»Ja«, krächzte Clayton, dem nun fast vollständig die Stimme wegblieb.

»Und wie so viele Vergewaltigungsopfer fürchtete sie vielleicht, dass man ihr nicht glauben würde. Sie hätten behaupten können, es sei mit ihrem Einverständnis geschehen.«

»Das bezweifle ich«, erwiderte Clayton mit einem ironischen Lächeln. »Sie war lesbisch, vergessen Sie das nicht.«

»Wussten die Leute das?«

»Es war mehr oder weniger ein offenes Geheimnis.«

»Zum Zeitpunkt der Vergewaltigung wussten Sie also, dass der Geschlechtsakt mit Ihnen ihren sexuellen Vorlieben zuwiderlief?«

»Ich glaube … ja.«

»Und wie denken Sie heute darüber?«

»Heute … heute …« Seine Stimme versagte. Er brach zusammen und schluchzte in seine Handflächen.

Alex verspürte eine eigenartige Mischung aus Mitleid und Ekel. Nach einer Weile flauten die Schluchzer ab, aber Clayton blickte nicht auf.

»Wussten Sie von ihrer Schwangerschaft?«

Claytons Kopf hob sich langsam. Er sah völlig verstört aus, aber es gelang ihm, die Fassung zu bewahren. »Schwangerschaft? Sie war schwanger, als … ich sie vergewaltigt habe?«

»Damals noch nicht.«

»Sie meinen, ich …?«

»Ja.«

Clayton rang nach Luft. »Woher wollen Sie das wissen?«

»Weil sie eine Abtreibung vornehmen ließ.«

»Wann?«

Darüber musste Alex erst nachdenken. Sie war am 1. April 1998 vergewaltigt worden und hatte das Ticket nach England am 19. Mai gekauft, etwas mehr als sechs Wochen später. Er überschlug die Zeiten im Kopf. Die Tatsache, dass sie von der Vergewaltigung schwanger geworden war, deutete darauf hin, dass sie zum fruchtbarsten Zeitpunkt ihres Zyklus stattgefunden hatte. Also genau zwischen den Regelblutungen. War ihr, als ihre nächste Blutung ausgeblieben war, sofort klar gewesen, was los war? Oder hatte sie versucht, es zu verdrängen? Hatte sie vielleicht ohnehin einen unregelmäßigen Zyklus? Oder hatte sie sich *eingeredet*, er sei unregelmäßig?

Und war sie dann in Panik geraten, als ihre Blutung erneut ausblieb? Hatte sie noch ein paar Tage gewartet, um sich ganz sicher zu sein? Und was hatte sie getan, als sich die Tatsache nicht länger verdrängen ließ? Mit ihrer Mutter konnte sie nicht reden. Mit ihrem Vater sowieso nicht. Und eine Schwester hatte sie nicht.

Wen gab es sonst noch? Ihren dreizehnjährigen Bruder? Zu jung. Eine Highschool-Freundin? Hatte sie überhaupt Freundinnen gehabt? Vermutlich nicht. Das war das Problem bei Kindern, die gemobbt wurden: Sie hatten keine Freunde, an die sie sich wenden konnten, niemanden, bei dem sie sich Unterstützung oder Rat holen konnten. Dorothy war also gezwungen gewesen, den Tatsachen allein ins Auge zu sehen. Sie hatte am 19. ein Ticket gebucht und war am Tag nach ihrem Abschlussball nach England geflogen.

Aber warum England? In ganz Kalifornien gab es Abtreibungskliniken.

»Heute Morgen haben Sie behauptet, Sie seien sicher, dass Dorothy noch am Leben ist und Ihnen eine Falle gestellt hat.«

»Ja.«

»Glauben Sie das wirklich?«

»Ich weiß es nicht. Wahrscheinlich habe ich mich einfach an jeden Strohhalm geklammert, der in Reichweite war. Aber ich habe sie nicht umgebracht.«

»Glauben Sie, dass die Vergewaltigung das Motiv war? Dafür, Ihnen eine Falle zu stellen, meine ich?«

»Warum? Fangen Sie etwa an, mir zu glauben?«

»Was, wenn wir Beweise dafür hätten, dass Dorothy am Tag nach ihrem Verschwinden noch am Leben war? Was, wenn sie am 24. Mai nach London flog, am Tag nach dem Abschlussball?«

Clayton sah Alex an und zögerte. »›Was, wenn …?‹ Ist das eins dieser Psychospielchen, die die Cops gerne spielen?«

»Nein, das ist kein Psychospielchen – und auch nicht rein hypothetisch. Wir haben diese Beweise vorliegen. Sie ist nach London geflogen und hat dort abtreiben lassen.«

Alex beobachtete Clayton genau, um zu sehen, wie er reagierte. Im Moment wussten sie zwar, dass Dorothy tatsächlich nach London geflogen war, weil die Krankenschwester Juanita von der Abtreibung erzählt hatte. Aber sie wussten nicht, was danach passiert war.

»Wenn Sie wirklich Beweise dafür haben, können Sie die dann nicht dem Gericht vorlegen? Oder dem Gouverneur?«

Plötzlich schien Clayton wieder voller Hoffnung zu sein, so als hätte er nicht nur eine zweite Chance bekommen, sondern auch einen neuen Lebenssinn. Es schmerzte Alex, dass er diese Hoffnung zerstören oder zumindest mit einer Dosis Realismus dämpfen musste.

»Wir gehen tatsächlich vor Gericht. Aber so einfach, wie es klingt, ist es nicht. Wir können beweisen, dass sie nach England flog und dort eine Abtreibung vornehmen ließ. Aber wir wissen nicht, was danach passiert ist. Sie könnte nach Amerika zurückgekommen sein und versucht haben, Sie zu erpressen.«

»Das ist doch Schwachsinn!«

»Die Staatsanwaltschaft wird es trotzdem so darstellen. Und dann wird sie behaupten, Sie hätten sie umgebracht, um sie zum Schweigen zu bringen.«

Er begegnete Claytons Blick und suchte dort nach einer Reaktion.

16.21 Uhr Pazifische Sommerzeit

In der Staatsanwaltschaft hatte man das Gefühl, Martine Yin noch einen Gefallen schuldig zu sein, weil sie die Sache mit Dusenburys Begnadigungsangebot aufgedeckt hatte. Also beschloss man, sich zu revanchieren und sie über die einstweilige Verfügung zu informieren.

Der Sache war diese Entscheidung nicht unbedingt dienlich. Diejenigen, die Burrow tot sehen wollten, interessierten sich nicht für irgendwelche Beschlüsse des Bezirksgerichts. Und diejenigen, die generell gegen die Todesstrafe waren, ließen sich ebenfalls durch nichts von ihrer Meinung abbringen.

Aber es war von strategischem Vorteil, Martine Yin im Boot zu haben – besonders nachdem Sedaka sie vor seiner Kanzlei mit seiner rüpelhaften Reaktion auf ihre Interviewanfrage verprellt hatte.

Der Mitarbeiter, der den Anruf vom Bezirksgericht entgegennahm, beschloss also – auf eigene Initiative und in der Hoffnung, damit Pluspunkte bei seinen Vorgesetzten zu sammeln –, die Neuigkeit von der einstweiligen Verfügung sofort an Martine weiterzugeben. Ihre Handynummer bekam er vom Fernsehsender, nachdem er sich als Mitglied der Staatsanwaltschaft vorgestellt hatte. Innerhalb von Sekunden hatte er Martine in der Leitung.

»Martine Yin«, sagte sie.

»Äh … ja«, stammelte er nervös. »Spricht da Martine Yin?«

»Ja«, erwiderte sie ungeduldig.

»Ich rufe aus der Staatsanwaltschaft an, weil ich fragen

wollte, ob Sie schon von der einstweiligen Verfügung wissen.«

Martine war ein alter Hase und daran gewöhnt, dass die Leute leere Versprechungen machten und sie mit großartigen Neuigkeiten zu locken versuchten.

»Welcher einstweiligen Verfügung?«, fragte sie gelassen.

»Die, die das Bezirksgericht vor gut einer halben Stunde erlassen hat.«

Martine lauschte den Einzelheiten mit wachsender Erregung.

16.24 Uhr Pazifische Sommerzeit

Die junge Frau aus dem Callcenter hatte David mitgeteilt, die Kontodaten würden an »ihre« letzte gespeicherte E-Mail-Adresse verschickt. Das war kein Problem für David, da er die Zugangsdaten zu Dorothys E-Mail-Account bereits hatte. Nachdem er die Sicherheitsfragen beantwortet und sich so in ihr CompuServe-Benutzerkonto gehackt hatte, hatte er als Erstes das Passwort geändert und sich ein neues überlegt, das er sich gut merken konnte. Er hatte sich für »1eibbeD« entschieden. Das war »Debbie1« rückwärts gelesen, ein kleiner Scherz auf Kosten seiner großen Schwester.

Voller Vorfreude gab er Benutzername und Passwort ein, bekam jedoch eine Sekunde, nachdem er auf »Eingabe« geklickt hatte, den Schock seines Lebens, als er die Worte »ungültiges Passwort oder Benutzername« las.

Wie zum Teufel konnte das sein?

16.27 Uhr Pazifische Sommerzeit

»Um sie zum Schweigen zu bringen?«, wiederholte Burrow. »Das ist doch lächerlich.«

»Ach wirklich? Vor Gericht geht es aber nicht darum, ob es tatsächlich passiert ist, sondern darum, ob es passiert sein *könnte.* Wir können beweisen, dass Dorothy während einer kurzen Zeitspanne nach ihrem Verschwinden noch am Leben war. Wir können sogar beweisen, dass sie aus freien Stücken in ein anderes Land reiste. Aber das beweist nicht, dass Sie sie nicht umgebracht haben. Und es beweist auch ganz sicher nicht, dass Dorothy Ihnen einen Mord unterschieben wollte.«

Clayton hatte Mühe zu verstehen, was Alex ihm da sagte. »Aber die ganze Anklage hat doch darauf aufgebaut, dass ich sie angeblich *in der Nacht ihres Verschwindens* umgebracht und die Leiche noch in derselben Nacht verscharrt habe! Die Staatsanwaltschaft hat unterstellt, ich sei eifersüchtig gewesen, weil sie auf dem Abschlussball feierte, während ich draußen bleiben musste.«

»Das mag das *unterstellte* Motiv gewesen sein. Hätten wir genug Zeit, könnten wir vor Gericht damit argumentieren, dass die neuen Beweise der Anklage ihre gesamte Grundlage entziehen. Aber Zeit ist genau das, was wir nicht haben. Und die Gerichte sind normalerweise nicht begeistert, wenn man ihnen in letzter Sekunde mit einem Revisionsantrag kommt.«

»Aber das ist doch ein grundlegender Fehler in der Anklageerhebung! Ich meine, das reißt doch ein Riesenloch in deren Argumentation!«

»Schon, wenn wir es schriftlich hätten.«

»Was meinen Sie damit?«

»Wir haben auf einem Computer Beweise dafür gefunden, dass sie ein Ticket gekauft und sich über eine Londoner Klinik informiert hat. Und wir haben die *mündliche* Aussage einer Klinikschwester, die bestätigt, dass sie dort eine Abtreibung durchführen ließ. Aber wir haben keine Passagierliste, um zu beweisen, dass sie die Maschine tatsächlich bestiegen hat. Und die Krankenschwester kann uns keine schriftliche Bestätigung für die Durchführung der Abtreibung geben. Zum jetzigen Zeitpunkt haben wir lediglich eine mündliche Aussage am Telefon.«

»Warum kann uns die Krankenschwester nichts Schriftliches geben? Ich meine, die haben in England doch sicher irgendwelche Unterlagen über die Abtreibung.«

»Sicher, aber es gibt da auch gewisse bürokratische Hürden. Vielleicht bekommen wir die Unterlagen noch rechtzeitig, aber Garantien gibt es keine.«

Claytons Atmung verlangsamte sich. »Warum sind Sie dann überhaupt hergekommen?« Ihm standen erneut Tränen in den Augen. »Um mir Hoffnung zu machen und sie dann gleich wieder zu zerschmettern?«

Alex ließ sich die Frage durch den Kopf gehen. Warum war er hier? Nur, um dem Verdacht der Vergewaltigung nachzugehen, der nach Lektüre des Gedichts in ihm gewachsen war? Oder war da noch mehr? Ein Zweifel, der ihm keine Ruhe ließ?

»Ich brauche Ihre Hilfe, Clayton. Ich muss Klarheit in ein paar Dinge bringen.«

»In was denn zum Beispiel?«

»Warum ich?«

»Was meinen Sie?«

»Wie kam es, dass Ihr Fall plötzlich mir übertragen wurde, als sich Ihr Berufungsverfahren schon im Endstadium befand? Mir, einem Einmannbetrieb ohne jegliche Erfolgsbilanz, was Mordprozesse angeht?«

Burrow zuckte hilflos mit den Schultern. »Wie meinen Sie das? Ich dachte, Sie wollten den Fall.«

»Ich wollte ihn auch. Für mich war es eine Frage des Prinzips, und ich war bereit, alles dafür zu geben – unter Zuhilfenahme von Kanzleien in DC und anderswo, um meine Lücken zu schließen. Aber warum haben *Sie* sich für *mich* entschieden? Warum wollten Sie ausgerechnet mich? Andere Kanzleien standen Schlange nach dem Fall – große Kanzleien, Kanzleien mit Prestige. Sie hätten sich die beste aussuchen können. Und trotzdem haben Sie sich für mich entschieden. Das schmeichelt mir natürlich, aber ich verstehe trotzdem nicht, warum.«

Burrow schien Mühe zu haben, sich zu erinnern, so als handelte es sich um eine ferne, längst verblasste Erinnerung, die ihm nichts mehr bedeutete.

»Na ja… sehr viel wusste ich nicht von Ihnen. Aber ich glaube, ein anderer Gefangener hat Sie empfohlen. Mein Umgang mit anderen Insassen ist zwar stark eingeschränkt, aber ich bin nicht vollkommen isoliert. Ein Mithäftling hat Sie empfohlen… Und ich, was wusste ich denn schon von Kanzleien? Ich war dankbar für jeden Tipp.«

»Wissen Sie noch, wie er hieß? Der Mithäftling?« Alex überlegte, welcher seiner ehemaligen Mandanten gerade in San Quentin einsaß.

»Das weiß ich nicht mehr.«

»Hat er gesagt, ich hätte ihn vor Gericht vertreten?«

»Nein, aber er hat gesagt, er hätte Sie im Fernsehen gesehen. Sie hatten gerade irgendeinen wichtigen Fall gewonnen. Die Freundin eines Drogendealers war zu einer langen Haftstrafe verurteilt worden, wegen Mittäterschaft. Und Sie sind in Berufung gegangen und haben die Anklage komplett auseinandergenommen.«

»Estella Sanchez.« Es war eine Feststellung, keine Frage. »Aber Sie haben nicht selbst von dem Fall gehört … jemand hat Ihnen davon erzählt und mich empfohlen?«

»Genau.«

»Aber Sie wissen nicht mehr, wer das war?«

»Ich glaube, er hat mir seinen Namen nie gesagt. Hier spielen Namen keine große Rolle. Er war einfach der Typ aus der Zelle neben mir.«

Alex nickte. Es waren also keine finsteren Absichten im Spiel. Nur ein hilfsbereiter Insasse, der einem Mithäftling einen Tipp gegeben hatte. Und zufällig war Alex der Mann der Stunde gewesen, weil er den Sanchez-Fall gewonnen hatte.

Aber es gab noch eine Frage, die Alex keine Ruhe ließ: »In dem Gedicht schreibt Dorothy: ›Vor dem Spiegel zerrtest du mir die Kleider vom Leib …‹ Wissen Sie, was sie damit gemeint haben könnte?«

»Ich nehme an, ich habe ihr die Kleider damals nicht gerade sanft ausgezogen.«

»Sie ›nehmen es an‹?«

Claytons schwammige Ausdrucksweise begann Alex zu irritieren. Auf der anderen Seite war ihm klar, dass sich Clayton nicht gegen die Moral an sich sträubte, sondern dagegen, dass man ein moralisches Urteil über ihn fällte. Er konnte nicht ungeschehen machen, was er getan hatte. Er konnte nur noch versuchen, vor der moralischen Verurteilung davonzulaufen. Aber die schlimmste Verurteilung – das vernichtendste Urteil – war ohnehin das seines Gewissens. Er floh also vor seinem eigenen Gewissen …

»Ich meine, natürlich habe ich ihr die Kleider vom Leib gerissen.«

»Und was ist mit dem Spiegel?«

»Ich weiß es nicht.«

»Gab es dort, wo Sie sie vergewaltigt haben, einen Spiegel?«

»Nein … das war in einer Bauhütte.«

»Sie haben sie während der Vergewaltigung also nicht vor irgendeinen Spiegel geschleift?«

»Nein.«

Alex sah Clayton in die Augen und wusste, dass er die Wahrheit sagte. Wovon zur Hölle sprach Dorothy dann in ihrem Gedicht?

16.31 Uhr Pazifische Sommerzeit

David versuchte fieberhaft, in Dorothys CompuServe-Account zu kommen, indem er immer und immer wieder überprüfte, dass die Feststelltaste deaktiviert war und er Benutzername und Passwort richtig eintippte.

Habe ich das Passwort vielleicht falsch geschrieben?, fragte er sich. *Durchaus möglich, aufgeregt wie ich war.*

Er wusste, dass es nur eine Lösung gab: Er musste die gleiche langwierige Prozedur noch einmal durchlaufen, musste sich noch einmal mithilfe der Sicherheitsfragen und Gedächtnisstützen Zugang zu ihrem Benutzerkonto verschaffen.

Die Fragen nach Geburtsdatum und Mädchenname der Mutter erschienen auf dem Bildschirm, und er beantwortete sie. Aber die dritte Sicherheitsfrage lautete nicht mehr »Name der Highschool«, sondern »Name des Hundes«.

Sie hat also noch mehr Sicherheitsfragen eingerichtet, dachte David. *Das System ruft sie nach dem Zufallsprinzip auf.*

Schmunzelnd tippte er »Clayton« ein und fand die Erinnerungs-E-Mail mit Benutzername und Passwort. Er notierte sie und loggte sich aus.

Nächste Station war die Bank.

Er loggte sich mit dem Benutzernamen und dem Passwort ein und begann sich umzuschauen. Es waren nicht allzu viele Umsätze aufgeführt. Sie hatte das Konto mit fünfundfünfzigtausend Pfund Sterling eröffnet. Er scrollte herunter, um zu sehen, wofür sie das Geld ausgegeben hatte.

Das Finchley Road Medical Centre tauchte auch tatsächlich als Zahlungsempfänger auf. Es war aber nicht der Name, der ihn überraschte, sondern etwas ganz anderes.

16.34 Uhr Pazifische Sommerzeit

»Nichts davon beweist, dass Dorothy Olsen noch am Leben ist. Es beweist nicht einmal, dass sie die Nacht, in der sie verschwunden ist, überlebt hat.«

Die Vertreterin der Staatsanwaltschaft war eine junge Frau Ende zwanzig, dunkelhaarig und elegant gekleidet. Sie hätte als Martine Yins ältere Schwester durchgehen können, wäre ihr Make-up nicht ein wenig dezenter gewesen, um ihre Weiblichkeit herunterzuspielen, statt sie überzubetonen. In ihrer Branche galt es als allzu offensichtliche Masche, wenn man sich als Frau auftakelte. Indem sie ihre Weiblichkeit herunterspielte, konnte sie aus ihrem Aussehen Kapital schlagen, während es gleichzeitig so wirkte, als läge ihr nichts ferner.

»Wir gestehen der Verteidigung durchaus zu, dass sie den Flug reserviert hat. Aber das beweist nicht, dass sie auch an Bord ging. Wir räumen ein, dass sie sich eine Broschüre heruntergeladen hat, um sich über die Klinik in England zu informieren. Aber das beweist nicht, dass sie auch wirklich dort in Behandlung war.«

Dawn Henderson war eine von mehreren Expertinnen für Sexualdelikte innerhalb der Staatsanwaltschaft. Ihr Tonfall war ruhig, aber sie trat ebenso selbstbewusst und unbeirrbar auf wie jeder Mann und verfocht ihren Standpunkt wie ein erfahrener Profi.

Nat stand auf und ergriff das Wort. »Euer Ehren, die meisten Menschen, die ein Flugticket buchen oder reservieren, steigen danach auch ins Flugzeug. Es nicht zu tun ist die absolute Ausnahme. Die Wahrscheinlichkeit, dass sie an Bord ging, ist daher größer als die Wahrscheinlichkeit, dass sie es nicht tat.«

Er war allein, weil Alex noch auf dem Rückweg vom Gefängnis war. Welche Ironie, dachte er, dass Alex die einstweilige Verfügung zwar dem Gefängnisdirektor vorgelegt hatte, aber nun, da Gefahr bestand, dass sie gekippt wurde, nicht hier war, um sie persönlich zu verteidigen.

»Isoliert betrachtet mag das der Fall sein«, erwiderte Henderson. »Aber die Tatsache, dass Miss Olsen danach nie wieder gesehen wurde, macht es wahrscheinlicher, dass sie *nicht* ins Flugzeug gestiegen ist.«

»Euer Ehren, das trifft vielleicht auf die Flugreservierung zu, aber nicht auf die Information, die wir von der Klinik selbst bekommen haben. Dort hat man uns bestätigt, dass Miss Olsen tatsächlich als Patientin aufgenommen wurde und dass sie eine Abtreibung durchführen ließ.«

Er setzte sich, woraufhin sich Dawn Henderson wieder erhob. »Diese Information beruht allein auf Hörensagen. Die Verteidigung hat noch nicht einmal die Sekretärin mitgebracht, die angeblich mit der Klinik gesprochen hat …«

»Sie hält die Stellung am Telefon! Wir sind eine kleine Kanzlei.«

»… und auch keine beglaubigte Aussage von ihr.«

»Sie ist Anwaltsgehilfin. Ich bin eigentlich davon ausgegangen, dass die Anklagevertretung sich zumindest in diesem Punkt auf das Berufsethos einer Kollegin verlassen würde.«

»Selbst wenn wir annehmen, dass diese Miss …«

»Cortez.«

»… Cortez die Wahrheit gesagt hat: Was beweist das schon? Sie hat mit einer Person telefoniert, die behauptet, eine Mitarbeiterin der Klinik zu sein. Diese Person sagt, sie sei Krankenschwester, keine Verwaltungsmitarbeiterin oder sonst jemand mit Zugriff auf die Patientenakten. Wir dürfen nicht vergessen, dass dieser Fall rund neun Jahre zurückliegt. Woher wissen wir denn, dass Miss Cortez tatsächlich mit der Klinik gesprochen hat? Woher wissen wir, ob die Person, mit der sie gesprochen hat, die Wahrheit sagt? Und selbst wenn, was bringt uns das? Die Flugreservierung lässt vermuten, dass Miss Olsen im Mai 1998 nach London geflogen ist. Selbst wenn die Abtreibung einen Monat später durchgeführt wurde, heißt das nichts weiter, als dass ihr Tod sich um einen Monat nach hinten verschiebt.«

Der Richter – derselbe Mann, der die einstweilige Verfügung erlassen hatte – wandte sich an Nat: »Da hat sie nicht ganz unrecht.«

»Deshalb versuchen wir ja auch, die Patientenakte von der Klinik zu bekommen. Aber England ist uns acht Stunden voraus, dort ist es jetzt mitten in der Nacht. Außerhalb der Geschäftszeiten ist es unmöglich, an solche Informationen zu kommen – vor allem in England, wo es sehr strikte Datenschutzbestimmungen und Gesetze zum Schutz der Privatsphäre gibt.«

»Warum haben Sie sich dann nicht vorher darum gekümmert?«, fragte Henderson. Ihr Auftreten war aggressiv, ihr Tonfall anklagend. Alex hatte ihn vorgewarnt: Sie kannte kein Pardon.

»Wie bereits bei der früheren Anhörung dargelegt, haben wir überhaupt nur davon erfahren, weil es unserem Computerexperten gelungen ist, gelöschte Dateien von Dorothy Olsens Computer wiederherzustellen. Und diesen Computer haben wir nur, weil Mrs. Olsen ihn uns gegeben hat.«

»Warum hat die Verteidigung Mrs. Olsen nicht früher darum gebeten, Euer Ehren?«, fragte die Staatsanwältin verächtlich.

»Wir wussten überhaupt nichts von seiner Existenz. Wir

sind Mrs. Olsen das allererste Mal heute Vormittag im Büro des Gouverneurs begegnet. Ausschlaggebend ist doch, wie ich noch einmal betonen darf, dass uns schriftliche Beweise für Dorothys geplante Reise nach England vorliegen, sowie mündliche Beweise dafür, dass sie tatsächlich dort ankam und eine Abtreibung vornehmen ließ. Ich gebe zu, dass uns Letztere wegen des knappen Zeitrahmens, der uns zur Verfügung stand, noch nicht schriftlich vorliegen. Aber zumindest ist es uns trotz des Zeitunterschieds zwischen London und Kalifornien gelungen, eine mündliche Bestätigung zu erhalten. Wir sind zuversichtlich, auch einen schriftlichen Nachweis erbringen zu können, wenn man uns die Zeit dafür gibt.«

Der Richter wandte sich an die Staatsanwältin: »Das klingt doch vernünftig, meinen Sie nicht, Miss Henderson?«

»Wir entfernen uns schon wieder vom größeren Zusammenhang. Diese Beweise zeigen doch lediglich, dass Dorothy Olsen nach ihrem Verschwinden noch für einen kurzen Zeitraum am Leben war. Die Betonung liegt auf kurz. Sie beweisen keineswegs, dass sie heute noch lebt, und auch nicht, dass Clayton Burrow sie nicht umgebracht hat.«

Nat holte tief Luft. »Euer Ehren, die Anklage gründete sich damals auf gewisse implizite Annahmen. Die wichtigste war die, dass Dorothy Olsen keinerlei Absicht hatte, zu verreisen oder davonzulaufen. Außerdem ging man davon aus, dass sie entweder direkt in der Nacht ihres Verschwindens getötet wurde oder erst gekidnappt und kurze Zeit später umgebracht wurde. Wenn wir nun beweisen können, dass sie damals nicht nur nicht umgebracht oder gekidnappt wurde, sondern sogar ins Ausland reiste und dort eine Abtreibung vornehmen ließ, dann heißt das, dass die Hauptannahmen der Anklageerhebung falsch waren. Und trotzdem wurde mein Mandant auf Basis dieser Annahmen verurteilt.«

Dawn Henderson schüttelte den Kopf. »Keine dieser Annahmen war Teil der Anklageerhebung, Euer Ehren. Die Anklage gründete sich auf bombensichere gegenständliche Beweise, die in Burrows Wohnung gefunden wurden. Da waren zunächst das blutbefleckte Messer und der Slip des Opfers. Das Blut auf dem Messer stammte vom Opfer, das Sperma auf dem Slip vom Angeklagten. Und zur Krönung des Ganzen fand man auch noch Brustgewebe des Opfers in Burrows Gefrierschrank. Ein absolut eindeutiger Fall also, dank der gegenständlichen Beweise, die in dem Haus gefunden wurden, in dem Burrow damals lebte.«

»Mit seiner Mutter«, warf Nat ein.

Dawn Henderson drehte sich zu ihm um. »Ach, kommen Sie! Sie wollen doch nicht etwa behaupten, seine Mutter hätte es getan?«

»Ich behaupte lediglich, dass der Prozess gegen meinen Mandanten eine sehr viel weniger eindeutige Sache war, als uns die Anklage glauben machen will. Und die Tatsache, dass wir jetzt neues Beweismaterial entdeckt haben, das die von der Anklage unterstellte Chronologie des Verbrechens über den Haufen wirft, sollte zumindest weitere Untersuchungen nach sich ziehen. Alles, was wir verlangen, sind *drei zusätzliche Tage.*«

»Gut«, sagte der Richter. »Ich habe genug gehört.«

Nat und Dawn sahen ihn ungeduldig an.

16.38 Uhr Pazifische Sommerzeit

Juanita saß im Büro und kam sich überflüssig vor. Sie überlegte, was sie sonst noch tun konnte. Nat war inzwischen vermutlich vor Gericht und verteidigte ihre Position gegen die Staatsanwaltschaft. Alex war nach San Quentin gefahren, um mit Burrow zu reden, und David versuchte, weitere Daten von Dorothys Festplatte zu retten.

Sie hatte die richterliche Anordnung zur Herausgabe der Passagierlisten an die Kanzlei in New York gefaxt, damit die sie der Konzernzentrale des Online-Reisebüros vorlegte. Für Juanita blieb nun nicht mehr viel zu tun.

Die letzte halbe Stunde hatte sie damit verbracht, sich verschiedene Theorien durch den Kopf gehen zu lassen. Im Moment neigte sie immer mehr zu der Annahme, Claytons Mutter habe den Mord begangen. Als Alex diese Möglichkeit angesprochen hatte, war sie ihr zunächst völlig abwegig erschienen. Inzwischen kam sie ihr deutlich plausibler vor. Dorothys Schwangerschaft verlieh der Sache eine ganz neue Dimension, und seit Alex ihr von der Vergewaltigung erzählt hatte, begann sich der Nebel endgültig zu lichten.

Burrow und seine Mutter hatten in einem Haus gewohnt und vermutlich beide von dem Hohlraum unter den Bodendielen gewusst, in dem die meisten Beweise gefunden worden waren. Es war also ganz logisch, dass Sally Burrow die Beweise dort versteckt hatte. Glaubte man Nat, dann war sie nicht die Hellste und hatte wahrscheinlich gedacht, es sei einfacher, die Beweise dort zu deponieren, statt sie zu entsorgen. Wahrscheinlich hatte Dorothy versucht, Clayton mit den Beweisen, die sie nach der Vergewaltigung aufgehoben hatte, zu erpressen, und Sally Burrow hatte es herausgefunden und Dorothy umgebracht, um ihren Sohn zu schützen. Ihre jetzige Behauptung, nichts mehr mit ihm zu tun haben zu wollen, war also nur ein Ablenkungsmanöver. Und Clayton Burrow deckte seine Mutter.

Aber es gab gewisse Details, die keinen Sinn ergaben. Warum hatte Sally Burrow die Leiche verstümmelt? Vielleicht, um bei der Polizei den Eindruck zu erwecken, es handle sich um eine Sexualstraftat und nicht um den Versuch, eine potenzielle Bedrohung zum Schweigen zu bringen. Aber warum war die Leiche dann nie gefunden worden? Ihr spurloses Verschwinden deutete eigentlich darauf hin, dass Burrows Mutter sie beseitigt hatte. Aber warum hatte sie dann das Brustgewebe behalten? Warum hatte sie es nicht auch entsorgt?

Plötzlich kam Juanita ein Gedanke, der sogar noch finsterer war.

Vielleicht war Sally Burrows Beziehung zu ihrem Sohn viel komplizierter. Vielleicht hatte sie die Beweise behalten, um ihren Sohn in der Hand zu haben. Vielleicht fühlte sie sich auf inzestuöse Weise zu ihm hingezogen. Das hatte auch das böse Blut erklärt, das heute zwischen ihnen herrschte. Was, wenn Sally Burrow irgendwann gemerkt hatte, dass Clayton ihre perverse Liebe nicht erwiderte? Wie lautete noch gleich das Zitat, das Nat dafür bemüht hatte? »Es zürnt der Himmel nicht wie Liebe, die zu Hass ward …«

Aber es gab noch ein Detail, das unlogisch war: Warum hatte Dorothy die Beweise nur dazu benutzt, Burrow zu erpressen, statt ihn gleich vor Gericht zu bringen? Hätte der Slip mit dem Sperma für eine erfolgreiche Anklage wegen Vergewaltigung ausgereicht? Und wenn ja, warum hatte sie es dann nicht getan? Warum hatte sie versucht, ihn zu erpressen? Was brachte ihr das? Er war der einzige Sohn einer heruntergekommenen Versagerin, während Dorothy einer wohlhabenden Familie entstammte. Sie hatte sechsundachtzigtausend Dollar von ihrem Großvater geerbt. Was hatte sie sich davon erhofft, Burrow zu erpressen?

Vielleicht war es bei der Erpressung nicht um Geld gegangen. Vielleicht hatte Dorothy den Wunsch verspürt, ihn leiden zu sehen ... ihn dafür zu quälen, dass er sie gequält hatte. Aber Sally Burrow war dahintergekommen und hatte Dorothy umgebracht, um ihren Sohn zu schützen. Und sie hatte es so aussehen lassen, als sei ein Sexualstraftäter am Werk gewesen – daher auch die Verstümmelung. Dann hatte Sally Burrow Clayton erzählt, was sie getan hatte, weil sie dachte, dass ihn das endlich in ihre Arme treiben würde, dass es endlich ihre kranke Begierde nach ihrem Sohn befriedigen würde.

Aber das hatte er nicht gewollt ... er hatte weder ihre perverse Liebe gewollt noch Dorothys Tod. Vielleicht fühlte er sich schuldig – schuldig, weil er Dorothy gequält und ungewollt ihren Tod herbeigeführt hatte. Vielleicht hatte er aber auch nur Angst, dass man ihn verdächtigte. Also fuhr er zum Tatort seiner Mutter, holte die Leiche und vergrub sie, damit sie nicht gefunden wurde. Und dachte, er wäre in Sicherheit.

Was er nicht wusste, war, dass seine Mutter die anderen Beweise aufbewahrt hatte. Und in ihrer Wut über das, was sie als Verrat ihres Sohnes betrachtete, rief sie die Polizei an und erzählte ihr mit verstellter Stimme von den Beweisen. Wo die Leiche vergraben war, konnte sie nicht erzählen, weil sie es nicht wusste. Aber von den Beweisen, die sie behalten hatte, konnte sie der Polizei sehr wohl erzählen. Der Rest war Geschichte: die polizeiliche Durchsuchung, die Entdeckung der Beweise, die Verhaftung, der Prozess und die Verurteilung.

Beweise gab es nicht für Juanitas Theorie – sie war nichts als eine alternative Interpretation der Beweise, die bereits gegen Clayton vorlagen. Als reine Theorie war sie lückenlos und ohne Widersprüche. Sie erklärte sogar Sally Burrows explosive Reaktion auf Nats hartnäckige Fragen. Nur, dass es nicht die Andeutung, sie hätte ihren Sohn zum Mörder gemacht, gewesen war, die sie in Rage versetzt hatte; aus ihrer Reaktion hatte vielmehr die Furcht einer schuldigen Person vor der Entdeckung gesprochen. Sie hatte genau gewusst, dass Nat auf die richtige Lösung gekommen wäre, wenn er tiefer gebohrt hätte. Aus Angst, sich zu verraten, hatte sie daher zunächst versucht, ihn durch Feindseligkeit zu vertreiben, und als das nichts genützt hatte, hatte sie die erstbeste Gelegenheit für einen Streit ergriffen und ihn aus dem Wohnwagen gejagt.

Für Nat war Sally Burrow nur eine ungehobelte Ignorantin, keinen Deut besser als ihr Sohn. Aber Nat war ein Mann und hatte manchmal nicht den richtigen Durchblick. Juanita hingegen durchschaute die Sally Burrows dieser Welt. Claytons Mutter war gerissen. Clever hatte sie ihren Sohn geschützt, in der Hoffnung, dass ihn das in ihr Bett treiben würde. Als dieser Plan gescheitert war, hatte sie ihn für die Zurückweisung bestraft, indem sie *ihm* den Mord untergeschoben hatte.

Clayton wiederum fühlte sich noch immer schuldig, weil er die ganze Katastrophe heraufbeschworen hatte. In einem letzten, verzweifelten Versuch, sein Gewissen zu entlasten, nahm er die Schuld auf sich und spielte das Opferlamm.

Soweit die Theorie. Ob es ihnen gelingen würde, sie zu beweisen, war eine andere Frage. Die Antwort lag nicht in ihrer Hand. Ihnen blieb nur die Hoffnung, dass sie in irgendeiner Richtung bald auf Ergebnisse stießen.

In diesem Moment klingelte das Telefon. Nats Name erschien auf dem Display.

»Hi Nat.«

»Schlechte Neuigkeiten.«

»Scheiße.«

»Tut mir leid. Ich habe gekämpft wie ein Löwe, aber die Staatsanwältin auch.«

»Hat der Richter gesagt, wieso?«

»Er hat zwei Minuten lang vor sich hingeschwafelt, aber im Endeffekt läuft es auf res judicata hinaus.«

»Hast du es Alex schon gesagt?«

»Noch nicht, ich habe ihn noch nicht erreicht. Ich bin jetzt jedenfalls auf dem Rückweg. Juanita … es tut mir wirklich leid.«

»Ist doch nicht deine Schuld. Du hast dein Bestes gegeben.«

»Warum fühle ich mich dann so mies?«

»Gib dir nicht selbst die Schuld, Nat.«

»Ich sag's jetzt besser Alex.«

»Okay. Bis später.«

Sie beendeten das Gespräch, und Juanita saß lange unbeweglich da, bis das Telefon erneut klingelte.

»Kanzlei Alex Sedaka.«

»Hallo, hier ist das Idylwood Care Center. Ist Alex Sedaka zu sprechen?«

Juanita versteifte sich. »Er ist momentan nicht in der Kanzlei. Ich bin seine Rechtsanwaltsgehilfin. Kann ich ihm etwas ausrichten?«

»Ich rufe wegen Esther Olsen an. Ich fürchte, ich habe schlechte Nachrichten.«

16.41 Uhr Pazifische Sommerzeit

Wenn Clayton Burrow mir nichts über diese Sache mit dem »Spiegel« sagen kann, dann vielleicht Jonathan Olsen.

Alex hatte gerade erst die Abfahrt nach Corte Madera passiert und war sich schmerzlich bewusst, wie schnell die Zeit verrann. Sein Handy klingelte.

»Hallo Nat.«

»Ich habe leider schlechte Nachrichten.«

»Scheiße!«

»Du sagst es.«

»Hör mal, ich komme so schnell es geht zurück in die Kanzlei, aber vorher muss ich noch was erledigen.«

Damit beendeten sie das Gespräch. Alex fluchte sonst nie, aber er bekam allmählich den Schock und die Angst zu spüren, die der näher rückende Hinrichtungstermin mit sich brachte. Es gab nur eine sehr begrenzte Anzahl von Möglichkeiten, die er in so kurzer Zeit noch ausschöpfen konnte.

Aber das Problem war nicht etwa, dass er vor Arbeit nicht wusste, wo ihm der Kopf stand, das Problem war, dass er nicht wusste, was noch zu tun war. Er hatte noch nie einen Mordfall bearbeitet und konnte sich des unguten Gefühls nicht erwehren, dass er irgendetwas versäumt hatte.

Andererseits wusste er natürlich, dass man die Dinge nicht bis zur allerletzten Minute aufschieben durfte, deshalb war es eigentlich ein gutes Zeichen, wenn nicht mehr viel zu tun blieb. Es bedeutete, dass alle wichtigen und angemessenen Schritte bereits getan waren. Vergessen hatte er also nichts.

Er hatte alles getan, was in seiner Macht stand, und jetzt blieb nichts mehr, was er unternehmen konnte.

Der Gedanke, Burrows letzten Tag mit Nichtstun zu verbringen, beunruhigte ihn.

Nun, es gab noch eine Spur, der er nachgehen konnte: der kurze Gedichtausschnitt, den sein Sohn auf Dorothys Computer gefunden hatte. Diese Spur war sogar recht vielversprechend. Ihrer Mutter hatte sich Dorothy nicht anvertrauen können, und Freunde hatte sie nicht gehabt. Also war der Computer für sie das gewesen, was für Anne Frank ihr Tagebuch gewesen war.

Allerdings kam David bei der Durchsuchung der Festplatte nur schleichend voran. Manche seiner Fundstücke waren außerdem eher kryptisch, und Alex hätte jemanden brauchen können, der sie ihm erklärte. Aber wer kam dafür in Frage, wenn sie sich doch an ihr Tagebuch gewandt hatte, weil sie mit niemandem hatte reden können?

Vielleicht, überlegte Alex, gab es trotzdem eine Person, die ihm Einblick in ihre Gedankenwelt verschaffen konnte. Und diese Person war ihr Bruder Jonathan.

Deshalb war Alex nun auf dem Weg nach Daly City, auch wenn es natürlich keine Garantie dafür gab, dass Jonathan mit ihm kooperieren würde. Aber einen Versuch war es wert.

Plötzlich begann sein Handy in der Freisprechhalterung zu blinken und Dvořáks *Aus der Neuen Welt* zu schmettern. Alex schöpfte neue Hoffnung, als er den Namen »David« auf dem Display las.

»Hey Dad, hör zu: Ich habe ihr Bankkonto in England gefunden!«

»Was hast du?«, fragte Alex.

»Sie hat ein Konto in London eröffnet!«

»Genial! Wir brauchen sofort eine richterliche Verfügung, damit wir…«

»Nicht nötig! Ich habe mich schon in das Konto gehackt.«

»Was meinst du damit? Ich meine, *warum*?« Alex hatte ihn nicht darum gebeten. Er hätte nie etwas Illegales verlangt, schon gar nicht von seinem Sohn.

»Damit wir beweisen können, dass sie wirklich in England ankam. Dass sie dort ein Konto eröffnet und Überweisungen getätigt hat, ist doch ein klarer Beweis.«

»Ich habe dich aber nicht darum gebeten! Das ist hochgradig ille… «

»Ich weiß, dass es illegal ist. Du hast mich nicht darum gebeten, und ich habe dich auch nicht im Vorfeld davon in Kenntnis gesetzt. Du bist also entlastet, das gebe ich dir gerne schriftlich.«

Alex war sauer. »So einfach ist das aber nicht. Ich bin ein Vertreter der Gerichtsbarkeit, und als solcher ist es mir nicht gestattet, illegale Handlungen zu sanktionieren, auch nicht nachträglich. Ich muss das, was du mir gerade gesagt hast, vermutlich sogar melden – auch wenn du mein Sohn bist. Vielleicht gefährde ich meine Zulassung allein schon dadurch, dass ich dieses Gespräch fortsetze. Und einen Vorteil darf ich aus der Information erst recht nicht ziehen.«

»Jetzt mal Klartext, Dad! Du hast einen Mandanten im Todestrakt, und die Zeit rennt dir davon. Wie wär's, wenn wir uns die gegenseitigen Schuldzuweisungen für hinterher aufsparen?«

Alex bekam die ganze Wucht des Zorns seines Sohnes zu spüren. David hatte recht. Oberste Priorität war immer noch, den Mandanten zu retten. Außerdem war die Zwickmühle, in die er seinen Vater brachte, nicht ganz so dramatisch, wie Alex sie dargestellt hatte. Rein ethisch gesehen durfte er aus dem Gehörten sehr wohl einen Vorteil für seinen Mandanten herausschlagen, aber er war gleichzeitig dazu verpflichtet, die illegale Vorgehensweise seines Sohnes bei nächster sich bietender Gelegenheit zu melden. Die einzigen Eingeständnisse illegalen Handelns, die er für sich behalten durfte – ja, für sich behalten *musste* –, waren die seines Mandanten, sofern sie sich auf Taten in der Vergangenheit bezogen.

»Na gut, du hast dich also reingehackt. Ich frage dich nicht, wie. Hast du etwas gefunden? Etwas Brauchbares, meine ich?«

»Und ob. Im Grunde habe ich einfach die Hotline der Bank angerufen, mit einer speziellen Software meine Stimme verstellt und so getan, als …«

»Ich sagte, ich will nicht wissen, *wie*!«

»Okay, tut mir leid. Aber ich habe tatsächlich etwas gefunden, von dem ich glaube, dass es relevant sein könnte.«

»Spuck's endlich aus!«

»Von dem Tag an, an dem sie vermutlich nach England geflogen ist, hat sie in unregelmäßigen Abständen eine ganze Reihe von Überweisungen an das Finchley Road Medical Centre getätigt, und zwar verteilt über ungefähr ein Jahr.«

»Von was für Beträgen sprechen wir?«

»Na ja, ein paar tausend pro Überweisung – die zwei größten Posten beliefen sich auf jeweils zehntausend britische Pfund.«

»*Zehntausend?*« Alex war schockiert.

»Ja.«

»Und wie viel war es insgesamt?«

»Ich habe die Beträge addiert und bin auf rund vierzigtausend britische Pfund gekommen.«

»Heilige Scheiße!«

»Ich hoffe, das hilft uns irgendwie weiter«, sagte David nach einer kurzen Pause.

»Einerseits ja, andererseits nein.«

»Was meinst du damit?«

»Na ja, zunächst einmal ist es so: Wenn ich die Information

verwende, bedeutet das, dass du dich zu einer Tat bekennen musst, die einen Straftatbestand erfüllt.«

»Wenn ich damit ein unschuldiges Leben rette, bin ich bereit, das Risiko einzugehen, Dad. Vielleicht komme ich sogar ungeschoren davon, weil das Konto in England ist. Die werden mich wohl kaum an England ausliefern.«

Alex lächelte. David war seiner Mutter so ähnlich: emotional und gleichzeitig immer bereit, sich mit Leib und Seele für andere einzusetzen. Ironischerweise war Debbie eher wie ihr Vater, nur noch extremer: getrieben von beruflichem Ehrgeiz und Egoismus. Genau genommen konnte David sehr wohl in den Vereinigten Staaten für sein Vergehen belangt werden, weil er sich von einem hiesigen Computer aus eingeloggt hatte, aber Alex wollte ihm keine Angst einjagen.

»Du musst das Ganze ausdrucken und so schnell wie möglich an die Kanzlei faxen. Ich rufe Juanita an, damit sie Bescheid weiß.«

»Okay, mache ich sofort. Aber eine Frage noch, Dad.«

»Ja?«

»Du hast gesagt, es würde uns einerseits weiterhelfen und andererseits nicht. Was genau meintest du damit?«

Dass Wissenschaftlern aber auch nie das kleinste Detail entgeht!

»Damit meinte ich, dass der hohe Betrag für mich keinen Sinn ergibt. Die Krankenschwester hat gesagt, Dorothy hätte in der Klinik eine Abtreibung machen lassen. Seit wann kostet eine Abtreibung vierzigtausend Pfund Sterling?«

»Mir würden da schon ein paar Erklärungen einfallen«, sagte David.

»Welche denn?«

»Vielleicht hat sie der Klinik Geld dafür geboten, dass sie die Identität einer toten Patientin annehmen durfte. Oder sie hat ihr Aussehen durch plastische Chirurgie verändert, damit ihre neue Identität glaubwürdiger ist. Vielleicht hat die Klinik sie aber auch nur wegen irgendwas erpresst.«

»Wir werden wohl ein bisschen paranoid, was, David?«

»Mir fällt sogar etwas noch Paranoideres ein. Woher wissen, wir, dass sie es war, die das Geld überwiesen hat? Vielleicht war sie schon tot? Vielleicht hat jemand eine Doppelgängerin eingesetzt, um ihr Konto zu schröpfen.«

16.45 Uhr Pazifische Sommerzeit

»Kanzlei Alex Sedaka.«

»Hallo Juanita.«

»Hallo Boss.«

»Hör zu, erinnerst du dich noch an den Witz, den du gemacht hast? Dass Clayton sich für das Jahrbuchfoto einer Gesichtstransplantation unterzogen hätte?«

»Was ist damit?«

»Langsam beginne ich zu glauben, dass du auf der richtigen Fährte warst.«

»Willst du mich verarschen?«, fragte sie und machte sich gar nicht erst die Mühe, den Ärger in ihrer Stimme zu verbergen.

»Ich meine nicht Clayton, ich meine Dorothy.«

Er informierte sie rasch über die Überweisungen an die Klinik und Davids diesbezügliche Theorien.

»Und jetzt denkst du, sie hätte sich das Gesicht operieren lassen, damit sie unerkannt ein neues Leben anfangen konnte?«

»Möglich wäre es.«

»Aber nur in Hollywood«, sagte sie skeptisch.

Er fragte sich, ob sie dabei an Actionfilme dachte oder alternde Schauspieler aus dem echten Leben, die versuchten, künstlich ihre Karriere zu verlängern. Aber jetzt war keine Zeit, über die Filmindustrie zu diskutieren. Sie hatten endlich den Beweis, dass Dorothy nach ihrem Verschwinden noch mindestens ein Jahr lang am Leben gewesen war.

»David faxt dir den Papierkram rüber.«

»Das Fax kommt eben in diesem Moment an, Boss. Ich sehe es schon.«

»Okay, sag Nat, er soll damit sofort zum Bezirksgericht und eine neue einstweilige Verfügung erwirken – du rufst am besten schon mal dort an, um ihn anzukündigen.«

»Bringt es denn neue Erkenntnisse, die wir letztes Mal noch nicht hatten?«

»Natürlich, weil Überweisungen getätigt wurden, nachdem sie verschwand und für tot erklärt wurde! Außerdem sitzt der Zahlungsempfänger in England – an dem Ort also, für den sie das Flugticket gekauft hat. Das bedeutet, dass sie dort wirklich hingeflogen ist und Geld ausgegeben hat – und das lange nach ihrem angeblichen Tod.«

»Soll ich ihnen sagen, dass sie deine Transplantationstheorie in der Antragsschrift berücksichtigen sollen?«

Ihre Spöttelei amüsierte Alex. Ihm war klar, dass sie damit nur den Druck milderte, der auf ihr lastete.

»Bitte nur die Fakten, Gnädigste.«

»Wie Sie wünschen.«

»Und wenn du den Anruf erledigt hast, rufst du noch mal bei der Klinik in London an. Versuch, mit derselben Krankenschwester zu sprechen wie vorhin, und sag ihr, wir wüssten von der Höhe der Überweisungssummen. Vielleicht kannst du aus ihr herauskriegen, wofür das Geld war.«

»Mach ich, aber darf ich dir vorher noch eine ernste Frage stellen, Boss? Glaubst du, die Sache ist koscher?«

»Offen gesagt: nein. Wenn sie nicht gerade irgendeine seltene Form von Krebs hatte, fällt mir kein Grund ein, warum sie eine derart hohe Summe bezahlt haben sollte. Umso wichtiger, dass wir bei der Klinik nachfragen.«

»Ich finde Davids andere Theorie, dass jemand das Konto schröpft, ziemlich plausibel.«

»Glaubst du wirklich, eine Klinik würde so etwas tun?«

»Lass es mich so ausdrücken, Boss: Deine Annahme, seriöse, gut ausgebildete Menschen würden niemals etwas Unehrliches tun, ist geradezu rührend naiv.«

»Vielen Dank für dieses Vertrauensvotum, Juanita. Aber jetzt lass uns aufhören, Mutmaßungen anzustellen. Versuchen wir lieber, die Schwester zu überrumpeln, dann sehen wir ja, ob sie bereit ist zu reden.«

»Okay.«

»In der Zwischenzeit flitze ich nach Daly City.«

Er hatte ihr bereits nach seinem Besuch in San Quentin erzählt, dass er auf dem Weg zu Jonathan war.

»Ach, Boss, noch etwas.«

»Mach schnell.«

Er näherte sich der Brücke bei De Silva Island und wollte sich aufs Fahren konzentrieren.

»Esther Olsen hatte einen Rückfall. Sie wurde ins Idylwood Care Center gebracht und hat nach dir gefragt.«

16.49 Uhr Pazifische Sommerzeit
(00.49 Uhr Britische Sommerzeit,
15. August 2007)

Susan White saß neben dem Telefon und hoffte entgegen aller Wahrscheinlichkeit auf einen Anruf von Stuart Lloyd. Sie wusste nicht, ob er sich aktiv mit dem Problem beschäftigte und einen Anwalt aufzutreiben versuchte oder die Sache längst vergessen hatte und ins Bett gegangen war.

Auf der Station war es still. Es war keine dieser Nachtschichten, bei denen sie und die anderen Krankenschwestern vor Arbeit nicht mehr wussten, wo ihnen der Kopf stand. Wachsam mussten sie natürlich trotzdem sein. Aber Susan konnte sich auf nichts anderes konzentrieren als auf das Telefon. Sie hätte Stuart gern angerufen und gefragt, wie er vorankam, aber sie traute sich nicht. Falls er sich bereits an die Arbeit gemacht hatte, fühlte er sich sicher auf den Schlips getreten, und falls er ins Bett gegangen war, reagierte er bestimmt nicht gerade begeistert darauf, um zehn vor eins geweckt zu werden.

Aber es stand ein Menschenleben auf dem Spiel, und sie war dazu verurteilt, tatenlos herumzusitzen und auf die Erlaubnis anderer zu warten, endlich handeln zu dürfen.

Sie war versucht, einen Frühstart hinzulegen und einfach ein Fax mit den gewünschten Informationen abzuschicken. Aber so einfach war das nicht. Die Daten befanden sich auf einem passwortgeschützten Computer, auf den sie keinen Zugriff hatte. Es gab natürlich Bildschirmkopien, und einige der Original-Aktenvermerke waren sogar handschriftlich, aber all dies wurde ebenfalls hinter Schloss und Riegel aufbewahrt. Sie hätte also einen Aktenschrank aufbrechen müssen, um sich Zugang zu verschaffen.

Schlösser aufzubrechen war nicht gerade ihre Spezialität.

Sie hätte es trotzdem getan, wenn sie sicher gewesen wäre, dass es etwas brachte. Aber das war nicht gesagt. Sie kannte die gesetzlichen Bestimmungen in Amerika nicht. Am Ende setzte sie ihre Karriere aufs Spiel und handelte sich eine Vorstrafe ein, ohne dass es je eine Chance gegeben hatte, den unschuldigen Mann, dessen Leben auf dem Spiel stand, zu retten.

Als das Telefon endlich klingelte, zuckte sie vor Schreck zusammen. Sie ging dran und hoffte, Stuarts Stimme am anderen Ende der Leitung zu hören.

»Hallo, spreche ich mit Schwester White?«

Es war die Frau aus der Kanzlei in Amerika. Die Enttäuschung versetzte Susan einen Stich. »Ja.«

»Also, zunächst einmal wollte ich fragen, ob Sie inzwischen grünes Licht haben für die Zusendung der Unterlagen über Dorothy Olsens Klinikaufenthalt. Wie weit sind Sie mit Ihren Bemühungen gekommen?«

Susan Whites Zögern war förmlich greifbar. »Nicht sehr weit, fürchte ich. Wir warten immer noch auf die Genehmigung. Sie müssen verstehen, dass das um diese Zeit sehr schwierig ist. Hier ist es nach Mitternacht.«

»Das verstehe ich, aber Sie versuchen es doch?«

»Oh ja.« Dieses Mal gab es kein Zögern. Susan fühlte sich schuldig, weil sie gelogen hatte. Aber sie wusste nicht, was sie sonst hätte tun sollen.

»Vielen Dank. Wir wären Ihnen außerdem dankbar, wenn Sie uns die Unterlagen für das ganze Jahr schicken könnten – nicht nur für den Zeitraum der Abtreibung.«

Susan brach der Schweiß aus. »Was meinen Sie damit?«

»Na ja, sie war doch ein ganzes Jahr bei Ihnen, oder etwa nicht?«

»Wer sagt das?«

»Sie hat mehr als vierzigtausend britische Pfund an die Klinik überwiesen … verteilt über ein Jahr.«

»Das bedeutet aber nicht, dass sie …«

Susan wusste, dass sie schon zu viel gesagt hatte. Aber sie wusste auch, wie verzweifelt diese Leute in Amerika waren, und das war nur allzu verständlich. Sie hätte so gern geholfen, aber ihr waren die Hände gebunden. Sie beschloss, der Frau ihr Herz auszuschütten. Wenn sie ihr schon nicht die ganze Wahrheit sagen konnte, so musste sie zumindest dafür sorgen, dass sie sich keine falschen Hoffnungen machte.

»Hören Sie … es tut mir wirklich leid, wenn ich Ihnen einen falschen Eindruck vermittelt habe, aber ich glaube nicht, dass mein Chef irgendetwas unternimmt. Ich glaube, er hat beschlossen, dass er nichts für Sie tun kann. Ich meine … er ist wahrscheinlich einfach ins Bett gegangen.«

»Ins *Bett*?«

»Es tut mir leid.«

»Sie lassen unseren Mandanten also einfach sterben?«

»Hören Sie, das ist nicht meine Entscheidung!«

»Entschuldigen Sie, ich wollte Sie nicht persönlich angreifen.« Juanitas Tonfall war versöhnlich. »Können Sie uns nicht wenigstens *sagen*, wann sie in der Klinik war und wegen was sie behandelt wurde … wenn Sie uns schon nichts Schriftliches schicken können?«

»Ich habe es Ihnen doch schon gesagt: Sie hat eine Abtreibung vornehmen lassen.«

»Ja, aber uns liegen stichhaltige Beweise dafür vor, dass sie Ihnen vierzigtausend Pfund Sterling gezahlt hat – der Klinik, meine ich.«

»Das kann ich weder bestätigen noch abstreiten«, sagte die Schwester zaghaft.

»Das müssen Sie auch gar nicht«, erwiderte Juanita mit sanfter Stimme, »denn wir wissen es bereits. Aber wir müssen auch wissen, wofür sie das Geld ausgegeben hat.«

»Das kann ich Ihnen leider nicht sagen.« Susan konnte sich gut in Juanita hineinversetzen, sie verstand, wie hilflos sie sich fühlen musste. Sie nahm ihr noch nicht einmal den Versuch übel, sie emotional zu erpressen. Aber die Mitleidsmasche funktionierte bis hierhin und nicht weiter.

Juanita ergriff wieder das Wort: »Hören Sie … was wäre, wenn wir die Einwilligung von Dorothy Olsens Mutter bekommen könnten … oder die ihres Bruders … oder sogar beide?«

Die Sekunden verstrichen. »Das würde auch nichts ändern. Es gibt absolut nichts, was ich tun kann.«

»Das verstehe ich nicht. Eine Einwilligung von Dorothy Olsens lebenden Verwandten müsste doch …«

»Ich kann *nichts* tun!«

Auf beiden Seiten der Leitung trat Schweigen ein.

»Verstehe. Dann trotzdem vielen Dank.«

Juanita wusste, dass es nichts brachte, weiter ihre Kraft zu vergeuden. Aber sie fragte sich, warum Schwester White plötzlich so feindselig geklungen hatte … und danach so … schuldbewusst.

16.53 Uhr Pazifische Sommerzeit

»Zunächst einmal vielen Dank, dass Sie sich bereit erklärt haben, mit mir zu sprechen.«

Alex stand in Jonathans Wohnzimmer, jenem Zimmer, das aussah wie ein Schrein für Dorothy. Als er sich umblickte, erkannte er das volle Ausmaß von Jonathans Obsession. Er fragte sich, ob eine derartige Besessenheit nicht auch umschlagen konnte. War Jonathans Liebe zu Hass geworden?

»Na ja, ich dachte, wenn *ich* Sie unangekündigt überfallen darf, haben Sie natürlich auch das Recht, kurzfristig bei mir vorbeizukommen. Außerdem gehe ich davon aus, dass es wichtig ist.«

In Alex' Augen war das nichts als Smalltalk: Natürlich war es wichtig, wenn einen Mann nur noch sieben Stunden von seiner Hinrichtung wegen Mordes an Jonathans Schwester trennten.

»Lassen Sie mich sofort zur Sache kommen. Haben Sie von der Vergewaltigung gewusst… damals, meine ich?«

Jonathan schien die Frage nicht weiter zu überraschen. »Ja«, sagte er zögernd. »Sie hat es mir erzählt.«

»Sie waren damals… wie alt? Vierzehn?«

»Dreizehn, fast vierzehn, glaube ich.«

»Und sie hat es Ihnen trotzdem erzählt? Oder haben Sie es auf andere Weise herausgefunden?«

»Sie hat es mir erzählt. Sie kam in Tränen aufgelöst nach Hause. Aber sie hat leise geweint, weil sie nicht wollte, dass Mom es hört.«

»Warum? Schlief Ihre Mutter bereits?«

»Nein, aber sie wollte es Mom nicht erzählen. Sie wollte überhaupt nicht mit Mom reden. Die beiden waren wie Fremde unter einem Dach.«

»Hat Ihre Mutter denn nicht versucht, mit ihr zu reden? Hat sie nicht versucht, das Eis zu brechen?«

»Sie hat ein paar halbherzige Versuche unternommen. Aber ich glaube, da waren die Dinge schon zu weit fortgeschritten.«

»Was war zu weit fortgeschritten?«

»Wie meinen Sie das?«

»Was war die Ursache für das Problem? Was hat die beiden einander entfremdet?«

Alex fiel ein, dass Jonathan diesem Thema bereits in der Kanzlei ausgewichen war.

»Darüber spreche ich nicht.«

»Gibt es dafür einen bestimmten Grund?«

Jonathan sah ihn wütend an, aber dann verzog er den Mund zu einem Lächeln. »Wenn ich Ihnen sagen würde, warum ich nicht darüber sprechen will, würde ich ja darüber sprechen. Sie legen den Anwalt nie ab, oder?«

»Ich bin immer Anwalt, rund um die Uhr.« Er wartete ab, ob Jonathan noch etwas hinzufügte, aber sein Gesichtsausdruck verriet ihm, dass er alles gesagt hatte, was er zu sagen bereit war. »Das muss hart für Sie gewesen sein.«

»Was?«

»Die Vergewaltigung Ihrer Schwester.«

»Hart für *mich*?«

»Na ja, ich meine mit dreizehn … Sie waren die einzige Person auf der ganzen Welt, an die sich Ihre Schwester wenden konnte.«

»Ich glaube, ich habe noch gar nicht richtig verstanden, was da passiert war. Ich wusste naturlich, was eine Vergewaltigung ist, aber zwischen Faktenwissen und emotionalem Verstehen besteht ein Unterschied.«

Alex nickte. »Sie standen ihr sehr nahe, nicht wahr?«

»Wie Sie bereits sagten: Ich war die einzige Person auf der Welt, der sie sich anvertrauen konnte.«

Alex fragte sich, ob die Vergewaltigung die Verbindung zwischen den beiden vielleicht gestört hatte. Danach war Dorothy nicht mehr »rein« gewesen, jemand anders hatte seine Schwester »gehabt«. War das für Jonathan von Bedeutung? Hatte er sie umgebracht, damit niemand außer ihm sie haben konnte?

»Ihre Mutter hat uns Dorothys Computer gegeben, und wir haben uns den Inhalt angesehen.« Jonathan wirkte überrascht. »Die Festplatte war gelöscht, aber meinem Sohn ist es mithilfe eines Rastertunnelmikroskops gelungen, einige der gelöschten Dateien wiederherzustellen.« Er suchte Jonathans Gesicht nach einer Reaktion ab.

»Interessant.« Jonathans Tonfall war ebenso unverbindlich wie seine Aussage, aber Alex spürte, dass er Angst hatte.

»Eines unserer Fundstücke ist ein Gedicht.«

»Ein *Gedicht*?« Jonathan lächelte und war offensichtlich neugierig. Alex beschlich das ungute Gefühl, dass er mit ihm spielte. »Ja. Es geht so: ›Vor dem Spiegel zerrtest du mir / die Kleider vom Leib und pauktest mir ein, / dass ich kein bisschen, kein bisschen / das bin, was ich sein müsste, / um in deinen Augen wertvoll zu sein.‹ Wir vermuten, dass die Worte ›zerrtest du mir die Kleider vom Leib‹ etwas mit der Vergewaltigung zu tun haben. Aber der Anfang der Zeile, ›Vor dem Spiegel‹, bleibt uns ein Rätsel. Wissen Sie vielleicht, was das bedeutet?«

Alex entging nicht, dass Jonathan seinem Blick auswich.

»Ich habe keine Ahnung«, antwortete er, aber seine Stimme stockte.

Alex spürte, dass er seinem Ziel langsam näher kam. »Wir haben außerdem Beweise dafür, dass sie nach England geflogen ist.«

»Nach *England*?«

»Ja.«

Jonathan drehte sich weg. »Das mit England wusste ich nicht. Ihre Sekretärin – Juanita – hat mir zwar erzählt, dass sie ein Flugticket gekauft hat, aber sie wusste nicht, wohin.«

»Tja, das Ticket ging nach England, nach London genauer gesagt… wo sie eine Abtreibung durchführen ließ.«

Jonathan wirbelte herum. »*Wirklich*?«

»Ja.«

»Sonst noch irgendwelche Informationen, mit denen Sie mich überfallen wollen?«

»Ja… sie hat der Klinik vierzigtausend Pfund Sterling gezahlt.«

Auf der Suche nach der kleinsten Reaktion beobachtete er Jonathans Gesicht. Für den Bruchteil einer Sekunde meinte er, ein flüchtiges Lächeln wahrzunehmen. Aber es war sofort wieder verschwunden.

16.57 Uhr Pazifische Sommerzeit

»Wir befinden uns nun wieder vor dem Staatsgefängnis San Quentin«, sagte Martine Yin ins Mikrofon, »wo sich anlässlich der näher rückenden Hinrichtung von Clayton Burrow immer mehr Menschen versammeln. Wie Sie im Hintergrund sehen können, haben sich zwei Gruppen formiert: eine, die ihr Beileid für das Mordopfer und ihre Zustimmung zu der bevorstehenden Hinrichtung zum Ausdruck bringen möchte, und die andere, um nicht nur gegen diese Hinrichtung zu protestieren, sondern gegen die Todesstrafe im Allgemeinen.«

Die Kamera schwenkte zu einer Gruppe von Demonstranten, bevor sie wieder zu Martine zurückkehrte.

»Zeig uns deine Titten, Baby!«, rief einer der Gefängnisinsassen im Gemeinschaftsraum, wo die Nachrichtensendung auf einem Großbildfernseher gezeigt wurde.

»Heute Mittag hat *Eyewitness News* exklusiv enthüllt, dass der Gouverneur Burrow die Begnadigung angeboten hat, unter der Bedingung, dass er verrät, wo die Leiche des Opfers vergraben ist. Es liegen uns jedoch keine Informationen vor, die darauf hindeuten, dass Burrow sich auf diesen Deal eingelassen hat. Darüber hinaus hat uns ein Sprecher des Gefängnisdirektors bestätigt, dass keinerlei neue Anweisungen eingegangen seien und die Vorbereitungen für die Hinrichtung unverändert fortgeführt würden, bis anderslautende Informationen einträfen.«

Es folgten die Aufnahmen von Martine Yins vergeblichem Versuch, eine Stellungnahme von Alex zu bekommen.

»Am frühen Nachmittag bemühte sich unsere Reporterin um eine Stellungnahme von Burrows Anwalt Alex Sedaka, aber Sedaka zog es vor, fürs Erste zu schweigen.«

»Typisch Anwalt!«, brüllte einer der Insassen, der zusammen mit den anderen auf den Bildschirm starrte. »Wenn du was von ihnen willst, kriegst du nichts aus ihnen raus, aber wenn du sie nicht brauchen kannst, kauen sie dir ein Ohr ab!«

Mehrere Häftlinge lachten.

»Den habe ich Burrow übrigens empfohlen«, verkündete Charlie, einer der Insassen.

Ein paar Mithäftlinge sahen ihn an. »Wann?«, fragte einer.

»Als ich die Zelle neben ihm hatte. Burrow brauchte einen neuen Anwalt, weil diese andere Kanzlei das Handtuch geworfen hatte und den Fall loswerden wollte. Also habe ich ihm geraten, diesen Sedaka-Typ mal auszuprobieren.«

»Hat Sedaka dich etwa auch vertreten?«

»Nein, mich hat irgend so ein unerfahrenes Milchgesicht vertreten, das für den Strafverteidiger gearbeitet hat. Aber der Junge hat mir erzählt, dass Sedaka gerade einen großen Fall für die Braut eines Drogendealers gewonnen hatte. Deshalb hat jeder gesagt, er wird der nächste große Staranwalt für Strafrecht.«

»Und wer war das Milchgesicht?«, fragte ein Mitinsasse und feixte.

»Warum willst du das wissen?«

»Ich will nur sichergehen, dass ich ihn nie anheuere!«

»Und wieso?«, fragte Charlie gereizt.

»Weil du nicht hier wärst, wenn er was taugen würde!«

Die anderen Insassen lachten.

Charlie blickte finster drein. »Nur zu eurer Information: Er muss ziemlich gut sein, denn er hat mir gesagt, dass er beim Strafverteidiger aufhört und bei Sedaka anfängt.«

17.06 Uhr Pazifische Sommerzeit

»Wie mein Rabbi immer an Jom Kippur zur Gemeinde zu sagen pflegte: Ihr schon wieder!«

Nat musste schmunzeln über den Versuch des Bezirksrichters, die Atmosphäre ein wenig aufzulockern. Er fragte sich, ob die meisten Rabbis verhinderte Komiker waren oder die meisten Komiker verhinderte Rabbis.

»Ja, ich weiß. Es tut mir leid, aber …«

»Oh, Sie müssen sich nicht entschuldigen. Sie haben einen Mandanten, der in wenigen Stunden hingerichtet werden soll. Sie haben das Recht, alles Notwendige im Rahmen des Gesetzes zu tun.«

»Danke, Euer Ehren. In der Zwischenzeit ist es uns gelungen, Kontoauszüge zu beschaffen, die beweisen, dass Dorothy Olsen einige Tage nach ihrem Verschwinden ein Konto in London eröffnet hat. Und was noch wichtiger ist: Die Auszüge belegen, dass sie eine Reihe von Überweisungen an das Finchley Road Medical Centre getätigt hat. Diese Zahlungen setzen sich nach ihrem Verschwinden noch mehr als ein Jahr lang fort.«

»Kann ich die Kontoauszüge mal sehen?«

Nat reichte sie dem Richter, der einen Blick darauf warf und sah, dass die Überweisungen mit grünem Textmarker hervorgehoben waren. Was ihm Sorgen machte, war etwas anderes.

»Die Auszüge sehen aus wie Computerausdrucke.«

»Das sind sie auch.«

»Es sind also keine Originale – und auch keine von der Bank beglaubigte Kopien?«

»Nein, das sind ganz neue Ausdrucke. Dorothy Olsen benutzte Internet-Banking und …«

»Gab es das denn damals schon?«

»Internet-Banking gibt es bereits seit den Achtzigern, aber der große Boom kam erst Mitte der Neunziger.«

»Woher haben Sie diese Auszüge?«

»Von Dorothys Online-Konto.«

»Hat die Bank sie Ihnen geschickt?«

»Nein, Euer Ehren. Der Sohn meines Chefs, David Sedaka, ist Computerfachmann, und es ist ihm gelungen …«

»Er hat sich in die Bank gehackt?«

»Nicht direkt, Euer Ehren. Sich in den Zentralcomputer einer Bank zu hacken, ist ziemlich schwierig. Aber wenn die Bank ihren Kunden Online-Banking zur Verfügung stellt, ist der Kunde selbst die Schwachstelle. David Sedaka ist es gelungen, an Dorothys Benutzernamen und Passwort zu kommen. Mithilfe dieser Informationen konnte er sich dann in Miss Olsens Bankkonto in England einloggen.«

»Das war in höchstem Maße illegal und könnte eine Anklage zur Folge haben.« Der Richter klang wie ein Lehrer, der einen Schüler beim Schummeln erwischt hat und ihm eine Standpauke hält.

»Das ist uns bewusst, Euer Ehren. David Sedaka ist bereit, die Verantwortung zu übernehmen und die Konsequenzen zu tragen. Aber die neuen Beweise liegen nun mal vor und werfen ein vollkommen neues Licht auf den Fall.«

»Wenn die Staatsanwaltschaft hier wäre, würde sie zweifellos anmerken, dass Sie die Frucht vom vergifteten Baum pflücken.«

»Selbst wenn das Leben eines Menschen auf dem Spiel steht?«

»Staatsanwälte können ziemlich unbarmherzig sein«, sagte der Richter mit einem Schmunzeln.

»Die Frage ist, ob *Sie* unbarmherzig sind«, entgegnete Nat.

»Woher wissen wir denn, dass es wirklich Miss Olsen war, die die Zahlungen in Auftrag gegeben hat? Vielleicht liegt hier postmortale Veruntreuung vor? Sie kann zum Zeitpunkt der Zahlungen bereits tot gewesen sein.«

»Die Zahlungen gingen an eine bekannte und seriöse Privatklinik. Dort hat man uns bereits bestätigt, dass sie eine Abtreibung durchführen ließ, und …«

»Moment mal! Diese Summe war ja wohl nicht für eine Abtreibung!«

»Das wissen wir. Es wäre tatsächlich möglich, dass sich jemand von ihrem Konto bereichert hat. Das wiederum könnte bedeuten, dass sie während des Eingriffs verstarb und die Klinik die Sache anschließend vertuschte und ihr Konto anzapfte.«

Der Richter sah verärgert aus. »Jetzt befinden wir uns wieder im Reich der Spekulationen, nicht wahr?«

»Ich verstehe, worauf Sie hinauswollen, Euer Ehren … Aber eines ist keine Spekulation: dass Geld von ihrem Konto – das sie in *England* eröffnete – abging, und zwar mehr als *ein Jahr* lang, nachdem sie angeblich schon tot war. Das lässt darauf schließen, dass sie zumindest für diesen Zeitraum noch am Leben war – und die *freiwillige* Entscheidung traf, nicht mit ihrer Familie in Kontakt zu treten.«

»Es lässt vielleicht darauf *schließen*, Mr. Anderson, aber es *beweist* es nicht.«

»Korrekt. Aber Sie müssen zugeben, dass es ein radikal neues Licht auf den Fall wirft, Euer Ehren.«

17.19 Uhr Pazifische Sommerzeit

Nach Alex‘ unerwartet schroffer Reaktion auf die Tatsache, dass er sich in Dorothys Bankkonto gehackt hatte, beschloss David, seine Aufmerksamkeit wieder der Festplatte zu widmen.

Ungeachtet der anfänglichen Skepsis seines Vaters schien das Gedicht, das er zu Tage gefördert hatte, für Aufsehen gesorgt zu haben. Alle, die es gelesen hatten, waren einhellig der Meinung, dass Dorothy in diesem Gedicht ihre Wut auf Clayton Burrow zum Ausdruck gebracht hatte. Das Gedicht hatte sogar bewirkt, dass Burrow die Vergewaltigung von Dorothy Olsen gestanden hatte, auch wenn er den Mord immer noch abstritt.

Es war also sinnvoll, wenn David versuchte, auch den Rest des Gedichts auszugraben. Da die Strophe keinen Titel trug, war sie offensichtlich nur ein Gedichtfragment. Ein Dichter – selbst ein Amateur – gab seinen literarischen Ergüssen normalerweise einen Titel und schrieb seinen Namen darunter, selbst wenn er sie hinterher nur auf dem eigenen Computer abspeicherte.

Die Tatsache, dass weder über noch unter der Strophe etwas stand, deutete darauf hin, dass es sich um das Fragment eines Entwurfs handelte, und nicht um die endgültige Fassung. Aber wo war der Rest? Vermutlich irgendwo auf der Festplatte, er musste ihn nur finden. David nahm sich eine Minute Zeit, um über den Wortlaut der bereits gefundenen Strophe nachzudenken.

Vor dem Spiegel zerrtest du mir
die Kleider vom Leib und pauktest mir ein,
dass ich kein bisschen, kein bisschen
das bin, was ich sein müsste,
um in deinen Augen wertvoll zu sein.

Vermutlich war das ganze Gedicht in diesem Stil verfasst. Aber er war Naturwissenschaftler, kein Linguist oder Lyrikexperte. Wie ließ sich der Computer nach einem bestimmten Stil absuchen? Wie ließ sich dieser Stil in einem Computerprogramm beschreiben?

Dann hatte er die rettende Idee. Die Strophe richtete sich an jemanden, der schlicht als »du« bezeichnet wurde. Beim Rest des Gedichts war es vermutlich genauso. Der Trick bestand also darin, ein Programm zu schreiben, das das Wort »du« erkannte, wenn es mehr als einmal in unmittelbarer Nachbarschaft auftauchte! Er konnte eine diesbezügliche Suchanfrage in C++ schreiben, der überaus leistungsfähigen Programmiersprache, mit deren Hilfe sich schnelle Programme kreieren ließen.

Innerhalb von Minuten lief das Suchprogramm, und das Hauptprogramm fütterte es mit Texten aus den Bereichen der Festplatte, von denen David glaubte, sie könnten den Rest des Gedichts enthalten.

Es dauerte nicht lange, bis er eine weitere Strophe gefunden hatte:

Nicht kaltblütig, voller Wut brülltest du auf mich ein
und zerstörtest jede Hoffnung in mir,
deiner würdig zu sein.
Erst als du starbst, sah ich ein,
was er sollte – dein Angriff auf mein Anderssein.

Noch mehr vorwurfsvolle Worte, die sich an ihren Peiniger richteten.

David erkannte, dass diese Zeilen nicht nur aus derselben Feder, sondern vermutlich auch aus demselben Gedicht stammten wie die andere Strophe. Dorothy brachte darin ihre Wut und ihre Bitterkeit gegenüber einem Feind zum Ausdruck, der ihr das Leben zur Qual gemacht hatte.

Er musste seinem Vater davon erzählen. Wieder machte er sich auf den Weg in das Büro, in dem er sein Handy zurückgelassen hatte. Er hatte bereits die Nummer eingegeben und wollte gerade den grünen Knopf drücken, als ihm plötzlich etwas einfiel. Er legte das Handy wieder weg und ging zurück zum Computer. Einige Sekunden stand er einfach vor dem Bildschirm und starrte auf die Worte.

»*Erst als du starbst…*«

Die Vermutung seines Vaters war falsch.

»Erst als du *starbst.*«

Clayton Burrow war nicht tot.

An wen auch immer sich das Gedicht richtete, Clayton Burrow war es jedenfalls nicht.

17.27 Uhr Pazifische Sommerzeit

»Kanzlei Alex Sedaka … Hallo?«

Juanita legte gerade wütend den Hörer auf, als Nat die Kanzlei betrat.

»Willst du die gute oder die schlechte Nachricht zuerst?«, fragte er.

»Spuck's schon aus!«

»Der Richter hat sich geweigert, eine erneute einstweilige Verfügung in Abwesenheit der Staatsanwaltschaft zu bewilligen, aber er hat eine Anhörung für halb neun angesetzt. Die Staatsanwaltschaft wurde bereits benachrichtigt. Wir haben Kopien der Kontoauszüge eingereicht, also kommen sie hoffentlich zur Vernunft und stimmen einer Wiederaufnahme des Verfahrens zu.«

Juanita lächelte, runzelte dann aber plötzlich die Stirn. »Bei diesem Staatsanwalt bin ich mir da nicht so sicher. Er scheint den Fall als Karrieresprungbrett zu betrachten.«

Nat ging in die Küche, um sich einen Kaffee zu machen.

»Willst du auch einen Kaffee?«, fragte er.

»Gern … einen starken bitte.«

Er machte sich an der Kaffeemaschine zu schaffen, während Juanita vor dem Computer sitzen blieb und weitertippte.

»Wer war das eigentlich?«, fragte er.

»Was?«

»Na, am Telefon vorhin.«

»Was meinst du?«

»Als ich vorhin reinkam, hast du mit irgendjemandem gesprochen.«

»Irgend so ein Idiot, der ständig anruft und wieder auflegt.«

»Vielleicht stimmt was mit der Leitung nicht und derjenige kann dich nicht hören.«

»Nein, er legt auf, nachdem ich mich gemeldet habe. Wenn er mich nicht hören könnte, würde er etwas sagen.«

»Vielleicht ist es ja genau andersrum und du kannst *ihn* nicht hören?«

»Er bleibt aber nicht lange genug in der Leitung, um viel zu sagen.«

»Dann ruf zurück.«

Er brachte den Kaffee ins Büro.

»Kann ich nicht. Die Nummer ist unterdrückt.«

»Echt?« Jetzt war Nat überrascht.

»Deshalb glaube ich auch, dass es Absicht ist. Ständig erscheint ›Nummer unterdrückt‹ auf dem Display, und wenn ich dann drangehe, werde ich mit Schweigen gestraft.«

»Lass mich ans Telefon, wenn er wieder anruft.«

»Warum?«, fragte sie grinsend. »Glaubst du, der Anrufer ist ein Frauenhasser?«

»Vielleicht ist er auch einfach nur gynophob«, erwiderte Nat und grinste zurück.

»Hast du wieder einen deiner Fernkurse besucht?«

»Haha, sehr witzig.«

Als das Telefon erneut klingelte, streckte Juanita instinktiv die Hand danach aus. Beim Abnehmen sah sie, dass der Anruf mit unterdrückter Nummer erfolgte. Hastig winkte sie mit der anderen Hand, um Nats Aufmerksamkeit zu erregen. Er beugte sich herüber und nahm den Hörer von ihr entgegen.

»Kanzlei Alex Sedaka«, sagte Nat.

»Wir müssen reden«, erwiderte eine vertraute Stimme.

17.34 Uhr Pazifische Sommerzeit

Alex hatte bei Jonathan keine weiteren Fortschritte gemacht. Er wusste, dass Jonathan log oder zumindest etwas verheimlichte, aber er konnte ihn nicht zwingen, damit herauszurücken. Er durfte nicht vergessen, dass Jonathan der Bruder der jungen Frau war, für deren Ermordung sein Mandant verurteilt worden war. Wie sehr die neuen Beweise auch dafür sprechen mochten, dass Dorothy ein Jahr nach ihrem Verschwinden noch am Leben gewesen war, sie bewiesen nicht, dass sie heute noch lebte. Was auch immer Jonathan ihm verheimlichte, es gab keinen Grund zu der Annahme, dass er Clayton Burrow zu Unrecht für den Tod seiner Schwester verantwortlich machte.

Aber Alex fragte sich, was Esther Olsen wohl darüber wusste. Sie und Dorothy waren zum Zeitpunkt von Dorothys Verschwinden zwar zerstritten gewesen und hatten kaum miteinander geredet, aber sie hatten immerhin unter ein und demselben Dach gelebt. Hatte sie wirklich überhaupt nichts von dem mitbekommen, was in Dorothys Leben passierte?

Dieses Thema hatte nun, da sich Esthers Zustand verschlechtert hatte, an Dringlichkeit gewonnen. Von Juanita wusste Alex, dass sie im Krankenhaus war und nach Alex gefragt hatte. Gleich im Anschluss an das Gespräch mit Jonathan fuhr er daher zum Idylwood Care Center in Sunnyvale, um sie zu besuchen.

Plötzlich plärrte Dvořáks *Aus der Neuen Welt* aus seinem Handy, und Davids Name erschien auf dem Display.

»Hallo David.«

»Hi Dad. Eilmeldung.«

»Was gibt's?«

»Noch mehr Lyrik.«

Alex lächelte. »Irgendwas von Bedeutung?«

»Ich glaube schon.«

»Ich kann jetzt gerade nichts lesen, ich sitze im Auto.«

»Soll ich es dir vorlesen?«

»Wenn du denkst, dass es wichtig ist.«

»Sag du's mir. Zuerst habe ich folgende Strophe gefunden: ›Nicht kaltblütig, voller Wut brülltest du auf mich ein / und zerstörtest jede Hoffnung in mir, / deiner würdig zu sein. / Erst als du starbst, sah ich ein, / was er sollte – dein Angriff auf mein Anderssein.‹ Achte auf die fünfzeilige Struktur und den Reim auf die Silbe ›-ein‹ bei vier der fünf Zeilen.«

»Okay, du sagst, das hättest du zuerst gefunden?«

»Genau. Ich wollte dich auch eigentlich sofort anrufen, aber dann ist mir die Zeile ›Erst als du starbst‹ ins Auge gestochen. Dieser Teil ist unlogisch, Clayton Burrow lebt schließlich noch.«

»Aber nicht mehr lange, wenn wir nicht einen Zahn zulegen.«

»Okay, aber als sie das geschrieben hat – ich nehme an, das war, bevor sie nach England flog –, stand sein Leben noch nicht auf der Kippe. Und das bedeutet, dass das Gedicht nicht an Burrow gerichtet ist. Gleichzeitig ist aus Sprache und Tonfall ersichtlich, dass sie wütend war auf die angesprochene Person. Sie gibt dieser Person die Schuld an ihrem Leid.«

»Ich verstehe, was du meinst. Da fällt mir ein, dass mir Jonathan eine ziemlich mysteriöse Antwort gegeben hat, als ich gefragt habe, warum er meint, Dorothy sei bei ihrer Mutter zu kurz gekommen. Er sagte: ›Man kann sich versündigen, indem man etwas tut, aber auch, indem man etwas unterlässt.‹«

»Kann schon sein«, erwiderte David, der sich nicht von seiner Linie abbringen ließ, »aber in dieser Strophe geht es nicht um etwas, das unterlassen wurde. Man merkt an der Sprache, dass es nicht um jemanden geht, der bloß zugelassen hat, dass sie leidet. Das Gedicht richtet sich an eine Person, die ihr Leid aktiv verursacht hat. Aber das ist noch nicht alles. Ich habe noch zwei weitere Strophen gefunden. Hör dir das an: ›Ich war zu jung, um zu versteh'n, / dass du nur versuchtest, mich zu befrei'n, / ich sollte gar nicht anders sein, / sondern die Wirklichkeit. / Wie früher, eitel Sonnenschein.‹ Das ist die eine Strophe. Und dann die nächste: ›Von den Toten erwecken wolltest du ein / dreijähriges Kind – so klein. / Aber meine Bedürfnisse kreisten um mich allein, / ich streifte meine äußere Hülle ab und ließ sie herein, / die Freiheit.‹ Das war's.«

»Gute Arbeit, David.«

»Ist es jetzt wichtig oder nicht?«

Die Zeilen »Von den Toten erwecken wolltest du ein / dreijähriges Kind – so klein« erinnerten Alex an etwas. »Edgar Olsen hat sein dreijähriges Kind bei einem Verkehrsunfall verloren«, grübelte er laut vor sich hin.

»Und wer ist Edgar Olsen?«

»Dorothys Vater. Er hatte einen Sohn aus erster Ehe, der bei einem Autounfall ums Leben kam.«

»Interessant. Mir ist da nämlich noch was aufgefallen.«

»Was denn?«

»Achte mal auf die Abweichungen im Rhythmus. Die Zeilen reimen sich immer auf die Silbe ›-ein‹, aber an unterschiedlicher Stelle, je nach Strophe. Ein Lyrik-Kritiker könnte sich da wahrscheinlich halb tot analysieren.«

»Ich dachte, du würdest nicht auf diesen ›geisteswissenschaftlichen Mist‹ stehen – wie du es genannt hast.«

»Tu ich auch nicht. Aber als Naturwissenschaftler verfolge

ich einen methodischen Ansatz und habe im Internet recherchiert.«

»Dann lass mal die Pointe hören.«

»Ich hab ein Gedicht von Sylvia Plath mit einer ähnlichen fünfzeiligen Struktur und einem unregelmäßigen, auf einer einzigen Endungssilbe basierenden Rhythmus gefunden. Es heißt ›Daddy‹.«

17.42 Uhr Pazifische Sommerzeit (01.42 Uhr Britische Sommerzeit, 15. August 2007)

Susan White plagten Gewissensbisse. Stuart hatte ihr versprochen, dass er sie zurückrufen würde, sobald es ihm gelungen war, eine juristische Freigabe zu bekommen oder zumindest eine Bestätigung, dass sie die Informationen herausgeben durften. Seither hatte sie nichts mehr von ihm gehört … und das Schweigen des Telefons kam ihr ohrenbetäubend vor.

Lag es daran, dass die Antwort seiner Anwälte negativ ausgefallen war? Oder hatte er sich gar nicht erst die Mühe gemacht, juristischen Rat einzuholen?

Wahrscheinlich ist er einfach wieder ins Bett gegangen!

Sie überlegte, ob sie den Mut aufbringen würde, erneut bei ihm anzurufen. Wenn er wach und immer noch mit der Sache beschäftigt war, konnte er ihr wohl kaum zum Vorwurf machen, dass sie nachfragte, was es Neues gab. Und wenn er schlief und sauer reagierte, konnte sie ihm zu Recht vorhalten, er habe sein Versprechen nicht gehalten – und das, obwohl ein Menschenleben auf dem Spiel stand.

Außerdem konnte sie den Anruf dadurch rechtfertigen, dass sie inzwischen über zusätzliche Informationen verfügte. Schließlich hatte ihr die Frau aus der Kanzlei in der Zwischenzeit verraten, dass man in Amerika über die Summe Bescheid wusste, die Dorothy an die Klinik gezahlt hatte.

Das ist es! Dafür kann er mir nicht die Schuld geben!

Sie drückte die Schnellwahltaste für Stuarts Privatnummer. Es klingelte siebenmal, bevor der Hörer abgenommen wurde. Bei jedem Klingelton war Susan kurz davor, wieder aufzulegen.

Wie wird er wohl darauf reagieren, dass ich ihn um diese Zeit anrufe?

Aber sie behielt die Nerven und redete sich immer wieder ein, dass das Recht auf ihrer Seite war.

»Hallo!«, meldete sich eine verärgerte weibliche Stimme. Stuarts Frau hatte den Hörer abgenommen. Genau davor hatte Susan Angst gehabt – unter anderem.

»Hallo, könnte ich bitte mit Stuart sprechen – mit Mr. Lloyd?«

»Wer ist da?«

»Susan White … aus der Klinik.«

»*Sind Sie jetzt vollkommen verrückt geworden?*«

»Es tut mir leid. Mr. Lloyd sagte, er würde mich zurückrufen. Es ist dringend.«

»*Wissen Sie, wie viel Uhr es ist?*«

»Es geht um Leben und Tod.«

Sie wusste nicht, wie viel Stuart seiner Frau erzählt hatte, aber sie hatte das Gefühl, dieser Frau eine Erklärung schuldig zu sein.

»Er schläft bereits.«

»Er *schläft*?«

»Ja, er schläft! Es ist … fast zwei Uhr morgens.«

»Aber in Kalifornien ist es acht Stunden früher.«

»Was hat denn Kalifornien damit zu tun?«

Stuart hatte seiner Frau also überhaupt nichts gesagt.

»Wer ist dran?«, fragte eine müde, verwirrte Männerstimme im Hintergrund.

»Niemand. Schlaf weiter.«

Als Susan diese Worte hörte, wurde sie fuchsteufelswild.

Ihr war vollkommen klar, was hier vor sich ging, aber sie war sich nicht sicher, wie sie damit umgehen sollte. Mrs. Lloyd hatte offensichtlich keine Ahnung von dem Mann im Todestrakt und verstand daher nicht, dass es buchstäblich um Leben und Tod ging.

Sie denkt bestimmt, ich bin nur eine hysterische Krankenschwester.

Eigentlich hätte sich ihre Wut gegen Stuart richten müssen, das war ihr klar. *Er* war derjenige, der sein Versprechen nicht gehalten hatte. *Er* war derjenige, der genau wusste, worum es ging, und dennoch beschlossen hatte, untätig zu bleiben. *Er* war derjenige, der einfach wegsah, während das Leben eines Menschen auf dem Spiel stand.

Vielleicht änderte Stuart seine Meinung ja, wenn sie ihm von den neuesten Entwicklungen erzählte: der Anrufer aus Amerika, der sie davor gewarnt hatte, Patientendaten herauszurücken … die Frau aus der Kanzlei, die enthüllt hatte, dass sie von den vierzigtausend Pfund wussten. Aber davon konnte sie ihm nur erzählen, wenn sie an seinem Wachhund vorbeikam und mit ihm sprechen durfte.

Sie erwog, Mrs. Lloyd von dem Mann im Todestrakt zu erzählen, von den Anrufen, von allem. Stuart würde schäumen vor Wut, er würde es als ungeheuerlichen Vertrauensbruch betrachten. Wenn Stuart seine Frau nicht selbst eingeweiht hatte, stand es ganz sicher nicht Susan zu, das zu übernehmen. Aber wenn sie ihr nicht davon erzählte, würde sie nie zu ihm vordringen.

Von welcher Seite man die Sache auch betrachtete, ihr blieben nur zwei Alternativen: Entweder sie ließ zu, dass ein unschuldiger Mann hingerichtet wurde, oder sie zog die Wut ihres Vorgesetzten auf sich. Dass ein unschuldiger Mensch starb, würde sie ganz bestimmt nicht zulassen, aber wenn sie Stuart sowieso wütend machte, warum dann mit einer halbgaren Geste? Warum sorgte sie nicht dafür, dass zumindest das richtige Ergebnis dabei herauskam?

Auf einmal wusste sie, was sie zu tun hatte.

»Also gut. Entschuldigen Sie die Störung, Mrs. Lloyd.«

»Gute *Nacht*!«

Susan legte den Hörer auf. Mit dem Reden hatte es nun ein Ende. Sie ging ins Büro und setzte sich an den Computer. Sie war nie gut im Maschinenschreiben gewesen, aber auf dem Computer war ein Textverarbeitungsprogramm installiert, mit dem sich Fehler leicht ausbügeln ließen. Der Brief, den sie aufsetzte, enthielt sowohl das Datum, an dem Dorothy in der Klinik aufgenommen worden war, als auch das Datum ihrer Entlassung. Sie beschloss, Art und Kosten der Behandlung unerwähnt zu lassen. Die Frau hatte gesagt, dass sie nur die Daten benötigte.

Aber der Brief musste so aussehen, als wäre er von der Klinik autorisiert, damit ihn die Gerichte in Amerika anerkannten. Das hieß, dass er den Briefkopf der Klinik tragen und von jemandem in verantwortlicher Position genehmigt sein musste. Und eine Krankenschwester, selbst eine Oberschwester, besaß wohl kaum die nötige Autorität, um ein Gericht in den Vereinigten Staaten davon zu überzeugen, eine Hinrichtung in letzter Sekunde abzusagen.

Nein, der Brief brauchte die Unterschrift einer hochrangigen Persönlichkeit, und wer war hochrangiger als der Verwaltungschef? Die Wut, die sie beim Gedanken an die Ungerechtigkeit empfand, zu der ihr Chef es beinahe hätte kommen lassen, half Susan, ihre Angst zu überwinden. Rasch tippte sie den Namen »Stuart Lloyd« ans Ende des Briefes. Um den Gerichten nicht die Ausrede zu liefern, der Brief sei zu spät eingetroffen, gab sie als Datum den vierzehnten statt den fünfzehnten August an. Schließlich war in Amerika noch der vierzehnte. Dann klickte sie auf »Drucken«.

Sobald der Brief ausgedruckt war, legte sie ihn vor sich auf den Schreibtisch, um ihn zu unterschreiben.

»Bei dir alles in Ordnung?«

Susan fuhr vor Schreck regelrecht in die Höhe.

Danielle, die junge Schwester, die erst seit zwei Monaten auf der Station arbeitete, stand in der Tür und sah Susan verdutzt an.

»Ja, ja … alles in Ordnung.«

Danielle wirkte immer noch besorgt, ließ aber wenigstens keine Spur von Misstrauen erkennen. »Oh … na dann. Aber wenn du was brauchst, meldest du dich, ja?«

Mit pochendem Herzen sah Susan zu, wie Danielle zurücktrat und die Tür schloss. Sicherheitshalber wartete sie noch einen Moment, bevor sie ihre Aufmerksamkeit wieder dem Brief widmete. Ein letztes Mal wurde sie von Unentschlossenheit geplagt und verharrte mit dem Stift über dem Unterschriftenfeld. Sie beging eine Straftat. Dafür verlor sie im günstigsten Fall ihren Job und landete im ungünstigsten Fall im Gefängnis. Man würde sie fragen, warum sie nicht mit ihrem eigenen Namen unterschrieben hatte. Man würde es so hinstellen, als hätte sie mit Stuarts Namen unterschrieben, um ihre eigene Identität zu verbergen und ihren Regelverstoß zu vertuschen, und nicht etwa, um dem Brief mehr Autorität zu verleihen. Man würde sie verunglimpfen und ihre Motive in Frage stellen.

Aber das machte nichts, wenn dadurch ein unschuldiger Mensch vor dem Tod bewahrt wurde. Es war die richtige Entscheidung.

Sie bemühte sich, ihre zitternde Hand zu kontrollieren, und unterschrieb den Brief sauber und gut leserlich mit »Stuart Lloyd«. Sie wollte den Gerichten keinen Vorwand dafür liefern, die Echtheit der Unterschrift oder des Briefes anzuzweifeln.

Dann ging sie mit dem Brief zum Faxgerät, legte ihn in den Papiereinzug und tippte die Nummer ein, die auf dem Anfrageschreiben der Kanzlei stand. Wieder zögerte sie. Mit geschlossenen Augen ließ sie den Finger dann auf den grünen Knopf fallen und lauschte mit angehaltenem Atem den Wählgeräuschen und dem beinahe melodischen Ton, der erklang, als das Faxgerät mit seinem Gegenstück in Amerika in Verbindung trat. Das Blatt Papier wurde langsam eingezogen, und an den Rändern des Scanners leuchtete es grün.

Erst als ein letzter Piepton verkündete, dass die Verbindung beendet war, und die Worte »Faxvorgang abgeschlossen« auf der LCD-Anzeige erschienen, nahm Susan White ihre normale Atmung wieder auf.

Sie sah auf die Uhr. In zehn Minuten war ihre Schicht zu Ende, und sie konnte mit gutem Gewissen nach Hause gehen.

18.01 Uhr Pazifische Sommerzeit

»Ich bin so schnell gekommen, wie ich konnte, Mrs. Olsen.«

»Ich weiß.« Ihre Stimme war schwach. »Sie sind ein guter Mensch, Mr. Sedaka. Auch wenn es vielleicht so aussieht, als wären wir Feinde: Ich weiß, dass Sie ein guter Mensch sind.«

Alex war verlegen. Alles an dieser Frau bewirkte, dass er sich unwohl fühlte ... nein, nicht wirklich unwohl ... eher gehemmt. »Mrs. Olsen, ich fürchte, ich bin bei Clayton Burrow nicht viel weitergekommen.«

»Ich weiß«, sagte sie sanft und schenkte Alex ein kraftloses, aber aufmunterndes Lächeln, um ihm zu zeigen, dass sie ihm seinen Misserfolg nicht übelnahm.

»Clayton Burrow behauptet, er wüsste nicht, wo Ihre Tochter ist.«

»Beharrt er immer noch auf seiner Unschuld?«

Alex zögerte. »Na ja, ich bin mir nicht sicher, ob ...« Er verstummte, als er bemerkte, dass Esther Olsen den Kopf schüttelte.

Sie sah furchtbar zerbrechlich aus, viel zerbrechlicher als in Dusenburys Büro, zerbrechlicher noch, als er erwartet hatte. Die Ärzte hatten sich anfangs sogar geweigert, ihn zu ihr zu lassen, trotz seines Hinweises, dass sie nach ihm gefragt hatte. Aber Esther Olsen hatte gegen den ausdrücklichen Rat ihrer Ärzte darauf bestanden, ihn zu empfangen.

»Er bestreitet den Mord noch immer«, sagte Alex mit einem Seufzen.

Esther Olsen nahm diese Auskunft mit einem zögernden Nicken zur Kenntnis.

»Aber er hat etwas anderes zugegeben.«

Der Hauch eines Lächelns erschien auf ihrem Gesicht. Sie versuchte sich aufzusetzen, fiel jedoch erschöpft wieder in ihr Kissen zurück.

Alex beugte sich vor. »Sie sind zu schwach«, sagte er tröstend. »Bemühen Sie sich nicht.«

»Was hat er gesagt? Was hat er zugegeben?«

»Ich weiß nicht genau, wie ich es ausdrücken soll …«

»Sagen Sie es einfach!«

»Er hat zugegeben, Ihre Tochter vergewaltigt zu haben.«

Esther Olsen nickte langsam, so als bedeutete selbst dieses Teilgeständnis ein wenig Trost für sie. »Das ist gut«, sagte sie, mehr zu sich selbst als zu Alex. »Das ist gut.«

»Mrs. Olsen … haben Sie davon gewusst? Damals, meine ich?«

Zum ersten Mal, seit sie sich kannten, hielt Esther Olsen seinem Blick nicht stand. Fast schuldbewusst sah sie zur Seite.

»Mrs. Olsen?«

»Wir haben kaum miteinander gesprochen.«

»Das weiß ich, Mrs. Olsen. Aber Sie haben immerhin unter demselben Dach gewohnt wie Ihre Tochter. Haben Sie es gewusst?«

Sie nickte langsam. »Ja, ich habe es gewusst. Ich habe zufällig ein Gespräch zwischen ihr und Jonathan mit angehört.«

»Ein Gespräch über die Vergewaltigung?«

»Ja.«

»Wann war das?«

»Eine Woche, bevor sie verschwand.«

»Genau eine Woche?«

»Ja. Sie ist an einem Samstag verschwunden, und das Gespräch fand am Samstag davor statt.«

Alex rechnete rasch im Kopf nach. Dorothy war am 23. Mai verschwunden. Vergewaltigt worden war sie an ihrem Geburtstag, dem 1. April. Warum hatte sie mit Jonathan erst sechs Wochen später darüber gesprochen? Ihm fiel ein, dass Jonathan gesagt hatte, sie sei »in Tränen aufgelöst« nach Hause gekommen. Das musste am Tag der Vergewaltigung gewesen sein.

Aber am 19. Mai hatte sie ein Ticket nach England gebucht und war wenige Tage später verschwunden. War in dem Gespräch mit Jonathan, das Mrs. Olsen eine Woche vor Dorothys Verschwinden belauscht hatte, also wirklich nur von der Vergewaltigung die Rede gewesen, oder …

»Mrs. Olsen … wussten Sie, dass Dorothy schwanger war?«

Esther sah ihn überrascht an. Noch bevor sie den Mund aufmachte, wusste Alex, dass nicht die Schwangerschaft sie überraschte, sondern die Tatsache, dass Alex davon wusste. Ihr Gesicht verriet mehr, als ihr lieb war. Sie wussten beide, dass das Geheimnis gelüftet war.

»Ja, ich habe es gewusst.«

»Haben Sie auch gewusst, dass sie abgetrieben hat?«

Die Überraschung war Esther Olsen anzusehen. »Sind Sie sicher?«

»Ziemlich.«

»*Das* habe ich nicht gewusst.« Sie klang aufrichtig.

Aber das war unlogisch. Dorothy musste sich vor dem Kauf des Flugtickets zur Abtreibung entschieden haben.

»Hat sie denn darüber nicht auch mit Jonathan gesprochen?«

»Ich habe die beiden miteinander flüstern hören.«

»Aber sie hat nicht erwähnt, dass sie abtreiben wollte?«

»Doch, erwähnt hat sie es.«

»Aber ich dachte, Sie hätten gesagt …«

»Ich habe gesagt, ich wusste nicht, dass sie die Abtreibung

tatsächlich vornehmen ließ. Dass sie darüber nachdachte, wusste ich. Das hat sie zu Jonathan gesagt. Er war ihr natürlich keine große Hilfe, er war ja noch ein Kind. Aber ich glaube, sie hat ihn als Resonanzboden für ihre Gedanken und Ideen benutzt. Ich wünschte, sie hätte mit mir darüber sprechen können. Sie war das einsamste Kind der Welt und konnte nicht einmal ihre eigene Mutter um Rat fragen.«

»Warum sind *Sie* nicht auf sie zugegangen?«

»Ich konnte sie nicht darauf ansprechen. Wenn ich das Gespräch erwähnt hätte, hätte sie mir sofort vorgeworfen, sie belauscht zu haben. Wir hätten uns nur wieder gegenseitig angebrüllt, und danach hätte sie mich noch mehr gehasst. Ich musste warten, bis sie von selbst zu mir kam. Sie hat es nie getan. Und das ist es, was ich im Leben am meisten bereue.«

»Was hätten Sie denn gerne zu ihr gesagt?«

»Es hätte schon gereicht, wenn ich einfach nur für sie da gewesen wäre. Ob ich ihr einen Rat hätte geben können, weiß ich nicht. Wir gehörten verschiedenen Generationen an. Meine Entscheidung ist eine andere gewesen als ihre.«

Die Worte trafen Alex wie die knallharte Rechte eines Schwergewichtlers. »Ist eine andere *gewesen*?«

»Als *ich* vor dieser Wahl stand, habe ich mich *für* das Baby entschieden.«

Alex war vollkommen perplex. »Als *Sie* vor dieser Wahl …« Er brach ab und sammelte sich. »Moment mal, wurden Sie etwa auch … vergewaltigt?«

18.04 Uhr Pazifische Sommerzeit

»Hör zu, ich kann jetzt nicht vorbeikommen«, sagte er mit gedämpfter Stimme. »Von mir wird erwartet, dass ich arbeite, solange noch eine Chance besteht, ihn zu retten. Ich versuche, mich so bald wie möglich abzuseilen. Hab dich lieb.«

Nat legte den Hörer auf.

Der Empfangsbereich war leer gewesen, als das Fax angekommen war. Juanita war gerade draußen gewesen, um Sandwiches zu kaufen, und Nat hatte das Faxgerät von seinem Schreibtisch aus zwar gehört, sich jedoch nichts dabei gedacht. Wenn er nicht so rastlos gewesen wäre, hätte er sich gar nicht die Mühe gemacht nachzusehen. Um diese Zeit war der Arbeitstag normalerweise zu Ende. Er hatte zwar auch vorher schon Überstunden gemacht, wenn sie morgens einen großen Fall hereinbekamen, aber an gewöhnlichen Tagen machte er sich um diese Zeit auf den Heimweg.

Stattdessen schlenderte er gerade mit seiner x-ten Tasse Kaffee ziellos zum Empfangsbereich hinüber, als ihm auffiel, dass das Papierfach des Faxgeräts leer war. Juanita war wohl so beschäftigt gewesen, dass sie vergessen hatte, es aufzufüllen. Er nahm einige Bögen Papier aus einer halbleeren Packung, fächerte sie auf und legte sie ins Papierfach.

Als er das Fach zurück in Position schob, erwachte das Faxgerät zum Leben und fing an zu drucken. Es musste also ein Fax in der Warteschleife gesteckt haben. Wie sich herausstellte, handelte es sich nur um eine Seite. Er nahm sie entgegen und warf einen Blick darauf, während er durch den Empfangsbereich zurück zu seinem Büro ging.

Als er den Briefkopf erkannte, verschüttete er fast seinen Kaffee. Und als er den Brief zu lesen begann, musste er sich setzen und den Kaffee auf den Schreibtisch stellen.

Das hatte er nicht erwartet – er war alles andere als erfreut. Schnell ging er zum Reißwolf hinüber.

18.05 Uhr Pazifische Sommerzeit

Alex hatte auf Davids Gedichtinterpretationsversuche zunächst gleichgültig reagiert, aber sein Interesse war erwacht, als David ihm von den stilistischen Gemeinsamkeiten mit dem Gedicht von Sylvia Plath erzählt hatte. Mangels neuer Anweisungen betrachtete David dieses Interesse als grünes Licht für die Suche nach weiteren Strophen. Nach Möglichkeit wollte er das ganze Gedicht auftreiben.

Selbst wenn es ihnen nicht weiterhalf, gab es im Moment einfach nichts Besseres, nach dem er hätte suchen können. Sie hatten die Sache mit dem Flug nach England und der Klinik herausgefunden. Weitere illegale Zugriffe auf das Bankkonto waren tabu. Die Suche nach weiteren Strophen war das Einzige, was er noch tun konnte.

Inzwischen hatte er Routine. Er setzte den Computer erneut auf Sequenzen an, in denen das Wort »du« mehrmals aufeinanderfolgte. Innerhalb von Sekunden hatte der ans Rastertunnelmikroskop gekoppelte Computer ein weiteres Ergebnis ausgespuckt.

> Jimmy hieß er, er war noch ganz klein,
> als er starb – wie gemein,
> denn am Steuer saßest du, die Schuld war dein
> Untergang, dein Schicksal, deine Pein.
> Gesprochen hast du nie von ihm.

18.06 Uhr Pazifische Sommerzeit

»Nein, Mr. Sedaka, vergewaltigt wurde ich nicht. Aber die Schwangerschaft war trotzdem ungewollt. Ich habe den Fehler begangen, drei Tage vor meiner Hochzeit eine Nacht mit einem vollkommen Fremden zu verbringen.«

Alex war schockiert. Esther Olsen schien ihm nicht der Typ für so etwas zu sein. Aber gab es das überhaupt, einen »Typ« für so etwas?

Wer war er denn, dass er sich ein Urteil erlaubte? Er selbst war in seiner Jugend genauso gedankenlos gewesen. Er hatte Melody geschwängert, als sie noch mitten im Medizinstudium steckte, und vier Monate später hatten sie in aller Eile geheiratet. Wie Esther Olsen hatte sich auch Melody für das Kind entschieden, und diese Entscheidung hätte ihre Karriere beinahe zum Entgleisen gebracht. Allein ihre Zähigkeit und Entschlossenheit – und eine Mutter, die sie unterstützte – hatten sie in der Spur gehalten.

»Wie ist es dazu gekommen?«

»Es passierte auf einer dieser Verbindungspartys, bei denen man sich sinnlos besäuft. Sie wissen schon, was ich meine.«

»Allerdings«, bestätigte Alex. »Und was passierte dort? Sie hatten ungeschützten Sex mit einem Fremden und wurden von ihm schwanger?«

»So ist es.«

»Und nach Ihrer Hochzeit haben Sie dann plötzlich verhütet?« Das ergab keinen Sinn.

»Ich verstehe nicht ganz.«

»Ich meine, was macht Sie so sicher, dass er es war? Dieser Fremde? Woher wissen Sie, dass nicht Ihr Mann der Vater war?«

»Glauben Sie mir, ich weiß es.«

»Woher? Haben Sie einen DNA-Test gemacht? Oder nur einen Blutgruppentest?«

Esther Olsen erhob für einen kurzen Moment die Stimme: »Das … das spielt keine Rolle. Tatsache ist, dass ich es weiß.«

»Und Sie wissen nicht, wer der Vater ist? Seinen Namen, meine ich?«

»Nein. Wie gesagt, wir waren damals auf einer Party. Ich kannte nicht viele Leute dort, und wir hatten beide zu viel getrunken. Er war einer der wenigen, die nicht unausstehlich wurden, wenn sie betrunken waren. Die meisten Männer werden unausstehlich, wenn sie trinken.«

Alex kam plötzlich ein Gedanke. »Sie sagten, Sie hätten sich gegen eine Abtreibung entschieden?«

Sie sah ihn schweigend an.

Alex hakte weiter nach: »Das Kind war also …«

»Dorothy«, bestätigte sie.

»Wusste sie es?«

»Das spielt keine Rolle.«

»Wusste *Ihr Mann* es?«

»Das spielt keine Rolle.«

»Helfen Sie mir … ich muss es verstehen.«

»Warum ist das von Bedeutung? Sie war meine Tochter, auch wenn sie nicht Edgars Tochter war. Und ich habe sie geliebt, obwohl er sie nicht geliebt hat.«

»Wo ist er jetzt? Edgar, meine ich.«

»Er ist tot.«

In Alex' Kopf drehte sich alles. Konnte Esthers Entfremdung von ihrer Tochter mit seinem Tod zu tun haben?

»An was ist er gestorben?«

»Es war Selbstmord.«

»Bei Ihnen zu Hause?«

Das hätte erklärt, warum Esther Olsen nicht darüber sprechen wollte. Alex fragte sich, wie viele Geheimnisse im Hause Olsen gelüftet worden waren, bevor er sich umgebracht hatte.

»Nicht bei uns zu Hause. Er war schon ausgezogen.«

»Wissen Sie warum?«

»Wir waren damals bereits getrennt. Er ist ausgezogen, damit er seine Unabhängigkeit genießen konnte.«

»Nein, ich meine, warum er sich umgebracht hat?«

»Er war ein geplagter Mensch – schon vor unserer Ehe. Er hatte einen Sohn aus einer früheren Ehe verloren und gab sich selbst die Schuld daran. Er ist nie wirklich darüber hinweggekommen, es hat ihn sein ganzes Leben lang verfolgt. Ich glaube, daran ist schon seine erste Ehe gescheitert. Und irgendwann ist ihm die Bürde dann wohl zu viel geworden.«

»Wie hat er sich umgebracht?«

Alex fragte sich, ob es etwas Gewalttätiges wie das Aufschlitzen der Pulsadern gewesen war, oder etwas Prosaischeres wie Schlafmittel oder ein Auspuffschlauch.

»Mit einem Revolver. Er hat sich eine Kugel in den Kopf gejagt.«

18.19 Uhr Pazifische Sommerzeit

David sah auf die Uhr. Die Zeit verging, und er merkte, dass er kaum vorankam. Er hatte alles, was er bisher gefunden hatte, an seinen Vater weitergegeben, aber Alex hatte ihm erklärt, dass das noch nicht reichte. Sie brauchten dringend einen schriftlichen Nachweis dafür, dass Dorothy entweder noch lebte – oder von jemand anderem als Clayton Burrow umgebracht worden war. Einen solchen Nachweis würde er wohl kaum auf einem Computer finden, den sie vor ihrem Flug nach England zurückgelassen hatte. Aber vielleicht lieferte der Computer ja einen Anhaltspunkt für die weitere Suche.

Die Kontoauszüge hatten sie bereits als Beweismaterial vorgelegt, aber der Richter hatte sich geweigert, eine erneute einstweilige Verfügung auszustellen. Sie würden ihre Argumente wohl bei einer für halb neun angesetzten Anhörung vorbringen müssen. Und die bisherigen Beweise belegten lediglich, dass Dorothy rund ein Jahr nach ihrem Verschwinden noch am Leben gewesen war. Das stand zwar im Widerspruch zu der ursprünglichen Annahme, Clayton Burrow habe sie in der Nacht ihres Verschwindens umgebracht, untergrub aber keineswegs das Fundament der Anklage.

Die Anklageschrift besagte, dass Burrow Dorothy irgendwann zwischen ihrem Verschwinden am Samstag, den 23. Mai 1998, und der Entdeckung des belastenden Beweismaterials am Dienstag, den 19. Oktober 1999, umgebracht und zerstückelt und die Leiche im Anschluss vergraben hatte.

Der letzte Zeitpunkt, an dem sie nachweisbar noch gelebt hatte, war etwa Mitte Juni 1999. Es blieb also immer noch ein viermonatiges Zeitfenster, in dem Burrow das Verbrechen begangen haben konnte.

Natürlich war es trotz der gegenständlichen Beweise möglich, dass Burrow unschuldig war. Aber die Beweislage gegen ihn war erdrückend. Ausschlaggebend war nicht die Frage, *wann* er sie umgebracht hatte, sondern *ob* er sie umgebracht hatte. Und die Beweise sprachen immer noch dafür.

Eines jedoch wurde immer offensichtlicher: Dorothy Olsen war eine zutiefst gequälte Seele gewesen, und die Quälereien waren nicht nur von einem Lager ausgegangen. Die im Prozess vorgelegten Beweise sprachen dafür, dass sie tot war. Aber war Clayton Burrow wirklich der Mörder oder nur der Sündenbock?

Wenn es tatsächlich stimmte, dass er sie *vor* ihrem Verschwinden vergewaltigt hatte, dann war er der ideale Sündenbock. Aber wer konnte ihm den Mord angehängt haben? Offensichtlich der wahre Mörder. Aber wer war der wahre Mörder? David wusste es nicht. Er wusste nur, dass Dorothy in ihrem Vater einen weiteren Peiniger gehabt hatte. Zumindest wurde diese Theorie von den Gedichtauszügen gestützt, die er gefunden hatte.

David beschloss, seinen Vater anzurufen. Vielleicht war an der neuen Spur nichts dran, aber die Entscheidung, was damit zu tun war, überließ er lieber seinem Vater.

»Ja, David?«, antwortete Alex. An Tonfall und Hintergrundgeräuschen erkannte David, dass sein Vater im Auto saß.

»Ich habe noch eine Strophe gefunden.«

»Überrasch mich«, forderte ihn Alex auf.

David las ihm den letzten Fünfzeiler vor und betonte die Zeile »denn am Steuer saßest du, die Schuld war dein«.

»Genau darüber habe ich gerade mit Esther Olsen gesprochen.«

»Was hat sie gesagt?«

»Sie sagt, er hätte sich die Schuld am Tod seines Sohnes gegeben. Deshalb hat er auch Selbstmord begangen.«

»*Was?*«

»Allem Anschein nach hat er sich umgebracht.«

»Großer Gott. Was für eine Familie!«

»Du sprichst mir aus der Seele.«

»Ist es denn sicher, dass er sich umgebracht hat, weil sein Sohn gestorben ist?«

»Was meinst du?«

»Na ja, der Tod seines Sohnes aus erster Ehe muss doch Jahre her gewesen sein. Warum hätte er sich deswegen nach so langer Zeit umbringen sollen?«

»So ungewöhnlich ist das nicht. Schuld und Gewissensbisse wachsen oft mit der Zeit. Außerdem: Wegen was hätte er sich sonst umbringen sollen?«

»Vielleicht hat es irgendwas mit Dorothy zu tun.«

18.26 Uhr Pazifische Sommerzeit (02.26 Uhr Britische Sommerzeit, 15. August 2007)

»Wo gehst du hin?«, fragte Juanita.

Sie schien sich darüber zu wundern, dass Nat auf dem Weg nach draußen war. An normalen Tagen wäre das nichts Ungewöhnliches gewesen, aber heute war wohl kaum ein normaler Tag.

»Ich brauche frische Luft. Ich bin in ein paar Minuten wieder da.« Fast hätte er eine Zigarettenpause vorgeschoben, aber sie wusste, dass er nicht rauchte.

Sobald er draußen war, zückte er sein Handy und rief in der Finchley-Road-Klinik an. Eine Krankenschwester ging ans Telefon.

»Ich möchte mit Stuart Lloyd sprechen«, sagte Nat, den Namen wiederholend, den er auf dem Brief gelesen hatte.

»Wer spricht da bitte?«

»Mein Name ist Nathaniel Anderson. Ich rufe aus den Vereinigten Staaten an.« Er bereute sofort, dass er seinen echten Namen genannt hatte. Er wusste nicht, wer diese Frau war und welche Stellung sie in der Klinik hatte.

»Mr. Lloyd ist leider nicht hier. Er ist zu Hause.«

»Zu Hause?«

»Ja, es ist halb drei Uhr morgens.«

Die Frau hatte völlig recht. Daran hatte er gar nicht gedacht. »Wann … ich meine … wann ist er denn gegangen?«

»Das weiß ich nicht. Normalerweise geht er zwischen halb sechs und sechs nach Hause.«

»Aber das ist unmöglich! Er hat gerade ein Fax an meine … er hat vor weniger als einer halben Stunde ein Fax geschickt.«

»Von hier aus jedenfalls nicht. Zumindest habe ich ihn nicht gesehen. Ich glaube nicht, dass er hier war. Es sähe ihm gar nicht ähnlich, um diese Zeit in der Klinik zu sein.«

»Na ja, vielleicht ist es auch länger her als eine halbe Stunde. Das Fax hing in der Warteschleife unseres Faxgeräts fest, weil kein Papier mehr im Einzug war. Es könnte also durchaus sein, dass es früher gefaxt wurde.«

»Meine Doppelschicht hat aber bereits gestern Abend um sechs begonnen, und seither bin ich ihm nicht über den Weg gelaufen. Ich habe auch kein Licht im Büro oder in den anderen Abteilungen gesehen. Wir haben hier nur eine kleine Krankenstation, der Rest unserer Patienten wird ambulant behandelt. Aber er könnte natürlich trotzdem hier gewesen sein.«

In Nats Kopf drehte sich alles. *Was zum Teufel geht hier vor?* »Hören Sie, ich muss mit ihm sprechen.«

»Er ist erst morgen früh wieder hier. Normalerweise kommt er gegen halb neun.«

»Nein, Sie verstehen mich nicht: Ich muss *jetzt sofort* mit ihm sprechen.«

»Wie gesagt, das ist leider nicht möglich.«

»Dann brauche ich seine Privatnummer.«

»Ich fürchte, das geht nicht. Wir dürfen keine Privatnummern unserer Mitarbeiter herausgeben.«

Nat wurde immer genervter. »Na gut. Und seine Handynummer?«

»Seine Handynummer?«

»Ja, die Nummer von seinem … Mobiltelefon.«

»Ich weiß durchaus, was ein Handy ist«, entgegnete die Schwester unwirsch. »Die Handynummer darf ich natürlich genauso wenig herausgeben.«

»Verdammt, ich muss aber mit ihm reden!«

»Warum jetzt? Warum ist es so dringend?«

»Er hat ein Fax geschickt, in dem vertrauliche Daten einer Patientin preisgegeben werden!«

»Ich bin mir sicher, dass Mr. Lloyd so etwas nicht tun würde …«

»Hat er aber!« Nat wollte gerade erneut zum Brüllen ansetzen, als ihm klar wurde, dass es gar nicht mehr darauf ankam. Morgen früh nach Londoner Zeit war Clayton Burrow bereits tot. Wenn Stuart Lloyd das Fax in dem Glauben geschickt hatte, seine Pflicht damit erledigt zu haben, und danach nach Hause gegangen war, war es unnötig, ihn aus seinen Träumen zu reißen. »Also gut. Vielen Dank, Miss …«

»Michaels. Schwester Michaels. Könnten Sie Ihren Namen noch einmal wiederholen? Dann kann ich Mr. Lloyd ausrichten, dass Sie angerufen haben.«

»Das ist wirklich nicht nötig, danke.«

»Sind Sie sicher? Ich meine, wenn es irgendwelche Probleme gibt wegen diesem Fax …«

»Ich vertrete Miss Dorothy Olsen.«

»Dorothy Olsen?«

»Die Patientin. Um die es in dem Fax ging. Ich bin ihr Rechtsbeistand. Sie verwehrt sich entschieden dagegen, dass ihre vertraulichen Daten an Unbefugte weitergegeben werden.«

18.39 Uhr Pazifische Sommerzeit

»Er hat sich die Schuld gegeben, weil er tatsächlich schuldig war«, sagte die Frau bestimmt.

Alex war zu Gast bei der ersten Mrs. Olsen. Anita Olsen – oder Anita Morgan, wie sie sich inzwischen nannte – war eine schlanke, elegant gekleidete Blondine Mitte fünfzig. Mehr aus Neugier als aus irgendeinem anderen Grund hatte sie sich kurzfristig dazu bereit erklärt, sich mit ihm zu treffen. Nachdem er ihr am Telefon dargelegt hatte, wer er war und worin sein Anliegen bestand, stimmte sie zu, ihn bei sich zu Hause zu empfangen.

Der Frage, ob Clayton Burrow schuldig war oder nicht, stand sie neutral gegenüber, weil sie den Fall nicht näher verfolgt hatte. An der Verantwortung ihres Mannes für den Tod ihres Sohnes hatte sie hingegen keine Zweifel.

»Was meinen Sie mit ›schuldig‹?«, fragte Alex. »Schuldig im kriminellen Sinne?«

»Nein, im kriminellen Sinne war dieser besoffene Rüpel schuld, der Schlangenlinien gefahren ist und die Mittellinie überquert hat.«

»Aber dann …?«

»Mir geht es darum, wie er reagiert hat.«

»Wie hat er denn reagiert?«

»Statt zum Standstreifen hin auszuweichen, ist er nach links ausgewichen. Das andere Auto ist voll in die Beifahrerseite geknallt, Jimmy war sofort tot. Edgar war es wichtiger, sich selbst zu retten, als den kleinen Jimmy zu schützen.«

Anita Olsen schniefte in ihr Taschentuch. Alex verstand ihre Gefühle, aber diese Geste wirkte irgendwie unecht und gekünstelt.

»Saß Jimmy vorne?« Er verstand nicht, wie jemand ein dreijähriges Kind auf den Beifahrersitz setzen konnte, selbst in der damaligen Zeit.

»Nein, er war hinten, aber er hielt sich auf der rechten Fahrzeugseite auf. Er saß nicht, sondern ist herumgeklettert, wie es Dreijährige eben tun.«

»Er saß nicht in einem Kindersitz?«

»1977? Damals waren Kindersitze noch eine freiwillige Anschaffung. Er war noch nicht mal angeschnallt.« Sekundenlang verwandelte sich ihr neutraler Gesichtsausdruck in eine Grimasse, so als sei sie kurz davor, in Tränen auszubrechen. Aber sie kämpfte dagegen an und gewann schnell die Fassung zurück.

»Hatte er denn überhaupt Zeit zum Nachdenken? Edgar, meine ich. Bevor er ausgewichen ist?«

Anita Olsen bedachte ihn mit einem kalten Blick. »Ich weiß genau, was Sie denken: dass es eine instinktive Entscheidung war … der natürliche menschliche Selbsterhaltungstrieb.«

»Es tut mir leid. Ich wollte sein Verhalten keineswegs entschuldigen.«

»Nein, Sie haben schon recht. Es *war* eine instinktive Entscheidung. Und er wusste wahrscheinlich gar nicht, auf welcher Seite des Autos Jimmy gerade war. Wenn die Rückbank leer war, konnte Jimmy überall sein, es war unmöglich, ihn zum Stillsitzen zu bewegen. Aber Edgar trug die Verantwortung für ihn und hätte sich vergewissern müssen, dass er angeschnallt war.«

Alex blickte sich im Zimmer um. In gewisser Weise erinnerte es ihn an Jonathans Wohnzimmer, auch wenn es überhaupt nicht wie ein Schrein aussah und auch sonst in keiner Weise extrem war. Aber auf dem Kaminsims stand zum Andenken an den kleinen Jimmy ein fünfzehn Zoll großer digitaler Wechselbilderrahmen, der in Endlosrotation eine Auswahl an Fotos zeigte, vom Baby übers Kleinkind bis hin zu dem niedlichen dunkelhaarigen Dreijährigen, der Jimmy kurz vor seinem Tod gewesen war. An der körnigen Bildqualität erkannte man, dass die Fotos eingescannt waren. Einige zeigten den kleinen Jimmy mit seinem Vater oder seiner Mutter, manche mit beiden. Es gab sogar einige kurze Videosequenzen, offensichtlich 8mm-Filmmaterial, das konvertiert worden war.

Alex fragte sich, ob Anita Olsen die Fotos nur für ihn zeigte oder ob sie wirklich ständig durchliefen.

Wie auch immer, es war jedenfalls eine im Wortsinne bewegende Vorführung. Irgendwann änderte sich das Motiv der Fotos, und es waren zwei kleine Mädchen zu sehen. Wieder begann die Fotostrecke mit Baby- und Kleinkindfotos, auf die jedoch diesmal auch Teenageraufnahmen folgten. Danach erschien das Foto einer jungen Frau in den Zwanzigern. Alex dachte erst, es sei eine von Anitas Töchtern, aber dann begriff er, dass es Anita selbst war.

»Darf ich Ihnen eine persönliche Frage stellen?«, fragte er.

»Fragen dürfen Sie. Aber ich kann Ihnen nicht versprechen, dass Sie auch eine Antwort bekommen.« Sie lächelte, und er spürte ihre nervöse Anspannung. Als Anwalt hatte er eigentlich gelernt, dafür zu sorgen, dass die Leute sich wohlfühlten. In diesem Fall hatte er anscheinend genau das Gegenteil erreicht.

»Haben Sie nach Jimmy noch mehr Kinder bekommen?«

»Mit Edgar nicht. Mit meinem jetzigen Mann habe ich zwei Töchter.«

»Ah«, sagte er und war dankbar für die Erklärung. »Wann haben Sie sich von Edgar getrennt?«

»Etwa ein Jahr nach Jimmys Tod, also Anfang 1978.«

Während das Gespräch sich wieder Jimmy zuwandte, fiel Alex' Blick auf ein Video, in dem der kleine Junge Fußball mit einem Mann spielte, der mindestens ebenso blond war wie Anita. Er stand auf und machte einen Schritt auf den Bilderrahmen zu.

»Ist er das?«, fragte Alex. Seine Stimme klang eher verwirrt als neugierig.

»Wer? Edgar?«, erwiderte Anita. »Ja, warum?«

»Ich habe mich nur gerade gefragt, warum er sich die Haare blond gefärbt hat.«

»Hat er nicht. Das ist seine Naturhaarfarbe.«

»Man sieht nicht oft blonde jüdische Männer«, sagte Alex mit einem schiefen Lächeln.

»Edgar war ja auch nicht jüdisch.«

Alex warf Anita einen überraschten Blick zu.

»Seine zweite Frau war jüdisch, aber er nicht. Ich erinnere mich allerdings, dass er eine seltsame Faszination für alles Jüdische hatte.«

»Wie, Sie meinen also … er glaubte an diese albernen jüdischen Verschwörungstheorien?«

Anita lächelte. »Nein, nein, ganz so dramatisch war es nicht. Nein, es war eher eine gewisse Faszination, die er entwickelte, als er in New York lebte. Dort schnappte er eine Menge jüdischer Ausdrücke auf, und das Essen mochte er auch. Er hat sich immer darüber beschwert, dass man an der Westküste keine anständigen koscheren Delis findet – zumindest nichts, was an Richie's im Big Apple herankommt, hat er immer gesagt. Ich denke, das erklärt auch, warum er sich für Esther interessiert hat. Anscheinend war sie eine ziemlich gute Köchin. Aber eigentlich hat er norwegische Vorfahren – genau wie ich. So haben wir uns auch kennengelernt. Es gab damals eine Diskothek namens ›Scandinavian Club‹, in die reiche Männer gingen, um schöne Frauen kennenzulernen. Aber Edgar war tatsächlich skandinavischer Abstammung. Ich glaube, er hat sich immer ein wenig als Wikinger betrachtet – zumindest im Geschäftsleben.«

Alex trat noch näher an den Fotorahmen heran und betrachtete aufmerksam die Bilder. »Ein Wikinger, der von Juden fasziniert war«, sagte er mit ironischem Lächeln und starrte weiter auf die Fotos. »Wirklich faszinierend.«

»Warum, was meinen Sie?«

»Ich habe nur gerade an etwas gedacht … In der Biologie nennt man es die Mendelschen Gesetze.«

18.44 Uhr Pazifische Sommerzeit

Juanita ärgerte sich darüber, dass Nat so lange Pause machte. Sie wusste, dass auch sie eine Weile weg gewesen war, aber das war etwas anderes. Sie hatte Sandwiches für sie beide besorgt, während er nur Lust auf frische Luft gehabt hatte.

Andererseits musste sie zugeben, dass sie im Moment ohnehin nur Zeit totschlugen und darauf warteten, dass sich die Kanzlei aus New York oder die Klinik bei ihnen meldete. Aber sie empfand es trotzdem so, als würde sich Nat um seinen Beitrag drücken.

Dass das nicht fair war, wusste sie. Er hatte schon so viel getan. Aber sie fühlte sich einsam, weil Alex nicht in der Kanzlei war. Sie wusste, dass das albern war, aber der Gedanke, dass das Leben eines Menschen auf dem Spiel stand, dessen Schicksal allein von ihnen abhing, war eine Last, die sie lieber geteilt hätte, statt sie alleine zu schultern. Die übermächtige Verantwortung machte ihr Angst. In Juanitas Augen war das Gesetz – neben der Wissenschaft – die zentrale Säule der menschlichen Zivilisation, der Vertrag des Menschen mit seinen Brüdern zur Schaffung und Erhaltung einer gerechten Gesellschaft. Aber für diejenigen, deren Beruf es war, das Gesetz anzuwenden – Anwälte, Richter, deren Mitarbeiter, sogar Geschworene –, war es eine echte Bürde.

Wie um diese Erkenntnis zu unterstreichen, erklang in diesem Moment ein Klingelton, der von mehreren Piepsern und schrillen Tönen gefolgt wurde und ankündigte, dass gleich ein Fax eintreffen würde. Die Tonfolge erinnerte sie an die Titelmelodie der Fernsehserie *Raumschiff Enterprise.*

Sie ging zum Faxgerät hinüber und versuchte das Fax, das gerade ankam, zu lesen. Aber die Schrift stand auf dem Kopf, und sie musste erst warten, bis es ganz herausgekommen war, bevor sie es umdrehen und lesen konnte. Unterdessen kam eine zweite Seite an. Die erste Seite war der Begleitbrief zu einer eidesstattlichen Erklärung der Partnerkanzlei in New York. Darin wurde erklärt, dass die richterliche Anordnung des Bezirksgerichts auftragsgemäß dem leitenden Geschäftsführer des Online-Reisebüros vorgelegt worden sei, der sich wenig begeistert davon gezeigt habe.

Juanita warf einen Blick auf die nächste Seite, die eidesstattliche Erklärung selbst. Dabei handelte es sich um ein einfaches, einseitiges Dokument, das festhielt, an welchem Datum und zu welcher Uhrzeit die ordnungsgemäße Vorlage der richterlichen Anordnung erfolgt war. Sie nahm das Fax aus dem Gerät und war schon dabei, wieder zu ihrem Schreibtisch zurückzugehen, um die beiden Seiten zusammenzutackern, als ein weiteres Blatt Papier in der Ausgabe erschien. Nach kurzer Wartezeit sah sie, dass es sich um das Faxprotokoll handelte, eine automatisch erstellte Liste der letzten zwanzig Faxe, die ein- oder ausgegangen waren. Sie heftete diese Protokolle stets ab und wartete daher, bis es fertig gedruckt war. Dann nahm sie es, ging zu ihrem Schreibtisch zurück und warf im Gehen einen Blick darauf. Sie sah, dass der letzte Punkt auf der Liste das Fax von der New Yorker Kanzlei war, das gerade angekommen war. Aber es war der Punkt darüber, der ihre Aufmerksamkeit erregte. Die Uhrzeit lautete 01.45 Uhr und das Datum 15.08.2007. Das ergab keinen Sinn.

Wie kann das Fax mitten in der Nacht angekommen sein

und dann auch noch am 15. August? Das ist doch erst morgen …

Ein Blick auf die Faxnummer, die mit 0044 20 begann, machte ihr schnell klar, dass das Fax aus England stammte. Sie sah auf die Uhr. Natürlich, das Fax war um 01.45 Uhr Londoner Zeit abgeschickt worden. In England war es acht Stunden später. Sie rechnete rasch im Kopf nach und kam auf 17.45 Uhr Pazifische Sommerzeit.

Aber das war genauso unlogisch. Um diese Zeit war sie im Büro gewesen und hätte die Ankunft des Fax daher hören müssen. Ihr fiel ein, dass sie tatsächlich ein Fax gehört hatte, aber zu beschäftigt gewesen war, um nachzusehen … Bestimmt war kein Papier mehr im Faxgerät gewesen!

Jemand hatte ihnen also aus England ein Fax geschickt. Aber wo war dieses Fax?

Bevor sie ihre Gedanken sortieren konnte, ging die Tür auf, und Nat kam herein. Er wirkte äußerst zufrieden mit sich.

»Gibt‘s was Neues?«, fragte er.

18.46 Uhr Pazifische Sommerzeit

»Ich verstehe nicht ganz«, sagte Anita Morgan.

»Das sind biologische Gesetze, die mit der Vererbung physischer Merkmale zu tun haben. Merkmale wie Augen- oder Haarfarbe werden von dominanten oder rezessiven Genen bestimmt. Viel weiß ich nicht mehr aus dem Biologieunterricht, aber ich erinnere mich, dass blonde Eltern kein dunkelhaariges Kind haben können. Sie mussten sich deswegen bestimmt viele Kommentare anhören.«

Er hatte seine letzten Sätze mit Absicht so formuliert, dass sie eine Beleidigung waren. Sein Mandant saß im Todestrakt, und die Zeit tickte. Er brauchte Antworten – und zwar schnell. Normalerweise hätte ihm nichts ferner gelegen, als eine Frau zu beleidigen, aber unter den aktuellen Umständen war dies ein kleiner Preis für die Antworten, die er so dringend brauchte.

»Zum Glück mussten wir uns überhaupt nichts anhören. Die Menschen, mit denen wir zu tun haben, sind viel zu kultiviert für solche Kommentare. Aber Sie haben recht mit Ihrer Unterstellung. Jimmy war nicht Edgars Sohn.«

Obwohl er sich das schon selbst zusammengereimt hatte, schwirrte Alex der Kopf. »Der Sohn, nach dem er sich so sehr sehnte … der Sohn, um den er trauerte und für dessen Tod er sich die Schuld gab … war also gar nicht sein Sohn?«

»So ist es. Ziemlich ironisch, irgendwie.«

»Und er hat nie etwas geahnt?«

»Oh, er hat es gewusst.«

»Und wie hat er sich dabei gefühlt?«

»Ich … ich weiß es nicht genau. Ich glaube, er hat es verstanden … in gewisser Weise. Schließlich habe ich es für ihn getan.«

»Das verstehe ich nicht.«

»Wie Sie bereits sagten, wollte Edgar unbedingt einen Sohn. Aber er war unfruchtbar – oder zumindest eingeschränkt fruchtbar. Wir haben uns beide in einer Klinik testen lassen, und ich …«

»In einer Klinik?« Alex hielt die Luft an.

»Ja, in einer Fruchtbarkeitsklinik. Warum?«

»Wo war diese Klinik?«

»Ich weiß nicht. In Los Angeles, glaube ich.«

Er atmete wieder aus. »Sie war also eindeutig in den Vereinigten Staaten?«

»Ja, in Kalifornien. Ich glaube, in L.A.«

»Entschuldigen Sie, ich wollte Sie nicht unterbrechen. Fahren Sie doch bitte fort.«

»Na ja, jedenfalls bekam ich dort mein Testergebnis, und das war in Ordnung. Keinerlei Probleme. Sein Testergebnis habe ich nie zu Gesicht bekommen, er hat mich immer abblitzen lassen, wenn ich das Thema angeschnitten habe. Er wollte den Tatsachen nicht ins Auge sehen, könnte man sagen.«

»Was genau haben Sie also für ihn getan? Haben Sie eine künstliche Befruchtung mit Spendersperma durchführen lassen?«

»Äh … nein. Wir haben einen direkteren Weg gewählt. Wissen Sie, Edgar war zu verbohrt, um sein … äh … kleines Problem zuzugeben. Aber ich wollte Kinder, und ich wusste, dass er auch welche wollte. Also bin ich mit einem gemeinsamen Freund ins Bett gegangen.«

18.49 Uhr Pazifische Sommerzeit

Juanita saß an ihrem Schreibtisch und versuchte ruhig zu bleiben, während Nat in der Nähe herumlungerte.

Hat Nat das Fax an sich genommen? Hat er es zerstört? Was stand darin?

Sie überlegte hin und her, ob sie ihn danach fragen sollte, wusste jedoch insgeheim, dass das nicht ging. Wenn er etwas im Schilde führte, hätte ihm die Frage verraten, dass sie ihm auf die Schliche gekommen war. Und dieser Gedanke behagte ihr ganz und gar nicht, solange Alex nicht da war.

Sie hatte sich in Nats Gegenwart von Anfang an unwohl gefühlt. Irgendetwas an ihm versetzte sie in einen ständigen Zustand des Unbehagens. Sie hatte versucht, ihre Gefühle hinter Humor zu verbergen, hatte bisweilen sogar mit ihm geflirtet. Diesen Abwehrmechanismus hatte sie entwickelt, gerade *weil* sie sich in seiner Gegenwart so unwohl fühlte.

Das Telefon klingelte.

»Kanzlei Alex Sedaka.«

»Hallo, Lee Kelly hier.«

Lee war fünfundfünfzig und von Beruf Einbrecher – ein guter, nach allem, was man so hörte. In Anbetracht seiner zahlreichen Aktivitäten wurde er überraschend selten verhaftet.

»Was kann ich für Sie tun, Mr. Kelly?«

»Ich rufe aus der Polizeiwache in der Waller Street an. Ich bin erwischt worden. Alex muss mich vor dem Haftrichter vertreten.«

»Mr. Sedaka ist im Moment leider nicht da und steht auch für den Rest des Tages nicht zur Verfügung.«

»Aber ich *brauche* ihn.«

»Mr. Kelly, ich möchte nicht unhöflich erscheinen, aber dass Mr. Sedaka sich heute noch um Sie kümmert, ist völlig ausgeschlossen. Ich weiß nicht, ob Sie die Nachrichten verfolgt haben, aber wir haben einen Mandanten im Todestrakt, und sofern wir keinen Hinrichtungsaufschub erwirken können, geht er eine Minute nach Mitternacht über den Jordan. Sie werden also hoffentlich begreifen, dass Sie momentan ganz unten auf unserer Prioritätenliste stehen.«

»Vielleicht kann er mich dazwischenschieben? Es geht nur um ein paar Minuten vor Gericht.«

»Ich werde es an Alex weiterleiten, Mr. Kelly. Aber ich rate Ihnen dringend, sich einen der hauseigenen Anwälte des Haftrichters zu nehmen, der die Freilassung gegen Kaution für Sie erwirken wird. Alex kann dann später als Prozessbevollmächtigter übernehmen, wenn er nicht mehr so unter Druck steht.«

»Sie wollen, dass ich mich einem dieser Aasfresser vom Gericht ausliefere? Auf keinen Fall.«

»Alles, was ich tun kann, ist Ihre Nachricht weiterzugeben …«

»Nicht nötig. Ich habe seine Handynummer und kann ihn deshalb …«

»Nein, Mr. Kelly, bitte rufen Sie ihn jetzt nicht an, er kann bestimmt nicht …«

Aber er hatte bereits aufgelegt.

18.51 Uhr Pazifische Sommerzeit

»Ich nehme an, Sie wollen mir den Namen dieses Freundes lieber nicht verraten?«

»Der Name tut nichts zur Sache.«

»Ich will wirklich nicht neugierig erscheinen, aber ich habe einen Mandanten, der …« Er schüttelte den Kopf. Seine Erklärung war überflüssig, Anita wusste bereits von seinem Mandanten.

In diesem Moment klingelte sein Handy. Er schaute aufs Display: die Polizeiwache der Park Police, vermutlich ein Klient. Damit konnte er sich jetzt nicht auseinandersetzen, die betreffende Person sollte in der Kanzlei anrufen.

Er drückte auf den roten Knopf und leitete den Anruf damit an seine Mailbox weiter.

Anita Morgan starrte ihn an. »Darf ich Sie etwas fragen, Mr. Sedaka?«

»Natürlich.«

»Was genau wollen Sie herausfinden? Ich meine, was hat das alles mit dem Tod von Dorothy Olsen zu tun?«

»Das weiß ich auch nicht so genau. Clayton Burrow ist vielleicht unschuldig, und das würde bedeuten, dass jemand anders schuldig ist.« Er sah keine Veranlassung dafür, ihr von Dorothys Reise nach London oder der Abtreibung zu erzählen. Am wahrscheinlichsten war schließlich immer noch, dass Dorothy tot war. Mittlerweile stand jedoch fest, dass Clayton nicht der Einzige gewesen war, der sie gequält hatte.

»Und wer, glauben Sie, könnte dieser andere sein?«

»Nun ja, wir haben Hinweise darauf gefunden, dass sie eine gestörte Beziehung zu ihrem Vater hatte.«

»Und jetzt denken Sie, dass Edgar sie umgebracht haben könnte?«

»Ich schließe es zumindest nicht völlig aus.«

»Über die Beziehung der beiden weiß ich natürlich nichts. Wir haben uns 1979 scheiden lassen und uns seither nie wieder gesehen.«

»Nie wieder?«

»Es gab keine Veranlassung. Wir hatten keine weiteren gemeinsamen Kinder, und zwischen uns herrschte viel Bitterkeit. Sie dürfen nicht vergessen, dass ich ihm die Schuld an Jimmys Tod gab.«

»Ja, aber war Edgar fähig, einen Mord zu begehen?«

»Um die Wahrheit zu sagen, Mr. Sedaka: Ich weiß es nicht. Er war ein zutiefst gestörter Mensch. Er war schon von Natur aus launisch, aber nach Jimmys Tod wurde es noch schlimmer.«

»Das Wissen, dass Jimmy nicht sein Sohn war, hat bestimmt auch dazu beigetragen, dass er nicht zur Ruhe kam.«

»Oh, absolut.«

Alex kam ein Gedanke: »Eines verstehe ich nicht. Wenn Edgar doch unfruchtbar war, wie kommt es dann, dass er mit Esther einen Sohn zeugte?«

Anita wollte etwas sagen, hielt aber plötzlich inne. Er sah, wie sie schluckte und ein Lächeln unterdrückte, so als wäre *ihr* plötzlich ein Gedanke gekommen. »Sie haben *Sohn* gesagt.«

»Ich meine Jonathan.«

»Ich weiß, wen Sie meinen. Aber wegen Dorothy haben Sie sich nicht überrascht geäußert.«

Alex errötete verlegen, als ihm einfiel, was ihm Esther über den One-Night-Stand auf der Verbindungsparty erzählt hatte. Er hatte gerade unabsichtlich ihr Vertrauen missbraucht. Aber jetzt gab es wichtigere Dinge, auf die er sich konzentrieren musste. »Darüber kann ich nicht reden.«

»Das müssen Sie auch gar nicht«, sagte Anita mit einem spöttischen Lächeln, das sie plötzlich viel jünger aussehen ließ. »Ich weiß, dass weder Jonathan noch Dorothy Edgars leibliche Kinder waren.«

Vor lauter Erleichterung musste Alex ebenfalls lächeln. »Sieht so aus, als müsste ich Esther noch ein paar Fragen stellen.«

Anita war plötzlich Feuer und Flamme: »Vielleicht kann ich Ihnen auch weiterhelfen.«

»Was die Väter von Dorothy und Jonathan betrifft?«

»Bei Dorothy weiß ich es nicht, aber ich kann Ihnen etwas über Jonathans Vater erzählen.«

»Ja?«

Anita nahm in einem Sessel Platz, und Alex lehnte sich auf dem Sofa zurück.

»Etwa drei Jahre nach Dorothys Geburt kam Esther ganz verzweifelt zu mir und erzählte, wie verbittert und wütend Edgar war, und dass er ständig zwischen Zorn und Selbstmitleid, zwischen Sarkasmus und Depressionen schwankte. Sie vermutete, dass er unter einer bipolaren Störung litt – ich glaube, damals nannte man das noch manisch-depressive Erkrankung. Sie erzählte, dass er sich einen Sohn wünschte und ihr und Dorothy die Schuld dafür zu geben schien, dass er keinen hatte. Sie sagte, sie hätte bereits alles versucht, um wieder schwanger zu werden, aber vergeblich. Die Familie war inzwischen vollkommen zerrüttet. Esther war sogar schon dazu übergegangen, Dorothy wie einen Jungen anzuziehen, in der Hoffnung, dass das seine Wut besänftigte. Aber dadurch wurde alles nur noch schlimmer.« Sie brach ab.

Alex beugte sich auf dem Sofa vor. »Erzählen Sie weiter.«

»Na ja, ich klärte sie darüber auf, dass es nicht an ihr lag. Ich habe natürlich nicht herumgeschnüffelt und gefragt, wer Dorothys Vater ist, aber ich habe ihr von Edgars Ladehemmung erzählt. Das hat sie überrascht, aber es hat ihr auch Angst gemacht, weil sie natürlich sofort begriff, dass ich von ihrem Geheimnis wusste – zumindest teilweise. Ich glaube, sie hat schon vorher geahnt, dass Edgar nicht Dorothys Vater war, aber nun hatte sie die Bestätigung. Während der nächsten zwei oder drei Minuten lag sie in meinen Armen und heulte, bis ihr schließlich klar wurde, dass auch Jimmy nicht sein Sohn gewesen sein konnte.«

»Edgar muss es gewusst haben. In dem Moment, als ihm Esther erzählte, dass sie mit Dorothy schwanger war, muss er gewusst haben, dass sie ihn betrogen hatte.«

»So ist es. Zuerst bekomme ich einen Sohn, von dem er weiß, dass er nicht von ihm ist. Obwohl er sich einen Sohn gewünscht hat, hat er natürlich Minderwertigkeitsgefühle. Aber zumindest liebt er seinen Sohn. Dann stirbt der Junge bei einem Autounfall, bei dem Edgar am Steuer sitzt, und er fühlt sich schuldig. Und ich nehme keine Rücksicht auf seine Gefühle, denn schließlich hat er auch mir den Sohn genommen. Wir haben heftige Auseinandersetzungen, inmitten all der Wut und Schuld und gegenseitigen Beschuldigungen. Dann heiratet er wieder, und im Handumdrehen ist seine Frau schwanger – und wieder weiß er, dass er nicht der Vater sein *kann*. Das muss seinen männlichen Stolz zutiefst verletzt haben. Aber er hofft, dass es wenigstens ein Junge ist. Und dann ist es ein Mädchen – das verstärkt seinen Zorn noch.«

»So etwas kann die Psyche eines Mannes schon gewaltig durcheinanderbringen.«

»Absolut. Und Esthers Versuche, alles wiedergutzumachen, gehen nach hinten los und machen alles nur noch schlimmer.«

»Aber was ist mit Jonathan? Sie sagten, Sie wüssten, wer sein Vater ist?«

»Nicht nur das – ich habe die beiden zusammengebracht.«

»Sie haben *was*?«

»Esther glaubte, das Einzige, was Edgars ständige Wutausbrüche besänftigen könnte, wäre ein Sohn, und zwar einer, der ihn an Jimmy erinnerte. Er gab damals immer noch nicht zu, dass er ein Problem hatte, und wollte deshalb auch keine Einverständniserklärung für eine künstliche Befruchtung mit Spendersperma unterschreiben. Ich beschloss also, ihr zu helfen, indem ich sie mit demselben Familienfreund zusammenbrachte, der … nun ja … auch den kleinen Jimmy gezeugt hatte.«

19.06 Uhr Pazifische Sommerzeit

Juanita hatte noch genau Alex' Worte im Ohr, als er sie vor seinem Besuch bei Anita Morgan telefonisch gebeten hatte, ihn nur anzurufen, wenn es wirklich dringend war. Im Grunde genommen war sie sich nicht sicher, wie dringend ihr Anliegen wirklich war.

Das fehlende Fax beunruhigte sie, und sie hatte das Gefühl, ihm davon erzählen zu müssen. Aber das könnte schwierig werden, solange Nat in der Kanzlei herumlungerte. Wieder überlegte sie, ob sie ihn nicht einfach fragen sollte. Aber wenn tatsächlich ein Fax von der Londoner Klinik gekommen war, hätte er ihr davon erzählen müssen. Und dann war da noch etwas, das ihr nicht aus dem Kopf ging.

Plötzlich klingelte das Telefon.

Es war Alex. »Ich bin jetzt fertig bei Anita Morgan.«

»Hast du was Neues rausgefunden?«

»Ziemlich viel sogar. Bei dir irgendwas Neues?«

Sie erzählte ihm von dem Fax der New Yorker Kanzlei.

»Sonst noch was?«

Jetzt wäre es an der Zeit gewesen, ihm von ihrem Misstrauen in Bezug auf Nat zu erzählen, aber das Lichtmuster an der Wand gegenüber verriet Juanita, dass seine Tür offen stand. Nat konnte jedes Wort hören.

»Ich frage Nat. Nat! Hast du irgendwas Neues für den Boss?«

»Nein, nichts!«, rief Nat zurück.

»Hab‘s gehört«, antwortete Alex, bevor Juanita etwas sagen konnte. »Okay, ich mach mich jetzt auf den Rückweg.«

Als sie aufgelegt hatte, fiel Nats Schatten auf sie. Sie blickte auf.

»Alles klar bei dir?«

»Natürlich«, antwortete sie so ungezwungen wie möglich. »Warum?«

»Du hast geklungen, als hättest du noch mehr sagen wollen… als würdest du irgendetwas zurückhalten.«

19.24 Uhr Pazifische Sommerzeit

Lee Kelly versuchte seit über einer halben Stunde, Alex zu erreichen. Beim ersten Mal hatte das Telefon noch mehrmals geklingelt, aber seither gingen seine Anrufe direkt an die Mailbox, fast so, als wollte ihn der Anwalt abwimmeln.

Lee wusste, dass Alex nicht so war. Alex war ein guter Anwalt, und Lee war ein guter Klient. Ja, er war Berufskrimineller, aber gewalttätig war er nie. Und weil er sich des in Kalifornien geltenden Three-Strikes-Gesetzes nur allzu bewusst war, das besagt, dass Rückfalltäter beim dritten schweren Delikt mindestens fünfundzwanzig Jahre aufgebrummt bekommen, beschränkte er sich mittlerweile darauf, in Gewerbegebäude ohne angeschlossenen Wohnraum einzubrechen. Er konnte es sich also leisten, in eine Wal-Mart- oder Sears-Filiale einzubrechen, während er von koreanischen Läden, bei denen der Besitzer direkt über dem Verkaufsraum wohnte, die Finger ließ.

Alex wusste das, und er wusste auch, dass Lee gutes Geld bedeutete, zumindest wenn der seltene Fall eintrat, dass er es nicht schaffte, dem Gesetz einen Schritt voraus zu sein. Er war ziemlich gut in seinem Job und wurde nur selten erwischt, aber *wenn* er erwischt wurde, kam Alex die Ehre zu, ihn aus dem Knast zu holen und ihm einen Kautionsbürgen zu vermitteln. Für Lee war es sozusagen Berufsrisiko, erwischt und ins Gefängnis gesteckt zu werden.

Für Alex hingegen war es ein gutes Geschäft. Was Lee an Alex mochte, war, dass er nicht vorschnell urteilte und ihm keine Moralpredigten hielt. Hin und wieder versuchte er zwar, Lee zu überreden, in Zukunft keine krummen Dinger mehr zu drehen, aber seine Argumente waren immer rein praktischer Natur. Er sagte zum Beispiel: »Sind Sie nicht langsam ein bisschen alt für so was, Lee?« Damit hatte er zweifellos recht, aber Lee war nun mal überzeugt, mit fünfundfünfzig nichts Neues mehr anfangen zu können. Er besaß keine Rentenversicherung und fand, dass sein Geist schon zu verkümmert sei, um sich neue Fähigkeiten anzueignen. Jetzt noch seine Gewohnheiten zu ändern, kam daher nicht in Frage.

»Scheiße, nicht mehr lange und ich muss mich sowieso zur Ruhe setzen«, hatte er einmal zu Alex gesagt. »Das hier ist für meine Rente.«

Beim letzten Mal, als ihm Alex nahegelegt hatte, seine Berufswahl noch einmal zu überdenken, war Lee in die Rolle von Fagin aus dem Musical *Oliver!* geschlüpft und hatte eine überraschend überzeugende Interpretation des Songs »Überdenke ich meine Lage« zum Besten gegeben.

Damals hatten sie beide gelacht, aber im Grunde war Lees Behauptung, er müsste für die Zukunft sparen, reine Ironie. In Wahrheit hatte er den Großteil seines unrechtmäßig erworbenen Geldes längst durchgebracht.

Als Lee es das nächste Mal bei Alex klingeln ließ, hatte er ihn plötzlich doch an der Strippe.

»Hallo Mr. Sedaka. Ich hätte einen Auftrag für Sie.«

19.27 Uhr Pazifische Sommerzeit

Juanita saß angespannt an ihrem Schreibtisch und wartete auf Alex' Rückkehr, als das Telefon klingelte. Es war Alex.

»Hi Juanita. Hör zu, bei mir wird es ein bisschen später.«

Er erzählte ihr von Lee Kellys Anruf, und sie berichtete, dass sie bereits vergeblich versucht hatte, ihn an einen der zweitklassigen Rechtsverdreher zu verweisen, die bei Gericht herumlungerten und auf Aufträge warteten.

»Ich denke, ich bin es ihm schuldig. Er ist einer meiner ältesten Klienten – im wörtlichen wie im übertragenen Sinne. Außerdem können wir gerade sowieso nichts anderes tun, als auf die Anhörung um halb neun zu warten.«

Nachdem sie aufgelegt hatte, blieb Juanita nachdenklich an ihrem Schreibtisch sitzen. Ihnen gingen zusehends die Optionen aus – und sie hatte Alex immer noch nichts von ihrem Verdacht gesagt. Jetzt würde es sogar noch länger dauern, bis sie ihm davon erzählen konnte.

Nein! Ich muss es ihm jetzt sagen!

Ihr kam eine Idee. Sie nahm leise ihr Handy vom Schreibtisch und ließ es verstohlen in die Hosentasche gleiten. Dann bat sie Nat, bei Anrufen ans Telefon zu gehen, und lief zur Toilette, wo sie den Klodeckel herunterklappte und sich setzte, um Alex eine SMS zu schreiben.

Laut Faxprotokoll Ankunft v. Fax aus England. War draußen z. Sandwichkaufen, bei Rückkehr kein Fax da. Glaube, Nat hat es genommen, aber nicht sicher. Hat anfangs auch Reiseziel v. Flugticket verschwiegen, bis es ihm rausgeschlüpft ist. Glaube, Nat heckt was aus.

Nachdem sie die SMS abgeschickt hatte, zog sie die Spülung und kehrte zurück an ihren Schreibtisch. Alex rief innerhalb einer Minute auf der Kanzleileitung zurück.

»Kanzlei Alex Sedaka.«

»Hallo, ich bin's. Bin ich auf Lautsprecher?«

»Nein, B…« Sie musste sich zwingen, nicht »Boss« zu sagen.

»Ich habe deine SMS bekommen.«

»Okay«, sagte sie in neutralem Tonfall.

»Weißt du, es ist irgendwie komisch, aber er hat schon vorher was gesagt, das mich misstrauisch gemacht hat.«

»Was denn?«

»Irgendwas von wegen ich hätte draußen die Reporter abblitzen lassen. Ich habe mich gleich gefragt, woher er das wusste.«

»Mhm«, murmelte Juanita, um ihm zu zeigen, dass sie immer noch nicht sprechen konnte.

»Er wusste also, dass der Flug nach London ging, und hat uns anfangs gar nichts davon gesagt?«

»Ja.«

»Und dann ist es ihm doch rausgerutscht.«

»Ja.«

»Und du glaubst, dass ein Fax aus England angekommen ist?«

»Ja.«

»Weil es im Protokoll aufgeführt ist?«

»Ja.«

»Wie viele Seiten?«

»Eine.«

»Okay, hör zu: Ich habe Lee versprochen, dass ich ihm vor

dem Haftrichter vertrete, und ich will ihn nicht sitzenlassen. Aber die Sache mit dem Fax ist zu wichtig, um sie auf die leichte Schulter zu nehmen. Ich möchte, dass du unter einem Vorwand nach draußen gehst und die Klinik von deinem Handy aus anrufst. Sag ihnen, sie sollen die Papiere, oder was auch immer sie geschickt haben, noch einmal senden. Und dann bleibst du in der Nähe des Faxgeräts, damit du auch ganz sicher anwesend bist, wenn die Papiere ankommen.«

»Ist gut.«

19.32 Uhr Pazifische Sommerzeit

David Sedaka war frustriert. Er kam zwar voran, aber nur quälend langsam. Normalerweise wäre das nicht weiter schlimm gewesen. Die Wiederherstellung von Festplattendaten ist immer ein langwieriges, mühsames Unterfangen, vergleichbar mit dem Entfernen eines Computervirus. Unter normalen Umständen kann man sich für so etwas Zeit nehmen, und wenn die Arbeit dann getan ist, ist der Erfolg umso befriedigender.

Aber wenn die Zeit knapp ist, wird jede Minute zur Qual. Und David litt Höllenqualen.

Wenn nicht ein Menschenleben auf dem Spiel gestanden hätte, hätte er Feierabend gemacht und wäre nach Hause gegangen, um sich auszuruhen. Manchmal war es am besten, wenn man das Problem für eine Weile beiseitelegte und eine Nacht darüber schlief. Aber das kam nicht in Frage. Er musste heute noch eine Lösung finden. Ein Blick auf die Uhr verriet, dass der Tag in knapp viereinhalb Stunden vorbei war.

Aber wieder einmal kam ihm sein Suchmakro zu Hilfe, das nach Kombinationen mit dem Wort »du« suchte. Nachdem er das Makro leicht modifiziert hatte, fand er eine weitere Gedichtstrophe.

Die Zeilen, die er las, berührten ihn. Es war, als hätte Dorothy in diesem Gedicht ihr Herz ausgeschüttet, als hätte sie ein Zwiegespräch mit ihrem Computer geführt und ihm all die Dinge gesagt, die sie so gerne zu einer Freundin oder einem Freund gesagt hätte – wenn sie denn einen gehabt hätte.

Aber die Zeilen schockierten ihn auch. Vor allem fünf Wörter: »Getötet hab ich dich trotzdem.«

19.36 Uhr Pazifische Sommerzeit (03.36 Uhr Britische Sommerzeit, 15. August 2007)

»*Noch* mehr Sandwiches?«, fragte Nat und musterte Juanita von oben bis unten.

»Du hast kein Monopol auf frische Luft.« Hoffentlich hatte sie nicht zu aggressiv geklungen. Sie war nervös, weil sie wusste – oder zumindest den starken Verdacht hegte –, dass Nat etwas im Schilde führte.

Nachdem sie das Gebäude verlassen hatte, ging sie die Straße entlang und bog um eine Ecke. Sie wollte ganz sicher sein, dass sie von Nats Büro aus nicht zu sehen war und dass er ihr nicht folgte. Das war zwar unwahrscheinlich, aber sie konnte kein Risiko eingehen. Wenn Nat tatsächlich etwas ausheckte, was für ein Spiel spielte er dann und mit welchem Motiv?

Sie dachte an Martine Yin, die die Sache mit Dusenburys Begnadigungsangebot enthüllt hatte. Noch immer war unklar, wer die undichte Stelle gewesen war. Könnte es Nat gewesen sein? Er war jedenfalls eine der wenigen Personen, die davon gewusst hatten. Der Gouverneur war sich sicher, dass niemand aus seinem verschworenen Mitarbeiterstab in Frage kam, und Juanita wusste, dass es weder sie noch Alex gewesen waren.

Vielleicht war *das* ja das Motiv. Nat war die undichte Stelle, und jetzt hatte er das Fax aus London abgefangen, um es der Presse zuzuspielen.

Aber warum? Nat war kein Journalist. In seinem Lebenslauf waren abgesehen vom obligatorischen Auslandsaufenthalt in Europa nur sein Literatur- und sein Jurastudium und ein eindrucksvolles Referendariat im Büro des Strafverteidigers aufgeführt. Warum hätte ein angehender Anwalt seine Karriere aufs Spiel setzen sollen, nur um der Presse ein paar pikante Leckerbissen zuzuschanzen?

Die offensichtlichste Antwort war Geld. Aber wenn er auf Geld aus gewesen wäre, hätte er mit Boulevardblättern wie dem *National Enquirer* Geschäfte machen müssen und nicht mit seriösen Nachrichtensendern.

Vielleicht war das Fax aus London ein Reinfall gewesen, eine schriftliche Erklärung, dass man die angeforderten Informationen leider nicht herausgeben könne.

Es blieb keine Zeit, länger darüber nachzudenken. Sie wählte die Nummer.

»Finchley Road Medical Centre«, meldete sich eine Frauenstimme.

»Hallo, könnte ich bitte mit Schwester White sprechen?»

»Mit Susan? Die ist nicht mehr im Dienst.«

»Wann war denn ihre Schicht zu Ende?«

»Um zwei.«

»Wann?«

»Um zwei Uhr morgens.«

»Das verstehe ich nicht. Sie hat uns vor ein paar Stunden ein Fax geschickt.«

»Moment mal, rufen Sie aus Amerika an?«

»Ja. Entschuldigen Sie, das hätte ich vielleicht dazusagen sollen. Ich rufe für die Kanzlei Alex Sedaka an.«

»Tja, ich kann Ihnen auch nicht mehr sagen, als ich dem Gentleman schon gesagt habe.«

»Welchem Gentleman?«

»Dem Gentleman, der vorhin angerufen hat… aus der Kanzlei.«

»Aus der Kanzlei?«

»Ja. Der Anruf ist noch gar nicht lange her.«

»Aus *unserer* Kanzlei?«

»Ich … ich glaube schon.«

»Und was haben Sie dem Gentleman gesagt?«

»Dass ich nicht glaube, dass Mr. Lloyd das Fax geschickt hat, weil er zur betreffenden Zeit, soviel ich weiß, gar nicht da war. Außerdem bin ich mir sicher, dass er niemals vertrauliche Informationen über Patienten ohne deren Einverständnis herausgeben würde.«

»Hat der Mann, mit dem Sie gesprochen haben, seinen Namen genannt?«

»Ich glaube schon, aber ich erinnere mich nicht mehr an den Namen. Er sagte, er würde die Patientin vertreten.«

Juanita spürte, wie ihr Mund trocken wurde. »Er hat behauptet, er würde die … Sie meinen Dorothy?«

»Ich glaube schon … ja.«

»Ich möchte, dass Sie ganz genau nachdenken. Kann es sein, dass der Name des Mannes Nathaniel – oder Nat – Anderson war?«

»Ja, ich glaube, so hieß er!«

Das war es also! Er hatte angerufen und vorgegeben, Dorothys Rechtsbeistand zu sein, damit die Klinik die Patientenakte herausrückte! Er gab weder Informationen an die Presse weiter, noch versuchte er, ihre Bemühungen zu sabotieren. Er legte nur die Regeln etwas freier aus, um ihnen zu helfen! Er wusste, dass die Klinik die Informationen nicht ohne irgendeine Form der Autorisierung freigab. Also hatte er einfach unter dem Vorwand, Dorothys Bevollmächtigter zu sein, die Klinik angerufen und die gewünschten Informationen per Fax angefordert! Sie lächelte vor Erleichterung.

Aber warum hatte er das Fax abgefangen? Wenn es die

Informationen enthielt, die sie brauchten, warum hatte er es dann nicht an Alex weitergegeben?

Plötzlich wusste sie warum: weil die Klinik die Informationen gar nicht geschickt hatte! Vermutlich hatten sie nur ein Fax geschickt, in dem sie um eine Unterschrift von Dorothy persönlich baten. Oder sie hatten etwas anderes geschickt, das mit Nats Anfrage zu tun hatte. Was auch immer es gewesen war, es bewies vermutlich, dass Nat gegen das Gesetz verstoßen hatte. Und das, ohne irgendetwas erreicht zu haben. Jetzt hatte er Angst, dass es Ärger gab, wenn sie oder Alex das Fax sahen. Also hatte er es abgefangen, um seine Spuren zu verwischen.

Aufgegeben hatte er deshalb wahrscheinlich noch längst nicht. Wenn die Klinik tatsächlich um eine Vollmacht von Dorothy persönlich gebeten hatte, versuchte er vielleicht als Nächstes, ihre Unterschrift zu fälschen. Eine riskante Strategie – zu riskant, als dass Juanita sie in Erwägung gezogen hätte, von Alex ganz zu schweigen. Aber sie konnte verstehen, dass ein Gerechtigkeitsfanatiker wie Nat so etwas tat. Sie hätte natürlich versuchen müssen, ihn davon abzubringen, um seinetwillen genauso wie um des Prinzips willen. Aber ihnen blieben weniger als fünf Stunden, bis Clayton hingerichtet wurde. Sie brachte es einfach nicht über sich, Nat aufzuhalten. Vielleicht, nur vielleicht, funktionierte es ja.

Sie beschloss, sofort Alex anzurufen und ihm mitzuteilen, dass ihr ursprünglicher Verdacht unbegründet war. Von ihrem neuen Verdacht, dass Nat beabsichtigte, eine Vollmacht zu fälschen, würde sie ihm lieber nichts erzählen. Es hätte nur Alex‘ ethischen Standpunkt kompromittiert.

19.41 Uhr Pazifische Sommerzeit

Nat hatte nervös einen Augenblick abgewartet, falls Juanita plötzlich zurückkam. Sie hatte so etwas Gereiztes an sich gehabt, als sie gegangen war. Hoffentlich hatte sie den Braten nicht gerochen. Er wollte telefonieren, aber er wusste, dass er vorsichtig sein musste. Sie hatte gesagt, sie wolle frische Luft schnappen. Wie lange würde das dauern? Fünf Minuten? Zehn? Er hatte keine Ahnung. Jetzt, wo er bereits so weit gekommen war, durfte er auf keinen Fall das Risiko eingehen, dass etwas schiefging.

Das Telefon klingelte. Er nahm ab.

»Hi Nat, hier ist David.«

Er hörte die Aufregung in Davids Stimme. »Hi David. Bevor du fragst: Sie sind beide gerade unterwegs.« Er sagte es mit einem nervösen Lachen, das David nicht entging.

»Das hatte ich befürchtet. Du weißt nicht zufällig, wo sie sind?«

»Juanita ist gerade rausgegangen, um frische Luft zu schnappen, und ich glaube, dein Vater hat einen kleinen Umweg zum Haftrichter eingelegt.«

»Haftrichter? Wieso? Für wen?«

»Er hat einen Anruf von einem Klienten bekommen, Lee Kelly. Ihm wird ein Einbruch zur Last gelegt, glaube ich.«

»*Jetzt?* Hätte er nicht dich hinschicken … Entschuldige, so war es nicht gemeint. Aber hätte er das nicht auf einen anderen Anwalt abwälzen können?«

»Keine Ahnung.«

»Na ja, egal. Wie läuft es mit Clayton Burrow?«

»Wir stecken momentan in einer Sackgasse … Wir warten noch auf Rückmeldung von unserer Kanzlei in New York. Das Reiseunternehmen hat die richterliche Anordnung inzwischen vorliegen, und jetzt muss ich nachhaken, ob sie auch befolgt wird. Aber ich glaube nicht, dass wir damit irgendwas erreichen.«

»Hör zu, ich habe noch was gefunden, das uns weiterhelfen könnte.«

»Ja?«

»Noch mehr von dem Gedicht.«

»Äh … okay.«

»Ich weiß, es klingt albern, aber auf der Festplatte ist nicht mehr viel zu holen außer dem Gedicht. Und es scheint tatsächlich etwas über ihren Gemütszustand auszusagen, was wiederum relevant sein könnte für das, was mit ihr passiert ist.«

»Sag einfach, was du gefunden hast.«

»Ich habe eine weitere Strophe entdeckt. Das Gedicht erinnert mich übrigens sehr an Sylvia Plaths ›Daddy‹.«

»Bist du sicher, dass Dorothy nicht bloß bei ihr abgeschrieben hat?«

»Glaube ich nicht. Es gibt zwar Ähnlichkeiten, aber auch viele Unterschiede. Die Strophe lautet: ›Daddy, die Schuld trag ich allein, / ich war es nicht, die abdrückte, / getötet hab ich dich trotzdem, / als hätte ich's getan: / Peng, peng – vorbei!‹«

»Und das ist alles?«

»Das ist alles. Ich habe das Gedicht von Plath gegoogelt. Eine ihrer Strophen beginnt mit einer bemerkenswert ähnlichen Zeile.«

»Die Ähnlichkeit zwischen den Gedichten ist mir schon klar, aber was hat das mit Dorothys Tod zu tun?«

»Na ja, bei Wikipedia habe ich gelesen, dass Sylvia Plath Selbstmord begangen hat, und deshalb frage ich mich, ob das Gedicht vielleicht Dorothys Abschiedsbrief ist.«

»Über diese Möglichkeit haben wir auch schon nachgedacht. Aber wenn sie wirklich Selbstmord beging, warum wurde dann keine Leiche gefunden?«

»Vielleicht hat sie sich an einem abgelegenen Ort umgebracht.«

»Hör mal, David, ich weiß, du versuchst uns zu helfen, aber wir haben alle diese Möglichkeiten bereits erwogen und wieder verworfen. Es geht nicht darum, neue Theorien zu liefern. Wir haben weniger als viereinhalb Stunden Zeit, um *Beweise* zu liefern!«

»Na gut, das Gedicht an sich ist natürlich noch kein Beweis. Aber ich frage mich … wie Dorothys Vater gestorben ist.«

Am anderen Ende der Leitung herrschte Schweigen.

»Nat?«

»Entschuldige. Ich habe nur nachgedacht.«

»Verstehst du, was ich meine? Ist es nicht möglich, dass es zwischen den beiden zur Konfrontation kam?«

»Ja, ich verstehe, was du meinst. Ich gebe es an deinen Vater weiter.«

»Gut, vielen Dank.« David legte auf.

Nat behielt den Hörer in der Hand. Er wollte noch einen anderen Anruf erledigen. Er musste es tun. Mit zitternder Hand wählte er die Nummer.

20.02 Uhr Pazifische Sommerzeit

Juanita war in die Kanzlei zurückgekehrt und hatte Nat abgelöst, der zum Bezirksgericht aufgebrochen war. Juanita wusste, dass die Anhörung in Kürze beginnen würde. Hatte Alex es noch rechtzeitig geschafft? Oder war er immer noch mit diesem Arschloch Lee Kelly beschäftigt und überließ es Nat, mit der Anhörung, die immerhin über einen Hinrichtungsaufschub entscheiden würde, allein fertig zu werden? Sie verstand nicht, warum Alex für Leute wie Lee Kelly, die es überhaupt nicht verdient hatten, den Fußabtreter spielte. Aber hatte Clayton Burrow seine Hilfe wirklich so viel mehr verdient?

Das Telefon klingelte.

»Kanzlei Alex Sedaka.«

»Hi Juanita«, sagte Alex. »Ich warte auf Lee Kellys Vorführung vor den Haftrichter und habe das ungute Gefühl, dass ich hier eine Weile festsitze.«

»Kannst du das nicht einem dieser Aasfresser überlassen – um es mit Lee Kellys Worten zu sagen?«

»Ich wünschte, ich könnte es.«

»Aber du hast dich bereits als Prozessbevollmächtigter eintragen lassen und kannst jetzt keinen Rückzieher mehr machen.«

»Du hast es erfasst.«

»Ist diesem Arschloch Kelly eigentlich klar, dass ein Menschenleben auf dem Spiel steht?«

»Ich hatte noch keine Gelegenheit, mit ihm zu reden. Er ist

mit vierzig anderen Häftlingen zusammengepfercht, und sie lassen ihn erst raus, wenn er an der Reihe ist.«

»Was für ein Haufen Scheiße«, murmelte sie leise.

»Hör mal, Juanita, ich wollte dich was fragen: Glaubst du wirklich, dass Nat nur deshalb ein falsches Spiel spielt, um Informationen aus der Klinik herauszubekommen?«

»Ich denke schon.«

»Und als du in der Klinik angerufen hast, war die Schwester, mit der du vorher gesprochen hattest, nicht mehr da?«

»Genau. Ihre Schicht ist zu Ende.«

»Dann sind wir diesbezüglich wohl an einem toten Punkt angekommen.«

»Angesichts der Umstände nicht gerade die feinfühligste Wortwahl, aber so könnte man es sagen.«

»Hör zu, du könntest noch was für mich tun. Ich brauche das Datum von Edgar Olsens Selbstmord.«

»Wozu?«

»Na ja, einiges, was Anita Morgan erzählt hat, hat mir zu denken gegeben. Genau wie Davids Theorie, dass sich Edgar Olsen vielleicht schuldig gefühlt hat wegen Dorothy. Möglicherweise ist Dorothy zurückgekommen und hat ihn für sein Verhalten zur Rede gestellt. Vielleicht hat er sie umgebracht, um sie zum Schweigen zu bringen.«

»Aber wir wissen doch gar nicht genau, wie er sich ihr gegenüber verhalten hat.«

»Mittlerweile habe ich da so eine Ahnung.«

20.24 Uhr Pazifische Sommerzeit

Alex geriet allmählich in Panik. Er konnte nicht mehr länger warten. Er musste Lee Kellys Fall an einen anderen Anwalt abgeben, ob er wollte oder nicht. Dass er das eigentlich nicht wollte, hatte spezielle Gründe.

Er fragte sich, ob Juanitas Misstrauen gegenüber Nat begründet oder nur auf den Stress zurückzuführen war. Sie neigte eigentlich nicht zu Wahnvorstellungen, aber andererseits hatte auch Nat bisher sein volles Vertrauen genossen. Im Nachhinein fielen allerdings gewisse Merkwürdigkeiten an Nats Verhalten auf. Vor allem die Hartnäckigkeit, mit der er sich einen Job in einer eher unbedeutenden Kanzlei erkämpft hatte, wirkte rückblickend nicht ganz koscher.

Juanita hatte ihren ursprünglichen Verdacht zwar wieder zurückgenommen, aber Alex hatte trotzdem das Gefühl, dass sie ihm etwas verheimlichte. Versuchte Nat etwa weiterhin, Informationen von der Klinik zu bekommen, indem er vorgab, die Patientin zu vertreten? Half ihm Juanita dabei? Beide waren fest entschlossen, Burrow zu retten, wenn es irgendwie in ihrer Macht lag, und beide wären passioniert genug gewesen für eine solche Verzweiflungstat.

»*Das Volk gegen Lee Kelly.* Anklage nach Artikel 459, Einbruch. Ein Anklagepunkt.«

Lee Kelly wurde aus der Zelle geführt, was Alex aus seinen Grübeleien riss. Er trat vor und stellte sich neben seinen Mandanten. Ihnen blieben buchstäblich zehn Sekunden, um sich zu beraten, bevor die Richterin – eine Afroamerikanerin in den Fünfzigern – das Wort an sie richtete: »Wird der Angeklagte von einem Rechtsbeistand vertreten?«

»Ja, Euer Ehren. Alex Sedaka. Ich erscheine im Auftrag des Angeklagten.«

»Erhebt der Angeklagte Einspruch?«

»Der Angeklagte plädiert auf nicht schuldig und bittet um Freilassung gegen die Zusage, zum Gerichtstermin zu erscheinen.«

Die Richterin sah fragend die Vertreterin der Staatsanwaltschaft an, eine junge Frau Anfang dreißig.

»Der Angeklagte hat achtzehn Vorstrafen und ist ein Berufskrimineller, Euer Ehren.«

»Verteilt auf siebenunddreißig Jahre, Euer Ehren«, merkte Alex an. »Das ist nicht einmal eine Vorstrafe alle zwei Jahre.«

»Sie hören sich an, als wären Sie stolz auf die Leistung Ihres Mandanten, Mr. Sedaka.« Die Richterin wandte sich wieder an die Staatsanwältin. »Besteht Fluchtgefahr?«

Die Staatsanwältin warf einen Blick auf ihre Unterlagen. »Bisher ist er nach jeder Freilassung auf Kaution zur Hauptverhandlung erschienen, Euer Ehren. Aber er ist Berufseinbrecher und außerdem Rückfalltäter. Wir sind daher gegen eine Freilassung, die allein auf der mündlichen Zusicherung seines Erscheinens vor Gericht basiert. Allerdings sind wir bereit, eine Freilassung gegen Kaution in Erwägung zu ziehen.«

»In welcher Höhe?«

»Hundertfünfzigtausend Dollar.«

»Sind Sie verrückt?«, platzte Lee heraus.

»Sie vergessen sich, Mr. Kelly. Ihre Äußerungen teilen Sie uns bitte durch Ihren Rechtsbeistand mit. Und Sie, Mr. Sedaka, achten bitte darauf, dass Ihr Mandant nicht aus der Reihe tanzt.«

»Ich entschuldige mich für meinen Mandanten, Euer Ehren.«

Lee nickte und formte mit den Lippen ebenfalls eine an Alex gerichtete Entschuldigung.

»Möchte der Angeklagte einen Gegenvorschlag unterbreiten?«

»Ja, Euer Ehren. Wir beharren weiterhin auf dem Standpunkt, dass eine Freilassung gegen Zusage des Erscheinens vor Gericht unter den vorliegenden Umständen angebracht wäre. Wenn unbedingt eine Kaution festgelegt werden *muss*, plädieren wir dafür, die Tat mangels Anzeichen für ein Gewaltverbrechen als geringfügigen Einbruch einzustufen und die Kaution daher auf fünftausend Dollar festzulegen.«

»Euer Ehren«, schaltete sich die Staatsanwältin ein, »es ist völlig ausgeschlossen, dass die Anklage den Einbruch als geringfügig einstuft.«

»Gut. Bleibt immer noch die Entscheidung, ob es sich um ein schweres oder minderschweres Gewaltverbrechen handelt.«

»Wir neigen zu Ersterem, Euer Ehren – was natürlich noch mit der Verteidigung diskutiert werden muss.«

Das war reine Verhandlungstaktik und sollte dafür sorgen, dass sich der Angeklagte schuldig bekannte. Die Kaution hoch anzusetzen und mit der Einstufung als schweres Gewaltverbrechen zu drohen, verstärkte den Druck. Die Staatsanwaltschaft forderte die Richterin dazu auf, ihr Spielchen mitzuspielen.

»War es ein Einbruch in ein Wohngebäude?«

»Das muss erst noch ermittelt werden, Euer Ehren.«

»Euer Ehren, mein Mandant hat keinerlei Vorstrafen, was Einbrüche in Wohngebäude angeht«, sagte Alex, als die Richterin sich wieder an ihn wandte. Er hatte die Sachakte noch gar nicht zu Gesicht bekommen und tappte daher vollkommen im Dunkeln. »Wenn es trotzdem ein Einbruch in ein Wohngebäude gewesen sein sollte, wäre es das erste Mal.«

Die Richterin sah wieder die Staatsanwältin an, die den Kopf schüttelte, als hätte sie das alles schon tausendmal erlebt. Nach einem raschen Blick in die Kautionsliste für den Bezirk San Francisco verkündete die Richterin: »Mangels Präzisierung der Anklage wird die Kaution auf vierzigtausend Dollar festgesetzt. Ist die Verteidigung bereit, auf den Rechtsanspruch auf eine zügige …«

»Ja, Euer Ehren.«

»Gut. Die vorläufige Anhörung wird auf den … 10. Oktober festgesetzt. Nächster Fall.«

Sie gingen zum zuständigen Beamten, um den Papierkram für die Kautionszahlung zu erledigen. Alex hatte es so eilig, endlich ins Bezirksgericht zu kommen, dass er die Kaution mit seiner eigenen Kreditkarte bezahlte, statt sich mit einem Kautionsbürgen herumzustreiten. Dann drehte er sich zu Lee Kelly um, der ihn dankbar ansah. »Und jetzt habe *ich* einen kleinen Auftrag für *Sie.*«

20.43 Uhr Pazifische Sommerzeit

Um das Todesdatum herauszufinden, googelte Juanita mit den Suchwörtern »Edgar Olsen« und »Selbstmord«.

»Hab ich dich!«

17. Mai 1998.

Das Telefon klingelte.

»Kanzlei Alex Sedaka.«

»Ich bin's.« Alex klang niedergeschlagen. »Nat hat mich gerade angerufen.«

Sie spürte, wie die Hoffnung aus ihr entwich. »Was ist passiert?«

»Sie haben uns eine Abfuhr erteilt.«

»Mit welcher Begründung?«

»Res judicata, nicht genügend Beweise, Beweise nicht aussagekräftig genug, hätten früher vorgelegt werden müssen.«

Sie hätte gerne etwas gesagt, traute aber ihrer Stimme nicht. Den ganzen Tag hatte sie ihre Gefühle unter Kontrolle gehabt, sie war schließlich Profi. Sie hatte sich eingeredet, es sei ein Fall wie jeder andere, aber das stimmte nicht. Bei diesem Fall ging es um ein Verbrechen, auf das die Todesstrafe stand. Das Leben eines Mannes hing von ihnen ab … und sie ließen diesen Mann im Stich.

Ja, vielleicht war dieser Mann schuldig, aber er war immer noch ein Mensch und hatte als solcher nicht nur Laster, sondern auch Tugenden.

Außerdem mehrten sich die Anzeichen dafür, dass er unschuldig war …

Wieder wollte sie zum Sprechen ansetzen, und wieder hielt der Kloß in ihrer Kehle sie davon ab. Einen Moment lang glaubte sie, die Tränen zurückhalten zu können, aber dann brach sie zusammen und schluchzte in ihre Arme.

20.45 Uhr Pazifische Sommerzeit

»Wie hat sie es aufgenommen?«, fragte Nat.

»Wie erwartet.«

Alex und Nat fuhren getrennt zurück in die Kanzlei und unterhielten sich per Handy.

»Hat sie geweint?«

»Es hat sich zumindest so angehört.«

»Vielleicht hätte *ich* es ihr sagen sollen.«

»Jetzt hör mal, wir haben doch noch gar nicht aufgegeben…«

»Nein, aber lass uns den Tatsachen ins Auge sehen, Alex: Viele Möglichkeiten bleiben uns nicht mehr.«

»Ich werde wohl den Gouverneur anrufen und versuchen müssen, ihn mit dem zu überzeugen, was wir haben.«

»Was denkst du, was er sagen wird?«

»Ich habe keine Ahnung.«

»Rufst du ihn jetzt gleich an oder von der Kanzlei aus?«

»Ich rufe ihn jetzt gleich an. Eins noch: Ich habe Juanita gebeten, das Datum von Edgar Olsens Selbstmord für mich herauszufinden.«

»Und?«, fragte Nat interessiert.

»Laut Juanita hat er sich am 17. Mai 1998 umgebracht.«

»Interessiert dich das aus einem speziellen Grund?«

»Ich habe nur überlegt, ob Dorothy vielleicht von ihrem eigenen Vater umgebracht wurde.«

Nat zögerte, bevor er sagte: »Aber der 17. Mai war vor ihrem Verschwinden, oder? Sie war noch mindestens sechs

Tage nach seinem Tod am Leben, also kann er sie nicht umgebracht haben.«

»War ja auch nur eine Theorie. Du hast natürlich recht: Das Datum ihres Englandflugs war der 24. Mai. Interessant finde ich allerdings die Tatsache, dass sie das Ticket am 19. Mai gekauft hat – zwei Tage nach Edgars Selbstmord.«

»Das schließt immer noch aus, dass er sie umgebracht hat.«

»Ja, aber es schließt nicht aus, dass sie *ihn* umgebracht hat. Aus dem Gedicht wissen wir, dass sie wütend auf ihn war. Vielleicht hat sie ihn umgebracht und es aussehen lassen wie einen Selbstmord. Vielleicht ist sie deswegen für die Abtreibung nach England gegangen.«

»Was hat die Abtreibung in England damit zu tun, dass es wie Selbstmord aussah?«

»Was ich meinte, war, dass sie deshalb für die Abtreibung nach *England* gegangen ist, statt sie hier durchführen zu lassen. Weil sie möglichst schnell das Land verlassen musste. Sie hatte Angst, verhaftet zu werden, wenn sie in Amerika blieb.«

»Aber wenn es sowieso aussah wie Selbstmord, hätte sie doch gar nicht abhauen müssen.«

»Vielleicht war sie sich nicht sicher, ob man ihr die Inszenierung abkaufen würde. Und dann ist da ja auch noch das viele Geld, das sie der Klinik überwiesen hat. Vielleicht war es Schweigegeld, weil die Klinik herausgefunden hatte, dass sie wegen Mordes gesucht wurde, und sie damit erpresste.«

»Sie *wurde* aber nicht wegen Mordes gesucht.«

»Aber vielleicht dachte sie das.«

»Ja, aber das hätte sie denen wohl kaum auf die Nase gebunden.«

»Was, wenn sie es unter Narkose ausgeplaudert hat, oder im Aufwachstadium? Sagen die Leute da nicht manchmal Dinge, die sie sonst nie erzählen würden? Ich habe gehört, dass Narkosemittel wie Wahrheitsserum wirken.«

Er erwartete, dass ihn Nat in der Luft zerriss und ihm Hirngespinste vorwarf, aber seine Reaktion überraschte ihn.

»Natürlich! Jetzt ergibt das Ganze endlich einen Sinn!«

»Was ergibt einen Sinn?«

»Was David gesagt hat.«

»David?«

»Ja. Er hat noch mal angerufen … als du unterwegs warst.«

»Und was hat er gesagt?«, fragte Alex aufgeregt.

»Er hat noch eine Strophe von diesem Gedicht gefunden.«

»Eine Strophe, die er für bedeutsam hält?«

»Ja, sie stützt im Grunde unsere Theorie, dass Dorothy ihren Vater umgebracht hat. David hat mich nämlich auf die Ähnlichkeit zu einem Gedicht von Sylvia Plath hingewiesen.«

»›Daddy‹?«

»Ja. Aber bedeutsam ist die Strophe nicht nur deswegen, sondern auch wegen ihres Inhalts.«

»Jetzt spann mich nicht auf die Folter. Wie lautet die Strophe?«

»Sie geht so: ›Daddy, die Schuld trag ich allein, / ich war es nicht, die abdrückte, / getötet hab ich dich trotzdem, / als hätte ich‘s getan: / Peng, peng – vorbei!‹«

20.53 Uhr Pazifische Sommerzeit

Chuck Dusenbury hielt sich inzwischen wieder in seiner Hotelsuite in Sacramento auf. Er hatte Alex eine spezielle Telefonnummer gegeben und ließ alle Anrufe, die auf dieser Nummer eingingen, zu sich umleiten. Ungeduldig wartete er auf neue Entwicklungen. Er hatte Alex noch einmal darauf hingewiesen, dass er den Hinrichtungsbefehl theoretisch noch bis zum Zeitpunkt seiner Vollstreckung widerrufen konnte, es jedoch vorzog, vor 21 Uhr von ihm zu hören.

Der Anruf kam um kurz vor neun. Er wurde von einer Hilfskraft entgegengenommen, die ihn zu Dusenbury durchstellte.

»Gouverneur Dusenbury«, sagte Alex.

»Ja.«

»Alex Sedaka.«

»Ich habe schon auf Ihren Anruf gewartet.«

»Ich weiß, Sir. Tut mir leid, dass es so lange gedauert hat.«

»Also, was gibt es Neues?«

»Sie wissen ja bereits, dass Clayton weiterhin darauf beharrt, dass er Dorothy nicht umgebracht hat und daher auch nicht weiß, wo sich die Leiche befindet.«

»Ja.«

»Und Sie wissen vielleicht auch, dass ich anfangs skeptisch war, was seine Unschuld angeht. Aber in der Zwischenzeit haben wir entlastende Beweise gefunden, die die Sache in einem neuen Licht erscheinen lassen.«

»Fahren Sie fort«, forderte ihn Dusenbury auf.

Während der nächsten Minuten erzählte Alex dem Gouverneur von dem Flugticket, der Klinikbroschüre, der mündlichen Bestätigung der Klinik, dass Dorothy sich dort hatte behandeln lassen, und der Tatsache, dass sich David in ihr Bankkonto gehackt und dort die fortdauernden Zahlungen entdeckt hatte, die sie im Laufe eines Jahres an die Klinik geleistet hatte. Er gab zu, dass lediglich der Kauf des Flugtickets und die Zahlungen an die Klinik durch Dokumente belegt waren und die Banküberweisungen zu allem Überfluss auch noch auf illegale Weise beschafft worden waren. Er betonte jedoch, dass er dies weder persönlich genehmigt noch im Voraus gewusst hatte. Dann gestand er, dass die Klinik Dorothys Aufenthalt noch immer nicht schriftlich bestätigt hatte und die Person, von der die mündliche Bestätigung stammte, inzwischen Feierabend hatte und nicht mehr erreichbar war. Er verbürgte sich jedoch dafür, dass diese mündliche Bestätigung existierte, und erklärte sich bereit, dafür mit seiner eigenen Reputation einzustehen.

Nachdem Alex geendet hatte, schwieg der Gouverneur einige Sekunden lang. Als er schließlich das Wort ergriff, war sein Tonfall beinahe rechtfertigend: »Mir ist bewusst, dass Sie sich für diesen Fall den Hintern aufreißen – und ich muss zugeben, dass ich von Anfang an Zweifel an Claytons Schuld hatte, und die habe ich auch jetzt noch. Ich lasse sogar die mündlichen Beweise gelten, auch wenn sie allein auf Hörensagen beruhen. Im Gegensatz zu den Gerichten bin ich dazu berechtigt.«

»Ich weiß, Sir. Deshalb ersuche ich Sie auch, die Hinrichtung zumindest aufzuschieben.«

»Aber Sie haben mir einfach noch nicht genügend Beweise geliefert. Von Gouverneursseite her besteht die einzige Möglichkeit, einen Hinrichtungsaufschub zu erwirken, darin, den ursprünglichen Hinrichtungsbefehl zu widerrufen.«

»Aber das könnten Sie doch tun. Und falls es uns doch nicht gelingen sollte, ein Ass aus dem Ärmel zu ziehen, sprechen Sie den Hinrichtungsbefehl einfach erneut aus.«

»Nun, wenn wir genügend mündliche Beweise hätten, würde ich den Hinrichtungsbefehl jetzt sofort widerrufen und auf die nachgereichten schriftlichen Beweise warten. Aber nach derzeitigem Stand haben Sie noch überhaupt keine Beweise für Burrows Unschuld erbracht, geschweige denn dafür, dass Dorothy noch am Leben ist. Sie haben ihren Todeszeitpunkt lediglich um etwas mehr als ein Jahr nach hinten verschoben.«

»Dessen bin ich mir bewusst, Sir. Aber diese Verschiebung entzieht der ursprünglichen Anklage ihre gesamte Grundlage, denn die bestand darin, dass Burrow sie in der Nacht ihres Abschlussballs überwältigt und umgebracht hat.«

»Das war nur die Theorie. Die vorgelegten Beweise bleiben davon unberührt. Es ist wichtig, dass wir zwischen den Spekulationen der Anklage und den von ihr erbrachten *Beweisen* unterscheiden. Die Hauptbeweislast gegen Burrow ergab sich aus den gegenständlichen Beweisen. Damit hat die Anklage ihn drangekriegt. Dorothys Verschwinden hat ihr ein überzeugendes Zeitfenster geliefert, aber dieses Zeitfenster ist keineswegs sakrosankt. Eine andere Chronologie ändert nichts an seiner Schuld.«

»Schon möglich, aber die Tatsache, dass sie in der Nacht ihres Abschlussballs verschwand und über ein Jahr später noch am Leben war, deutet doch darauf hin, dass sie sich *mit voller Absicht* versteckt hielt und dass die Leute denken *sollten*, sie sei tot. Und das wiederum legt den Schluss nahe, dass sie jemandem die Schuld für ihren Tod in die Schuhe schieben wollte.«

»Oder dass sie Angst vor jemandem hatte, der bereits versucht hatte, sie umzubringen.«

»Aber warum hätte sie dann so tun sollen, als wäre sie tot? Warum ist sie nicht einfach zur Polizei gegangen?«

»Weil sie es vielleicht nicht beweisen konnte, Alex. Weil sie sich niemandem anvertrauen konnte. Weil sie vielleicht dachte, die Leute würden ihr nicht glauben – oder es wäre ihnen egal.«

»Das ist doch lächerlich!«

»Ach wirklich? Versuchen Sie mal, sich in sie hineinzuversetzen. Ein verängstigtes Mädchen ohne Freunde, ohne Unterstützung, der Vater tot, mit der Mutter zerstritten. Wem hätte sie es erzählen sollen? Wem hätte sie sich anvertrauen können, sie hatte doch niemanden. Ihrer Mutter jedenfalls nicht, auch nicht ihren Lehrern oder Schulkameraden. Freunde hatte sie nicht, sie war Einzelgängerin. Vielleicht ihrem Bruder, aber der war noch zu jung. Ihr blieb also gar nichts anderes übrig, als davonzulaufen und sich zu verstecken. Die finanziellen Mittel dazu hatte sie durch ihr geerbtes Vermögen. Sie war gerade achtzehn geworden und hatte daher Zugriff auf ihren Treuhandfonds.«

»Wussten Sie … entschuldigen Sie, dass ich es so formuliere, Sir.« Alex Stimme wurde lauter. »Wussten Sie von Anfang an davon?«

Ein paar Sekunden lang herrschte Schweigen.

»Ich wusste von dem Treuhandfonds. Ich wusste auch von ihrem Einzelgängerstatus und der Tatsache, dass sie mit ihren Eltern zerstritten war.«

»Wie konnten Sie dann …«

»Sie dürfen nicht vergessen, dass Est… dass Mrs. Olsen heute Morgen schon über eine Stunde vor Ihnen eingetroffen ist. Ich weiß das alles, weil sie es sich von der Seele geredet hat … und weil ich ihr zugehört habe. Aber falls Sie mit Ihrer Frage meinten, ob ich von Dorothys Flug nach England oder von den Zahlungen wusste, dann lautet die Antwort Nein.«

»Gibt es irgendetwas, was ich sagen kann, damit Sie Ihre Meinung ändern?«

»Sagen? Nein. Aber es gibt etwas, das Sie *tun* können.«

»Was?«

»Bringen Sie mir Beweise dafür, dass jemand anders als Clayton Burrow Dorothy Olsen umgebracht hat – oder noch besser, bringen Sie mir Beweise dafür, dass sie noch lebt.«

21.04 Uhr Pazifische Sommerzeit

»Wir haben unser Bestes gegeben«, sagte Alex ernst. »Es gibt nichts mehr, was wir tun können.«

Lange sagte niemand ein Wort. Sie hätten auch buddhistische Mönche bei der Meditation sein können, wie sie da im Empfangsbereich der Kanzlei standen und ein Dreieck bildeten. Juanita sah Alex an, und Alex sah Nat an. Nat blickte zu Boden.

Es war Juanita, die schließlich das Schweigen brach: »Wir geben also einfach auf?«

In ihrer Stimme lag ein Anflug von Trotz. Aber was nützte Trotz, wenn ihnen die Munition ausgegangen war?

Alex sagte sanft: »Wir haben alles versucht. Wir *können* nichts mehr tun.«

»Und was ist mit der Klinik in England?«, fuhr ihn Juanita an.

Alex suchte Nats Gesicht nach der kleinsten Reaktion ab. Es gab keine. Dann fragte er Juanita: »Hat die Krankenschwester, mit der du gesprochen hast, noch Dienst?«

»Nein.«

»Ist vom Verwaltungspersonal im Moment jemand da?«

»Ich bezweifle es. In London ist es jetzt fünf Uhr morgens.«

»Dann gibt es nichts, was wir tun können. Es sei denn, David findet noch etwas.«

»Hältst du das für wahrscheinlich?«

»Ich weiß es nicht. Aber er sucht weiter. Er hat es immerhin geschafft, sich in Dorothys Bankkonto zu hacken. Wer weiß, was er noch alles findet.«

Juanita schniefte, hielt die Tränen aber dieses Mal zurück und zwang sich zum Sprechen. »Findest du nicht, dass jetzt jemand bei Clayton sein sollte? Er ist bestimmt schrecklich einsam.«

Alex war gerührt von Juanitas Mitgefühl. Tatsache war jedoch, dass Clayton Burrow ein Tyrann und Vergewaltiger war, der Dorothy das Leben zur Qual gemacht und ihren kleinen Bruder grün und blau geprügelt hatte, als dieser versucht hatte, seine Schwester zu verteidigen. In seiner Jugend war Burrow eine zutiefst widerwärtige Person gewesen, und was auch immer er jetzt durchmachte, man konnte sich des Eindrucks nicht erwehren, dass er es sich letztlich selbst zuzuschreiben hatte.

Und dennoch… sie konnten ihn nicht einfach im Stich lassen. Nicht etwa, weil es ihre Aufgabe war, ihm beizustehen, und auch nicht, weil es Renommee und Prestige brachte, einen Mann vor der Todesstrafe zu retten, sondern weil er ein Mensch war und weil er im Laufe der Jahre, die er im Schatten des Todes verbracht hatte, zumindest Ähnlichkeit mit einer anständigen Person bekommen hatte.

»Hört mal, ich erwarte nicht von euch, dass ihr hier die Zeit totschlagt«, sagte Alex langsam. »Ihr könnt nach Hause gehen.«

Juanita warf Alex einen gequälten Blick zu. »Und was ist, wenn in der Zeit ein Fax aus London kommt?«

Alex schüttelte den Kopf. »Ich glaube nicht, dass das passiert.«

»Und wenn doch?«, beharrte Juanita auf ihrem Einwand.

»Ich *befehle* euch ja nicht, nach Hause zu gehen. Ich habe nur gesagt, dass ihr nicht bleiben *müsst*… keiner von euch beiden.«

»Also ich bleibe!«, entschied Juanita rundheraus.

»Nat?«

Nat sah auf und begegnete Alex' Blick. »Ich bleibe auch. Aber vorher muss ich noch was erledigen. Ich bin in einer Stunde zurück.«

Alex lächelte. Juanita hatte recht gehabt – nicht mit ihrem ursprünglichen Verdacht, sondern mit der Erklärung, die sie für Nats Verhalten gefunden hatte. Nat versuchte, die Klinik zur Herausgabe der Daten zu bringen, indem er vorgab, Dorothys Rechtsbeistand zu sein. Aber er konnte es nicht in ihrer Anwesenheit tun, weil es unmoralisch war und Alex die Lizenz kosten könnte. Stattdessen riskierte er den eigenen Kopf und setzte seine Karriere aufs Spiel. Er war immer noch derselbe hitzige Idealist, der er gewesen war, als er Alex um einen Job angefleht hatte. Und ihn trieb immer noch dieselbe jugendliche Leidenschaft an, die auf Alex so großen Eindruck gemacht hatte.

Das Problem war nur, dass Alex nicht wusste, ob er seinen Alleingang zulassen durfte. Sicher, sie hatten einen Mandanten im Todestrakt, der in drei Stunden hingerichtet werden würde, obwohl er wahrscheinlich unschuldig war. Und für einen unschuldigen Mandanten, dem die Hinrichtung bevorstand, musste jeder Anwalt, der etwas auf sich hielt, zu allem bereit sein. Aber das Vorspiegeln falscher Tatsachen war ein ernstes Vergehen. Was nützte es, wenn er einen unschuldigen Mann rettete und danach die Lizenz verlor und keine weiteren Mandanten retten konnte? Und genau deshalb durfte er als Anwalt einen gewissen Punkt nicht überschreiten. Er durfte sich die Vorschriften zwar ein wenig zurechtbiegen, aber brechen durfte er sie nicht.

Und indem er zuließ, dass Nat alleine loszog und sich bei der Klinik fälschlicherweise als Dorothys Anwalt ausgab, verbog er die Vorschriften ganz gewaltig.

Und was war mit Nat selbst? Was, wenn er erwischt wurde? Sollte er für Clayton Burrow wirklich alles verlieren? Verdiente Clayton Burrow überhaupt so viel Hilfe? Hatte er nicht schon genug Schaden angerichtet?

Er konnte nur hoffen, dass Nat nicht erwischt wurde.

»Okay«, sagte Alex. »Dann tu, was du tun musst.«

21.09 Uhr Pazifische Sommerzeit

Jonathan aß ein Mikrowellengericht. Er wusste, dass ihm noch genug Zeit blieb, aber er wollte frühzeitig in San Quentin sein. Dort würde es von Reportern nur so wimmeln, und es dauerte vielleicht seine Zeit, bis man sich durchgekämpft hatte. Er wollte auf keinen Fall zu spät kommen.

Der Tag war ein ständiges Auf und Ab für ihn gewesen. Erst die Nachricht vom Angebot des Gouverneurs, dann der Besuch bei Alex Sedaka und schließlich das Gespräch mit Juanita.

Irgendwie hatte er das Gefühl, Clayton Burrow nicht mehr hassen zu können. Natürlich war Clayton ein Scheißkerl, der es verdient hatte zu leiden. Aber es war fast so, als hätte er genug gelitten – als wäre die Hinrichtung ein Rückschritt. Jonathan war immer noch genauso wütend auf ihn wie vor neun Jahren, aber irgendwie spürte er seine Wut nicht mehr mit derselben Intensität. Die Zeit heilte eben doch alle Wunden.

Das Telefon klingelte.

»Hallo?«

»Hi Jonathan.«

Jonathan erstarrte. »Wo bist du?«

»In meinem Auto.«

»Du rufst mich von einem Handy an?«

»Das ist schon in Ordnung, ich fasse mich kurz. Hör zu, im Prinzip läuft alles nach Plan, aber ich habe mitbekommen, dass uns jemand zu nah auf den Fersen ist.«

»Wer?«

»David, Alex Sedakas Sohn.«

»Was hat denn sein Sohn damit zu tun?«

»Das ist so ein Computerfreak aus Berkeley. Er hat den Laptop in die Finger bekommen und liest jetzt mithilfe eines Rastertunnelmikroskops die gelöschten Dateien.«

»Das weiß ich schon.«

»Echt?«

»Ja, Sedaka hat es mir erzählt. Aber was kann er da schon finden?«

»Ich weiß es nicht. Wahrscheinlich mache ich mir ganz umsonst Sorgen. Das ist alles so lange her. Andererseits hat er schon eine ganze Menge gefunden.«

»Können wir ihm irgendwie das Handwerk legen?«

»Nur, indem wir uns den Computer schnappen.«

21.15 Uhr Pazifische Sommerzeit

»Weißt du, Boss, irgendwie verstehe ich dich nicht.«

Alex und Juanita saßen mit Kaffeebechern im Empfangsbereich. Draußen war es noch hell, aber in der Kanzlei brannten trotzdem alle Lichter.

»Was meinst du?«

»Na ja, einerseits hast du Skrupel, dich gegenüber der Klinik in London als Dorothys Rechtsbeistand auszugeben, aber andererseits beauftragst du einen Einbrecher damit, in ein Haus einzusteigen, um den Hausbewohner unter die Lupe zu nehmen – und das, obwohl du Nat inzwischen wieder vertraust.«

»Herrgott, das hatte ich ganz vergessen!« Alex hechtete zum Telefon und begann eilig, eine Nummer zu wählen.

»Was soll denn das jetzt?«

»Na, ich will den Einbruch abblasen!«

»Aber ich dachte, du wolltest dir ganz sicher sein?«

»Ich *bin* mir sicher! Es ist doch offensichtlich, dass Nat noch mal bei der Klinik anrufen will. Er will nur nicht, dass wir davon wissen beziehungsweise dass *ich* davon weiß. Er will meine Lizenz nicht gefährden … Verdammt, die Mailbox. Kelly hat anscheinend sein Handy ausgeschaltet.«

»Warum sollte er das tun?«

»Ich nehme an, damit sein Handy nicht mitten im Einbruch zu klingeln anfängt.«

»Mir ist übrigens nicht entgangen, dass du dich um meine Frage gedrückt hast – was die Ironie der Situation angeht.«

»Ich schätze, es hängt immer davon ab, wie groß das Risiko ist, erwischt zu werden.«

»Ich dachte, du hättest gesagt, dass dieses Risiko bei Nats Vorhaben sehr gering ist.«

»Ist es ja auch. Aber wenn ich es selbst machen würde, wäre es trotzdem so etwas wie eine tickende Zeitbombe. Man könnte auch sagen ein Damoklesschwert. Damokles war dieser Typ aus der griechischen Sage, der …«

»Ich weiß, wer Damokles war!«

»Entschuldige«, murmelte Alex und wurde rot.

»Du versuchst es besser noch mal«, drängte Juanita. »Lee anzurufen, meine ich.«

Ihre Stimme war ganz leise vor Schuld … oder war es Angst?

21.20 Uhr Pazifische Sommerzeit

Es dämmerte bereits, und der Bereich um das Labor herum war menschenleer. Der Haupteingang war abgeschlossen. Jonathan hätte klingeln und um Einlass bitten können, aber dann hätte er seinen Ausweis zeigen müssen. Er hätte sich auch gewaltsam Zutritt verschaffen können, aber damit hätte er den Alarm ausgelöst und die Aufmerksamkeit auf sich gelenkt, bevor er tun konnte, wozu er gekommen war.

Es gab allerdings noch eine weitere Möglichkeit, in das Gebäude zu kommen. Er wusste, dass manchmal die Notausgänge offen standen. Rein theoretisch waren sie immer verschlossen und ließen sich nur von innen mit der Klinke öffnen. Wenn jemand das Gebäude durch einen Notausgang verließ, schloss sich die Tür automatisch hinter ihm. Aber in der Praxis funktionierte der Schließmechanismus nicht immer, und dann gingen die Türen zwar zu, fielen aber nicht ins Schloss. Notausgänge gab es auf jeder Etage, erreichbar über eine Feuertreppe.

Die Feuertreppe befand sich genau wie ein kleiner Parkplatz und die Müllcontainer auf der Rückseite des Gebäudes. Hier hielt sich niemand länger auf, und selbst wenn jemand aus dem Auto heraus zufällig nach oben geblickt und den Mann gesehen hätte, der die Feuertreppe hinauf- statt hinunterging, wäre er wohl kaum wieder aus dem Auto gestiegen. Jonathan wusste also, dass er das Gebäude völlig gefahrlos auf diese Weise betreten konnte.

Er probierte den Notausgang im Erdgeschoss, aber er war

abgeschlossen. Ebenso die Notausgänge im ersten und zweiten Stock. Aber die Tür im dritten Stock war offen. Mehr brauchte er nicht.

21.26 Uhr Pazifische Sommerzeit

Einige Kilometer entfernt stieg ein etwas professionellerer Einbrecher in das kleine, heruntergekommene Häuschen ein, das Nathaniel Anderson gemietet hatte.

Im Gegensatz zu dem Mann, der in das Labor in Berkeley eingedrungen war, hatte Lee Kelly keine klare Vorstellung von dem, was er suchte. Sein Auftrag war eher weit gefasst: Er sollte etwas finden, das in irgendeiner Weise Aufschluss über Nats Herkunft oder seine Vergangenheit gab. Oder sein Interesse an Clayton Burrow oder der Finchley-Road-Klinik erklärte.

Bei Einbrüchen hatte er es normalerweise auf Wertgegenstände abgesehen und wusste genau, wo er suchen musste. Vor Einführung des Three-Strikes-Gesetzes war er tatsächlich auch einige Male in Wohngebäude eingebrochen, dabei jedoch nie auf frischer Tat ertappt worden. Er wusste, dass die Leute ihren Schmuck entweder in einer Kommode oder auf dem Boden eines Kleiderschranks versteckten, manchmal auch in einer Kiste unter dem Bett, und hin und wieder – wenn auch äußerst selten – in einem Safe. Die beste Vorgehensweise bei der Durchsuchung einer Kommode bestand darin, mit der untersten Schublade anzufangen und sich dann nach oben vorzuarbeiten, ohne die Schubladen hinterher wieder zu schließen. Auf diese Art verlor man am wenigsten Zeit.

Der Diebstahl von elektronischen Geräten war sogar noch unkomplizierter. Bei solchen Einbrüchen rückte er allerdings nicht mit dem Motorrad an, das ihm eine schnelle Flucht ermöglichte, sondern mit dem Kleintransporter, damit er die Geräte besser verstauen konnte.

Im jetzigen Fall kam es darauf an, sich rasch einen Überblick zu verschaffen und dann schnelle Entscheidungen zu treffen. Alex hatte ihm nur grob umrissen, um was es ging: ein Angestellter, der sich verdächtig benahm, und die sich daraus ergebende Notwendigkeit, seinen Hintergrund unter die Lupe zu nehmen und herauszufinden, ob er Kontakte zur Presse unterhielt oder schon vorher in den Fall verwickelt gewesen war. War er vielleicht im selben Ort aufgewachsen wie das Mordopfer Dorothy Olsen? Kannte er Dorothy oder ein anderes Familienmitglied von früher? Kannte er Clayton Burrow?

Aber wie überprüfte man so etwas? Fotos, Dokumente, ein Tagebuch … Schwer zu sagen, wo man anfangen sollte.

Lee begann mit den offensichtlichen Verstecken: Schuhkartons, ob im Kleiderschrank oder unter dem Bett. Das waren die klassischen Verstecke für Dokumente. Allerdings nur, wenn die betreffende Person tatsächlich versuchte, die Dokumente zu verstecken. Wenn nicht, konnten sie auch an anderen, praktischeren Orten zu finden sein, wie beispielsweise in einer Schreibtischschublade oder in einem Nachtschränkchen.

Er fand zwei Schuhkartons, aber sie enthielten lediglich ein altes Paar Sandalen sowie ein kaum getragenes Paar Turnschuhe.

Im Wohnzimmer stand ein Schreibtisch – er war auf dem Weg in die Wohnung daran vorbeigekommen. Rasch blätterte er einige Stapel mit Papieren durch. Es waren Rechnungen, Kreditkartenauszüge und Ähnliches. Ein Stapel bestand aus gerichtlichen Unterlagen, Anmerkungen zu Fällen und anderen Papieren, die offensichtlich mit Nats Arbeit zu tun hatten.

Plötzlich spürte Lee etwas Steifes an seiner Handfläche.

Er zog es zwischen den Papieren hervor. Es war ein Pass. Er klappte ihn auf, um den Namen zu lesen, auf den er ausgestellt war. Die Überraschung durchfuhr ihn wie ein Stromstoß.

Der Pass gehörte nicht Nat. Er gehörte einer Toten: Dorothy Olsen.

21.31 Uhr Pazifische Sommerzeit

Sich Zugang zum Gebäude zu verschaffen war leicht gewesen, aber Jonathan musste immer noch dorthin gelangen, wo sich der Computer und das Rastertunnelmikroskop befanden.

Er war davon ausgegangen, dass das um diese Zeit kein Problem sein würde, aber es hielten sich immer noch einige wenige Leute im Gebäude auf – und ihre geringe Anzahl erschwerte die Sache sogar. Tagsüber, wenn viele Menschen herumliefen, zog ein unbekanntes Gesicht keine Aufmerksamkeit auf sich. Wenn weniger Menschen unterwegs waren, traf das genaue Gegenteil zu, zumal einige der Anwesenden Sicherheitsleute waren. Sie bewachten nicht nur die Eingänge, sondern patrouillierten auch auf den Gängen.

Er musste zum Treppenhaus und dann hinunter ins Erdgeschoss, wo das Mikroskop stand. Aber was machte er, wenn er dort ankam? Wie konnte er das, wofür er hier war, an sich nehmen, ohne dass David es mitbekam?

Er ging auf die Treppe zu. Das war eine relativ sichere Angelegenheit, weil jeder Verdacht von der Tatsache gemildert wurde, dass er die Treppe *hinunter*ging und das Gebäude daher offensichtlich verlassen wollte.

Im Erdgeschoss schlug er jedoch nicht den Weg zum Ausgang ein, sondern den zum Labor, wo sich das Mikroskop befand. Auf dem Gang kamen ihm zwei Personen entgegen: eine Frau mittleren Alters und ein Wachmann. Aus Angst, dass ihn seine Augen verrieten, murmelte er etwas in Richtung der Frau und nickte ihr im Vorbeigehen zu. Damit hoffte er, das Misstrauen des Wachmanns zu zerstreuen. Zur Sicherheit warf er kurz vor der Stelle, an der sich ihre Wege kreuzten, einen Blick auf seine Uhr.

Am Ende des Gangs bog er nach links ab und ging auf die Labortür zu. In der Tür befanden sich zwei runde Glasfenster, durch die er hineinschauen konnte. Er sah einen Mann mit Locken, der allein vor sich hinarbeitete – einen Mann, von dem er annahm, dass er David Sedaka war.

Er wusste nicht, was er jetzt tun sollte.

Sollte er hineingehen und die Konfrontation suchen? Das hätte unweigerlich zu einer körperlichen Auseinandersetzung geführt. Oder sollte er versuchen, David herauszulocken? Jedenfalls konnte er nicht einfach hier draußen stehen bleiben und zusehen. Er musste handeln, und zwar sofort.

21.33 Uhr Pazifische Sommerzeit

Lee Kelly starrte auf den Pass und versuchte, das Ausmaß seines Funds zu begreifen.

Wenn Nathaniel den Pass hatte, musste er ihn Dorothy Olsen abgenommen haben, das war klar. Die Frage war nur, wie er es getan hatte … und *wann*? Er blätterte die Seiten nach Einreisestempeln durch, fand aber nur einen einzigen. Laut diesem Stempel war Dorothy am 25. Mai 1998 in London Heathrow angekommen. Alex hatte etwas davon gesagt, dass sie ein Flugticket für den 24. gebucht hatte – einen Tag früher also. Der Datumsunterschied ergab sich vermutlich aus der Zeitverschiebung oder der Länge des Fluges.

Das Interessante daran war, dass in dem Pass kein Ausreisestempel war, der bezeugt hätte, dass sie England auch wieder verlassen hatte.

Er wusste, dass manche Länder den Pass bei der Einreise, nicht aber bei der Ausreise stempelten. War das zur damaligen Zeit in England der Fall gewesen?

Dorothys Einreise war vor dem 11. September 2001 erfolgt, es konnte also durchaus sein, dass England damals noch keine Ausreisestempel benutzt hatte. In den Vereinigten Staaten war es bis heute so. War sie also trotzdem zurück in die Staaten gereist? So oder so lautete die Frage immer noch, wann und wie Nat an den Pass gekommen war. Hatte er ihn gestohlen? Hatte er sie getötet? War er nach England geflogen und hatte sie dort umgebracht und ihr dann den Pass abgenommen, damit sie nicht identifiziert werden konnte?

Konnte das der Grund dafür sein, dass nie eine Leiche gefunden worden war? Weil sie in England getötet worden war, wo man ihren Tod als den einer unbekannten Person eingestuft hatte? Oder konnte es sein, dass er sie umgebracht, ihr den Pass abgenommen und ihr anschließend gefälschte Ausweisdokumente untergeschoben hatte, damit sie in England fälschlich als jemand anders identifiziert wurde? Das hätte die Wahrscheinlichkeit, dass man die Leiche mit Dorothy Olsen assoziierte, noch weiter verringert.

Andererseits: Warum ging er eigentlich davon aus, dass sie tot war? Wenn ihr Pass hier war, gab es dann nicht eine viel offensichtlichere Erklärung?

Er versteckt sie! Sie hält sich hier in seiner Wohnung auf und kann das Haus nicht verlassen.

Aber warum war sie dann nicht hier? Hatte sie vielleicht die Einbruchgeräusche gehört und war davongelaufen, weil sie glaubte, es sei die Polizei? Er konnte keine offenen Fenster entdecken, bis auf das eine, das er aufgestemmt hatte, um ins Haus zu kommen. Versteckte sie sich irgendwo? Schwer vorstellbar. Er hatte an allen Orten, die groß genug waren, nachgesehen.

Oder hatte sie sich hier nur versteckt, bis ihr die Sache zu heiß geworden war? War sie nun endgültig geflohen oder woanders untergeschlüpft?

Was auch immer die Erklärung war, eines stand fest: Der Einreisestempel war ein schriftlicher Beweis dafür, dass Dorothy Olsen kurz nach ihrem Verschwinden in London eingetroffen war. Und genau das war es, was Alex brauchte. Lee klappte den Pass zu und wollte ihn gerade in die Tasche stecken, als er merkte, dass etwas herausgefallen war.

Es war ein dünnes, weißes Stück Karton.

21.35 Uhr Pazifische Sommerzeit

Jonathan ging in den Keller und suchte den Sicherungskasten. Er war verschlossen, allerdings nur mit einem billigen Vorhängeschloss. Jonathan hatte keine Ahnung davon, wie man ein Schloss knackte, aber er hatte einen großen Schraubenzieher mitgebracht. Damit bearbeitete er jedoch nicht das Schloss, sondern die unsolide aussehende Verankerung der Tür. Ohne größere Schwierigkeiten – und überraschend geräuschlos – stemmte er sie auf.

Er fand sich einer unübersichtlichen und etwas verwirrenden Anordnung von Sicherungen gegenüber. Schließlich entdeckte er eine, die mit »Hauptlabor« beschriftet war. Er wollte gerade den Schalter umlegen, als ihm einfiel, dass das nicht reichte. Wenn er nur diesen Schalter umlegte, verließ David Sedaka zwar vielleicht konsterniert das Labor, lungerte aber trotzdem vor der Tür herum und machte es Jonathan unmöglich, unbemerkt hineinzugelangen.

Er sah erst im unteren und dann im oberen Bereich des Sicherungskastens nach, wo er schließlich drei große Schalter entdeckte, die offensichtlich den Hauptstromkreis kontrollierten. Das Labor hatte vermutlich eine Dreiphasenwechselstromversorgung, und jede dieser Hauptsicherungen stand für eine Phase. Wenn er das Labor komplett verdunkeln wollte, musste er alle drei Schalter umlegen.

Aber dann ging ihm auf, dass selbst das nicht genügte. Die Ersatzbatterie würde anspringen und dafür sorgen, dass die Notfallbeleuchtung anging. Die Batterie würde zwar nicht ausreichen, um die Laborgeräte zu betreiben, aber das Licht, das sie produzierte, machte jeden Versuch, sich ins Labor zu schleichen, zu einem leichtsinnigen Unterfangen.

Er bemühte sich verzweifelt um einen Geistesblitz. Was konnte er tun, um David aus dem Labor zu scheuchen und sich selbst freien Zugang zu verschaffen? Ein Anruf, der ihm mitteilte, seinem Vater sei etwas zugestoßen? Das konnte er vergessen. David würde einfach in der Kanzlei anrufen, um diese Behauptung zu überprüfen.

Ein Feuer? Das hätte schwerwiegende Folgen geh…

Natürlich! Das ist es!

Er würde selbstverständlich kein echtes Feuer legen, sondern nur den Feueralarm auslösen. Der entsprechende Knopf befand sich beim Ausgang vom Keller zum Parkplatz, praktisch direkt vor seiner Nase. Einfacher ging es nicht.

Innerhalb von Sekundenbruchteilen hatte er den Knopf gedrückt. Die Sirene ging los.

Er hörte Stimmen, verblüffte Fragen, hastende Schritte. Die Schritte entfernten sich. Niemand kam in den Keller herunter. Irgendwann würde wahrscheinlich jemand nachprüfen, wo der Alarm ausgelöst worden war, aber bis jetzt hatte das noch niemand getan. Ihm blieb noch etwas Zeit.

Er wartete einige Sekunden und rannte dann die Treppe hoch. Die brennenden Lichter verunsicherten ihn, deshalb rannte er wieder nach unten und legte die drei Hauptsicherungen um, woraufhin sich das Gebäude schlagartig verdunkelte. Die Zeit, die verging, bis die Notfallbeleuchtung ansprang, kam ihm überraschend lang vor, auch wenn ihm im Nachhinein klar war, dass es kaum mehr als eine Sekunde gewesen sein konnte.

Wieder rannte er die Treppe ins Erdgeschoss hoch, dieses Mal ohne stehen zu bleiben. Er lief direkt in das Labor, in dem er David Sedaka bei der Arbeit beobachtet hatte. Ein

Blick auf den Laptop verriet ihm, dass der ihm nichts nützen würde. David Sedaka hatte ihn aufgeschraubt, die Festplatte entnommen und sie auseinandergebaut. Er brauchte also die einzelnen Scheiben der Festplatte, und die lagen direkt neben dem Computer, an dem David gesessen hatte. Dabei handelte es sich um einen weiteren Laptop, der an das Rastertunnelmikroskop angeschlossen war, vermutlich, um die Abläufe zu steuern.

Mit einer Hand schnappte sich Jonathan die Festplattenscheiben und machte, dass er wegkam. Beim Hinausrennen legte sich plötzlich eine Hand auf seine Brust und schleuderte ihn zurück. Als er sich wieder orientiert hatte, sah er einen Mann mit Locken vor sich stehen.

»Was tun Sie hier?«, fragte der Mann.

»Nichts.«

»Und was haben Sie da in der Hand?«

Jonathan blickte nach unten. Die Scheiben wirkten so klein und zerbrechlich. Er konnte sich kaum vorstellen, dass sie in der schwachen Beleuchtung zu sehen waren. Aber als er wieder nach oben schaute, ruhte David Sedakas Blick noch immer auf seiner Hand. Da wusste er, was er zu tun hatte.

Blitzschnell ballte er die freie Hand zur Faust, ließ sie nach vorne schnellen und streckte David Sedaka mit einem einzigen Hieb zu Boden.

21.37 Uhr Pazifische Sommerzeit

Lee Kelly hob das kleine, weiße Rechteck aus Karton auf, das aus dem Pass gefallen war, und drehte es um. Es war das Foto einer jungen Frau, die mit strahlendem Lächeln in die Kamera schaute. Er schätzte sie auf Anfang bis Mitte zwanzig.

Es ließ sich schwer feststellen, wann und wo das Foto aufgenommen worden war. Die Frau füllte den Bildvordergrund aus, und die Personen im Hintergrund waren zu klein, um aus ihnen irgendwelche Informationen abzulesen. Die ganze Atmosphäre des Fotos sprach dafür, dass es bei einer Party aufgenommen worden war, aber mit Sicherheit sagen ließ es sich nicht.

Für einen kurzen Moment dachte er, dass es ein Foto von Dorothy sei, aber nachdem er es mit dem Passfoto verglichen hatte, war er nicht mehr ganz so überzeugt. Die Augen waren ähnlich, aber die Knochenstruktur war anders.

Die große Frage war, was das Foto in Dorothys Pass machte. Es war schon verdächtig genug, dass sich der Pass in Nats Besitz befand. Aber warum das Bild? Dass es im Pass gelegen hatte, deutete darauf hin, dass jemand einen sicheren Aufbewahrungsort dafür gesucht hatte – ein wichtiges Foto in einem wichtigen Ausweisdokument.

Aber warum? Warum war das Foto so wichtig?

Und wer war die Frau?

21.41 Uhr Pazifische Sommerzeit

Alex war auf dem Weg zu Jonathans Wohnung. Juanita hatte ihn davon überzeugt, dass er Burrow nicht einfach aufgeben durfte, aber er hatte keine Ahnung, wie es jetzt weitergehen sollte. Jonathan war möglicherweise das schwächste Glied in der Kette, und Esther hatte ihm erzählt, dass sie die beiden ein paar Tage vor Dorothys Verschwinden belauscht hatte.

In dem Gespräch der beiden konnte es nicht allein um die Vergewaltigung gegangen sein, die immerhin sechs Wochen zurücklag. Dorothy und Jonathan mussten über die Schwangerschaft gesprochen haben und nicht über die Vergewaltigung selbst. Und wenn es um die Schwangerschaft gegangen war, musste auch die Abtreibung zur Sprache gekommen sein, oder zumindest die Frage, ob Dorothy abtreiben sollte oder nicht.

Es war also völlig unmöglich, dass Jonathan nichts von Dorothys beabsichtigter Englandreise gewusst hatte.

Und wenn er davon gewusst hatte, musste Alex eine Möglichkeit finden, ihn mürbe zu machen und ihm die Wahrheit zu entlocken. Clayton Burrows Leben hing davon ab.

Das Handy klingelte in der Freisprechhalterung. Alex warf einen Blick aufs Display. »Hallo David.«

»Hallo Dad. Du glaubst nicht, was gerade passiert ist!«

»Was denn?«, fragte Alex aufgeregt.

»Jemand ist ins Labor eingebrochen und hat die Festplatte gestohlen!«

»*Wie bitte?*«

»Wir hatten eine kleine Auseinandersetzung.«

»Wer?«

»Ich und der Täter. Der Feueralarm wurde ausgelöst, und als ich daraufhin das Gebäude verlassen wollte, habe ich aus den Augenwinkeln eine Bewegung wahrgenommen. Als ich mich umgedreht habe, sah ich einen Mann zum Labor rennen, statt zum Ausgang.«

»Wie sah er aus?«

»Er lief von mir weg, ich habe also nur seinen Rücken gesehen.«

»Hast du jemanden alarmiert?«

»Nein, ich bin selbst wieder reingegangen, um zu sehen, was der Typ im Schilde führt.«

»War das nicht ein bisschen riskant?«

»Kann sein. Jedenfalls ist der Typ ins Labor gegangen, wo ich nicht sehen konnte, was er tut. Aber ungefähr drei Sekunden später kam er wieder raus und hatte irgendwas in der Hand. Also habe ich mich ihm in den Weg gestellt.«

»Das war gefährlich.«

»Nicht wirklich. Ich meine, so groß war er nicht.«

Es überraschte Alex, dass sein Sohn, der in der Familie nicht gerade als Actionheld bekannt war, die Sache derart auf die leichte Schulter nahm. Debbie war immer die Sportliche unter den Geschwistern gewesen. David war der Streber, der die Nase meist in irgendwelche Bücher steckte.

»Was hat er gesagt?«

»Ich habe ihn gefragt, was er da tut, und er hat geantwortet: ›Nichts.‹ Aber ich habe genau gesehen, dass er etwas in der Hand hielt. Was es war, wusste ich nicht, aber es war offensichtlich, dass er es auf keinen Fall herausgeben wollte.«

»Und du hast ihn einfach damit abhauen lassen?«

»Ich würde es nicht unbedingt als *lassen* bezeichnen. Während ich noch auf den Gegenstand in seiner Hand starrte, hatte ich plötzlich seine Faust im Gesicht.«

»Heilige Scheiße!«

»Keine Sorge, mir geht's gut. Nur ein Nasenbruch, glaube ich.«

»Oh Gott, solltest du da nicht lieber zum Arzt gehen?«

»Das ist nicht das erste Mal, dass ich mir die Nase breche, Dad. Du erinnerst dich doch noch an das Baseballspiel?«

»Jetzt fang nicht schon wieder damit an, David! Du weißt genau, dass sie es nicht mit Absicht getan hat!«

»Ich mache ihr ja auch gar keinen Vorwurf, Dad. Aber wenn ich als Kind eine gebrochene Nase durch Debbies Kinderbaseballschläger weggesteckt habe, dann verkrafte ich ja wohl auch einen Nasenbruch von so einem Dreckskerl, der mir völlig unerwartet eins mit der Faust überzieht.«

»Also gut, aber pass auf dich auf, ja?«

»Mach ich, keine Sorge.«

Als Alex die Spur wechseln wollte, um zu überholen, raste ein Motorrad an seinem Wagen vorbei. »Arschloch!«, murmelte er.

»Was?«

»Nur so ein Typ auf einer Suzuki.«

»Bist du okay?«

»Klar bin ich okay, aber um dich mache ich mir Sorgen.«

»Musst du nicht.«

»Na gut. Eine Frage noch, David: Glaubst du, diese Festplattenscheiben hätten noch mehr hergegeben?«

»Ich weiß es nicht, aber eine ist ja noch übrig.«

Alex war überrascht. »Das verstehe ich nicht.«

»Sie lag noch im Mikroskop.«

21.44 Uhr Pazifische Sommerzeit

Nat machte sich Sorgen. Die Dinge begannen aus dem Ruder zu laufen. Er hatte schon mehrmals versucht anzurufen, aber es meldete sich niemand. Wenn er auf dem Festnetz anrief, klingelte es eine Weile, bevor sich der Anrufbeantworter einschaltete. Auf dem Handy ging sein Anruf direkt an die Mailbox. Das Handy war also ausgeschaltet, und genau das beunruhigte Nat.

Er war froh, dass er Alex und Juanita nicht gesagt hatte, wo er hinwollte. So hatte er mehr Spielraum und konnte der Kanzlei länger als ein paar Minuten fernbleiben. Ob sich sein Ausflug lohnte, wusste er selbst nicht. Aber er wollte auf Nummer sicher gehen.

Er fühlte sich klebrig und verschwitzt. Es war ein langer Tag gewesen. Er beschloss, einen kleinen Umweg zu machen und zuerst zu Hause vorbeizufahren, um sich umzuziehen.

Er machte sich nicht die Mühe, in der Einfahrt zu parken, sondern hielt einfach am Straßenrand. Er würde sowieso nur ein paar Minuten weg sein. Außerdem war er müde. So müde, dass er den schwachen Lichtschein der Taschenlampe im Wohnzimmer nicht bemerkte.

Erst als er die Tür aufgeschlossen hatte, spürte er, dass etwas nicht stimmte. Ein schwaches Licht ging genau in dem Moment aus, als er die Tür aufmachte. Eine Sinnestäuschung, dachte er, während er in die Wohnung trat und das Licht im Wohnzimmer einschaltete, bevor er die Tür hinter sich schloss.

Erst da hörte er das Geräusch und kam gerade noch rechtzeitig ins Schlafzimmer, um einen Mann auf dem Bett zu entdecken, der dabei war, aus dem Fenster zu klettern. Instinktiv machte er einen Satz nach vorn, packte das Bein des Mannes, das noch ins Zimmer hing, und zog kräftig daran. Als der Eindringling einen Schmerzensschrei ausstieß, fiel ihm auf, dass er schon recht alt war – auf jeden Fall weit über fünfzig.

Der Mann wehrte sich und versuchte, sein Bein durch Trittbewegungen zu befreien, aber Nat hatte es sich unter den Arm geklemmt und ließ nicht locker. Daraufhin versuchte der Mann, Nat mit einer Hand zur Seite zu schieben, aber jugendliche Körperkraft trug schließlich den Sieg über das Alter davon, und der Eindringling – der zudem nicht besonders groß war – musste sich zurück ins Zimmer ziehen lassen.

Dabei klammerte er sich mit dem Bein, das noch draußen war, so fest ans Fenstersims, dass es schwer war, ihn aus dieser Position zu entfernen. Nat ließ vom Bein des Mannes ab und umklammerte stattdessen mit beiden Armen seinen Oberkörper, bis der Einbrecher jeden Widerstand aufgab und sich von ihm aufs Bett ziehen ließ.

Als er Nat sah, der ihn keuchend und mit stechendem Blick anstarrte, befürchtete er offensichtlich das Schlimmste und flehte ihn eindringlich an, ihm nicht wehzutun.

»Ich leiste keinen Widerstand. Sagen Sie den Cops bitte, dass ich keinerlei Widerstand geleistet habe!«

Nat verstand, was in dem Mann vorging. Er war auf frischer Tat bei einem Einbruch in ein Wohngebäude ertappt worden. Nach kalifornischem Recht war das ein schweres Vergehen.

»Ich lege ein gutes Wort für Sie ein«, versprach Nat mit einem Lächeln und zog sein Handy aus der Tasche. »Ich hätte da sogar einen Anwalt für Sie.«

»Ich habe schon …« Lee verstummte abrupt, aber Nat hatte

ihm gar nicht zugehört, weil er bereits die 911 gewählt hatte und dabei war, den Einbruch der Polizei zu melden. Er fügte hinzu, dass der Einbrecher bereits gefasst sei und sich kooperativ zeige. Die Polizei wies ihn an, mit dem Verdächtigen an Ort und Stelle zu warten. Nachdem er aufgelegt hatte, schloss Nat das Fenster und erlaubte dem Einbrecher, eine sitzende Position auf dem Bett einzunehmen.

»Wie heißen Sie?«, fragte Nat.

»Ich bin in Gewahrsam. Sie dürfen mich erst verhören, wenn Sie mir meine Rechte vorgelesen haben.«

»Wie ich sehe, kennen Sie sich aus«, stellte Nat lächelnd fest.

»Man könnte sagen, ich bin ein alter Hase im Geschäft.«

»Warum überrascht mich das nicht?«, erwiderte Nat. Der Einbrecher schwieg. »Aber ich bin kein Polizist. Was Sie sagen, wird also sowieso nicht gegen Sie verwendet.«

Der Einbrecher nickte, schien aber immer noch Angst zu haben.

»Also, wie heißen Sie?«, fragte Nat noch einmal.

»Kelly.«

»Kelly, und wie weiter?«

»Nein, Kelly ist mein Nachname. Lee ... Lee Kelly.«

Nat erstarrte. Der Name kam ihm bekannt vor. Ihm fiel sein Gespräch mit Alex Sedaka vor zwei Stunden wieder ein.

Lee Kelly war der Einbrecher, für dessen Vertretung vor dem Haftrichter Alex einen Umweg in Kauf genommen hatte.

Was für ein Zufall, dass eben dieser Einbrecher jetzt in mein Haus einbricht.

21.57 Uhr Pazifische Sommerzeit

»Ja, abgesehen von einer gebrochenen Nase ist er wohlauf. Ich wollte nur, dass du Bescheid weißt. Sieht so aus, als wollte uns jemand sabotieren.«

Alex telefonierte mit Juanita, während er vor dem Gebäude hielt, in dem sich Jonathans Wohnung befand.

»Sei vorsichtig, Boss. Wer auch immer das getan hat, er muss zum Äußersten entschlossen gewesen sein.«

»Genau das war auch mein erster Gedanke. Wir scheinen ganz nah dran zu sein. Sei du auch vorsichtig. Wenn jemand in die Kanzlei kommt, während Nat und ich nicht da sind …«

»Jetzt mach aber mal halblang! Ich bin auf der Straße groß geworden. Bei uns haben sie Schlipsträger wie dich zum Frühstück verspeist!«

»Entschuldige, du hast recht. Du kommst sicher wunderbar alleine klar. Aber sei auf der Hut.«

Alex beendete das Gespräch und parkte den Wagen. Als er auf das Haus zuging, fiel ihm eine Suzuki auf, die an der Hauswand lehnte. Sie erinnerte ihn an das Motorrad, das ihn vorhin überholt hatte.

Er ging die Treppe hoch und klopfte an Jonathans Tür.

»Wer ist da?«, rief eine angespannte, nervöse Stimme.

»Alex Sedaka!«, rief Alex zurück.

»Was wollen Sie?«

Eine seltsame Reaktion. Bei seinem letzten Besuch war Jonathan nicht so argwöhnisch gewesen. Aber beim letzten Mal hatte Alex auch vorher angerufen. Trotzdem …

»Ich wollte mich nur mit Ihnen unterhalten!«

»Einen Moment, bitte!«

Alex hörte ein leises Rumpeln, so als würden Türen und Schubladen geöffnet und wieder geschlossen. Vermutlich hatte Jonathan die Tür von innen abgeschlossen und suchte nun den Schlüssel.

Nach fast einer Minute ging die Tür auf und gab den Blick auf einen verschwitzten, aufgewühlt wirkenden Jonathan frei.

»Ich muss dringend mit Ihnen reden«, sagte Alex. »Das geht jetzt schon lange genug so.«

»Kommen Sie rein«, bat Jonathan und schluckte nervös.

Er trat beiseite, um Alex durch die Tür zu lassen, die er sofort wieder hinter ihm schloss. Irgendetwas an Jonathans Gesichtsausdruck lenkte Alex‘ Blick auf seine Hand.

Das Nächste, was Alex *sah*, war, wie diese Hand auf seinen Oberkörper zuschoss. Ein winziger Blitz leuchtete auf, und dazu donnerte es wie bei einem Miniaturgewitter.

Das Nächste, was er *spürte*, war ein ruckartiger Schmerz. Seine Muskeln hörten auf, ihm zu gehorchen, seine Sicht verschwamm, und seine Beine gaben nach.

22.04 Uhr Pazifische Sommerzeit

»Die Polizei braucht aber ganz schön lange«, sagte Nat, um Zeit totzuschlagen und seine Angst zu verbergen. Angst vor dem Grund, aus dem Lee Kelly hier war.

»Wie heißt es so schön: Brauchst du einmal einen Cop, ist er nicht da.«

»Warum haben Sie eigentlich nichts gestohlen?«

Angst durchzuckte Lee wie ein Messerstich, aber er erholte sich schnell wieder davon. Schließlich war er Profi. »Ich hatte keine Zeit mehr. Sie haben mich erwischt, schon vergessen?«

Nat überlegte, ob er seine verdeckte Karte ausspielen sollte. Vielleicht bekam Lee davon so einen Schock, dass er irgendetwas zugab. Aber sein Auftraggeber war vermutlich Alex, und Nat war noch nicht bereit, sich vor Alex zu erkennen zu geben.

Er bereute, dass er die Polizei gerufen hatte. Hätte er ein wenig mehr Zeit mit Lee gehabt, hätte er vielleicht ein paar Antworten aus ihm herausquetschen können. Aber die Polizei konnte jeden Augenblick kommen. Außerdem machte er sich selbst etwas vor: Er hätte diesen Mann weder verletzt noch getötet, selbst wenn er die Gelegenheit dazu gehabt hätte.

Er wäre nie so weit gegangen, einen Unschuldigen zu verletzen … und dieser Mann war unschuldig – einigermaßen.

Er hörte quietschend ein Auto vorfahren. Sekunden später klopfte es an der Tür. Die Polizei war da. Die nächsten Minuten verbrachten sie mit Formalitäten. Nat zeigte seinen Mietvertrag vor, um zu beweisen, dass er der rechtmäßige Mieter des Hauses war, und unterschrieb die Anzeige. Die Polizisten wollten, dass er für eine ausführliche Aussage mit zur Wache kam, aber er hatte sich bereits eine Ausrede zurechtgelegt.

»Ich arbeite für Alex Sedaka, den Anwalt, der Clayton Burrow vertritt. Wir stecken noch mitten in der Arbeit, und mein Boss wundert sich bestimmt schon, wo ich bleibe.«

»In Ordnung. Können Sie morgen früh zur Wache kommen?«, fragte der Beamte.

»Klar«, sagte Nat. »Kein Problem.«

Der Polizist klappte sein Notizbuch zu, während sein Partner Lee Kelly in Handschellen abführte. »Vielleicht sollte ich das lieber nicht sagen, aber mal ganz im Vertrauen: Ich hoffe, Ihr Mandant zappelt heute Nacht auf dem elektrischen Stuhl.«

Nat sah schockiert aus, aber nur für einen Moment. »Es ist nicht meine Aufgabe, seine Tat zu beurteilen«, stellte er klar. »Ich bin lediglich dafür zuständig, dass das System funktioniert – und dazu gehört auch, dass ein Mann unter Mordanklage eine Verteidigung bekommt.«

»Entschuldigen Sie. Meine Bemerkung war wohl nicht ganz angebracht.«

Aber Nat hörte überhaupt nicht zu. Er grübelte immer noch darüber nach, warum Lee Kelly ausgerechnet in sein Haus eingebrochen hatte – und das kurz nachdem ihn Alex auf Kaution rausgeholt hatte.

22.08 Uhr Pazifische Sommerzeit

Als Alex wieder zu sich kam, war er mit Handschellen an eine Heizung im Schlafzimmer gekettet. Jonathan saß auf dem Bett und sah nicht gerade glücklich aus. Er hielt einen Gegenstand in der Hand, den er beinahe fasziniert betrachtete. Es war ein Handy. Als Alex wieder scharf sehen konnte, begriff er, dass es sein eigenes iPhone war.

Was hatte Jonathan damit vor?

»Jonathan?«

»Sie sind wach?« Seine Stimme klang nervös. Angesichts der Umstände hätte Alex eher eine Spur von Aggression erwartet, aber er konnte keine heraushören. Jonathan schien noch mehr Angst zu haben als er selbst.

»Ja. Was geht hier vor?«

»Ich wollte das nicht. Ich meine, ich wollte nicht, dass es zur Konfrontation kommt.«

»Warum haben Sie mich dann angegriffen?«

»Ich meine bei … Er hat mich einfach gepackt.«

Alex war verwirrt. »Wovon reden Sie? Wer hat Sie gepackt? Clayton?«

»Ich meine im Labor! David.«

»Im Labor?« Langsam dämmerte es Alex. »Das waren *Sie?*«

»Ich wollte nur die Festplatte. Ich wollte nicht, dass er weiter herumschnüffelt. Es war nicht meine Absicht, ihn anzugreifen. Ich wollte mir nur die Scheiben schnappen und wieder abhauen. Aber er hat mich dabei erwischt und rückwärts gegen eine Wand geschleudert. Geht … geht es ihm gut?«

Alex erinnerte sich, dass Jonathan nie ein Schlägertyp gewesen war. Er war der kleine Junge gewesen, der dem Schultyrannen Paroli geboten hatte, obwohl er wusste, dass er dafür Prügel beziehen würde. Er war bestimmt niemand, der Gefallen daran fand, Unschuldige zu verletzen.

»Ja, es geht ihm gut. Seine Nase bleibt vielleicht ein bisschen schief, wenn er sie nicht richten lässt. Aber sonst geht's ihm gut.«

Jonathan gestattete sich ein Lächeln. »Okay …«

»Okay«, wiederholte Alex. »Können Sie … können Sie mich jetzt nicht gehen lassen?«

»Sie gehen …?« Jonathan schien plötzlich aus seinem Trancezustand zu erwachen. »Aber ja! Natürlich.«

Jonathan beugte sich vor und wollte gerade den Schlüssel in das Schloss der Handschelle stecken, als er innehielt. »Wenn Sie nicht wegen David hier sind, warum sind Sie dann hier?«

»Ich bin hier, um mit Ihnen über Dorothy zu reden. Ich will wissen, warum sie nach England geflogen ist.«

»Darüber weiß ich nichts. Ich wusste gar nicht, dass sie nach England wollte. Ich weiß nicht mal, ob das überhaupt stimmt. Der Einzige, der das behauptet, sind Sie – und Sie versuchen, diesen Dreckskerl Burrow zu retten.«

»Sie haben recht, ich versuche ihn zu retten. Aber ein Anwalt darf trotzdem keine Beweise fälschen, sonst verliert er seine Lizenz.«

»Manche Anwälte sind aber durchaus gewillt, ihre Lizenz aufs Spiel zu setzen.«

»Ich nicht … und ganz sicher nicht für jemanden wie Burrow.«

»Na ja, selbst wenn es stimmen sollte: Ich weiß jedenfalls nichts darüber.«

»Ich glaube schon, dass Sie etwas wissen. Ihre Mutter hat mir erzählt, dass sie gehört hat, wie Sie und Dorothy ein paar Tage vor ihrem Verschwinden über die Vergewaltigung geredet haben.«

»Sie hat uns belauscht?«

»Eigentlich hat sie nur ein Flüstern durch die Wand gehört. Aber sie hat mitgekriegt, dass Dorothy geweint hat, und sie hat das Wort Vergewaltigung aufgeschnappt.«

»Na und? Ich wusste von der Vergewaltigung. Das habe ich nie bestritten.«

»Ja, aber diese Vergewaltigung hatte an Dorothys achtzehntem Geburtstag stattgefunden, am 1. April. Und Ihre Mutter hat das Gespräch zwischen Ihnen und Dorothy erst am 16. Mai belauscht, eine Woche vor Dorothys Verschwinden.«

»Na und?«

»Nun ja, ich frage mich nur, warum Dorothy das Thema ausgerechnet am 16. Mai wieder zur Sprache gebracht hat.«

»Wieso nicht?«

»Sie hätte doch auch schon früher mit Ihnen über die Vergewaltigung reden können.«

»Hat sie vielleicht auch.«

»Und warum ist das Thema sechs Wochen später plötzlich wieder auf den Tisch gekommen?«

»Vielleicht konnte sie sich vorher nicht überwinden, darüber zu sprechen.«

»Vielleicht«, stimmte Alex zu. »Aber *ich* glaube, dass sie deshalb am 16. Mai mit Ihnen darüber gesprochen hat, weil sie gerade herausgefunden hatte, dass sie schwanger war. Das war der Auslöser. Sie musste dringend mit jemandem reden.«

»Warum hätte sie das erst nach sechs Wochen herausfinden sollen?«

»Den Verdacht hatte sie vermutlich schon früher, aber sie wollte es nicht wahrhaben. Und am 16. Mai konnte sie einfach nicht länger die Augen davor verschließen.«

»Und wenn schon?«, sagte Jonathan langsam.

»Wir wissen, dass sie eine Abtreibung vornehmen ließ. Vielleicht hat sie also mit Ihnen über ihren Plan gesprochen, das Baby abtreiben zu lassen.«

»Noch einmal: Na und?«, fragte Jonathan gereizt.

»Tja, die Abtreibung hat sie nun mal in England machen lassen. Wenn sie also mit Ihnen über die Schwangerschaft und die geplante Abtreibung sprach – und diese Abtreibung in England stattfand –, legt das dann nicht den Schluss nahe, dass sie Ihnen erzählt hat, dass sie nach England wollte?«

Jonathan öffnete den Mund, um etwas zu sagen, aber es kamen keine Wörter heraus. Er mied Alex' Blick.

»Jonathan, ich will Sie nicht in die Ecke drängen, damit Sie zugeben, dass Sie von Dorothys Plänen gewusst haben – auch wenn ich glaube, dass es so war. Aber ich finde einfach keine Antwort auf die Frage, *warum* sie für die Abtreibung nach England ging. Warum hat sie nicht hier abgetrieben?«

Jonathan hob den Blick und sah Alex an. »Ist das wirklich eine Frage, oder haben Sie längst eine Antwort parat?«

»Na ja, sie hat das Ticket gebucht, nachdem sich ihr Vater eine Kugel in den Kopf gejagt hat. Die entscheidende Frage ist doch, wem sie die Schuld für ihre Schwangerschaft gab.«

»Zumindest diese Antwort sollte doch offensichtlich sein«, sagte Jonathan schnippisch.

»Oh, ich zweifle nicht eine Sekunde daran, dass es Clayton Burrow war, der sie geschwängert hat. Aber die Frage ist nicht, wer sie geschwängert hat, sondern wem sie die

Schuld gab. Sie dürfen nicht vergessen, dass Clayton Burrow sie nur ein einziges Mal vergewaltigt hat. Wie hoch sind die Chancen, bei einem einzigen Mal schwanger zu werden?«

Alex suchte Jonathans Gesicht nach einer Reaktion ab, aber er fand keine. Also hakte er weiter nach: »Dazu kommt noch, dass wir auf Dorothys Computer ein Gedicht gefunden haben, das darauf hindeutet, dass sie ihrem Vater eine gewisse Feindseligkeit entgegenbrachte. Ich habe Ihnen doch erzählt, dass es darin heißt, er habe ihr die Kleider vom Leib gezerrt, oder? Könnte es also sein, dass Clayton nicht der Einzige war, der sich an Dorothy vergangen hat? Kann es sein, dass ihr Vater sie regelmäßig missbraucht hat?«

Über Jonathans Gesicht schlich der Hauch eines Lächelns. Er verschwand so schnell, wie er gekommen war.

Alex fuhr fort: »Dorothy war nicht nur mit ihrer Mutter zerstritten, sondern auch mit ihrem … mit Edgar Olsen. Bei unserer ersten Begegnung haben Sie mir erzählt, Dorothy sei in der Familie zu kurz gekommen. Als ich Sie bat, das näher auszuführen, sagten Sie nur, dass man sich versündigen kann, indem man etwas tut, aber auch, indem man etwas *unterlässt*. Könnte eine solche Unterlassungssünde darin bestanden haben, dass eine Mutter die Augen vor den sexuellen Übergriffen ihres Mannes auf ihre Tochter verschloss?«

»Haben Sie noch weitere Theorien?«

Alex wusste, dass er ein gefährliches Spiel trieb. Jonathan mochte in der Vergangenheit nicht gewalttätig gewesen sein, aber er hatte ihn immerhin mit einer Elektroschockwaffe außer Gefecht gesetzt und mit Handschellen an die Heizung gekettet.

»All dies führt zu der Frage, ob Dorothy glaubte, ihr Vater hätte sie geschwängert. Und wenn sie das glaubte, wie hat sie wohl darauf reagiert?«

»Sie meinen, nach Jahren des Missbrauchs ist sie plötzlich auf die Idee gekommen, sich zu rächen?«

»Es war ja nicht mehr Missbrauch alleine. Jetzt war sie schwanger, das war etwas ganz anderes. Die Schwangerschaft hat sicher auch ihren Hormonhaushalt durcheinandergebracht.«

»Gehen wir mal davon aus, dass es stimmt. Na und? Das erklärt nicht, warum Sie hier sind. Was hat das mit Clayton Burrow zu tun? Sie können nicht behaupten, dass mein Vater Dorothy umgebracht hat, denn er ist vor ihr gestorben. Das Ganze mag eine nette Theorie sein, aber ein Schuh wird noch lange nicht draus, wie man so schön sagt.«

»Nein, für sich genommen nicht. Aber diese Theorie würde eine ganze Reihe von Dingen erklären. Zum Beispiel, warum Dorothy für die Abtreibung nach London flog. Weil sie nämlich aus den Staaten fliehen wollte, bevor sie wegen Mordes festgenommen wurde. Es wurde zwar später entschieden, dass es Selbstmord war, aber das konnte sie damals noch nicht wissen. Die Männer von der Spurensicherung erkennen normalerweise genau, ob ein Tatort manipuliert wurde oder nicht. Vielleicht ist sie in Panik geraten und abgehauen.«

»Sie sagten, Ihre Theorie würde eine ganze Reihe von Dingen erklären«, merkte Jonathan an. »Was denn noch?«

»Nun ja, da wäre außerdem das Geld. Sie hat der Londoner Klinik vierzigtausend Pfund überwiesen. Das ist ein nicht unerheblicher Teil ihres Erbes. Warum hätte sie das tun sollen? Könnte es nicht sein, dass die Klinik herausfand, was sie getan hatte, und anfing, sie damit zu erpressen?«

»Eine Klinik? Jemanden erpressen?«

»Vielleicht war es nicht die Klinik selbst, sondern ein Mitarbeiter, der die Klinik nur als Zahlungsempfänger vorschob?«

Alex starrte Jonathan an, weil er noch immer auf eine Reaktion wartete.

Schließlich lächelte Jonathan. »Eine interessante Theorie. Es gibt nur ein Problem: Sie haben da was falsch verstanden.«

22.11 Uhr Pazifische Sommerzeit

Während der Fahrt zur Wache schwieg Lee Kelly. Es sah ihm nicht ähnlich, sich bei einem Einbruch erwischen zu lassen, aber zweimal am selben Tag erwischt zu werden, war besonders peinlich. Es war jedoch nicht sein Berufsstolz, der ihm Sorgen bereitete, sondern der Gedanke ans Gefängnis.

Er war in ein Wohngebäude eingebrochen – und Einbrüche in Wohngebäude wurden sehr viel härter bestraft als normale Einbrüche. Dass er auf Kaution draußen gewesen war, erschwerte die Situation noch.

Aber das war noch nicht alles. Er war beim Rechtsreferendar seines eigenen Anwalts eingebrochen. Würde diese Tatsache vor Gericht ans Licht kommen? Er durfte zu niemandem ein Sterbenswörtchen davon sagen, dass Alex ihn mit diesem Einbruch beauftragt hatte, sonst könnte Alex seine Zulassung verlieren. Sollte er zuerst an sich denken oder an seinen Anwalt? Wenn er den Mund hielt, konnte ihn Alex dann retten? Konnte Alex dafür sorgen, dass er nicht ins Gefängnis kam? Würde die Wahrheit auch ans Licht kommen, wenn er schwieg? Hatte Nat die Verbindung zwischen ihnen vielleicht längst bemerkt?

Bei seiner Durchsuchung wurde der Pass gefunden – Dorothys Pass. Aber der überarbeitete Vollzugsbeamte machte sich nicht einmal die Mühe, einen Blick hineinzuwerfen. Er registrierte ihn einfach als »amerikanischen Pass« und packte ihn zusammen mit Lees anderen Besitztümern in eine Asservatentüte, die anschließend mit seinem Namen versehen wurde. Die einzige Aufgabe des Vollzugsbeamten bestand darin, den Häftling einzusperren und die Gegenstände, die sich zum Zeitpunkt der Verhaftung in seinem Besitz befunden hatten, aufzulisten, einzutüten und aufzubewahren, bis er wieder entlassen wurde. Alle weiteren Nachforschungen blieben dem mit dem Fall beauftragten Sachbearbeiter überlassen.

Es bestand natürlich immer noch die Möglichkeit, dass sich später jemand den Pass genauer ansah, das wusste Lee. Aber das Risiko war gering. Würde Nat den Verlust bei der Polizei melden? Hatte er überhaupt gemerkt, dass der Pass weg war? Er hatte Lee mit vermeintlich leeren Händen auf der Flucht ertappt. War ihm eigentlich klar, worauf es Lee abgesehen hatte?

Der Beamte fand auch das Foto von der jungen Frau. Er wollte es gerade mit dem Rest der Sachen in die Tüte werfen, als Lee sagte: »Kann ich das Foto behalten? Das ist meine Mutter.«

Der Beamte schaute erst auf das Foto und dann mit skeptischem Blick auf Lee. Der Mann, der vor ihm saß, war in den Fünfzigerjahren geboren worden. Das Bild war ein Farbfoto und sah deutlich moderner aus – außerdem war die Frau darauf noch jung. Bei einem Jugendfoto der Mutter dieses Mannes hätte es sich um ein altes Schwarz-Weiß-Foto handeln müssen.

»Sie dürfen im Gefängnis nichts weiter behalten als die Kleider, die Sie am Leib tragen – zu Ihrer eigenen Sicherheit und damit Sie niemand anders gefährden.«

Lee setzte seinen mitleiderregendsten Blick auf und flüsterte: »Bitte!«

»Na ja … also gut.«

Der Vollzugsbeamte gab ihm das Foto zurück, und Lee steckte es rasch ein. »Danke. Könnte ich jetzt vielleicht meinen Anwalt anrufen?«

22.14 Uhr Pazifische Sommerzeit

»Was meinen Sie mit falsch verstanden?«

Sie saßen sich Auge in Auge gegenüber. Jonathan hatte einen Höhenvorteil, weil er auf dem Bett saß, während Alex auf dem Boden kauerte. Aber Alex hatte nicht das Gefühl, im Nachteil zu sein: Jonathan war derjenige, der wütend war und Angst hatte.

»Dorothy hat nie geglaubt, dass Edgar sie geschwängert haben könnte. Er war ja noch nicht mal ihr Vater.«

»Das hat sie *gewusst*?«

»Natürlich hat sie es gewusst!«

»Und was hat sie sonst noch gewusst?«

»Sie wusste, dass sie von Clayton Burrow schwanger war.«

»Wie konnte sie sich da so sicher sein?« Er fragte sich, ob ihm Jonathan nun mit Edgar Olsens Unfruchtbarkeit kommen würde.

»Weil mein Vater sie nicht angerührt hat! Nicht im sexuellen Sinne, meine ich.«

Diese Aussage überraschte Alex. »Glaubt man dem Gedicht, das wir gefunden haben, hat er ihr aber die Kleider vom Leib gerissen.«

»Es gibt mehr als eine Art von Missbrauch. Er hat sie nicht körperlich missbraucht, sondern psychisch.«

»Jemandem die Kleider vom Leib zu reißen, klingt für mich nicht unbedingt nach rein psychischem Missbrauch.«

»Das hat er nur einmal getan. Er ist ausgerastet, weil sie offen ihre Sexualität vor ihm zur Schau gestellt hat.«

»Gut, er hat sie also nicht vergewaltigt. Aber wie war es dann? Als sie herausfand, dass sie schwanger war, hat sie laut Ihrer Aussage Clayton Burrow die Schuld gegeben. Aber es war nicht Burrow, der einen Tag später gestorben ist, sondern Edgar Olsen!«

»Woher wissen Sie das?«, fragte Jonathan mit Angst in der Stimme.

»Weil Ihre Mutter das Gespräch am 16. Mai belauscht hat und Edgar Olsen am 17. Mai gestorben ist.«

Jonathan senkte den Blick und schien mit sich selbst zu ringen. Als er den Kopf wieder hob, waren seine Augen vollkommen trocken. Stattdessen lag nun ein verhärteter Ausdruck auf seinem Gesicht. »Also gut, ich erzähle es Ihnen. Es stimmt, dass Dorothy am 16. Mai zu mir kam, nachdem ihr endgültig klar wurde, dass sie schwanger war. Ich hatte schon vorher gemerkt, dass etwas in der Luft lag, weil sie sich so komisch verhielt. Aber erst an diesem Tag hat sie mir alles erzählt. Sie hatte schon eine Weile geahnt, dass sie schwanger war, aber jetzt war sie sich sicher. Ich habe versucht, sie zu trösten, aber sie war untröstlich, egal, was ich gesagt habe. Sie hatte panische Angst und war gleichzeitig außer sich vor Wut – Angst, weil sie nicht wusste, wie es weitergehen sollte, und Wut über das, was Burrow getan hatte. Sie muss die ganze Nacht darüber nachgegrübelt haben, denn am nächsten Tag beschloss sie, ihn umzubringen.«

»Ihn umzubringen?«

»Ja.«

»Sie wollte Burrow umbringen?«

»Ja.«

»Wie?«

»Mit dem Revolver meines Vaters.«

»Und dann? Ist sie zu Edgar gegangen, um den Revolver zu holen, und er hat sie dabei erwischt?«

»Nicht ganz. Mein Vater hat die Waffe in den Achtzigerjahren angeschafft, als es so viele Verbrechen gab und alle völlig hysterisch waren. Aber Ende der Neunziger gingen die Straftaten zurück, und er hat den Revolver mehr oder weniger vergessen. Er lag einfach bei uns zu Hause rum, ganz hinten im Schrank.«

»Moment mal: Ich dachte, er hätte da schon nicht mehr im Haus gewohnt?«

»Das stimmt auch. Er war bereits in seine eigene Wohnung gezogen, aber er hat nicht alle seine Sachen mitgenommen. Das Wichtigste natürlich schon, aber er hat nicht überall nachgesehen, ob noch etwas ihm gehört.«

»Und einer der Gegenstände, die er zurückließ, war seine Waffe?«

»Wie ich bereits sagte: Die Zeiten hatten sich geändert. Ich glaube, er war damals nicht mehr ganz so paranoid. Vielleicht hat er sie aber auch einfach vergessen, weil sie ganz hinten im Schrank lag. Was auch immer der Grund war, er hat sie jedenfalls nicht mitgenommen.«

»Und Dorothy hat sie gefunden?«

»Sie gefunden, danach gesucht, gewusst, dass sie da war. Was auch immer. Am nächsten Tag kam sie mit dem Revolver in mein Zimmer und verkündete, dass sie Burrow umbringen würde.«

»Und warum hat sie dann stattdessen Ihren Vater umgebracht?«

»Habe ich etwa gesagt, dass sie das getan hat?«

»Aber er ist doch gestorben, oder etwa nicht? Und die Todesursache waren Schusswunden aus seiner eigenen Waffe. Oder wollen Sie mir erzählen, dass es tatsächlich Selbstmord war?«

»Ich wollte sie von ihrem Vorhaben abbringen.«

»Was?«

»Ich wollte nicht, dass sie es tut.«

»Warum nicht? Sie haben Burrow doch auch gehasst. Er hat Sie brutal zusammengeschlagen. Und er hat Ihre Schwester vergewaltigt.«

»Burrow ging mir am Arsch vorbei! Aber ich wollte nicht, dass Dorothy deswegen in Schwierigkeiten gerät. Ich war vielleicht noch ein Kind, aber ich wusste sehr gut, dass Leute, die solche Verbrechen begehen, normalerweise geschnappt werden. Mit Vergewaltigung kann man davonkommen, weil man immer behaupten kann, das Mädchen sei einverstanden gewesen, aber Dilettanten, die einen Mord begehen, werden für gewöhnlich erwischt. Und sie war Dilettantin. Ich wusste, dass sie erwischt wird, wenn sie ihn umbringt.«

»Und Sie dachten, wenn Sie es selbst tun, kommen Sie damit durch, oder wie?«

»Natürlich nicht! Bei meinem Glück wäre erst recht alles schiefgegangen, das war mir klar. Ich mag etwas hitzköpfig gewesen sein, aber ich kannte meine Grenzen.«

»Also, was haben Sie getan?«

»Ich habe sie überredet, mir die Waffe zu geben, und gesagt, wir sollten noch einmal in Ruhe darüber nachdenken und alles sorgfältig planen. Ich wollte sie zurücklegen.«

»Aber Sie haben sie nicht zurückgelegt, oder?«

»Nicht in unserem Haus, nein. Ich wusste, wenn ich sie zurück in den Schrank legte, oder wohin auch immer, könnte Dorothy sie – aufgewühlt wie sie war – jederzeit wieder herausnehmen und ihn umbringen, und dann wäre sie erwischt worden. Also beschloss ich, sie zu meinem Vater zu bringen.«

»Was wollten Sie denn tun, sie ihm einfach in die Hand drucken, ohne Erklärung?«

»Ich hatte nicht wirklich einen genauen Plan. Ich wusste nur, dass ich die Waffe irgendwie aus dem Weg schaffen musste, damit Dorothy sie nicht benutzen konnte. Als ich bei meinem Vater vor der Tür stand, sagte ich einfach, ich hätte ihn vermisst und wollte ihn besuchen. Er hat sich eigentlich immer gefreut, mich zu sehen, und mich auch nie so schlecht behandelt wie Dorothy. Als er irgendwann im Bad war, habe ich mich ins Schlafzimmer geschlichen und versucht, den Revolver in einem Schrank zu verstecken. Aber er hat mich dabei erwischt und wollte wissen, was ich da tue. Er hat mir vorgeworfen, ich würde herumschnüffeln. Das konnte er gut, wissen Sie: in einer Minute noch ganz freundlich sein und in der nächsten fuchsteufelswild. Bei mir war er eigentlich nie so, aber bei Dorothy. Er wusste, dass sie und ich uns sehr nahestanden. Dann hat er die Waffe gesehen.«

»Was ist passiert? Hat er sie Ihnen aus der Hand gerissen?«

Jonathan zögerte, und seine Mundwinkel zuckten nach oben. Es war beinahe ein Lächeln – aber nur beinahe. »Ich wünschte, ich hätte diese Ausrede. Aber er hat ihn mir nicht aus der Hand gerissen. Er wollte nur wissen, was ich damit vorhabe.«

»Und was haben Sie gesagt?«

Jonathan holte tief Luft. »Ich habe ihm die Wahrheit gesagt.«

»Die Wahrheit?«

»Ja, alles. Dass ich die Waffe bei ihm deponieren wollte, damit sie für Dorothy außer Reichweite war. Und ich habe ihm auch gesagt, warum.«

»Sie haben ihm von der Vergewaltigung erzählt?«

»Ja, ich habe ihm von der Vergewaltigung erzählt!« Jonathans Augen füllten sich mit Tränen. »Und wissen Sie, was er getan hat? Er hat gelacht.« Jonathan kämpfte gegen die Tränen an.

»Er hat gelacht?«

»Und dann hat er gesagt …« Mühsam schluckte Jonathan den Kloß in seiner Kehle herunter. Auch nach all den Jahren schien ihm die Erinnerung noch große Schmerzen zu bereiten. »Er hat gesagt: ›Mit ein bisschen Glück ist diese Lesbenschlampe jetzt ein für alle Mal geheilt.‹« Er brach in Tränen aus.

Es widerstrebte Alex zutiefst, ihn zu drängen, aber er musste auch den Rest wissen. »Und was passierte dann?«

»Ich bin einfach durchgedreht. Ich habe den Revolver herumgerissen und auf seinen Kopf gezielt, und er hat Angst bekommen und ist zurückgewichen. Es ging alles viel zu schnell, ich habe überhaupt nicht nachgedacht.«

Alex schwieg. Als Anwalt wusste er, dass er seinem Gegenüber jetzt keine Worte in den Mund legen durfte.

»Dann … dann habe ich abgedrückt. Bevor ich mich versah, war sein Gehirn auf der ganzen Wand verspritzt.«

22.20 Uhr Pazifische Sommerzeit (06.20 Uhr Britische Sommerzeit)

Juanita war allein in der Kanzlei und machte sich allmählich Sorgen. Nat war immer noch nicht zurück, und sie erreichte Alex nicht auf seinem Handy. Wenn Nat wirklich versucht hatte, die Klinik zur Herausgabe der Papiere zu bewegen, hätte er dann nicht längst damit fertig sein müssen? Warum brauchte er so lange?

Und wo war Alex?

Ihnen lief die Zeit davon – und die Möglichkeiten. Eine Tür nach der anderen wurde ihnen vor der Nase zugeschlagen, und es fühlte sich an, als wären sie von allen Seiten umzingelt. Wenn ihnen nicht schnell etwas einfiel, war Clayton Burrow in zwei Stunden tot.

Juanita wollte es noch einmal selbst bei der Klinik probieren. Laut Faxregister war von dort ein Fax eingetroffen, also musste irgendjemand in der Klinik zur Zusammenarbeit bereit gewesen sein. Das Problem war nur, dass sie nicht wusste, was Nat in der Zwischenzeit unternommen hatte. Sie wollte ihm auf keinen Fall auf die Füße treten. Nicht auszudenken, wenn sie ungewollt seinen Behauptungen widersprach.

Aber anrufen konnte sie Nat genauso wenig. Wenn sie ihn fragte, ob er bei der Klinik schon etwas erreicht hatte, gab sie zu, dass sie von seinem Vorhaben wusste. Wenn sie tatsächlich recht hatte, war das kein Problem. Aber was, wenn sie sich täuschte? Dann verschwendete sie bloß wertvolle Zeit, indem sie den Anruf bei der Klinik aufschob.

Auf einmal wusste sie, was sie zu tun hatte. Sie durfte nicht länger warten. Wenn er wirklich unter dem Vorwand, Dorothy Olsens Rechtsbeistand zu sein, bei der Klinik angerufen hatte, dann um sie aufzufordern, die benötigten Informationen an die Kanzlei Alex Sedaka herauszugeben. Und wenn das der Fall war, gab es auch keinen Grund, warum sie nicht als Alex Sedakas Sekretärin anrufen und nachfragen sollte, wo die Informationen blieben.

Sie wählte die Nummer und trommelte nervös mit den Fingern auf den Tisch, während sie darauf wartete, dass jemand abnahm.

»Finchley Road Medical Centre.«

»Hallo, mein Name ist Juanita Cortez. Ich rufe aus der Kanzlei Alex Sedaka in San Francisco an.«

»Ach, hallo, wir haben bereits miteinander gesprochen.«

»Aber Sie sind nicht Schwester White, oder?«

»Nein, Schwester White ist nicht im Dienst, wie ich bereits sagte.«

»Ich muss auch eigentlich gar nicht mit ihr sprechen, sondern mit jemandem von der Verwaltung. Wie ich Schwester White bereits erklärt habe, brauchen wir dringend die erwähnten Informationen zu Dorothy Olsen.«

»Und wie ich dem Mann, der vor einer Weile hier angerufen hat, bereits erklärt habe, können wir diese Informationen nicht ohne Autorisierung herausgeben.«

Juanita wurde sauer. »Sie verstehen aber hoffentlich, dass es hier um Leben und Tod geht, oder? Sie verstehen, dass unser Mandant in weniger als zwei Stunden für den Mord an Dorothy Olsen hingerichtet wird, wenn wir nicht beweisen können, dass sie zur angeblichen Mordzeit noch lebte?«

»Ich kann die Informationen ohne Erlaubnis nicht herausgeben. Damit riskiere ich meinen Job, und das ist es mir nicht wert.«

»Können Sie mich in diesem Fall bitte mit einem Vorgesetzten verbinden – mit jemandem, der befugt ist, diese Entscheidung zu treffen?«

»Dann sprechen Sie am besten mit Stuart Lloyd. Er ist der Verwaltungschef.«

»Gut. Kann ich bitte mit ihm sprechen?«

»Er ist noch nicht hier. Es ist erst zwanzig nach sechs. Er müsste gegen acht da sein.«

»Aber dann ist es zu spät! Die Hinrichtung unseres Mandanten ist für eine Minute nach Mitternacht angesetzt.«

»Dann bleibt doch noch mehr als genug…«

»Nach unserer Zeitrechnung natürlich! Das ist bei Ihnen um eine Minute nach acht!«

»Hören Sie, ich kann wirklich nichts tun. Wenn Sie wollen, können Sie mir Ihre Nummer dalassen, dann ruft er zurück, falls er heute früher kommt.«

Juanita war drauf und dran, die Flinte ins Korn zu werfen, als ein Anruf auf der anderen Leitung hereinkam. Ein Blick aufs Display verriet ihr, dass es Nat war.

»Ich rufe Sie zurück.« Sie drückte einen anderen Knopf auf der Telefonanlage. »Hallo Nat.«

»Hi Juanita. Du klingst mitgenommen.«

»Ich halte hier allein die Stellung. Wo bist du?«

»Entschuldige. Ich bin nach Hause gefahren, um mich umzuziehen.«

»*Um dich umzuziehen?*« Sie konnte es nicht fassen.

»Ja, ich habe mich irgendwie unwohl gefühlt. Tut mir leid.«

»Kommst du jetzt zurück?«

»Noch nicht. Ich habe noch etwas anderes zu erledigen.«

»Du kannst mir vermutlich nicht verraten, um was es sich dabei handelt?«

»Im Moment nicht. Hör mal, Juanita, bei mir zu Hause gab es einen kleinen Zwischenfall.«

»Was für einen Zwischenfall?«

»Ein Einbrecher.«

»Ein Einbrecher? Was ist das hier, eine Epidemie?«

»Was sagst du?«, fragte er. Er schien Juanitas Versuch, die Anspannung mit Humor zu bekämpfen, überhaupt nicht wahrgenommen zu haben.

»Nichts. Was hat er mitgehen lassen?«

»Er hat überhaupt nichts mitgehen lassen. Ich habe ihn erwischt.«

»Oh Gott! Bist du verletzt?« Inzwischen war Juanita klar, wer der Einbrecher war. Sie machte sich Sorgen.

»Nein, mir geht's gut.«

»Wenn du sagst, du hättest ihn erwischt ...?«

»Er war schon ziemlich alt und hat sich kaum gewehrt.«

»Was ist passiert? Hast du die Polizei gerufen?«

»Ja. Sie haben ihn mitgenommen. Und ich soll zur Wache, um dort meine Aussage zu machen.«

»Kann das nicht warten?«

Nat zögerte kurz und sagte dann: »Kann ich denn im Moment überhaupt etwas tun? Ich meine ... ich will nicht pessimistisch erscheinen, aber sind wir nicht längst am Ende unserer Möglichkeiten?«

Juanita schwieg und versuchte, Nats Worte zu deuten ... und seinen Tonfall. Hatte er wirklich aufgegeben? Hatte er versucht, der Klinik die Informationen zu entlocken? War er dabei auf die gleichen Hindernisse gestoßen wie sie? Und was war mit dem Einbrecher? Das musste Lee Kelly gewesen sein. Alex hatte ihn nicht mehr zurückpfeifen können, und jetzt war er in flagranti erwischt worden. Würde er Alex verraten? Und hatte Nat den Braten gerochen? Er war vielleicht nicht so lange im Geschäft wie Alex, aber naiv war er nicht.

»Okay, dann tu halt, was du tun musst«, sagte Juanita. »Wir sehen uns später.«

»Ist gut. Warte mal, hast du gerade gesagt, du hältst allein die Stellung?«

»Ja, warum?«

»Ist Alex zurück nach San Quentin gefahren?«

Juanita war sich nicht sicher, ob sie ihm diese Frage wahrheitsgemäß beantworten sollte. Falls Nat inzwischen wusste, dass Alex Lee auf ihn angesetzt hatte, war es vielleicht besser, sich zurückzuhalten oder sogar zu lügen. Andererseits: Wenn ihr Verdacht unbegründet war, war es dann nicht besser, wieder Vertrauen aufzubauen, indem sie ihm die Wahrheit sagte?

»Nein, er ist zu Jonathan gefahren.«

»*Wozu denn das?*«

Juanita war die ungewohnte Heftigkeit in seiner Stimme nicht entgangen. »Er glaubt, dass Jonathan von Dorothys Flug nach London wusste.«

»Wann ist er dorthin gefahren?«

»Vor ungefähr vierzig Minuten.«

»Hat er sich seither schon gemeldet?«

»Nein. Und ich erreiche ihn auch nicht. Scheint, als hätte er das Handy ausgestellt.«

»Okay. Ich komme, sobald ich kann.«

Als Nat aufgelegt hatte, kehrte Juanitas Gefühl der Verlassenheit zurück. Sie hätte so gerne etwas getan, aber sie hatte bereits alles versucht. Ihre Hoffnung, bei der Klinik etwas zu erreichen, hatte sich zerschlagen. Sie war an denselben Hürden gescheitert wie zuvor.

Was ihr keine Ruhe ließ, war der Gedanke, dass ihnen die Klinik bereits etwas geschickt hatte. Das hieß, dass irgendjemand in der Klinik versuchte, ihnen zu helfen – oder es zumindest für angebracht gehalten hatte, etwas Schriftliches zu schicken.

Aber das Fax war nicht mehr da.

Wo war es also? Hatte Nat es an sich genommen? Hatte er es weggeworfen? Es geschreddert?

Natürlich!

Sie rannte zum Reißwolf hinüber, hob den Schneideaufsatz ab und fing an, Papierstreifen aus dem Auffangbehälter zu fischen. Sie musste daran denken, wie iranische Studenten bei der Besetzung der amerikanischen Botschaft nach der Machtergreifung Khomeinis im Jahr 1979 Stunden damit verbracht hatten, geschredderte Dokumente wieder zusammenzufügen, in der Hoffnung, etwas zu finden, das die Vereinigten Staaten in Verlegenheit brachte. Aber sie hatten fast ausschließlich banale Dinge wie Bestellscheine für Büromaterial gefunden.

Der entscheidende Punkt aber war, dass die Studenten damals nicht aufgegeben hatten, sondern in mühsamer Kleinarbeit jede Seite wieder zusammengesetzt hatten.

Es ist also möglich.

Und wenn Nat das Fax tatsächlich geschreddert hatte, mussten die Streifen ganz oben liegen.

22.24 Uhr Pazifische Sommerzeit

Jonathan saß auf dem Bett und blickte auf seine Hände. Er hatte aufgehört zu weinen. Die Mischung aus Schuld, Angst, Wut und Reue, die ihn durchströmt hatte, war verschwunden. Zurück blieb eine Art erschöpfte Passivität, so als könnte ihn nichts mehr beeindrucken, was das Leben für ihn bereithielt.

»Jonathan, ich kann Sie nicht für Ihre Tat verurteilen. Ich glaube, ich verstehe jetzt, welche Qualen Dorothy durch Ihren Vater erlitten hat. Es muss unendlich schmerzhaft für Sie gewesen sein, das mit anzusehen. Dass Sie es in so jungen Jahren mit ansehen mussten, hat es sicher nicht leichter gemacht. Aber es gibt noch ein paar Dinge, die ich verstehen muss. Zum Beispiel, warum die Tatsache, dass Sie Ihren Vater erschossen haben, dazu geführt hat, dass Dorothy nach England geflohen ist.«

Jonathan hob den Blick. »Nachdem ich ihn erschossen hatte, bin ich zunächst vollkommen in Panik geraten, aber dann hat so etwas wie Selbsterhaltungstrieb eingesetzt. Ich habe den Revolver abgewischt und ihn neben der Leiche fallen lassen, aber nicht, um den Tatort zu manipulieren oder so etwas. Ich habe gar nicht darüber nachgedacht, dass es so aussehen sollte wie Selbstmord. Ich wollte nur einfach keine Spuren hinterlassen, die auf mich hingedeutet hätten. Also habe ich den Revolver bloß abgewischt, ihn dann fallen lassen und gemacht, dass ich wegkam.«

Alex war irritiert. »Moment mal: Sie haben den Tatort also nicht so manipuliert, dass es wie Selbstmord aussah?«

»Nein, die Idee ist mir damals gar nicht gekommen. Ich wollte nur dort weg und meine Haut retten.«

Unter normalen Umständen hütete sich Alex, den Redefluss eines Geständigen zu unterbrechen, aber in diesem Fall brauchte er unbedingt Klarheit. »Und was ist dann passiert?«

»Ich bin in Panik nach Hause gerannt und habe Dorothy erzählt, was passiert war. Sie hat dafür gesorgt, dass ich mir die Schmauchspuren von den Händen wasche und meine Kleider sofort in die Waschmaschine stecke. Dann hat sie mir befohlen zu duschen.

Nach der Dusche hatte ich mich schon wieder so weit beruhigt, dass ich glaubte, ich sei noch einmal davongekommen. Der Schuss war zwar laut gewesen, aber es war niemand aus den umliegenden Wohnungen gekommen, um nachzusehen, was los war. Keiner hatte mich beim Verlassen der Wohnung beobachtet, und es hatten auch keine Polizisten bei uns geklingelt. Ich hatte meine Fingerabdrücke von der Waffe gewischt und jede mögliche Spur an mir oder meiner Kleidung beseitigt. Ich war zumindest so naiv, das zu glauben. Wäre der Verdacht auf mich gefallen, hätte man vermutlich trotzdem noch Spuren gefunden. Ich weiß, dass man nicht alles abwaschen kann. Wahrscheinlich waren sogar noch Gehirnreste meines Vaters auf meinem T-Shirt. Während ich meine Hysterie also überwunden hatte, wurde Dorothy vor Panik halb verrückt.«

»Warum?«

»Weil ihr eingefallen war, dass sie den Revolver geladen hatte. Ihre Fingerabdrücke waren auf den Patronen.«

22.28 Uhr Pazifische Sommerzeit

Nat fuhr wie ein Wahnsinniger, während er versuchte, die Puzzleteile zusammenzusetzen. Alex war also kurz entschlossen zu Jonathans Wohnung gefahren. Warum? Irgendetwas war hier im Busch … aber was? Verheimlichte ihm Juanita etwas? Warum war sie so zugeknöpft?

Nat geriet immer mehr in Panik. Er musste irgendwie herausfinden, was los war. Also drückte er die Wiederholungstaste auf seinem Handy und rief erneut bei Juanita an. »Ich wollte nur fragen, ob wir was Neues von David gehört haben?«

Pause. »Warum fragst du?« Sie klang misstrauisch.

»Na ja, so wie ich das sehe, bleiben uns nicht mehr viele Möglichkeiten, es sei denn, David findet etwas, mit dem wir zum Gouverneur gehen können.«

»David wurde im Labor angegriffen, beziehungsweise vor dem Labor.«

»Heilige Scheiße!«

Sie gab ihm die Einzelheiten durch, die sie von Alex erfahren hatte.

»Jetzt haben wir also gar nichts mehr«, stellte Nat fest. Er klang bekümmert.

»Es sei denn, wir kriegen bei Jonathan was raus. Ach ja … oder wir finden was auf der anderen Scheibe.«

»Welcher anderen Scheibe?«

»Davids Angreifer hat anscheinend übersehen, dass eine der Festplattenscheiben noch im Mikroskop lag.«

22.32 Uhr Pazifische Sommerzeit

»Ich wollte zurückgehen und den Revolver holen – oder Handschuhe mitnehmen und ihre Abdrücke von den Patronen wischen«, sagte Jonathan. »Weil es ein Revolver war, hätten wir jede Patrone einzeln herausnehmen und abwischen müssen – wahrscheinlich auch die, die ich abgefeuert hatte. Sie musste noch irgendwo auf dem Boden liegen.«

»Das wäre aber riskant gewesen. Es hätte doch sein können, dass die Leiche inzwischen entdeckt worden war.«

»Ich weiß. Dorothy hat das damals auch sofort begriffen. Sie hat nicht zugelassen, dass ich noch mal hingehe.«

»Und deshalb musste sie das Land verlassen.«

»Genau. Sie wusste, dass die Polizei in der Lage war, mit Spezialpulver ihre Fingerabdrücke auf den Patronen sichtbar zu machen. Es war nur eine Frage der Zeit, bis sie sie ihr zugeordnet hätte.«

»War sie denn vorbestraft?«, fragte Alex überrascht.

»Nein, aber wir dachten, dass die Polizei es vielleicht bei der Kraftfahrzeugbehörde versucht.«

Jonathans – oder Dorothys – messerscharfe Logik entlockte Alex ein anerkennendes Nicken. Bei der kalifornischen Zulassungsbehörde waren die Daumenabdrücke aller Fahrer mit kalifornischer Fahrerlaubnis registriert.

»Glauben Sie, die Polizei hätte das wirklich getan?«

»Früher oder später ja. Bei Mordfällen werden immer die Familienmitglieder überprüft. Dass es kein Raubüberfall war, wusste die Polizei, weil in der Wohnung nichts fehlte.«

»Aber dann verstehe ich nicht, warum Edgar Olsens Tod tatsächlich als Selbstmord zu den Akten gelegt wurde. Wie kann das sein, obwohl keiner zurückgegangen ist und den Tatort manipuliert hat?«

»Ich weiß es nicht. Dafür habe ich bis heute keine Erklärung. Ich weiß nur, dass sich die Polizei und die Gerichtsmediziner bis zu dem Tag, an dem Dorothy das Land verließ, ziemlich zugeknöpft gaben. Erst nachdem sie weg war, fand ich heraus, dass der Fall als Selbstmord behandelt wurde. Aber da war es schon zu spät. Ich hatte den Kontakt zu ihr verloren.«

»Wurde auch erwähnt, warum der Fall als Selbstmord galt?«

»Na ja, die Eintrittswunde war an seiner rechten Schläfe. Das ist auch ganz logisch, weil er sich weggedreht hat, kurz bevor ich abdrückte. Aber etwas anderes war überhaupt nicht logisch.«

»Was?«

»Die Polizei sagte, die Waffe sei in seiner rechten Hand gefunden worden.«

»Aber Sie sagten doch, Sie hätten den Revolver auf den Boden fallen lassen, nachdem Sie ihn abgewischt hatten.«

»Das habe ich auch.«

»Dann muss ihm jemand anders die Waffe in die Hand gelegt haben.«

22.36 Uhr Pazifische Sommerzeit

Juanita hatte die Papierstreifen isoliert, von denen sie glaubte, sie könnten zu dem Fax aus London gehören, und begann, sie zusammenzukleben. Weil sie so große Sorgfalt darauf verwandt hatte, nur die Streifen von oben abzuschöpfen, fiel ihr das Zusammensetzen überraschend leicht. Das Schwierigste war, die Streifen aneinanderzukleben.

Bisher hatte sie vierzehn Streifen in eine Reihe gebracht. Sie schienen von der linken Seite des Briefes zu stammen und enthielten die Unterschrift. Die Unterschrift selbst war unleserlich, aber der darunter getippte Name war eindeutig erkennbar: Stuart Lloyd. Und darunter stand der Titel Verwaltungschef.

Die Krankenschwester hat sich also geirrt. Er hat doch nicht pünktlich Feierabend gemacht, sondern uns dieses Fax geschickt.

22.41 Uhr Pazifische Sommerzeit

»Hören Sie, Jonathan«, sagte Alex leise. »Was ich vorhin gesagt habe, meine ich ernst: Ich kann Sie nicht für Ihre Tat verurteilen. Das steht mir nicht zu. Was Sie damals getan haben, war eine Kurzschlussreaktion. Und sie richtete sich gegen den Mann, der Ihrer Schwester großes Leid zugefügt hatte. Aber *ich* habe Dorothy nichts getan … und Sie auch nicht.«

Jonathan sah ihn verwirrt an. »Das habe ich auch nie behauptet.«

»Würden Sie mich dann …?« Er hob seine angekettete Hand hoch, so weit es ihm die Handschelle erlaubte. Die andere Handschelle schlug gegen das Heizungsrohr und verursachte ein klingelndes Geräusch.

»Oh! Ja … entschuldigen Sie!«

Jonathan kauerte sich mit dem Schlüssel auf den Boden und schloss die Handschelle auf, die an Alex' Handgelenk befestigt war. Alex rieb sich die Haut.

»Hören Sie, Jonathan, ich selbst kann Sie nicht vertreten, weil es dann einen Interessenskonflikt gäbe. Aber ich kann Ihnen einen befreundeten Anwalt vermitteln, der wirklich gut ist.«

»Danke«, sagte Jonathan geistesabwesend. Er schien sich in einer Art Trance zu befinden.

»Meinen Sie, ich könnte mein Handy zurückkriegen?«

»Natürlich«, antwortete Jonathan und gab ihm das iPhone. Alex schaltete es ein und sah, dass er mehrere Nachrichten hatte. Er rief die Mailbox an, um sie abzuhören. Juanita hatte gleich mehrmals angerufen. Sie sagte nicht, was sie wollte, bat ihn aber, bei Gelegenheit zurückzurufen. Aus ihrer Stimme war keine besondere Dringlichkeit herauszuhören.

Aber dann folgte eine Nachricht von einer anderen ihm bekannten Stimme: »Hallo Alex, hier ist Lee – Lee Kelly. Ich bin wieder auf der Polizeiwache. Hören Sie … es tut mir leid … ich bin erwischt worden. Ich meine, Nat hat mich erwischt.«

Alex erstarrte.

»Ich weiß nicht, ob er misstrauisch geworden ist. Ich meine, er hat natürlich die Polizei gerufen und mich festgehalten, bis ich abgeholt wurde, aber ich habe keine Ahnung, wie viel er sich tatsächlich zusammengereimt hat. Es kann durchaus sein, dass er Ihnen auf die Schliche gekommen ist. Ich wollte nur, dass Sie das wissen. Ich meine, vielleicht hat er begriffen, dass *Sie ihm* auf die Schliche gekommen sind. Aber das Entscheidende ist, dass ich in seinem Haus etwas gefunden habe, etwas ziemlich Unglaubliches. Ich sage es Ihnen lieber nicht am Telefon, aber es wird Sie vom Hocker hauen! Also kommen Sie bitte so schnell wie möglich her!«

22.46 Uhr Pazifische Sommerzeit

Als Alex in sein Auto stieg, verfolgte ihn ein Augenpaar. Aber selbst wenn Alex' Auto nicht vor dem Wohngebäude gestanden hätte, hätte der Mann, der ihn beobachtete, gewusst, dass er hier war. Juanita hatte es ihm gesagt.

Er hatte nicht lange warten müssen. Wenige Minuten nach seiner Ankunft sah er, wie Alex das Gebäude verließ, in seinen Wagen stieg und davonfuhr. Nat wartete noch einen Augenblick und betrat dann das Gebäude. Er ging in den dritten Stock hinauf und klingelte an der Tür.

»Wer ist da?«, fragte Jonathan.

»Ich bin's«, antwortete Nat.

Die Tür wurde aufgerissen, und dann standen sie sich gegenüber. In einem ersten Moment der Anspannung sagte keiner der beiden ein Wort. Dann lächelte Jonathan. »Komm rein.«

Er trat beiseite, um Nat in die Wohnung zu lassen, und schloss die Tür hinter ihm.

Verlegen sahen sie sich an. Es schien, als wollte keiner der Erste sein, der das Eis brach.

»Tja …«, sagte Nat zögernd. »Lernen wir uns also endlich kennen.«

»Ja«, erwiderte Jonathan mit einem Lächeln. »Endlich.«

Wieder folgte verlegenes Schweigen, und wieder war es Nat, der das Wort ergriff: »Also … äh … was wollte Alex hier?«

»Er wollte mich über den Tod meines Vaters ausfragen.«

»Ahnt er was?«

»Er ahnt nicht nur was, er war sich schon sicher, dass es Mord war, bevor er überhaupt hier ankam.«

»Und was hast du ihm erzählt?«

»Die Wahrheit.«

»*Was?*«

»Warum nicht?« In Jonathans Stimme war kein Leben mehr. »Ich habe diese ganzen Lügen und Geheimnisse satt.«

»Damit hast du dich aber selbst an den Pranger gestellt.«

»Du hast mich nicht richtig verstanden: Das interessiert mich alles nicht mehr. Ich will nur, dass es endlich vorbei ist.«

»Es ist ja auch bald vorbei.« Nat sah auf die Uhr. »In etwas mehr als einer Stunde.«

»Bist du sicher?«

»Wie meinst du das?«

»Ist es danach wirklich vorbei?«

»Natürlich ist es danach vorbei. Niemand wird sich mehr für einen Toten einsetzen, Tote sind uninteressant. Deshalb hättest du die Schuld am Tod deines Vaters auch auf Dorothy schieben sollen.«

»Warum?«

»Weil es immer eine gute Idee ist, die Schuld auf die Toten zu schieben, Jonathan. Die können nämlich nicht mehr widersprechen.« Auf Nats Gesicht lag ein schelmisches Lächeln, als er das sagte, und nachdem Jonathan ihn einen Moment lang überrascht angesehen hatte, verzog sich auch sein Gesicht zu einem Lächeln.

Einen Sekundenbruchteil später lagen sie sich in den Armen.

23.02 Uhr Pazifische Sommerzeit

»Ich habe nichts verraten. Ich würde Sie nie verpfeifen! Aber Sie müssen mir helfen. Ich will nicht wieder ins Gefängnis – nicht in meinem Alter.«

Lee Kelly befand sich in einem Zustand der Panik, als Alex in der Polizeiwache eintraf. Auf Alex' Mailbox hatte er noch nicht so aufgewühlt geklungen, sondern war mehr darum besorgt gewesen, Alex von seinem Fund zu berichten. Inzwischen hatte er Zeit zum Nachdenken gehabt, und in seinem Kopf schrillten die Alarmglocken, wenn er an das Schicksal dachte, das ihn erwartete.

Er war noch nie mit dem Three-Strikes-Gesetz in Konflikt geraten, weil dies das erste Mal in seinem Leben war, dass man ihn beim Einbruch in ein Wohngebäude erwischt hatte – es war sogar das erste Mal seit Einführung des Gesetzes, dass er überhaupt in ein Wohngebäude eingebrochen hatte. Die Tatsache, dass es sich um Wohnraum handelte, machte es wahrscheinlich, dass ihn zumindest irgendeine Form von Freiheitsstrafe erwartete. Und die Tatsache, dass er, kaum dass man ihn gegen Kaution auf freien Fuß gesetzt hatte, losgezogen war, um wieder einen Einbruch zu begehen, war ebenfalls ein gewichtiges Argument gegen ihn.

Eines stand fest: Dieses Mal würden sie ihn nicht auf Kaution rauslassen. Das wusste er. Alex würde es nicht einmal versuchen. Aber zunächst einmal wollte Alex wissen, was Lee entdeckt hatte, das ihn so in Erregung versetzt hatte.

»Zuerst habe ich Dorothys Pass gefunden.«

»Ihren *Pass*?«

»Ja. Von damals.«

»Zeigen Sie her!«

»Sie haben ihn mir abgenommen.«

»Scheiße! Wurde das irgendwie kommentiert?«

»Nein, der Beamte hat ihn nicht als Beweis eingestuft, sondern ihn einfach als mein Eigentum aufgelistet und zusammen mit dem Rest in die Tüte gepackt.«

Alex war erleichtert. Er wusste, dass er so an den Pass herankam. Wäre er als Beweisstück eingestuft worden, hätte er einen Antrag auf Herausgabe stellen müssen, und das hätte eine halbe Ewigkeit gedauert – viel zu lange, um Burrow damit noch helfen zu können. Aber wenn der Pass einfach nur als Lees Besitz betrachtet wurde, konnte Lee eine auf seinen Namen lautende Freigabe unterschreiben, und der Pass würde direkt an ihn ausgehändigt werden.

»Ich nehme nicht an, dass Sie einen Blick hineingeworfen haben, oder?«

Lee bedachte ihn mit einem verschmitzten Grinsen, das sein Alter Lügen strafte. »Klar hab ich reingeschaut.«

»Und?«

»In dem Pass war ein Einreisestempel nach England. Aber ich konnte keine Anzeichen dafür entdecken, dass sie das Land je wieder verlassen hat.«

»Wie ist der Pass dann in Nats Hände geraten?«, überlegte Alex laut.

»Kann es nicht sein, dass er ihr nach England gefolgt ist?«

»Das frage ich mich auch gerade.«

»Ich habe noch etwas gefunden. Keine Ahnung, ob es von Bedeutung ist, aber ich bin auf ziemlich seltsame Weise darüber gestolpert.«

»Was meinen Sie?«

»Na ja, als ich den Pass in die Tasche steckte, fiel etwas heraus. Es war ein Bild – ein Foto.«

»Das Passbild? Hatte es sich gelöst?«

»Nein, es war nicht das Passbild, sondern ein anderes Foto. Es muss zwischen den Seiten gesteckt haben.«

»Und was war auf dem Foto zu sehen?«

»Nur eine Frau, sonst nichts. Sie hatte Ähnlichkeit mit dem Mädchen auf dem Passbild, war aber ein bisschen älter, glaube ich.«

»*Älter*?« Alex' Erregung stieg.

»Keine Ahnung, ob es wirklich dieselbe Frau war. Vermutlich nicht. Ich fand es nur interessant, dass das Foto in dem Pass steckte. Ich meine, ein Pass ist doch ein wichtiges Dokument, also ist vielleicht auch das Foto wichtig. Warum hätte derjenige es sonst in den Pass legen sollen?«

»Haben Sie aufgepasst, dass das Foto beim Eintüten nicht verlorenging?«

»Noch besser: Ich durfte es behalten. Ich habe dem Typ einfach erzählt, dass das meine Mutter ist, deshalb hat er es mir gelassen.«

Diese Behauptung nahm Alex zunächst mit Skepsis auf, aber dann fiel ihm ein, wie überzeugend Lees Überredungskünste sein konnten. Sie waren seine effektivste Waffe.

»Sie haben es also noch?«

»Klar.«

Lee griff in die Tasche, zog das kleine Foto hervor und reichte es Alex, der einen Blick darauf warf und erstarrte.

Er hatte die Frau auf dem Bild sofort erkannt: Es war die junge Esther Olsen.

23.05 Uhr Pazifische Sommerzeit

Nat schloss die Tür hinter sich und versuchte, dabei kein Geräusch zu machen.

Es war wirklich traurig. Erst hatte es so lange gedauert, bis sie sich endlich getroffen hatten, und jetzt konnte er nicht länger bleiben. Aber er musste um Mitternacht an einem bestimmten Ort sein. Eigentlich sogar schon vor Mitternacht.

Er fühlte sich schuldig. Schuldig, weil er Menschen verletzt hatte, die er liebte. Schuldig, weil er Menschen angelogen hatte, die ihm vertrauten. Schuldig, weil er im Leben nicht die richtigen Entscheidungen getroffen hatte.

Er begriff, dass Clayton Burrow und er in vielerlei Hinsicht verwandte Seelen waren. Aber in anderen, wesentlichen Punkten unterschieden sie sich. Nat hatte Ideale. Selbst jetzt noch, wo er all diese Dinge tat.

Möglich, dass er dabei seinen eigenen Regeln folgte und nicht denen der Gesellschaft. Möglich auch, dass die Welt nicht guthieß, was er tat. Jonathan hatte recht gehabt: Man konnte sich versündigen, indem man etwas tat, aber auch, indem man etwas unterließ.

Aber Nathaniel Anderson wusste, dass er seinen Weg weitergehen musste. Er hatte sich diesen Weg ausgesucht, und jetzt musste er ihn auch zu Ende beschreiten, welche Versuchungen ihn auch aufhalten oder auf Irrwege führen wollten.

Er bereute nur, dass er das Ende nicht mit Jonathan teilen konnte. Jonathan hatte Anspruch darauf, dem krönenden

Moment beizuwohnen, aber er konnte nicht mit ihm vor Ort sein.

Als Nat ins Auto stieg und davonfuhr, spürte er einen beinahe physischen Schmerz in der Magengrube, weil er Jonathan in diesem Zustand zurücklassen musste.

23.07 Uhr Pazifische Sommerzeit

Während Alex auf den Sachbearbeiter wartete, dachte er über das Foto nach.

An dem in eine Toga gekleideten Jugendlichen im Hintergrund mit der allzu vertraut wirkenden Dose Budweiser in der Hand erkannte man, dass das Foto bei einer Verbindungsparty aufgenommen worden war. Der Gedanke brachte eine Flut von Erinnerungen an seine eigene Studentenzeit zurück – an wilde Zechgelage und ungehemmte Liebesnächte, bei denen nicht immer Verhütungsmittel im Spiel gewesen waren. Er war nie so wild gewesen wie die schlimmsten Verbindungsstudenten, aber auch nicht der strebsame Student, den sich Juanita ausmalte.

Selbst Melody war alles andere als ein Engel gewesen, wie er festgestellt hatte, als sie seinem Drängen auf dem Rücksitz seines blauen Pontiac Firebird nachgegeben hatte. Die daraus resultierende Schwangerschaft hatte die Hochzeit zwar nicht unbedingt erzwungen – sie war ohnehin geplant gewesen –, sie jedoch deutlich beschleunigt.

Nein, es war ganz und gar nichts Ungewöhnliches daran, wenn ein hübsches Mädchen bei einer feuchtfröhlichen Verbindungsparty in die Kamera lächelte. Die Frage war nur, warum Nat dieses Foto besaß. Wo hatte er es gefunden, und warum hatte er es behalten? Dieselben Fragen galten natürlich erst recht für Dorothys Pass.

Er suchte noch immer nach Antworten, als die Sachbearbeiterin hereinkam. Alex war überrascht, dass es sich um eine

Afroamerikanerin in den Dreißigern handelte – eine große, eindrucksvolle Frau mit schöner Haut und athletischer Figur.

»Hallo Mr. Sedaka, ich bin Grace Nightingale. Sergeant Grace Nightingale. Ich bin die zuständige Sachbearbeiterin im Fall Lee Kelly. Ich höre, Sie wollten mich sprechen?«

»Ja. Danke, dass Sie sich so kurzfristig für mich Zeit nehmen konnten.« Seiner Professionalität zum Trotz fühlte sich Alex unwiderstehlich von ihr angezogen.

»Was kann ich für Sie tun?«

Rasch skizzierte Alex die Hintergründe des Burrow-Falls. Er erklärte, dass es Indizien dafür gebe, dass Dorothy nach England gereist sei, dass der Pass dies bestätige und dass Nat sein Rechtsreferendar sei. In seinem Bemühen, alle Fakten so kurz wie möglich zusammenzufassen, redete er wie ein Wasserfall und begriff, dass es sich für Sergeant Nightingale so anhören musste, als stünde er kurz vor der Hysterie.

»Hören Sie, Mr. Sedaka, das ist ja alles sehr interessant, aber ich bin in keiner Weise in den Fall Clayton Burrow involviert und verstehe nicht ganz, was das alles mit dem Einbruch bei Nathaniel Anderson zu tun haben soll – bis auf den merkwürdigen Zufall, dass einer Ihrer Mandanten ausgerechnet bei Ihrem Mitarbeiter eingebrochen hat.«

Alex trat unbehaglich von einem Fuß auf den anderen. Er wusste nicht genau, wie viel sie erahnte beziehungsweise wie weit ihre Spekulationen bereits gediehen waren.

»Gut, dann komme ich direkt auf den Punkt: Mithilfe dieses Passes können wir beweisen, dass Dorothy Olsen nach England gereist ist. In diesem Sinne ist der Pass also ein wichtiges Beweisstück in einem Mordfall und könnte einem Mann das Leben retten, dessen Hinrichtung in weniger als einer Stunde stattfinden soll.«

»Sie wollen also, dass ich den Pass als Beweisstück für einen anderen Fall herausgebe? Warum haben Sie dann Ihren Mandanten nicht einfach eine Freigabe unterschreiben lassen? Bisher war der Pass nur als Besitz gelistet und nicht als Beweisstück für die Anklage. Das ändert sich jetzt natürlich. Ich muss Mr. Anderson kontaktieren und ihn fragen, ob er den Pass in die Strafanzeige mit einbeziehen möchte. Sie können natürlich einen Antrag auf Herausgabe stellen, aber ich sehe keine Möglichkeit, in den nächsten fünfzig Minuten diesbezüglich irgendetwas zu erreichen.«

»Sie verstehen mich nicht. Ich bitte Sie gar nicht, den Pass herauszugeben. Wenn das meine Absicht gewesen wäre, hätte ich Ihnen nicht alles erzählt, sondern Kelly eine Freigabe unterschreiben lassen und mir den Pass auf diesem Wege beschafft.«

»Jetzt verstehe ich überhaupt nichts mehr.«

»Hören Sie, ich hatte heute schon mehrere Anhörungen vor dem Bezirksgericht und habe diverse Gespräche mit dem Gouverneur geführt. Überall wird mit harten Bandagen gekämpft. Die übereinstimmende Meinung scheint zu sein, dass es nicht genügt, wenn wir beweisen, dass Dorothy Olsen das Land lebend verlassen hat. Ich muss beweisen, was danach mit ihr passiert ist. Dieser Pass gehört Dorothy Olsen und beweist unter anderem, dass sie zum Zeitpunkt ihres Verschwindens noch lebte und dass sie nach England reiste. Zusätzlich beweist die Tatsache, dass sich der Pass in Nats Besitz befand, dass er davon gewusst hat und auf irgendeine Weise in Kontakt zu ihr getreten ist. Dass der Pass keinen Ausreisestempel aufweist, könnte ein Hinweis darauf sein, dass er sie in England umgebracht hat und ihren Pass anschließend mit nach Amerika nahm.«

»Warum hätte er das tun sollen?«

»Vielleicht wollte er ihn dazu benutzen, sich Zugang zu ihrem Geld zu verschaffen. Wir wissen, dass über einen Zeitraum von mehr als einem Jahr nach ihrem Verschwinden noch Geld von ihrem Konto abgebucht wurde. Vielleicht hat er sie umgebracht und anschließend jemanden gefunden, der sich als Dorothy ausgab und ihm dabei half, ihr Bankkonto zu plündern.«

»Ich weiß nicht recht, ob ich Ihnen diese Theorie abkaufe. Sie klingt plausibel, mehr aber auch nicht. Außerdem: Wie kann ich Ihnen dabei helfen? So etwas müssten Sie doch eigentlich mit dem Gouverneur diskutieren – oder dem Gericht, wenn das schneller geht.« Sie klang einerseits mitfühlend, so als hätte sie wirklich gerne geholfen, und andererseits entschieden, wie um zu unterstreichen, dass sie nichts für ihn tun konnte.

»Wenn ich damit jetzt zum Gouverneur gehe, wird er mich als Erstes fragen, ob ich überhaupt beweisen kann, dass sich dieser Pass jemals in Nats Besitz befunden hat.«

»Aber hatten Sie nicht gesagt, dass ihn Lee Kelly dort gefunden hat?«

»Ja, hat er auch. Er würde mich sicher nicht anlügen, und außerdem wüsste ich nicht, wie er sonst an den Pass gekommen sein sollte. Aber wie überzeuge ich den Gouverneur davon? Das Wort eines Berufseinbrechers, der behauptet, er habe den Pass im Haus eines gesetzestreuen Bürgers gefunden, wird auf einen nüchternen Realisten wie Dusenbury keinerlei Eindruck machen. Ich muss beweisen können, dass sich dieser Pass in Nats Besitz befand.«

»Und wie wollen Sie das machen?«

»Ich kann das leider gar nicht machen, Sergeant Nightingale. Aber Sie!« Sie sah ihn verständnislos an. »Mithilfe der Fingerabdrücke.«

Sie schluckte nervös, bevor sie sagte: »Haben Sie eine Ahnung, wie lange es dauert, Fingerabdrücke von diesem Pass zu nehmen?«

»So schwer ist das nun auch wieder nicht: Man legt ihn in eine luftdichte Kammer, füllt diese mit Cyanacrylat-Dämpfen, und voilà! Das wird doch ständig gemacht. Auf diese Weise hat man schon Fingerabdrücke von vierzig Jahre alten Nazi-Dokumenten extrahiert.«

»Mr. Sedaka, Sie brauchen mir wirklich keinen Vortrag über die Sichtbarmachung von Fingerabdrücken zu halten, das ist Teil der Polizeiprüfung. Aber ganz so einfach ist das auch nicht. Zunächst einmal konserviert nicht jede Sorte Papier Fingerabdrücke gleich gut.«

»Ich weiß, aber Pässe sind aus ziemlich hochwertigem Papier gemacht.«

»Schon, aber genau das ist das Problem. Paradoxerweise gilt die Regel: Je schlechter die Papierqualität, desto einfacher ist es, Fingerabdrücke zu entnehmen. Hochwertiges Papier ist dagegen schlecht für die Entnahme von Abdrücken.«

»Ja, aber wir sprechen hier ja auch nicht von vierzig Jahren. Der Pass ist neun Jahre alt, aber es ist relativ wahrscheinlich, dass er ihn auch danach noch in der Hand hatte. Wir könnten also Glück haben.«

»Gut, vielleicht hat er ihn tatsächlich noch vor kurzem in der Hand gehabt, aber das ist nicht das einzige Problem. Es kostet allein schon Geld, das Bedampfungsgerät überhaupt anzuwerfen, und wie jede andere Abteilung haben wir nur ein begrenztes Budget. Deshalb bearbeiten wir normalerweise gleich mehrere Papierproben auf einmal, durchaus auch aus mehreren Fällen. Man legt nicht einfach ein Dokument in das Gerät und schaltet es ein. Man wartet, bis man genügend Papiere beisammen hat.«

»Aber es steht ein Menschenleben auf dem Spiel!«

»Das weiß ich doch! Ich will Sie auch nicht einfach abwimmeln, aber es gibt da noch einen Faktor, der die Sache verkompliziert: Ein Pass ist kein flaches Blatt Papier, sondern ein Dokument mit mehreren Seiten. Es gibt zwar Geräte, in die man ein Buch – oder in diesem Fall einen Pass – legen und die Seiten dann mit Roboterarmen umblättern kann, damit die Dämpfe überall hinkommen, aber ich glaube nicht, dass wir hier vor Ort über so ein Gerät verfügen. Wir müssten den Pass nach Südkalifornien schicken, oder vielleicht in das Labor in Sacramento. Aber das hat nicht rund um die Uhr geöffnet, so wie wir.«

»Warum trennen Sie nicht einfach die Seiten heraus und verteilen sie über die ganze Kammer? Das würde auch das Problem lösen, dass das Bedampfungsgerät nur laufen soll, wenn es voll ist.«

»Es gibt noch ein Problem: Der Pass ist ein Rechtsdokument, das streng genommen Eigentum der Regierung der Vereinigten Staaten ist. Wir können ihn nicht einfach auseinanderschneiden ohne eine Genehmigung des Heimatschutzministeriums – oder zumindest eine richterliche Anordnung des Bezirksgerichts.«

»Aber es geht um das Leben eines Menschen!«

»Das weiß ich, aber wir sind Polizisten! Wir müssen uns an die Vorschriften halten!«

»Und dafür sind Sie bereit, einen Menschen sterben zu lassen?«

»Hören Sie, wir wissen doch noch nicht mal, ob wir überhaupt finden, wonach wir suchen. Vielleicht gibt es gar keine Fingerabdrücke von diesem Mann auf dem Pass, vielleicht hat er ihn noch nicht mal in der Hand gehabt. Woher weiß ich denn, dass Sie die Wahrheit sagen? Sie könnten genauso gut irgend so ein übereifriger Anwalt sein, der ein bisschen zu viel des Guten tut, um seinem Mandanten den Hals zu retten.«

Alex war drauf und dran, mit einer wütenden Antwort zu kontern, hielt sich aber noch rechtzeitig zurück. Sergeant

Nightingale hatte recht: Er *war* ein übereifriger Anwalt, und er *tat* zu viel des Guten, um seinem Mandanten zu helfen. Aber er war schon zu weit gekommen, um jetzt einfach aufzugeben.

»Also gut. Muss es unbedingt ein Gericht oder das Heimatschutzministerium sein?«

»Was sonst?«

»Für eine richterliche Anordnung müssten wir erst zum Gericht fahren und wieder zurück. Ich hatte eher an den Gouverneur gedacht. Ich weiß, dass er keine Entscheidungsgewalt auf Bundesebene hat, aber das Gericht dauert zu lange, und das Heimatschutzministerium hat erst morgen früh wieder geöffnet – und auch dann würde es noch Tage dauern, bis der ganze Papierkram erledigt ist.«

»Wie schnell können Sie den Gouverneur kontaktieren?«

»Ich kann ihn jetzt sofort anrufen. Die Frage ist, ob Sie es tun, wenn er Sie dazu ermächtigt?«

Grace Nightingale holte tief Luft und dachte einige Sekunden darüber nach. »Wenn Gouverneur Dusenbury die Ermächtigung erteilt, schneiden wir die Seiten aus dem Pass und testen sie jetzt sofort auf Fingerabdrücke. Aber wie schnell kriegen wir ihn um diese Zeit ans Telefon? Ist er überhaupt wach?«

»Wach ist er auf jeden Fall. Er wartet sogar auf meinen Anruf. Wie gesagt, er hat mir seine Durchwahl gegeben. Wenn Sie diese Nummer wählen und sagen, dass ich neben Ihnen stehe, spricht er ganz bestimmt mit mir.«

»Wissen Sie, ob Mr. Andersons Fingerabdrücke in diesem Bundesstaat aktenkundig sind?«

»Soviel ich weiß hat er keine Vorstrafen, aber es müsste ein Daumenabdruck von ihm bei der Kraftfahrzeugbehörde gespeichert sein.«

»Das sollte genügen«, sagte Grace und nickte. »Wir haben

von unserem Sicherheitsserver aus Zugriff auf deren Datenbank.«

Alex gab ihr die Nummer. Der Gouverneur nahm persönlich ab, aber Grace verbrachte die erste halbe Minute damit, zu verifizieren, dass er es auch wirklich war. Dann gab sie Alex den Hörer. Er umriss das Problem in Rekordzeit und hielt dann den Atem an.

»In Ordnung, ich unterschreibe eine Anordnung, dass die Tests sofort durchgeführt und die Ergebnisse per Fax an uns übermittelt werden sollen. Aber ich habe keine Ahnung, ob das in der Kürze der Zeit überhaupt möglich ist.«

»Genau das dachte ich auch gerade, Sir. Besteht die Möglichkeit, dass Sie einen Hinrichtungsaufschub in Erwägung ziehen? Wir haben doch schon so viel gefunden, auch wenn es noch Beweislücken gibt. Wir haben das Flugticket, die Zahlungen an die Klinik, den Pass, den Einreisestempel, den Fundort des Passes. Ich weiß, dass das nicht für eine Begnadigung reicht, Sir, aber reicht es nicht vielleicht für einen Aufschub? Damit wir ganz sicher sein können, dass die Ergebnisse rechtzeitig eintreffen …«

»Das ist mir zu unsicher. Das Einzige, was wir schriftlich vorliegen haben, sind das Ticket und das Geld. Das beweist, dass sie vorhatte, nach England zu fliegen, und es beweist, dass jemand Geld von ihrem Konto abgehoben hat. Der Rest beruht allein auf Hörensagen.«

»Aber wenn es stimmt«, sagte Alex und sah auf die Uhr, »dann wird ein unschuldiger Mann in einer Dreiviertelstunde sterben.«

»Das weiß ich. Aber Sie sind zu spät dran. Wären Sie mit Antworten zu mir gekommen, sähe die Sache anders aus. Aber alles, was Sie mir vorlegen, sind unbeantwortete Fragen.«

»Und dennoch wären Sie bereit gewesen, Burrow zu verschonen, wenn er verraten hätte, wo sich die Leiche befindet.«

»Weil Esther mich darum gebeten hat. Wie Sie wissen, liegt sie im Sterben. Ich war bereit, es für sie zu tun – als Akt der Nächstenliebe.«

Alex begriff, dass er vor einer Entscheidung stand. Er konnte mit dem, was er hatte, zum Bezirksgericht fahren und erneut versuchen, eine einstweilige Verfügung zu erwirken. Das würde ihm vielleicht Zeit bis morgen früh verschaffen. Aber nachdem an diesem Tag bereits zwei Anträge in der Luft zerrissen worden waren, war offensichtlich, in welche Richtung das Gericht tendierte. Bei ihrem allerersten Auftritt vor Gericht hatte der Richter noch im Zweifel zu ihren Gunsten entschieden, aber die Wahrscheinlichkeit, dass er das auch dieses Mal tun würde, war gering, egal wie aussagekräftig die Beweise waren, die Alex geltend machen konnte.

Beim Gouverneur lag die Sache anders. Einerseits kämpfte natürlich auch er mit harten Bandagen, aber andererseits schien er eine gewisse Schwäche zu haben. Und Alex glaubte, diese Schwäche zu kennen.

Er fragte sich nur, ob die Zeit dafür reichen würde.

»Sir, darf ich Sie etwas fragen? Was wäre, wenn Mrs. Olsen Sie um einen Hinrichtungsaufschub ersuchen würde?«

Er hörte den Gouverneur schwer atmen. »Dann würde ich ihn gewähren.«

23.16 Uhr Pazifische Sommerzeit

Nat durchfuhr San Francisco in Richtung Norden. Ihm wurde immer deutlicher bewusst, dass er knapp kalkuliert hatte. Die Hinrichtung war für eine Minute nach Mitternacht angesetzt, aber er musste unbedingt früher da sein. Aus diesem Grund setzte er zu einem riskanten Überholmanöver an, als er feststellte, dass er hinter einem Sattelschlepper mit achtzehn Rädern festsaß.

Sekunden später folgte Nat ein Polizeiauto mit Blaulicht und Sirene. Weil er keinen Ärger wollte, fuhr er sofort rechts ran. Das Polizeiauto hielt vor ihm, und ein Beamter stieg aus und näherte sich.

»Ist Ihnen klar, dass Sie gerade Schlangenlinien gefahren sind?«

»Ich würde sagen, das war eine Ermessenssache. Ich hielt es für sicher, an dieser Stelle zu überholen.«

»Führerschein und Wagenpapiere bitte.«

Nat reichte ihm beides. Der Streifenpolizist sah sich die Papiere an und überprüfte telefonisch, ob das Fahrzeug gestohlen war oder Nat per Haftbefehl gesucht wurde.

Deswegen machte sich Nat keine Sorgen. Der Polizist würde weder einen Haftbefehl noch eine Diebstahlmeldung finden, geschweige denn auch nur einen unbezahlten Strafzettel wegen Falschparkens.

Was ihm viel mehr Sorgen machte, war die Zeit, die ihn die Überprüfung kosten würde – und Zeit war genau das, was er nicht hatte.

Manchmal führen Highway-Polizisten solche Überprüfungen aus Pflichtbewusstsein durch. Sie wissen, wie dumm sie dastehen, wenn sie einen Fahrer weiterfahren lassen, von dem sich dann herausstellt, dass er in einem halben Dutzend Staaten zur Fahndung ausgeschrieben ist. Und wenn ein Fahrer Schlangenlinien fährt, kann das bedeuten, dass er unter Alkohol- oder Drogeneinfluss steht oder auf der Flucht vor dem Gesetz ist.

Aber oft wird ein Fahrer nur deshalb überprüft, weil die Beamten ihre Quote erfüllen müssen oder sich langweilen oder weil ihnen sein Gesicht nicht gefällt.

Nat hatte keine Ahnung, welche Motivation in seinem Fall vorlag, aber er glaubte, eine gewisse Feindseligkeit bei dem Polizisten auszumachen.

»Ich muss Sie leider zum Alkoholtest bitten.«

Nat hätte ihm am liebsten eine reingehauen – und es auch getan, wenn er gewusst hätte, dass er damit davonkommen würde.

23.20 Uhr Pazifische Sommerzeit

»Es tut mir leid, aber ich kann Sie nicht reinlassen, Sir. Sie können gerne morgen früh wiederkommen.«

»Morgen früh ist es zu spät! Ich muss jetzt zu ihr!«

Alex stand einem Wachmann des Krankenhauses gegenüber.

»Es sind keine Besuche außerhalb der Öffnungszeiten zugelassen – außer bei Patienten im Endstadium. So lautet die Regel.«

»Sie *ist* eine Patientin im Endstadium.«

»Sofern die Patientin Sie nicht als nächsten Angehörigen angegeben hat und auf der Sterbestation liegt, darf ich Sie nicht reinlassen.«

Alex blickte sich hilflos um. Um diese Zeit waren nur wenige Menschen auf den Gängen unterwegs, sogar Personal war kaum zu sehen. Aber er wusste, dass es nur eine Frage der Zeit war, bis andere Sicherheitsleute auftauchen würden. Er *musste* mit Esther sprechen, und er wusste, dass er weder an diesem Aushilfspolizisten noch an seinen Kollegen vorbeikam. Der Mann war eindeutig größer als er. Andererseits war auch David größer als Jonathan Olsen, was Jonathan nicht davon abgehalten hatte, David mit einem einzigen Fausthieb aufs Kreuz zu legen. Und es würde auch Alex nicht abhalten.

Seine linke Faust schoss nach vorn und erwischte den Wachmann direkt auf der Nase. Er schrie vor Schmerz, blieb aber auf den Beinen. Doch bevor er reagieren konnte, versenkte Alex seine Rechte in seiner Magengegend. Ein rücksichtsloser, mit links ausgeführter Kinnhaken gab ihm den Rest.

Alex blickte nicht lange genug auf das Ergebnis seiner Arbeit hinab, um sich schuldig zu fühlen, weil er einen Mann verletzt hatte, der nur seinen Job machte. Stattdessen erklomm er im Eilschritt die Treppe zu der Station, auf der Esther ein Einzelzimmer hatte. Er öffnete die Tür und betrat den schwach beleuchteten Raum, ohne recht zu wissen, was ihn dort erwartete. Er wusste nicht einmal, ob sie wach war.

Unschlüssig betrachtete er die Gestalt auf dem Bett. Als sich seine Augen an die Dunkelheit gewöhnt hatten, erkannte er, dass ihre Augen offen waren und in seine Richtung blinzelten.

»Hallo Mr. Sedaka«, sagte sie ruhig. Sie hatte ihn offenbar zuerst gesehen und zeigte keine Spur von Angst.

»Es tut mir leid, dass ich Sie stören muss, Mrs. Olsen. Aber es ist wichtig.«

»Sie stören mich nicht. Ich wusste, dass Sie kommen würden.« Ihre Stimme war schwach, strahlte aber ein ruhiges Selbstvertrauen aus – das Selbstvertrauen einer Frau, die genau wusste, was sie wollte.

Er trat näher und setzte sich neben das Bett, damit er mit ihr sprechen konnte, ohne dass seine Stimme bis auf den Flur drang.

»Ich wäre nicht gekommen, wenn es sich hätte vermeiden lassen. Aber ich habe gerade mit dem Gouverneur gesprochen, und er hat gesagt, dass er nur dann einen Hinrichtungsaufschub gewährt, wenn Sie ihn darum bitten. Ich weiß, ich habe nicht das Recht, das von Ihnen zu verlangen. Aber ich habe einige Dinge herausgefunden, von denen ich Ihnen erzählen muss. Ich weiß, dass Dorothy für die Abtreibung nach England geflogen ist. Wir haben die Quittung der Fluglinie, und wir haben Beweise dafür, dass sie der Klinik Geld überwiesen hat. Wir wissen, dass sie England nie wieder verlassen hat. Wir wissen, dass Edgar keinen Selbstmord begangen hat. Es war Mord. Es gibt leider keine schonende Art, Ihnen das zu sagen, Mrs. Olsen, aber uns liegen Hinweise darauf vor, dass Edgar Dorothy missbraucht hat. Ich hätte Sie lieber damit verschont, aber das geht nicht, denn ich brauche Ihre Hilfe. Sie müssen mir erzählen, was ich noch *nicht* weiß. Deshalb kann ich gar nicht anders, als schonungslos ehrlich zu Ihnen zu sein.«

»Seit langer Zeit lastet das nun schon auf meinem Gewissen – ein halbes Leben, um genau zu sein.«

»Was lastet auf Ihrem Gewissen?«

»Dass … dass Edgar Dorothy missbraucht hat.«

»Sie wussten davon?«

»Ja, ich wusste davon. Und ich habe nichts dagegen getan.«

Man kann sich versündigen, indem man etwas tut, aber auch, indem man etwas unterlässt.

»Aber es war kein sexueller Missbrauch, oder?«

»Kommt drauf an, was Sie unter sexuellem Missbrauch verstehen.«

23.22 Uhr Pazifische Sommerzeit
(07.22 Uhr Britische Sommerzeit)

Susan White bewohnte ein schuhschachtelgroßes Zimmer in einer nahe gelegenen Wohnung, nur eine Minute Fußweg von der Klinik entfernt. Aber sie fand dort häufig keinen Schlaf, das Zimmer lag zu nah an der Arbeit. Ständig hatte sie das Gefühl, auf Abruf zu sein.

Aber das war nicht das Einzige, was ihr in dieser Nacht den Schlaf raubte. Auch der Gedanke an den unschuldigen Mann im Todestrakt ließ ihr keine Ruhe. Sie hatte den Brief an seine Anwälte zwar abgeschickt – mit der gefälschten Unterschrift von Stuart Lloyd –, aber sie hatte sich hinterher nicht vergewissern können, dass er auch wirklich angekommen war. Es waren zu viele Leute in der Nähe gewesen. Sie hätte gern in der Kanzlei angerufen, um nachzufragen, wie es nun weiterging, aber sie hatte Angst gehabt, dass jemand das Gespräch mithörte. Sogar hier in ihrem Bett hatte sie noch Angst, dass ihre Tat aufflog. Sie hatte Urkundenfälschung begangen, und das konnte sie nicht nur ihren Job kosten, es konnte sogar strafrechtliche Konsequenzen haben.

Und dann waren da noch die damaligen Tricksereien im Fall Dorothy Olsen. Es war zwar Stuarts Entscheidung gewesen, die Daten zu manipulieren, aber Susan war genauso daran beteiligt gewesen. Im besten Fall ging es als grob standeswidriges Verhalten durch, im schlimmsten Fall war es ein richtiges Verbrechen. Auch wenn Stuart der Hauptschuldige war: Sie war eindeutig mitschuldig, denn sie hatte die

Formulare gegengezeichnet. Und sie war dabei gewesen, als Dorothy aufgenommen worden war.

Susan sah auf die Uhr. Sie konnte nicht länger als fünf Stunden geschlafen haben und war immer noch hundemüde. Ihre nächste Schicht begann erst um zehn. Aber sie wusste genau, was passieren würde. Sie würde sich im Bett herumwerfen und verzweifelt versuchen, wieder einzuschlafen, um dann, kurz bevor der Wecker klingelte, doch noch einzunicken.

Aber sie war fest entschlossen, es zumindest zu versuchen.

Sie spürte, wie ihre Augenlider schwer wurden und eine Welle der Müdigkeit über sie hinwegschwappte. Als sie zurück ins Reich der Träume sank, sah sie Dorothy Olsens Gesicht vor sich – das tränenüberströmte Gesicht eines schutzlosen jungen Mädchens, das sie anflehte, sie nicht länger warten zu lassen, das sie auf Knien darum bat, sie von ihrem Leid zu erlösen.

23.23 Uhr Pazifische Sommerzeit

»Das … das verstehe ich nicht«, stammelte Alex.

»Edgar wollte immer einen Sohn, und als ich ihm nur eine Tochter schenkte, war er bitter enttäuscht.«

»Lag das daran, dass er seinen Sohn aus erster Ehe verloren hatte?«

Ihre Augen weiteten sich. »Sie *wissen* davon?«

»Ich habe mit Anita Morgan gesprochen. Sie hat mir alles erzählt: von dem Autounfall, vom Niedergang ihrer Ehe, von Edgars Unfruchtbarkeit beziehungsweise seiner eingeschränkten Fruchtbarkeit, von Ihrem verzweifelten Bemühen, ihm einen Sohn zu schenken.«

»Ja, aber wissen Sie auch, warum ich ihm so verzweifelt einen Sohn schenken wollte?«

»Ich weiß es nicht … Um ihn glücklich zu machen, nehme ich an.«

»Nein, Mr. Sedaka, nicht um ihn glücklich zu machen, sondern um ihn weniger unglücklich zu machen. Denn wenn Edgar unglücklich war, ließ er es an seinen Mitmenschen aus. Und die Person, die am meisten darunter zu leiden hatte, war Dorothy. Sogar, als sie noch ein Baby war.«

»Was hat er getan?«

»Oh, er hat sie nicht etwa geschlagen oder so was. Er hat sie einfach gemieden. Er hat kaum mit ihr geredet. Wenn sie in ein Zimmer gekrabbelt kam, ist er hinausgegangen. Er hat sie nicht ein einziges Mal hochgenommen, nicht ein einziges Mal im Arm gehalten.«

»Lag das daran, dass er wusste, dass sie nicht seine Tochter war?«

»Ja. Und dazu kam noch, dass sie ein Mädchen war. Ich glaube, er hätte mir verziehen, wenn sie ein Junge gewesen wäre. Ich meine, Jimmy war schließlich auch nicht sein Sohn. Und an Jonathan hat er seinen Frust auch nie ausgelassen. Aber Dorothy hat die volle Ladung abbekommen.«

»Haben Sie versucht, mit ihm darüber zu reden?«

»Mit ihm konnte man nicht reden. Wenn man es doch versuchte, kamen von seiner Seite nichts als sarkastische Kommentare, und wenn man ihm Paroli bot, ging er einfach aus dem Zimmer.«

»Mrs. Olsen, Sie haben vorhin gesagt, es sei kein sexueller Missbrauch gewesen. Aber wir wissen, dass Edgar Dorothy einmal vor einem Spiegel festgehalten und ihr die Kleider vom Leib gerissen hat. Jonathan sagte, es hätte etwas damit zu tun gehabt, dass sie ihre ›Sexualität vor ihm zur Schau stellte‹. Wissen Sie, was er damit gemeint hat?«

»Ja. Und das war teilweise sogar meine Schuld. Ich glaube, ich habe sie erst zu dem gemacht, was sie schließlich wurde.«

Alex war eigentlich nicht in der Stimmung, sich eine Freud'sche Analyse anzuhören, aber er musste Esther die Geschichte in ihren eigenen Worten erzählen lassen.

»Inwiefern?«

»Als sie ungefähr vier war und Edgar sich ihr gegenüber mal wieder frostig verhalten hatte, habe ich sie beiseitegenommen und ihr erklärt, dass er lieber einen kleinen Jungen gehabt hätte. Das war dumm von mir, aber ich habe es trotzdem getan. Mit ihm konnte ich nicht darüber reden, also musste ich mich an sie wenden. Ich erzählte ihr, dass er sich einen Jungen wünschte, damit er mit ihm typische Jungssachen machen konnte. Und da fragte sie mich, was Jungssachen sind…« Esther Olsen stiegen Tränen in die Augen. Sie ignorierte sie und fuhr fort: »Ich erklärte ihr, es ginge um die Art, wie sich Jungs anziehen, und die Sachen, für die sie sich interessieren, wie Autos und technische Geräte. Also hat sie angefangen, sich so zu verhalten, wie sich ihrer Meinung nach Jungs verhielten. Sie hat sogar eine Schere in die Finger bekommen und sich die Haare kurz geschnitten, damit sie wenigstens aussah wie ein Junge. Aber je mehr sie es versuchte, desto wütender wurde er.«

»Das war vor Jonathans Geburt, oder?«

»Ja, aber es hat sich auch danach fortgesetzt. Nach Jonathans Geburt hat er sich mir gegenüber ein bisschen weniger frostig verhalten, und Jonathan hat er auch gut behandelt – obwohl er wusste, dass er nicht sein Vater war. Aber zu Dorothy war er immer noch genauso gefühlskalt und lieblos. Und je mehr er sie zurückgewiesen hat, desto mehr hat sie versucht, wie ein Junge zu sein. Als sie in die Pubertät kam, fing sie an, sich wie ein Mann anzuziehen – damals hatte sie natürlich schon ihr eigenes Taschengeld und kaufte sich ihre Kleider selbst.«

»Damit hat sie sich doch sicher zur Zielscheibe des Spotts ihrer Mitschüler gemacht. Man hätte meinen sollen, dass sie das abgeschreckt hätte.«

»Hätte man meinen sollen, ja. Aber Dorothy war bereits so abgehärtet von Edgars schroffer Art, dass sie gar nicht mitbekommen hat, was ihre Klassenkameraden ihr alles an den Kopf warfen.«

»Sie hat es nicht mitbekommen?«

»Na ja, mitbekommen vielleicht schon, aber es war ihr gleichgültig.«

»Hat sie sich nur so angezogen wie ein Mann, oder hat sie auch so gefühlt? Jonathan hat nichts von Männerkleidung gesagt, er sagte, sie hätte ›ihre Sexualität‹ zur Schau gestellt. Und Clayton Burrow sagt, sie sei eine Lesbe gewesen.«

»Es fing mit der Kleidung an, aber dann hat es sich ziemlich schnell weiterentwickelt. Sie hat sich Poster von hübschen Mädchen besorgt und sie in ihrem Zimmer aufgehängt. Edgar hat sie ein paarmal runtergerissen, aber sie hat sie einfach wieder aufgehängt. Und sie hatte ein Sammelalbum mit Fotos von Mädchen im Badeanzug. Das wusste er nicht, weil sie das Album unter ihrem Bett aufbewahrte.«

»War das nur Show, oder stand sie wirklich auf Frauen – sexuell, meine ich?«

»Anfangs war es vermutlich wirklich nur Show, aber dann wurde es irgendwann mehr. Sie hat tatsächlich mit gleichgeschlechtlichen Beziehungen experimentiert. Im Internet hat sie interessierte Mädchen gefunden und sich mit ihnen getroffen.«

»Haben Sie versucht, sie davon abzuhalten – hat Edgar es versucht?«

»Er hat sie gar nicht genug beachtet, um das mitzukriegen. Nur wenn sie ihre Maskulinität offen vor ihm zur Schau stellte, wurde er wütend.«

»Aber kam Ihnen denn nie die Idee, ihr zu sagen, dass sie es mit ihrem Verhalten nur noch schlimmer machte?«

»Doch, aber wissen Sie, auf diese Weise hat sie zumindest irgendeine Reaktion von ihm bekommen. Wenn sie sich unauffällig verhielt, hat er sie einfach ignoriert und ist ihr aus dem Weg gegangen. Sie hatte also nicht etwa die Wahl zwischen einer positiven Reaktion und einer negativen. Für sie gab es nur negative Reaktionen oder gar keine. Und negative Reaktionen waren in ihren Augen wohl das kleinere Übel.«

»Aber es muss ihr doch unendlich wehgetan haben. Sie hat ein Gedicht über ihre Gefühle geschrieben, das zeigt, wie sehr sie sich von ihm verletzt fühlte.«

»Natürlich hat es sie verletzt, aber sie hat sich nichts anmerken lassen. Das einzige Kennzeichen, an dem ich es erkannt habe, war der ständige verletzte Ausdruck in ihren Augen.«

»Aber was hat es mit dieser Sache auf sich, dass er ihr die Kleider vom Leib riss? Jonathan wusste davon, es muss also passiert sein, als er schon alt genug war, um es mitzukriegen. Und was war mit dem Spiegel?«

»Na ja, sie hat sich wie gesagt gerne als Mann verkleidet. Als sie älter wurde, hatte sie Geld, um sich eigene Kleider zu kaufen. Aber manchmal hat sie auch Edgars Kleider anprobiert und sich selbst im Spiegel bewundert und geübt, wie man Mädels abschleppt. Ich wusste davon, habe aber gar nicht erst versucht, sie davon abzuhalten. Sie hatte damals längst entschieden, was sie war, es war völlig zwecklos, dagegen anzugehen. Mir war das klar, ganz im Gegensatz zu Edgar. Er wollte es einfach nicht akzeptieren. Er dachte, *sie* würde die Augen vor der Wahrheit verschließen, dabei verschloss *er* sie. Eines Tages – sie war ungefähr vierzehn – hat er sie dann dabei erwischt, wie sie in seinen Kleidern posierte und mit einer imaginären Freundin sprach, und da ist er ausgeflippt. Ihm brannte einfach eine Sicherung durch, er ist vollkommen explodiert.«

»Was hat er getan?« Alex wusste es bereits, aber er musste es von Esther Olsen hören – er brauchte Gewissheit.

»Er hat ihr die Kleider vom Leib gerissen, genau wie Sie gesagt haben.«

»Vor dem Spiegel.«

»Nicht direkt. Er hat sie aufs Bett geworfen und dort mehr oder weniger mit ihr gerungen, bis er ihr die Kleider vom Leib gerissen hatte. Dabei war ihm absolut bewusst, dass er ihr wehtat, denn er hat sogar noch weitergemacht, als sie sich entschuldigte und versprach, die Kleider auszuziehen. Aber er wollte mehr. Als er ihr die Kleider heruntergerissen hatte – und ich meine alle Kleider, auch die Unterwäsche –, ließ er sie nicht etwa gehen. Er zerrte sie zurück zum Spiegel, hielt sie davor fest und brüllte immer wieder: ›Finde dich endlich mit der Realität ab! Finde dich verdammt noch mal endlich damit ab!‹«

Alex fragte: »Und was hat sie getan? Wie hat sie darauf reagiert?«

Das Sprechen kostete Esther sichtlich Mühe, so als schmerzte die Erinnerung noch zu sehr. »Sie hat geschrien und geheult ... und mit aller Kraft vermieden, sich selbst oder ihn im Spiegel zu betrachten. Als sie dann doch die Augen aufmachte – sie musste blinzeln, weil sie so sehr weinte –, hat sie einfach die Beine gekreuzt und sich krampfhaft dagegen gewehrt, sich anzuschauen. Aber Edgar hat sie gezwungen. Er war fest entschlossen, sie zu zwingen, der Wahrheit ins Auge zu sehen – seiner Wahrheit. Also hat er ihr die Beine auseinandergezogen und gebrüllt: ›Du bist ein Mädchen! Kein Junge! Du bist ein Mädchen, verdammt noch mal!‹« Esther brach erneut in Tränen aus.

Etwas an der Geschichte beunruhigte Alex zutiefst. »Aber Sie sagten doch, dass Sie Schwierigkeiten hatten, mit Dorothy zu kommunizieren, und dass sie mit Ihnen nicht über solche Dinge gesprochen hat.«

»Ja«, sagte Esther Olsen matt.

»Woher wissen Sie dann davon?«

»*Weil ich dort war*!«, schrie sie schluchzend.

»Dort? Was, dort im Zimmer?«

»Nein ... nicht im Zimmer. Zumindest nicht am Anfang. Aber ich war im Haus. Als es anfing, war ich unten in der Küche. Ich habe gehört, was ablief. Ich habe die Schreie gehört und bin die Treppe hochgeschlichen und ... habe gesehen ... was er getan hat.«

»Und Sie haben nichts unternommen, um ihn aufzuhalten?«

»Nein«, schluchzte Esther in ihre Hände. »Aber es war sogar noch schlimmer.«

»Wie konnte es *noch* schlimmer werden?«

»Sie hat mich gesehen ... sie hat gewusst, dass ich nichts getan habe, um ... um ihn aufzuhalten ... und sie hat nie wieder mit mir gesprochen ... nicht ein einziges Wort. Wenn sie mir danach etwas mitteilen wollte ... hat sie es mir durch Jonathan ausgerichtet.« An diesem Punkt brach Esther endgültig zusammen und konnte nicht mehr weiterreden.

Das war es also, dachte Alex. Die große Unterlassungssünde. So war es dazu gekommen, dass Dorothy nichts mehr mit ihrer Mutter zu tun haben wollte.

Alex streichelte sanft Esthers Arm, um sie zu trösten. Obwohl er sie erst an diesem Morgen kennengelernt hatte, hatte er irgendwie das Gefühl, dass zwischen ihnen eine Verbindung bestand.

»Mrs. Olsen, ich wollte Sie noch etwas fragen. Es hat mit Edgars Tod zu tun.«

»Ich wäre wahrscheinlich auch selbst dazu imstande gewesen. Wenn sie es nicht getan hätte. *Er* war schuld daran, dass Dorothy mich hasste. Er hatte es verdient zu sterben! Ich nehme meinen Teil der Schuld auf mich. Aber wenn er sie nicht so behandelt hätte ... wäre es nie dazu gekommen.«

»Warum glauben Sie, dass Dorothy es getan hat?«

»Ich habe gehört, wie sie hinterher darüber gesprochen haben. Sie haben natürlich nur geflüstert, und ich habe lediglich Bruchstücke aufgeschnappt. Aber ich habe gehört, wie sie von der Leiche geredet haben, und von seinem Gehirn, das überall verspritzt war, und dann hat Dorothy gesagt, ihre Fingerabdrücke seien auf den Patronen.«

»Mrs. Olsen, es war nicht Dorothy. Es war Jonathan.«

Sie schüttelte den Kopf. »Ich ... ich verstehe nicht ganz.«

»Er wollte die Waffe zu Edgar bringen, damit sie für Dorothy außer Reichweite war. Dorothy hatte vor, Burrow umzubringen. Wegen der Vergewaltigung – und weil sie von ihm schwanger war. Jonathan hat es ihr ausgeredet. Aber er hatte Angst, dass sie es erneut versuchen würde, deshalb beschloss er, den Revolver in Edgars Wohnung zu bringen und ihn dort zu verstecken. Aber Edgar hat ihn dabei erwischt, und es kam zu einer Auseinandersetzung. Es fielen harte Worte, und am Ende hatte Edgar eine Kugel im Kopf.«

»Aber warum hat Dorothy …?« Esther brach ab.

»Weil ihre Fingerabdrücke am Tatort waren. Sie hatte den Revolver geladen. Um Burrow zu töten.«

»Mein Gott! Und da habe ich die ganze Zeit geglaubt, es sei Dorothy gewesen, die …«

»Was ich nicht verstehe, ist, warum die Polizei dachte, es sei Selbstmord. Und warum wurde der Revolver in Edgars Hand gefunden? Jonathan sagt, er hätte ihn auf den Boden fallen lassen.«

Esther hob den Kopf und wirkte plötzlich gestärkt, als hätte ihr diese letzte Enthüllung neues Leben eingehaucht. »Das war ich. Ich habe ihn gebeten, ihr zu helfen. Ich wusste nur nicht, dass er es auf diese Weise tun würde.«

23.27 Uhr Pazifische Sommerzeit

»Gut, Sie sind nüchtern«, stellte der Polizist nach einem Blick auf den Teststreifen fest.

Natürlich bin ich nüchtern, dachte Nat. Ihm war klar, dass die Alkoholkontrolle reine Schikane war. Er hatte keinen Tropfen Alkohol angerührt. Das Ganze war eine Farce, und er hätte nicht übel Lust gehabt, eine offizielle Beschwerde einzureichen. Aber im Moment gab es wichtigere Dinge.

Besonders ärgerlich war der Alkoholtest deswegen, weil der Polizist mehrere Versuche gebraucht hatte, um das Testgerät zu aktivieren. Und mit jeder verstreichenden Minute war Nat unruhiger und gereizter geworden, was ihn wahrscheinlich noch verdächtiger machte.

»War es das, Officer? Kann ich jetzt weiterfahren?«

»Noch nicht ganz, eines müssen wir noch erledigen.«

»Was denn nun schon wieder?«

»Ich muss Ihnen einen Bußgeldbescheid wegen rücksichtsloser Fahrweise ausstellen.«

Noch einmal musste Nat zwei Minuten herumstehen, während der Beamte nervtötend langsam den Bußgeldbescheid ausstellte.

»Unterschreiben Sie bitte hier.«

Nat unterschrieb zähneknirschend. Die Unterschrift war kein Schuldeingeständnis und hieß nicht, dass er die Haftung übernahm. Sie bestätigte nur, dass er den Bußgeldbescheid erhalten hatte und wusste, was er bedeutete.

»Vielen Dank, Sir. Einen schönen Tag noch. Und fahren Sie ab jetzt etwas vorsichtiger.«

Nat stieg zurück ins Auto und fuhr wutentbrannt davon. Ein Blick auf die Uhr am Armaturenbrett zeigte, wie wenig Zeit ihm noch blieb. Am liebsten hätte er das Gaspedal durchgedrückt, aber er wusste, dass man ihn dann vermutlich erneut wegen Überschreitung der Höchstgeschwindigkeit angehalten hätte. Also gab er gerade so viel Gas, wie er verantworten konnte, und blickte immer wieder zum Tacho, damit die Nadel nicht den falschen Strich überquerte.

23.33 Uhr Pazifische Sommerzeit

»Wer, Mrs. Olsen? Dass wer es auf diese Weise machen würde?« Alex war ganz benommen von dem, was Esther ihm erzählt hatte. Was *er ihr* erzählt hatte, musste sie genauso mitgenommen haben. Alex hegte sogar den Verdacht, dass der Schock für sie noch größer war. Sie hatte neun Jahre lang in dem Glauben gelebt, dass Dorothy Edgar umgebracht hatte. Jetzt wusste sie, dass es ihr Sohn gewesen war.

»Ich dachte, sie würde einen Anwalt brauchen, also habe ich einen alten Freund angerufen. Dieser Freund war ursprünglich ein Kollege von Edgar, der auch mit Anita befreundet gewesen war. Ich bin ihm bei unserer Hochzeit zum ersten Mal begegnet. Edgar hatte ihn eingeladen. Allerdings stand auch ich inzwischen in einer gewissen Beziehung zu ihm, als ich ihn wegen Edgars Tod angerufen habe.«

»Warten Sie ... War das vielleicht derselbe alte Freund, auf den Sie und Anita Morgan als Samenspender zurückgegriffen haben?«

»Ja. Aber unsere Beziehung war nicht so klinisch kühl, wie Sie das darstellen. Bevor ich mit ihm schlief, waren wir uns im Laufe der Jahre mehrmals bei gesellschaftlichen oder geschäftlichen Anlässen begegnet. Zwischen uns gab es von Anfang an eine gewisse Chemie.«

»Haben Sie ihn geliebt?«

»Ich glaube schon. Aber wir haben es nie so weit kommen lassen ... so weit, uns selbst oder einander unsere Gefühle einzugestehen.«

»Warum nicht?«

»Er war ein junger, ehrgeiziger Anwalt mit politischen Ambitionen, und er hatte damals eine junge, schwangere Frau. Für ihn kam die Rolle des Ehezerstörers überhaupt nicht in Frage – zumal ich damals nicht nur verheiratet war, sondern bereits eine Tochter hatte. Wir setzten unsere Affäre also eine Zeitlang heimlich fort und machten uns vor, es sei nur zügellose körperliche Leidenschaft ohne Verpflichtungen ... bis wir uns eingestehen mussten, dass wir uns unweigerlich gegenseitig verletzen würden, wenn wir nicht damit aufhörten.«

»Und was passierte dann? Was den Mord an Edgar und seine Vertuschung angeht, meine ich.«

»Na ja, wie ich bereits sagte, war er Anwalt. Ich glaubte ja, dass Dorothy Edgar umgebracht hatte, und dachte daher, er könnte sie vor Gericht vertreten. Aber er fragte mich nur nach Edgars Adresse und einigen anderen Einzelheiten. Er sagte, er würde bei der örtlichen Polizei in Erfahrung bringen, was bereits über den Fall bekannt sei. Es stellte sich heraus, dass noch gar keine Berichte über Schüsse in der Gegend vorlagen. Die Polizei wusste nicht, dass Edgar tot war. Später rief er an und sagte, es sei alles geklärt, ich bräuchte mir keine Sorgen mehr zu machen. Ich fragte ihn, was er meinte, aber er wiederholte nur: ›Mach dir keine Sorgen. Es ist alles erledigt.‹ Als die Leiche gefunden wurde, teilte man mir mit, mein Mann hätte Selbstmord begangen. Da begriff ich, was er getan hatte.«

Alex konnte es nicht fassen. »Sie glauben, ein Anwalt hat den Tatort so manipuliert, dass es wie Selbstmord aussah?«

»Ich glaube nicht, dass er es selbst getan hat. Aber er war Strafverteidiger und hatte wahrscheinlich jede Menge Freunde aus dem Verbrechermilieu, die die Drecksarbeit für ihn erledigten. Vermutlich hatte er auch den ein oder anderen korrupten Polizisten in der Tasche.«

»Und wer war …?« Bevor er die Frage zu Ende stellen konnte, flog die Tür auf, und drei Personen kamen herein: der Wachmann, den Alex mit seinem sauber ausgeführten Fausthieb zu Boden gestreckt hatte, sowie zwei Ordnungshüter des San Francisco Police Department, einer davon weiblich.

»Da ist er!«, rief der Sicherheitsmann, erkennbar stolz darauf, das Offensichtliche vermelden zu können.

Die Polizistin besaß die Geistesgegenwart, den Lichtschalter umzulegen.

Während der dreieinhalb Sekunden, die die Neonröhre brauchte, um flackernd zum Leben zu erwachen, erstarrte Alex vor Schreck. Aber es waren nicht die Polizisten oder der Sicherheitsmann, die für Gänsehaut sorgten und ihm Schauer über den Rücken jagten, sondern das gerahmte Foto neben Mrs. Olsens Bett. Darauf war ein Brautpaar zu sehen, das sich mit einem seiner Hochzeitsgäste fotografieren ließ. Nicht dass der Anblick der jungen Esther oder des nicht mehr ganz so jugendlichen Edgar Olsen in der Lage gewesen wäre, Alex einen derartigen Schock zu versetzen. Was ihn bis ins Mark erschütterte, war der Anblick des Hochzeitsgastes zwischen ihnen, der um beide den Arm gelegt hatte.

Der Mann war Chuck Dusenbury

23.34 Uhr Pazifische Sommerzeit

Nat beschloss, es darauf ankommen zu lassen, und erhöhte das Tempo wieder, nachdem er die Golden Gate Bridge überquert hatte. Er ging davon aus, dass die Cops in Marin County nicht ganz so aggressiv und penetrant waren wie die in San Francisco. Für diese Einschätzung gab es allerdings keine andere Grundlage als reines Wunschdenken. Wenn sie ihn trotzdem anhielten, würde er einfach die Wahrheit sagen, nämlich dass er zur Hinrichtung wollte, in der Hoffnung, dass sie ihn dann weiterwinkten.

Das größte Problem war jedoch nicht die Polizei, sondern der starke Verkehr. Selbst zu dieser späten Stunde zog es noch Aktivisten zum Gefängnis, die für oder gegen die Hinrichtung demonstrieren wollten. Dazu kamen weitere Reporter. Die örtliche Presse berichtete schon seit dem Morgen, aber jetzt, wo sich herausstellte, dass die Hinrichtung tatsächlich stattfinden würde, strömten Journalisten und Kameramänner aus dem ganzen Land nach San Quentin. Vielleicht, weil es die vermutlich letzte Hinrichtung während Dusenburys Amtszeit war, vielleicht aber auch, weil Dusenbury immer lautstärker kundtat, wie sehr es ihm widerstrebte, Menschen in die Todeskammer zu schicken. Möglicherweise hatte der große Andrang aber auch damit zu tun, dass Martine Yin Dusenburys Begnadigungsangebot hatte durchsickern lassen.

Jedenfalls erregte der Fall plötzlich ein deutlich größeres Interesse als noch am Morgen, und die stetig anwachsende

Fahrzeugkolonne erschwerte es Nat zusätzlich, rechtzeitig zum Gefängnis zu kommen.

Obwohl ihm noch eine halbe Stunde blieb, begann er sich allmählich zu fragen, ob er es überhaupt schaffen würde.

23.37 Uhr Pazifische Sommerzeit

Langsam sickerte die Erkenntnis zu Alex' Bewusstsein durch.

Der politisch ambitionierte Anwalt. Der Mann, der bereit war, alle Vorschriften über Bord zu werfen und das Protokoll zu verletzen, um Esther Olsen ihren letzten Wunsch zu erfüllen. Der Mann, der bereit war, Clayton Burrow die Todesstrafe zu ersparen – aber nur unter ganz besonderen, eng gefassten Bedingungen. Er war nicht nur ein Gouverneur, der jetzt, kurz vor dem Ruhestand, endlich frei seine Meinung sagen und nach seinem Gewissen handeln konnte, er war auch ein Mann, der seit langer Zeit eine Frau liebte und diese Liebe nie hatte ausleben dürfen.

Wie stark mussten Dusenburys Gefühle für Esther all die Jahre gewesen sein, dachte Alex – Jahre, in denen er die politische Leiter erklommen und sie dabei vielleicht sogar aus den Augen verloren hatte.

Vielleicht hatte er sich aber auch mit Edgar überworfen. Alex gab sich nutzlosen Spekulationen darüber hin, ob Edgar es wohl jemals herausgefunden hatte. Der Mann war schließlich kein Narr gewesen. Trotz seines Hangs zur Selbstverleugnung musste er gewusst haben, dass keins »seiner« Kinder von ihm war: nicht Jimmy, nicht Dorothy und nicht Jonathan. Hatte er sich den Rest dazugedacht? War ihm klar gewesen, dass sein Freund Dusenbury derjenige war, der ihm hinter seinem Rücken Hörner aufgesetzt hatte?

Einen Moment lang trug sich Alex mit dem irren Gedanken, Edgar habe Jonathans Schuss vielleicht überlebt und den tödlichen Schuss erst von Dusenbury oder seinen Handlangern empfangen. Er verwarf den Gedanken genauso schnell wieder, wie er ihm gekommen war, er war einfach haarsträubend grotesk. Jonathan hatte gesehen, dass Edgars Gehirn auf der ganzen Wand verspritzt war. Dass Dusenbury Edgars gewaltsamen Tod vertuscht hatte, war denkbar, dass er selbst dazu beigetragen hatte, nicht.

Alex hatte immer deutlicher vor Augen, was an jenem Tag wirklich passiert war.

Als die beiden Polizisten nun auf ihn zugingen, stand er auf, um sie zu empfangen. Aber erst brauchte er absolute Gewissheit.

Er drehte sich zu Esther Olsen um und sah ihr in die Augen. »Es war Dusenbury, nicht wahr? Der alte Freund?«

In Esthers Augen lag ein herzzerreißender Ausdruck, als sie Alex anblickte und die Lippen bewegte. Nachdem sie mühsam das Wort »Ja« geformt hatte, begann sie nach Atem zu ringen. Sie schien noch etwas sagen zu wollen, brachte jedoch nur ein Wort heraus, das klang wie »Siwan«.

Alex drehte sich wieder zu den Polizisten um. »Sie hyperventiliert! Rufen Sie einen Arzt! Sofort!«

23.38 Uhr Pazifische Sommerzeit

Juanita fiel es jetzt schwerer, die geschredderten Papierstreifen an den Teil des Briefes anzufügen, den sie bereits rekonstruiert hatte.

Am Anfang war es noch leicht gegangen, weil eine Handvoll Streifen ganz oben auf dem Stapel zusammengeblieben war. Aber alle anderen Streifen waren auseinandergefallen.

Sie schätzte, dass sie gut ein Drittel des Briefes rekonstruiert hatte. Inzwischen waren einige Satzfragmente lesbar wie »Hiermit bestät…«, sowie Bruchstücke von Daten. Sie wusste, dass sie bei jedem Datum die britische Schreibweise beachten musste.

Aber sie kam zu langsam voran. Ein Blick auf die Uhr zeigte, dass ihr nur noch dreiundzwanzig Minuten blieben. Und selbst wenn sie rechtzeitig fertig geworden wäre, hätte sie gar nicht gewusst, was sie mit dem zusammengesetzten Fax hätte tun sollen. Es dem Gouverneur faxen? Würde er darauf reagieren? Was stand überhaupt in dem Fax? Und was bewies es?

Ihr gingen noch andere Fragen durch den Kopf. Warum war Nat nicht zurückgekommen? Wo war er jetzt?

Und was war mit Alex? Warum meldete er sich nicht? Er hatte ihr von dem Gespräch mit dem Gouverneur erzählt und hinzugefügt, dass er jetzt auf dem Weg zu Mrs. Olsen sei. Aber hatten sie ihn überhaupt ins Krankenhaus gelassen? Und welche Entscheidung hatte Esther Olsen getroffen? Würde sie den Gouverneur um einen Hinrichtungsaufschub für Burrow bitten? Würde der Gouverneur ihn gewähren?

Juanita musste es herausfinden.

23.40 Uhr Pazifische Sommerzeit

»Wenn Sie den Gouverneur anrufen, wird er Ihnen alles erklären«, sagte Alex, dem die Polizisten inzwischen Handschellen angelegt hatten.

Sie waren auf dem Parkplatz angekommen, wo Alex unsanft zu einem wartenden Streifenwagen bugsiert wurde.

»Sie können ihn gern von der Wache aus anrufen.«

»Nein, Sie verstehen mich nicht. Ich habe einen Mandanten im Todestrakt, der ...«

»Moment mal«, sagte die Polizistin. »Sind Sie der Anwalt von Clayton Burrow?«

»Ja. Und ich habe neue Beweise. Ich *muss* mit dem Gouverneur sprechen!«

»Ich glaube nicht, dass er um diese Zeit für Sie zu sprechen ist.« Dieser Einwand kam von dem Polizisten.

Seine Kollegin brachte anscheinend mehr Verständnis auf. »Jetzt warte doch mal, Jack. Ich finde, wir sollten ihm den Anruf erlauben.«

»Nachdem er das Zimmer dieser armen alten Lady gestürmt hat?«

Alex wusste, dass er das Ruder irgendwie herumreißen musste. »Die ›arme alte Lady‹ ist die Mutter des Opfers. Der Gouverneur hat versprochen, dass er einen Hinrichtungsaufschub gewährt, wenn sie ihn darum bittet.«

»Sie dachten also, Sie platzen einfach dort rein und schüchtern sie ...«

»Sie verstehen mich nicht! *Ich wurde ihr heute Morgen vor-*

gestellt. Sie hat mich gebeten, ihr zu helfen. Wir haben neue Beweise, und *sie* hat *mir* geholfen, diese Beweise zu finden.«

»Na klar. Und ich bin Superman.«

»Warum nehmen Sie nicht einfach mein Handy und rufen den Gouverneur an?«

»Genau, ich habe ja auch seine Nummer.«

Sie hatten inzwischen das Polizeiauto erreicht.

»Die Nummer ist in meinem Handy gespeichert. Auf der Kurzwahlliste. Sie können es aus meiner Tasche nehmen und ihn anrufen. Bitte tun Sie das!«

Der Polizist und seine Kollegin tauschten ratlose Blicke. Am Ende war es die Polizistin, die das iPhone aus Alex' Tasche zog und den Eintrag »Gouverneur« im Adressspeicher auswählte.

»Alex?«

»Wer spricht da?«, fragte die Polizistin.

»Der Gouverneur – Chuck Dusenbury. Und wer sind *Sie*?«

Die Polizistin stellte sich vor und erklärte dem Gouverneur, was passiert war. Es folgte ein mehrere Sekunden währendes heftiges Gebrüll, bei dem deutlich zu verstehen war, dass der Gouverneur befahl, Mr. Sedaka sofort freizulassen und ihm das Telefon zu geben. Der männliche Beamte schloss die Handschellen auf, und seine Kollegin reichte Alex das Handy.

»Sir, ich habe gerade mit Mrs. Olsen gesprochen.«

»Und?«

»Ich konnte sie nicht mehr fragen, Sir. Sie hat einen Rückfall erlitten und ist jetzt an ein Atemgerät angeschlossen. Aber davor habe ich noch etwas erfahren, das mir vollkommen neu war.«

»Und was war das?«

Alex sah sich nervös um und überlegte, wie er es am besten formulieren sollte. Er konnte die Polizisten unter den gegebenen Umständen wohl kaum bitten, einen Schritt zurückzutreten. Sich so weit zu entfernen, dass er außer Hörweite war, war ebenfalls keine Option. Also wählte er seine nächsten Worte mit Bedacht: »Ich weiß das mit Jimmy und Jonathan … und Edgar.«

Einige Sekunden lang herrschte angespanntes Schweigen.

»Sie hat Ihnen alles erzählt?«, fragte Dusenbury nervös.

»Einiges habe ich von Jonathan«, antwortete Alex, »und den Rest hat mir Esther erzählt. Bestimmt gibt es noch einzelne Lücken zu füllen, aber ich denke, im Großen und Ganzen weiß ich Bescheid.«

»Und was gedenken Sie mit der Information zu tun?« Der Tonfall des Gouverneurs war angespannt.

»Was ich damit zu tun gedenke?«, fragte Alex verwirrt. Erst ein oder zwei Sekunden später verstand er, was Dusenbury meinte. »Ich bin kein Erpresser, wenn es das ist, was Sie andeuten wollen.«

»Was wollen Sie dann von mir?«

»Ich wollte damit nur sagen, dass es immer mehr so aussieht, als hätte mein Mandant recht gehabt – was Dorothy angeht. Und wir haben noch mehr, denn es gibt Hinweise darauf, dass mein eigener Rechtsreferendar in gewisse Machenschaften verwickelt ist.«

»Was für Machenschaften?«

»Zunächst einmal hatte er Dorothys Pass bei sich zu Hause. Der Pass beweist, dass sie in England eingereist, aber nie wieder ausgereist ist. Nat war außerdem entscheidend daran beteiligt, mich zu überzeugen, den Fall Burrow überhaupt anzunehmen. Und noch etwas: In dem Pass lag ein Foto der jungen Esther Olsen.«

»Wovon sprechen Sie da, Alex?«

»Davon, dass Nat sich anscheinend nicht nur für Dorothy interessiert, sondern auch für ihre Mutter. Und da ist noch etwas: Wir haben der Klinik in London, in der Dorothy in

Behandlung war, Dampf gemacht, und sie hat uns tatsächlich ein Fax geschickt. Aber es sieht inzwischen so aus, als hätte Nat dieses Fax abgefangen.«

»Warum sagen Sie der Klinik dann nicht, dass sie es noch einmal schicken soll?«

»Daran beißen wir uns schon den ganzen Tag die Zähne aus. Es gibt Probleme wegen der Zeitverschiebung. Wir müssen mit der Verwaltung sprechen, und im Moment sind die einzigen Anwesenden in der Klinik die Schwestern der Nachtschicht.«

Es folgte eine kurze Pause.

»Wenn ich richtig gerechnet habe, ist es in England jetzt aber Viertel vor acht. Vielleicht ist ja einer der Verwaltungsmitarbeiter ein Frühaufsteher. Einen Versuch ist es wert.«

Alex überlegte, ob er Dusenbury vorsichtshalber erneut um einen Hinrichtungsaufschub bitten sollte. Das war der eigentliche Grund seines Anrufs gewesen. Aber ihm war klar, dass der Gouverneur trotz all der Beweise, die sie inzwischen zusammengetragen hatten, nichts tun würde, solange ihm nicht der in seinen Augen ultimative Beweis vorlag.

»Also gut. Aber Sie warten auf meinen Rückruf, oder?«

»Ich sitze neben dem Telefon, Alex. Und ich warte.«

23.45 Uhr Pazifische Sommerzeit

Im Hochsicherheitstrakt von San Quentin betraten die Hinrichtungszeugen der Reihe nach den Zuschauerraum, der an die Hinrichtungskammer grenzte. Bei den Zeugen handelte es sich um Gerichtsbeamte, Mitarbeiter des Gouverneurs, Parlamentsmitglieder des Staates Kalifornien sowie mehrere Journalisten, die der Hinrichtung in ihrer Funktion als Vertreter des Volkes beiwohnen würden.

Bei Hinrichtungen sind grundsätzlich keine Kameras zugelassen, aber es waren verschiedene Pressezeichner anwesend, die im Moment noch zur Untätigkeit verdammt waren. Der Vorhang vor dem Fenster zur Hinrichtungskammer war zugezogen.

Als Hinterbliebene und direkte Angehörige des Opfers hatten Esther und Jonathan Olsen Eintrittskarten für die Hinrichtung erhalten, aber Esther hatte schon vor Ausbruch ihrer Krankheit die Entscheidung getroffen, nicht daran teilzunehmen. Sie war nicht auf Rache aus, sondern auf einen sauberen Abschluss, und den bekam sie nicht, indem sie der Hinrichtung des Mörders ihrer Tochter beiwohnte. Stattdessen hatte sie sich gewünscht, die Leiche ihrer Tochter zu finden, damit sie ihr eine anständige Beerdigung zukommen lassen konnte.

Dieser Wunsch war ihr verwehrt geblieben.

Jonathan Olsen hingegen hatte den Tag, an dem er Zeuge werden würde, wie Clayton Burrow auf eine Bahre geschnallt und mit einer Giftspritze hingerichtet wurde, seit langem herbeigesehnt. Aber nun, da der Zeitpunkt gekommen war, war er nirgends zu sehen.

Die Gefängniswärter hatten keine Ahnung, wie der echte Jonathan Olsen aussah, also konnten sie auch nicht wissen, dass der Mann, der sich mit Jonathans Ticket Zutritt verschaffte, in Wirklichkeit Nathaniel Anderson war.

23.47 Uhr Pazifische Sommerzeit

»Du rufst jetzt sofort dort an, Juanita, und verlangst, mit einem Vorgesetzten zu sprechen! Lass dich auf keinen Fall abwimmeln! Zur Not versuchst du, noch einmal mit der Krankenschwester zu reden!«

»Okay, Boss! Mach ich sofort!«

Alex fuhr zum Gefängnis. Er wusste, dass er dort nicht viel bewirken konnte, aber es war seine Pflicht, seinem Mandanten beizustehen. Selbst wenn er ihn nicht retten konnte, hatte er die Pflicht, bei ihm zu sein.

Es war ein seltsamer Gedanke, dass er nun zum Gefängnis hetzte, um für den Fall, dass ihre allerletzten Rettungsversuche scheiterten, einen Mann zu trösten, von dessen Unschuld er inzwischen überzeugt war. Wenn er Zeit gehabt hätte, wäre er mit dem Pass, den sie bei Nat gefunden hatten, zum Bezirksgericht gefahren und hätte dort versucht, einen Hinrichtungsaufschub zu erwirken. Aber sein einziger Beweis für den Fundort des Passes war nach wie vor das Wort eines Berufskriminellen.

Davon ganz abgesehen reichte die Zeit dafür ohnehin nicht mehr. Im Grunde genommen blieb ihm gar nichts anderes übrig, als nach San Quentin zu fahren und seinem Mandanten zum vermutlich letzten Mal unter die Augen zu treten.

Clayton Burrows Schicksal lag nun in Juanitas Hand.

23.48 Uhr Pazifische Sommerzeit

Das Gebäude, in dem das Rastertunnelmikroskop stand, war still, aber nicht vollkommen leer. Obwohl das Sicherheitspersonal versprochen hatte, besonders wachsam zu sein, war David auf der Hut und reagierte sensibler als vorher auf jedes Hintergrundgeräusch.

Eigentlich hatte er jetzt, wo der Angreifer identifiziert war – sein Vater hatte ihn angerufen –, keine übermäßige Angst mehr davor, dass sich der Angriff wiederholte, aber der Überlebenstrieb ist nun mal enger mit den Gefühlen verbunden als mit dem Verstand, und so schreckte ihn jeder Schritt, jede knarrende Tür und jede entfernte Stimme auf. Das tat seiner Entschlossenheit jedoch keinen Abbruch, ganz im Gegenteil. Der gewalttätige Übergriff hatte seinen unbedingten Willen, etwas zu finden, das zur Rettung von Clayton Burrow beitrug, noch verstärkt.

Er wusste nicht, ob sein Vater die beiden gestohlenen Festplattenscheiben inzwischen von Jonathan zurückbekommen hatte. Aber es wäre sowieso keine Zeit mehr gewesen, sie zu holen, deshalb durchsuchte er seit einer guten Stunde die wiederhergestellten Dateien auf der einen Scheibe, die ihm geblieben war. Anfangs hatte er seine Suche auf Textdateien beschränkt, von denen er jeweils gerade genug las, um bestimmen zu können, ob sie vielversprechend waren oder nicht, bevor er zur nächsten überging.

Aber dieses Vorgehen hatte sich als fruchtlos erwiesen, und so war er angenehm überrascht, als er schließlich auf eine MP3-Datei stieß. Aufgrund ihrer Größe spannte sie sich über mehrere Sektorengrenzen hinweg und musste mühevoll Stück für Stück mithilfe des Rastertunnelmikroskops wiederhergestellt werden. Aber er ließ sich nicht beirren.

Die MP3-Datei selbst hieß einfach *Ich kann nicht sein*, ein Titel, der rätselhaft genug war, um seine Aufmerksamkeit zu erregen. Aber das allein hätte den Aufwand, den er hineinsteckte, um die Audiodatei wiederherzustellen, nicht gerechtfertigt, schon gar nicht unter derart hohem Zeitdruck.

Was den Aufwand sehr wohl rechtfertigte, war die Tatsache, dass jede Audiodatei zusätzlich zu Musik oder Sprache noch eine Art Minidatei beinhaltet, in der die sogenannten »Metadaten« gespeichert sind. Diese Metadaten bestehen aus einer Reihe von festgelegten Informationen über die Audiodatei, wie etwa Interpret, Jahr, Musikrichtung und Kommentar. Und in der Kommentarspalte dieser Audiodatei stand: »Gedicht über Daddy«.

23.49 Uhr Pazifische Sommerzeit (07.49 Uhr Britische Sommerzeit)

In die Schwesternstation des Finchley Road Medical Centre kam langsam Leben, weil immer mehr Patienten aufwachten. Das Verwaltungspersonal der Klinik war jedoch noch nicht eingetroffen, weshalb nach wie vor sämtliche Anrufe zur Schwesternstation umgeleitet wurden. Als Juanita anrief, meldete sich Schwester Michaels.

»Ist Susan White zu sprechen?«

»Ich habe Ihnen doch schon gesagt, dass sie nicht im Dienst ist. Sie hatte um zwei Uhr morgens Feierabend und schläft jetzt vermutlich. Vielleicht ist es Ihnen nicht bewusst, aber wir arbeiten hier verdammt hart.«

»Ich weiß, und es tut mir ja auch leid, aber es ist wirklich wichtig. Ich würde nicht aus Amerika anrufen, wenn es nicht wichtig wäre.«

»Ich kann ihr höchstens eine Nachricht hinterlassen. Ich glaube, ihre nächste Schicht beginnt in gut zwei Stunden.«

»Nein, warten Sie! Sie müssen jetzt etwas für mich tun.«

»Was?«, fragte Schwester Michaels zähneknirschend.

»Susan White ist also nach Hause gegangen?«

»Ja, vor ein paar Stunden.«

»Wohnt sie in der Nähe?«

»Ja.«

Am anderen Ende der Leitung war ein tiefer Seufzer zu hören. »Gut, hören Sie, normalerweise würde ich Sie bestimmt nicht um so etwas bitten, aber wie ich Ihnen bereits erklärt habe, wird unser Mandant in knapp zehn Minuten hingerichtet, wenn wir ihn nicht retten können. Der Information zufolge, die wir von Susan White haben, könnte uns das vielleicht gelingen. Wir brauchen dringend ein wichtiges Dokument, und sie scheint zu wissen, wo es sich befindet.«

»Aber sie ist nicht hier, wie ich bereits sagte.«

»Ich weiß, und deshalb möchte ich auch, dass Sie sie anrufen. Ich würde das nicht von Ihnen verlangen, wenn es nicht um Leben und Tod ginge. Bitten Sie jemand anderen, Ihren Posten solange zu übernehmen.«

»Dass ich meinen Posten verlasse, ist nicht das Problem! Ich kann Susan nicht einfach aufwecken, nur weil irgendjemand aus Amerika anruft und mir was von einem Mann im Todestrakt erzählt.«

»Sie würde aber wollen, dass Sie sie aufwecken!«

»Was meinen Sie damit?«

»Sie hat bereits versucht, uns zu helfen. Ich glaube, sie hat uns ein Fax geschickt, aber wir hatten Probleme mit unserem Faxgerät. Sie muss es noch einmal schicken.«

»Haben Sie nicht bei Ihrem letzten Anruf gesagt, der Verwaltungschef hätte das Fax geschickt?«

»Na ja, er muss das Fax schließlich autorisiert haben, aber abgeschickt wurde es letztendlich von Susan White. Fest steht, dass sie uns helfen möchte, sie hat es ja bereits versucht. Vermutlich weiß sie gar nicht, dass wir Probleme mit dem Faxgerät hatten. Wenn sie es wüsste, wäre sie bestimmt sofort zur Stelle.«

»Woher … woher weiß ich denn, dass Sie mich nicht verarschen?«

»Beweisen kann ich es nicht. Wenn Sie CNN oder *Eyewitness News* einschalten, dann sehen Sie dort die Berichte über die bevorstehende Hinrichtung. Entweder Sie glauben mir, oder Sie lassen es sein. Aber denken Sie daran, dass das Leben unseres Mandanten von Ihrer Entscheidung abhängt.«

Die Krankenschwester überlegte – aber nur einen kurzen Moment.

23.51 Uhr Pazifische Sommerzeit

Jonathan Olsen saß wie angewurzelt vor dem Fernseher und verfolgte den Bericht über die bevorstehende Hinrichtung. Er begann sich zu fragen, ob es richtig gewesen war, Nat die Eintrittskarte zu überlassen. Er hatte jahrelang darauf gewartet, Clayton Burrow ins Gesicht sehen zu können, wenn er seinen letzten Atemzug tat. Das war ausgleichende Gerechtigkeit: Der Tyrann, der ihn als kleinen Jungen zusammengeschlagen und seine Schwester einer Jahre währenden seelischen Folter ausgesetzt hatte, bekam endlich, was er verdiente.

Aus dieser Perspektive betrachtet erschien ihm auch die Sache mit Edgar verzeihlicher. Er hatte ihn nicht umbringen wollen und fühlte sich immer noch schrecklich deswegen, aber im Rückblick war auch das ausgleichende Gerechtigkeit. Sein Vater war ebenfalls ein Sadist gewesen, auch wenn sein Sadismus eigener Schuld und eigenem Leid entsprungen war.

Er fragte sich, was Alex mit seinem Wissen über Edgars wahre Todesursache anfangen würde. Für die Frage nach Dorothys Schicksal war es zwar nicht relevant, aber jetzt, da Alex Bescheid wusste, ließ sich die Sache nicht länger geheim halten. Natürlich gab es keine Beweise. Dafür hatte derjenige, der alles so arrangiert hatte, dass es wie Selbstmord aussah, seine Sache viel zu gut gemacht. Die zuständigen Behörden würden den Fall wohl kaum wieder aufrollen.

Was Jonathan viel größeres Kopfzerbrechen bereitete, war sein damaliges enges Verhältnis zu Dorothy. Vielleicht hatte er ihr zu unkritisch gegenübergestanden. Sie hatte es ihrer Mutter nie verziehen, dass sie vor Edgars Brutalität einfach die Augen verschlossen hatte. Seit dem Tag mit dem Spiegel hatte sie nie wieder ein Wort mit ihr gesprochen.

Aber war das fair von ihr?

Ihre Mutter hätte natürlich mit allen Mitteln versuchen müssen, die Ausschreitungen ihres Mannes zu unterbinden. Sie war schließlich keine altmodische Hausfrau aus den Fünfzigern, die ihrem Mann ein warmes Abendessen vorsetzte, sobald er von der Arbeit nach Hause kam. Es wäre ihre Pflicht gewesen, ihre Tochter zu beschützen.

Aber machte er es sich mit dieser Einschätzung nicht zu leicht? Edgar Olsen war ein extrem starker Charakter gewesen und hatte Angst und Schrecken verbreitet, wenn man ihn reizte. Esther hatte Dorothy zu einem Verhalten ermuntert, das Edgar besänftigen sollte, und als dieser Versuch gescheitert war, hatte sie versucht, sie zum Aufhören zu bewegen. Aber Dorothy hatte ihren eigenen Kopf gehabt. Und ihre Mutter hatte in der Ehe eindeutig den untergeordneten Part gespielt. Außerdem war sie wegen ihrer angeblichen Untreue ständig in die Defensive gedrängt worden, auch wenn sie eigentlich gar nicht untreu gewesen war. Der One-Night-Stand, aus dem Dorothy hervorgegangen war, hatte vor ihrer Ehe stattgefunden.

Was Edgar Olsen jedoch nicht davon abgehalten hatte, ihn Esther und Dorothy immer wieder um die Ohren zu hauen. Wenn er auf Esther sauer war, bedachte er sie gern mit dem Schimpfnamen »Hure«, und wenn er sich über Dorothy ärgerte, nannte er sie einen »kleinen *mamzer*« – das hebräische Wort für Bastard. Edgar Olsen liebte es, verbal auszuteilen und anderen wehzutun, um damit den Schmerz zu betäuben, den er empfand, weil er sich die Schuld am Tod seines dreijährigen Sohnes gab.

Auch Jonathan fühlte sich schuldig. Schuldig, weil er sein Bündnis mit Dorothy nie hinterfragt hatte.

War es richtig von ihm, seine Mutter zu bestrafen? War es richtig, sie vor den Kopf zu stoßen?

Im Gegensatz zu Dorothy hatte er nach dem Vorfall mit dem Spiegel weiter mit Esther gesprochen, wenn auch kühl und emotionslos.

Das Klingeln des Telefons schreckte ihn auf. Er wusste sofort, dass es kein gewöhnlicher Anruf war, vielleicht wegen der späten Stunde. Normalerweise rief ihn niemand um diese Zeit an. Aber für die Hinrichtung war es noch zu früh.

»Hallo?«

»Hallo, spreche ich mit Jonathan Olsen?«, fragte eine Männerstimme.

»Ja«, antwortete er nervös.

»Mein Name ist Rodrigo Alvarez. Ich rufe vom Idylwood Care Center an.«

23.52 Uhr Pazifische Sommerzeit
(07.52 Uhr Britische Sommerzeit)

Susan White öffnete die Augen und versuchte sich an das Licht zu gewöhnen, das selbst bei halbgeschlossenen Jalousien ins Zimmer drang. Das Telefon ... dieser Höllenlärm ... er wollte einfach nicht aufhören.

Ihre Hand tastete nach dem Telefon und fand es schließlich. Es gelang ihr, den Hörer abzunehmen, ohne sämtliche Gegenstände vom Nachtschränkchen zu stoßen.

»Ja!«, schrie sie förmlich in den Hörer.

»Susan ... Susan!«

»Was ist los?«

»Tut mir leid, dass ich dich aufwecke, aber es ist wichtig.«

»Danielle?«, fragte Susan, als sie die Stimme erkannte. »Was gibt's denn?«

»Diese Frau hat gerade wieder angerufen.«

»Welche Frau?«

»Aus Amerika. Von der Kanzlei.«

»Juanita?«

»Ich glaube, so hieß sie.«

»Was ist mit ihr? Hat sie es bekommen?« Susan rieb sich die Augen und streckte sich.

»Was bekommen ...? Warte mal ... Ich glaube, genau darum geht es: Sie meinte, du oder sonst jemand hätte ihr ein Fax geschickt, aber es sei nicht angekommen. Anscheinend gab es Probleme mit dem Faxgerät.«

Susan setzte sich kerzengerade hin. »*Das Fax ist nicht angekommen?*«

23.54 Uhr Pazifische Sommerzeit

»Meine Damen und Herren, darf ich Sie nun bitten, Ihre Plätze einzunehmen? Während der Hinrichtung ist es nicht gestattet, sich zu erheben. Jeder, der aufsteht oder sich unterhält, wird gebeten, den Raum umgehend zu verlassen. Der Vorhang wird in wenigen Minuten geöffnet.«

Die Zuschauer waren der Reihe nach in den Raum gelassen worden und hatten inzwischen ihre Plätze eingenommen. Sie waren über den Ablauf der Hinrichtung informiert worden, weshalb es nun von technischer Seite her keine weiteren Erklärungen mehr geben würde.

In Kalifornien hatte es erst vor kurzem einige Neuerungen im Hinrichtungsablauf gegeben. Dieser bestand jedoch immer noch aus der Verabreichung dreier Substanzen. Zunächst wurde der Häftling mit einer Natriumthiopental-Injektion in Bewusstlosigkeit versetzt, dann folgte Pancuroniumbromid, das seine Muskeln erschlaffen ließ, und schließlich das zum Herzstillstand führende Kaliumchlorid.

Die Zuschauer – offiziell waren sie Zeugen im Namen des Volkes – setzten sich und mieden gegenseitigen Blickkontakt. Selbst unter Verfechtern der Todesstrafe herrschte so etwas wie schuldbewusste Betretenheit darüber, dass man Teil der Prozedur war. Aus diesem Grund wurde die Identität des Scharfrichters geheim gehalten und nicht etwa – wie bisweilen fälschlich behauptet –, um denjenigen oder diejenige vor der Rache der Familie des Häftlings zu schützen.

Nat nahm seinen Platz am Ende der Reihe ein und positionierte sich so, dass er nahe an der Stelle war, von der er annahm, dass sich dort Burrows Kopf befinden würde.

»Wenn sich der Vorhang öffnet, wird das Todesurteil verlesen, und der Häftling erhält Gelegenheit, eine kurze letzte Stellungnahme abzugeben. Diese darf von den Pressevertretern mitgeschrieben werden. Je nach Vereinbarung des Häftlings mit den Wärtern werden unter Umständen auch Kopien davon ausgeteilt. Abschließend bleibt zu sagen, dass Zuschauer, die während der Hinrichtung irgendeine Form von Unwohlsein verspüren, den Raum bitte so leise wie möglich verlassen mögen.«

23.56 Uhr Pazifische Sommerzeit (07.56 Uhr Britische Sommerzeit)

»Können Sie die Streifen nicht einfach wieder zusammensetzen?«

Ungläubig hörte Susan White zu, als ihr Juanita erklärte, was mit dem Fax passiert war. Sie hatte sich hastig ein Paar Kleidungsstücke übergeworfen, um den Minimalanforderungen des Anstands zu genügen, und eilte die Straße entlang zur Klinik.

»Das habe ich versucht«, antwortete Juanita. »Aber wir haben nur noch vier Minuten. Sie müssen das Fax noch einmal schicken.«

»Ich …«

Susan war starr vor Angst. Natürlich konnte sie das Anschreiben noch einmal ausdrucken, aber das war riskant – riskanter als beim ersten Mal. Zumindest kam es ihr so vor. Letzte Nacht hatte sie schon genug Ängste ausgestanden, aber jetzt war sie vollkommen panisch. Wenn sie den Brief noch einmal ausdruckte und erneut Stuarts Unterschrift fälschte, forderte sie den Ärger geradezu heraus. Das war Urkundenfälschung, egal mit welcher Entschuldigung sie sich herauszureden versuchte.

Trotzdem … es ging um ein Menschenleben.

»Hören Sie, ich habe Ihnen das vorher nicht gesagt … aber …«

Sie hob den Blick. Schwester Michaels stand wenige Meter von ihr entfernt und schien dem Telefongespräch keine Beachtung zu schenken, aber sie war dennoch in Hörweite.

»Es … es war nicht so, wie Sie vielleicht glauben.«

»Was war nicht so?«, fragte Juanita. »Ich verstehe nicht, was Sie meinen.«

»Der Brief … er war nicht … das ist schwierig zu erklären.«

Juanita hatte genügend Material zusammengesetzt, um die Unterschrift lesen zu können. »Ist Stuart Lloyd da?«, fragte sie verzweifelt.

»Noch nicht. Es ist noch niemand von der Verwaltung da. Das Verwaltungspersonal müsste zwischen acht und neun eintreffen.«

»War er letzte Nacht da? Als das Fax geschickt wurde?«

Susan White zögerte nur leicht, aber spürbar. »Nein.«

Jetzt war es Juanita, die zögerte. »Er war nicht von Stuart Lloyd, oder?«, fragte sie. »Der Brief, den Sie mir gefaxt haben, meine ich. Er war von Ihnen.«

Susan White senkte die Stimme. Die Wahrheit ließ sich nun nicht länger verheimlichen. »Hören Sie, ich könnte meinen Job verlieren.«

»Das tut mir leid … aber wir haben hier einen Mann, der sein *Leben* verlieren könnte.«

Susan White dachte nach. Es ging ihr nicht mehr darum, falsch und richtig gegeneinander abzuwägen. Sie versuchte nur, den nötigen Mut zusammenzukratzen, um zu tun, was sie tun musste. »Gut. Einen unterschriebenen Brief kann ich Ihnen nicht bieten. Aber etwas anderes.«

»Und was?«

Die Krankenschwester überlegte fieberhaft, auf was sie Zugriff hatte. »Dorothys Krankenakte.«

»Steht da das Datum drin? Der Zeitraum ihres Aufenthalts? Wann sie entlassen wurde?«

»Ja. Alles.«

»Beeilen Sie sich. Uns bleiben nur noch Minuten.«

»Ist gut.« Susan White beendete das Gespräch und rannte

zu den Aktenschränken hinüber. Die Akten waren numerisch abgelegt. Sie musste den Namen in der Kartei nachschauen, um an das Aktenzeichen zu kommen. Erst da fiel ihr wieder ein, dass die Schränke abgeschlossen waren.

23.58 Uhr Pazifische Sommerzeit

Die Labormitarbeiter nahmen ihre Aufgabe sehr ernst – besonders, nachdem der Gouverneur sie persönlich über den Fall aufgeklärt hatte.

Zuerst hatten sie die Seiten aus dem Pass herausgeschnitten und in die Kammer gelegt, die sie daraufhin mit Cyanacrylat bedampft hatten. Dann hatten sie die toxischen Gase wieder aus der Kammer gepumpt. Der Laborant – mit zweiundzwanzig Jahren bereits der Inbegriff eines naturwissenschaftlichen Fachidioten – fand es ironisch, dass eine »Gaskammer« darüber entscheiden sollte, ob einem Mann die letale Injektion erspart blieb oder nicht. Als er vor seiner jungen Kollegin einen Witz darüber machte, lächelte sie zwar höflich, aber ihr war anzusehen, dass sie es nicht lustig fand.

Inzwischen war der Fingerabdruckexperte, der etwas älter war als die beiden Laboranten, mit dem Abgleich beschäftigt. Punkt für Punkt verglich er die Abdrücke mit dem Daumenabdruck, den die kalifornische Kraftfahrzeugbehörde elektronisch übermittelt hatte.

Die meisten Abdrücke auf dem Pass wurden rasch aussortiert, aber es gab eine Handvoll, die eine genauere Überprüfung erforderten – jene Abdrücke nämlich, die eindeutig vom Daumen stammten. Dabei zählte der Experte nach, wie viele Vergleichspunkte übereinstimmten. Was er fand, versetzte ihn in Erstaunen.

Nach ein paar weiteren Sekunden blickte er auf, als wäre ihm gerade ein Licht aufgegangen. Es folgte bedeutungsvolles

Schweigen, in dem nur noch der Atem der drei Labormitarbeiter zu hören war. Die anderen beiden erkannten am Gesichtsausdruck des Experten, was er gleich sagen würde.

»Wir haben eine Übereinstimmung.«

00.00 Uhr Pazifische Sommerzeit (15. August 2007)

Der Vorhang vor dem Fenster zwischen Hinrichtungskammer und Zuschauerraum wurde geöffnet.

Clayton Burrow lag festgeschnallt auf der Bahre.

Obwohl Redeverbot herrschte, war ein kollektives Luftholen zu hören. Die Wärter, die in allen vier Ecken postiert waren, ließen die Zuschauer gewähren. Sie wussten, dass es sich um eine ungewollte Reaktion handelte, die in der Hinrichtungskammer ohnehin nicht zu hören war. Der Geräuschfluss wurde allein durch Mikrofone und Lautsprecher geregelt; die Scheibe selbst war dreifach verglast.

Der Gefängnisdirektor begann, ein einseitiges, schwarz umrandetes Dokument vorzulesen. Aber Nathaniel Anderson hörte gar nicht hin. Er blickte auf Burrow hinab, der jetzt nur noch ein Häuflein Elend war und krampfhaft zur Decke starrte, um nicht zu den Zuschauern sehen zu müssen.

Was mag er jetzt wohl denken?, fragte sich Nat. *Hat er Angst? Gewissensbisse? Schämt er sich?*

Der Gefängnisdirektor hatte das Todesurteil zu Ende verlesen und hob den Blick, um durchs Fenster in den Zuschauerraum zu sehen. »Mr. Burrow hat eine kurze schriftliche Stellungnahme verfasst und mich gebeten, sie Ihnen vorzulesen: ›Ich habe in meinem Leben Dinge getan, auf die ich nicht stolz bin. Ich habe Dinge getan, die ich nicht hätte tun dürfen. Ich war das Ergebnis meiner Erziehung. Man hat mir nicht immer beigebracht, was richtig und was falsch ist. Stattdessen hat man mir beigebracht, Menschen für Dinge zu hassen, auf die sie keinen Einfluss haben, oder für Dinge, die ich für schlecht hielt, weil ich so erzogen wurde.

Aber wie viel Unrecht ich auch begangen habe, Mord gehört nicht dazu. Dorothy Olsen hat unter mir gelitten. Ich habe sie in der Schule tyrannisiert, und ich habe sie vergewaltigt. Aber umgebracht habe ich sie nicht. Ich sage dies nicht in der Hoffnung, der Todesstrafe zu entgehen. Ich weiß, dass es dafür zu spät ist. Ich sage es, weil ich will, dass die Wahrheit ans Licht kommt.‹«

Der Gefängnisdirektor sah nun Burrow an. »Möchten Sie dem noch etwas hinzufügen?«

Burrow nickte, hob leicht den Kopf und drehte sich zu den Zuschauern. »Ich möchte nur anmerken, dass ich keinerlei Beschwerden gegen das Rechtssystem vorzubringen habe. Es ist alles getan worden, was getan werden konnte und musste, damit ich einen fairen Prozess bekam und der Gerechtigkeit Genüge getan wurde.«

Er legte den Kopf wieder zurück, und ein Gefängnismitarbeiter suchte zwei Venen, in die die Nadeln eingeführt wurden, eine für das Natriumthiopental und eine für die beiden anderen Substanzen. Die Hinrichtung konnte jeden Moment beginnen.

In diesem Augenblick drehte Clayton Burrow wieder den Kopf, um die Zuschauer anzusehen. Dieses Mal lehnte er den Kopf dabei nach hinten, um alle Anwesenden überblicken zu können.

Und dann begegnete er Nats Blick.

00.02 Uhr Pazifische Sommerzeit
(08.02 Uhr Britische Sommerzeit)

Das Pflegepersonal war ziemlich erschrocken, als es Susan White unzulänglich bekleidet von Zimmer zu Zimmer hetzen sah. Aber angesichts der Hartnäckigkeit und Entschlossenheit in ihrem Blick – und angesichts ihres beträchtlichen Körperumfangs – hielt es niemand für angebracht, sich ihr in den Weg zu stellen.

Fieberhaft legte sie nun Papiere ins Faxgerät und tippte eine lange Nummer ein. Niemand wusste, was sie da tat oder warum sie es tat. Sie schien so etwas wie einen Nervenzusammenbruch erlitten zu haben.

»Komm schon! Komm schon!«, murmelte sie hysterisch.

Sie war förmlich »besessen«, nicht etwa von bösen Geistern, sondern von ihrer Entschlossenheit, einen Mann zu retten, dessen Leben schon letzte Nacht von Stuart Lloyd hätte gerettet werden müssen, wenn er auch nur einen Funken Moral oder Verantwortungsbewusstsein besessen hätte.

Seiner moralischen Unzulänglichkeit war es zu verdanken, dass die Bürde, diesen unbekannten Mann zu retten, nun Susan zufiel. Das Leben dieses Mannes lag in ihrer Hand. Sie verfluchte sich für ihre gestrige Feigheit ebenso wie für ihre unbekümmerte Selbstgefälligkeit.

Der tickende Zeiger der Uhr an der Wand war ihr schmerzhaft bewusst. In Kalifornien musste es bereits kurz nach Mitternacht sein.

Wurden Hinrichtungen sofort ausgeführt? Und wie schnell starb die betreffende Person?

00.03 Uhr Pazifische Sommerzeit

Sergeant Grace Nightingale saß am Schreibtisch und erledigte die tägliche Schreibarbeit, als das Telefon klingelte. »Nightingale.«

»Hallo Grace? Hier ist Lou aus dem Labor.«

Grace setzte sich ruckartig gerade hin. »Was haben Sie?«

»Wir haben eine perfekte Übereinstimmung!«

»Ganz langsam bitte, damit es keine Missverständnisse gibt.«

»Zwei Abdrücke auf dem Pass – einer innen und einer auf dem Deckblatt – stimmen mit Nathaniel Andersons Daumenabdruck von der Kraftfahrzeugbehörde überein. Damit ist zweifelsfrei bewiesen, dass er diesen Pass irgendwann in der Hand hatte.«

»Und Sie sind sich ganz sicher?«

»Hundertprozentig.«

»Wie viele Vergleichspunkte stimmen überein?«

»Bei dem besten Abdruck? Sechzehn.«

»Du lieber Himmel! Wir rufen besser sofort den Gouverneur an!«

00.04 Uhr Pazifische Sommerzeit

Clayton Burrow lag nicht länger friedlich auf seiner Bahre. Er wand und verrenkte sich wie ein Wahnsinniger, als wollte er sich aus seiner Zwangslage befreien und den Oberkörper aufrichten. Von der friedvollen Gelassenheit, die er zu Beginn des Hinrichtungsprozesses an den Tag gelegt hatte, war nichts mehr zu spüren.

Das Natriumthiopental tropfte zwar bereits in seine Vene, hatte aber noch nicht zu wirken begonnen. Eigentlich hätte es ihn bewusstlos machen sollen, bevor die anderen Substanzen folgten.

Aber das Adrenalin hielt ihn wach. Statt ruhig dazuliegen und sich der Bewusstlosigkeit zu ergeben, bewies Burrow, der eben noch seinen Frieden mit Gott gemacht zu haben schien, nun den ganzen Kampfgeist und die ganze Wut eines Mannes, der fest entschlossen war, sich ans Leben zu klammern.

Sein Wuten erinnerte an das Gedicht von Dylan Thomas: »Geh nicht gelassen in die gute Nacht«. Vielleicht war Wüten das falsche Wort. Es sah eher aus, als weinte er … als flehte er und bettelte.

Er versuchte nicht etwa, seinem Schicksal zu entrinnen, sondern schien den Zuschauern etwas mitteilen zu wollen … etwas, das ungesagt geblieben war und nun – in den letzten Momenten seines Lebens – herausdrängte. Noch immer drehte und wand er sich ohne Unterlass, um die Zuschauer nicht aus den Augen zu verlieren. Irgendetwas in *dieser* Welt war unerledigt geblieben, so dass er wie ein ruhelos umherspukender Geist im Diesseits festsaß und nicht ins nächste Leben hinübergehen konnte. Er schien etwas zu rufen, aber aus seiner Lunge drang kein Laut, oder falls doch, konnten es die Zuschauer durch die dicke Scheibe nicht hören. Aber seine Lippen bewegten sich und formten mühsam Wort für Wort.

Obwohl die Zuschauer strenge Anweisung hatten, auf keinen Fall aufzustehen, beugten sich einige Reporter und »Bürgervertreter« so weit nach vorn, dass sie fast aus ihren Sitzen fielen. Dennoch verstand niemand, was er sagte oder vielmehr zu sagen versuchte. Eine Reporterin bildete sich ein, von seinen Lippen lesen zu können.

Clayton Burrow schien zu sagen: »Es tut mir leid … es tut mir leid … es tut mir leid …«

00.05 Uhr Pazifische Sommerzeit

Chuck Dusenbury saß in der Bibliothek seiner Hotelsuite in Sacramento. Seine Frau saß neben ihm und schwieg geduldig, jederzeit bereit, seine Hand zu halten und ihn zu trösten, wenn es notwendig werden sollte. Sie wusste nur zu gut, was ihm in diesem Moment durch den Kopf ging. Es war die erste Hinrichtung während seiner Amtszeit – und mit Sicherheit auch die letzte.

Den ganzen Tag lang hatte er auf einen Anruf von Alex Sedaka gewartet, der ihm verraten würde, wo die Leiche war. Den ganzen Tag lang hatte er an der unwirklichen Hoffnung festgehalten, Esther Olsen doch noch den Abschluss geben zu können, den sie so dringend brauchte, vor allem jetzt, da ihr eigener Tod immer näher rückte.

Inzwischen war ihm klar, dass es nicht mehr dazu kommen würde.

Alex Sedaka hatte sein Bestes getan, aber sein Mandant hatte sich widerspenstig gezeigt und bis zum Schluss nicht zu seiner Schuld gestanden.

Ausgerechnet Burrows Anwalt, der der Unschuldsbehauptung seines Mandanten anfangs so skeptisch gegenübergestanden hatte, war im Laufe des Tages immer mehr zu der Ansicht gelangt, dass Burrow unschuldig war. Und auch Dusenbury selbst hatte inzwischen Zweifel, die er vorher noch nicht gehabt hatte.

Hatte Sedaka recht? War Dorothy Olsen wirklich nach England geflogen, um dort eine Abtreibung vornehmen zu lassen? War sie wirklich aus Angst davor geflohen, für den Tod des Mannes verantwortlich gemacht zu werden, den sie so lange als ihren Vater betrachtet hatte? Das wäre die größte Ironie überhaupt gewesen. Nicht nur, weil er gar nicht ihr Vater war, sondern weil in Wirklichkeit nie die Gefahr bestanden hatte, dass man ihr die Schuld an seinem Tod gab.

Vielleicht war es falsch von ihm gewesen, die Aussetzung des Todesurteils zu verweigern. Vielleicht gab es wirklich noch unbeantwortete Fragen. Zu Alex hatte er gesagt, dass er die Hinrichtung aufschieben würde, wenn Esther Olsen ihn darum bat. Aber ihr Rückfall hatte das verhindert.

Hätte ich es trotzdem tun sollen?

Dusenbury wurde von Zweifeln geplagt. Der größte Zweifel war das, was ihm Alex über seinen Rechtsreferendar erzählt hatte. Hatte dieser Nathaniel Anderson wirklich ein wichtiges Schreiben der Klinik gestohlen oder abgefangen? Hatte er wirklich Dorothys Pass besessen? Alex hatte zwar beteuert, der Pass sei in Nats Haus gefunden worden, aber der einzige Beweis, den er hierfür anführen konnte, war das Wort eines Berufseinbrechers – und das war wohl kaum überzeugend.

Konnte es wirklich sein, dass Nathaniel Anderson Dorothys Mörder war und nicht Clayton Burrow?

Es hätte vieles erklärt. Das Einzige, was es nicht erklärte, war das Motiv. War Nathaniel Anderson irgendein unscheinbarer Einserschüler an Dorothys Schule gewesen, der heimlich in sie verliebt gewesen war? Hatte er sie in England ausfindig gemacht und sie umgebracht, um sich für ihre Zurückweisung zu rächen?

Oder war ihm der Pass nur untergeschoben worden? Vielleicht war Nat derjenige, dem die Schuld in die Schuhe geschoben werden sollte, und nicht Burrow.

Aber wer hätte so etwas tun sollen? Bestimmt nicht Alex: Er war ein zutiefst rechtschaffener Mensch.

Der alles entscheidende Faktor war, ob Nat den Pass in der Hand gehabt hatte oder nicht. Wenn sich wirklich seine Fingerabdrücke darauf befanden, hieß das, dass Lee Kelly die Wahrheit gesagt hatte – Berufskrimineller hin oder her.

Das Telefon klingelte.

Er griff nach dem Hörer. »Dusenbury.«

»Hallo Gouverneur Dusenbury. Hier ist Grace Nightingale. Wir haben eine Übereinstimmung bei den Fingerabdrücken von dem Pass.«

»Von wem stammen sie?«

»Von Nat Anderson. Die Abdrücke stimmen in sechzehn Vergleichspunkten überein.«

»Heilige Mutter Gottes! Machen Sie sofort die Leitung frei!«

00.06 Uhr Pazifische Sommerzeit

Juanita stand neben dem Faxgerät und sah ungeduldig zu, wie das Fax aus der Klinik ankam.

Das Gerät arbeitete mit einem langsamen, schwerfälligen Tintenstrahldrucker. Alex hatte ihr bereits vor drei Monaten versprochen, ein schnelleres Gerät anzuschaffen, aber sie wartete immer noch.

Das Telefon klingelte.

Es stand auf der anderen Zimmerseite, und sie beeilte sich dranzugehen. Das Faxgerät konnte sie ohnehin nicht beeinflussen, aber der Anruf war vielleicht wichtig.

»Kanzlei Alex Sedaka.«

»Hallo«, sagte eine Stimme. Der Anrufer klang wie ein Mann, aber sie war sich nicht sicher. Es hörte sich an, als würde er weinen.

»Ja?«

»Meine Mutter! Sie ist tot.«

Da begriff sie, mit wem sie telefonierte. Und sie begriff auch, was das bedeutete. Der Mann am anderen Ende der Leitung – der Mann, der nun jämmerlich zu schluchzen anfing – war Jonathan Olsen.

Sie konnte seinen Schmerz nachempfinden und wollte seine Gefühle nicht verletzen, aber sie musste ihn abwimmeln, damit sie zurück zum Faxgerät laufen und nachsehen konnte, was angekommen war.

Behutsam vertröstete sie Jonathan auf später und war schon auf dem Weg zurück zum Faxgerät, als ihr der Gedanke kam, dass sie vielleicht Alex davon erzählen sollte. Andererseits konnte er auch nichts tun. Ausschlaggebend war das Fax – falls es überhaupt noch zur rechten Zeit kam.

Sie sah zur Uhr hoch und erschrak.

00.07 Uhr Pazifische Sommerzeit

Clayton Burrow wehrte sich nicht mehr. Was auch immer ihn so aufgewühlt hatte, es war erstickt worden von der Wucht des Natriumthiopental und der muskelerschlaffenden Wirkung des Pancuroniumbromid, das ihm danach gespritzt worden war. Im Zuschauerraum lehnten sich die Zeugen in ihren Sitzen zurück und beobachteten, wie das Gift zu wirken begann, wie Burrows Atem schwerfällig wurde, wie seine Brust sich verkrampfte, wie ihm das Leben entglitt.

Im Kontrollraum auf der gegenüberliegenden Seite der Hinrichtungskammer sah auch der Gefängnisdirektor angespannt zu. Die Hinrichtung war bislang einigermaßen reibungslos verlaufen, aber es war kein einfacher Fall gewesen.

In gewisser Hinsicht war er überrascht, dass es überhaupt so weit gekommen war. Den ganzen Tag lang hatte ihn das Gefühl begleitet, dass irgendetwas die Hinrichtung aufhalten würde. Sogar noch, nachdem die einstweilige Verfügung gekippt worden war.

Aber am Ende war die Hinrichtung doch vollzogen worden, und in wenigen Augenblicken würde alles vorbei sein.

Die Leitung des Gouverneurs klingelte!

Der Ruck, der durch den Gefängnisdirektor ging, war stärker als jeder Stromstoß auf dem elektrischen Stuhl. Nach einem Zucken, das sowohl körperlicher als auch psychischer Natur war, griff er nach dem Telefon. »San Quentin.«

»Hier ist der Gouverneur! Blasen Sie die Sache ab! Er ist unschuldig!«

»Scheiße!«

Ohne abzuwarten, dass jemand anders reagierte, sprang der Direktor von seinem Stuhl auf und drückte den Knopf, der das Signal zum Abbruch gab. Dann rannte er in die Kammer und zog persönlich die Nadeln aus Burrows Arm. Im Zuschauerbereich brach Chaos aus.

00.08 Uhr Pazifische Sommerzeit

Alex Sedaka kam genau zu dem Zeitpunkt im Empfangsbereich an, als die Zuschauer nach draußen drängten. Da er eine Eintrittskarte vorweisen konnte, hatte man ihn zwar in den Sicherheitsbereich gelassen, ihm jedoch mitgeteilt, dass er nicht in den Zuschauerraum könne, weil die Hinrichtung bereits begonnen habe. Er verfluchte sich, weil er doch eigentlich gekommen war, um Burrow ein wenig Trost zu spenden.

Aber dann flogen früher als erwartet die Türen zum Zuschauerraum auf, und die Leute kamen regelrecht herausgestürmt, in einem Zustand, der an Hysterie grenzte. Das war nicht der übliche Reporterexodus, weil jeder so schnell wie möglich per Telefon seine Story durchgeben wollte. Diese Leute standen unter Schock – so als sei etwas Schreckliches passiert.

»Was ist denn los?«, fragte er verzweifelt, als ein Mann ihn im Vorbeilaufen anrempelte.

Er hatte schon von Pannen bei der Hinrichtung gehört, vor allem beim elektrischen Stuhl: ein Kopf, der plötzlich Feuer fing, Schaum vor dem Mund des Angeklagten oder heftige Krämpfe. Aber hier handelte es sich um eine Hinrichtung durch letale Injektion. Im schlimmsten Fall erlangte der Häftling das Bewusstsein zurück, bevor die anderen Substanzen zu wirken begonnen hatten. Und dieser Fall war durch das neue Hinrichtungsprotokoll eigentlich ausgeschlossen.

Die Hysterie um ihn herum war so groß, dass er beinahe seine neueste Entdeckung und sogar die Vorwürfe gegen Nat vergaß.

Aber dann kehrte alles flutartig zu ihm zurück, denn die letzte Person, die aus dem Zuschauerraum trat, war Nat. Er wirkte vollkommen unbeeindruckt, selbst dann noch, als er Alex entdeckte und auf ihn zuging. Er strahlte nicht nur eine tiefe Ruhe aus, sondern auch eine große Erleichterung, so als sei ihm eine schwere Last von den Schultern genommen worden.

»Wir haben Dorothys Pass gefunden.«

Erst blitzte Überraschung in Nats Gesicht auf, dann folgte Angst … und schließlich selbstgefällige Gelassenheit. »Ach wirklich?«

»Ja. Und das Foto von Esther, als sie noch jung war.«

»Und welche Schlüsse habt ihr daraus gezogen?«

»Das … das weiß ich noch nicht genau. Ich weiß nur, dass du schon seit einiger Zeit von diesem Fall besessen bist, und vielleicht auch von der Familie Olsen. Der Pass beweist, dass Dorothy nach England reiste, aber nie wieder hierher zurückkam.«

»Und jetzt weißt du nicht, was du davon halten sollst«, höhnte Nat.

»Nein.«

»Ich vermute, dein Einbrecherkumpel Lee hat den Pass und das Foto gefunden?«

»Ja. Lee.«

»Hätte ich mir eigentlich denken können. Ich hätte ihn durchsuchen sollen.«

»Ich weiß auch das mit Dusenbury und Jimmy … und Jonathan.«

Nat lächelte. »Du scheinst deine Hausaufgaben gemacht zu haben.«

»Aber den Rest verstehe ich immer noch nicht. Was du genau getan hast … und warum.«

»Ist das denn jetzt noch wichtig? Ist es nicht wichtiger, dass Dorothys Peiniger endlich das bekommen hat, was er verdient?«

»Meinst du Clayton Burrow oder Edgar Olsen?«

Nat zuckte mit den Schultern. »Vermutlich beide.«

»Wenn ich ganz ehrlich bin, interessiert mich das momentan am wenigsten. Was mich interessiert, bist du, Nat. Ich will wissen, welchen Vorteil *du* aus diesem Fall gezogen hast.«

»Welchen … Vorteil?«

»Ach, komm schon, lass die Spielchen, Nat. Du hast mich so lange bedrängt und mir Honig ums Maul geschmiert, bis ich dich in meine Kanzlei aufgenommen habe. Du hattest es dir zum Ziel gesetzt, für mich zu arbeiten, und dieses Ziel hast du erreicht. Das Ganze war durchgeplant wie ein Feldzug. Gleichzeitig hast du dafür gesorgt, dass ich den Burrow-Fall überhaupt erst bekomme. Du hast im Büro des Strafverteidigers gearbeitet und irgendeinen Knacki dazu gebracht, mich Burrow zu empfehlen. Und es würde mich verdammt noch mal auch nicht wundern, wenn du die andere Kanzlei überredet hättest, den Fall aufzugeben.«

»Nicht doch, das war reines Glück. Die wollten den Fall loswerden, und ich habe meine Chance erkannt. Wenn die Kanzlei den Fall behalten hätte, hätte ich mich wahrscheinlich dort beworben. Auch wenn ich zugeben muss, dass ich es so viel besser fand. Mir hat die Ironie gefallen: dass ausgerechnet ich den Mann verteidige, der des Mordes an Dorothy für schuldig erklärt wurde.«

»Nur, dass er sie gar nicht umgebracht hat, oder?«

»Nein«, antwortete Nat und schluckte nervös. »Das war ich.«

00.09 Uhr Pazifische Sommerzeit

Juanita wartete auf die zweite Faxseite, aber es schien ein Problem zu geben. Das Faxgerät gab hektische Geräusche von sich und bemühte sich redlich, die Seite zu drucken, jedoch ohne Ergebnis. Kurz darauf verstummte das Gerät, und auf dem Display erschien die Botschaft: »Schwarze Patrone leer.«

»Mist!«, fluchte sie.

Sie rannte zum Schrank mit den Büromaterialien, kramte eine neue Patrone hervor und riss wütend Karton und Plastikhülle auf. In fieberhafter Eile klappte sie den Deckel des Faxgeräts auf, nahm die alte Patrone heraus, warf sie beiseite, zog den Klebestreifen von der neuen Patrone und setzte sie ein.

Dann folgte das lange Warten auf den Neustart. Das Gerät erwachte zu neuem Leben und begann zu schnaufen und zu keuchen wie eine alternde Lokomotive, die sich einen Berg hinaufkämpft. Aber der Druckvorgang wurde noch immer nicht gestartet: Die LCD-Anzeige wollte von Juanita wissen, ob sie alle vier Patronen gewechselt hatte, und bot ihr die Wahl zwischen »Ja« und »Nein«. Und als das erledigt war, verkündete die Anzeige nach erneutem Kurbeln und Schnaufen: »Reinigungsvorgang gestartet.«

Es ist doch jedes Mal dasselbe, dachte sie. *Jedes verdammte Mal!*

00.10 Uhr Pazifische Sommerzeit

»Ich dachte mir schon, dass du das sagen würdest«, verkündete Alex und hielt unerschrocken Nats Blick stand. »Ich vermute, du warst einer ihrer Klassenkameraden. Ich kann mich gar nicht an dein Foto im Jahrbuch erinnern? Welcher warst du?«

»Das spielt keine Rolle«, sagte Nat.

»Ist er tot?«, fragte ein Reporter aus der Menschenmenge.

»Der Arzt untersucht ihn noch.«

»Warum wurde die Hinrichtung abgeblasen?«, fragte der Reporter.

»Weil der Gouverneur angerufen hat«, erwiderte ein Kollege.

Für einen Moment hatten sich Alex und Nat von dem Wortwechsel ablenken lassen, aber jetzt sahen sie sich wieder in die Augen.

»Also gut«, sagte Alex. »Ich muss nicht alle Einzelheiten kennen. Aber ich muss verstehen, warum. Warum hast du sie umgebracht? Was hatte sie dir getan?«

»Du kapierst es wirklich nicht, oder?«, fragte Nat mit Hohn in der Stimme. »Ich habe ihr einen Gefallen getan.«

»Einen Gefallen?«

»Ja, du weißt schon … wie in diesem Film – *Nur Pferden gibt man den Gnadenschuss.*«

Alex dämmerte es langsam. »Du wolltest sie von ihren Qualen erlösen?«

Nat nickte. »Denk mal drüber nach. Ein Vater, der sie

misshandelt hat. Eine gleichgültige Mutter, die es nicht sehen wollte. In der Schule gemobbt, nicht nur von Clayton Burrow, sondern von fast allen ihren Mitschülern. Burrow war nur der Rädelsführer, aber was glaubst du wohl, wie der Rest von ihnen auf eine lesbische Mitschülerin in Männerkleidung reagiert hat?«

»Es war also so was wie ein Gnadentod?«

»So könnte man es nennen. Ich weiß, das geht vor Gericht nicht als strafmildernd durch, aber es ist die Wahrheit.«

»Und wann hast du es getan?«

»Wie meinst du das?«

»Direkt nach ihrem Verschwinden war es jedenfalls nicht. Wir wissen, dass sie nach London ging und dort eine Abtreibung vornehmen ließ. Und wir wissen, dass sie nie zurückkam. Du hattest ihren Pass bei dir zu Hause, und darin war kein Ausreisestempel. Was hast du getan, Nat? Bist du nach England geflogen und hast sie dort umgebracht?«

»Ich musste es tun. Es war hart. So was ist nie leicht. Aber ich musste es tun. In England ist es mir endlich gelungen, sie umzubringen.«

»Was meinst du mit ›endlich‹? Hattest du es schon vorher versucht?«

»Oh, ich habe schon sehr lange versucht, sie umzubringen.«

00.11 Uhr Pazifische Sommerzeit

Wieder warf Juanita einen verzweifelten Blick auf die Uhr. Es dauerte eine Ewigkeit, bis das Reinigungsprogramm des Faxgeräts endlich durchgelaufen war. Sie trat unruhig von einem Fuß auf den anderen, während sie darauf wartete, dass das Gerät wieder zu drucken anfing.

Aber was brachte das jetzt überhaupt noch? Sie begriff, dass es zu spät war. Sofern die Verlesung des Todesurteils oder Claytons letzte Stellungnahme nicht ungewöhnlich viel Zeit beansprucht hatte, war er jetzt bereits tot.

Ihr fiel Jonathans Anruf wegen seiner Mutter wieder ein. Sie wollte Alex anrufen und ihm davon erzählen, landete aber nur bei seiner Mailbox und beschloss, ihm stattdessen eine knapp gefasste SMS zu schicken.

Endlich war das Programm durchgelaufen, und die tuckernden Geräusche wichen einem schrillen Surren. Das Gerät druckte wieder.

Juanitas Herz schlug bis zum Hals, als das Faxgerät das nächste Blatt Papier ausspuckte.

00.12 Uhr Pazifische Sommerzeit

Endlich hatte David die MP3-Datei wiederhergestellt. Er war sich nicht sicher, ob wirklich jedes Bit perfekt rekonstruiert war, aber auch wenn einige Stellen unhörbar oder verzerrt waren – der Großteil der Audiodatei lag vor.

Er hatte sie bereits auf einen der laboreigenen PCs übertragen; jetzt musste er sie nur noch ablaufen lassen und zuhören. Aber der PC hatte keine Lautsprecher. Es handelte sich um ein rein funktionelles, hochspezialisiertes Gerät, das nicht für Computerspiele gedacht war und daher zwar über eine Soundkarte verfügte, nicht aber über Lautsprecher.

Er machte sich auf die Suche nach einem anderen Computer. Das Problem war nur, dass die meisten Büros abgeschlossen waren. In den Büros, die offen standen, war es dasselbe: keine Lautsprecher.

Schließlich folgte er seiner Intuition und sah in den Schubladen nach. Dort fand er, was er gesucht hatte: ein Paar Kopfhörer.

Er rannte zurück ins Labor und stöpselte die Kopfhörer in den PC. Dann setzte er sie auf, spielte die MP3-Datei ab und lauschte der Stimme eines Mädchens, das vielleicht tot war, vielleicht aber auch nicht, und das mit seinem Daddy sprach.

00.13 Uhr Pazifische Sommerzeit

»Du hast sie also in England umgebracht?«, fragte Alex.

Er stand immer noch vor Nat, und auch im Umkreis schienen sich jetzt mehrere Leute für ihr Gespräch zu interessieren.

»Ja.«

»Und was ist mit der Leiche? Was hast du mit ihr gemacht? Warum wurde sie nie gefunden?«

»Er ist tot!«, verkündete ein Reporter im Hintergrund.

Alex und Nat drehten sich halb zu ihm um.

»Sind Sie sicher?«, fragte ein anderer Reporter.

»Ja, es wurde gerade bestätigt.«

»Warum hat man versucht, die Hinrichtung zu stoppen?«

»Das Todesurteil wurde zurückgezogen.«

»Prozessual oder materiell?«

Die Reporter blickten Alex aus einigen Metern Entfernung fragend an, als erhofften sie sich von ihm eine Reaktion.

»Das weiß Gott allein.«

Alex für seinen Teil ließ Nat nicht aus den Augen. »Also, was hast du mit ihr gemacht?«

»Ich habe sie vergraben.«

»Wo?«

»Ganz tief.«

Nat bemerkte die uniformierten Männer, die hinter ihn getreten waren, erst, als Alex ihnen mit den Augen ein Zeichen gab. Als er sich umdrehte, sah er sich zwei Polizisten gegenüber – einem älteren, etwas beleibteren von nicht einmal durchschnittlicher Größe und einem jüngeren schlanken, der etwa fünf Zentimeter größer war. Sie trugen die Uniform der Marin County Deputies.

»Nathaniel Anderson?«

»Ja.«

»Wir haben Anweisung, Sie zu verhaften. Wegen Behinderung der Justiz.«

Ein Beamter hielt ihm den Haftbefehl unter die Nase, während der andere seine Arme hinter den Rücken bog und ihm Handschellen anlegte. Nat leistete weder Widerstand, noch versuchte er zu fliehen. Bevor er abgeführt wurde, lächelte er Alex zu.

Alex beobachtete, wie Nat weggebracht wurde, und schaltete sein iPhone wieder ein, auf dem sofort eine SMS eintraf. Er warf einen Blick aufs Display.

Jonathan hat angerufen. Esther Olsen ist gestorben.

Alex ging den Flur entlang, der zum Eingangsbereich des Gefängnisses führte, und spürte einen dumpfen Schmerz in der Magengrube. Auch Clayton Burrows Tod hatte ihn schwer getroffen, aber das war nichts im Vergleich zu dem Gefühl, das sich jetzt in seine Eingeweide bohrte. Diese arme Frau, die sich nichts als Glück für ihre Tochter gewünscht hatte, hatte diese Tochter stattdessen vor den Kopf gestoßen und ihre Liebe für immer verloren. Diese Frau, die versucht hatte, den Schmerz und die Schuldgefühle ihres Mannes so gut sie konnte zu lindern, hatte nicht nur ihn verloren, sondern auch ihre Tochter. Diese Frau, die unvorstellbare Anstrengungen unternommen hatte, um ihrem von Schuldgefühlen geplagten Mann einen Sohn zu schenken, war der Liebe und Zuneigung dieses Sohnes beraubt worden. Diese arme Frau, die alles geopfert hatte und es für die, die sie liebte, in Kauf genommen hatte, dass man auf ihr herumtrampelte, war allein gestorben … ungeliebt.

Er erinnerte sich, wie nachdrücklich Nat Sally Burrow die Meinung gesagt und sie dafür kritisiert hatte, dass sie ihrem Sohn Clayton durch ihre passive Art der Erziehung jede moralische Orientierungshilfe vorenthalten hatte. Als Alex davon erfuhr, hatte er Nat – wenn auch milde – für seine lose Zunge und sein mangelndes Taktgefühl gerügt. Aber jetzt ging ihm auf, dass Nat recht hatte: Es war nie die falsche Zeit, offen seine Meinung zu sagen und seinem Gegenüber mitzuteilen, was man von ihm hielt … und warum.

Er sah Nat immer noch vor sich herlaufen, eskortiert von den beiden County Deputies. Plötzlich war er fest entschlossen, ihm die Meinung zu sagen; Nat sollte wissen, was er von ihm hielt. Es war eine vergebliche, fruchtlose Geste, aber er musste es durchziehen.

Er beschleunigte seine Schritte, um den Abstand zwischen ihnen zu verringern. Im Eingangsbereich schloss er zu Nat und den Polizisten auf, aber er wollte keine Szene innerhalb der Gefängnistore. Also wartete er, bis das Sicherheitspersonal sie in den mit Flutlicht bestrahlten Innenhof hinausgelassen hatte, wo immer noch die beiden säuberlich durch Ordnungskräfte voneinander getrennten Demonstrantengruppen ausharrten. Die Deputies steuerten mit Nat schon auf das bereitstehende Polizeiauto zu, als Alex mit großen Schritten aufrückte.

Alle drei spürten sein Herannahen und drehten sich zu ihm um. Die beiden Cops fühlten sich durch seine Nähe bedrängt, nur Nat behielt die Ruhe.

»Ich möchte, dass du weißt, dass du nicht nur einen unschuldigen Mann um sein Leben gebracht hast, sondern auch eine Mutter um ihren Frieden und die Bewältigung ihrer Trauer.«

»Wovon redest du da?«, spöttelte Nat. »Wenn Clayton unschuldig war, hätte er ihr doch sowieso nicht sagen können, wo die Leiche ist.«

»Nein, aber du.«

»Vielleicht kann ich das immer noch.«

»Nein, kannst du nicht. Esther Olsen ist vor einer halben Stunde gestorben.«

Alex verstand nicht, warum von all den Dingen, die er Nat bereits an den Kopf geworfen hatte, dieser Satz der erste war, der ihn wirklich zu berühren schien.

In Nats Gesicht zuckte es gefährlich. Dann brach derselbe Mann, der sich noch Augenblicke zuvor so arrogant gegeben hatte, plötzlich in Tränen aus und schluchzte herzergreifend wie ein Baby. Die Polizisten wirkten peinlich berührt, und während der jüngere sich daranmachte, die Fahrertür zu öffnen, erbarmte sich der ältere und schloss die Handschellen auf, damit Nat nach seinem Taschentuch greifen konnte. Das verstieß zwar gegen die Regeln, aber Nat hatte sich bisher äußerst passiv verhalten, und seine vergleichsweise kleine Statur sorgte dafür, dass ihn der ältere Cop nicht als Bedrohung einstufte.

Aber er hatte die Situation falsch eingeschätzt, denn innerhalb einer einzigen Sekunde verwandelte sich Nathaniels Trauer in Wut. Blitzschnell schoss sein Knie vor und traf den älteren Beamten in der Leistengegend.

Aber Nat war noch nicht fertig und ließ einen brutalen linken Seitwärtshieb und einen rechten Kinnhaken folgen, die zur Folge hatten, dass sich der Polizist um die eigene Achse drehte und nach hinten taumelte. Alex, der eigentlich vorgehabt hatte, den um sich schlagenden Nat zu bändigen, befürchtete, dass sich der Polizist weitere Verletzungen zuziehen würde, wenn er in diesem Zustand auf den Boden prallte, und beeilte sich, ihn aufzufangen.

Inzwischen hatte auch der jüngere Cop den Aufruhr hinter sich gehört. Er fuhr herum, und weil Nat seiner Einschätzung nach zu aufgebracht war, um ihn allein durch Körperkraft zu überwältigen, griff er nach seiner Waffe. Aber während sich seine Hand noch in Richtung Holster bewegte, verringerte Nat mit einem großen Satz die Entfernung zwischen ihnen. Selbst jetzt hätte ihn der Cop noch in Schach halten können, wenn er sich an seine Ausbildung erinnert hätte. Aber in der Hitze des Gefechts und unter dem Eindruck dessen, was seinem Kollegen passiert war, war plötzlich jede Ausbildung vergessen.

Er war noch immer damit beschäftigt, seine Waffe zu ziehen, als Nat ihn bei den Ohren packte und seinen Kopf nach vorne zog. Zu spät ging dem Cop auf, dass Nat seinen eigenen Kopf gesenkt hatte, um ihm einen brutalen Kopfstoß zu versetzen. Er war gerade noch in der Lage, sich mental auf den Schmerz vorzubereiten, der nun folgen würde. Das hielt ihn zwar bei Bewusstsein, aber die Wucht des Stoßes machte ihn schwach und benommen.

Als Nat die Hand nach dem Holster ausstreckte und nach der Waffe griff, sank er machtlos zu Boden, so dass der Revolver fast automatisch in Nats Hand zurückblieb.

Alex ließ den verletzten Polizisten liegen und drehte sich gerade noch rechtzeitig zu Nat um, um zu sehen, wie dieser die Waffe auf ihn richtete. Ihm ging auf, dass er noch immer nicht Nats Motiv kannte und daher auch nicht wissen konnte, was seine Absichten waren. Für einen Sekundenbruchteil glaubte er, dass Nat vielleicht auch mit ihm noch eine Rechnung offen habe und er daher dem Tod geweiht sei.

Aber Nat lächelte. »Wir fahren eine Runde«, verkündete er.

»Damit kommst du nie durch. Die hetzen dir sofort einen Hubschrauber auf den Hals.«

Nat machte einen Schritt nach vorn und fuchtelte mit der Waffe in Alex‘ Gesicht herum. »Ich sagte, wir fahren.«

Mit diesen Worten packte er Alex‘ Arm und stieß ihn auf den Fahrersitz des Streifenwagens. Dann ging er um den Wagen herum zur Beifahrerseite, wobei er die Waffe durch die Windschutzscheibe auf Alex richtete, damit der Anwalt nicht auf dumme Gedanken kam.

Der jüngere Polizist hatte den Schlüssel bereits ins Zündschloss gesteckt, bevor ihn Nat aufs Kreuz gelegt hatte. Aber Alex zögerte. »Bist du sicher, dass du das tun willst, Nat?«

Draußen, wo die beiden Deputies immer noch auf dem Boden lagen, hatten die Gefängniswärter inzwischen reagiert und kamen auf das Auto zugerannt.

Nat hielt Alex die Waffe an die Schläfe. »Fahr schon!«, bellte er.

Alex wusste, dass jetzt nicht der richtige Zeitpunkt für Diskussionen war. Er jagte den Motor hoch und fuhr los.

00.14 Uhr Pazifische Sommerzeit

Das zweite Blatt Papier war inzwischen aus dem Faxgerät gekommen, und das dritte wurde gerade gedruckt. Juanita hatte die erste Seite bereits gelesen, aber sie enthielt nur eine kurze Zusammenfassung von Dorothys Abtreibung und bestätigte, dass die Patientin zwei Ärzte konsultiert und eine Einverständniserklärung unterschrieben habe und der Eingriff reibungslos verlaufen sei.

Die zweite Seite war ein psychiatrisches Gutachten, das Dorothys seelische Verfassung zum Inhalt hatte. Darin wurde die Tatsache angesprochen, dass sie in einem Zustand der Hysterie in die Klinik gekommen sei, was jedoch kein Hinweis auf eine Psychose, sondern vielmehr Folge des Vergewaltigungstraumas gewesen sei und der daraus resultierenden, ebenfalls als traumatisch empfundenen Schwangerschaft.

Das Gutachten umfasste außerdem eine Beurteilung von Dorothys seelischem Allgemeinzustand und schloss, sie sei absolut zurechnungsfähig und psychisch stabil, ungeachtet ihrer derzeitigen Depression, die der Gutachter als »nicht klinisch« einstufte und den »zugrunde liegenden Umständen« zuschrieb.

Abschließend schätzte das Gutachten Dorothy als »geeignete Kandidatin« für ein »therapeutisches Vorbereitungsjahr« ein.

Der Text war gespickt mit Fachausdrücken und rätselhaften Formulierungen. Obwohl Juanita sonst mit allen Wassern gewaschen war und sich exzellent mit Computern und juristischen Sachverhalten auskannte, hatte sie große Mühe, den medizinischen Fachjargon zu verstehen.

Inzwischen war die dritte Seite aus dem Drucker gekommen. Juanita holte sie und begann zu lesen. Schnell stolperte sie über einen Ausdruck, den sie kannte, und erlitt den Schock ihres Lebens.

00.16 Uhr Pazifische Sommerzeit

Alex bog nach links auf den gut beleuchteten Sir Francis Drake Boulevard ab, während Nat die Waffe weiter auf seinen Kopf richtete. Die Mündung berührte nun nicht mehr seine Schläfe, weil Nat den rechten Ellbogen auf die linke Hand stützte und die Waffe in Körpernähe hielt. Es bestand dennoch kein Zweifel daran, dass er weiterhin auf Alex' Kopf zielte.

Die Polizeisirenen des Marin County Sheriff's Department waren noch nicht in Hörweite, aber Alex wusste, dass das nur eine Frage der Zeit war. Auch die State Troopers würden ihnen schon bald auf den Fersen sein.

Aber das war es nicht, was Alex Sorgen bereitete. Er wusste, dass ihre Verfolger keine voreiligen Schritte unternehmen würden, weil sie aus dem, was sie von den Deputies wussten, mit Sicherheit die richtigen Schlüsse zogen: dass es sich um eine Geiselnahme handelte und dass Alex unschuldig war und mit vorgehaltener Waffe gezwungen wurde, den Wagen zu steuern. Sie würden natürlich ein Sondereinsatzkommando benachrichtigen und einen Hubschrauber losschicken, aber sie würden nichts tun, was sein Leben gefährdete. Möglicherweise würden sie versuchen, das Fluchtfahrzeug durch ein Kollisionsmanöver zu stoppen – oder sogar die Reifen auf ebener Strecke zum Platzen bringen, wenn keine anderen Fahrzeuge in der Nähe waren. Aber dass sie das Feuer auf ihn eröffneten, war ausgeschlossen.

Alex' eigentliche Sorge galt Nat. Was um Himmels willen

tat er da, und was hoffte er damit zu erreichen? Er war zu intelligent, um tatsächlich zu glauben, dass er ungeschoren davonkommen würde. Bei modernen Verfolgungsjagden gibt es kein Entkommen, sobald die Polizei das Fluchtfahrzeug einmal ins Visier genommen hat. In ihrem Fall konnten die Cops den Fluchtwagen vermutlich per Satellitennavigation orten, aber selbst wenn das nicht der Fall war, konnten sie ihn aus der Luft verfolgen. Falls Nat es in ein bewaldetes Gebiet schaffte, konnte er eventuell zu Fuß flüchten und sich unter Laubwerk verstecken, das dicht genug war, um ihn für die Wärmebildkamera unsichtbar zu machen. Aber sie waren viel zu weit weg von derart dichten Wäldern. Ein Entkommen war schlicht unmöglich.

Würde dies also Nats letztes Gefecht werden? Und wenn ja, welches Schicksal hatte er dann für ihn vorgesehen?

Und es blieb immer noch diese andere, schwer zu fassende Frage, die ihm keine Ruhe ließ: *Warum das alles?*

Das Motiv entzog sich ihm immer noch genauso wie am Anfang. Fast schien es, als könnte selbst Nat sein eigenes Handeln nicht erklären. Das war gar nicht so ungewöhnlich: Auch Clayton Burrow hatte nur eine denkbar vage Vorstellung von den Gründen gehabt, weswegen er sich Dorothy als Zielobjekt seiner Schikanen ausgesucht hatte. Dabei hatte er sieben Jahre im Schatten des Todes verbracht und Zeit genug gehabt, über seine Motive und sein Schicksal nachzusinnen. Nicht jeder Mensch besitzt die Tugend der Selbsterkenntnis, und gemeinhin neigen diejenigen, die am wenigsten davon besitzen, am ehesten zu Verbrechen im Allgemeinen und Gewalttaten im Besonderen.

Aber Nathaniel Anderson war kein Gewalttäter. Er war keiner dieser Menschen, deren Aggression jederzeit und an jedem Ort zum Ausbruch kommen kann. Solche Menschen schlagen ihre Frauen und Kinder oder fangen Streit mit ihren

Nachbarn an. Aber so war Nat nicht. Heute war das erste Mal, dass Alex überhaupt Anzeichen dafür entdeckt hatte, dass er zu Gewalt fähig war.

Vielleicht ist er ein Psychopath oder Soziopath oder wie auch immer das aktuelle Modewort dafür lautet.

Aber das war auch keine Erklärung. Selbst praktische Fragen wie die nach der Beseitigung der Leiche waren unbeantwortet geblieben.

Seine Gedanken wurden von einem Anruf auf seinem iPhone unterbrochen. Alex wusste nicht, was er tun sollte, und warf Nat einen fragenden Blick zu.

Nat griff in Alex‘ Tasche, zog das Handy hervor und warf einen Blick aufs Display.

»Es ist David«, verkündete er, als wollte er Alex die Entscheidung überlassen. Aber Alex wusste sehr gut, dass er nicht in der Lage war, Entscheidungen zu treffen. Nat hielt sowohl die Waffe als auch das Handy in der Hand. Alex konnte das Handy während der Fahrt nicht selbst ans Ohr halten und wagte es nicht, Nat darum zu bitten.

»Ich stelle es auf Lautsprecher«, verkündete Nat und ging ans Telefon. »Hi David.«

»Nat?« David klang verwirrt.

»Ja, dein Vater sitzt hier neben mir. Er kann das Handy nicht selbst halten, weil er fährt. Ich stelle dich auf Lautsprecher, ja?« Nat drückte die Lautsprecherfunktion und nickte Alex zu.

»Hallo David.«

»Hallo Dad. Hör zu, ich habe gerade eine MP3-Datei von der Festplatte gerettet.«

Alex wollte jetzt nichts davon hören. Mit ziemlicher Sicherheit war alles, was David zum jetzigen Zeitpunkt noch fand, belanglos. Andererseits wollte er David nicht sagen, dass alle Bemühungen umsonst gewesen waren.

»Was, du meinst ein Lied?«

»Nein, es ist eine Sprachdatei. Von Dorothy. Sie redet.«

»Sie redet?«

»Ja.«

»Und was sagt sie?«

»Es ist dieses Gedicht, von dem ich immer wieder Ausschnitte gefunden habe … das Gedicht, das von Sylvia Plaths ›Daddy‹ inspiriert ist.«

»Aber diesmal als MP3-Datei?«

»Ja. Sie liest es laut vor.«

»Kannst du es mir am Telefon vorspielen?«

Eine völlig absurde Bitte. Er wusste auch nicht, warum er das gesagt hatte.

»Na ja, die Tonqualität ist nicht allzu gut, aber ich kann dir die Datei als Anhang mailen.«

»Wie lange dauert das?«

»Weniger als eine Minute.«

»Ich sitze gerade im Auto.«

»Es kann auch warten, bis du wieder zu Hause oder in der Kanzlei bist.«

»Schick es jetzt, und dann geh nach Hause und schlaf eine Runde. Ich höre es mir an, sobald ich kann.«

»Nach Hause?« Davids Stimme klang angespannt.

Alex ließ die Luft aus seiner Lunge. Er würde seinem Sohn ganz sicher nichts von seiner derzeitigen Zwangslage verraten, aber die beste Art, ihn davon abzuhalten, das Radio einzuschalten, bestand wohl darin, ihn über den Ausgang des Burrow-Falls aufzuklären.

»Es ist vorbei, David.«

Die Leitung blieb einige Sekunden stumm. »Tut mir leid, Dad.«

»Du hast dein Bestes getan … wir haben alle unser Bestes getan.«

»Ich weiß. Ich wünschte nur, wir hätten mehr tun können.«

»Ruh dich aus. Gute Nacht, David.«

»Gute Nacht, Dad.«

Alex sah Nat an, als wollte er fragen, ob er wenigstens stolz auf sich sei, aber Nat beachtete ihn gar nicht, sondern beendete das Telefongespräch.

»Nimm die Auffahrt«, befahl er. »Auf die Interstate 101 Richtung Süden.«

Alex gehorchte und sah aus den Augenwinkeln, dass Nat an seinem iPhone herumfummelte.

»Was tust du da?«

Nat lächelte. »Ich lade das Gedicht runter. Willst du es denn nicht hören? Könnte doch ganz lustig sein.«

In Alex kochte Wut über Nats Gefühllosigkeit hoch, aber er beherrschte sich mühsam. »Wenn es schon mal da ist, können wir es uns genauso gut anhören.«

Er hielt den Blick weiter auf die Straße gerichtet, während Nat sich in seinen E-Mail-Account einloggte und die MP3-Datei auf sein iPhone herunterlud.

»Soll ich es abspielen?«

Alex schluckte. »Ja«, murmelte er.

Nat berührte den Punkt auf dem Touchscreen, der die MP3-Datei in Gang setzte.

Über die Handylautsprecher erklang Dorothys Stimme. Obwohl Alex seine Konzentration zwischen ihren Worten und der Straße aufteilen musste, entging ihm die Ironie der Tatsache nicht, dass sie Edgar mit »Daddy« ansprach.

Ich kann nicht sein, kann niemals sein,
was ich sollt' sein
für dich – so glaubte ich.
Wie dumm das war,
das merkt' ich erst im Nachhinein.

Daddy, die Schuld trag ich allein,
ich war es nicht, die abdrückte,
getötet hab ich dich trotzdem,
als hätte ich‘s getan:
Peng, peng – vorbei!

Jetzt muss ich fliehen übers Meer,
dort werd ich sicher sein.
Fortan allein,
denn niemals mehr,
soll‘n sie mich finden, nein.

In diesem Augenblick wurde Alex‘ Konzentration vom Geräusch eines über ihnen fliegenden Helikopters gestört.

00.19 Uhr Pazifische Sommerzeit

Juanita stand noch immer unter Schock wegen dem, was sie gerade gelesen hatte. Sie rief Alex an. Bei ihrem letzten Versuch war besetzt gewesen. Aber sie musste es ihm sagen.

In ihrer Hast verfehlte sie immer wieder die richtigen Tasten und musste von vorne anfangen. Endlich kam sie durch. Es klingelte einige Sekunden lang.

»Hi Juanita. Hör zu, ich bin ziemlich beschäf… «

»Ich habe gerade das Fax aus der Londoner Klinik bekommen.«

»Und?«

»Du wirst es nicht glauben, Boss. Hier steht, dass sie sich einer Hormonbehandlung unterzogen hat.«

»Einer Hormonbehandlung?«

»Und einem geschlechtsverändernden Eingriff.«

Am anderen Ende der Leitung war ein Keuchen zu hören. »Einem geschlechtsverändernden Eingriff?«

»Ja, einer Geschlechtsumwandlung, verdammt!«

00.22 Uhr Pazifische Sommerzeit

»Ich wünschte, ich hätte es gewusst, Nat«, sagte Alex sanft, als sie De Silva Island hinter sich ließen.

Über eine Minute lang waren sie schweigend die Interstate 101 entlanggefahren.

Alex hatte die Audio-Datei ausgeschaltet, und sie saßen angespannt nebeneinander. Jeder wartete darauf, dass der andere zuerst etwas sagte. In Alex' Kopf drehte sich alles, und Nat schien seiner Stimme nicht zu trauen, jetzt, wo die Wahrheit heraus war.

Juanitas Neuigkeit änderte vieles … alles.

Alex hatte keine Ahnung, was er sagen sollte. Nat floh um sein Leben, und man diskutiert nicht mit einem Mann, der sich in die Enge getrieben fühlt. Auch nicht mit einem Mann, der sich betrogen fühlt. Alex blieb nichts anderes übrig, als auf den richtigen Zeitpunkt zu warten. Es wäre purer Selbstmord gewesen, wenn er jetzt versucht hätte, das Eis zu brechen. Aber vielleicht ließ es sich langsam auftauen.

»Ich wünschte …«

»Nimm die Ausfahrt Nord zum Highway 1«, befahl Nat und brach damit sein Schweigen. »Wir fahren Richtung Stinson Beach.«

Während Alex noch immer Mühe hatte, das alles zu begreifen, schien über Nat eine positive Veränderung gekommen zu sein. Er wirkte beinahe erleichtert darüber, dass es mit der Heimlichtuerei vorbei war.

»Ich kann dir einen guten Anwalt besorgen«, bot Alex an. »Ich kenne die meisten Verteidiger in der Gegend und suche dir den besten raus.«

»Ich habe nicht vor, mein Leben hinter Gittern zu verbringen«, fuhr ihn Nat an. »Ich habe fast mein ganzes Leben damit verbracht, Angst zu haben. Angst vor dem Mann, den ich als Kind für meinen Vater hielt, Angst vor meinen Mitschülern in der Highschool, Angst, als ich schwanger wurde… und Angst, erwischt zu werden, während der letzten Jahre.«

Alex fand, dass sich Nat diese letzte Angst selbst zuzuschreiben hatte. Wenn er Burrow keinen Mord angehängt hätte, hätte es dieses Problem nie gegeben. Aber jetzt war keine Zeit für ethische Diskussionen.

»Du hast keine Chance. Die lassen dich nie davonkommen. Aber du kannst dich innerhalb des Systems wehren. Auf die schlaue Art.«

»Ich muss nachdenken.«

»Dafür ist es zu spät, du musst…«

»Halt einfach die Klappe!«

Alex wusste, wann es besser war, nicht weiter auf seiner Meinung zu beharren. Er ließ zu, dass sich erneut Schweigen auf sie herabsenkte. In gewisser Weise war er dankbar für die Gelegenheit, Licht ins Dunkel zu bringen. Es war vielleicht die letzte.

»Was ist passiert, als du in England angekommen bist?«

Nat holte tief Luft. »Na ja, als Erstes habe ich einen Diamantring verkauft, damit ich Bargeld hatte und ein Bankkonto eröffnen konnte. Dann habe ich den Rest des Schmucks an Londoner Juweliere und Händler verhökert und mir das Geld auf mein Konto einzahlen lassen. Ich hatte nun also ein Bankkonto und war handlungsfähig, ohne Spuren durch Überweisungen von meinem amerikanischen Konto zu hinterlassen. Es gab also kein Fährte, der das FBI oder sonst jemand hätte folgen können. Die Polizei wusste ja nicht, ob ich tot war oder nur vermisst, ihres Wissens hätte beides zutreffen können. Bieg am Highway 1 links ab.«

Alex tat wie ihm geheißen und versuchte, den Hubschrauber und die Polizeiautos, die ihnen mittlerweile auf den Fersen waren, zu ignorieren. Er betete, dass die Cops sie nicht auf dieser schmalen, zweispurigen Straße stellten. Nicht, weil er Angst vor dem Tod hatte, sondern weil er auch den Rest der Geschichte hören wollte – nein, hören *musste.*

»Und was ist mit der Klinik? Ich meine, die Abtreibung und die …«

Aus irgendeinem Grund fiel es ihm schwer, das Wort Geschlechtsumwandlung auszusprechen.

»Die Abtreibung konnte ich sofort machen lassen. Dafür musste ich mich nur von zwei Ärzten untersuchen lassen, das war an einem Tag erledigt. Die Geschlechtsumwandlung war komplizierter, weil man dafür verschiedene gesetzliche Vorgaben erfüllen muss. Man muss beispielsweise ein Jahr lang in der neuen Geschlechterrolle gelebt haben, um sicher zu sein, dass man sich darin wohlfühlt und den Eingriff wirklich durchziehen will. Das ist Teil der Vorbereitung.«

»Du hast also ein Jahr lang auf den Eingriff gewartet?«

Die Frage schien Nat nicht besonders zu behagen. »Nicht direkt. Ich habe mir so sehnlich gewünscht, dem Frauenkörper, in dem ich gefangen war, zu entfliehen. Also habe ich den Verwaltungschef überredet, die Unterlagen zu manipulieren, damit es so aussah, als hätte ich schon in Amerika als Mann gelebt. Auf diese Weise konnte ich die Wartezeit auf sieben Monate verkürzen.«

»Wenn du sagst, du hättest ihn überredet …«

»Überredet im Sinne von geschmiert.«

»Das erklärt die großen Geldsummen, die von Dorothys – von *deinem* – Konto abgingen.«

»Eigentlich nicht. Der Großteil des Geldes war tatsächlich für die Geschlechtsumwandlung. Eine teure Angelegenheit, von welcher Seite man es auch betrachtet.«

»Wie hat die Klinik das angestellt? Ich meine, wie hat sie die Papiere manipuliert?«

»Im Grunde hat sie sich nur die Tatsache zunutze gemacht, dass man Januar auch als J-A-N und Juni auch als J-U-N schreiben kann. Außerdem haben wir von den unterschiedlichen Datumsschreibweisen profitiert. Bei uns steht zuerst der Monat und dann der Tag, aber in England schreiben sie zuerst den Tag und dann den Monat. Die Klinik hat also 06-01-98 statt 01-06-98 eingetragen. Dadurch sah es so aus, als hätte ich schon seit dem 6. Januar 1998 als Mann gelebt und nicht erst seit dem 1. Juni. Wenn es trotzdem jemandem aufgefallen wäre, hätte sich die Klinik einfach in die Ausrede geflüchtet, man habe die Daten verwechselt.«

Alex dachte fieberhaft nach. Jetzt verstand er, warum sich die Klinik so dagegen gesträubt hatte, ihnen eine Bestätigung für Dorothys Aufenthalt zu schicken: Ihr Verstoß gegen die Auflagen könnte einen handfesten Skandal, ja sogar strafrechtliche Konsequenzen nach sich ziehen.

»Und in der ganzen Zeit, seit du wieder in Amerika bist, hast du nicht ein Mal Kontakt zu Jonathan aufgenommen?«

»Das wäre zu riskant gewesen. Nach links! Es hätte nur jemand eine Nachricht oder einen Anruf zurückverfolgen müssen.«

»Du dachtest, dass er beschattet wird?«

»Nein, natürlich nicht. Aber ich wusste ja nicht, was

wirklich in Edgars Wohnung passiert war. Ich wusste nur, dass man von einem Selbstmord ausging, aber ich wusste nicht, warum. Für mich war das eine tickende Zeitbombe, die jederzeit hochgehen konnte.«

00.26 Uhr Pazifische Sommerzeit

»Sie bleiben auf dem Highway 1!«, teilte der Beobachter im Helikopter seinem Ansprechpartner von der Bodenkontrolle mit. Er ließ das weiße Rechteck, das sich auf seinem Headsup Display bewegte, nicht aus den Augen.

»Das bedeutet, dass sie wahrscheinlich auf Waldabdeckung zusteuern.«

»So ist es, Joe«, bestätigte der Beobachter. »Aber bis dahin liegen noch ein paar Kilometer vor ihnen. Gibt es die Möglichkeit, dass die Highway-Polizei sie mit Stop Sticks aufhält?«

Heutzutage sind die meisten Einheiten der kalifornischen Highway-Polizei mit solchen Anhaltesystemen ausgestattet, die Fluchtfahrzeugen mithilfe von Spikes die Luft aus den Reifen lassen und sie zum Anhalten zwingen. Diese Systeme sind so konzipiert, dass die Luft nicht auf einmal entweicht, sondern nach und nach. Auf diese Weise wird die Gefahr eines Platzens bei hoher Geschwindigkeit vermieden. Allerdings werden die kalifornischen Straßen im Sommer so heiß, dass Reifen ohnehin beim kleinsten Anstoß platzen.

Aber jetzt war es Nacht, und die Straßen hatten sich trotz der Hitzewelle ein wenig abgekühlt.

»Ein eindeutiges Nein, Larry – zumindest nicht, solange sie durch Tamalpais fahren.«

»Aber wenn sie es nach Tamalpais Valley schaffen, kann er den Wagen stehen lassen und sich in die Deckung des Waldes flüchten.«

»Jetzt mach aber mal halblang, Larry. Menschen sieht man auf der Wärmebildkamera besser als Autos. Er wird also nicht weit kommen.«

»Schon möglich, aber ich hab nicht genug Treibstoff, um die ganze Nacht hier oben zu bleiben.«

Der Kollege von der Bodenkontrolle schien einige Sekunden über diesen Einwand nachzudenken. »Er weiß vermutlich, dass wir eine Wärmebildkamera haben. Meine Vermutung ist daher, dass er zur Küste will.«

Larry lachte. »Du glaubst, er hat vor, über den Pazifik zu schwimmen?«

»Ich habe keine Ahnung, was er vorhat, vermutlich weiß er das selbst nicht so genau. Aber meiner Einschätzung nach wird er versuchen, es bis Stinson Beach oder Bolinas zu schaffen, um sich dort bei Tagesanbruch unter die Einheimischen zu mischen.«

»Warum lassen wir ihn dann nicht von der Highway-Polizei stoppen?«

»Wir kriegen die Stop Sticks nicht rechtzeitig in Position. Nicht vor Muir Beach. Wir haben keine Einheit, die nah genug dran ist.«

»Okay, dann müsst ihr eben versuchen, ihn in Muir Beach zu stoppen, denn wenn er es nach Stinson oder Bolinas schafft, nimmt er vielleicht noch mehr Geiseln.«

»Verstanden.«

»Lass uns beten, dass er im Valley nicht aussteigt und zu Fuß flieht.«

»Wenn er das tut, muss er die Geisel entweder vorher umbringen oder zurücklassen. Mitnehmen kann er sie nicht, wenn er sich zwischen den Bäumen verstecken will.«

»Was willst du damit sagen?«

»Dass wir dann ein Sonderkommando reinschicken können, das den Scheißkerl umlegt.«

00.27 Uhr Pazifische Sommerzeit

»Du hattest also eine plastische Peniskonstruktion und eine Hormonbehandlung, um deine Gesichtszüge zu verändern?«

»Ja. Und meine Brüste wurden entfernt.«

Nat war jetzt entspannter. Alex spürte, dass sie eine Chance hatten, die Sache friedlich zu beenden, wenn er ihn am Reden hielt.

Im Rückspiegel konnte er die Cops sehen, und über ihnen am Nachthimmel knatterten immer noch die Rotorblätter des Hubschraubers.

»Wie kommt es, dass du das Brustgewebe behalten durftest?«, fragte Alex. »Das ist doch eher unüblich, oder?«

»Das ist der Vorteil, wenn man den Verwaltungschef in der Tasche hat: Man kann sich Dinge erlauben, die normalerweise nicht möglich wären. Ich habe einfach gesagt, dass ich das Gewebe haben will, und sie haben es mir gegeben – in einer Kühltasche. Du darfst nicht vergessen, dass die Klinik angreifbar war, weil sie mit der verfrühten Geschlechtsumwandlung gegen das Gesetz verstoßen hatte. Ich hingegen hatte gegen kein Gesetz verstoßen.«

»Und dann hast du das Brustgewebe dazu benutzt, Burrow den Mord an dir anzuhängen.«

»So ist es. Es war überhaupt nicht schwer, in seine Wohnung zu kommen, und als ich drin war, habe ich das Brustgewebe ganz hinten in seinen Gefrierschrank geschoben. Die Leute schauen doch sowieso nie, was hinten in ihren

Gefrierschränken ist. Manche Sachen stehen jahrelang dort drin.«

»Aber hin und wieder wird so ein Gefrierschrank ausgeräumt und sauber gemacht.«

»Aber nicht sehr oft – schon gar nicht bei Abschaum wie den Burrows.«

»Und was war mit dem Slip und dem Messer?«

»Den Slip von der Vergewaltigung hatte ich behalten, weil ich damals überlegt habe, zur Polizei zu gehen.«

»Und das Blut auf dem Messer?«

»Es ist ja wohl kein großes Problem, sich eine kleine Menge Blut abzuzapfen.«

»Aber wie bist du zurück nach Amerika gekommen? Deinen alten Pass konntest du seit der Geschlechtsumwandlung ja nicht mehr benutzen.«

»Ich hatte noch genug Geld übrig für einen gefälschten Pass. Mit moderner Computer- und Drucktechnik ist so etwas heute viel billiger als früher.«

»Deshalb war kein Ausreisestempel in deinem Pass.«

»Genau. Ich habe mir einfach einen neuen Pass unter meinem neuen Namen machen lassen. Bieg links ab, ich will auf dem Highway 1 bleiben.«

»Irgendwelche besonderen Gründe für den Namen – Nathaniel?«

Nat lächelte. »Was meinst du?«

»War nur so ein Gedanke. Nachdem mir Esther erzählt hat, dass mein Name – ›Sedaka‹ – Wohltätigkeit oder Gerechtigkeit bedeutet, habe ich eine Website gefunden, auf der man die Bedeutung von Namen nachschauen kann. Ich wollte herausfinden, wie Dorothy sich wohl nach einer Namensänderung nennen würde. Dabei ist mir aufgefallen, dass Jonathan – vom hebräischen *jeho-nathan* – ›gottgegeben‹ bedeutet. Und Dorothy kommt von *doron* und *theos*. Das ist griechisch und bedeutet ›Geschenk Gottes‹. Wie Theodor, nur umgekehrt. Ich dachte, vielleicht ist das für den Fall irgendwie von Bedeutung.«

»Und?«, fragte Nat lächelnd.

»Na ja, und dann ist mir aufgefallen, dass Nathaniel ebenfalls ›Gottesgabe‹ bedeutet – auf Hebräisch. *El* ist nur ein anderer Name für Gott. *Nathan-el,* Gott hat gegeben. Zu dem Zeitpunkt habe ich es noch für einen Zufall gehalten, dass dein Name dieselbe Bedeutung hat wie Dorothy und Jonathan, und nicht weiter darüber nachgedacht. Ich war viel zu beschäftigt mit der Frage, wie sich Dorothy wohl nennen würde, falls sie noch am Leben wäre. Erst jetzt frage ich mich …«

»Deine Überlegung trifft teilweise zu. Der Name ist außerdem eine Hommage an einen Schriftsteller, den ich sehr bewundere. Aber das ist eine andere Geschichte. Du bist jedenfalls auf der richtigen Fährte. Mom hat uns beiden Namen gegeben, die ›Gottesgabe‹ bedeuten. Für sie waren wir vermutlich auch so was wie Gottesgeschenke – vor allem wenn man bedenkt, dass unser alter Herr unfruchtbar war. Dorothy hatte den griechischen Namen, aber das Danaergeschenk, das Dad … das Edgar nicht anrühren wollte, war ich.«

Die Ironie löste in beiden ein schwaches Lächeln aus.

»Und was ist mit Anderson?«

»Auch das ist griechisch. *Andros* bedeutet Mann. Ich war der Mannessohn – auch wenn ich damals noch nicht wusste, welches Mannes Sohn ich war.«

»Wann hast du herausgefunden, dass Edgar nicht dein Vater ist?«

»Ich wusste von klein auf, dass Edgar nicht mein richtiger Vater ist. Das habe ich schon in Streitgesprächen zu hören bekommen, bevor ich es überhaupt richtig verstehen konnte. Manchmal trank er sich in Rage, und dann war sie die ›Hure‹, die am Vorabend der Hochzeit mit einem anderen Mann geschlafen hatte. Und ich war der ›kleine mamzer‹, der nicht sein eigenes Kind war, und noch dazu ein Mädchen. Das wurde mir schon als Kind eingebläut. Und dann fand ich das Foto.«

00.28 Uhr Pazifische Sommerzeit

»Er ist links abgebogen. Sie fahren durchs Valley.«

»Verstanden, Larry. Irgendwelche Anzeichen dafür, dass er langsamer wird?«

Wäre der Wagen langsamer geworden, wäre das ein Anzeichen dafür gewesen, dass der Geiselnehmer vorhatte, vom Auto aus zu Fuß zu fliehen. Der Kollege von der Bodenkontrolle bezweifelte, dass es dazu kommen würde, aber Larry hatte die Möglichkeit zur Sprache gebracht. Gleich würde sich zeigen, welchen Plan der Flüchtige tatsächlich verfolgte.

»Negativ. Das verdächtige Fahrzeug hält die Geschwindigkeit.«

»Sieht so aus, als hättest du dich getäuscht, Larry.«

»Wir freuen uns besser nicht zu früh. Sie sind noch ungefähr eine Minute von den Bäumen entfernt.«

»Willst du wetten?«

»Klar. Der Gewinner kriegt zwei Tickets fürs Baseball-Finale.«

»Geht‘s auch ’ne Nummer kleiner?«

»Dann halt für ein normales Spiel.«

»Abgemacht.«

»Nebenbei bemerkt: Wenn er wirklich Deckung im Wald sucht, musst du mir Verstärkung schicken. Ich hab nur noch Treibstoff für eine Stunde.«

00.29 Uhr Pazifische Sommerzeit

»Das Foto von deiner Mutter?«

»Nein, das andere Foto, das dabeilag.«

»Was war das für ein Foto?«

»Ich hatte mal wieder den Schrank im Schlafzimmer meiner Eltern durchstöbert, auf der Suche nach Klamotten von meinem Vater – von Edgar, meine ich –, die ich anprobieren konnte.«

Nat wischte sich eine Träne aus dem Augenwinkel. Alex merkte, wie schwer er sich noch immer mit dem Gedanken tat, dass Edgar Olsen nicht sein Vater war. Und das, obwohl er es schon so lange wusste.

»Erzähl weiter.«

»Ich glaube, ich war damals ungefähr zwölf oder dreizehn. Und da fand ich diese Fotos von einem jungen Mann und einer jungen Frau. Sie lagen in einem alten Schuhkarton bei einem ganzen Stapel alter Fotos. Der Karton war nicht unbedingt versteckt, aber doch ganz hinten in den Schrank gestopft, wie vergraben. Um die Vergangenheit zu beerdigen, du weißt schon.«

Alex bedeutete Nat mit einem Nicken, dass er fortfahren sollte.

»Auf dem einen Foto erkannte ich meine Mutter, aber ich hatte keine Ahnung, wer der Mann war. Also habe ich die Fotos an mich genommen und auf den richtigen Moment gewartet, um Mom danach zu fragen.«

»Und, hast du sie gefragt?«

»Ja. Sie hat mir von der Party erzählt und dem One-Night-Stand und all dem. An der Art, wie sie mit mir geredet hat, erkannte ich, dass da noch mehr war. Also habe ich sie ganz unverblümt gefragt, ob der Mann mein Vater ist. Und sie sagte Ja.«

»Und du durftest das Foto behalten? Sie wollte es nicht wieder zurück?«

»Ich habe sie gefragt, ob ich es behalten kann. Bei all der Scheiße in meinem Leben brauchte ich etwas, an dem ich mich festhalten konnte. Meinen richtigen Vater. Als sie den Ausdruck in meinen Augen sah... ich glaube...« Wieder kämpfte er gegen die Tränen an. »Ich glaube... da wusste sie, wie ich mich fühlte und wie sehr ich das Foto wollte. Also sagte sie, ich könnte es behalten. Ich habe es heute noch.«

»Aber hast du sie auch gefragt, wer dein richtiger Vater war? Wusste sie überhaupt, wie er hieß?«

»Das ist ja das Seltsame: Sie sagte, sie wüsste es nicht. Sie hat immer behauptet, er sei nur eine Partybekanntschaft gewesen. Aber ich glaube, sie kannte ihn doch. Davon bin ich überzeugt.«

»Hast du herausgefunden, wer es war?«

»Letztendlich schon, und zwar kurz nachdem ich in die Staaten zurückgekehrt war und Burrow den Mord untergeschoben hatte. Es hat mir ein Ziel gegeben. Ich hatte zwar eine neue Identität und war bereit, ein neues Leben zu beginnen, aber ich hatte keine Richtung, ich trieb ziellos dahin. Wie in dem Gedicht von Stevie Smith, du weißt schon.«

»›Daddy?‹«

»Nein, das war Sylvia Plath. Das Gedicht von Stevie Smith heißt ›Nicht winkend sondern ertrinkend‹.«

»›Nicht winkend sondern ertrinkend‹?«

»Das ist der Titel. Es geht um einen Mann, der seinem

Schicksal überlassen wird und ertrinkt, weil die Leute am Ufer denken, er würde nur winken. Er fuchtelt herum und ruft um Hilfe, aber die Leute denken, er würde bloß herumalbern. Das Gedicht ist als Metapher auf das Leben gemeint. Wir lachen, um unsere Angst zu verbergen.«

»So hast du dich also gefühlt?« Alex' Stimme war sanft.

»Ja. Bis dahin schon. Aber dann beschloss ich, Anwalt zu werden. Ich legte meine Zulassungsprüfung ab und schrieb mich fürs College ein. Den Abschluss in Englischer Literatur habe ich gemacht, weil ich dieses Fach so liebe. Das habe ich von … meiner Mutter … von Mom. Und danach habe ich Jura studiert.«

»Und dann?«

»Ich weiß nicht. Selbst nachdem ich Burrow die Beweise untergeschoben hatte, fehlte mir immer noch ein Abschluss.«

»Was für ein Abschluss?«

»Das war ja das Problem. In meinem Kopf herrschte noch zu viel Verwirrung. Ich wollte, dass Burrow für die jahrelangen Qualen bezahlt, die ich wegen ihm durchlitten habe.«

»Und dann hast du dich eines anderen Häftlings bedient, um ihn dazu zu bewegen, mich mit seiner Verteidigung zu beauftragen.«

»Ja. Im letzten Studienjahr habe ich mein erstes Referendariat im Büro des Strafverteidigers gemacht. Dabei kam ich natürlich mit einer ganzen Menge Knackis in Berührung, und einer von ihnen saß im Hochsicherheitstrakt von San Quentin. Er war zwar nicht zum Tode verurteilt, stand aber durch die Gefängnisflüsterpost trotzdem in Kontakt mit Burrow. Die ist ziemlich ausgereift, musst du wissen. Das war ungefähr zur Zeit des Sanchez-Falls. Du hattest mich gerade eingestellt, und mein Referendariat beim Strafverteidiger war fast abgeschlossen.«

»Du hast den Häftling also dazu gebracht, mich aufgrund

des Sanchez-Falls zu empfehlen, und weil Burrow gerade jemanden suchte, landete er bei mir.«

»So ist es.«

»Sehr clever.«

»Vielen Dank.«

»Wolltest du Burrow deshalb nicht gegenübertreten? Weil du Angst hattest, dass er dich erkennt?«

»Du hast es erf…«

Sie näherten sich inzwischen Muir Beach, und vor ihnen war plötzlich eine Straßensperre aufgetaucht: zwei Streifenfahrzeuge und ein Kastenwagen, die beide Fahrspuren blockierten. Ein Ausweichen war nicht weiter schwierig, weil man auf beiden Seiten auf den Grasstreifen ausscheren konnte. Die Frage war nur: Wie würde die Polizei darauf reagieren?

Die müssen doch wissen, dass ich eine Geisel bin, dachte Alex. *Die werden nicht auf den Wagen schießen, solange Gefahr besteht, dass ich getroffen werde.*

Natürlich könnten sie auch versuchen, die Reifen zum Platzen zu bringen, aber auch das wäre gefährlich. Auf dem Straßenabschnitt, der jetzt folgt, führt die Straße direkt an den Klippen entlang. Dort könnten die Reifen schon bei der kleinsten Beschädigung die Bodenhaftung verlieren und über die Kante schlittern.

Er betete, dass die Cops keine Dummheiten machten. Dass Nat keine machte, war wohl illusorisch.

»Fahr durch!«, schnauzte Nat und bestätigte damit Alex' schlimmste Befürchtungen.

00.32 Uhr Pazifische Sommerzeit

»Ja, Sir, das verstehe ich, aber sie nähern sich bereits.«

Der Beamte der State Troopers, der für die Straßensperre in Muir Beach verantwortlich war, hatte gerade einen verzweifelten Anruf seines Vorgesetzten erhalten. Ehe er sich's versah, war Gouverneur Dusenbury zu ihm durchgestellt worden, der ihm nun erklärte, dass er unter gar keinen Umständen Maßnahmen ergreifen dürfe, die das Leben eines der beiden Insassen des gestohlenen Polizeiautos gefährden könnten.

»Verstanden, Sir, wir eröffnen nicht das Feuer auf sie… nein, Sir, wir schießen auch nicht zurück.«

»Auch nicht auf die Reifen!«, fügte der Gouverneur sicherheitshalber hinzu.

»Wir hatten gar nicht vor, auf die Reifen zu schießen. Die Straße ist vollständig abgeriegelt, außerdem haben wir Stop Sticks auf den Grasstreifen auf beiden Seiten ausgelegt, falls sie versuchen, uns durchs Netz zu schlüpf…«

»Sind Sie verrückt? Wissen Sie, was Stop Sticks mit den Reifen anstellen?«

»Ja, Sir. Das ist doch gerade das Gute. Die Reifen werden nicht gleich zerfetzt, sondern verlieren die Luft nach und nach.«

»Aber die beiden rasen gleich auf einer zweispurigen Straße die Klippe entlang, Sie Vollidiot! Wissen Sie, was passiert, wenn sie in einer Kurve ins Schleudern geraten?«

»Ja, Sir, aber jetzt ist es zu spät! Wir können die Sticks nicht mehr wegräumen, das wäre zu gefährlich. Oh Gott, sie scheren aus! Sie sind über die Sticks gefahren. Scheiße!«

00.33 Uhr Pazifische Sommerzeit

»Verdammt! Was war das?«, schrie Nat.

»Ich weiß es nicht. Ich glaube, wir sind über irgendwas drübergefahren.«

Nat blickte hektisch über die Schulter. »Verfolgen sie uns?«

»Ich glaube nicht.«

»Das ist doch unlogisch! Normalerweise stehen Fahrzeuge für die Verfolgung bereit, wenn ein Fluchtwagen eine Straßensperre durchbricht.«

Alex war jetzt noch angespannter als vorher.

Warum lassen die uns einfach durch die Straßensperre brechen, ohne etwas zu unternehmen? Heißt das, dass uns das Schlimmste noch bevorsteht?

»Scheiß auf sie«, sagte Nat. »Wir haben es geschafft.«

»Vorerst ja«, erwiderte Alex und hoffte, dass Nat den Fatalismus in seiner Stimme wahrnahm.

»Wenn wir in Stinson Beach sind, stürzen wir das Auto sowieso von der Klippe.«

»Und dann?«

Nat schwieg. Sie wussten beide, warum. Er hatte selbst keine Ahnung, wie es dann weitergehen würde. Es gab kein Entkommen. Stinson Beach war nicht groß, und selbst wenn er sich gewaltsam Zutritt zu einem Haus verschaffte, war er nicht in Sicherheit. Die Cops würden alle Häuser durchsuchen. Und wenn er im Freien blieb, konnten sie ihn mit der Wärmebildkamera verfolgen. Es war Nacht, und die Straßen waren menschenleer.

Aber das war Nats Problem. Alex‘ Problem bestand darin, den Wagen auf der Straße zu halten. Die Klippen waren hier nicht allzu steil, aber sie würden steiler werden, wenn sie sich Stinson Beach näherten. Außerdem wand sich die Straße in immer schärferen Kurven. Auf Höhe von Gull Rock kam der schlimmste Abschnitt.

Und der Wagen hatte schon jetzt keine so stabile Straßenlage mehr, wie er sich das gewünscht hätte.

»Was ist mit dem Termin bei Dusenbury?«, fragte Alex, um Nat wieder in ein ungezwungenes Gespräch zu verwickeln. »Warum warst du so bestrebt, ihm aus dem Weg zu gehen?«

»Ich bin nicht ihm aus dem Weg gegangen, sondern meiner Mutter.«

»Du *wusstest,* dass sie da sein würde?«

»Ich hab‘s mir gedacht, sagen wir mal so. Dusenbury ist ein alter Freund der Familie. Außerdem wusste ich, dass Mom Krebs hat. Seit der Sache mit dem Spiegel habe ich sie zwar gehasst, aber davor gab es Zeiten, in denen wir uns sehr nahestanden. Ich wusste genau, wie sie tickt.«

»Du wusstest, dass sie versuchen würde, Dusenbury zu dem Gnadenangebot zu überreden?«

»Die beiden hatten mal eine Affäre, deshalb dachte ich mir schon, dass sie bei ihm auftauchen würde. Was bei diesem Treffen herauskommen würde, wusste ich natürlich nicht.«

»Und du hast sie so sehr gehasst, dass du es nicht über dich gebracht hast, ihr zu sagen, dass du noch lebst?«

»Gehasst habe ich sie schon lange nicht mehr, glaube ich. Ich meine, damals natürlich schon, als sie die Augen davor verschloss, wie Edgar mich behandelte. Aber … gegen Ende … hatte ich ihr verziehen, glaube ich.«

»Warum bist du dann nicht zu ihr gegangen und hast es ihr gesagt … dass du ihr verziehen hast?«

Mit dieser Frage hatte Alex lange gezögert. Er befürchtete,

dass Nat endgültig zusammenbrechen würde, wenn er begriff, dass er Esther ganz genauso gequält hatte, wie Edgar und Burrow einst ihn gequält hatten.

Aber Nat behielt die Fassung und lächelte sogar. »Hast du jemals die Kurzgeschichte *Ein Mann namens Wakefield* gelesen?«

»*Ein Mann namens Wakefield*?«

»Von einem anderen Nathaniel. Nathaniel Hawthorne, der Autor, von dem ich vorhin gesprochen habe – der, dem ich mit meinem Namen Tribut zollen wollte.«

»Nein, die habe ich nicht gelesen. Ist das nicht der Typ, der *Der scharlachrote Buchstabe* geschrieben hat?«

Nat lächelte über Alex' Ausdrucksweise. »Genau, der Typ, der *Der scharlachrote Buchstabe* geschrieben hat. Jedenfalls geht es in *Ein Mann namens Wakefield* um einen Mann, der seine Frau aus unerfindlichen Gründen verlässt, jahrelang fortbleibt, ohne sich zu melden, und dann zurückkommt.«

»Verstehe ich nicht.«

»Ich auch nicht. Ich meine, ich verstehe die Geschichte schon, aber nur mit Mühe. Ich könnte ihr nie gerecht werden. Du musst sie selbst lesen, um sie zu verstehen. Worauf es mir ankommt, ist, dass ich irgendwann gar nicht mehr wusste, warum ich das alles tat. Ich tat es einfach. Ja, ich hasste sie dafür, dass sie zugelassen hatte, dass Edgar mich missbraucht, aber noch wichtiger war mir, dass Burrow für seine Taten bezahlt. Und um das zu erreichen, musste ich mich dem Blick der Öffentlichkeit entziehen. Ich konnte niemandem etwas von meiner wahren Identität sagen … aus Angst, dass meine Tarnung aufflog.«

Die Straße führte nun um eine kleine Schlucht herum, und Alex fuhr eine scharfe Rechtskurve, gefolgt von einer scharfen Linkskurve. Er spürte, wie das Auto unbeholfen schwankte, und begriff, dass die Reifen Druck verloren. Jetzt war ihm klar, was bei der Straßensperre passiert war. Die Cops hatten Stop Sticks ausgelegt. Darüber war er also gefahren, als er in letzter Sekunde auf den Grasstreifen ausgewichen war.

»Wirklich schade, dass du dich von Burrow fernhalten musstest«, sagte Alex. »Wenn du ihn erlebt hättest – ich meine so, wie er gegen Ende war –, hättest du ihn vielleicht in einem anderen Licht gesehen.« Als Alex den schmerzverzerrten Ausdruck auf Nats Gesicht bemerkte, fügte er hinzu: »Ich will nicht kleinreden, was er dir angetan hat, aber er hatte sich wirklich geändert.«

»Ich weiß. Ich vermute, die Angst vor dem Tod war Strafe genug für ihn. Aber in dem Moment, als … als er mich vergewaltigt hat … habe ich mir geschworen, dass er dafür mit dem Leben bezahlen muss. Im Laufe der Jahre ist der Hass etwas schwächer geworden, aber nicht schwach genug, um ihn am Leben zu lassen.«

»Und was ist mit Jonathan? Ihm hast du auch nichts von deiner neuen Identität gesagt.«

»Nein, aber er hat es herausgefunden. Deshalb ist er gestern in die Kanzlei gekommen.«

»Und wie hat er es herausgefunden?«

»Er hat uns im Fernsehen gesehen, wie wir nach der Anhörung aus dem Obersten Gerichtshof in Washington traten. Die Aufnahmen wurden gezeigt, als der Sender über Dusenburys Begnadigungsangebot berichtete.«

»Das du ihm zugespielt hattest.«

»Das ich ihm zugespielt hatte, ja. Jonathan glaubte mich erkannt zu haben, aber er war sich nicht sicher. Deshalb ist er in die Kanzlei gekommen. Er wollte mich persönlich sehen, um jeden Zweifel auszuschließen. Aber ich war nicht da, also ist er in der Nähe geblieben und hat Juanita aufgelauert, als sie zum Mittagessen ging. Als er sie danach zurück ins Büro begleitete, hat er mich gesehen. Und da war er sich endlich sicher.«

»Hat er etwas gesagt?«

»Nein, aber wir haben uns tief in die Augen gesehen. Ich wusste, dass er es wusste, und er wusste, dass ich es wusste.«

»Hattest du die Eintrittskarte zur Hinrichtung von ihm?«

»Genau. Nach seinem Besuch in der Kanzlei hat er versucht, mich anzurufen. Er hatte meine Handynummer nicht und hat daher einfach in der Kanzlei angerufen, aber dort ist immer nur Juanita drangegangen, also hat er immer wieder aufgelegt. Sie dachte, es wäre ein Telefonstreich, also habe ich angeboten, dass ich drangehe. Als ich dann den Hörer abnahm, sagte er, wir müssten uns treffen.«

»Musstest du deshalb noch mal raus?«

»Ja. Davor haben wir noch einmal miteinander telefoniert, als Juanita gerade nicht im Büro war. In ihrer Anwesenheit konnte ich ja schlecht mit ihm sprechen. Wir haben vereinbart, dass ich irgendwann bei ihm vorbeikomme. Als du aus seiner Wohnung kamst, saß ich im Auto vor der Tür und habe dich beobachtet.«

»Nachdem er mir erzählt hatte, dass er Edgar umgebracht hat?«

»Genau. Als du weg warst, bin ich reingegangen, und wir haben über alte Zeiten geredet, und ich …« Nat musste eine Pause einlegen. Seine Augen füllten sich mit Tränen. »Es war, als wäre mir mit einem Mal die Last dieser ganzen Jahre von den Schultern genommen worden. Ich war sogar bereit, es Mom zu sagen.« Seine Stimme überschlug sich jetzt. »Aber ich war so dumm – so abgrundtief dumm –, es nicht sofort zu tun. Ich wollte bis nach der Hinrichtung warten.« Die Tränen ließen sich nur noch lange genug eindämmen, dass er einen letzten Satz herausbrachte: »*Und jetzt ist es zu spät!*«

Verzweifelt suchte Alex nach tröstenden Worten. »Es tut

mir so… leid. Ich wünschte…« Er verstummte. Sich nachträglich etwas zu wünschen war sinnlos, man konnte die Dinge nicht ungeschehen machen. Das Leben bietet nicht viele zweite Chancen.

Er wusste nur zu gut, dass man im Leben nicht mehr umkehren kann, wenn man sich einmal für einen Weg entschieden hat. Das hatte er von Melody gelernt. Und Nat wusste es auch. So ziemlich jedes Ereignis in seinem leidvollen Leben hatte es ihn gelehrt.

Aber Alex wusste noch etwas: Wenn es ein Fehler ist, unüberlegte Entscheidungen zu treffen, dann ist es ein noch viel größerer Fehler, sich vorschnelle Urteile über seine Mitmenschen zu bilden.

»Eines verstehe ich immer noch nicht: Schon bevor ich den Burrow-Fall überhaupt übernommen hatte, hast du mich so lange bedrängt, bis ich bereit war, dich einzustellen. Warum? Warum hast du dich nicht einfach bei der Kanzlei beworben, die den Fall schon hatte? Bei einer so großen Kanzlei war es doch viel wahrscheinlicher, dass eine Stelle frei war. Gab es dort keine freie Stelle? Hast du einfach wahllos Bewerbungen an Kanzleien geschickt und bei mir einen Glückstreffer gelandet?«

Nat drehte den Kopf leicht in Alex' Richtung und sah ihn durch einen Tränenschleier an. Dann öffnete er den Mund, um etwas zu sagen.

In diesem Moment passierte es.

Sie befanden sich auf Höhe von Gull Rock, wo die Straße in einer scharfen Rechtskurve zunächst von der Steilwand wegführt, um nach einer linken Haarnadelkurve wieder auf die Klippen zu stoßen, die ab diesem Punkt flacher verlaufen.

Aber Alex schaffte es gar nicht erst zur Haarnadelkurve. Vielleicht lag es an den Reifen, vielleicht war aber auch Öl auf der Straße – jedenfalls verlor er bereits in der scharfen

Rechtskurve die Kontrolle über das Auto, das auf einen steilen Abhang links der Straße zuzuschlittern begann. Hier wuchsen keine Sträucher, die Bodenhaftung oder Reibungswiderstand geboten hätten.

Nat schrie auf, während Alex fieberhaft versuchte, den Wagen wieder unter Kontrolle zu bringen, der den fast senkrechten Abhang hinunterzustürzen drohte, direkt auf die unter ihnen liegenden Felsen. Irgendwie gelang es ihm, das Auto zumindest für einen Sekundenbruchteil zu stabilisieren, so dass sie die senkrechte Felswand knapp verfehlten.

Stattdessen schlitterten sie seitlich einen etwas flacheren Abhang entlang, auf dem einige Büsche zumindest für ein wenig Bodenhaftung sorgten. Plötzlich prallte der Wagen gegen einen Widerstand und fing an, sich zu überschlagen. Es ging jetzt eine steile Schlucht hinab, und jedes Mal, wenn Dach oder Räder auf der Erde aufkamen, wurde das Auto erneut nach oben katapultiert.

Alex und Nat wurden von ihren Anschnallgurten im Sitz gehalten, aber noch bevor sie am Fuß der Schlucht angekommen waren, sah Alex, dass Nat am Kopf blutete.

Mit dem Dach des Wagens schlugen sie schließlich auf dem Boden der Schlucht auf, die sich hinaus aufs Meer öffnete. Felsen und Wellen schlugen gegen die Türen, und Wasser strömte ins Fahrzeug.

Trotz der Dunkelheit erkannte Alex, dass Nat bewusstlos war oder sich zumindest in jenem halbwachen Dämmerzustand befand, der selbst die einfachsten lebenserhaltenden Maßnahmen unmöglich macht.

Hastig schnallte sich Alex ab und fiel prompt aus dem Sitz. Nachdem er in fieberhafter Eile auch Nats Anschnallgurt gelöst hatte, fing er ihn auf, damit er sich nicht den Kopf stieß. Jetzt mussten sie es nur noch nach draußen schaffen, bevor das Auto vollkommen überschwemmt war. Es folgte ein noch fieberhafterer Kampf, bis Alex endlich eine Tür geöffnet hatte. Er wäre lieber durch die Fahrertür geklettert, weil sie näher an den flachen Felsen lag, die am Fuß der Klippe vorübergehend Sicherheit boten. Aber es wäre zu schwierig gewesen, Nat am Lenkrad vorbeizuziehen.

Er überlegte, ob er auf der Fahrerseite hinausklettern und dann zur Beifahrerseite schwimmen sollte, um Nat zu retten. Aber er war sich nicht sicher, ob er das wirklich schaffen würde, und der Gedanke, Nat auch nur einen kurzen Moment allein zu lassen, erschien ihm wie Feigheit. Also beugte er sich über Nat hinweg, öffnete die Tür und stieß Nat nach draußen, um dann sofort hinterherzuklettern.

Der Pazifik war so aufgewühlt, dass Alex unmöglich hätte sagen können, ob gerade Ebbe oder Flut war. Er wusste nur, dass er sich und Nat so schnell wie möglich zu den Felsen am Fuß der Klippe bringen musste. Das Wasser war flach genug, dass er darin stehen und das Kinn über der Wasseroberfläche halten konnte, aber er wusste nicht, wie lange das so bleiben würde. Außerdem war die See zu stürmisch, um lange die Balance zu halten.

Er positionierte sich also schwimmend hinter Nat, packte ihn und lehnte sich in die klassische Rettungsschwimmerhaltung zurück. Nun musste er sich und Nat allein mithilfe seiner Beinzüge um das Auto herummanövrieren und auf den schmalen Streifen Land am Fuß der Klippe zuhalten, der ihre einzige Hoffnung auf Rettung war. Eine Bewegung in seinen Armen verriet ihm, dass Nat allmählich wieder zu Bewusstsein kam.

Eine mächtige Welle spülte sie schließlich auf das rettende Steilufer, wo Alex‘ Rücken mit beträchtlicher Wucht gegen die aufragende Felswand prallte. Schnell war klar, dass er sich nichts gebrochen hatte, aber er wusste, dass das reines Glück gewesen war. Für einen kurzen Moment ließ er Nat los und rieb sich den Rücken, bis der Schmerz nachließ. Als der Rücksog einsetzte, zog sich Nat gerade an einem Felsen hoch und kämpfte sich in einem Zustand, der an Schlafwandeln grenzte, auf die Beine. Während es Alex in seiner halb sitzenden Position nahe der Felswand gelang, die Stellung zu halten, wurde Nat, der etwa einen Meter weiter draußen stand, von dem Sog gepackt und von den Beinen gerissen. Bevor er sich an den Felsen klammern konnte, an dem er sich hochgezogen hatte, wurde er hinaus ins offene Meer gespült.

Schreiend drehte er den Körper in Alex' Richtung und streckte die Arme nach ihm aus wie ein Kind, das hochgenommen werden möchte. Trotz der Dunkelheit glaubte Alex zu erkennen, dass auch der Ausdruck in Nats Augen dem eines Kindes glich.

Aber war darin Angst zu lesen oder Trauer?

Was es auch gewesen war, es brannte sich für immer in Alex' Gedächtnis ein, während die Strömung – inzwischen war offensichtlich, dass Ebbe war – Nat immer weiter von ihm fortzog.

Er sah Nat nicht untergehen. Alles, was er sah, war ein Kopf, der auf der aufgewühlten Meeresoberfläche auf und ab wippte, während er sich weiter und weiter entfernte. Und alles, was er hörte, war eine Stimme, die kaum noch hörbar in der Ferne schrie.

09.55 Uhr Pazifische Sommerzeit

Es war nicht Melody. Das wunderschöne Gesicht, das auf ihn herablächelte, als er die Augen aufschlug, gehörte nicht seiner Frau.

Es war ein anderer wunderschöner Engel.

Er kannte ihren Namen nicht, aber sie hatte ein junges, unschuldiges Gesicht und den frischen Teint eines Menschen, der noch sein ganzes Leben vor sich hat.

Bin ich im Himmel?

Bringt sie mich ins Paradies?

Er wollte sie fragen, aber er traute seinem Mund das Sprechen nicht zu.

Erst als er den Gips am Bein spürte, ging ihm auf, dass er nicht im Himmel war, sondern im Krankenhaus. Man hatte ihn gerettet.

Jemand hatte ihn gerettet.

Er konnte sich nicht daran erinnern. Er erinnerte sich noch an den Unfall und die Wellen – und er erinnerte sich an seinen Versuch, Nat zu retten. Aber das war alles. Was danach kam, lag im Dunkeln.

»Mr. Sedaka.«

Alex nickte schwach.

»Hier ist jemand, der Sie sprechen möchte.«

Alex war verwirrt, aber Angst hatte er nicht. Nach allem, was er am gestrigen Tag durchgestanden hatte, gab es nicht mehr viel, was ihm Angst einjagen könnte.

Er nickte.

Obwohl er sich immer noch schwach fühlte, merkte er, wie seine Kräfte langsam zurückkehrten.

Sein Oberkörper wurde nach oben gefahren.

Ich erhebe mich von den Toten wie ein Freimaurer, dachte er voller Ironie. Dann betrat ein Mann sein Sichtfeld. Alex' Augen brauchten einige Sekunden, bis sie das Gesicht des Mannes scharf gestellt hatten. Er stand ein wenig versetzt hinter der Krankenschwester, aber der Leibesumfang war unverkennbar.

Der Gouverneur lächelte. »Mr. Sedaka.« Sein Ton war höflich und freundlich.

Alex nickte, um Dusenbury zu zeigen, dass er fortfahren konnte.

»Die letzten vierundzwanzig Stunden müssen eine ziemliche Achterbahnfahrt für Sie gewesen sein, Alex.«

»Ziemlich«, wiederholte Alex steif. Es war sein erstes Wort, seit er wieder bei Bewusstsein war. Er fühlte sich überhaupt nicht wohl.

»Ich habe ein schlechtes Gewissen wegen Burrow.«

Alex hätte am liebsten gesagt: Das sollten Sie auch. Aber er widerstand der Versuchung, seinen Gefühlen Ausdruck zu verleihen.

Im Grunde genommen wusste er gar nicht mehr, was er fühlte. Burrow hatte keinen Mord begangen, er war unschuldig gestorben. Letztlich war er eine tragische Figur. Aber er war auch der Schultyrann gewesen, der Dorothys Jugend zur Hölle auf Erden gemacht hatte, und der Vergewaltiger, der sie geschändet hatte, obwohl ihr Leben ohnehin schon eine Qual gewesen war.

Was Nat getan hatte, war Behinderung der Justiz – dabei war er sogar so weit gegangen, einen unschuldigen Mann in die Todeskammer zu bringen. Entschuldigt wurde sein Verhalten dadurch, dass ihn sowohl Clayton Burrow als auch Edgar Olsen entsetzlicher seelischer Folter ausgesetzt hatten.

Wie konnte Alex dem Gouverneur gegenüber Empörung oder Entrüstung äußern, wenn sein eigener moralischer Kompass in Reaktion auf das unruhige Kraftfeld um ihn herum verrücktspielte?

»Ich würde es gern auf irgendeine Weise wiedergutmachen«, sagte der Gouverneur.

»Und wie?«, fragte Alex skeptisch. Es klang kühler als beabsichtigt, fast so, als wollte er Dusenburys Angebot zurückweisen, noch bevor er wusste, woraus es bestand.

»Ich kann David vor der Anklage wegen Computer-Hacking bewahren.«

»Ich dachte, das fällt unter Bundesrecht?«

»Okay, aber ich kann ihn vor Anklagepunkten schützen, die unter Paragraf 484 des kalifornischen Strafgesetzbuchs fallen…«

»Er wird aber nicht nach Paragraf 484 verurteilt werden, weil er kein finanzielles Motiv hatte. Was mir Sorgen macht, ist eine Anklage nach US-Strafgesetzbuch Paragraf 1030.«

»Tja, dabei kann ich Ihnen nicht helfen, weil das Sache der Bundesgerichte ist. Sie können ihm sicher einen guten Anwalt besorgen. Ich glaube jedenfalls nicht, dass er viel zu befürchten hat. Er kann immerhin die Tatsache anführen, dass er versucht hat, das Leben eines Unschuldigen zu retten.«

»Das ist kein rechtskräftiger Einwand.«

»Nein!«, erwachte die Stimme des Gouverneurs dröhnend zum Leben. »Aber es gibt einen verdammt guten strafmildernden Umstand ab!«

Alex wusste, dass der Gouverneur ihm nur helfen wollte. Es gab keinen Grund, sich mit ihm zu streiten. »Da haben Sie wohl recht.«

»Und außerdem«, fuhr Dusenbury fort, »kann ich mir nicht

vorstellen, dass das FBI besonders scharf darauf ist, den Fall vor Gericht zu bringen. Es würde die Aufmerksamkeit auf die Hinrichtung eines unschuldigen Mannes lenken und den Gegnern der Todesstrafe zu viel Auftrieb geben. Die Debatte nimmt gerade sowieso an Brisanz zu. New Jersey ist dabei, die Todesstrafe ganz abzuschaffen, und in Illinois gab es eine große Generalamnestie. Außerdem ist unser großartiger Bundesstaat so sehr im Rückstand, dass es, selbst wenn wir fünf Leute pro Monat hinrichten würden, elf Jahre dauern würde, um allein den Rückstand aufzuholen!«

»Was ist mit Nat passiert?«

»Wir wissen es nicht. Auf Maintop Island wurden Kleidungsstücke angeschwemmt, aber keine Leiche.«

»Geht man davon aus, dass er tot ist?«, fragte Alex traurig.

»Das wird vermutet, aber offiziell ist es noch nicht.«

»Wird er als flüchtig eingestuft?«

»Streng genommen wird er polizeilich gesucht … wegen Behinderung der Justiz. Aber in Wahrheit warten wir nur darauf, dass seine Leiche auftaucht.«

Alex erinnerte sich an den berühmten Fall der drei Häftlinge, die aus Alcatraz geflohen waren. Nur eine Leiche war je aufgetaucht – und die war in so schlimmem Zustand gewesen, dass man nicht sicher sein konnte, ob es sich überhaupt um einen der entlaufenen Sträflinge handelte. Trotzdem wurde allgemein davon ausgegangen, dass alle drei ertrunken waren. Eine Leiche kommt zwar normalerweise nach einigen Tagen an die Oberfläche, aber wenn sie aufs offene Meer hinausgeschwemmt wird, wird sie nur gefunden, wenn sie zufällig auf ein Schiff oder Fischerboot stößt.

Die Wochen später aufgetauchte Leiche des entlaufenen Alcatraz-Häftlings war nackt gewesen. Strömungen oder Zersetzungsprozesse konnten eine Leiche durchaus ihrer Kleidung berauben, deshalb musste eine nackte Leiche nicht unbedingt darauf hindeuten, dass die Person ihre Kleidung mit Absicht abgestreift hatte – oder dass sie ihr ausgezogen worden war.

Alex überkam plötzlich eine starke Sehnsucht, und er versuchte, sich aufzusetzen. Er schaffte es auch, seinen Oberkörper einige Zentimeter über die Matratze zu heben, aber dann verließ ihn die Kraft, und er sank mit resigniertem Lächeln wieder nach hinten.

»Wie hat man mich gefunden?« Alex ertappte sich dabei, wie er bei dieser Frage an die Decke starrte. Er hätte auch den Gouverneur anschauen können, aber irgendwie hatte er dabei ein unbehagliches Gefühl. Am liebsten hätte er die Augen ganz geschlossen. Er war müde und sehnte sich nach dem Schlaf der Ahnungslosen.

»Der Heli-Pilot hat beobachtet, wie das Auto von der Klippe stürzte, und über Funk Verstärkung von der Küstenwache angefordert.«

Selbst durch den Nebel seiner Verwirrung und seines heftigen Schlafverlangens hindurch fiel Alex auf, dass Dusenbury den militärischen Ausdruck ›Heli‹ benutzt hatte statt des gebräuchlicheren ›Hubschrauber‹. Er beschloss, ihn danach zu fragen … irgendwann.

»Ich glaube, es wird Zeit, dass ich gehe«, sagte der Gouverneur. »Hier sind noch ein paar Leute, die Sie sehen möchten.«

Alex glaubte zunächst, der Gouverneur meine die Polizei, und so war er positiv überrascht, als David mit Debbie im Schlepptau das Zimmer betrat.

Debbie!

Sie war den ganzen weiten Weg von New York gekommen, um bei ihm zu sein! Er sah sie an und hieß sie mit einem Lächeln willkommen, das sie sofort erwiderte. Aber sogar durch ihr liebenswürdiges Lächeln hindurch konnte Alex die harte Person erkennen, die sich dahinter verbarg.

In gewisser Hinsicht waren Debbie und Nat verwandte Seelen: Beide waren sie von betrunkenen Studenten bei wildem, ungeschütztem Sex gezeugt worden, und beide waren sie äußerst zielstrebige Personen, die ein Ziel ins Auge fassten und es dann mit rücksichtsloser Beharrlichkeit verfolgten. Auch wenn Debbie natürlich noch nie einen unschuldigen Menschen in den Tod geschickt hatte.

Welche Ironie war es doch, dass Debbie zum Arbeiten nach New York gegangen war, um Abstand zwischen sich und Alex zu bringen, während Nat sich Alex aktiv als Arbeitgeber ausgesucht hatte.

Im Auto hatte er Nat gefragt, warum er so sehr darauf gedrängt hatte, für ihn zu arbeiten. Aber der Unfall hatte Nat um die Gelegenheit gebracht, diese Frage zu beantworten.

Alex fröstelte, als er jetzt darüber nachdachte und sich die ersten Spuren einer Antwort in seinem Verstand abzuzeichnen begannen.

Dorothys Gedicht

Ich kann nicht sein, kann niemals sein,
was ich sollt‘ sein
für dich – so glaubte ich.
Wie dumm das war,
das merkt‘ ich erst im Nachhinein.

Daddy, die Schuld trag ich allein,
ich war es nicht, die abdrückte,
getötet hab ich dich trotzdem,
als hätte ich‘s getan:
Peng, peng – vorbei!

Jetzt muss ich fliehen übers Meer,
dort werd ich sicher sein.
Fortan allein,
denn niemals mehr,
soll‘n sie mich finden, nein.

Bevor es mich gab,
hattest du einen kleinen Sohn.
Ich wusste nicht viel von ihm,
nur dass du ihn so sehr liebtest,
dass du ihn nicht loslassen konntest.

Jimmy hieß er, er war noch ganz klein,
als er starb – wie gemein,

denn am Steuer saßest du, die Schuld war dein
Untergang, dein Schicksal, deine Pein.
Gesprochen hast du nie von ihm.

Als ich älter war, wollte ich dich fragen,
schlich vorsichtig um das Thema herum,
auf der Hut vor deiner Wut.
Sie sollte mir eine Warnung sein,
ich kannte sie bereits.

Der arme tote Junge,
er wurde mein Sargnagel, mein
Leichentuch, denn für deine Wut
war ich der Blitzableiter, ich allein,
also versuchte auch ich, ein Junge zu sein.

Benimm dich wie ein Junge, sagte Mom.
Sie dachte, so vergisst du ihn und bildest dir ein,
dass wieder dir gehört, was du verloren hast:
der Sohn, den du immer zurückwolltest.
Wir dachten, ich müsste ein Junge sein.

Doch je mehr ich um deine Liebe kämpfte,
desto kälter wurde dein Herz aus Stein.
Mein verzweifelter Kampf, er weckte deine Schuld,
sie schlummerte nur zum Schein.
Du Mörder!

Ein Mörder aus Missachtung,
denn Vorsatz war es nicht, dein
Entsetzen verbargst du hinter einer Mauer aus Wut
auf andere, als trügen sie die Schuld,
die dir gebührte, dir allein.

Vor dem Spiegel zerrtest du mir
die Kleider vom Leib und pauktest mir ein,
dass ich kein bisschen, kein bisschen
das bin, was ich sein müsste,
um in deinen Augen wertvoll zu sein.

Nicht kaltblütig, voller Wut brülltest du auf mich ein
und zerstörtest jede Hoffnung in mir,
deiner würdig zu sein.
Erst als du starbst, sah ich ein,
was er sollte – dein Angriff auf mein Anderssein.

Ich war zu jung, um zu versteh'n,
dass du nur versuchtest, mich zu befrei'n,
ich sollte gar nicht anders sein,
sondern die Wirklichkeit.
Wie früher, eitel Sonnenschein.

Von den Toten erwecken wolltest du ein
dreijähriges Kind – so klein.
Aber meine Bedürfnisse kreisten um mich allein,
ich streifte meine äußere Hülle ab und ließ sie her-
ein,
die Freiheit.

Das kleine Mädchen konnte nicht gedeih'n,
es musste sterben, aber mein
Ende ist dies nicht, denn wie
Fantomas, wie Phoenix aus der Asche
stehe ich auf in anderer Gestalt.

Meine inneren Dämonen sind stärker als ich,
ich kriege sie nicht klein.

Stattdessen schiebe ich sie tief hinein
in mein Unterbewusstsein.
Oh Daddy, endlich werde ich frei sein!

Dank

Mein Dank gilt Robert Burka, der mich in Fragen des amerikanischen Strafrechts beraten hat, sowie Roberta Burns, die mir die kalifornische Ausdrucksweise näherbrachte. Keiner der beiden Genannten hat jedoch die Endfassung meines Manuskripts gelesen. Ohnehin habe ich mir überall dort künstlerische Freiheiten erlaubt, wo ich es für zweckmäßig hielt. Alle noch vorhandenen Fehler gehen daher allein zu Lasten des Autors.

Ein Beispiel für die erwähnte künstlerische Freiheit ist, dass ich mich dazu entschieden habe, über die Aussetzung der Todesstrafe hinwegzusehen, die zum Zeitpunkt der Entstehung dieses Buches im Staat Kalifornien und in den gesamten Vereinigten Staaten in Kraft ist. Dieses Moratorium ist Gerichtsentscheidungen zu verdanken, die sowohl auf Bundesebene als auch auf bundesstaatlicher Ebene ergangen sind. Genauere Einzelheiten zu diesen Entscheidungen lassen sich in diversen Artikeln nachlesen, die jedem Interessierten, der sich eingehender mit diesem faszinierenden und kontroversen Thema beschäftigen möchte, im Internet zur Verfügung stehen.

Wie sich die Lage weiterentwickelt, bleibt abzuwarten. Es soll genügen, wenn ich sage, dass wir in interessanten Zeiten leben…

„Dieser brillante, actiongeladene Thriller gilt zu Recht als Konkurrenz für die herausragende Bourne-Serie.“ Daily Record

Er ist eiskalt. Er ist brillant. Und er ist absolut tödlich.

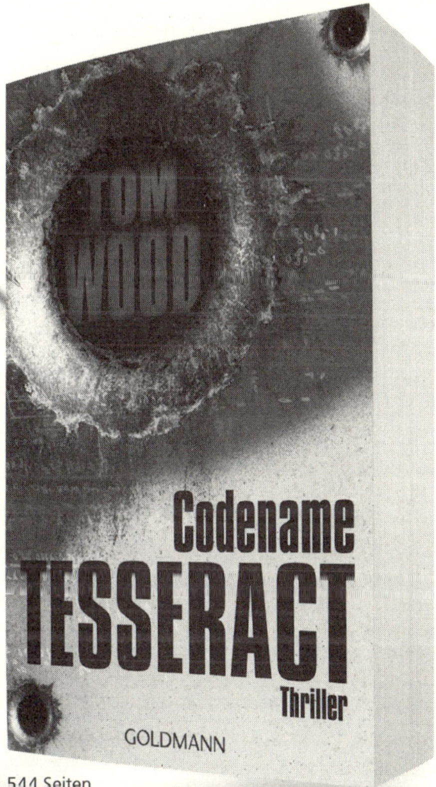

541 Seiten
ISBN 978-3-442-47257-4

www.goldmann-verlag.de
www.facebook.com/goldmannverlag

GOLDMANN
Lesen erleben

„Niemand überrascht und schockiert seine Leser so wie Mo Hayder.“ Karin Slaughter

„Spannung ohne billige Effekte – bravo!“
Petra

Ein Fall für Jack Cafferty und Flea Marley.

384 Seiten
ISBN 978 3 442 47544 5

www.goldmann-verlag.de
www.facebook.com/goldmannverlag

GOLDMANN
Lesen erleben